U0498483

義尚光大

漢賦與詩經學互證研究

許結題

国家社会科学基金重大项目（17ZDA249）
国家社会科学基金青年项目（14CZW072）
江苏省“333高层次人才培养工程”项目（BRA2017327）
澳门大学Start-up Research Grant（SRG2020-00005-FAH）资助

汉学大系丛书

朱存明　主编

# 义尚光大

## 汉赋与诗经学互证研究

王思豪　著

**图书在版编目（CIP）数据**

义尚光大：汉赋与诗经学互证研究 / 王思豪著. —北京：商务印书馆，2022
ISBN 978-7-100-20363-0

Ⅰ. ①义… Ⅱ. ①王… Ⅲ. ①汉赋—诗歌研究②《诗经》—诗歌研究 Ⅳ. ①I207.22

中国版本图书馆CIP数据核字（2021）第184867号



**义尚光大**
汉赋与诗经学互证研究
王思豪 著

商 务 印 书 馆 出 版
（北京王府井大街36号 邮政编码 100710）
商 务 印 书 馆 发 行
三河市尚艺印装有限公司印刷
ISBN 978-7-100-20363-0

2022年3月第1版　　开本 680×960 1/16
2022年3月第1次印刷　　印张 25 1/4

定价：138.00元

# “汉学大系丛书”总序

世界总是在不断地变化。历史上，有些文明消失了，有些文明则不断壮大，以至于形成现代世界的格局。进入21世纪，世界格局面临一个新的调整，美国人塞缪尔·亨廷顿写《文明的冲突与世界秩序的重建》，认为不同文明的冲突将导致未来社会的对抗。这个观点值得警惕，也值得研究。做好中国自己的事，勇敢面对挑战是我们面临的任务。

中国文明发展了几千年，历史上曾经有过自己的辉煌，但是清朝后期，由于没有科学民主的现代理念，曾经落后挨打，令多少志士仁人痛心疾首。新中国成立后，经过一个甲子年的现代发展，中国又迎来了一个快速崛起的历史新时期。

中国文化现代性的发展，一方面要学习国外的先进经验，促进科学技术的发展与社会的进步；另一方面要不断回溯历史，在历史的记忆中寻求民族之根。当今世界的寻根与怀旧实际上都有现实的基础，它是民族凝聚力的根源。在回溯历史的新的阐释中，一个新的历史轴心期即将来临。

我们编纂“汉学大系丛书”就是为了探求中华文化的历史起源、学术源流、基因谱系、思维模式、道德价值等，为实现中华文化的历史复兴奠定基础。

“汉学”，是一个历史的概念，因时间与空间的不同而发生变化。究其变化之因，皆由对“汉”字的理解与运用不同所致。“汉”字既可指汉代，也可指汉族，还可以作为中华民族的代称。“汉文化”可以指两汉文化，也可以指代中国传统文化。所以“汉学”一词在不同的语境中有不同的内涵：可以指两汉的学术文化，可以指清代的汉学流派，也可以指中国及海外关于中国文化的研究。具体来看，汉学研究范围以经学为中心，而衍及小学、音韵、史学、天算、水地、典章制度、金石、校勘、辑佚等，引证取材多集于两汉。“汉学”一词在南宋就已出现，专指两汉时期的学术思想。清朝汉学有复兴之势，江藩著《汉学师承记》，自居为汉学宗传。汉学又称“朴学”，意为朴质之学。“朴学”重考据，推崇汉儒朴实学风，反对宋儒空谈义理。现代“汉学”或称作“中国学”，自20世纪80年代以来或称“海外汉学”，是国外的学者对有关中国的方方面面进行研究的一门学科。

梁启超在《清代学术概论》中提出清代汉学的复兴是对当时理学思潮的反动，其学术动力来源于复汉学之古；钱穆在《清儒学案》中认为，汉学的兴起是继承与发展传统的结果；侯外庐在《中国思想通史》等著作中认为，清代汉学思想的发展动力是“早期启蒙思想”。

在国外，汉学的经典名称为“汉学”（Sinology），有的称为“中国学”（Chinese Studies）。“汉学”（Sinology）或“中国学”（Chinese Studies）是国外研究中国的学术总称，具有跨学科、跨文化的特征，反映着世界范围内的学术变化及学术发展趋势。

在西方，主要是欧洲，严格意义上的汉学研究已经有四百多年的历史。这一学科的形成，表明了中国文化所具有的世界历史性意义。从汉学的发展历史和研究成果看，其研究对象不仅仅是中国汉民族的历史和文化，更是包括中国少数民族历史和文化在内的整个中国。由于汉民族是中国的主体，而且汉学最初发轫于汉语言领域，因而学术界一直将汉学的名称沿用下来。汉学只是一个命名方式，丝毫没有轻视中国其他民族的意思。经过几百年的发展，海外汉学已经形成三大地域：美国汉学、欧洲汉学、东亚汉学。

21世纪以来，随着全球一体化的进程，国内外汉学的研究又形成了一个热潮。在新的历史条件下，中国学术界需要发出自己的呼声。海外汉学与中国本土学术进行跨文化对话，才能洞悉中国文化的深层奥秘；中国学人向世界敞开自己，才能进一步激活古老的传统和思想的底蕴。

因此，汉学是继承先秦诸子文化在汉代统一性国家建立基础上形成的中华民族的学术。“汉学”的研究重心是以中华民族统一性的价值观为主体，以汉语言为基础，以汉字为符号载体的文化共同体。汉文化是融合了不同民族、不同区域文化而形成的一个文化统一体。从人类文明发展史来看，这个文化与西方基督教文化、印度佛教文化、阿拉伯伊斯兰文化有着不同的发展模式与价值体系。“汉学”作为中国传统学术流派的称谓，常常与“国学”“经学”相混，也有人赋予“汉学”以新内涵，将国内的中国学研究也称为“汉学”，这可以称之为“新汉学”。汉民族是历史上多民族长期交流融合的结果，历史上形成的汉语、汉字及其独特的汉文化对中国文明以至世界文明都产生了巨大影响。汉学就是对建立在汉语、汉字、汉文化基础之上的中华民族的学术传统的学理性探讨。

中华文化在历史上就对世界产生过影响，中外文化交流一直是世界历史的一部分。16世纪以来，中华文化进一步引起西方的注意，西方汉学研究也随之兴起。西方人对于汉学的研究是基于他们的文化立场的，虽然取得了一些成果，但是也有一些误读。目前，时代赋予了我们新的历史使命，本课题就是基于目前中国的现实需要对中国“汉学”学术内涵进行的基础研究。

由于历史原因，一段时间内中国的汉学在国外得到研究，国内研究反而滞后，国内外有些研究机构把汉学的概念仅仅看成外国人对中国学的研究，这无疑缩小了汉学的视域。今天我们有责任对民族文化进行深入系统的研究，为中华民族的现代复兴打下坚实的话语基础。文化是一个民族生存的基础，保护民族文化基因就是我们面临的一个重要的历史任务。

“汉学大系丛书”的编纂旨在促进汉学的历史回归，既是对汉学内涵的理论建构，也是对汉文化研究成果的学术汇编；既是对“国学”基因谱系的深度描述与重新阐释，也是对国外汉学研究历史的重新定位，更是在新的历史形势下对中国传统文化价值进行的一次新发掘。

目前中国的发展到了一个历史的转折点，过去我们大量翻译了西方的学术著作，促进了中国对国外的了解，也给新中国的建设奠定了基础。但是长期以来，由于革命的需要，我们对传统文化否定、破坏的多，肯定、继承的少，中国传统学术在西学的影响下逐渐式微。现在中国面临一个新的发展机遇，就像西方的文艺复兴时代回归古希腊罗马文明一样，中国新的历史复兴将在恢复传统文化的基础上，指向科学民主繁荣昌盛的未来。

“汉学大系丛书”是汉文化研究学术成果的集约创新，既是对“汉学”内容的确定，又是对“汉学”内容的研究。既有深入的学术探讨，又有普泛性的知识体系，既有现代的学科划分与学术视野，又有现代的学术理念与学术规范。编者希冀恢复汉代经学的原典传统，并对经典进行现代的阐释，从经学原著中深入挖掘对现代社会普遍有效的思想资源，明确中国汉学的智慧传统，为中国文化的复兴寻找历史的深度。以汉代汉学为正统，以清代朴学与海外汉学为两翼，深入探讨汉文化之源。

丛书对汉学的内涵进行发掘、整理、探讨，力求做到汉学历史的考据与研究同步进行，经典阐释与主题研究并重，历史的考据与新出土文物互证，古典文献与出土简牍对读。以汉代的现实生活与原典为基础，兼及汉代以后的发展，参以国外汉学的不同阐释，通过比较来探讨汉学的真正内涵，寻求中华文化的话语模式，进而形成自己的话语权。发掘中国的智慧，促进新观念的变革，促进社会进步，实现大同世界的美梦。

朱存明

2014 年 7 月 8 日

# 序

许　结

思豪博士为当下赋学研究界青年才俊之一，曾就职于江苏省社会科学院，现任教于澳门大学中文系。记得十年前，思豪入南雍求学，拟以“汉赋用《诗》研究”为题撰写博士论文，不久以此申获国家社科基金项目资助，又经十年之精进，增益而成《义尚光大：汉赋与诗经学互证研究》一书，规模宏大，内容丰赡，远非旧文所囿。为了请益学界，跟进发展，思豪已联系商务印书馆准备正式付梓，向我索序。于是翻读书稿，伴随其逻辑严明的论证与精彩纷呈的演绎，我的思绪又回到当年与思豪拟定“汉赋用《诗》”为研究课题时的“初心”。也许是兴趣所在，其探讨是互动的，因而在他读书时我们就有了合作成果，分别是《汉赋用〈诗〉的文学传统》《汉赋用经考》二文[①]。当时我就觉得思豪“善为文”（包括文献与文词），这些年他在《文学评论》《文学遗产》等刊物发表的系列赋学研究论文，特别是看到这部体大思精的著作，使我更坚定了当初的想法。

我们不妨浏览一下该书的目录，计四编、十四章：甲编“赋之诗源说”系谱论，计三章，为其构设理论；乙编“汉赋用《诗》考释”，又三章，为

① 二文分别刊载《中国社会科学》2011 年第 4 期、《文史》2011 年第 2 期。

其文献实证；丙编“汉赋用《诗》的经义内涵”，计四章，为其学术拓展；丁编“汉赋用《诗》的诗性品格”，复四章，为其文本体义。由源及流，如顺江东下，畅行快适；又如曲径通幽，渐入佳境。倘逆向品读，由流溯源，即从丁编返观甲编，又仿佛如逆水行舟，从观赏赋文本体的光景，经过学术路径的延伸以及文本实证的丛林，方始得见书稿构建的“诗赋”理论之山岳。如果从这部书稿中拈出一字禅，我想就是互证的“互”，作者由源及流对“诗”（《诗》）与“赋”的互证，亦可谓考据、义理、辞章兼备，无以置喙，而作为读者的我，观流探源，又想从中抽出常见的“经义”“尊体”与“辞章”三个关键词，与思豪再作一次“互动”。

## 一、经义：论赋误区还是奥区

辞赋与经义的交互在汉代，《诗》三百篇作为被“经义”化的一种，抑或如章学诚所言“三代以后，六艺惟《诗》教为至广”[①]，其纠结却远不限于汉世，而是通贯整个赋史的。古人以《诗》之经义论赋，最突出在两端：第一是本源探寻，以为赋体写作的本质。例如清人程恩泽《六义赋居一赋》云：

> 周有太师，《六经》是序。篇之异体贵乎纲，文之异辞主乎绪。宣圣合之，延陵莫能分；张逸敏之，通德莫能举。纪其篇什，得诗人之制度；导其性情，悟诗人之机杼。[②]

题为“六义”，实论本源，由此也引出第二点，即“六义”取向，这从

① 章学诚：《诗教下》，章学诚著，叶瑛校注：《文史通义校注》，中华书局1985年版，第78页。
② 程恩泽：《六义赋居一赋》，引自《程侍郎集》，《粤雅堂丛书》本。

汉晋用《诗》到晋唐以及宋元如刘勰、孔颖达、朱熹、祝尧等论诗与赋的关系，已成价值评议标准。例如钱溥为祝尧《古赋辩体》作序传承孔颖达、朱熹等论《诗》之“六义”的经纬说论“赋”云：

> 按《周礼》太师“以六诗教国子，曰风、赋、比、兴、雅、颂”。而《诗序》谓之“六艺”，以风、雅、颂为三经，赋、比、兴为三纬。经则以其篇章声节之或异，纬则体于经而有命意之不同。诵诗者必辩乎此，而后《三百篇》之旨可得。①

由此延伸其义，就是“赋虽六义之一，其体裁既兼比、兴，其音节又兼风、雅、颂”②的推衍与发展。其实，“依经立义”评赋，发端汉人，初见于《史记·屈原贾生列传》引述淮南王《离骚传》谓屈赋兼得“《国风》好色而不淫，《小雅》怨诽而不乱”，以及批评宋玉、唐勒、景差等“好辞而以赋见称……终莫敢直谏”。③而司马迁、扬雄等赞美赋同《诗》之讽谏以及“诗人赋”之标榜，贬抑其失去讽谏意义的“侈丽闳衍之词”，属同一批评思路。由此再看赋论传统，类似言论充斥其间，几乎是雷同和重复，但观其发声的时代背景与针对问题，或亦有所建树。比如宋人刘挚议贡举谓：

> 诗赋之与经义，要之其实，皆曰取人以言而已。人之贤与不肖，正之与邪，终不在诗赋经义之异。取于诗赋，不害其为贤；取于经义，不害其为邪。④

这里说的诗赋，是闱场考试内容，所谓经义，也是指与诗赋对应的经

---

① 祝尧：《古赋辩体》卷首，明成化二年重刻本。

② 孙濩孙：《华国编赋选·凡例》，清雍正十一年刻本。

③ 司马迁：《史记》，中华书局1982年版，第2482、2491页。

④ 刘挚撰，裴汝诚、陈晓平点校：《忠肃集》，中华书局2002年版，第94页。

义科文，具有宋代科考的特殊背景，但其批评内涵，却与“依经立义”是一脉相承的。又如清人纳兰性德《赋论》标举《三百篇》为赋之源谓：

> 经术之要，莫过于《三百篇》，以《三百篇》为赋者，屈原、荀卿而下，至于相如之徒是也。以《三百篇》为诗者，苏、李而下，至于晋、魏、六朝、三唐以及于今之作者皆是也。[①]

这是就诗体与赋体而论，归赋于诗，而其赋学的针对性，显然是对元明以来赋论的“祖骚宗汉说”对《诗》教及经义之淡褪的思想反拨。然其对经义的重视，却是一种批评的拟效。

以《诗》为代表的经义对赋体创作的影响，尤具普遍之意义。汉赋用《诗》内容丰富，涉及也广，试观一例：

> 敦众神使（按：当为“使神”）式道兮，奋《六经》以摅《颂》。隃于穆之缉熙兮，过《清庙》之雝雝，轶五帝之遐迹兮，蹑三皇之高踪。（扬雄《河东赋》）[②]

其中“隃于穆之缉熙兮，过《清庙》之雝雝”，语出自《周颂·维天之命》“维天之命，于穆不已”、《周颂·维清》“维清缉熙，文王之典”，是取《诗》之“颂”而成文。又如：

> 圣人生禀正命，动由至诚。发圣德而非习，本天性以为（按：当为“惟”）明。生而神灵，实隆（按：当为“降”）五行之秀；发于事业，克宣三代之英。稽《中庸》之有云，仰上圣之莫越。性以诚著，

① 纳兰性德撰：《通志堂集》，上海古籍出版社 1979 年版，第 555 页。
② 扬雄著，张震泽校注：《扬雄集校注》，上海古籍出版社 1993 年版，第 81 页。

德由明发。其诚也，感于乾坤；其明也，配乎日月。（范仲淹《自诚而明谓之性赋》）①

赋文开解《礼记·中庸》“自诚而明谓之性”，可谓经义的演绎。而合观汉、宋人这两篇赋，其取资经义，显然也是一种创作的拟效。

从赋体对经义之创作与批评的双重拟效，确实使我们看到了赋家建立起的“依经立义”的“微言”话语模式，其传统早在《汉书·艺文志》的“微言相感”中已存在，明人吴宗达为施重光《赋珍》作叙谓“原夫《诗》兼六义，赋其一也。后之称赋者，率本于《诗》，则非全经不举焉。《三百篇》郊于歌，庙于诵，途巷于讴呻，本忠孝之极思，发幽贞之至性。山川舆服，卉木虫鱼，绘写自然，忧愉殊致，《三都》《两京》，实苞孕之”②，诗赋互证，可窥一斑。然则赋之创作与批评皆拟效经义，落实到赋用《诗》的诗性品格，包括语体结构、拟效与改造中的尚雅传承，确实是极好的选择，但这一选择如何穿过历史的遮蔽窥探其根源，则牵涉到经义为何、赋体为何的本质。“经”是汉代学者对先秦儒典“六艺”的称谓，被视为“天地之常经，古今之通谊”（董仲舒语），特别是汉武帝时立“五经”博士，成就一代学术而衣被后人。同样，“赋”是来自战国楚地的文本，到汉代大其堂庑，特别是武、宣之世，成一代文学之“胜”，所以赋与经没有根本的渊系，只有共时的风华。也正因此，范文澜在《文心雕龙·诠赋》的校注中有所质疑：“赋比兴三义并列，若荀屈之赋，自六义之赋流衍而成，则不得赋中杂出比兴。今观荀屈之赋，比兴实繁，即士蔿所作，有狐裘龙茸语，三句之中，兴居其一，谓赋之原始，即取六义之赋推演而成，或未必然。”③由此再看汉赋用《诗》，如司马相如《长门赋》“雷殷殷而响起兮，声象君之车音”之与《诗·召南·殷其雷》之“殷其雷……振振君子，归哉归

① 详见洪顺隆：《范仲淹赋评注》，台湾“国立”编译馆1996年版，第149—157页。
② 施重光辑：《赋珍》卷首，明刻本。
③ 刘勰著，范文澜注：《文心雕龙注》，人民文学出版社1958年版，第137页。

哉”，是取辞；扬雄《甘泉赋》“袭琁室与倾宫兮，若登高眇远、肃乎临渊”之与《诗·小雅·小旻》“战战兢兢，如临深渊，如履薄冰”，是取义。无论取辞或取义，都是心摹前构的文本引述，究其本原是《诗》与“赋”共有的致用精神与政教理想。由此“引述”而构建起的“经与赋”批评，是误读？还是探寻奥秘，最终还是繁华褪尽见真淳，那就是经“做什么”？赋“做什么”？

## 二、尊体：诗赋关系史之商榷

尊体是就文体而言，所以赋的尊体也是尊“赋”之体，但古人的批评纠缠不清的正在于：一方面以尊赋体而区分于他体，尤其是“诗”体，构成诗与赋功能与风格的不同；一方面偏偏又将其分体归于“经义”，并将赋作拟效《诗》（诗）作视为“以经尊赋”的批评高标。

自汉人评赋重“赋用”之后，魏晋以降“赋体”论随之而崛兴，其中尤以陆机《文赋》的“诗缘情而绮靡，赋体物而浏亮”以“缘情”与“体物”区分诗、赋最典型。对此，明人谢榛《诗家直说》认为“陆机《文赋》曰：‘诗缘情而绮靡，赋体物而浏亮。’夫‘绮靡’重六朝之弊，‘浏亮’非两汉之体”[①]；胡应麟《诗薮》指出“《文赋》云‘诗缘情而绮靡’，六朝之诗所自出也，汉以前无有也；‘赋体物而浏亮’，六朝之赋所自出也，汉以前无有也”[②]，可知六朝是赋学明体的时期。继后，刘勰《诠赋》又从两个视点切入，一则因承“体物”说谓赋“铺采摛文，体物写志”“体国经野，义尚光大”，偏于赋之体类；一则论赋文“丽词雅义，符采相胜……文虽新而有质，色虽糅而有本，此立赋之大体”[③]，而偏于赋之体性。随着赋创作的延

① 谢榛著，李庆立、孙慎之笺注：《诗家直说笺注》卷一，齐鲁书社 1987 年版，第 92 页。
② 胡应麟撰：《诗薮·外编》卷二，上海古籍出版社 1958 年版，第 146 页。
③ 刘勰著，范文澜注：《文心雕龙注》，第 134、136 页。

展，赋之尊体亦呈多元，如清人吴晓岚《论赋》云：

> 赋体有四：曰古赋，曰排赋，曰文赋，曰律赋是也。古赋源于《离骚》，盛于魏汉，六朝、三唐亦有之。排赋始于六朝，盛于子山，唐宋以后亦有之。文赋始于唐，盛于宋，前明亦有仿之者。……律赋始于唐，沿于今，凡试场、馆课所谓时赋者皆是。[①]

此就语言特征划分赋之体类。但由于尊体，赋与诗之不同仍为关注要点。如刘熙载《艺概·赋概》说：

> 赋起于情事杂沓，诗不能驭，故为赋以铺陈之。斯于千态万状，层见叠出者，吐无不畅，畅无或竭。……赋别于诗者，诗辞情少而声情多，赋声情少而辞情多。[②]

诗与赋的创作差异，也形成了批评的不同，这些都是由尊体而来的。

然而，也正是区分诗、赋创作不同的尊体批评，却又常与《诗》之经义联结，成为“赋者，古诗之流”（班固《两都赋序》）的重新解读。例如王敬禧《复小斋赋话跋》云：

> 赋缘六义，而实兼之。昔人分为四体，然骚体矫厉而为古，古体整炼而为律，律体流转而为文，势有所趋，理实一贯。其中抽秘骋妍，侔色揣称，使人有程序可稽、工拙立见者，自在律赋。[③]

---

① 徐承埰：《赋法梯程》附吴晓岚《论赋十四则》，清末春晖草堂费氏抄本。

② 刘熙载：《艺概》，上海古籍出版社 1978 年版，第 86—87 页。

③ 浦铣著，何新文、路成文校证：《历代赋话校证》（附《复小斋赋话》卷末），上海古籍出版社 2007 年版，第 409 页。

王之绩在《铁立文起》中以正变论赋，他认为“昔人以赋为古诗之流，然其体不一……大抵辞赋穷工，皆以诗之风雅颂赋比兴之义为宗。此如山之祖昆仑，黄河之水天上来也。故论赋者，亦必首律之以六义，如得风雅颂赋比兴之意则为正，反是则为变”[①]，也将尊体与尊经凝合为一。推究其批评源头，抑或当归汉赋之用“经”，如其用《诗》之“风”，则取“讽谏”之志以尊赋，用“雅”“颂”则以雅言与颂德之美以尊赋。因此，汉赋用《诗》固然有着“以赋传经”“以赋解经”“以经丰赋”的诸多面向，但究其本仍在“以经尊赋”。如用《诗》之“风”，汉人自道如《史记·司马相如列传》载：“以‘子虚’，虚言也，为楚称；‘乌有先生’者，乌有此事也，为齐难；‘无是公’者，无是人也，明天子之义。故空藉此三人为辞，以推天子诸侯之苑囿。其卒章归之于节俭，因以风谏。”又《史记·太史公自序》：“《子虚》之事，《大人》赋说，靡丽多夸，然其指风谏，归于无为。”[②]用《诗》之“雅”“颂”，汉人自道则如班固《两都赋序》云：“或以抒下情而通讽谕，或以宣上德而尽忠孝，雍容揄扬，著于后嗣，抑亦雅颂之亚也。”后世如白居易《赋赋》“况赋者，《雅》之列，《颂》之俦，可以润色鸿业，可以发挥皇猷”[③]，正以赋体“铺张盛美”“润色鸿业”之用并隶属“雅颂”以尊体。这一思路也成为赋学批评的一条重要线索，比如林联桂《见星庐赋话》或论一体谓“夫子删诗，楚独无风，后数百年，屈子乃作《离骚》。骚者，诗之变，赋之祖也”；或整合前人之说而立论：

> “诗有六义，二曰赋。”见于《周南·关雎·诗序》。“赋之言铺，直铺陈今之政教善恶。”见于《诗疏》。故班固《两都赋序》曰：“赋者，古诗之流也。”《汉书》曰：“不歌而诵谓之赋。”刘彦和曰：“赋者，铺采摛文也。”故工于赋者，学贵乎博，才贵乎通，笔贵乎灵，词贵乎

---

① 王之绩：《铁立文起》前编卷九《赋通论》，清康熙刻本。

② 司马迁：《史记》，第3002、3317页。

③ 白居易：《白居易集》，中华书局1979年版，第877页。

粹，而又必畅然之气动荡于始终，秩然之法调御于表里，贯之以人事，合之以时宜，渊宏恺恻，一以风、雅、颂为宗，宇宙间一大文也。[①]

既承认赋为“一大文”，又归之“以风、雅、颂为宗”，从批评史的角度来看，这就陷入了赋因“尊体”而脱离“诗域”而独自成文，又因用《诗》（以之为宗）乃尊“赋体”的矛盾。

这又引起赋“是什么”的思考。赋无疑是一种语言的艺术，并由语言变为文本（文字）渐成为案头文学，但有两个值得重视的定位：其一是中国古代有名有姓之作者的文学书写，或可谓第一代文人的造作；其二是汉语语言特有的文体，其与诗歌、散文不同，在西方找不到这样的对应文本。而就文学史来看，赋既是“一体”，与诗、词、曲、铭、碑、赞并列，以彰显特色，又是“母体”，即第一代文学之士的书写，且以“博物知类”“体国经野”见长。于是又向两方面延展：一是自身的变化，其与骈文的凝合而为“骈赋”，与散文的凝合而为“文赋”，甚至清代馆阁赋凝合于八股文，铃木虎雄称之“股赋”[②]；二是向他体的旁衍，或谓他体向赋的取资（取法），其中如诗的赋化（如古风、排律）、词的赋化（如慢词）等等，胡小石说杜甫《北征》是“变赋入诗者”[③]，就是一典型案例。如此观“赋”，何须引《诗》而“尊”，然用《诗》尊赋又是一常见的批评现象，其“尊体”徘徊于义理与辞章之间，实耐人寻味且值得反思。

## 三、辞章：赋学批评的一种思考

赋是修辞的艺术，前人言说已多，比如饶宗颐《辞赋大辞典序》说：

① 林联桂撰，何新文等校证：《见星庐赋话校证》，上海古籍出版社2013年版，第1页。

② 详见〔日〕铃木虎雄著，殷石臞译：《赋史大要》，正中书局1942年版，第289页。

③ 胡小石：《杜甫〈北征〉小笺》，《江海学刊》1962年第4期。

“赋以夸饰为写作特技，西方修辞术所谓Hyperbole者也；夫其著辞之虚滥（exaggeration），构想之奇幻（fantastie），溯原诗骚，而变本加厉。”[①] 由此再看赋体用《诗》，或取义（义理），或取辞（辞章），辞章与义理在此视域的共呈，显而易见，只是如何厘清与辨别，又需“考据”以道问学。而特别有趣的现象是，汉赋用《诗》取用其章句，却为后世之《诗经》经解取用汉赋章句提供了语体文献。且《诗》解取用汉赋章句，又呈现义理、辞章、考据兼而有之的面貌。如清洪亮吉《毛诗天文考》“秦谱”指出：

> 《堪舆经》：“鹑首，秦也。”张衡《西京赋》曰：“昔者，天帝悦秦穆公而觐之，乃为金策锡用此土而翦诸鹑首。”[②]

此引赋句以考述《毛诗》中的天文现象。又如陈启源在《蟋蟀》诗序“稽古”中云：

> 汉傅毅《舞赋》云：“哀蟋蟀之局促。”古诗云：“蟋蟀伤局促。”“局促”之义，正与序“俭不中礼”同。哀之伤之，即序所谓“闵之”也。傅毅，明帝时人，古诗亦名杂诗，《玉台新咏》以为枚乘作，乘，景帝时人。《文选》十九首，昭明列于苏、李前，则亦以为西京人作也。此诗[时]毛学未行而诗说已如此，序义有本矣。朱《传》以为民俗勤俭，夫勤俭，美德也，何可云局促哉？[③]

通过傅毅赋与枚乘诗的考述，以其章句印证诗序中的义理。再如段玉裁《诗经小学》辨析“螓首蛾眉”之“蛾”云：

---

① 引自霍松林、徐宗文主编：《辞赋大辞典》卷首，江苏古籍出版社1996年版。

② 洪亮吉：《毛诗天文考》，清道光三十年张氏崇素堂刻本。

③ 陈启源：《毛诗稽古编》，文渊阁《四库全书》，台湾商务印书馆1986年版，第85册，第421页。

> 宋玉赋“眉联娟以蛾扬”，扬雄赋“何必扬累之蛾眉”“虙妃曾不得施其蛾眉”，皆娥之假借字。娥者，美好轻扬之意。《方言》：“娥，好也。”秦晋之间，好而轻者谓之娥。《大招》“娥眉曼只”，枚乘《七发》“皓齿娥眉”，张衡《思元赋》“嫮眼娥眉”。①

广引赋作章句，考辨《诗·卫风·硕人》“蛾”字义，兼有骋辞章而张文势的作用。

为什么我们可以通过考据、义理、辞章三端来观察汉赋用《诗》，又反转观察《诗》学用“赋”，因为我们已视此“三者”为学理之共识。纵观学术史迹，到北宋时有了文章之学、训诂之学与儒者之学的分野，诚如程颐所言：“古之学者一，今之学者三，异端不与焉。一曰文章之学，二曰训诂之学，三曰儒者之学。欲趋道，舍儒者之学不可。”②继后，此说法为常见，如清人戴震《与方希原书》说“古今学问之途，其大致有三：或事于理义，或事于制数，或事于文章。事于文章者，等而末者也”③，姚鼐在《述庵文钞序》中也说“鼐尝论学问之事，有三端焉：曰义理也，考证也，文章也。是三者苟善用之，则皆足以相济；苟不善用之，则或至于相害”④。由于“三者”间考据与义理又以其偏胜而形成汉、宋之学的争议，于是姚永朴《答方伦叔书》指出“古今之学，义理外惟训诂、词章。词章之学，其托业未必胜乎二者。然而二者之学，每相訾謷，惟词章实足通二家之邮而息其诟”⑤。所以鸟瞰学术大势，训诂兴于汉代，是辨析经文而来，如“四家”《诗》、“公羊”“穀梁”“左氏”《春秋》等，因文本、传述与解释之异而产生考据之学。自东汉到魏晋，道家复兴而入“三玄”之义，佛教传入

① 段玉裁：《诗经小学》卷一，清嘉庆二年武进臧氏拜经堂刻本。

② 朱熹、吕祖谦编订：《近思录》卷二，江苏古籍出版社 2001 年版，第 58 页。

③ 戴震：《戴震集》，上海古籍出版社 1980 年版，第 189 页。

④ 姚鼐：《惜抱轩诗文集》，上海古籍出版社 1992 年版，第 61 页。

⑤ 姚永朴：《蜕私轩集》卷三，民国六年（1917）石印本。

其义学亦盛，故而至隋唐一统，“三教会同”（前提是“辨异”）成学术主潮，于是儒、释、道之义孰胜，辨而生义理之学，韩愈《原道》乃至程颐倡导“儒者之学”，是内涵辟佛崇儒思想的。因此，在汉代赋家用《诗》，或名物，或字句，或讽谏，或颂德，是没有“考据”与“义理”之学的，用后人之学论前人之文，宜乎慎重。既如此，《诗》与“赋”的互证，“词章”或为其本分，这同样包括后世《诗》学之用“赋”，要紧处在章句学的意义。

倘若遵循《诗》义，以考据或义理明体以“尊”，则举凡汉赋中反用《诗》义的例子也是甚多，如班彪《北征赋》“故时会之变化兮，非天命之靡常”，语出《大雅·文王》：“侯服于周，天命靡常。”《文选》李善注：“故时会者，言此乃时君不能修德致之，故使倾覆，非天命无常也。时，亦世也。言人吉凶乃时会之变化，岂天之命无常乎？”[①]赋反用诗义，讽刺当世，亦如《老子》中“以反彰正”之法，只是一种语言策略。而前人为了彰显学理，追附经义，又以赋的辞章，追奉《诗》之义理，作逐句之考述，如祝尧《古赋辩体》卷三《两汉体上·长门赋》题注云：

> 以赋体而杂出于风、比、兴之义：其情思缠绵，敢言而不敢怨者，风之义；篇中如“天飘飘而疾风”及“孤雌峙于枯杨”之类者，比之义；“上下兰台”“遥望周步”“援琴变调”“视月精光”等语，兴之义。[②]

祝氏效仿朱熹《诗集传》论《诗》法评“赋”，衡以“六义”，但却立足章句，亦依违于义理与辞章之间。如果说“颠覆”内涵“创新”，那么扬雄“诗人赋”的“丽则”观以及悔“博丽”赋的“雕篆”说被传述千年，

---

① 萧统编，李善注：《文选》，中华书局1977年版，第143页。

② 祝尧：《古赋辩体》，见王冠辑：《赋话广聚》，北京图书馆出版社2006年版，第2册，第178页。

到清人黄承吉颠覆其说或许真有那么一点儿新义：

> 文辞者，通于礼，而非外于礼。《诗》之“巧笑倩”“美目盼”，辞也，而通于礼矣。以其辞之艳丽，而言岂不适。如雄所云“雕篆”，然彼乃正以雕篆重，而不以雕篆轻。……是故人世间凡遇一名一物，但使登高能赋，追琢皆工，迩之则可使物无遁情，正借文章为资助；远之则可使言归实用，而为事业之赞襄。①

赋创作，难以分辨孰为“文”？孰为“礼”？赋批评，好为此为“礼”！彼为“文”！黄氏论诗赋传统的“实用”与“追琢”之见解，值得借鉴。

以上三点感言，其中的“实话”，思豪著作似已作出了精深的解答；其中的“虚言”，期待在今后的研究中扬弃或参悟。

---

① 黄承吉：《梦陔堂文说》第一篇，《清代诗文集汇编》，上海古籍出版社 2010 年版。

# 目　录



## 甲　编　“赋之诗源说”系谱论

## 乙　编　汉赋用《诗》考释

# 丙 编 汉赋用《诗》的经义内涵

## 丁 编 汉赋用《诗》的诗性品格

# 绪论

# 百余年来汉赋与诗经学互证研究回顾与反思

有汉一代，学术最为昌明而隆盛者，舍经而谁？有汉一代，被誉为一代之文学者，非赋而谁？“诗经学”为汉一代之重要学术，汉赋为汉一代之重要文学。历经频仍的战乱，文籍大都殃灭成土，汉代赋家可资借鉴的思想文化资源、文学创作源泉及经验，相当匮乏。章学诚谓“三代以后，六艺惟《诗》教为至广也”，三代以后，文章之用，莫盛于《诗》。六经之中，唯独《诗经》属于后世所谓纯文学的范畴，汉赋作家浸润《诗经》既久，必潜移而默化之。因此，《诗经》的经典意义对汉赋创作的影响与润泽，汉赋的创作对《诗经》经典意义的阐释与传播，其深远、其广大，远非我们今人所可想见的。可是人们又希冀有所获得，于是围绕本课题所展开的讨论，经久不绝。20世纪以来，更是成为汉代文学与学术研究的一个重要论题，论者敞开思路，讨论逐渐深化，取得了丰硕的成果。

## 第一节 “赋者，古诗之流”说解读中的诸多争论

汉赋与“诗经学”之关系，要从源流上说起。赋体源流虽然众说纷

纭[①]，但班固所倡导的“赋者，古诗之流”[②]说是众流中的主流，这一点毋庸置疑。“赋者，古诗之流也”，我们称之为“赋之诗源说”，是目前所见的关于诗、赋关系的最早的概念性表述，这个学说贯穿于赋学研究的始终，历来议者如云，如左思、皇甫谧、挚虞、刘勰、颜之推、白居易、祝尧、吴讷、程廷祚、姚鼐、曾国藩、刘熙载、王闿运等，都对其做了阐发与鼓吹。进入20世纪以来，学界对其解读也产生了众多分歧，总而言之，盖有赋用、赋体两端。

从赋用的角度解读赋之诗源说者认为赋继承了《诗》教传统，着力于政治功用，即讽喻美刺，合于法度。民国时期，来裕恂在《汉文典·文章典》卷三第三节“赋”条云：“赋者，敷陈其事而直言之也。义在托讽，是为正体。……《上林》《甘泉》极其铺张，而终归于讽谏，则有风之义焉。《两都》《两京》极其炫耀，终折以法度，则有雅、颂之义焉。《长门》自悼，缘情发意，托物起兴，词极和平从容之概，则有比兴之义焉。此古赋

① 赋的渊源众多，莫衷一是，举要有五：一是诗源说。班固云：“或曰：赋者，古诗之流也。”（萧统编，李善注：《文选》，第20页）左思《三都赋序》云：“盖《诗》有六义焉，其二曰赋。”（萧统编，李善注：《文选》，第74页）皇甫谧《三都赋序》也说：“子夏序《诗》曰：‘一曰风，二曰赋。’故知赋者，古诗之流也。”（萧统编，李善注：《文选》，第641页）二是《诗经》《楚辞》说。刘勰云：“赋也者，受命于诗人，拓宇于楚辞也。”（刘勰著，范文澜注：《文心雕龙注》，第134页）祝尧云：“原最后出，本《诗》之义以为《骚》……但世号《楚辞》，初不正名曰赋……自汉以来，赋家体制大抵皆祖原意。”（祝尧：《古赋辩体》，见王冠辑：《赋话广聚》，第2册，第28—29页）三是《诗》《骚》、诸子说。章学诚云：“古之赋家者流，原本《诗》《骚》，出入战国诸子。”（章学诚著，王重民通解：《校雠通义通解》，上海古籍出版社1987年版，第117页）。又谓汉赋“兼诸子之余风”（章学诚著，叶瑛校注：《文史通义校注》，第80页）。四是源于纵横家言说。姚鼐《古文辞类纂》将《战国策》中的《楚人以弋说顷襄王》《庄辛说襄王》列入“辞赋类”。刘师培亦云：“诗赋之学，亦出于行人之官。……行人之术，流为纵横家……欲考诗赋之流别者，盍溯源于纵横家哉？”（刘师培：《论文杂说》，人民文学出版社1959年版，第126—129页）。五是源于隐语说。王闿运谓：“赋者，诗之一体，即今谜也，亦隐语，而使人谕谏。夫圣人非不能切戒臣民，君子非不敢直忤君相，刑伤相继，政俗无裨，故不为也。庄论不如隐言，故荀卿、宋玉赋因作矣。”（王闿运：《湘绮楼论诗文体法》，《国粹学报》第二十三期）。朱光潜云：“隐语为描写诗的雏形，描写诗以赋规模为最大，赋即源于隐。”（朱光潜：《诗论》，生活·读书·新知三联书店1984年版，第40页）。

② 此说可能不是班固首创，因为前有“或曰”一语，盖引用前人之言，但班固赞同这种说法，他认为汉赋是“雅颂之亚”。结合班固《两都赋序》中的语境，此说中的“诗”应指《诗经》。

也。"[①]赋继承了六艺中的诗教传统，兼有"风、雅、颂、比、兴"之义，终归致力于社会功用。这也正如朱杰勤先生《汉赋研究》所说："六艺之中，惟诗教最宽……善乎章学诚之言曰：'学者惟拘声韵之为诗，而不知言情达志，敷陈讽谕，抑扬涵泳之文，皆本于诗教，是以后世文集繁，而纷纭承用之文相与沿其体而莫由知其统要也。'赋之草创，实包涵于诗体之中，及其蜕化过程中，其流渐大，其用日广，为缙绅先生所乐道，其形式由简而繁，由质而文矣。"[②]朱先生引用章学诚《诗教》之言，认为赋孕育在诗体之中，指出赋的由简到繁、由质到文的过程是因为"其用日广"。冯俊杰先生《赋体四论（1）：赋是"古诗之流"辨》一文也指出："班固'古诗之流'说的主要依据是'讽谕之义'，或称'古诗之义'，亦即'恻隐''风谕''抒下情'和'宣上德'之类，均属文学的思想内容和社会功利方面。"[③]李湘先生《〈诗经〉与后世文体之赋之间的源流关系》认为"班固在他的另一篇文章中还说道：'赋者，古诗之流也。'……其实，按其上下原文，这只是说汉赋对《诗经》的思想继承，如或通讽谕，或宣上德等等，并未有一字涉及体制的。与六义之'赋'和所谓的'不歌而诵'之赋均无多大关系"[④]。盛源先生在《论汉魏六朝的赋体源流批评》一文中也持类似观点，指出"班固言赋为古诗之流，目的在于表明自己'祖述'古人为诗'风谕'而作《两都赋》，'以极众人之所眩，折以今之法度'（《两都赋序》）。班固囿于古代诵读和'诗义'，他的辨析还仅局限于功政作用等外部关系方面，并没有对赋的源流体变及其原因作出深入的阐发"[⑤]。方铭先生《赋者古诗之流：〈诗经〉传统与汉赋的讽谏问题》一文通过对汉赋文学特

① 来裕恂：《汉文典·文章典》卷三，商务印书馆1913年版，第45页。

② 朱杰勤：《汉赋研究》，载《国立中山大学文史学研究所月刊》第一期，1934年3月5日出版。

③ 冯俊杰：《赋体四论（1）：赋是"古诗之流"辨》，《山西师范大学学报》（社会科学版）1986年第1期。

④ 李湘：《〈诗经〉与后世文体之赋之间的源流关系》，《山东师范大学学报》（社会科学版）1988年第3期。

⑤ 盛源：《论汉魏六朝的赋体源流批评》，《延安大学学报》（社会科学版）1989年第3期。

征的梳理，“足可证汉赋继承了《诗经》传统，并且汉赋的繁荣是汉代皇帝及汉赋作家自觉继承和发扬《诗经》传统的结果”，指出“汉赋作家讽谏内容源于社会责任”，之所以强调讽谏之旨，是因为他们“以古诗之创作目的为出发点”。[①] 陈赟先生《“赋者古诗之流”再探——论汉人的赋体讽谕观》认为“班固‘赋者古诗之流’不是一个以文体特征为基础的文体源流判断，而是一种史学家、经学家对赋体文的政治要求”，是“意在阐发赋体讽谕观”，正因为如此，“在经学背景下，汉人赋论执着于理想的‘讽谕’而批判现实的‘靡丽’”。[②]

《诗》有六艺，六艺又有“三体三用”之说，因此“赋者，古诗之流”说，完全从政治功用的角度来理解，是欠妥当的，我们也应该重视其作为文体特征的赋体源流。刘衍文撰成于1946年的《雕虫诗话》在卷二论述“赋体之起源”时，即主“古诗之流”说，一方面认为，“郑玄《周礼·宗伯下·大师》中释‘六诗’，于‘赋’曰：‘赋之言铺，直铺陈今之政教善恶。’则义兼美刺”，认同赋是用来陈述政教善恶和美刺的；但又同时指出：“刘勰《文心雕龙·诠赋》曰：‘赋者，铺也，采摛摛文，体物写志也。’摛文，作文，布文也。又曰：‘六义附庸，蔚为大国。’是言其辞兼及其体也。”又引《汉书·艺文志》“不歌而诵谓之赋。登高能赋，可以为大夫”之语，谓“是赋与诗之离而独立为文也”。从而得出结论：“故倘以今语言之，赋之演变，先为诗之一种创作方法，渐而成为一种表现手法，终而成为一种独立之文学体裁，颇类今之散文诗也。”[③] 瞿蜕园先生在《汉魏六朝赋选》一书的前言中指出：“赋的原来意义是‘铺陈其事’，为我国古代文学的表现方法之一。……到了后来，它成为一种独立的文学体制，形式介于诗歌与散文

---

① 方铭：《赋者古诗之流：〈诗经〉传统与汉赋的讽谏问题》，《漳州师范学院学报》（哲学社会科学版）2005年第2期。

② 陈赟：《“赋者古诗之流”再探——论汉人的赋体讽谕观》，《贵州文史丛刊》2007年第3期。

③ 刘衍文：《雕虫诗话》卷二，张寅彭主编：《民国诗话丛编》，上海书店出版社2002年版，第6册。

之间。但从其渊源来说，它是诗歌的衍变。所以班固说：‘赋者，古诗之流也。’”[①]高光复先生认为“赋者，古诗之流也”，“我们应该从另一个角度赋予这个观点以新的含义：赋，主要是从《诗经》的六义之一发展而来的；赋，从《诗经》中继承发展的主要是铺陈的手法”，“从总体上来说，赋这种体裁与作为《诗经》六义之一的赋这种手法之间的关系则是最为清晰，最值得重视的”。[②]康达维先生的观点也偏向于“赋体”说，他在《论赋体的源流》一文中说：“‘流’或可作‘漂流’，不过我同意龚克昌教授的解释，即‘支派’的意思（参考《汉赋研究》197页）。此外，‘流’字也可解作‘种类’或是‘学派’的意思……由此，‘流’也可引申作‘文体’的意思，例如挚虞编辑的《文章流别集》，其‘流’字即是采用‘文体’的意思。由此班固主张‘赋者，古诗之流’，是说‘赋’是《诗经》之一体。”[③]

范文澜在《文心雕龙·诠赋》的校注中说道：“赋比兴三义并列，若荀屈之赋，自六义之赋流衍而成，则不得赋中杂出比兴。今观荀屈之赋，比兴实繁，即士蔿所作，有狐裘龙茸语，三句之中，兴居其一，谓赋之原始，即取六义之赋推演而成，或未必然。”褚斌杰、李伯敬二先生[④]亦撰文赞同范说。当然也有提出商榷者，如孙尧年先生即撰《〈赋体源流辨〉驳议》[⑤]一文与李先生商榷，指出根据史实，班固的赋源于诗说并无错误。尔后，李先生又在《镇江师专教学与进修》1984年第4期上发表《赋体之源不在古诗内部》一文反驳孙说其实他们所论的不是同一个层面的话题。曹明纲先生《论赋与诗六义之“赋”的关系》对褚斌杰和李伯敬的观点提出商榷，他认为：“赋与诗六义之‘赋’的源流关系是存在的；不过不像传统观念所认为的那样，表现为赋体作品继承了诗的铺陈手法和口诵传统。赋这种文

① 瞿蜕园：《汉魏六朝赋选》，上海古籍出版社1964年版，第1页。

② 高光复：《赋史述略》，东北师范大学出版社1987年版，第4—7页。

③ 〔美〕康达维：《论赋体的源流》，《文史哲》1988年第1期。

④ 褚斌杰：《论赋体的起源》，《文学遗产》增刊第14辑，1982年2月；李伯敬：《赋体源流辨》，《学术月刊》1982年第3期。

⑤ 孙尧年：《〈赋体源流辨〉驳议》，《学术月刊》1983年第10期。

体的表现手法、名称由来，乃至形体特征的确立，都与此有着不可分割的密切联系。”[①] 徐宗文师在《试论古诗之流 —— 赋》一文中，则从赋与诗的各自特点的比较研究出发，从赋与诗的意义功用、题材内容、表现手法以及语言形式等四个方面综合讨论，认为赋与诗“有相同、互通之处”，最后得出结论是：“班固谓‘赋者，古诗之流也’，信未为过。”[②] 马积高先生《略论赋与诗的关系》一文从“赋体的形成、演变”，“赋、诗在内容和表现艺术上的交互影响”两个方面论述赋与诗的关系，认为：“赋虽兼众体，有的颇近文，然就其总体的发展言，同诗相近者多……”[③] 简宗梧先生在追溯赋体源流时认为“赋原本是诗的一种体裁，或说是一种作法，发展到汉，学者都已认定为诗的别类”，从汉人赋论中“都可以看出在汉人心目中，赋和诗有深厚的血缘关系”，“班固‘赋者，古诗之流也’是不移之论”，综合论之，汉赋是“诗的别枝”，“诗的延续”，“诗的扩大”，“散文化的诗”，“叙事描写的诗”。[④]

对“赋者，古诗之流”说的解读，也有突破成见，从新的角度另立新解者。如日本学者铃木虎雄即不满于前人从诗六艺的角度来探讨赋之诗源说，而是从形式方面来讨论赋如何由纯为韵文的诗演变为韵散兼备的独特文体的问题，他在《赋史大要》中说：“班固曰：‘赋者，古诗之流也。’考其理由，即如前述，盖《诗》以诵声为写铺陈，赋之形式所由生也。如曰赋为《诗》流，要当主此。固不得仅以六义之赋属修辞直叙之法，为与赋体之事物铺陈同其性质，而递谓赋由《诗》出，其故在斯也。”[⑤] 从诵读方法等形式方面来揭示赋与诗的关系，这是铃木虎雄的高明之处。曹虹师《从“古诗之流”说看两汉之际赋学的渐变及其文化意义》一文则敏锐地觉

① 曹明纲：《论赋与诗六义之“赋”的关系》，《江海学刊》1984 年第 5 期。
② 徐宗文：《试论古诗之流 —— 赋》，《安徽大学学报》（哲学社会科学版）1986 年第 2 期。
③ 马积高：《略论赋与诗的关系》，《社会科学战线》1992 年第 1 期。
④ 简宗梧：《汉赋史论》，台湾东大图书公司 1993 年版，第 120—143 页。
⑤ 〔日〕铃木虎雄著，殷石臞译：《赋史大要》，第 10 页。

察到了两汉之际赋学的渐变特征与“赋者，古诗之流”说提出之间的关系，认为班固“在辨别源流之中寓正本清源之意，以建立某种批评标准和价值尺度”，而这种经由“‘法度’与‘经义’揉合而成的标准，遂在汉代特定的文化思想渐变的轨迹上得以确立”，这种标准与尺度，“与中国古代封建社会长期稳定下的文化结构是相适应的”。[①] 许结师《从乐制变迁看楚汉辞赋的造作——对“赋者古诗之流”的另一种解读》一文亦“对赋源于诗的问题，历来解释或重‘用’，或重‘体’”的现象不满，试辟蹊径，“从乐制的变迁看楚、汉辞赋的造作，以‘功用’的视角为诗与赋的关系提供一种思考”，指出汉武帝设立乐府的制度与献赋之风有着内在的联系，乐制思想的“象德缀淫”与辞赋创作的欲讽反劝是一致的，而且“汉代乐府的内廷娱乐性质与象德缀淫思想的矛盾，辞赋创作欲讽反劝的矛盾，均在乐制的变迁中得以展示”。[②] 随后，许结师又在另一篇文章《汉赋造作与乐制关系考论》中继续对这一问题做了更为细致的思考，认为“赋者，古诗之流”说有一个“乐教渊源”，“赋源于诗，诗重‘颂声’，内涵‘乐教思想’”，而汉代朝廷献赋之风，不仅是“汉人建构乐制的制度化产物，也是‘赋体’源于‘新声’而归趣‘雅正’的诗教传统与乐教现实的反映”。[③] 这些新解为“赋之诗源说”注入了新的活力，裨益于学界对这个问题研究的进一步深入开展。

## 第二节　经学夹缝中的汉赋与诗经学关系的间接探讨

汉赋与诗经学的关系的讨论，目前已在学术界成燎原之势，但在此前

---

① 曹虹：《从“古诗之流”说看两汉之际赋学的渐变及其文化意义》，《文学评论》1991 年第 4 期。

② 许结：《从乐制变迁看楚汉辞赋的造作——对“赋者古诗之流”的另一种解读》，《辽东学院学报》2005 年第 1 期。

③ 许结：《汉赋造作与乐制关系考论》，《文史》2005 年第 4 辑。

的很长一段时期内却隐匿于汉代经学与文学的关系探讨之中，偶尔有所提及。尽管只是间接地探讨，但其中碰撞出的星星之火，即研究的方法与思路也不容忽视。

章太炎《国故论衡·辨诗》在“小学亡而赋不作”段中即认为风、雅、颂三义皆“因缘经术”，赋所以不同于诗，在于赋以经术之“绪余”——小学而作赋，即“相如、子云小学之宗，以其绪余为赋”，而赋与小学互相融涵，不再以“吟咏情性”为本质特征，这就是所谓的“诗赋道分”。[①]谢无量继承太炎“因缘经术”之说，他在《中国大文学史》第三编《中古文学史》第四章第四节“词赋派”中指出：“文人类病不通经术，然古之善词赋者，犹必以经术为缘饰。司马相如尝从胡安受经……严助、朱买臣、吾丘寿王、终军之徒，本词赋之材，或受业博士，或通经善论义理，并为武帝亲信，常在左右。”[②]赋家身份儒生化，作赋自然要以经术来缘饰。陶秋英《汉赋研究》第三篇《汉赋》第一章《汉赋的形成》第四节论述了汉赋与经学之关系，主要提出了两个观点：一是汉赋的发达与经学相对立，“学术和文学往往是相对的”，“经学这东西是比较枯燥的学问，决不是想象丰富、情绪奔放的天才的文学家所愿受其拘束的”。正因为如此，“所以一般决不做卫道崇圣的事业的天才者既短于此，遂放其所长于彼，于是赋家辈出，这是经学特盛的反响，成就了辞赋，光明灿烂的发达在汉代，和经学对峙着。”二是经学特盛带来了文字训诂学的进行，从而使辞赋创作繁荣，“历史上的事实，常常是循环式的波浪式的，因了文学的进步，研究文字学深通文字学的自然也不乏其人了，而赋也因了文字的进步，更便利它的描写和铺陈”，并举司马相如《子虚赋》为例，指出“文字的进步，帮助了修辞，而使赋也更发扬、更光大”。[③]刘

① 章太炎撰，陈平原导读：《国故论衡》，上海古籍出版社 2003 年版，第 89—90 页。

② 谢无量：《中国大文学史》，中州古籍出版社 1992 年版，第 27—28 页。

③ 陶秋英：《汉赋研究》，浙江古籍出版社 1986 年版，第 98—101 页。此书原名《汉赋之史研究》，1936 年由中华书局出版，郭绍虞《序》称：“陶女士此著原为民国二十一年燕京大学研究院的硕士论文。”

大杰先生在《中国文学发展史》第六章《汉赋的发展及其演变》中指出汉赋兴盛的原因之一就是汉代“学术思想的统治”，汉武帝以后，儒家定为一宗，征圣、宗经、原道的观念成为文学理论的标准，大家都以此指导文学、批评文学，“抒情的浪漫文学，是无法发展的。唯有赋反带着歌颂与讽谕的美名，古诗的遗意，一天天的滋长发育起来了”，并指出汉代的“历史家、思想家、经学家如司马迁、董仲舒、刘向、班固、张衡、马融之流，都喜欢作赋的事”，乃是因为赋与“儒家所要求的宗经原道”相合。[①]

20 世纪 50 年代以前关于汉赋与经学（包括诗经学）的讨论，已经看出了几种不同学说的雏形，即汉赋与经学的“对峙说”、汉赋是经学的“附庸说”以及“混融一体”说。20 世纪 50 年代以后，尤其是 80 年代以来，这几种学说的争论也愈演愈烈。万光治先生在《汉赋与汉诗、汉代经学》一文中即指出：在汉代文学史上，经学与赋学之间出现了一个有趣的现象，即“经学之士鄙薄辞赋，又往往技痒，时有所作；赋家属文，惟恐干犯经学，却常常受到后者的攻击。经学家竭力想以自己的文学观规范赋家的创作，汉赋因之受到许多消极的影响；但赋家在创作中不能不受文学规律的支配，在客观上常常表现为与经学的对抗”。万先生认为出现这种现象的主要原因之一是“由于历史遗留下来的痕迹和习惯心理……特别是先秦学术思想经汉人改造为经学体系后，它们作为统治阶级的理论武器，与政治实践保持着远较文学为密切的关系”，所以“经学视文学为附庸，经学之士的政治地位高于汉赋作家，便成为理所当然的事情”；并以董仲舒、孔臧、王褒、班固等经学家的赋作为例，详细论述了经学对赋创作的影响，认为经学使汉赋“拖着一条沉重而又极不协调的经学尾巴”，“曲终奏雅”“劝百讽一”之所以成为汉赋最为突出的缺陷，经学应当负有很大的责任。[②] 刘松来先生《经学衰微

① 刘大杰：《中国文学发展史》，百花文艺出版社 1999 年版，第 115 页。按：刘大杰《中国文学发展史》上卷完成于 1939 年，1941 年由中华书局出版，百花文艺出版社据此本印行，较多地保存了原貌。复旦大学出版社 2006 年版本用的是 1962 年修订本，此段引用有较多删节，不用。

② 万光治：《汉赋与汉诗、汉代经学》，《四川师范学院学报》1984 年第 2 期；其《汉赋通论》（增订本）第十一章亦收录，中国社会科学出版社、华龄出版社 2004 年版。

与汉赋的文体升华》也认为“在汉代历史上，赋作为一种代表性文体……由于受到经学的制约，以散体大赋为体式的汉赋的文学性状并未得到充分展露，而很大程度上沦落为经学话语的附庸”[①]。与此观点不同的是，陈松青先生在其著作《先秦两汉儒学与文学》的结语《汉代文学不是经学的附庸》中认为汉赋不是经学的附庸，“自司马相如以后，大赋作品用儒家思想来进行讽谏，具有说教的意味，虽有违艺术规律，但就其骋辞的部分而言，无疑是具有文采的”，作者还举例说明“这一时期除了表现儒家思想意识的观念先行的大赋作品外，还有不少表现个人真实内心感受的好作品……这些作品虽然或多或少地带有儒家思想的色彩，但是却无法否定它们是运用文学手段创作出来的富有文采的优秀文学作品”。[②]“混融一体”说的赞成者较多，如简宗梧先生《汉赋源流与价值之商榷》即指出：“汉代赋家与儒家，源流流长，是有亲密的血缘关系的，尤其是有汉一代，赋家依附儒家而求发展，儒家藉辞赋以达目的，同车共辙，相形益彰。”[③]汉赋创作的变化与汉代经学风尚的演进相一致，经学在不同时期呈现出不同的风貌，汉赋也随之发生相应的变化，刘培先生《经学的演进与汉大赋的嬗变》一文即认为如此，如武帝时期，董仲舒兴“公羊学”，公羊学的“大一统思想”“屈民申君，把君权绝对化的思想”以及淡薄讽谏都与司马相如《天子游猎赋》中的思想相通。元、成时期《诗》学尊显，“扬雄的大赋接绪司马相如而又深受当时经学的濡染，具有浓厚的宣扬正统儒家思想和重视讽谏的倾向”。西汉末、东汉初的谶纬化经学兴起，“在这种风气的影响下，东汉前期的大赋有大量谶纬的内容，并且极力宣扬帝王躬行儒术，讽谏之义基本抛弃了”。东汉中叶以后，古文经学逐渐压倒今文经学，“受古文经学影响较深的是张衡的《二京赋》”，主要表现是“《二京赋》不言谶纬，行文多依从古文经”，“《二京赋》冷静

---

① 刘松来：《经学衰微与汉赋的文体升华》，《江西师范大学学报》（哲学社会科学版）2002 年第 3 期。

② 陈松青：《先秦两汉儒学与文学》，湖南师范大学出版社 2004 年版，第 339 页。

③ 简宗梧：《汉赋源流与价值之商榷》，台湾文史哲出版社 1980 年版，第 102 页。

地批判现实的态度和古文经学家崇实征信的学风是一致的”。[①]冯良方先生的《汉赋与经学》是当前汉赋与经学研究的一部力作，主要是从经学的角度解读汉赋，认为“汉赋与经学都是同体共生，难分彼此的”[②]，本于此，该书较为详细地探讨了汉赋与经学之间亲和与悖离的现象及其本质。

超脱于这三种观点之外而另辟蹊径的是聂石樵先生的相关论述，他敏锐地观察到了汉赋作品大量引经据典的事实，指出“西汉王朝尊儒、崇儒的学术风气，也给这一时期之文学形成以很大影响。……因为要达到‘文章尔雅，训辞深厚’，文人作文作赋都引经据典起来”，扬雄、刘歆赋作便多引《春秋》《左传》，“至于崔骃、班固、张衡、蔡邕，乃多采摘经史，使文章写得华实并茂，成为后人写作之楷模”。“司马相如、王褒以前，文人们多驰骋文才而不考求学问，扬雄、刘向以后往往征引经书来写文章，这是取舍之分野，是不容混淆的”，“到光武中兴以后，很多文人稍改从前之写法，在文采与内容的结合中，酌量采用经典中之辞藻，这大概由于历代都聚集学者讲经，因而逐渐感染了儒学之风气”。[③]尽管聂先生的论述有些是从感观上觉察到的经验之谈，但他所开启的研究方法和思路值得我们学习。在这种学术思路的指导下，笔者曾撰写《〈神乌傅（赋）〉引经、子文谫论》[④]一文，着意于对尹湾汉墓出土的《神乌傅（赋）》引用《诗经》《孝经》《老子》《庄子》中文字的考论，发掘其中的经学、子学价值及其所展现的文学魅力。

## 第三节　汉赋与诗经学关系的直接关注

汉赋与诗经学关系的研究逐渐从经学与文学研究的夹缝中独立出来，

① 刘培：《经学的演进与汉大赋的嬗变》，《南开学报》2001 年第 1 期。

② 冯良方：《汉赋与经学》，中国社会科学出版社 2004 年版，第 2 页。

③ 聂石樵：《先秦两汉文学史稿》（两汉卷），北京师范大学出版社 1994 年版，第 14—16 页。

④ 王思豪：《〈神乌傅（赋）〉引经、子文谫论》，《东南文化》2009 年第 4 期。

日益得到学界的重视，近年来成为一个热点问题，取得了不俗的研究成绩。

大凡学术研究的增长点有二，除了学术风尚演变的转折之处外，还有一个就是学术形成的源头所在。汉赋与诗经学的关系探讨，必然绕不开汉赋与《诗经》的渊源关系的争论，章沧授师《论汉赋与诗经的渊源关系》一文即从此处着力，在详细考察、分析材料的基础上，较为全面地论述了“汉赋的名称与诗经”“汉赋的内容和诗经”“汉赋的形式与诗经”等问题，认为汉赋的讽颂思想来源于《诗经》，汉赋叙事之源头来源于与《诗经》有关的苑囿、田猎等内容的诗篇，赞成陈子展的《诗经》“虚词滥美，已开汉世辞赋夸诞之渐”的说法，指出《诗经》大量的现成语词、句式和修辞手法等都为汉赋所袭用。[①] 从主题内容上来探讨汉赋与《诗经》关系的成果较多，如于雪棠先生的《〈周易〉〈诗经〉及汉赋狩猎主题作品之比较》[②]、翟翠霞先生的《〈诗经〉与汉赋美人形象之比较》[③] 二文即是。汉代诗经学对汉代的辞赋观和辞赋创作的影响也非常明显，谭德兴先生《论〈诗〉学与两汉辞赋观的发展——经学与文学关系之考察》认为在两汉经学极盛的大背景下，“辞赋的创作与批评没有超然于经学这种时代发展的主流思潮之外”。它们之间的联系“主要表现在以《诗》评《骚》、据《诗》论赋以及辞赋作品的采《诗》用《诗》中”，而这些则“充分体现了两汉时期经学文学化与文学经学化的互动特征”。[④] 郭令原先生《论〈诗经〉对东汉赋创作的影响》认为“东汉作家由于对《诗经》认识不同，在赋的创作中，一些作家注重接受颂德和讽谏内容，以表达自己的政治愿望；另一些作家则从文学方面吸收《诗经》的养分，表现个人对现实生活的感受。就文学史而言，后者的意义固然重要，但前者的作用同样不能忽视”[⑤]。

---

① 章沧授：《论汉赋与诗经的渊源关系》，《安庆师范学院学报》（社会科学版）1990 年第 2 期。

② 于雪棠：《〈周易〉〈诗经〉及汉赋狩猎主题作品之比较》，《中州学刊》2001 年第 1 期。

③ 翟翠霞：《〈诗经〉与汉赋美人形象之比较》，《乐山师范学院学报》2001 年第 5 期。

④ 谭德兴：《论〈诗〉学与两汉辞赋观的发展——经学与文学关系之考察》，《贵州大学学报》（社会科学版）2003 年第 1 期。

⑤ 郭令原：《论〈诗经〉对东汉赋创作的影响》，《南京师范大学学报》（社会科学版）2003 年第 2 期。

汉赋引《诗经》研究也日渐受到学界重视，董治安先生《以〈诗〉观赋与引〈诗〉入赋》一文是这个方面研究的典范之作，该文首先就“汉人以《诗》观赋、以《诗》论赋”现象作了论述，认为这“从一个方面反映了此一历史阶段之经学化了的《诗》学观”。接下来，作者又立足文本，对汉赋中的引《诗》资料作了一些整理，发现“很多是藉称《诗》以宣讲儒道、张扬经学”，更值得重视的是，“有一部分则重在援引古诗原有的蕴义和诗文本身，或援用诗典，或化用诗意，或引用诗句，客观上已经具有了文学借鉴的意义”。据此，董先生总结道：“《诗》三百一经流传，就不断产生双向的影响：既是政治的、经学的，也是诗学的、文学的；汉人以《诗》观赋与引《诗》入赋，又于此提供了新的例证。”[①]曹建国、张玖青二位先生《赋心与〈诗〉心》一文也分一节对汉赋引《诗》作了论述，认为“汉赋大量引《诗》化《诗》，使得赋在言语的层面更加趋于诗化”，“在汉赋引《诗》的进程中，扬雄是关键性的赋家”，文章称扬雄是汉赋作家中“第一个自觉引《诗》入赋的人”，东汉以后引《诗》入赋更为普遍，整体而言，《诗经》对汉赋的影响“可以区分为经学的、文学的两种，但总的趋势是文学影响越来越大”。[②]

就作者所检，目前系统地论述汉赋与诗经学关系的文章，还有金前文博士的毕业论文《汉赋与汉代诗经学》[③]，金文主要是从渊源、主题、体裁、写作技法等方面，较为深入地考察了诗经学对汉赋的影响，认为“汉赋创作之所以表现出鲜明的诗经学特征，是由于赋家接受诗经学影响的缘故”。在主题上，汉赋阐发君“德”，宣扬君“仁”，“讲求孝、节俭戒骄淫、以民为本、致任贤能、省刑罚兴教化、不穷兵黩武、守义战”等思想，这与诗经学的“讽”“颂”特征密切相关；在题材上，汉赋选用“与君的举止进退

---

① 董治安：《以〈诗〉观赋与引〈诗〉入赋》，《河北师范大学学报》（哲学社会科学版）2002年第3期。

② 曹建国、张玖青：《赋心与〈诗〉心》，《文学评论》2008年第2期。

③ 金前文：《汉赋与汉代诗经学》，华中师范大学2006年博士学位论文。

施用密切关联的宫室台榭、田猎、祭祀、乐等物件或事项”，这是对四家《诗》学精神的贯彻；在写作技法上，汉赋“以夸饰为主，并用史、谶纬、杂说等材料来衍文，多模拟”，这与“四家说《诗》，或取《春秋》，或采杂说，表现出了用史、杂说、谶纬说《诗》的特点”是一致的。据此，金博士指出：汉赋“始终是以诗经学的附属物出现的，并没有获得独立的社会地位或达到‘文学的自觉’”。

## 第四节 研究存在的不足及几点思考

百余年来，前辈时贤着力于汉赋与诗经学关系的探讨，笔耕不辍，他们的专著与论文筚路蓝缕，创新发微，对我们今天的研究极有参考价值和启发意义，但也还存在一些问题与不足：

首先是散点研究比较繁盛，而综合研究相对冷落，如对“赋者，古诗之流”说的论述，自古至今，论者往往是各自据为己用，缺乏系统而有规律性的全局观式的探究。

其次是本论题的相关研究大多集中于汉赋与《诗经》在主题内容、语言形式方面的探讨，因袭多而创见少，并未深入到文本的深层去探究。汉赋与诗经学之关系的研究，当前还只是停留在一种表象的浅层次的探讨，均未能深入到问题的内部，获得实质性的结论。

再次是未能对汉赋引《诗》、用《诗》的材料进行系统地爬梳和整理，多是举出一两例，便粗疏立论，这样难免会一叶障目，未能识得全林。且不以“用”为着力点，容易陷入空洞地谈论汉赋与儒学关系的窠臼，并未能深刻揭示汉赋“依经立义”对《诗经》的经学阐释与文学阐释的贡献。

最后是汉赋引《诗》、用《诗》在诗经学史上的意义和贡献未能得到充分地重视和研究，学术界关注其在经学意义层面的贡献较多，而对于汉赋的创作与传播在对《诗经》的文学层面的阐释却流于表面化。

缘与此，作者不揣浅陋，为进一步探讨这个问题提供如下几点思考：

一、“汉赋与诗经学互证研究”的性质问题。诗经学是汉一代之重要学术，汉赋是汉一代之卓荦文学，二者存在交互渗透现象，这是对二者进行“互证”研究的基础。《诗》与赋在学术史、文学史上皆具有前导性，“汉赋与诗经学互证研究”是理解汉代文学与经学关系的一个新切入点，因此，这个课题既是一种综合性研究，也是一种交叉研究，具有文学创作、理论批评与诗经学史本体研究及边缘研究相结合的跨学科性质，是一项诗（《诗》）赋（汉赋）、经（《诗经》）集（赋）互证研究。

二、赋体源流的问题，学界争论纷纭，成果层出，但有待解决的问题还有很多。我们不妨着意于围绕“赋者，古诗之流”说为中心，解读其中所蕴含的二元倾向，探讨其如何在经学话语的影响下成为赋论的关键所在；系统地梳理出历代文士对“赋者，古诗之流”说阐发的系谱，探讨这其中的“尊体”途径是怎样实现的；赋学理论是如何在“赋之诗源说”这顶保护伞下得以生存、延续和创新的；一些常见术语，如“赋心”“赋迹”说的本义与延伸义有了什么变化。循此讨论，期以得出“为何如此？”“有何作用？”等相关的结论。

三、研究思路问题。仔细爬梳汉代赋作中引《诗》、用《诗》情况，开掘这部分文献中的有关诗经学的资料，仿官家断案之法，逐条条列分明，寻觅出汉赋创作与传播对汉代诗经学发展所起影响的踪迹。我们采取原始而笨拙的“数据排比法”，具体操作如是：先逐条分列出汉赋引《诗》条目；然后辅以魏源、陈氏父子、王先谦等清儒的辑佚成果，在其下依次胪列《鲁诗》说、《齐诗》说、《韩诗》说、《毛诗》说；如果今有新的出土文献资料，再附于后；最后整体爬梳，前后披寻，逐条辨识出赋家引《诗》家数的蛛丝马迹。据此，我们试图探讨《诗经》在汉赋形成、发展、鼎盛过程中究竟起到了什么作用？汉赋是如何在实际创作中实现“依经立义”的，其对《诗经》的经学阐释又有什么样的贡献？后世《诗经》经解著作是如何处理、利用汉赋文本材料的，又因此构成了什么样的诠释体系？

四、古代文学研究应用两条腿走路，不仅要关注“古代的文学理论”，还要重视“古代文学的理论”。[①]本于此，探讨汉赋作品中的《诗》学理论批评，希冀对汉人《诗》学观的理解与论述有所裨益，这是我们未来研究的一个目标。汉赋引《诗》、用《诗》蕴藏着丰富的诗经学文学阐释材料，其中一个重要的现象是“《诗》曰”的隐去，这与先秦典籍以及《史记》和汉代政论文的用《诗》格式绝然不同，这种引《诗》方式又有什么内在的意蕴，对后世五、七言诗的兴起和发展又有怎样的影响呢？汉赋“依经立义”，大量引用、拟效并改造《诗经》章句，与刘勰后来总结出的“宗经”“征圣”说有什么样的内在关联？

汉赋与《诗经》的关系是比较深隐的，绝非流于表层的主题、题材与结构形式所能总结和概括的。如何全面展现《诗经》对汉赋的创作及其传播、接受，以及汉赋对《诗经》的阐发、批评的问题，是汉赋与诗经学研究的一个重点，也是难点。我们认为：应以汉赋作家的受学情况为背景，以汉赋文本中用《诗》、论《诗》的文字为主体，以诗经学思潮之发展为根基，以历代赋论为参照，进行“渊源互证”；逐条条列辨析汉赋用《诗》材料，对清儒的三家诗辑佚工作做出有益的补充；以后世经解著作中的汉赋材料利用为依据，阐述汉赋文本中的用《诗》文献在诗经学史上的独特贡献，进行文献“经义互证”；以汉赋作家的受学情况为背景，以汉赋文本中用《诗》、论《诗》的文字为主体，进行文本“诗性互证”；以汉赋与诗经学为互证例案，开掘诗（《诗》）赋（汉赋）、经（《诗经》）集（赋）互证内涵。“互证法”贯穿课题研究始终，研讨赋家《诗》学观、《诗》家赋体观，探索经、集互证范式。初步构建一个汉赋与诗经学在互证中呈现出的“以经丰赋”“以赋传经”和“以经尊赋”及“以赋解经”的互渗图景。

---

① 程千帆：《古典诗歌描写与结构中的一与多》，《古代文学理论研究丛刊》第 6 辑，上海古籍出版社 1982 年版，第 19 页。

# 甲　编

## “赋之诗源说”系谱论

# 第一章
# “赋之诗源说”新诠解：经学与文学阐释的互动

汉人将赋与《诗》联系起来讨论是一个普遍现象，《诗》于汉代有着经学阐释与文学阐释的双重线索，这注定汉赋会与《诗》的二元阐释结下不解之缘。经学阐释的赋意识要求赋“依经立义”，以讽谏、颂德为主要目的；文学阐释的赋意识要求赋展现文学魅力，以铺采摛文为主。从汉代赋家定位和汉人论赋的角度分析，经学阐释的赋意识占据着主导地位，是一种自觉的、有意识的行为；而在具体的创作过程中，文学阐释的赋意识胜过经学阐释的赋意识，是一种不甚自觉的、潜意识的行为[①]。这两种行为，前者是外部强加的，是特定的政治教化的产物；后者是与生俱来的，是赋本身源于古诗而客观存在的文学传统的不自觉彰显。

---

① 关于“文学的自觉说”，日本学者铃木虎雄认为“魏的时代是中国文学的自觉时代”（《中国诗论史》，广西人民出版社 1989 年版，第 37 页）。鲁迅在《魏晋风度及文章与药及酒之关系》一文中沿袭铃木虎雄的“文学自觉说”观点（《鲁迅全集》第 3 卷，人民文学出版社 1981 年版，第 504 页）。其后，“魏晋文学自觉说”风靡学界。又有学者倡“汉代文学自觉说”，如龚克昌即认为汉赋是“文学自觉的起点”（《汉赋——文学自觉时代的起点》，《文史哲》1988 年第 5 期）。张少康也认为：“文学的独立和自觉是从战国后期《楚辞》的创作初露端倪，经过了一个较长的逐步发展过程，到西汉中期就已经很明确了，这个过程的完成，我以为可以刘向校书而在《别录》中将诗赋专列一类作为标志。”（《论文学的独立和自觉非自魏晋始》，《北京大学学报》1996 年第 2 期）赵敏俐亦撰文支持“汉代文学自觉说”（《“魏晋文学自觉说”反思》，《中国社会科学》2005 年第 2 期）。

## 第一节　从“赋者，古诗之流也”说起

班固《两都赋序》谓：“或曰：赋者，古诗之流也。”此乃赋学史上一个著名论断，有着复杂的理论内涵。不少研究者认为这是班固从经义标准和政教功能上来确认赋的历史渊源，说的直白点，就是赋假攀附《诗经》来提高自身的社会地位。这固然有其合理性的一面，但仅限于此吗？这里我们注意到两点：一是既然称“或曰”，当是班固引述别人的观点，即在班固之前，赋源于诗之说就已经形成；二是班固于“诗”之前着一“古”字，即赋不是汉代《诗经》之流，而是在经学还未确立之前的先汉时代的“诗”之流。此时的《诗》还未被经学的光环（或枷锁）完全笼罩（或桎梏），其自身的文学特性仍在彰显着诱人的魅力。于是引起“言语侍从之臣，若司马相如、虞丘寿王、东方朔、枚皋、王褒、刘向之属，朝夕论思，日月献纳”，他们以自身的天性，继承了延传至此的古诗的文学因素，着意于辞藻华丽、敷陈气蕴的文学描绘，让读者在文学的殿堂里尽情感受文学的魅力，以致“飘飘然有凌云之志”；而“公卿大臣御史大夫倪宽、太常孔臧、太中大夫董仲舒，宗正刘德、太子太傅萧望之等，时时间作”。[①] 这群“公卿大臣”接受《诗》的文学元素的涵养恐怕比“言语侍从之臣”要小得多，而受经学的熏陶更多些[②]，所以他们的赋作多以经义圣旨为准则，着意于讽喻美刺，体现仁义教化。

班固是把赋作为润色鸿业的文体来看待的，但他把赋抬举到与《诗经》一样崇高的地位，从思想意义层面谈赋与《诗》的关系，这又并不完全仅就文体溯源方面的考量。班固之后，不乏知音。晋皇甫谧《三都赋序》曰：

① 萧统编，李善注：《文选》，第 21 页。

② 因为他们多以经学名家。倪宽，修《尚书》，以郡选诣博士孔安国；孔臧，仲尼之后，代以经学为家，专修家业；董仲舒以修《春秋》为博士；刘德，学举六经，立《毛诗》《左氏春秋》博士，修《礼》《乐》；萧望之，主治《齐诗》，兼学诸经，传汉代《鲁论语》。

然则赋也者，所以因物造端，敷弘体理，欲人不能加也。引而申之，故文必极美；触类而长之，故辞必尽丽。然则美丽之文，赋之作也……子夏序《诗》曰：“一曰风，二曰赋。”故知赋者，古诗之流也。①

《诗》之六义之中，赋居其一，或可认为是一种写诗的方法，意为“铺陈”，这样，赋由一种写作方法衍化而成一种文体。挚虞《文章流别论》亦云：

赋者，敷陈之称，古诗之流也。古之作诗者，发乎情，止乎礼义。情之发，因辞以形之；礼义之旨，须事以明之。故有赋焉，所以假象尽辞，敷陈其志。②

他们均在“诗”前着一“古”字，即注意到汉赋在继承汉代诗经学的美刺讽喻功能以外，其源自于古诗的文学特质并未泯灭。《汉书·艺文志》云“汉兴枚乘、司马相如，下及扬子云，竞为侈丽闳衍之词，没其风谕之义”③，也恰好反过来印证了这点。许结师即认为班固此语“显然是通过赋史的考索而表现的文学批评倾向”④，确是。班固在一定程度上肯定了汉赋“文采华美”的特质，《汉书·叙传下》评相如赋即谓：“文艳用寡，子虚乌有，寓言淫丽，托风终始，多识博物，有可观采，蔚为辞宗，赋颂之首。”⑤

班固仅是“赋之诗源说”的突出代表，汉人将赋与《诗》联系起来讨论是一个相当普遍而又突出的现象。翻检今存的汉人赋论，在探讨汉赋起

---

① 萧统编，李善注：《文选》，第641页。

② 严可均辑：《全上古三代秦汉三国六朝文》之《全晋文》卷七十七，中华书局1958年版，第1905页。

③ 班固：《汉书》，中华书局1962年版，第1756页。

④ 许结：《汉代文学思想史》，人民文学出版社2010年版，第290页。

⑤ 班固：《汉书》，第4255页。

源及特征的全过程，以及赋家在创作的过程中，都不曾离开过《诗》。这里我们切忌只把这种现象的出现，简单地视为汉赋对《诗经》的攀附，抑或认为是单纯地受《诗经》的政治功能与讽谏的经学思想地牢囿和制约。其实汉人在对《诗》进行经学阐释的同时，也在不自觉地进行着后人所谓的“文学阐释”，其对汉赋的影响也不容忽视。这也就注定了汉赋与汉代《诗》的二元阐释结下不解之缘，刘勰或许意识到了这种缘分，便在《诠赋》篇赞曰：“赋自诗出，分歧异派。写物图貌，蔚似雕画。抑滞必扬，言庸无隘。风归丽则，辞翦美稗。”①

## 第二节 “赋之诗源说”的经学阐释

汉代诗经学有鲁、齐、韩、毛四家，鲁、齐、韩为今文经学，毛为古文经学。他们在文字、训诂方面虽各有出入，但在义理阐释、政治功用的指向上一致，即讽喻美刺，体现政教善恶。正如《汉书·儒林传》所说：“（韩）婴推诗人之意，而作《内》《外传》数万言，其语颇与齐、鲁间殊，然归一也。”②汉人阐释《诗经》义理，美刺讽喻之说，随处可见，如《周礼·春官·宗伯下》云：“讽诵诗、世奠系，鼓琴瑟。”郑玄注云：“诵诗以刺君过。”③《毛诗序》详尽地解释为：“上以风化下，下以风刺上，主文而谲谏，言之者无罪，闻之者足以戒，故曰风。”④又《诗谱序》说得更明确：“论功颂德，所以将顺其美；刺过讥失，所以匡救其恶，各于其党，则为法者

① 刘勰著，范文澜注：《文心雕龙注》，第137页。

② 班固：《汉书》，第3613页。

③ 郑玄注，贾公彦疏：《周礼注疏》，阮元校刻：《十三经注疏》，中华书局1980年版，第797页。

④ 毛亨传，郑玄笺，孔颖达疏：《毛诗正义》，阮元校刻：《十三经注疏》，中华书局1980年版，第271页。

彰显，为戒者著明。”[①] 考查汉人论《诗》，无论兴盛于西汉学官的“三家”（鲁、齐、韩），还是渐兴于东汉的“毛诗”，“美刺”两端，实以“刺”为主，尤其是《风》《雅》（主要是《小雅》），显刺多于隐讽[②]。这也是西汉治“鲁诗”的王式为昌邑王师时“以三百五篇谏，是以无谏书”[③] 的理由。无怪乎清人程廷祚称：“汉儒言《诗》，不过美刺二端。”[④] 皮锡瑞也说：“武、宣之间，经学大昌……以三百五篇当谏书。”[⑤] 近人闻一多说得更为直白：“汉人功利观念太深，把《三百篇》都做了政治课本。”[⑥]

在“五经”中，赋与《诗》之因缘最为深密，一在“义”，一在“律”，所谓“词赋本《诗》之一义。秦汉而下，赋遂专盛。……然对偶属韵，不出乎诗之律”[⑦]。然考查汉人称“赋”源“诗”，皆《诗》三百篇之专指，其原《诗》惟重功用，即有资于王政之讽喻功能。《毛诗序》云：“《诗》有六义焉……二曰赋。”[⑧]《周礼·春官·大师》也说“教六诗：曰风，曰赋……”，郑玄注曰：“赋之言铺，直铺陈今之政教善恶。”[⑨] 汉代《诗》的经学阐释，注重的是《诗》的讽喻美刺的特征。“赋之诗源说”的经学解读也很重视这一点，汉人论赋，首重讽喻之说，如《史记·屈原贾生列传》批评宋玉等人赋“祖屈原之从容辞令，终莫敢直谏”；《史记·司马相如列传》称作《上林赋》意图“故空藉此三人为辞，以推天子诸侯之苑囿，其卒章归之于节俭，因以讽谏。奏之天子，天子大悦”；《汉书·司马相如传赞》批评司马相如赋“虽多虚辞滥说，然要其归，引之于节俭，此亦《诗》之

---

① 冯浩菲：《郑氏诗谱订考》，上海古籍出版社2008年版，第12页。

② 据朱东润先生《诗三百篇探故》（上海古籍出版社1981年版，第100页）统计：《风》160篇，美诗17，刺诗78；《小雅》74，美诗4，刺诗45；《大雅》31，美诗7，刺诗6。合而言之，《风》《雅》265篇中，计美诗28，刺诗129。

③ 班固：《汉书》，第3610页。

④ 程廷祚：《青溪集》卷二《诗论十三》，金陵丛书（乙集）本，第6页。

⑤ 皮锡瑞著，周予同注释：《经学历史》，中华书局1959年版，第90页。

⑥ 闻一多：《匡斋尺牍》，《闻一多全集》，湖北人民出版社2004年版，第214页。

⑦ 刘因：《静修续集》卷三《叙学》，文渊阁《四库全书》，第1198册，第686页。

⑧ 毛亨传，郑玄笺，孔颖达疏：《毛诗正义》，阮元校刻：《十三经注疏》，第271页。

⑨ 郑玄注，贾公彦疏：《周礼注疏》，阮元校刻：《十三经注疏》，第796页。

讽谏何异”，等等[①]。刘熙载《艺概·赋概》云：“古人赋诗与后世作赋，事异而意同。意之所取，大抵有二：一以讽谏，《周语》‘瞍赋蒙诵’是也；一以言志，《左传》赵孟曰‘请皆赋以卒君贶，武亦以观七子之志’……是也。”[②]即指自汉廷赋家继承周室“天子听政”的讽喻传统，从事作赋、献赋的事业，其意也在于“讽谏”与“言志”。

赋文本中引《诗》、论《诗》也多遵从《诗》的经学之旨，即在创作中自觉运用的一种讽喻、颂德方法。如东方朔《七谏》云：“飞鸟号其群兮，《鹿鸣》求其友。”《鹿鸣》，《毛诗序》曰：“燕群臣嘉宾也。既饮食之，又实币帛筐篚，以将其厚意，然后忠臣嘉宾，得尽其心矣。”[③]经义是说只有君王圣明重贤臣，大臣才会尽忠于他，东方朔即取此旨。司马相如《上林赋》：“悲伐檀，乐乐胥。”前句取义于《魏风·伐檀》，后句取辞于《小雅·桑扈》“君子乐胥，受天之祜”，奉“天”悯“人”，讽喻君王“佚游”之乐。扬雄《逐贫赋》：“舍尔入海，泛彼柏舟。”此取辞于《邶风·柏舟》“泛彼柏舟，亦泛其流。耿耿不寐，如有隐忧”，托言“柏舟”，寄寓讽世忧心。汉赋用《诗》多遵循融《诗》义于创作的讽喻、颂德主旨。

总而言之，我们认为“赋之诗源说”的这种经学定位，就自然地将赋的批评纳入到了“依经立义”的范畴中，从而指导创作，强调讽喻、颂德。但赋的这种“诗源说”的经学阐释是外部强加于它的，是汉代政治与文化对它的诉求和期待。赋家要求得赋的生存和发展，或是自身的生存和发展，就必然会以这种批评观来指导自己的创作，即赋家以这种创作意识来给自己的社会角色以及由此产生的赋的社会功用定位。汉赋，尤其是汉大赋，

① 按，如《史记·太史公自序》：“《子虚》之事，《大人》赋说，靡丽多夸，然其指风谏，归于无为。”扬雄《甘泉赋序》：“正月，从上甘泉还，奏《甘泉赋》以风。”《羽猎赋序》：“故聊因《校猎赋》以风。”《长杨赋序》：“是时农民不得收敛。雄从至射熊馆，还，上《长杨赋》，聊因笔墨之成文章。故藉翰林以为主人，子墨为客卿以风。”张衡《二京赋序》：“时天下承平日久，自王侯下，莫不逾侈，衡乃拟班固《两都》，作《二京赋》，因以讽谏。”《东京赋》：“故相如壮《上林》之观，扬雄骋《羽猎》之辞，虽系以隤墙填堑，乱以收置解罘，卒无补于风规，只以昭其衍尤。”

② 刘熙载：《艺概》，第95页。

③ 毛亨传，郑玄笺，孔颖达疏：《毛诗正义》，阮元校刻：《十三经注疏》，第405页。

辞藻华丽，极尽铺排之能事，赋的文学艺术特色多样呈现，可每至曲终皆归雅正，显志讽喻，正如罗根泽先生所言：“本来辞赋是一种优美的文艺，无奈汉人虽赏识它的优美，而又薄弃它的无用，所以不得不承受美刺的领导，装上‘讽谏’之作用。”[①] 这些都与《诗》的经学阐释关系密切。

可是，《诗》三百五篇，毕竟有其文学特质，汉人对此也并没有完全薄弃，尤其是汉代赋家更没有忽略它。一方面是因为赋家在从事创作时，尽管他们渴望赋能发挥像《诗经》一样的美刺讽喻的政治功效，但在实现这种功效的过程中，必然要借助文学的虚构和言辞来表达；另一方面是因为“赋之诗源说”中的文学传统是客观存在的，以致在赋的实际创作过程中，它的题材、言语修辞与经学阐释有着很大的不同，甚至讽喻的方式都以委婉含蓄出之。这是因为赋家们有着强大的美感诉求，这种诉求很大一部分即来源于《诗》的文学阐释传统。

## 第三节 “赋之诗源说”的文学阐释

《诗》由经学阐释向文学阐释的转折点是宋、明时期[②]，但是，我们也应注意到《诗》的文学阐释并非始于宋、明。从《诗》本身来看，无论是具有“缘情”特质的十五《国风》，还是典雅雍容的《雅》《颂》，自从它们诞生的那一刻起，就具有了文学的特性，这是与生俱来的特质。于是对它们的阐释也就会显现出文学的色彩，或朦胧，或清晰，但它的存在不容否认。

---

① 罗根泽：《中国文学批评史》，上海古籍出版社 1984 年，第 98 页。

② 蒋立甫先生认为欧阳修的《诗本义》是《诗经》文学研究的开拓之作。（《欧阳修是开拓〈诗经〉文学研究的第一人》，《安徽师范大学学报》2002 年第 1 期）莫砺锋先生认为朱熹《诗集传》打破了经学的藩篱，使诗经学“迈出了从经学转向文学的第一步”。（《从经学走向文学：朱熹“淫诗”说实质》，《文学评论》2001 年第 2 期）刘毓庆先生则认为明代“第一次用艺术心态面对这部圣人的经典，把它纳入了文学研究的范畴”。（《从经学到文学——明代诗经学史论》，商务印书馆 2001 年版，第 5 页）

正如汪祚民师所说："文学阐释是《诗经》的本体性阐释，是《诗经》经学阐释的基础，始终与其相伴而行。"[①]先秦时期，孔子即云《诗》有"兴、观、群、怨"四种功能，今人对此解说纷纭[②]；其实，孔子此语不仅表达《诗》的政治功能和社会效用，也突出强调《诗》的艺术审美特性。至汉代经学昌盛，但《诗》的文学阐释却并没有因此终止。《毛诗序》曰："诗者，志之所之也。在心为志，发言为诗。情动于中而形于言，言之不足故嗟叹之，嗟叹之不足故永歌之，永歌之不足，不知手之舞之足之蹈之也。"[③]这里的《诗》无疑具有情感色彩。《史记・太史公自序》云："《诗》三百篇，大抵贤圣发愤之所为作也，此人皆意有所郁结，不得通其道也。"[④]《诗》乃"发愤"之作，即主观心意"郁结"的结果，这对《诗》的情感生成因素予以充分揭示。此种文学因素甚至也同样出现在汉代的纬书中，《诗纬・含神雾》云："诗者，持也。"[⑤]《文心雕龙・明诗》据此释"持"为"持人情性"[⑥]，即今文经学家翼奉所谓"诗之为学，情性而已"[⑦]。又如《春秋纬・说题辞》云："诗者，天文之精，星辰之度，人心之操也。在事为诗，未发为谋，恬淡为心，思虑为志，故诗之为言志也。"[⑧]这些纬书文献蕴含着丰富的诗学思想，不仅阐释文学内容与政治教化、社会现实的关系，对文人认识客观的物质世界有益；而且还深刻地揭示出诗的文学特质就是人的主观心志与情感的体现，于文人体悟个体的内心世界有益。

---

① 汪祚民：《〈诗经〉文学阐释史》（先秦一隋唐），人民出版社 2005 年版，第 380 页。

② 李泽厚、刘纲纪认为有"审美对陶冶个体的心理功能"和"审美对协和人群的社会效果"。（《中国美学史》［先秦两汉编］，安徽文艺出版社 1999 年版，第 128 页）叶朗认为是"对诗歌欣赏的美感心理特点的一种分析"。（详见《中国美学史大纲》，上海人民出版社 1985 年版，第 49—53 页）陈良运认为是"关于诗的本体特征及其审美效应方面的揭示"。（《中国诗学批评史》，江西人民出版社 2001 年版，第 41 页）

③ 毛亨传，郑玄笺，孔颖达疏：《毛诗正义》，阮元校刻：《十三经注疏》，第 269—270 页。

④ 司马迁：《史记》，中华书局 1982 年版，第 3301 页。

⑤ 〔日〕安居香山、中村璋八编辑：《纬书集成》，河北人民出版社 1994 年版，第 464 页。

⑥ 刘勰著，范文澜注：《文心雕龙注》，第 65 页。

⑦ 班固：《汉书》，第 3170 页。

⑧ 〔日〕安居香山、中村璋八编辑：《纬书集成》，第 856 页。

有汉一代，《诗》的文学阐释客观存在，那么汉人对“六义（诗）”之一的“赋”的理解又是如何呢？《周礼》指出“赋”为《诗》之“六诗”之一，《毛诗序》提出“赋”乃《诗》之“六义”之一，均未予以解释。郑玄注《周礼》曰：“赋之言铺，直铺陈今之政教善恶。”郑玄训“赋”为“铺”，直接目的是美刺，但其完成的方式却要通过铺陈言辞来表达己意。郑玄本人也是这么说的，孔颖达《正义》引郑玄注云：“诗文直陈其事不譬喻者，皆赋辞也。”[①]赋就是诗直陈铺叙的表现手法，即赋在艺术上的特征是由《诗》的铺陈手法演化而来。又《毛传》中有“九能”之说：“故建邦能命龟，田能施命，作器能铭，使能造命，升高能赋，师旅能誓，山川能说，丧纪能诔，祭祀能语，君子能此九者，可谓有德音，可以为大夫。”这里所说的“九能”实质上就是具有不同表现手法和语言风格的九种文体。孔颖达《正义》对“九能”也有解释，其中于“使能造命者”释曰：“谓随前事应机造其辞命以对。”于“升高能赋者”释曰：“谓升高有所见，能为诗赋其形状，铺陈其事势也。”于“山川能说者”释曰：“谓行过山川，能说其形势，而陈述状也。”于“丧纪能诔者”释曰：“谓于丧纪之事，能累列其行，为文辞以作谥。”于“祭祀能语者”释曰：“谓于祭祀能祝告鬼神，而为言语。”[②]汉代赋家则将这种重言辞的直陈铺叙表现手法发挥到极致，这从汉人对“丽”的崇尚即可看出。汉人论赋从来都未否认汉赋“丽”的特征，即汉赋的文学特性，扬雄批评汉赋可谓严厉至极，但未否认汉赋“丽”的魅力，亦曾被相如赋的“弘丽温雅”所吸引。在汉人赋论以及后人论及汉赋的话语中，“丽”字俯拾皆是，如“博丽”“崇丽”“绚丽”“炫丽”“神丽”“宏丽”“弘丽”“雅丽”“华丽”“侈丽”“靡丽”“辩丽”“淫丽”“巨丽”等等，不胜枚举。一个时代能将“丽”发挥到如此程度，且能让后人能够如此频繁地论及，这是前无古人，恐怕也难有后来者。一个如此重

① 毛亨传，郑玄笺，孔颖达疏：《毛诗正义》，阮元校刻：《十三经注疏》，第271页。

② 毛亨传，郑玄笺，孔颖达疏：《毛诗正义》，阮元校刻：《十三经注疏》，第316页。

“丽”的民族于文学之美能说还没有认识到吗？

赋家不仅借鉴《诗》中“赋”的表现手法，而且对《诗》的题材、情感表达以及语言风格也都进行吸收与开拓。晋代葛洪就明确地指出了这一点：“《毛诗》者，华彩之辞也，然不及《上林》《羽猎》《二京》《三都》之汪濊博富也。……若夫俱论宫室，而《奚斯》《路寝》之颂，何如王生之赋灵光乎？同说游猎，而《叔畋》《卢铃》之诗，何如相如之言《上林》乎？”[①] 吴闿生《诗意会通·斯干》引旧评：“如跂四句，古丽生动，孟坚《两都》所祖。”[②] 赋家还巧妙地借诗人之感来表达一己之情，如司马迁《悲士不遇赋》“吁嗟阔兮，人理显然”，引用《邶风·击鼓》“于嗟阔兮，不我活兮。于嗟洵兮，不我信兮。”扬雄《逐贫赋》“邻垣乞儿，终贫且窭……尔复我随，翰飞戾天。……尔复我随，陟彼高冈。舍尔入海，泛彼柏舟，尔复我随，载沉载浮……岂无他人，从我何求……誓将去汝，适彼首阳”，分别化用了《邶风·北门》“终窭且贫，莫知我艰”，《小雅·小宛》“宛彼鸣鸠，翰飞戾天”，《周南·卷耳》“陟彼高冈”，《鄘风·柏舟》“泛彼柏舟”，《小雅·菁菁者莪》“泛泛杨舟，载沉载浮”，《郑风·褰裳》“子不我思，岂无他人”，《魏风·硕鼠》“誓将去汝，适彼首阳”等表情文句。张衡《归田赋》“王雎鼓翼，仓庚哀鸣。交项颉颃，关关嘤嘤。于焉逍遥，聊以娱情”，六句分别化用《诗》之《周南·关雎》和《豳风·七月》“春日载阳，有鸣仓庚”等文句，表达归田后的悠闲愉悦之情。另外，汉赋大量的引用、化用《诗经》文辞，为己增加文采。如扬雄《长杨赋》“于是上帝眷顾高祖，高祖奏命”，“于是圣武勃怒，爰整其旅”，即化用《诗·大雅·皇矣》“上帝耆之，憎其式廓，乃眷西顾，此维与宅。……天命厥配，受命既固”和“密人不恭，敢距大邦，侵阮徂共。王赫斯怒，爰整其旅”句。张衡《东京赋》写田猎“兽之所同，是谓告备”，“乃御《小戎》，抚轻轩，中

① 葛洪：《抱朴子》，上海书店1986年版，第155页。

② 吴闿生：《诗意会通》，中华书局1959年版，第152页。

畋《四牡》"，"陈师鞠旅"，"火列具举，武士星敷"等文句，集中化用了《小雅·吉日》"兽之所同"、《秦风·小戎》《小雅·四牡》及《采芑》"钲人伐鼓，陈师鞠旅"和《郑风·大叔于田》"叔在薮，火列具举"等文辞。

这里不仅直接引《诗经》丽句为我所用，以增加赋的辞藻美感，而且还较好地将诗人之感与赋家之情结合起来，既帮助赋家更好地表情达意，也可视为以一种独特的方式对《诗》进行文学的阐释。

## 第四节 二元阐释在汉代的偏向问题

汉人认为赋源于古诗，《诗》于汉代又有着经学阐释与文学阐释的双重线索，而这种二元阐释的意识无疑会对汉人作赋以及论赋、评赋产生不同程度的影响，我们姑且将它们称之为经学阐释的赋意识与文学阐释的赋意识。经学阐释的赋意识要求赋以讽谏美刺为主要目的，"依经立义"，减少铺排的成分；文学阐释的赋意识要求赋以铺陈为主，以文学魅力相感召，增加语言的美感成分。那么在汉人眼中，二者孰轻孰重呢？

首先，从作为赋的创作主体赋家的地位来考察，我们以赋作的文学意味较浓厚些的司马相如、东方朔、枚皋为例来分析。司马相如当为汉赋之圣，班固即誉其为"赋颂之首"，甚至曾三度"诵赋而惊汉主"[①]。在汉代赋坛享有如此盛誉的赋家圣手，理应以此殊荣在政坛上平步青云。可事实是这样的吗？武帝虽对他的《子虚》《上林》赋赞许有加，然终未委以重任，遂有殚精竭虑仿《尚书》作《封禅文》以遗武帝之举。汉代作赋不如治经，《汉书·夏侯胜传》即说："士病不明经术，经术苟明，其取青紫如俯拾地芥耳。"[②] 枚皋、东方朔均为作赋能手，然他们的境况又是如何？如果不通

① 相关论述详见许结：《诵赋而惊汉主——司马相如与汉宫廷赋考述》，《四川师范大学学报》2008年第4期。

② 班固：《汉书》，第3159页。

经术，即以俳优视之，作赋即为嫚戏。《汉书·枚皋传》云："皋不通经术，诙笑类俳倡，为赋颂好嫚戏，以故得媟黩贵幸，比东方朔、郭舍人等，而不得比严助等得尊官。"[①] 又《汉书·扬雄传》谓："先是时，蜀有司马相如，作赋甚弘丽温雅，雄心壮之，每作赋常拟之以为式。"[②] 后出蜀入都，受京都浓厚经学氛围的熏习，悔其"童子雕虫篆刻"，誓言"壮夫不为也"，遂"以为经莫大于《易》，故作《太玄》；传莫大于《论语》，作《法言》"。扬雄由少时的心向往之，到入都后的自我否定，恐怕与外在的经学环境颇有关系。且其又说"诗人之赋丽以则，辞人之赋丽以淫"，以致汉代赋家都不愿称自己是"辞人"，多以"诗人"自居。

其次，从汉人的赋论来看，汉人崇经轻文，重赋的讽喻美刺的经学功用，而铺排弘丽的文学美感则成为他们批评的对象。这样的例子太多，于汉代就不胜枚举，遂惹得汉朝的皇帝都站出来为其翻案、辩护，汉宣帝即云："辞赋大者与古诗同义，小者辩丽可喜，辟如女工有绮縠，音乐有郑卫。"[③] 孔子区分韶、武与郑、卫，篇幅不以长短论，而以其乐声性质的"雅"与"淫"为标准，《论语·卫灵公》载孔子云"乐则《韶》《武》，放郑声，远佞人"，《礼记·乐记》载"郑音好滥淫志……卫音趋数烦志……皆淫于色而害于德，是以祭祀弗用也"。依此，笔者认为宣帝所称的"大者"，是指符合"依经立义"准则，多有讽喻美刺的赋作，即经学阐释的"诗源说"意识较浓厚的赋作；"小者"是指辞藻华丽，读之让人飘飘欲仙的赋作，即文学阐释的"诗源说"意识较浓厚的赋作。宣帝的"大者""小者"之称盖与扬雄的"诗人之赋""辞人之赋"的指向有趋同性，与儒家"象德缀淫"乐教观在本质上也一致[④]。

无论是赋家在对自身地位的体认上，还是汉人在对赋的批评上，无疑

① 班固：《汉书》，第 3166 页。
② 班固：《汉书》，第 3515 页。
③ 班固：《汉书》，第 2829 页。
④ 详见许结《汉赋造作与乐制关系考论》一文相关论述，《文史》2005 年第 4 辑。

经学阐释的“诗源说”意识都要重于文学阐释的“诗源说”意识，那么在赋家的创作实践中又是如何呢？可以说，赋家在创作实践中一直受到来自文学阐释的“诗源说”意识的主导，从未放弃过对文学美感的追求，即源于古诗的与生俱来的文学传统。这在上文赋家对“丽”的重视和赋中引用、化用《诗》句以增加文学表现力即可看出来。可以说在赋家的创作实践中，这种文学阐释的“诗源说”意识已经不自觉地远远地超过了经学阐释的“诗源说”意识，也即《汉书·艺文志》批评枚乘、司马相如、扬雄等赋家“竞为侈丽闳衍之词，没其风谕之义”。王充在《论衡·谴告》中说的更为具体：“孝武皇帝好仙，司马长卿献《大人赋》，上乃仙仙有凌云之气。孝成皇帝好广宫室，扬子云上《甘泉颂》，妙称神怪，若曰非人力所能为，鬼神力乃可成。皇帝不觉，为之不止。长卿之赋，如言仙无实效；子云之颂，言奢有害，孝武岂有仙仙之气者，孝成岂有不觉之惑哉？然即天之不为他气以谴告人君，反顺人心以非应之，犹二子为赋颂，令两帝惑而不悟也。”[①]辞赋之所以受到两汉赋批评家、尤其是经学家们的指责，可能正是因为经学阐释的“诗源说”意识仅以讽喻美刺的形式，停留在创作的表层，却一直未能入得赋作的骨髓，赋与生俱来的文学传统一直在潜滋暗长，等待自觉的那一天的到来！

言至此，我们也可看出，从汉代赋家地位和汉人论赋的角度分析，明显是经学阐释的赋意识牢牢占据着主导地位，这是一种自觉的、有意识的行为；而在具体的创作过程中，赋家们往往从古诗中寻找“丽”的元素，将其夸张铺陈开来，文学阐释的赋意识远远胜过经学阐释的赋意识，这是一种不甚自觉的、潜意识的行为。这两种行为，前者是外部强加的，是特定的政治教化的产物，扬雄的自我否定即可说明；后者是与生俱来的天性使然，是赋本身源于古诗而客观存在的文学传统不自觉地彰显。

赋源于《诗》，文学阐释的“赋之诗源说”与经学阐释的“赋之诗源

① 黄晖撰：《论衡校释》，中华书局1990年版，第641—642页。

说”，从不同的视角分析，二者的偏重各有不同。那么它们之间有没有关系？如果有关系的话，又是什么样的关系呢？附庸？对立？二者之间的关系可谓错综复杂，如此笼统地给予定位是不科学的。经学是汉代社会政治的主导思想，为了维护大汉王朝的长久统治，召唤、强制包括古诗以及源于古诗的赋在内的所有社会意识形态，都必须纳入到经学体系中，因此经学阐释的意识也就无处不在。同时，赋家们并没有摒弃源自古诗的文学传统，在受到经学思想的强大吸引的同时，融入到创作者主体意识的文学特质也会因压缩的空间过小而形成一股张力，让赋体文学在这个空间中呈现出一定的独立性。而这种吸引力与张力的大小程度，又因具体时期、具体环境、具体作家以及具体题材而呈现出不同，这一切都要从赋作文本和经学文本本身的参照上来寻求，也只有如此，得出的结论可能才会更具体、客观些。

# 第二章

# 汉赋推尊：文学尊体范式的形成与树立

文学创作与批评中普遍存在着文体“救赎”现象，但凡一种文体萌生及其从民间走向正统，或是在创作过程中的几番兴衰跌宕，由“宗经”以尊体的呼声总是不绝于耳，于是有了“六经皆文”说，又有了“以文为经”论。因了《诗经》浓厚的文学性元素，“古诗之流”说在被不断重述，赋体作为较早出现的文体，也在从《诗》学到诗经学、从文艺的“六诗”到经学的“六义”的转捩中行进。康熙在《历代赋汇序》中指出：“赋者，六义之一也。风、雅、颂、兴、赋、比六者，而赋居兴、比之中，盖其敷陈事理，抒写物情，兴、比不能并焉，故赋之于诗功尤为独多。由是以来，兴、比不能单行，而赋遂继《诗》之后，卓然自见于世。”[①]赋独立单行为一体，以长篇大作之式形成于赋家笔下，这种卓绝的尝试最终到汉代完成。“文能宗经，体有六义”[②]，这种尝试并非是孤军奋战，而是依附于风、雅颂、比兴，在体与用中纠葛、消长，出现矛盾与尴尬，以致遭人诟病；但赋体在创作与批评过程中的尊体方法和革新态势，以及其在文学史中所具有的典

① 陈元龙编：《历代赋汇》卷首，凤凰出版社2004年版。

② 刘勰著，范文澜注：《文心雕龙注》，第23页。

范意义，也亟待学界去探讨与发掘。

## 第一节 从“六诗”到“六义”

《周礼·春官·大师》云：“大师掌六律六同，以合阴阳之声。……教六诗：曰风，曰赋，曰比，曰兴，曰雅，曰颂。以六德为之本，以六律为之音。”[①]“六诗”之说，最早见于此。很明显，“六诗”是指与音乐相关的六种诗体，且相互之间是并列同等的关系。最早对《周礼》“六诗”之说加以阐述，并形成权威解释的是《毛诗序》，其云：“故正得失，动天地，感鬼神，莫近于诗。先王以是经夫妇，成孝敬，厚人伦，美教化，移风俗。故《诗》有六义焉：一曰风，二曰赋，三曰比，四曰兴，五曰雅，六曰颂。”[②]此类话语在重复的过程中有了不同的声音：其一，《周礼》与《毛诗序》中都出现“诗”之名，但前者并非仅限于《诗经》，而后者当专指《诗经》。其二，风、赋、比、兴、雅、颂的排列顺序虽不变，但《毛诗序》用“六义”之名取代“六诗”，究其原因，概有二端：一是春秋后期“礼崩乐坏”，诗由其音乐之声教向文本之义教转变，人们越来越重视《诗》经典文本的文字义，“断章取义”的赋诗、引诗活动因此趋于频繁，汉代的四家诗说也由是兴起；二是汉代已别制乐歌，《诗》的乐章义已逐渐散失，以致淹没无闻，可以说《诗》的音乐性的汩没，使其失去了原始的音乐艺术美，却催生了汉赋文本铺陈的文学美。

《毛诗序》于“风”“雅”“颂”解释云：“上以风化下，下以风刺上。主文而谲谏，言之者无罪，闻之者足以戒，故曰风。”“雅者，正也。言王政之所由废兴也。政有小大，故有小雅焉，有大雅焉。”“颂者，美盛德之

---

① 郑玄注，贾公彦疏：《周礼注疏》，阮元校刻：《十三经注疏》，第795—796页。

② 毛亨传，郑玄笺，孔颖达疏：《毛诗正义》，阮元校刻：《十三经注疏》，第270—271页。

形容，以其成功，告于神明者也。”但没有解释赋、比、兴。郑玄《周礼》注云：“风，言贤圣治道之遗化；赋之言铺，直铺陈今之政教善恶；比，见今之失，不敢斥言，取比类以言之；兴，见今之美，嫌于媚谀，取善事以喻劝之；雅，正也，言今之正者以为后世法；颂之言诵也，容也，诵今之德，广以美之。”[①] 其后，人们对“六义”的解释，或兼诗体，或为诗用，众说纷纭。缘于此，“赋者，古诗之流也”，赋体的诗源说也有了体与用的争论。但不论是托体，还是致用，他们共同的目标都是推尊赋体。皇甫谧《三都赋序》云“诗人之作，杂有赋体。子夏序《诗》曰：一曰风，二曰赋。故知赋者古诗之流也”，刘勰《文心雕龙·诠赋》云“诗有六义，其二曰赋。……于是荀况礼智，宋玉风钓，爰锡名号，与诗画境，六义附庸，蔚成大国”[②]，均是以诗之一义“尊体”。究其实，风、雅颂、比兴在赋的“尊体”过程中，又各自有着不同的功用与体现，祝尧《古赋辨体》之《子虚赋》题解云：

> 然后自赋之体而兼取他义，当讽刺则讽刺，而取之风；当援引则援引，而取诸比；当假托则假托，而取诸兴；当正言则正言，而取诸雅；当歌咏则歌咏，而取诸颂。[③]

祝尧在主张赋体“祖骚宗汉”的同时，也不忘将其源头上溯至《诗》之六义，且指出风、比、兴、雅、颂“五义”在赋体中的各自表现。明确将“五义”归为三类即风、比兴、雅颂的是清人潘锡恩，他在《六义赋居一赋》中指出：

> 原夫意感随时，情生触境。……每托寓之无端，辄缅怀而濡颖。

① 郑玄注，贾公彦疏：《周礼注疏》，阮元校刻：《十三经注疏》，第 796 页。
② 刘勰著，范文澜注：《文心雕龙注》，第 134 页。
③ 祝尧：《古赋辨体》卷三，见王冠辑：《赋话广聚》，第 2 册，第 154 页。

> 穷物态之纤悉，极文词之彪炳。若玩志于至微，实藉端以自警。斯赋之具乎比兴者也。又况感均顽艳，致托缠绵。写征夫之行色，缅怨女之哀弦。伤重困兮苛敛，怅久戍之穷边。述淫乐，则桑中失其幽艳；状慓狡，则并驱逊其轻还。与夫唐勤魏褊，义相后先。所谓言之者无罪，足令闻之者悚然。斯则赋也，近夫风焉。至于扬醇风于莫外，厉盛烈之无前。词源风涌，丽藻云联。陈羽猎，则追车功马同之盛；耀武烈，则方吉甫申伯之贤。制礼兴乐，则《猗那》《清庙》之继轨；显庸懿铄，则《閟宫》《泮水》之比肩。侈前圣之靡得而言，夸六籍之所不能谈。追封禅之八九，媲化理于五三。是则极揄扬之盛事，与雅颂而相参。盖溯乎赋之源，特居六义之一体；而穷乎赋之变，乃统六义而俱函。[①]

缘于人们对赋居“六义”之一的认识，赋不但兼有比兴之义，还俱函风、雅颂之体，诗经学中的“六义”本没有什么价值高低之分，但在尊体的过程中，出现合集与悖离的景况，从而在文学的发展中有了“体”与“用”的区别。于是在不同时势下，汉代赋家对自己长期的创作体验加以总结，在创作以及赋学批评中，不自觉地抬举出其他“五义”，提升赋体自身的品格，以达到尊体之目的。

## 第二节　欲讽反劝：以“风”尊赋体的尴尬

西汉赋家主要选择以“风（讽）”义来推尊赋体，这鲜明地表现在赋家的创作动机上。他们在创作过程中，自觉地以讽谏为己任。就赋题而言，

① 潘锡恩：《六义赋居一赋》，见林联桂：《见星庐赋话》卷八，清光绪间高凉耆旧遗集本，第12页。

孔臧《谏格虎赋》、东方朔《七谏》直言“谏”字。[①]就赋序而言，“风”字出现的频率也远胜过后代，如：

扬雄《甘泉赋序》：“正月，从上甘泉，还奏《甘泉赋》以风。”

扬雄《羽猎赋序》：“故聊因《校猎赋》以风。”

扬雄《长杨赋序》：“雄从至射熊馆，还，上《长杨赋》，聊因笔墨之成文章，故藉翰林以为主人，子墨为客卿以风。”[②]

以上三赋，连同司马相如的《子虚赋》《上林赋》，乃是赋取“风”义的典范之作，刘熙载认为这五篇赋是：“赋之讽谏，可于斯取则矣。”[③]就赋的内容而言，讽谏之意也非常明确，如：

孔臧《谏格虎赋》云：“于是下国之君乃顿首，曰：‘臣实不敏，习之日久矣。幸今承诲，请遂改之。’”

孔臧《蓼虫赋》云：“季夏既望，暑往凉还。逍遥讽诵，遂历东园。……惟非德义，不以为家。安逸无心，如禽兽何。逸必致骄，骄必致亡。匪唯辛苦，乃丁大殃。”[④]

《史记·司马相如列传》：“相如曰：‘有是，然此乃诸侯之事，未足观也，请为天子游猎赋……’相如以‘子虚’，虚言也，为楚称；‘乌有先生’，乌有此事也，为齐难；‘无是公’者，无是人也，明天子之义。故空藉此三人为辞，以推天子诸侯之苑囿。其卒章归之于节俭，因以风谏。”[⑤]

---

① 按：至东汉末徐幹作《七喻》，由此变化亦可见从“风”谏到“比兴”谲谏的迹象。

② 费振刚、仇仲谦、刘南平校注：《全汉赋校注》，广东教育出版社2005年版，第230、254、273页。

③ 刘熙载：《艺概》，第95页。

④ 费振刚、仇仲谦、刘南平校注：《全汉赋校注》，第153、159页。

⑤ 司马迁：《史记》，第3302页。

东方朔《七谏序》："谏者，正也……忠厚之节也。"[①]

东方朔《非有先生论》："将俨然作矜严之色，深言直谏。"

东方朔《答客难》："今子大夫修先王之术，慕圣人之义，讽诵《诗》《书》百家之言，不可胜数。"

扬雄《覈灵赋》："自今推古，至于元气始化，古不览今，名号迭毁，请以《诗》《春秋》言之。"

扬雄《解嘲》："徽以纠墨，制以质铁，散以礼乐；风以《诗》《书》。"[②]

可以看出，汉赋在内容方面的讽谏诉求，一方面是直言"风"义；另一方面是借《诗》《书》《春秋》等经典中的义理来实现，尤其是借助《诗经》最多。我们对西汉赋作引《诗》、用《诗》的材料略作统计[③]，西汉现存赋作引《诗》、用《诗》96次，主要赋家如贾谊的赋用《诗》1次：《风》1次；枚乘用《诗》7次：《风》4次，《雅》3次，《颂》0次；严忌用《诗》4次：《风》3次，《雅》1次，《颂》0次；司马相如14次：《风》11次，《雅》2次，《颂》1次；东方朔11次：《风》7次，《雅》4次，《颂》0次；王褒1次：《风》1次；刘向7次：《风》5次，《雅》2次，《颂》0次；班倢伃7次：《风》5次，《雅》2次，《颂》0次；扬雄26次：《风》8次，《雅》15次，《颂》3次。从资料来看，在扬雄之前，赋作引用《风》诗的次数远多于《雅》，用《颂》诗的次数极少，明显是重"风"义而轻"雅颂"义。这种情况直到扬雄时期才出现转折。

其次，西汉赋论家也自觉地以赋作是否有讽谏内涵来衡量其优劣，如：

---

① 郭丹主编：《先秦两汉文论全编》，上海远东出版社2012年版，第796—797页。

② 费振刚、仇仲谦、刘南平校注：《全汉赋校注》，第173、180、296、299页。

③ 此处资料统计《诗经》文本依据《毛诗正义》(阮元校刻《十三经注疏》本)；汉赋文本依据费振刚、仇仲谦、刘南平《全汉赋校注》。

《史记·太史公自序》："《子虚》之事，《大人》赋说，靡丽多夸，然其指风谏，归于无为。"

《汉书·王褒传》载汉宣帝语："辞赋大者与古诗同义，小者辩丽可喜，譬如女工有绮縠，音乐有郑卫，今世俗犹皆以此虞悦耳目，辞赋比之，尚有仁义讽谕，鸟兽草木多闻之观，贤于倡优博弈远矣。"

《汉书·扬雄传》载扬雄语："雄以为赋者，将以风也，必推类而言，极丽靡之辞，闳侈钜衍，竞于使人不能加也，既乃归之于正，然览者已过矣。"①

创作的进行总是要先于理论批评的发生，扬雄尽管在赋作内容上用《雅》《颂》诗的次数多于用《国风》，但这还仅是一种不自觉的创作行为。扬雄在主观诉求上还是倾向于讽谏，但他的讽谏已经不同于贾谊、孔臧、东方朔、司马相如等人的"深言直谏"，而是趋向于"微谏"，如《甘泉赋》云："袭琁室与倾宫兮，若登高眇远，亡国肃乎临渊。"这句话用《诗·小雅·小旻》"战战兢兢，如临深渊，如履薄冰"句意，扬雄在极力铺陈甘泉宫宫室台观之宏伟巍峨后，终之以此语作结，《文选》李善注引服虔语曰："桀作琁室，纣作倾宫，以此微谏也。"②《甘泉赋》又云："想西王母欣然而上寿兮，屏玉女而却宓妃。"李善注曰："言既臻西极，故想王母而上寿，乃悟好色之败德，故屏除玉女而及宓妃，亦以此微谏也。"③扬雄赋作的"风"义已式微，且走上"劝"的道路，《河东赋》："雄以为临川羡鱼不如归而结罔，还，上《河东赋》以劝。"劝者，从力，雚声，规劝，勉励也。扬雄已经认识到赋由讽至劝的功能转换，《法言·吾子》云："或问'吾子少而好赋。'曰：'然。童子雕虫篆刻。'俄而，曰：'壮夫不为也。'或曰：

① 班固：《汉书》，第2829、3575页。

② 萧统编，李善注：《文选》，第113页。

③ 萧统编，李善注：《文选》，第114页。

'赋可以讽乎？'曰：'讽乎！讽则已，不已，吾恐不免于劝也。'"①

以"风"尊赋体，在扬雄的时代，遭遇到"欲讽反劝"的尴尬，赋家们开始另寻出路。于是"雅颂"之音的呼声油然兴起，扬雄《羽猎赋》云："修唐典，匡《雅》《颂》，揖让于前。"《长杨赋》云："听庙中之雍雍，受神人之福祜。歌投《颂》，吹合《雅》。"《解难》云："然后发天地之臧，定万物之基。《典》《谟》之篇，《雅》《颂》之声，不温纯深润，则不足以扬鸿烈而章缉熙。"②《汉书·司马相如传》："扬雄以为靡丽之赋，劝百讽一，犹驰骋郑、卫之声，曲终而奏雅。"③扬雄以后的汉代赋坛，"奏雅"风气渐盛，无论就赋题、赋作内涵还是赋学批评来说，"风"之义逐渐弱化而转向"雅颂"之义，且最终由班固来完成。

## 第三节　赋颂一体：以"雅颂"尊赋体的成立

班固《两都赋序》云："或曰：'赋者，古诗之流也。'昔成、康没而颂声寝，王泽竭而诗不作。……或以抒下情而通讽谕，或以宣上德而尽忠孝，雍容揄扬，著于后嗣，抑亦雅颂之亚也。"与扬雄的"曲终奏雅"说相比较，班固的"雅颂之亚"说更为明确地提出了以"雅颂"尊赋体的观念，其《两都赋》即是此种体验的典范。祝尧《古赋辩体》评论《两都赋》云："此赋两篇亦一篇也。前篇极其眩曜，赋中之赋也；后篇折以法度，赋中之雅也；篇末五诗，则又赋中之颂也。……此赋涉雅颂，犹有正与则之余风。"④何焯也认为《两都赋》："二赋犹雅之正变，五诗则兼乎颂体矣。"⑤由

① 汪荣宝撰，陈仲夫点校：《法言义疏》，中华书局1987年版，第45页。
② 费振刚、仇仲谦、刘南平校注：《全汉赋校注》，第256、275、313页。
③ 班固：《汉书》，第2609页。
④ 祝尧：《古赋辩体》卷四，见王冠辑：《赋话广聚》，第2册，第227—228页。
⑤ 何焯著，崔高维点校：《义门读书记》，中华书局1987年版，第857页。

司马相如到班固，赋体由“风”向“雅颂”义诉求的转向非常明确。祝尧在总论两汉赋体时即说：“如《上林》《甘泉》极其铺张，终归于讽谏，而风之义未泯。《两都》等赋极其眩曜，终折以法度，而雅颂之义未泯。”[①]赋有“雅颂”之义，成为赋体创作取法的正途之一。

这里又有一个问题，为何司马相如、扬雄赋作以讽谏为依归却流于劝，而班固《两都赋》以颂为主调却劝成了呢？民国学者曾毅指出《子虚》《上林》诸赋“出于《国风》，此太奢侈，以上反讽，所谓不已，不免于劝也”，而《两都赋》“出于《雅》《颂》，一反一正，相形比，反不过当，正则极辞，以颂为谏，而劝成之”。[②]诚为谛听。循于此，东汉赋家们在其赋作中广泛地提及了“雅颂”诉求，如：

班彪《北征赋》：“慕《公刘》之遗德，及《行苇》之不伤。”

冯衍《显志赋》：“颂成康之载德兮，咏南风之高声。”

崔骃《大将军西征赋》：“愚闻昔在上世，义兵所克，工歌其诗，具陈其颂。书之庸器，列在明堂，所以显武功也。”

班昭《大雀赋》：“上下协而相亲，听《雅》《颂》之雍雍。”

李尤《东观赋》：“臣虽顽卤，慕《小雅·斯干》叹咏之美。”

---

① 祝尧：《古赋辩体》卷三，见王冠辑：《赋话广聚》，第2册，第142页。这句话后面接着说道：“《长门》《自悼》等赋，缘情发义，托物兴辞，咸有和平从容之意，而比兴之义未泯。”本文将在第四节中论及。祝尧此语，后人多有类似表述，如明人陈懋仁《文章缘起》注云：“然《上林》《甘泉》极其铺张，终归于讽谏，而风之义未泯。《两都》等赋极其炫曜，终折以法度，而雅颂之义未泯。《长门》《自悼》等赋，缘情发义，托物兴词，咸有和平从容之意，而比兴之义未泯。故君子犹取焉，以其为古赋之流也。”文渊阁《四库全书》，第1478册，第207页。清人唐彪《读书作文谱》卷十一：“伯鲁曰：赋者，富丽之词也，莫盛于汉。贾谊、相如、杨雄皆以命世之才，俯就骚律，故情意俱工，可谓盛矣。如《上林》《甘泉》，极其铺张而终归于讽谏，则有风之义。《两都》等赋极其炫耀，终折以法度，则有雅颂之义。《长门》《自悼》等篇，缘情发义，托物兴词，极有和平从容之概，则有比兴之义。此皆古赋之最佳者；学赋者当取法于此，自然得赋之正矣。”台湾侏文图书出版社有限公司1977年版，第163页。

② 曾毅：《中国文学史纲》，湖南文艺出版社1998年版，第162页。按：是书作于1936年，曾毅先生另有一种《中国文学史》作于1915年。

张衡《东京赋》："改奢即俭，则合美乎《斯干》。"

张衡《思玄赋》："玩阴阳之变化兮，咏《雅》《颂》之徽音。"[①]

赋作中不仅咏叹雅、颂之音，更细及具体篇名。《公刘》《行苇》，皆为《大雅》篇名，都是美公刘忠厚贤德的诗。《斯干》，《小雅》篇名，薛综注张衡《东京赋》曰："《斯干》，谓周宣王俭宫室之诗也。今汉光武改西京奢华，而就俭约，合《斯干》之美。"[②]东汉赋用《诗》也呈现出与西汉不同的态势，主要赋家如班彪的赋作用《诗》8次：《风》4次，《雅》4次，《颂》0次；杜笃5次：《风》2次，《雅》2次，《颂》1次；班固31次：《风》5次，《雅》20次，《颂》6次；班昭7次：《风》2次，《雅》4次，《颂》1次；李尤6次：《风》2次，《雅》3次，《颂》1次；张衡114次：《风》39次，《雅》59次，《颂》16次；马融3次：《风》1次，《雅》1次，《颂》1次；王延寿3次：《风》1次，《雅》1次，《颂》1次。《诗经》中《风》诗160篇，《雅》诗105篇，《颂》诗40篇，就篇数总量对比而言，此时期赋作用《雅》《颂》的几率要远高于用《风》，其中尤以班固和张衡为两个突出的高峰。这个资料显示的特征，也正与刘熙载在《赋概》中的感叹之辞"屈兼言志、讽谏，马、扬则讽谏为多，至于班、张则揄扬之意胜，讽谏之义鲜矣"[③]同合符契。

如果说西汉人以"风"义尊赋体，导致"欲讽反劝"的矛盾与尴尬，那么东汉初、中期赋家则以"雅颂"义尊赋体，且形成了"赋颂一体"的文体意识。将赋称为颂的现象，西汉即已出现，如司马相如《大人赋》又被称为《大人颂》，王褒的《洞箫赋》又作《洞箫颂》等。究其原因，实如王延寿在《鲁灵光殿赋序》中所言："物以赋显，事以颂宣。匪赋匪颂，将何述焉。"[④]赋以"雅颂"义尊体，让赋体与颂体的功能趋向一致，归于"雅

---

① 费振刚、仇仲谦、刘南平校注：《全汉赋校注》，第360、369、441、558、581、683、596页。

② 刘跃进著，徐华校：《文选旧注辑存》，凤凰出版社2017年版，第707页。

③ 刘熙载：《艺概》，第95页。

④ 费振刚、仇仲谦、刘南平校注：《全汉赋校注》，第851页。

正”。至东汉，赋、颂互称的现象非常普遍。班固经常将赋称为颂，或赋、颂并称，如《汉书·严助传》称严助“有奇异，辄使为文，及作赋颂数十篇”。《汉书·艺文志·诗赋略》“杂赋”条下列有“杂行出及颂德赋二十四篇”；又程千帆先生指出：“刘向赋三十三篇中有《高祖颂》，王褒赋十六篇中有《圣主得贤臣颂》《甘泉宫颂》《碧鸡颂》，又李思有《孝景皇帝颂》十五篇，荀卿之属，则颂亦赋也。”[①]赋、颂皆源出于《诗》，《文心雕龙·宗经》云：“赋颂歌赞，则《诗》立其本。”[②]赋、颂无别已经广泛存在于东汉赋家的意识中，清人何焯、张惠言即认为此期赋家有“赋颂一体”意识，何焯云：“古人赋颂通为一名，马融《广成》所言田猎，然何尝不题曰颂耶。扬（雄）之《羽猎》，固亦有‘遂作颂曰’之文。”[③]马融《长笛赋》又名《长笛颂》，张惠言手稿本《七十家赋钞》之马融《广成颂》天头也谓：“马融《长笛赋》，序曰《长笛颂》，赋颂通名也。”[④]

赋体以“雅颂”义尊体，原因在于“雅颂”义有“铺张盛美”“润色鸿业”的功能，白居易《赋赋》云：“况赋者，《雅》之列，《颂》之俦，可以润色鸿业，可以发挥皇猷。”叶抱崧《本朝馆阁赋序》云：“雅、颂润色太平，铺张盛美，故其义多主于赋。”[⑤]这样所形成的赋颂一体意识，虽然造就了赋体创作的兴盛，但也成了后来赋体强调“辨体”的触因。挚虞《文章流别论》云：“马融《广成》《上林》之属，纯为今赋之体，而谓之颂，失之远矣。”[⑥]《文心雕龙·颂赞》也云：“马融之《广成》《上林》，颂而似赋，

---

① 程千帆：《〈汉志·诗赋略〉首三种分类遗意说》，《程千帆全集》第七卷《闲堂文薮》，河北教育出版社2001年版，第211页。

② 刘勰著，范文澜注：《文心雕龙注》，第22页。

③ 何焯著，崔高维点校：《义门读书记》，第867—868页。

④ 张惠言：《七十家赋钞》，《北京大学图书馆藏稿本丛书》，天津古籍出版社1996年版，第3册。有关论述详见王思豪：《手稿本〈七十家赋钞〉的学术价值》，《中国典籍与文化》2010年第4期。

⑤ 叶方宣、程奂若编：《本朝馆阁赋》卷首，乾隆甲申困学斋刻本。

⑥ 严可均辑：《全上古三代秦汉三国六朝文》之《全晋文》卷七十七，第1905页。

何弄文而失质乎！”[①] 晋人已经有意识地分别赋颂二体。

## 第四节　寄托情志：以“比兴”尊赋体的新变

“雅颂”之音，在张衡时期达到极盛，但也于此时渐息。施补华《拟白香山赋赋》云：“古人作赋，莫不有所讽托，言在此意在彼，似美而实刺，似夺而实予，故能为三百篇之苗裔。屈原、宋玉、司马相如、扬雄之徒，皆识此意。东京以降，竞尚词华而讽托少。……前有贾谊，后有扬雄。长卿兼二贤之妙，高文与六艺相通。莫不远刺世事，近述己衷。才丰乎枚叔，藻艳于终童。《两都》炫其文章，《二京》肆其才力。诚斗靡而夸多，尚称典而述则。自兹以还，淫畦矜而雅音息。”施氏赋虽是拟白居易《赋赋》而作，但与乐天以“雅颂”义尊赋体的倾向不同，认为白氏“于古人作赋之旨，或未得焉”[②]，转向着意于雅音息后的赋作讨论。张衡以后的赋家如蔡邕，他的赋用《诗》有 26 次：《风》14 次，《雅》12 次，《颂》0 次；王粲用《诗》13 次：《风》8 次，《雅》5 次，《颂》0 次；陈琳用《诗》11 次：《风》6 次，《雅》5 次，《颂》0 次；阮瑀用《诗》3 次：《风》2 次，《雅》1 次，《颂》0 次。东汉中叶以后的主要赋家用《颂》的次数几乎是零，《雅》的次数也大为减少，在他们的赋作中以“雅颂”尊赋体的诉求已经逐渐淡褪，赋学批评领域亦如是。但西汉赋家以“风”尊赋体而导致“欲讽反劝”的尴尬窘境，显然也是此期赋家不愿见到的。东汉中叶以后赋家应该做出怎样的选择？

与前期赋家大张旗鼓地以“风”“雅颂”尊赋体的态势形成鲜明对比的

---

① 按：《艺文类聚》卷一百引《典论》曰：“议郎马融以永兴中，帝猎广成，融从，是时北州遭水潦蝗虫，融撰《上林颂》以讽。”又见《御制渊鉴类函》卷四百五。据此知马融撰有《上林颂》。黄叔琳《文心雕龙注》谓“上林”疑作“东巡”，或误。又“颂”字，通行本（如范文澜注本）作“雅”字，或误，今据文义改，见刘勰著，范文澜注：《文心雕龙注》，第 157 页。

② 施补华：《拟白香山赋赋》（以童子雕虫篆刻为韵），见鸿宝斋主人编：《赋海大观》，北京图书馆出版社 2007 年版第 4 册，第 226 页。

是：东汉中叶以后的赋家们巧妙地利用一直潜滋暗长在赋体内部的“比兴”观念来推尊赋体，从而实现了赋体的新变。钱陈群《赋汇录要笺略叙》云：“诗有赋比兴，赋得其一而比事属词，写怀寄感，则何尝无比兴焉。”[①]“比兴”元素一直存在于赋体之中，枚乘《七发》即云：“于是使博辩之士，原本山川，极命草木，比物属事，离辞连类。”[②]前引祝尧总论两汉赋体时亦云：“《长门》《自悼》等赋，缘情发义，托物兴辞，咸有和平从容之意，而比兴之义未泯。”“比兴”之义究竟何在？祝尧在《长门赋》题解中予以详细说明：“以赋体而杂出于风、比、兴之义。……篇中如‘天飘飘而疾风’及‘孤雌峙于枯杨’之类者，比之义。‘上下兰台’‘遥望周步’‘援琴变调’‘视月精光’等语，兴之义。”[③]这份未曾泯灭的“比兴之义”，到东汉中叶以后，成为赋家推尊赋体，进行赋体创作的正途之一。如：

马融《长笛赋》：“是故可以通灵感物，写神喻意。致诚效志，率作兴事。”

王延寿《鲁灵光殿赋序》曰：“嗟乎！诗人之兴，感物而作。”

蔡邕《短人赋》：“是以陈赋，引譬比偶。皆有形象，诚如所语。”

蔡邕《笔赋》：“象类多喻，靡施不协。”

杨修《孔雀赋》：“临淄侯感世人之待士，亦咸如此，故兴志而作赋，并见命及。”[④]

王粲《神女赋》：“称诗表志，安气和声。探怀授心，发露幽情。”[⑤]

这一时期的赋作有两个重要的特征：一是由体物而重兴象；二是由志

① 钱陈群：《赋汇录要笺略叙》，吴光昭、陈书注：《赋汇录要》卷首，清刻本。

② 费振刚、仇仲谦、刘南平校注：《全汉赋校注》，第34页。

③ 祝尧：《古赋辩体》卷三，见王冠辑：《赋话广聚》，第2册，第178页。

④ 费振刚、仇仲谦、刘南平校注：《全汉赋校注》，第801、850、926、929、1026页。

⑤ 费振刚、仇仲谦、刘南平校注：《全汉赋校注》，第1054页。

情而重寄托。刘熙载在考察此期赋作后即说："春有草树，山有烟霞，皆是造化自然，非设色之可拟。故赋之为道，重象尤宜重兴。兴不称象，虽纷披繁密而生意索然，能无为识者厌乎？"[①]赋作由此前的取材《雅》《颂》转向了借物以抒发情志的"比兴"诉求。以祢衡《鹦鹉赋》为例，祝尧《古赋辩体》在《鹦鹉赋》题解中谓："比而赋也，其中兼含风兴之义。虚以物为比，而寓其羁栖流落无聊不平之情，读之可为哀欷。凡咏物题，当以此等赋为法。"[②]钱宷《拟白居易赋赋》："矧夫《鵩鵩》托兴，《鹦鹉》摛辞。……何以参二体之功，比也兴也。"[③]

枚乘、贾谊、王褒、马融、张衡赋作虽有比兴之义，但并不明显，而"至于扬班之伦，曹刘以下，图状山川，影写云物，莫不纤综比义，以敷其华，惊听回视，资此効绩"[④]。到东汉末年以至六朝时期，"比兴寄托"不仅是赋体的重要表现手法之一，也成为赋体创作的一个非常重要的原则。毛奇龄《丁茜园赋集序》云："赋者，古诗之流也。惟原本古诗，故在六义之中，与比兴同列，而实则源远流长，自为一体。……王褒、扬雄之徒，或以讽，或以颂，要不失六义之准，即六季佻侻，犹然以缘情体物之意行之。"[⑤]赋以"比兴"尊体，寄托情志，出现了主情的诗化倾向。赋体由质朴、典雅的艺术形式转向新变的、华丽的抒情小赋体，这实是以"破体"来达到尊体之目的。以致后世出现了诗赋同题而各自成篇的现象，如曹丕于建安末年既撰有《寡妇赋》，又撰有《寡妇诗》；西晋张华既写了《感婚赋》，又写了《感婚诗》；甘肃敦煌出土的《燕子赋》有两种体制：甲篇赋体，系四、六句式，乙篇为诗，五言歌行。

---

① 刘熙载：《艺概》，第97—98页。

② 祝尧：《古赋辩体》卷四，见王冠辑：《赋话广聚》，第2册，第256页。

③ 钱宷：《拟白居易赋赋》（以赋者古诗之流也为韵），见鸿宝斋主人编：《赋海大观》，第4册，第226页。

④ 刘勰著，范文澜注：《文心雕龙注》，第602页。

⑤ 毛奇龄：《西河集》卷五十五，文渊阁《四库全书》，第1320册，第482页。

## 第五节　尊赋体之批评的典范意义

两汉以“风”“雅颂”“比兴”尊赋体的观念，显然与这时期的社会政治环境有着密切的关联。《汉书·艺文志》载：“古者诸侯卿大夫交接邻国，以微言相感，当揖让之时，必称《诗》以谕其志，盖以别贤不肖而观盛衰焉。故孔子曰‘不学《诗》，无以言’也。春秋之后，周道寖坏，聘问歌咏不行于列国，学《诗》之士逸在布衣，而贤人失志之赋作矣。大儒孙卿及楚臣屈原离谗忧国，皆作赋以风，咸有恻隐古诗之义。其后宋玉、唐勒，汉兴枚乘、司马相如，下及扬子云，竞为侈丽闳衍之词，没其风谕之义。”[①] 源自战国赋诗、称诗风气，赋家选择以“风”尊赋体。东汉前、中期以“雅颂”尊赋体，东汉中叶以后以“比兴”尊赋体，皆与时势发展相关；赋家所处的社会背景必然会引导他们的不同创作诉求，但更深层次的原因还是文学自身的发展规律。我们要明确的是赋作为《诗》之“六义”之一，赋家尊体的第一要务就是要汲取《诗》之其他“五义”的精华。这种创作诉求及理论批评态势在文学史上具有典范意义。

其一，两汉赋体的推尊经历了一个由赋体创立到辨体、破体从而尊体的回环过程，为后世文学开创了一种尊体模式。赋本“六义”而出之，“与诗画境”，蔚为大观，其初衷是“恻隐古诗之义”，强调的是“讽谏”主旨，战国时期的赋家孙卿、屈原皆“作赋以风”，而宋玉、唐勒之徒“终莫敢直谏”。至西汉时期，在诗教、言志功能的支撑下，赋家积极向讽谏功能回归，赋体逐渐成熟、稳固，并在相互拟效中发展，但出现了“欲讽反劝”的尴尬境况。东汉初、中期，赋家取“雅颂”之义推尊赋体，赋的功能逐渐转为抒上德而润色鸿业，敷文辞而原本忠孝。赋体得到主流社会的认可，并出现了创作的繁盛，但因此也面临着“赋颂一体”的同化危机，后世辨

---

① 班固：《汉书》，第 1755—1756 页。

体之论由是兴起。随着东汉王朝的衰微，赋体的颂赞娱乐功能逐渐褪去，赋家将赋作内容由面向外部世界的敷张转向内心世界的情感宣泄，写物抒情，寄托遥深，赋体出现广泛的诗化倾向。

其二，与立体、辨体、破体的回环过程相对应，文体的推尊形成三种维度，即强调讽谏功能、雅正品格和诗化倾向。“赋之诗源说”的体、用二端论，不仅涉及赋作为文体的本源论，也强化了赋作为文体的功能论，所以在赋体成立之初，就肩负起“讽谏”的功能。而要得到主流社会的认同和推许，取材《雅》《颂》，汲取《诗》的雅正品格是文体发展的必由之路。在辞与理的雅正过程中，不可避免地会导致情的元素的逸失，“比兴”手法是缘情的重要手段，即寄托情志以致诗化。然一种文体一旦自成一家，就必须保持自身的“本色当行”，文体的推尊过程就是以此为中心，在这三个维度中周旋。这在后世词体的推尊过程中表现的尤为明显，清代常州词派张惠言等人多以“比兴”论词，强调“寄托”，而谭献评蒋春霖《扬州慢》词又有“赋体至此，转高于比兴”[①]之语。

其三，风、雅颂与比兴分别关涉赋作中的辞、理、情三元素，正确处理好风、雅颂、比兴在赋体中的表现形态，是文本中辞、理、情三元素理想结合的关键。汉人在赋体推尊过程中的种种尝试，为后世文学文本处理此类问题提供了一种范式。赋体中的辞、理、情矛盾的争论，由来已久。最初出现的面貌是事与辞的讨论，扬雄《法言·吾子》：“或问：‘君子尚辞乎？’曰：‘君子事之为尚。事胜辞则伉，辞胜事则赋，事、辞称则经，足言足容，德之藻矣。’”[②]赋取辞胜于事，故不免于劝，于是有了“诗人之赋丽以则，辞人之赋丽以淫”之说。沿此思路，晋代挚虞又提出了“古诗之赋”与“今之赋”的分别：“古诗之赋，以情义为主，以事类为佐；今之赋，以事形为本，以义正为助。情义为主，则言省而文有例矣；事形为本，

① 谭献辑：《箧中词》卷五，西泠印社2007年版，第181页。
② 汪荣宝撰，陈仲夫点校：《法言义疏》，第60页。

则言当而辞无常矣。文之烦省，辞之险易，盖由于此。夫假象过大，则与类相远。逸辞过壮，则与事相违。辩言过理，则与义相失。丽靡过美，则与情相悖。此四过者，所以背大礼而害政教。”[①] 挚虞推崇重情义的“古诗之赋”，从而指出“今之赋”有四大过失，不符合诗、礼政教。真正全面而客观地总结出赋体中的辞、理、情问题的是刘勰，他在《文心雕龙·诠赋》中指出：

> 夫京殿苑猎，述行序志，并体国经野，义尚光大，既履端于倡序，亦归余于总乱。序以建言，首引情本；乱以理篇，写送文势。按那之卒章，闵马称乱，故知殷人辑颂，楚人理赋，斯并鸿裁之寰域，雅文之枢辖也。至于草区禽族，庶品杂类，则触兴致情，因变取会；拟诸形容，则言务纤密；象其物宜，则理贵侧附：斯又小制之区畛，奇巧之机要也。……原夫登高之旨，盖睹物兴情。情以物兴，故义必明雅；物以情观，故词必巧丽。丽词雅义，符采相胜，如组织之品朱紫，画绘之著玄黄，文虽新而有质，色虽糅而有本，此立赋之大体也。[②]

于此，刘勰建立起了一种赋作体式。这种赋作体式的建立，一方面是展现在理论批评的层面；另一方面则体现在赋作分类编目的实践层面，且先于理论层面完成。《汉书·艺文志》分赋为四类：屈原以下二十家赋，陆贾以下二十一家赋，孙卿以下二十五家赋以及杂赋。关于前三类赋作的分类原则，前人论述甚多，刘师培在《〈汉书·艺文志〉书后》云：“盖屈平以下二十家，均缘情托兴之作也，体兼比兴，情为里而物为表。陆贾以下二十一家，均骋辞之作也，聚事征材，旨诡而词肆。荀卿以下二十五家，

① 挚虞：《文章流别论》，见严可均辑：《全上古三代秦汉三国六朝文》之《全晋文》卷七十七，第 1905 页。

② 刘勰著，范文澜注：《文心雕龙注》，第 135—136 页。

均指物类情之作，侔色揣声，品物毕图，舍文而从质。”[①]又《论文杂记》云：“有写怀之赋，有骋辞之赋，有阐理之赋。”[②]顾实《汉书艺文志讲疏》云：“此屈原赋之属，盖主抒情者也。……此陆贾赋之属，盖主说辞者也。……此荀卿赋之属，盖主效物者也。夫楚艳汉侈，赋道于斯为盛，《刘略》《班志》区分类别，闻乐知德，情殷而挚，汉氏之盛，岂偶然哉？”[③]《汉志》的赋体分类原则，实与赋体的尊体过程所涉及的辞、理、情问题相关。

由扬雄、班固、挚虞至刘勰，皆已隐约地对辞、理、情与《诗》之“六义”的关系有所发掘，但明确认识到这个问题的是祝尧，他在《古赋辩体》中说：“为赋，为比，为兴，而见于风雅颂之体，此情之形乎辞者，然其辞莫不具是理。为风，为雅，为颂，而兼于赋比兴之义，此辞之合乎理者，然其理本不出于情。理出于辞，辞出于情，所以其辞也丽，其理也则，而有风比雅兴颂诸义也。”汉人在推尊赋体的过程中，对风、雅颂、比兴在赋体中的表现形态逐一做了尝试，成功之处在于有效地处理了辞、理、情的关系，“情形于辞，故丽而可观，辞合于理，故则而可法。然其丽而可观，虽若出于辞，而实出于情，其则而可法。虽若出于理，而实出于辞，有情有辞，则读之者有兴起之妙趣。有辞有理，则读之者有咏歌之遗音”。祝尧认为赋应当辞、理、情兼备，如若不然，则“如或失之于情，尚辞而不尚意，则无兴起之妙，而于则乎何有？后代赋家之俳体是已。又或失之于辞，尚理而不尚辞，则无咏歌之遗，而于丽乎何有？后代赋家之文体是已”。[④]六朝骈赋、宋代文赋须效法汉赋作法，方得正宗。后代的古文选本如姚鼐《古文辞类纂》、曾国藩《经史百家杂钞》等都大量地选入汉魏古赋，效赋作法，法赋辞章，在方苞“义法”之外，增入“情”与“辞”的因素，以矫正方苞古文板滞之弊，达到辞、理、情的理想结合，正是对赋

① 刘师培：《左庵集》卷八，北京修绠堂1928年铅印本。
② 刘师培：《论文杂记》，人民文学出版社1959年版，第115页。
③ 顾实：《汉书艺文志讲疏》，上海古籍出版社2009年版，第173—181页。
④ 祝尧：《古赋辩体》卷三，见王冠辑：《赋话广聚》，第2册，第139—140页。

的尊体范式的借鉴。

中国文学素由“宗经”以尊体，赋体谓“古诗之流”，既以“六义”之一而单行，成为较早出现的文体，又汲取其他“五义”精华来提升自身品格，以达到尊体的目的。西汉赋作以“风”义尊体，导致“欲讽反劝”的尴尬；班、张赋以“雅颂”义尊体，形成“赋颂一体”意识，却肇始“辨体”之论；东汉中叶以后的赋以“比兴”义尊体，而赋体诗化倾向明显。两汉赋之推尊经历了一个由立体、辨体到破体从而尊体的回环过程，为后世文体树立了尊体范式。

## 第三章
# 论“赋心”“赋迹”理论的复奏与变奏

中国赋论史上，有关“赋心”“赋迹”的理论最早出现在《西京杂记》[①]卷二中，其云：

> 司马相如为《上林》《子虚》赋，意思萧散，不复与外事相关，控引天地，错综古今，忽然如睡，焕然而兴，几百日而后成。其友人盛览，字长通，名士，尝问以作赋。相如曰：“合纂组以成文，列绵绣而为质，一经一纬，一宫一商，此赋之迹也。赋家之心，苞括宇宙，总览人物，斯乃得之于内，不可得而传。”览乃作《合组歌》《列锦赋》而退，终身不复敢言作赋之心矣。[②]

此语一出，赋坛欣然，批评家纷纷奉其为赋论准的，王世贞赞叹道：

---

① 旧题刘歆著，学界一般认为是晋人葛洪撰。余嘉锡《四库提要辨证》卷十七云：“其书题为葛洪者本不伪，而洪之依托刘歆则伪耳。”“葛洪序中所言刘歆《汉书》之事，必不可信，盖依托古人以自取重耳。”湖南教育出版社 2009 年版，第 878 页。徐公持认为“此书，学界已断定原是葛洪本人所撰，其‘刘歆所记’‘洪家世有’‘先人所传’云云，皆是假托之辞”。见《魏晋文学史》，人民文学出版社 1999 年版，第 507 页。

② 向新阳等：《西京杂记校注》，上海古籍出版社 1991 年版，第 91 页。

“作赋之法，已尽长卿数语。”[①] 明人还据此推衍出汉人盛览“学于司马相如，所著有《赋心》四卷”[②] 之说，康熙敕修《御定子史精华》更是在“文学部”专列“赋心”“赋迹”条，“赋心”“赋迹”作为文论名词呈现。人们在以各种各样的言语对这段话加以总结和概述，以致对其解释、阐述层出不穷，然其本意究竟是什么？这段话中没有一个“诗”字，为何后来却与《诗经》结缘，以致在复奏中理论发生变奏？这种变奏对赋的创作与批评产生了哪些影响？

## 第一节　“赋心”“赋迹”说的本意探讨

探讨“赋心”“赋迹”说的本意，首先面临的一个问题就是“司马相如”语的真伪问题：究竟确是出自相如之口，还是葛洪等人假托古人之辞？周勋初先生从司马相如作赋实践、“赋心”“赋迹”诸多角度进行了详细辨析，认为这是魏晋人的观念。[③] 笔者赞同周先生的观点，且认为还可以从“赋家”之说、“赋心”的“得之于内，不可得而传”论以及盛览作有《合组歌》《列锦赋》的不合理性三个方面，加以推理佐证。

首先是“赋家”之说。汉代多以“家”称某一学术流派，如《史记·太史公自序》云“乃论六家之要旨”，《汉书·艺文志》载汉代经学有各家学之名，如《诗》有鲁、齐、韩三家，《易》有施、孟、梁丘三家等，又有直言儒家、道家、法家、名家、杂家、兵家诸目，而不曾见有“赋家”之称。相反，汉人对赋家群体的指称多比较爱玩轻贱，如：“类俳倡”（《汉书·枚皋传》）、“颇似俳优淳于髡、优孟之徒”（《汉书·扬雄传》）、“赋颂之徒”

① 王世贞：《新刻增补艺苑卮言》卷一，明万历十七年武林樵云书舍刻本。

② 吴士玉等奉敕撰：《御定子史精华》卷六十八，文渊阁《四库全书》，第1009册，第48页。又《御定佩文韵府》卷二十七之二亦概括有“赋心”一条。

③ 周勋初：《司马相如赋论质疑》，《文史哲》1990年第5期。

（王符《潜夫论》）等。扬雄曾指出“诗人之赋丽以则，辞人之赋丽以淫”，以致汉代赋家多以“诗人”自居，而不愿称自己是“辞人”，更不会称自己是“赋家”。以文学特长而被指称为“家”者，除“赋家”外，还有“辞家”，但最早出现已经是在刘勰的时代，《文心雕龙·辨骚》云：“固已轩翥诗人之后，奋飞辞家之前。”[①] 所以，在司马相如的时代不大可能有“赋家”之称。

其次，周先生指出：“‘赋心’之论，应当受到魏晋之时‘言不尽意’论的激发。”“汉初的司马相如也不可能提出近于‘言不尽意’论的见解。”[②] 不仅如此，笔者认为“赋心”“得之于内，不可得而传”的文学品行相传论也不大可能由司马相如提出。《庄子·天道》轮扁向齐桓公介绍工艺技巧时说：“得之于手而应于心，口不能言，有数存焉于其间。臣不能以喻臣之子，臣之子亦不能受之于臣。”[③] 此只作匠人语，至司马相如时代或许仍未施诸于文学领域，如《淮南子·齐俗训》曰：“若夫工匠之为连鐖、运开、阴闭、眩错，入于冥冥之眇，神调之极，游乎心手众虚之间，而莫与物为际者，父不能以教子。瞽师之放意相物，写神愈舞，而形于弦者，兄不能以喻弟。”[④] 刘安与司马相如大致同时，经验相传理论仍然流于技艺方面，不见有涉及文艺的论述。《西京杂记》中所言“赋心”应指作家所具有的胸襟、气度，属于作家品性、气质范畴；曹丕《典论·论文》：“文以气为主，气之清浊有体，不可力强而致，……虽在父兄，不能以传子弟。”[⑤] “赋心”传授理论或是与曹丕“文气”相传说的提出时代相临近。

第三，《西京杂记》载盛览在听了司马相如的“赋心”之论后，作有《合组歌》《列锦赋》，此说的合理性值得怀疑。一是如果这两篇赋的写作背

① 刘勰著，范文澜著：《文心雕龙注》，第 45 页。
② 周勋初：《司马相如赋论质疑》，《文史哲》1990 年第 5 期。
③ 郭庆藩辑，王孝鱼点校：《庄子集释》，中华书局 1961 年版，第 491 页。
④ 刘文典撰，冯逸、乔华点校：《淮南鸿烈集解》，中华书局 1989 年版，第 364 页。
⑤ 萧统编，李善注：《文选》，第 720 页。

景与辞赋大家司马相如有关，那么在赋学史上应该具有很大的影响力，扬雄、王褒诸人在拟效司马相如赋作时，提及此事的可能性极大。而且果真有二作，何以刘、班不闻，以致《汉书·艺文志·诗赋略》不载盛览赋作呢？二是推测这两篇赋的内容，应该是就“司马相如”之辞展开铺陈，其中肯定会论及作赋的命意、结构、技巧、辞采等。我们将《西京杂记》的这段论述与陆机《文赋》中的一段话来对比：“其为物也多姿，其为体也屡迁，其会意也尚巧，其遣言也贵妍。暨音声之迭代，若五色之相宣，虽逝止之无常，固崎錡而难便。”[①] 这里的“暨音声之迭代，若五色之相宣”即“赋迹”之属，“其为物也多姿，其为体也屡迁，其会意也尚巧”“逝止之无常”即“赋心”之属。如此说来，盛览所作当是一篇带有赋论性质的赋体文字。但这种情况是直到东汉末年才出现，至陆机《文赋》等出现才趋于成熟，在司马相如时代就出现此类著作的可能性当不会太大。

这段话虽不是出自司马相如之口，但丝毫不会削弱其在赋学史上的地位，清人储大文指出：“此榷艺至言，功侔神化，未可以《西京杂记》为赝书而遂轻之也。”[②] “赋心”“赋迹”的本意究竟是指什么？我们认为它只关文学，不在理义，是一种审美的批评。周勋初先生认为“纂组”“锦绣”是比喻“文学追求形式华艳”；“苞括宇宙”“控引天地”诸语是“形容作家神思的状态”，合而言之，这句话的意思就是“赋如纂组、锦绣，外形极美，其文句的特点为骈俪，朗读之时则呈现为音乐之美”。[③] 确是，“赋心”“赋迹”说是一种典型的文学审美批评。[④] “赋心”即体物之“味”美，乃是隐含其中的意蕴美；“赋迹”，铺的痕迹，编织锦绣的痕迹，即“铺采摛文”，追求的是赋的文字美——色（视觉美）和声韵美——声（听觉美）。范仲

① 陆机撰，张少康集释：《文赋集释》，上海古籍出版社 1984 年版，第 94 页。

② 储大文：《存研楼文集》卷十六《杂文·作赋》，文渊阁《四库全书》，第 1327 册，第 370 页。

③ 周勋初：《司马相如赋论质疑》，《文史哲》1990 年第 5 期。

④ 参考刘若愚：《中国文学理论》（英文版）；古风《“以锦喻文”现象与中国文学审美批评》：“汉赋是继‘诗三百’和‘楚辞’之后的‘美文学’作品，因而以‘锦绣’作为参照物来谈论辞赋的审美问题，就是谈论‘文学’的审美问题。”（《中国社会科学》，2009 年第 1 期）

淹《赋林衡鉴序》云："人之心也，发而为声；声之出也，形而为言。声成文而音宣，言成文而诗作。圣人稽四始之正，笔而为经；考五声之和，鼓以为乐。是故言依声而成象，诗依乐以宣心。感于人神，穆乎风俗，昭昭六义，赋实在焉！及乎大醇即醨，旁流斯激；风雅条散，故态屡迁；律吕脉分，新声间作。而士衡名之体物，聊举于一端；子云语以雕虫，盖尊其六籍。"[①] 赋体形成与声律相关，《周礼・春官》称大师教以"六诗"，赋为其一，诗为声之言，言为心之声，故诗心即乐心，赋心亦有乐心，以声乐评价赋的特征，即"一宫一商"。刘攽《雕虫小技壮夫不为赋》："观夫纬白经绿，叩商命宫，以富艳而为主，以浏亮而为工。"[②]"经纬""宫商"仅是就文辞"富艳"，声韵"浏亮"而言，正如明人陈际泰《刘西佩放生赋序》云："赋者古诗之流，以声为教。夫声者感人密深而风移俗易，盖其致不在理义也。"[③]"赋迹"的"一经一纬""一宫一商"之说与文艺的"六诗"相关。

## 第二节　以"诗心"度"赋心"

赋是在由文艺的"六诗"向诗经学的"六义"的转变中形成发展起来的。"六义"之说发展至唐代有"三体三用"区别，《毛诗正义》孔颖达疏："风雅颂者，诗篇之异体，赋比兴者，诗文之异词。……赋比兴是诗之所用，风雅颂是诗之成形，用彼三事成此三事也。"[④] 朱熹又推衍出"三经三纬"之说："或问《诗》六义，注'三经、三纬'之说。曰：'三经是赋、比、兴，是做诗底骨子，无诗不有，才无，则不成诗。盖不是赋，便

① 范能濬编集，薛正兴校点：《范仲淹全集》，凤凰出版社 2004 年版，第 452—453 页。
② 刘攽：《彭城集》卷二，清刻武英殿聚珍版丛书本。
③ 陈际泰：《已吾集》卷四序四，清顺治李来泰刻本。
④ 毛亨传，郑玄笺，孔颖达疏：《毛诗正义》，阮元校刻：《十三经注疏》，第 271 页。

是比；不是比，便是兴。如《风》《雅》《颂》却是里面横串底，都有赋、比、兴，故谓之三纬。’”[①] 元人刘瑾《诗传通释》云：“三经是风雅颂，是作诗底骨子。赋比兴却是里面。横串底都有赋比兴，故谓三纬。”并引庆源辅广语曰：“声音之节谓风雅颂，制作之体谓赋比兴。三经谓风雅颂之体，一定也；三纬谓赋比兴之用，不一也。”[②]

缘于“六义”的“三经三纬”说，祝尧将其引入赋论中，云：

> 殊不知古诗之体，六义错综，昔人以风雅颂为三经，以赋比兴为三纬，经其诗之正乎？纬其诗之葩乎？经之以正，纬之以葩，诗之全体始见，而吟咏情性之作，有非复叙事明理赞德之文矣。诗之所以异于文者以此。赋之源出于诗，则为赋者固当以诗为体，而不当以文为体。后代以来，人多不知经纬之相因，正葩之相须，吟咏无所因而发，情性无所缘而见，问其所赋，则曰赋者铺也，如以铺而已矣，吾恐其赋特一铺叙之文尔，何名曰赋？是故为赋者不知赋之体而反为文，为文者不拘文之体而反为赋，赋家高古之体不复见于赋，而其支流轶出，赋之本义乃有见于他文者。[③]

认为赋为诗体，诗有“三经三纬”之说，赋也应该是“经纬相因”“正葩相须”，以“诗迹”度“赋迹”之论由是开启。清人黄宗羲《汪扶晨诗序》云：“自毛公之六义，以风、雅、颂为经，以赋、比、兴为纬，后儒因之。比兴强分，赋有专属。及其说之不通也，则又相兼。”[④] 清人在辞赋创作

① 黎德靖编，王星贤点校：《朱子语类》，中华书局1986年版，第2070页。按：宋朱鉴编《诗传遗说》卷三，亦录有此条，且注曰“吕德昭录”，云：“或问：‘《大序》六义注中，有三经三纬之说。’先生曰：‘三经是赋比兴，是做诗底骨子，无诗不有，才无，则不成诗。盖不是赋，便是比；不是比，便是兴。如风雅颂，却是里面横串低，都有赋比兴，故谓之三纬。’”文渊阁《四库全书》，第75册，第533页。

② 刘瑾：《刘瑾诗话》，吴文治主编：《辽金元诗话全编》，凤凰出版社2006年版，第1517页。

③ 祝尧：《古赋辩体》卷九《外录上》，见王冠辑：《赋话广聚》，第2册，第488—490页。

④ 黄宗羲：《汪扶晨诗序》，见《南雷文定》四集卷一，《四部备要》本。

中也不断地阐述赋迹之说，程恩泽《六义赋居一赋》云：“纬以纂组，饰以铅黛；贯以明珠，节以杂佩。……博趣于申公鲁齐，探妙于韩婴内外。稽之周室，考之汉代。是则撷六义之精，而传其美者也。”①赋作在汉代四家诗中探妙寻趣，经纬六义。赵镛《六义赋居一赋》：“然而义为辞辔，辞为意轮。义析之有六，辞万变而皆循。风雅颂为经，体殊别而不相杂；赋比兴为纬，用参错而还相因。侔色揣称，兼资乎比兴；指事征理，必在于敷陈。以宣士德于遐陬，则颛蒙共喻；以抒下情于黼座，则幽情毕伸。”②赋迹的“一经一纬”论与“六义”的“三经三纬”说相对接。同时，“一宫一商”之论也与《诗经》完成对接，清人钱寀《拟白居易赋赋》“风雅遗音，宫商协度，六籍之华，九经之库”③，赋的“宫商”源自《诗经》遗音。保瑞《五经鼓吹赋》认为《三都》《两京》赋是“千章登雅颂之诗，悠扬入听，一片奏宫商之乐，高下相参”④。穆通阿《研京练都赋》称张衡、左思赋“砺诸经训之区，银毫欲秃……五经鼓吹，六籍笙簧。……播六经而鼓吹，典赡高华；谱一片之宫商，承平雅颂”⑤。“一宫一商”说以《诗》的遗音的身份入诸“赋迹”之论。

清人以“诗迹”量“赋迹”，最终的意图是以“诗心”度“赋心”。纳兰性德《赋论》推《西京杂记》之意云：“其可传者，侈丽闳衍之词；而不可传者，其赋之心也。若能原本经术，以上溯其所为不传之赋心，则可传者出矣。”⑥纳兰氏认为“诗人之志”是“《诗》三百”，“赋家之心”即“经术之心”，《诗经》乃可与赋“相为表里”“正赋之体”。陆棻《历朝赋

---

① 潘锡恩：《六义赋居一赋》，见林联桂：《见星庐赋话》卷八，第 12 页。

② 赵镛：《六义赋居一赋》（以诗人之赋丽以则为韵），见鸿宝斋主人编：《赋海大观》，第 4 册，第 240 页。

③ 钱寀：《拟白居易赋赋》（以赋者古诗之流也为韵），见鸿宝斋主人编：《赋海大观》，第 4 册，第 226 页。

④ 保瑞：《五经鼓吹赋》（以三都两京五经鼓吹为韵），见鸿宝斋主人编：《赋海大观》，第 4 册，第 243 页。

⑤ 穆通阿：《研京练都赋》，见鸿宝斋主人编：《赋海大观》，第 4 册，第 252—253 页。

⑥ 纳兰性德：《通志堂集》，第 555 页。

格·凡例》引“司马相如”之语后云：“故所为《子虚》《大人》，能使人主读之有凌云之思也。……然必贯之以人事，合之以时宜，渊闳恺恻，一以风雅为宗，而其旨则衷于六经之正，岂非天地间不朽至文乎？”[①]赋作应以《诗》为宗旨，合乎诗教标准。路德《重刊赋则序》：“古以赋为六诗之一，实则假托仿喻，体物写志，比亦赋也，兴亦赋也，风雅颂亦赋也，骚又全乎赋者也。孟坚以为古诗之流，不敢歧诗赋而二之，可以知赋之为赋矣……一经一纬，一宫一商，酌奇玩华，弥见真粹，所谓诗人之赋丽以则也，无则不可以为诗，作赋何独不然哉？”[②]又《评注昭明文选》之《甘泉赋》末批：“何义门曰：《汉书》本传云：甘泉本因秦离宫，既奢泰……愚案：赋家之心，当以子云此言求之，无非六义之风，非苟为夸饰也。”[③]“赋心”即“六义”之风，体现在诗教理义之中。

清人以“诗心”度“赋心”，认为“赋心”“赋迹”之说关乎理义，但也认为不全在理义，其文学审美的因素也得到一定重视，主要表现在三个方面：一是要求赋作文采与情理并举，如孙梅《四六丛话》云：“诗人之作，情胜于文；赋家之心，文胜于情。有文无情，则土木形骸，徒惊纡紫；有情无文，则重台体态，终恧鸣环。”[④]杨曾华《赋赋》：“上下三千年，通赋汇而有典有则；纵横一万里，得赋心而亦步亦趋。将见掷地作金

---

① 陆棻评选：《历朝赋格》，康熙刊本。

② 路德：《柽华馆全集》卷二，《续修四库全书》，第1509册，上海古籍出版社2002年版，第323—324页。

③ 于光华编：《评注昭明文选》卷一，1919年扫叶山房石印本。又何焯《义门读书记》卷二十《前汉书》评“故遂推而隆之”至“党鬼神可也”亦云：“赋家之心，当以子云此言思之，无非六义之风，非苟为夸饰也。其或本颂功德，而反事侈靡，淫而非则，是司马、班、扬之罪人矣。”见氏著，第332—333页。

④ 孙梅：《四六丛话》卷三《骚》，人民文学出版社2010年版，第45页。这段话也出现在洪翼升《孙卿赋篇赋》（以“汉志载孙卿赋十篇”为韵）中：“夫诗人之作，情胜于文；赋家之心，文胜于情。无情之文，则土木形骸，徒惊纡紫。无文之作，则重台体态，终恧鸣环。荀子之篇，其殆诗之流，赋之祖，古文有韵之俶落，楚诗嗣响之奇诡乎。”马积高主编：《历代词赋总汇》（清代卷），湖南文艺出版社2014年版，第21469页。

声，孰是能希其杰构；伫看搜天传石室，畴不共服壮夫哉！”[①] 二是要求赋作立意深远，运思巧妙，王芑孙《读赋卮言·立意》谓：“赋有经纬万端之用，实此单微一线之为，以其一线者，周乎万端，深其爪，出其目，作其鳞之而，则拨尔而怒，而于任重宜，且其斐色必似鸣矣。爪不深，目不出，鳞之而不作，则颓尔如委，而不于任重宜，且其斐色必似不鸣矣。寻其脉络，须兼叙事之长，极尔精详，更有补题之解，功以琢磨而致，思必再四而周。古人或炼之以十年，或研之于一纪，非为征材，良由审意，作赋之功，固以淹迟极妙也。”[②] 三是要求赋作取材宏广，义归博综，沈德潜《赋钞笺略序》：“汉人谓赋家之心，包括天地，总揽人物，故古来赋手类皆躭思旁讯，铺采摛文，元元本本，骋其势之所至而后已。盖导源于三百篇，而广其声貌，合比兴而出之。登高能赋，可以为大夫，诚重之也。两汉以降，鸿裁间出，凡都邑、宫殿、游猎之大，草木肖翘之细，靡不敷陈博丽，牢笼漱涤，蔚乎钜观。”[③] 刘熙载《赋概》：“诗为赋心，赋为诗体。诗言持，赋言铺，持约而铺博也。古诗人本合二义为一，至西汉以来，诗赋始各有专家。”[④]《诗》之情与理、义与辞、文与质的会同并举，均成为赋家度量“赋心”“赋迹”的准的。

## 第三节 《诗》的标准与赋的“正”“变”

赋学批评者以“诗心”度“赋心”，自然也会以《诗》的标准来衡量赋作的优劣，很重要的一个现象就是将诗经学的“正”“变”思想引入赋学批

---

① 杨曾华：《赋赋》（以登高能赋可为大夫为韵），见鸿宝斋主人编：《赋海大观》，第4册，第228页。

② 王芑孙：《读赋卮言》，《国朝名人著述丛编》本。

③ 沈德潜：《赋钞笺略序》，见清王煃等编：《赋钞笺略》，嘉庆二十二年重刊本。

④ 刘熙载：《艺概》，第86页。

评领域。

“风雅正变”之说最早见于《毛诗大序》，谓：“至于王道衰，礼义废，政教失，国异政，家殊俗，而变风变雅作矣。”[①]“变风”“变雅”乃是指西周衰落时期的《风》《雅》诗作，而与之相对的“正风”“正雅”指什么，《毛诗序》并没有指出。之后郑玄在《诗谱序》谓周自后稷、公刘、大王、王季至文王、武王“其时诗，风有《周南》《召南》，雅有《鹿鸣》《文王》之属。及成王、周公致大平，制礼作乐，而有颂声兴焉，盛之至也。本之，由此风、雅而来，故皆录之，谓之《诗》之正经。后王稍更陵迟，懿王始受谮，亨齐哀公。夷身失礼之后，邶不尊贤。自是而下，厉也幽也，政教尤衰，周室大坏，《十月之交》《民劳》《板》《荡》勃尔俱作。众国纷然，刺怨相寻。五霸之末，上无天子，下无方伯，善者谁赏？恶者谁罚？纪纲绝矣。故孔子录懿王、夷王时诗，讫于陈灵公淫乱之事，谓之变风、变雅。”[②]郑玄以为产生于治世之际，致力于歌功颂德的《风》《雅》之作是“正风”“正雅”，而自西周懿王、夷王而下至春秋陈灵公时的诗作为“变风”“变雅”。自此以后，《诗》之“正变”学说渐成系统，综其区分标准，盖有三端：一是作《诗》背景，即政治世变，有治世与衰世之别；二是诗旨有“安以乐”与“怨以怒”之分；三是诗风有“雍容典雅”和“哀怨情长”二类。

这种《诗》学的“正变”标准也影响到后代文学作品的评判。晁补之《离骚新序上》云：

先王之盛时，四诗各得其所，王道衰而变风变雅作，犹曰达于事变而怀其旧俗。旧俗之亡，惟其事变也。故诗人伤今而思古，情见乎辞，犹诗之风雅而既变矣……又班固叙迁之言曰：“《大雅》言王公

① 毛亨传，郑玄笺，孔颖达疏：《毛诗正义》，阮元校刻：《十三经注疏》，第 271 页。

② 冯浩菲：《郑氏诗谱订考》，第 12—13 页。

大人德逮黎庶，《小雅》讥小民之得失，其流及上，所言虽殊，其合德一也。司马相如虽多虚辞滥说，然要其归引之于节俭，此亦诗之风谏何异？扬雄以谓犹骋郑卫之音，曲终而奏雅，不已戏乎！”[①]固善推本，知之赋与诗同出，与迁意类也。然则相如始为汉赋，与雄皆祖原之步骤，而独雄以其靡丽悔之，至其不失雅亦不能废也。自风雅变而为《离骚》，至《离骚》变而为赋，譬江有沱，干肉为脯，谓义不出于此，时异然也。……盖诗之流至楚而为《离骚》，至汉而为赋，其后赋复变而为诗，又变而为杂言、长谣、问对、铭赞、操引，苟类出于楚人之辞而小变者，虽百世可知。[②]

晁补之的贡献在于他将《诗》之“风雅正变”说引入到文体学的兴衰流变之中，并由此制定了一个文体流变的系谱：

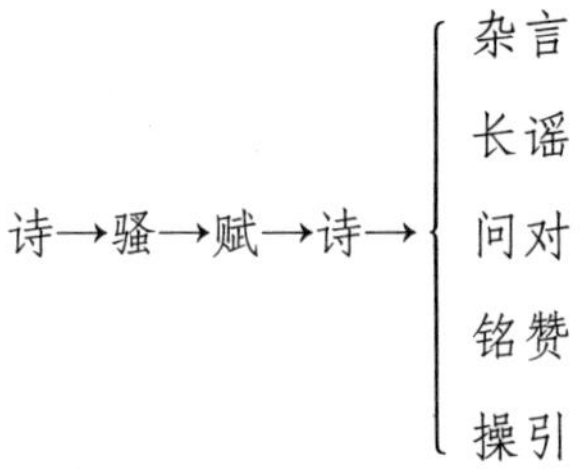


“正变”学说如何影响赋体文学批评的呢？祝尧《古赋辩体》卷四：

盖自长卿诸人就骚中分出侈丽之一体，以为辞赋，至于子云，此体遂盛。不因于情，不止于理，而惟事于辞。虽曰因宫室畋猎等事以起兴，然务矜夸，而非咏歌，兴之义变甚矣；虽曰取天地百神等物以为比，然涉奇狂，而非博雅，比之义变甚矣；虽曰陈古者帝王之迹以

① 见《史记·司马相如列传》论赞，当是东汉人旁批文字窜入，又见《汉书·司马相如传》赞。

② 晁补之：《鸡肋集》卷三十六《离骚新序上》，《四部丛刊》景明本。

含讽，然近谀佞，而非柔婉，风之义变甚矣；虽曰称朝廷功德等美以仿雅颂，然多文饰，而非正大，雅颂之义又变甚矣。但风比兴雅颂之义虽变，而风比兴雅颂之义终未泯。至于三国六朝以降，辞益侈丽，六义变尽而情失，六义泯尽而理失。噫，于此可以观世变矣！①

赋自《诗》出，兼有风、雅颂、比兴之义，然汉赋相对《诗经》而言，虽题材相同，但其他“五义”皆有变更。清人王修玉在《历朝赋楷·凡例》中云：“赋虽本于六义，体制则有代更，《楚辞》源自《离骚》，汉魏同符古体，此为赋家正格，允宜奉为典型。至于两晋微用俳词，六朝加以四六，已为赋体之变，然音节犹近古人。迨夫三唐应制，限为律赋，四声八韵，专事骈偶，此又赋之再变。宋人以文为赋，其体愈卑，至于明人，复还旧轨。”② 因循《诗经》正变之说，理论家们认定汉魏古赋为赋家正格、历代典型，是“正体”，两晋以后，赋体变为俳体、律体、文赋体，均为“变体”。正如王之绩在《铁立文起》中云：

昔人以赋为古诗之流，然其体不一。而必以古为归，犹之文必以散文为归也。顾均之为古赋，而正变分焉。大抵辞赋穷工，皆以诗之风雅颂赋比兴之义为宗。此如山之祖昆仑，黄河之水天上来也。故论赋者，亦必首律之以六义，如得风雅颂赋比兴之意则为正，反是则为变。若以古赋而间流于俳与文，亦变体也。八韵律赋，盛于开元之世，以其时诏以诗赋取士故也。此皆诸赋正变之所由分，不可以不辨。③

据时代划分如是。就具体作品而言，“正、变”之体又如何区别，王之绩又云：

---

① 祝尧：《古赋辩体》卷四《两汉体下》，见王冠辑：《赋话广聚》，第2册，第194—195页。

② 王修玉：《历朝赋楷·凡例》，清康熙刻本。

③ 王之绩：《铁立文起》前编卷九《赋通论》，清康熙刻本。

> 古赋如汉司马相如《长门》，班倢伃《自悼》《捣素》，张衡《思玄》，晋潘岳《秋兴》，唐柳宗元《梦归》，汉祢衡《鹦鹉》，魏王粲《登楼》，晋孙绰《游天台山》，汉扬雄《甘泉》，以上正体而俳体间出于其中。宋苏轼《屈原庙》，汉司马相如《子虚》《上林》，班固《两都》，晋潘岳《籍田》，以上变体而流于文赋之渐。[①]

王之绩虽以古赋为“正体”，但也要就具体作品而区别对待，如司马相如《长门赋》缘情发义，托物言情，怨而不怒，风、比、兴之义未泯，故属“正体”，而《子虚》《上林》诸赋，中间是赋，首尾是文，已开后世文赋体之先，故而有“变”，此正变之例分也。

## 小结　文学批评的经术化

“赋心”“赋迹”理论，就其本意而言，只是一种文学的审美批评，不关理义。但在后人的阐释中，逐渐将“一经一纬”与诗经学的“三经三纬”说相比附，将“一宫一商”与《风》《雅》遗音相对接，从而以“诗迹”量“赋迹”，认为“赋心”即“经术之心”，“诗为赋心”。赋一以风雅为宗，据此引入诗教观点来审视赋体发展，将诗经学的“正变”学说置于赋体衍变程序中，赋体、赋风也有了“正、变”之区分，中国文学理论批评与创作的经术化过程由此可见一斑。“赋心”“赋迹”理论的变奏，且与赋体、赋用观的交织，体现的是教化批评与审美批评的融汇。

---

① 王之绩：《铁立文起》前编卷九《赋通论》。

# 乙　编

## 汉赋用《诗》考释

# 第四章

# 《诗》三家义辑补疏释

《后汉书·儒林列传下》云："鲁人申公受《诗》于浮丘伯，为作诂训，是为《鲁诗》；齐人辕固生亦传《诗》，是为《齐诗》；燕人韩婴亦传《诗》，是为《韩诗》；三家皆立博士。赵人毛苌传《诗》，是为《毛诗》，未得立。"[①]又《隋书·经籍志》云："《齐诗》，魏代已亡；《鲁诗》亡于西晋；《韩诗》虽存，无传之者。唯《毛诗郑笺》，至今独立。"[②]四家诗说兴也勃而亡也忽，命途多舛。故后人恻隐，广采三家《诗》义，朱子启之，王应麟《诗考》肇始之。清儒余萧客、范家相、宋绵初、阮元、冯登府、丁晏、马国翰、迮鹤寿、黄奭等摭拾有加，侯官陈寿祺、乔枞父子，钩沉遗说，最为详洽。至王先谦《诗三家义集疏》（以下简称《集疏》）广采众家大成，为裒辑三家《诗》佚文、遗说的总结性著作，吴格称："举凡唐宋以前之经、史、诸子、文集及字书、韵书、类书等，如有三家诗说见存者，王氏莫不搜讨征引，采摭无遗。"[③]王氏《集疏》搜讨浩博，多补陈氏父子所未及者，然搜罗亦未殆尽。

① 范晔：《后汉书》，中华书局1965年版，第2569页。

② 魏徵等：《隋书》，中华书局1973年版，第918页。

③ 王先谦撰，吴格点校：《诗三家义集疏》，中华书局1987年版，第4页。

汉代赋家多习《诗经》，在创作过程中广泛地引《诗》、论《诗》，但多省去“诗曰”类标志，不易发现。[①]陈氏父子以及王先谦等清儒虽注意到这点，并在《集疏》中广引赋家用《诗》材料，但也疏漏不少。笔者曾与许结师合撰《汉赋用经考》一文，即辑得“三家诗”义三则。[②]今依照陈寿祺、乔枞父子及王先谦所确定的三家《诗》学源流，再详作补缀，辑得遗意近四十则，并参以己意，随文辨析。为明晰起见，以赋系诗，分别鲁、齐、韩三家《诗》义辑补，以求裨益于总归三家《诗》恉。

## 第一节 《鲁诗》义辑补疏释

两汉之世，三家《诗》学，鲁最先出，其传最广，三家并立学官后，其学亦最盛，其义亦最为近之。陈寿祺、乔枞父子及王先谦诸清儒考镜《鲁诗》源流，确定《鲁诗》学者，且在其著作中引述有贾谊、司马迁、刘向、刘歆、扬雄、王逸、张衡、蔡邕、张超、王充、徐幹、赵岐等赋家用《诗》材料。辑佚虽广备，但仍有缺漏者。

司马迁《悲士不遇赋》：“天道微哉！吁嗟阔兮。人理显然，相倾夺兮。”[③]

《毛诗·邶风·击鼓》：“于嗟阔兮，不我活兮。”《毛传》：“不与我生活也。”《郑笺》：“州吁阻兵安忍，阻兵无众，安忍无亲，众叛亲离，军士弃其约，离散相远，故吁嗟叹之，阔兮女不与我相救活，伤之。”思豪按，

① 按：据笔者统计，汉赋用《诗》有440余例，然其用《诗》与先秦典籍及两汉史传、奏议、子书等引《诗》的一个明显不同，即凡是以“赋”名篇的赋作，用《诗》均将“《诗》曰”类标志隐去。详见许结、王思豪合撰《汉赋用〈诗〉的文学传统》（《中国社会科学》2011年第4期）一文。

② 许结、王思豪：《汉赋用经考》，《文史》2011年第2辑。

③ 费振刚、仇仲谦、刘南平校注：《全汉赋校注》，第189页。本章所引汉赋文字，如未特别注明，皆引自此书，不再赘注。

《集疏》谓："依《周南》文，韩'于'当作'吁'。"[①]《集疏》中《鲁诗》未闻，司马迁习《鲁诗》，鲁"于"亦作"吁"。司马迁面对天道的幽远不可知，现实的黑暗不公正，人情的淡薄冷漠，遭际惨烈，心情十分沉重，故借《诗经》语句发以歇斯底里的慨叹。

刘向《九叹·怨思》："若青蝇之伪质兮，晋骊姬之反情。"[②]

《小雅·青蝇》，《毛诗序》："《青蝇》，大夫刺幽王也。"首章云："营营青蝇，止于樊。岂弟君子，无信谗言。"《毛传》："兴也。营营，往来貌。樊，藩也。"《郑笺》云："兴者，蝇之为虫，污白使黑，污黑使白，喻佞人变乱善恶也。言止于藩，欲外之令远物也。"《集疏》引《易林》诸说以为《齐诗》，认为："据此，《齐诗》为幽王信褒姒之谗而害忠贤也。"又谓"鲁韩未闻"。[③]思豪按，王逸《楚辞章句》："伪，犹变也。青蝇变白使黑，变黑成白，以喻谗佞。《诗》云：营营青蝇。"又曰："言谗人若青蝇变转其语，以善为恶，若晋骊姬以申生之孝，反为悖逆也。"[④]此为《鲁诗》说。

刘向《九叹·愍命》："今反表以为里兮，颠裳以为衣。"[⑤]

《毛诗·齐风·东方未明》首章："东方未明，颠倒衣裳。颠之倒之，自公召之。"《毛诗序》："《东方未明》，刺无节也。朝廷兴居无节，号令不时，挈壶氏不能掌其职焉。"首章《毛传》："上曰衣，下曰裳。"《郑笺》："挈壶氏失漏刻之节，东方未明而以为明，故群臣促遽，颠倒衣裳。群臣之朝，别色始入。"《集疏》云："三家无异义。"[⑥]思豪按：赋中此句以上皆是赞美皇考的美烈圣德，自此以下，转为论今之不然。王逸《九叹章句》："言今世

---

① 王先谦撰，吴格点校：《诗三家义集疏》，第154页。
② 洪兴祖撰，白化文等点校：《楚辞补注》，中华书局1983年版，第290页。
③ 王先谦撰，吴格点校：《诗三家义集疏》，第781页。
④ 洪兴祖撰，白化文等点校：《楚辞补注》，中华书局1983年版，第290页。
⑤ 洪兴祖撰，白化文等点校：《楚辞补注》，第303页。
⑥ 王先谦撰，吴格点校：《诗三家义集疏》，第382页。

之君，迷惑谗佞，反表以为里，倒裳以为衣，而不能知也。”[①]《荀子·大略篇》：“诸侯召其臣，臣不俟驾，颠倒衣裳而走，礼也。《诗》曰：‘颠之倒之，自公召之。’”[②]赵岐《孟子章句》：“君以其官召之，岂得不颠倒？《诗》云：‘颠之倒之，自公召之。’”[③]号令不时，故讥刺之。此《鲁诗》说。

扬雄《河东赋》：“敦众神使式道兮，奋六经以摅颂。隃于穆之缉熙兮，过《清庙》之雝雝；轶五帝之遐迹兮，蹑三皇之高踪。”

思豪按：“颂”，指六经之一的《诗》之《颂》诗。《论衡·须颂篇》：“《周颂》三十一，《殷颂》五，《鲁颂》四。凡《颂》四十篇，诗人所以嘉上也。”[④]《颂》多是弘扬帝王功业之辞。“隃于穆之缉熙兮，过《清庙》之雝雝”，语出自《周颂·维天之命》：“维天之命，于穆不已。”《周颂·维清》：“维清缉熙，文王之典。”《毛传》：“于，叹辞也。穆，美。”《郑笺》：“缉熙，光明也。”《周颂·清庙》：“于穆清庙，肃雝显相。”《毛传》：“肃，敬；雝，和；相，助也。”《郑笺》：“显，光也，见也。于乎美哉周公之祭清庙也，其礼仪敬且和，又诸侯有光明著见之德者来助祭。”《文选》载《四子讲德论》：“昔周公咏文王之德而作《清庙》，建为《颂》首。”[⑤]蔡邕《独断》曰：“《清庙》，一章八句，洛邑既成，诸侯朝见，宗祀文王之所歌也。”[⑥]说明《清庙》是祭祀文王之诗，陈乔枞称二人所引即是“《鲁诗·周颂》之序也”[⑦]。此段用《鲁诗》，《集疏》未录。扬雄合引《清庙》《维天之命》《维清》三诗。

① 洪兴祖撰，白化文等点校：《楚辞补注》，第303页。
② 王先谦撰，沈啸寰、王星贤点校：《荀子集解》，中华书局1988年版，第486页。
③ 王先谦撰，吴格点校：《诗三家义集疏》，第382页。
④ 黄晖撰：《论衡校释》，第849页。
⑤ 萧统编，李善注：《文选》第713页。
⑥ 蔡邕：《蔡中郎集》，中华书局1936年版，第141页。
⑦ 陈寿祺撰，陈乔枞述：《三家诗遗说考》，《续修四库全书》，第76册，第291页。

张衡《思玄赋》："冀一年之三秀兮，遒白露之为霜。"

《毛诗·秦风·蒹葭》曰："蒹葭苍苍，白露为霜。"蔡邕《释诲》："蒹葭苍而白露凝。"《集疏》谓："明用《鲁诗》文。"[①] 思豪按：张衡赋此条亦用《鲁诗》文，《集疏》未录，可补。"遒"，"迫"也，赋用《诗》句借芝草当秀，却遭秋霜雨露的严相逼，以示达贤才不遇，却始终保持有高洁的情操。

张衡《西京赋》："植铩悬瞂，用戒不虞。"

《毛诗·大雅·抑》："质尔人民，谨尔侯度，用戒不虞。"《毛传》："不虞，非度也。"刘向《说苑·修文》篇："古者必有命民，命民能敬长怜孤，取舍好让。居事力者，命于其君，命然后得乘饬舆骈马。未得命者不得乘，乘者皆有罚。故其民虽有余财侈物，而无仁义功德，则无所用其余财侈物。故其民皆兴仁义而贱财利。贱财利则不争，不争则强不凌弱，众不暴寡，是唐虞所以兴象刑，而民莫敢犯法，而乱斯止矣。《诗》云：'告尔人民，谨尔侯度，用戒不虞。'此之谓也。"[②] 明鲁、毛文同。思豪按：张衡用《鲁诗》成句，《集疏》未录此条，可补。

张衡《西京赋》："取乐今日，遑恤我后。"

《毛诗·邶风·谷风》："我躬不阅，遑恤我后。"《毛传》："阅，容也。"《郑笺》："躬，身；遑，暇；恤，忧也。我身尚不能自容，何暇忧我后所生子孙也。"《集疏》注曰："三家'躬'作'今'，'遑'作'皇'。"又《列女传·王陵之母传》引《诗》云："我躬不阅，遑恤我后。"据此，王氏谓："鲁作'躬'、作'遑'同毛，是作'今'、作'皇'者齐、韩文。"[③] 思豪按：王氏所言当是。张衡赋盖用《谷风》成句，《集疏》未录此句，可补。

---

① 王先谦撰，吴格点校：《诗三家义集疏》，第448页。

② 刘向撰，向宗鲁校证：《说苑校证》，中华书局1987年版，第487页。

③ 王先谦撰，吴格点校：《诗三家义集疏》，第176页。

赋用《诗》语，反用《诗》义，暗自反讽，批评君臣只苟且追求今日的快乐，而不去顾及以后的事，薛综注曰："言且快今日之苟乐，焉能复顾后日之长久也。"[①]

张衡《东京赋》："造舟清池，惟水泱泱。"

《毛诗·小雅·瞻彼洛矣》："瞻彼洛矣，维水泱泱。"《毛传》："泱泱，深广貌。"《郑笺》："兴者，喻故明王恩泽加于天下，爵命赏赐，以成贤者。"思豪按：张衡习《鲁诗》，鲁"维"作"惟"，《集疏》未录，可补。

张衡《东京赋》："好乐无荒，允文允武。薄狩于敖，既璅璅焉。"

《毛诗·唐风·蟋蟀》："好乐无荒，良士瞿瞿。"《毛传》："荒，大也。瞿瞿然顾礼义也。"《郑笺》："荒，废乱也。良，善也。君之好乐，不当至于废乱政事，当如善士瞿瞿然顾礼义也。"思豪按：张衡习《鲁诗》，此用《鲁诗》成句，鲁、毛文同。《集疏》未录此条，可补。《毛诗·鲁颂·泮水》："允文允武，昭假烈祖。"《郑笺》："僖公信文矣，为修泮宫也；信武矣，为伐淮夷也。"思豪按：从《郑笺》的解释来看，《毛诗》中的"文"当指文治，"武"指武功。张衡用《鲁诗》成句，鲁、毛文同，但所指意义或有不同。赋中"文"当指文王，"武"当指武王。因为赋文在此句之前说"慕天乙之弛罟……仪姬伯之渭阳"，即指成汤、周文王事；在此句之后又说"薄狩于敖……岐阳之搜"，又是指周宣王、周成王事，故中间亦有文、武王事。薛综曰："允，信也。无荒，言不好荒淫之乐。信与文王、武王等其功德也。"[②]《六臣注文选》良曰："言好游乐而不荒淫，信文武之道。"[③]张衡赋合用《诗经》成句，赞美大汉天子爱好娱乐而不荒淫，诚信与文王、武王一样。《集疏》亦未录此条，可补。《毛诗·小雅·车攻》："建旐设旄，

① 刘跃进著，徐华校：《文选旧注辑存》，第433页。

② 刘跃进著，徐华校：《文选旧注辑存》，第679页。

③ 刘跃进著，徐华校：《文选旧注辑存》，第680页。

搏兽于敖。"《毛传》:"敖,地名。"《郑笺》:"兽,田猎搏兽也。敖,郑地,今近荥阳。"《毛诗序》:"《车攻》,宣王复古也。宣王能内修政事,外攘夷狄,服文武之境土,修车马,备器械,复会诸侯于东都,因田猎而选车徒焉。"思豪按:张衡习《鲁诗》,赋中"薄狩于敖",与《毛诗》文异,但用《诗》成句,按赋中帝王顺序排列,当也是指周宣王狩猎事,故鲁、毛义同。《集疏》未列出《车攻》的《鲁诗》义,此可补。

张衡《南都赋》:"且其君子,弘懿明叡,允恭温良。容止可则,出言有章。"

《毛诗·小雅·都人士》:"彼都人士,狐裘黄黄。其容不改,出言有章。"《毛传》:"彼,彼明王也。"《郑笺》:"城郭之域曰都。古明王时,都人之有士行者,冬则衣狐裘黄黄然,取温裕而已,其动作容貌既有常,吐口言语又有法度文章。疾今奢淫,不自责以过差。"思豪按:张衡赋用《鲁诗》文,《集疏》未录,可补。赋化用《诗》辞,要求君子的仪态可为众人的榜样,言论要合乎法度文章。

张衡《南都赋》:"本枝百世,位天子焉。永世克孝,怀桑梓焉。"

《毛诗·大雅·文王》:"文王孙子,本支百世。"《毛传》:"本,本宗也。支,支子也。"《郑笺》:"其子孙适为天子,庶为诸侯,皆百世。"《集疏》:"《汉书·王子侯表序》:'文王孙子,本支百世。'明齐、毛文同。"[①]思豪按:张衡赋用《鲁诗》文,"支"作"枝",《集疏》未录,可补。《毛诗·周颂·闵予小子》:"於乎皇考,永世克孝。"《郑笺》:"於乎我君考武王,长世能孝,谓能以孝行为子孙法度,使长见行也。"思豪按:张衡赋用《鲁诗》文,明鲁、毛文同,《集疏》未录,可补。赋上句言文王事,这句言武王事,借周王劝汉皇,颂中寓有讽义。《毛诗·小雅·小弁》:"维桑与

① 王先谦撰,吴格点校:《诗三家义集疏》,第824页。

梓，必恭敬止。”《毛传》：“父之所树，己尚不敢不恭敬。”思豪按：《毛诗》并无旧里之义。赋用《诗》辞，言永存孝敬之思方能怀念旧里。顾炎武《日知录》云：“《容斋随笔》谓：‘《小雅》：“维桑与梓，必恭敬止。”并无乡里之说，而后人文字乃作乡里事用。’愚考之，张衡《南都赋》云：‘永世克孝，怀桑梓焉。真人南巡，睹旧里焉。’蔡邕作《光武济南宫碑》云：‘来在济阳，顾见神宫，追惟桑梓，褒述之义。’陈琳为袁绍檄云：‘梁孝王先帝母弟坟陵尊显，松柏桑梓犹宜肃恭。’汉人之文必有所据，齐、鲁、韩三家之诗不传，未可知其说也。”[①] 袁枚《随园诗话》：“《小雅》：‘惟桑与梓，必恭敬止。’考上下文，并无乡里之说。张衡《南都赋》：‘永世克孝，怀桑梓焉。真人南巡，睹旧里焉。’后人因之，遂以桑梓为乡里。”[②]

张衡《应间》：“昔有文王，‘自求多福’。”

《毛诗·大雅·文王》：“永言配命，自求多福。”《毛传》：“永，长；言，我也。我长配天命而行，尔庶国亦当自求多福。”《郑笺》：“长，犹常也。王既述修祖德，常言当配天命而行，则福禄自来。”思豪按：张衡习《鲁诗》，用《诗》成句，明鲁、毛文同。《汉书·东平王宇传》元帝敕谕东平王宇玺书云：“《诗》不云乎？‘……永言配命，自求多福。’”[③] 是一佐证。《集疏》未列张衡《应间》此条，可补。

张衡《七辩》：“吾子之诲，穆如清风。启乃嘉猷，实慰我心。”

《毛诗·大雅·烝民》：“吉甫作诵，穆如清风。仲山甫永怀，以慰其心。”《毛传》：“清微之风，化养万物者也。”《郑笺》：“穆，和也。吉甫作此工歌之诵，其调和人之性，如清风长养万物然。仲山甫述职，多所思而

---

① 顾炎武著，黄汝成集释，栾保群、吕宗力校点：《日知录集释》，上海古籍出版社 2006 年版，第 1843 页。

② 袁枚：《随园诗话》，人民文学出版社 1982 年版，第 414 页。

③ 班固：《汉书》，第 3320 页。

劳，故述其美，以慰安其心。”王褒《四子讲德论》：“吉甫叹宣王，穆如清风，列于《大雅》。”[①] 思豪按：《集疏》认为“用《鲁诗》，与毛文同，褒云‘吉甫叹宣王’，是《鲁诗序》义与毛亦同也”。张衡赋亦用《鲁诗》文，《集疏》未录此条，可补。

王逸《九思·疾世》：“纷载驱兮高驰，将咨询兮皇羲。”[②]

《毛诗·小雅·皇皇者华》：“我马维骃，六辔既均。载驰载驱，周爰咨询。”《毛传》：“忠信为周，访问于善为咨。亲戚之谋为询。兼此五者，虽有中和，当自谓无所及，成于六德也。”《郑笺》：“中和，谓忠信也。五者，咨也、諏也、谋也、度也、询也。虽得此于忠信之贤人，犹当云已将无所及于事，则成六德，言甚其事。”《九思章句》曰：“谘，问。询，谋。”[③] 明鲁、毛文有异，鲁“咨”作“谘”。《集疏》：“《说苑·贵德篇》：‘《诗》曰：“载驰载驱，周爰咨谋。”’据《淮南书》所引，《鲁诗》当作‘谘谟’，此作‘咨谋’者，后人顺毛改之。”[④] 思豪按：《集疏》所言当是，王逸《九思》此句亦是一佐证。《集疏》未录此条，可补。

王逸《九思·悼乱》：“鸧鹒兮喈喈，山鹊兮嘤嘤。”[⑤]

《毛诗·小雅·伐木》：“伐木丁丁，鸟鸣嘤嘤。”《毛传》：“嘤嘤，惊惧也。”《郑笺》：“嘤嘤，两鸟声也，其鸣之志，似于有友道然，故连言之。”《毛诗·小雅·出车》：“仓庚喈喈，采蘩祁祁。”《九思章句》曰：“鸧鹒，鹂黄也。喈喈，鸣之和。嘤嘤，鸣之清也。”[⑥] 思豪按：王逸习《鲁诗》，盖鲁文“仓庚”作“鸧鹒”，《鲁诗》“嘤嘤”，释为“鸣之清也”。《集疏》

① 萧统编，李善注：《文选》，第 713 页。
② 洪兴祖撰，白化文等点校：《楚辞补注》，第 318 页。
③ 洪兴祖撰，白化文等点校：《楚辞补注》，第 318 页。
④ 王先谦撰，吴格点校：《诗三家义集疏》，第 561 页。
⑤ 洪兴祖撰，白化文等点校：《楚辞补注》，第 323 页。
⑥ 洪兴祖撰，白化文等点校：《楚辞补注》，第 323 页。

此两条未录入，可补。

蔡邕《述行赋》：“终其永怀，窘阴雨兮。”

《毛诗·小雅·正月》：“终其永怀，又窘阴雨。”《毛传》：“窘，困也。”《郑笺》：“窘，仍也。终王之所行，其长可忧伤矣，又将仍忧伤于阴雨。阴雨，喻君有泥陷之难。”思豪按：蔡邕赋用《鲁诗》文，改换“兮”字乃是为押韵之故。《集疏》无此条，可补。

蔡邕《青衣赋》：《关雎》之洁，不蹈邪非。……昒昕将曙，鸡鸣相催。……《河上》逍摇。

思豪按：“《关雎》之洁，不蹈邪非”，“蹈”，《初学记》卷十九作“陷”。《论语》：“《诗》三百，一言以蔽之，曰：思无邪。”与下文“宜作夫人，为众女师”相对应，言青衣女不仅容貌美，而且德行美，蔡邕盖用《鲁诗》义。《集疏》此条未录，可补。“昒昕将曙，鸡鸣相催”，语出《毛诗·郑风·女曰鸡鸣》：“女曰鸡鸣，士曰昧旦。”《郑笺》：“此夫妇相警觉以夙兴，言不留色也。”思豪按：昒、昧双声通用。拂晓时分，女闻鸡鸣而起，有催促其夫之美德。蔡邕用《鲁诗》义。《集疏》未录，可补。“河上逍摇”，“逍摇”，《艺文类聚》卷三十五作“逍遥”。《毛诗·郑风·清人》：“二矛重乔，河上乎逍遥。”思豪按：《集疏》谓“韩‘逍遥’作‘消摇’”；《齐诗》作“逍遥”，“蔡邕《青衣赋》‘河上逍遥’，邕用《鲁诗》，知鲁、齐文与毛同”。[①] 但蔡邕赋也有写作“逍摇”的文本存在。

张超《诮青衣赋》：“彼何人斯，悦此艳资。”

《毛诗·小雅·巧言》：“彼何人斯，居河之麋。”《郑笺》：“何人者，斥谗人也。贱而恶之，故曰何人。”又《毛诗·小雅·何人斯》：“彼何人

① 王先谦撰，吴格点校：《诗三家义集疏》，第344页。

斯？其心孔艰。”《郑笺》：“斥其姓名为大切，故言何人。”思豪按：二诗义同。《诮青衣赋》是针对蔡邕《青衣赋》而作。蔡赋描写的是妩媚动人、聪明伶俐而举止又合乎礼仪的青衣婢女形象，言辞中充满了对青衣女的歌颂与依恋。此赋一出，立刻遭到张超的强烈斥责，并作《诮青衣赋》讥刺蔡邕“志鄙意薄”，这里用《诗》辞，“彼”即是指蔡邕，盖刺蔡邕谗人乎？陈氏、王氏均认定张超习《鲁诗》，《集疏》未录此条，可补。

张超《诮青衣赋》：“历观今古，祸福之阶，多犹孽妾淫妻。《书》戒牝鸡，《诗》载哲妇，三代之季，皆由斯起。”

《毛诗·大雅·瞻印》：“哲夫成城，哲妇倾城。懿厥哲妇，为枭为鸱。妇有长舌，维厉之阶。乱匪降自天，生自妇人。匪教匪诲，时维妇寺。”《毛传》：“哲，知也。”《郑笺》：“哲，谓多谋虑也。城，犹国也。丈夫阳也，阳动故多谋虑则成国。妇人阴也，阴静故多谋虑则乱国。”《毛诗序》谓：“《瞻印》，凡伯刺幽王大坏也。”思豪按，《尚书·牧誓》引古人言：“牝鸡无晨。牝鸡之晨，惟家之索。”[①] 牝鸡，母鸡，即指家里的女性，她们掌权则于家不利。张超赋合用《书》《诗》义说有智谋而掌权的女人就像打鸣的母鸡、不祥的猫头鹰一样，是祸水之源，会颠覆国家。张超盖用《鲁诗》义，《集疏》未录，可补。

徐幹《齐都赋》：“磬管锵锵，钟鼓喈喈。”

《毛诗·周颂·执竞》：“钟鼓喤喤，磬筦将将。”《毛传》：“将将，集也。”《集疏》：“鲁‘磬筦’一作‘管磬’。齐‘将’作‘锵’，鲁作‘玱’，亦作‘鎗’，韩作‘鐩’。”[②] 思豪按：徐幹用《诗》与鲁文小异。《毛诗·小雅·鼓钟》：“鼓钟喈喈，淮水湝湝。”《毛传》：“喈喈，犹将将。”《韵补》

---

① 王肃伪孔安国传，孔颖达疏：《尚书正义》，阮元校刻：《十三经注疏》，中华书局 1980 年版，第 388 页。

② 王先谦撰，吴格点校：《诗三家义集疏》，第 1015 页。

注亦云："盖用《毛诗》辞，《诗》本作此读。"[①] 徐幹用《诗》或兼及诸家。陈乔枞认为徐幹习《鲁诗》，《集疏》袭之，但未录此两条，可补。

赵岐《蓝赋》："同丘中之有麻，似麦秀之油油。"

《毛诗·王风·丘中有麻》云："丘中有麻，彼留子嗟。"《毛诗序》："《丘中有麻》，思贤也。庄王不明，贤人放逐，国人思之，而作是诗也。"《郑笺》："思之者，思其来，己得见之。"思豪按：《集疏》认为赵岐习《鲁诗》，此条未录，可补。又《麦秀》之诗载于《史记·宋微子世家》。赋用《诗》辞，当有思贤怀旧之义。

## 第二节 《齐诗》义辑补疏释

三家《诗》中，以《齐诗》最为显贵，学者多至厚官，徒众尤盛。然三家诗中，《齐诗》魏时已亡，失传最早。陈寿祺、乔枞父子及王先谦诸人认为习《齐诗》的赋家有董仲舒、班倢伃、班彪、班固[②]、班昭等。又，李尤赋和近年出土的《神乌傅（赋）》用《诗》材料也可以判定属《齐诗》，辑补如下：

董仲舒《士不遇赋》："虽日三省于吾身兮，繇怀进退之惟谷。"

《毛诗·大雅·桑柔》："人亦有言，进退维谷。"《毛传》云："谷，穷也。"《郑笺》曰："前无明君，却迫罪役，故穷也。"思豪按：赋文与毛异。《文选》班固《幽通赋》曹大家注："《大雅》曰：'人亦有言，进退维

① 转引自骆韵鹤：《〈毛诗叶韵补音〉辑略》，《长江学术》第5辑，长江文艺出版社2003年版，第197页。

② 阮元《三家诗补遗》以为班固习《鲁诗》，依据为《汉书·艺文志》有"与不得已，鲁最为近之"之语，然陈氏父子、王先谦皆以班固受家学，习《齐诗》，这里从之。

谷。'……此皆敬慎之戒也。"[①] 此《齐诗》说，董仲舒亦用此意，言自己生在夏商周三代末期的习俗败坏的汉代，巧言欺诈的人处境顺利，做官显达，而坚贞之士却只能敬慎行事。《论语·学而》中曾子曰"吾日三省吾身"，虽然自己每天都多次自我反省，可是心里还是感觉处在困境之中。

班倢伃《捣素赋》："若乃窈窕姝妙之年，幽闲贞专之性。"

思豪按："窈窕姝妙之年，幽闲贞专之性"，"贞"，《古文苑》(《四部丛刊》韩元吉本）注："一作'静'。"这句话与《周南·关雎》的主旨有关。《关雎》："关关雎鸠，在河之洲，窈窕淑女，君子好逑。"《毛传》："窈窕，幽闲也。淑，善。逑，匹也。言后妃有关雎之德，是幽闲贞专之善女，宜为君子之好匹。"《郑笺》："怨耦曰仇。言后妃之德和谐，则幽闲处深宫贞专之善女，能为君子和好众妾之怨者。言皆化后妃之德，不嫉妒，谓三夫人以下。"《毛传》以"幽闲"释"窈窕"，其下又以"贞专"足成其义，这是《毛诗》义。《郑笺》始增入"深宫"字，以"窈窕"为"居处"，这是后话。王逸《楚辞·九歌》注引《诗》曰"窈窕淑女"，并训"窈窕，好貌"，《广雅·释诂》"窈窕，好也"，《集疏》认为"此鲁说也"。[②]《文选》颜延年《秋胡诗》李善注引薛君《韩诗章句》曰："窈窕，贞专貌。"[③] 正与毛同，皆以"窈窕"指女之德容言之。《汉书·匡衡传》："故《诗》曰：'窈窕淑女，君子好仇。'言能致其贞淑，不贰其操，情欲之感无介乎容仪，宴私之意不形乎动静，夫然后可以配至尊而为宗庙主。此纲纪之首，王教之端也。"[④]《集疏》云："曰'贞'、曰'不贰'，即'贞专'之义，明齐、韩说同。"王先谦认为班倢伃习《齐诗》，若是，此条可补其《集疏》内容。

---

① 萧统编，李善注：《文选》，第 209 页。

② 王先谦撰，吴格点校：《诗三家义集疏》，第 10 页。

③ 萧统编，李善注：《文选》，第 301 页。

④ 班固：《汉书》，第 3342 页。

班倢伃《捣素赋》："符皎日之心，甘首疾之病。"

思豪按："符皎日之心"，语出自《王风·大车》。《大车》有云："谷则异室，死则同穴。谓予不信，有如皦日。"班倢伃在赋中指日为释，表达对爱情的忠贞不渝。"甘首疾之病"，语出《卫风·伯兮》。《毛诗序》："《伯兮》，刺时也。言君子行役，为王前驱，过时而不反焉。"《郑笺》："卫宣公之时，蔡人、卫人、陈人从王伐郑伯也。为王前驱久，故家人思之。"《伯兮》有云："其雨其雨，杲杲出日。愿言思伯，甘心首疾。"《毛传》："甘，厌也。"《郑笺》："愿，念也。我念思伯，心不能已，如人心嗜欲所贪口味，不能绝也。我忧思以生首疾。"班倢伃在赋中是就爱情而言的。《集疏》未录此条，可补。

班倢伃《捣素赋》："歌《采绿》之章，发《东山》之咏。"

思豪按：《采绿》，《小雅》诗篇名。《毛诗序》："《采绿》，刺怨旷也。幽王之时，多怨旷者也。"《郑笺》："怨旷者，君子行役过时之所由也。而刺之者，讥其不但忧思而已，欲从君子于外，非礼也。"《采绿》共四章，章四句，班倢伃在此赋中歌此诗，表达的是旷女的怨思之情。《集疏》云"三家义未闻"[①]，未录此条，可补。《东山》，《豳风》诗篇名，《毛诗序》曰："《东山》，周公东征也。周公东征，三年而归，劳归士。大夫美之，故作是诗也。一章言其完也，二章言其思也，三章言其室家之望女也，四章乐男女之得及时也。君子之于人，序其情而闵其劳，所以说也。说以使民，民忘其死，其唯《东山》乎？"《郑笺》："成王既得《金縢》之书，亲迎周公。周公归，摄政。三监及淮夷叛，周公乃东伐之，三年而后归耳。分别章意者，周公于是志伸，美而详之。"这是《毛诗》说。《易林·屯之升》云："东山拯乱，处妇思夫。劳我君子，役使休已。"[②] 又《家人之颐》云：

① 王先谦撰，吴格点校：《诗三家义集疏》，第 804 页。

② 焦延寿著，尚秉和注：《焦氏易林注》，九州出版社 2010 年版，第 25 页。

“东山辞家，处妇思夫。伊威盈室，长股赢户。叹我君子，役日未已。”[①]王先谦《集疏》认为“皆齐说”。[②]《东山》共四章，章十二句。班倢伃在赋中歌咏此诗，表达的是征夫思妇之间的相思之情。《集疏》未录此条，可补。

班固《西都赋》：“天人合应，以发皇明，乃眷西顾，寔惟作京。”

《大雅·皇矣》：“上帝耆之，憎其式廓。乃眷西顾，此维与宅。”《潜夫论·班禄》篇引《诗》云：“……乃睠西顾，此惟与度。”[③]《集疏》认为“王符述《鲁诗》，所用《鲁》文也”。思豪按：“惟”，《毛诗》作“维”，三家均作“维”。班固在此作“眷”和“惟”，盖是《齐诗》文，《集疏》未录此条，可补。此句之前有曰：“汉之西都，在于雍州，寔曰长安……及至大汉受命而都之也。”赋用《皇矣》句式，有大汉继周意识。

班固《东都赋》辟雍诗：“圣王莅止，造舟为梁。”

《毛诗·小雅·采芑》：“方叔涖止”《毛传》：“方叔，卿士也，受命而为将也。涖，临。”思豪按：班固作“莅止”，盖是《齐诗》文，可补《集疏》之缺。

班固《幽通赋》：“匪党人之敢拾兮，庶斯言之不玷。”

《毛诗·大雅·抑》曰：“白圭之玷，尚可磨也。斯言之玷，不可为也。”《毛传》：“玷，缺也。”《郑笺》：“斯，此也。玉之缺，尚可磨鑢而平。人君政教一失，谁能反覆之。”思豪按，《文选》李善注：“应劭曰：‘拾，更也。自谦不敢与乡人更进也。’曹大家曰：‘庶此异行，不玷先人之道也。’”[④]班固赋反用诗意，不敢与同乡之人更进，希望自己能恪守言行，不

① 焦延寿著，尚秉和注：《焦氏易林注》，第302页。
② 王先谦撰，吴格点校：《诗三家义集疏》，第531页。
③ 王符著，汪继培笺，彭铎校正：《潜夫论笺校正》，中华书局1985年版，第162页。
④ 萧统编，李善注：《文选》，第209页。

有损祖先的仁德。《集疏》未录此条，可补。

班昭《东征赋》："明发曙而不寐兮，心迟迟而有违。"

《毛诗·小雅·小宛》："明发不寐，有怀二人。"《毛传》："明发，发夕至明。"《毛诗·邶风·谷风》："行道迟迟，中心有违。"《毛传》："迟迟，舒行貌。违，离也。"《郑笺》："徘徊也。（按：《四部备要》本"徘"前有"违"）行于道路之人，至将离别尚舒行，其心徘徊然，喻君子于己不能如也。"思豪按，董仲舒《春秋繁露·楚庄王》篇："《诗》云：'……明发不寐，有怀二人'，人皆有此心也。"[①]《集疏》谓"董用《齐诗》"，班昭亦用《齐诗》文，未录，可补。杨慎解释"行道迟迟"条曰："《诗》'行道迟迟，中心有违。'思致微婉。《紫玉歌》所谓'身远心迩'，《洛神赋》所谓'足往神留'，皆祖其意。"[②]班昭赋祖诗意更为鲜明，且骚化、六言化《诗》句，写由于离开故乡，随子曹成东行，怀旧的心绪悲伤凄怆，直到天发曙光仍不能寐，离别忧思徘徊不已。

班昭《东征赋》："勉仰高而蹈景兮，尽忠恕而与人。"

《毛诗·小雅·车舝》："高山仰止，景行行止。"《毛传》："景，大也。"《郑笺》："景，明也。诸大夫以为贤女既进，则王亦庶几古人有高德者则仰慕之，有明行者则而行之。"思豪按：赋用《齐诗》说，《集疏》录有《史记》引《诗》句以为《鲁诗》，《韩诗外传》卷七引《诗》句以为《韩诗》，而《齐诗》独缺，此条可补，这里表现的是班昭对德高者的敬仰，对明行者的向往。

李尤《辟雍赋》："是以乾坤所周，八极所要，夷戎蛮羌，儋耳哀牢，

① 苏舆撰，钟哲点校：《春秋繁露义证》，中华书局1992年版，第7页。
② 杨慎著，王仲镛笺证：《升庵诗话笺证》，上海古籍出版社1987年版，第521页。

重译响应，抱珍来朝。南金大路，玉象犀龟。”

《毛诗·鲁颂·泮水》：“憬彼淮夷，来献其琛。元龟象齿，大赂南金。”《毛传》：“憬，远行貌。琛，宝也。元龟，尺二寸。赂，遗也。南，谓荆、杨也。”《郑笺》：“大，犹广也。广赂者，赂君及卿大夫也。荆、杨之州，贡金三品。”思豪按：南金，南方出产的铜。大路，即《泮水》诗中的“大赂”。俞樾《群经平议》：“赂，借为‘璐’，玉也。”[①]李尤赋用《诗》与《毛诗》文异，当属三家。《集疏》未录此条，可补入。

李尤《东观赋》：“历东厓之敞座，庇蔽芽之甘棠。”

《毛诗·召南·甘棠》：“蔽芾甘棠，勿剪勿伐，召伯所茇。”《毛传》：“蔽芾，小貌。甘棠，杜也。翦，去；伐，击也。”《郑笺》：“茇，草舍也。召伯听男女之颂，不重烦劳百姓，止舍小棠之下而听断焉。国人被其德，说其化，思其人，敬其树。”思豪按，《韩诗外传》卷一引《诗》云：“蔽茀甘棠，勿翦勿伐，召伯所茇。”[②]文与毛异。《集疏》引扬雄《法言·巡狩》篇云：“《诗》曰：‘蔽芾甘棠，勿翦勿伐！召伯所茇。’言召公述职，亲税舍于野树之下也。”查扬雄《法言》，并无此篇，未知何故。倒是《法言·先知》篇曰：“或问‘思斁’。曰：‘昔在周公，征于东方，四国是王；召伯述职，蔽芾甘棠，其思矣夫！’”[③]扬雄认为《甘棠》诗言召公述职事，王先谦认为是《鲁诗》说。李尤赋文与毛、韩、鲁皆异，或为《齐诗》，《集疏》未录此条，可补。赋中化用《诗》句四言为六言，借此颂扬朝廷的惠政。

李尤《七款》：“夏屋渠渠，嵯峨合连。”

《文选》王延寿《鲁灵光殿赋》“揭蘧蘧而腾凑”句下李善注曰：“崔骃

---

① 俞樾：《群经平议》卷八，《皇清经解续编》本。

② 韩婴撰，许维遹校释：《韩诗外传集释》，中华书局 1980 年版，第 30 页。

③ 汪荣宝撰，陈仲夫点校：《法言义疏》，第 286 页。

《七依》曰：'夏屋蘧蘧。'高也，音渠。"[①]是句亦录于此。《毛诗·秦风·权舆》："于我乎夏屋渠渠。"《毛传》："屋，具也。渠渠，犹勤勤也。言君始于我厚，设礼食大具以食我，其意勤勤然。""渠"与"蘧"字通用，《春秋·定公十五年》曰："齐侯、卫侯次于渠蒢。"《左传》写作"齐侯、卫侯次于蘧挐"，《公羊传》亦写作"蘧"。《集疏》曰："延寿，逸子，当习《鲁诗》，盖《鲁诗》有异文，亦作'蘧蘧'。"王逸《招魂章句》："夏，大屋也。《诗》云：'于我乎夏屋渠渠'。"[②]李尤《七款》"夏屋渠渠"也是如此，《集疏》未录，可补入。

佚名《神乌傅（赋）》："诗［云］：'云＝（云云）青绳（蝇），止于杆。几自（？）君子，毋信儳（谗）言。'"[③]

《毛诗·小雅·青蝇》："营营青蝇，止于樊，岂弟君子，毋信谗言。"思豪按：赋引《诗》句与《毛诗》多有不同，应该不是出自《毛诗》，我们倾向于认为引自《齐诗》。赋用《齐诗》义，证据有三：首先，从文字的释读上看，多处与《齐诗》一致。一是"止于樊"的释读。简文作"止于杆"，可是简127"于"下一字写得并不像"杆"字，于是有人把它释为"杅"，但这个字又不跟"毋信谗言"的"言"押韵。笔者在阅读《史记》《汉书》时，发现这样一个值得注意的问题，即《史记·司马相如列传》引《上林赋》中一句云"仰攀橑而扪天"[④]，《汉书·司马相如传上》却引为"仰𠬤橑而扪天"，颜师古注曰："𠬤，古攀字也。"[⑤]司马迁写作《史记》在班固《汉书》前，为何班固不从司马迁却要使用古字呢？萧统《文选》从班固亦引为"仰𠬤橑而扪天"，李善注引晋灼曰："𠬤，古攀字也。"[⑥]段玉裁《说文

① 萧统编，李善注：《文选》，第170页。
② 洪兴祖撰，白化文等点校：《楚辞补注》，第203页。
③ 裘锡圭：《〈神乌傅（赋）〉初探》，《文物》1997年第1期。
④ 司马迁：《史记》，第3026页。
⑤ 班固：《汉书》，第2557页。
⑥ 萧统编，李善注：《文选》，第367页。

解字注》曰："𠬜，引也，今字皆用'攀'或'樊'……樊，从𠬜棥，棥亦声。《庄子》泽雉畜乎樊中，樊，笼也，亦是不行意。"① 又"樊"与"言"押韵。据此，我们认为"杆"当释为"𠬜"，即"樊"较妥。又，在《诗》的传授系统中，班固属于《齐诗》学派。马国翰《玉函山房辑佚书·齐诗传序》云："考班固作《汉书·叙传》述其家学，云伯少受《齐诗》于师丹。固父彪为伯弟稚之子。固其从孙也。班氏世传齐学，故《地理志》引用《齐诗》。由此推之，凡《汉书》中除记传所载诏策疏奏之类各录本文外，表、志、赞、序出于班氏父子手笔。所引皆《齐诗》无疑也。《后汉书·班固传》云天子会诸儒讲论五经，作《白虎通德论》，令固集撰其事。今《白虎通》引《诗》有《鲁训》，有《韩内传》，其引《诗》不言何家者，以齐为本，故不复显其姓名也。"② 唐晏《两汉三国学案》亦持此说。③ 陈乔枞《齐诗遗说考序》称："《齐诗》有翼、匡、师、伏之学，班固之从祖伯，少受《诗》于师丹，诵说有法。故彪、固世传家学。《汉书·地理志》引'子之营兮'及'自杜、沮、漆'，并据《齐诗》之文。又云'陈俗巫鬼''晋俗俭陋'，其语亦与匡衡说诗同，是其验已。"④ 王先谦《集疏》基本上接受了陈的观点，也认为班氏学《齐诗》者。⑤ 班氏因习《齐诗》说，《齐诗》写"樊"多作古字，班固在这里沿袭而用，《神乌傅（赋）》作者亦袭用之，是为《神乌傅（赋）》引《齐诗》证之一。其次，"几自（？）君子"的释读。此语与现行的《毛诗》不同，《毛诗》作"岂弟君子"，王先谦《集疏》于此也并没有引用《齐诗》说。检"岂弟"一词，在《诗经》中多次出现，如《诗·大雅·泂酌》："岂弟君子，民之父母。"《集疏》引注曰："鲁韩'岂弟'作'恺悌'，齐或作'凯弟'。"《鲁诗》说今已不可考。"《韩诗

---

① 许慎撰，段玉裁注：《说文解字注》，上海古籍出版社 1988 年版，第 104 页。
② 马国翰：《玉函山房辑佚书》，《续修四库全书》，第 1201 册，第 246 页。
③ 唐晏：《两汉三国学案》，中华书局 1986 年版，第 279—282 页。
④ 陈寿祺撰，陈乔枞述：《三家诗遗说考》，《续修四库全书》，第 76 册，第 334 页。
⑤ 王先谦撰，吴格点校：《诗三家义集疏》，第 8 页。

外传》六引‘岂弟’作‘恺悌’。(见上引)《外传》卷八两引同，皆其证。齐‘岂弟’作‘凯弟’者，《礼·孔子闲居》引‘岂弟君子’二句，作‘凯弟’，郑注：‘凯弟，乐意也。’”[①]又《诗·邶风·凯风》,《集疏》引注：“齐说曰：凯风无母，何恃何怙？幻孤弱子，为人所苦。”《诗·大雅·旱麓》“岂弟君子，求福不回。”《集疏》引注：“齐‘岂’作‘凯’，韩‘岂’作‘恺’，‘弟’作‘悌’。……《礼·表记》：‘《诗》云：“莫莫葛藟，施子条枚。凯弟君子，求福不回。”’郑注：‘凯，乐也。弟，易也……’此齐义。”据此，《毛诗》作“岂弟”,《韩》《鲁》诗作“恺悌”，唯有《齐诗》作“凯弟”。可是《神乌傅（赋）》引《诗》作“几自（？）君子”，这是为何？《齐诗》“凯弟”或是作“蟣弟”,《说文》云：“蟣，嬱也，讫事之乐也，从岂，几声。”[②]《段注》解释说：“‘几’与‘蟣’同……‘几’行而‘蟣废矣’…… 几声，渠稀切。”[③]《玉篇·岂部》亦收此字。据此简文“几”当为“蟣”字的省写，且《广韵》中“蟣”与“几”字同属微部字，窃疑古音极近。又“弟”与“自”疑古音也很接近。“弟”是定母脂部字，“自”是从母脂部字。“几自”即是“凯弟”。缘此，“几自（？）君子”亦出自《齐诗》，是为《神乌傅（赋）》引《齐诗》证之二。复次，从《神乌傅（赋）》全篇文意来看，雌乌临终前引此诗句，盖有所寄托，寄托什么呢？雌乌在引《诗经》之前还有云：“疾行去矣，更索贤妇。毋听后母，愁苦孤子。”即在告诫雄乌若新娶妻妾后，不要让妇人以谗言破家，虐待孤子。此说来自《齐诗》。王先谦《集疏》认为《焦氏易林》用《齐诗》说是“幽王信褒姒之谗言而害忠贤也”[④]。《焦氏易林》解诗多以青蝇污白类比妇人以谗言破家者，如《焦氏易林·豫之困》：“青蝇集蕃，君子信谗。害贤伤忠，患生妇人。”《离之解》云：“飞蚊污身，为邪所牵。青蝇分白，贞孝放

① 王先谦撰，吴格点校：《诗三家义集疏》，第904页。
② 许慎撰：《说文解字》(附检字)，中华书局1963年版，第102页。
③ 许慎撰，段玉裁注：《说文解字注》，第207页。
④ 王先谦：《诗三家义集疏》，第781页。

逐。"《革之解》云:"马蹄踬车,妇恶破家。青蝇污白,恭子离居。"《观之随》亦云:"马蹄踬车,妇恶破家。青蝇污白,恭子离居。"[①]《焦氏易林》阐说的即是《齐诗》主旨,此主旨也很符合雌乌的临终遗意。《毛序》认为此诗"大夫刺幽王也",鲁、韩二家也未闻此说,均不确。盖《神乌傅(赋)》用《齐诗》说无疑,是为《神乌傅(赋)》引《齐诗》证之三。[②]《神乌傅(赋)》于1993年3月在江苏连云港市东海县尹湾西汉晚期墓第六号墓(至早于西汉成帝元延三年)出土,可补《集疏》之缺。

## 第三节 《韩诗》义辑补疏释

陈乔枞《韩诗遗说考自序》云:"自魏晋改代,毛、郑《诗》行,而三家之学始微。《韩诗》虽最后亡,持其业者盖寡,惟杜琼著《韩诗章句》十余万言,见于《蜀志》;张纮从濮阳闿受《韩诗》,见于《吴书》;崔季珪少读《韩诗》,就郑氏学,见于《魏志》;……外此恒不数觏焉。"[③]《韩诗》学者作赋者,除张纮、崔琰外,还有冯衍,其《显志赋》云"美《关雎》之识微兮,愍王道之将崩",陈乔枞、王先谦均以为是《韩诗》义。他们的赋中用《诗》材料,《集疏》亦有未录者。

冯衍《显志赋》自论:"夫伐冰之家,不利鸡豚之息;委积之臣,不操市井之利。"

《韩诗外传》卷四:"天子不言多少,诸侯不言利害,大夫不言得丧,士不通财货,不贾于道,故驷马之家不恃鸡豚之息,伐冰之家不图牛羊之入。千乘之君不通货财……委积之臣不贪市井之利,是以贫穷有所欢,而

① 焦延寿著,尚秉和注:《焦氏易林注》,第132、243、397、160页。

② 辨析详见王思豪:《〈神乌傅(赋)〉用经、子文谫论》,《东南文化》2009年第4期。

③ 陈寿祺撰,陈乔枞述:《三家诗遗说考》,《续修四库全书》,第76册,第493页。

孤寡有所措其手足也。《诗》曰：‘彼有遗秉，此有滞穗，伊寡妇之利。’”[①]思豪按：“伐冰之家”“委积之臣”是指有高官厚禄的贵族家庭，这样的人家是不应该再贪求小鸡、小猪一类的市井小利。冯衍在这里是说自己不贪图利禄，有高善的德行节操，以致“历位食禄二十余年，而财产益狭，居处益贫”。“彼有遗秉，此有滞穗，伊寡妇之利”，语出《大雅·大田》，《毛传》：“秉，把也。”《郑笺》：“成王之时，百谷既多，种同其孰，收刈促遽，力皆不足，而有不获、不敛、遗秉、滞穗，故听矜寡取之以为利。”《集疏》未录此条，可补。

冯衍《显志赋》：“鸾回翔索其群兮，鹿哀鸣而求其友。”

《毛诗·小雅·鹿鸣》：“呦呦鹿鸣，食野之苹。我有嘉宾，鼓瑟吹笙。”《毛传》：“呦呦然鸣而相呼，恳诚发乎中，以兴嘉乐宾客，当有恳诚相招呼，以成礼也。”《毛诗·小雅·伐木》：“伐木丁丁，鸟鸣嘤嘤。出自幽谷，迁于乔木。嘤其鸣矣，求其友声。相彼鸟矣，犹求友声。矧伊人矣，不求友生。神之听之，终和且平。”《毛诗序》：“《伐木》，燕朋友故旧也。自天子至于庶人，未有不须友以成者。亲亲以睦，友贤不弃，不遗故旧，则民德归厚矣。”思豪按：此句与东方朔《七谏》“飞鸟号其群兮，鹿鸣求其友”句相似。王逸《楚辞章句》曰：“鹿得美草，口甘其味，则求其友而号其侣也。以言在位之臣不思贤念旧，曾不若鸟兽也。”[②]又《新语·道基》篇云：“鹿鸣以仁求其群。”[③]《淮南子·泰族训》云：“鹿鸣兴于兽，而君子大之，取其见食而相呼也。”[④]《集疏》认为“以上鲁说”[⑤]。《史记·十二诸侯年表》：“仁义陵迟，《鹿鸣》刺焉。”[⑥]蔡邕《琴操》云：“《鹿鸣》者，周大臣之所作也。

① 韩婴撰，许维遹校释：《韩诗外传集释》，第144页。
② 洪兴祖撰，白化文等点校：《楚辞补注》，第255页。
③ 王利器撰：《新语校注》，中华书局1986年版，第30页。
④ 刘文典撰，冯逸、乔华点校：《淮南鸿烈集解》，第675页。
⑤ 王先谦撰，吴格点校：《诗三家义集疏》，第552页。
⑥ 司马迁：《史记》，第509页。

王道衰，君志倾，留心声色，内顾妃后，设酒食佳肴，不能厚养贤者，尽礼极欢，形见于色。大臣昭然独见，必知贤士幽隐，小人在位，周道凌迟，自以是始。故弹琴以风谏，歌以感之，庶几可复。歌曰（诗略）。此言禽兽得美甘之食，尚知相呼，伤时在位之人不能，乃援琴而刺之，故曰《鹿鸣》也。”[①] 以上皆是《鲁诗》说，均以为《鹿鸣》为刺诗。蔡邕《正交论》：“迨夫周德始衰，颂声既寝，《伐木》有‘鸟鸣’之刺。”[②] 此为《鲁诗》说，认为《伐木》为刺诗。《显志赋》作于冯衍晚年，《后汉书·冯衍传下》：“建武末，上疏自陈……书奏，犹以前过不用。衍不得志，退而作赋。”[③] 所作即是此赋。赋末用《小雅》中的两首刺诗，有抒发怀才不遇的牢骚之意。冯衍习《韩诗》，盖韩、鲁、毛义同，《集疏》未录此条，可补。

张纮《瓌材枕赋》：“昔诗人称角枕之粲，季世加以锦绣之饰。”

《毛诗·唐风·葛生》：“角枕粲兮，锦衾烂兮。”《毛传》：“齐则角枕锦衾。礼，夫不在，敛枕箧、衾、席，韣而藏之。”《郑笺》：“夫虽不在，不失其察也。摄主，主妇犹自齐而行事。”《毛诗序》：“《葛生》，刺晋献公也。好攻战，则国人多丧矣。”《郑笺》：“丧，弃亡也。夫从征役，弃亡不反，则其妻居家而怨思。”思豪按：此《毛诗》说，主刺，借思妇哀悼从军丈夫的丧亡来讽刺晋献公好攻战。《集疏》认为“三家无异义”。王氏之说有失偏颇，张纮赋中用《葛生》诗，即与《毛诗》义不同。赋中的诗人即指《葛生》诗的作者，他称赞用牛角装饰的枕头很灿烂，而末世又加以精致华美的丝绣来修饰。很明显赋中将《葛生》作为颂美诗看待，张纮习何家诗呢？《三国志》卷五十三《张纮传》载：“张纮字子纲，广陵人。游学京都。”裴松之注引《吴书》曰：“纮入太学，事博士韩宗，治京氏《易》、

---

① 吉联抗辑：《琴操（两种）》，人民音乐出版社 1990 年版，第 23 页。

② 林尹编纂：《中华文汇·两汉三国文汇》，台湾中华丛书编审委员会 1960 年版，第 69 页。

③ 范晔：《后汉书》，第 985 页。

欧阳《尚书》，又于外黄从濮阳闿受《韩诗》及《礼记》《左氏春秋》。”[①] 据此，赋中当用《韩诗》说，《集疏》未录，可补。

崔琰《述初赋》：“望高密以函征，戾衡门而造止。”

《毛诗·陈风·衡门》“衡门之下，可以栖迟。”《毛诗序》云：“《衡门》，诱僖公也。愿而无立志，故作是诗以诱掖其君也。”思豪按：蔡邕《述行赋》“甘衡门以宁神兮，咏都人以思归”[②]，《集疏》认为“此鲁说”。《韩诗外传》卷二：“子夏读《诗》已毕。夫子问曰：‘尔亦何大于《诗》矣。’子夏对曰：‘《诗》之于事也，昭昭乎若日月之光明，燎燎乎如星辰之错行，上有尧舜之道，下有三王之义。弟子（所受于夫子者志之于心）不敢忘。虽居蓬户之中，弹琴以咏先王之风，有人亦乐之，无人亦乐之，亦可发愤忘食矣。《诗》曰：“衡门之下，可以栖迟。泌之洋洋，可以乐饥。”’夫子造然变容曰：‘嘻！吾子始可以言《诗》已矣。’”[③] 此《韩诗》说。《三国志》卷十二《崔琰传》载：“崔琰字季珪，清河东武城人也。……年二十三，乡移为正，始感激，读《论语》《韩诗》。至年二十九，乃结公孙方等就郑玄受学。”[④]《述初赋》自序云：“琰性顽口讷，至二十九，初关书传。闻北海有郑征君者，当世名儒，遂往造焉。道由齐都，而作《述初赋》。”[⑤] 据此可知崔琰写作《述初赋》时还未受学郑玄，所习仍为《韩诗》，故此赋用《韩诗》义，《集疏》未录，可补。

崔琰《述初赋》：“观秦门之将将。”

《毛诗·大雅·绵》：“迺立应门，应门将将。”思豪按：《集疏》据张衡

---

① 陈寿：《三国志》，中华书局 1959 年版，第 1243 页。
② 费振刚、仇仲谦、刘南平校注：《全汉赋校注》，第 913 页。
③ 屈守元笺疏：《韩诗外传笺疏》，巴蜀书社 2011 年版，第 111 页。
④ 陈寿：《三国志》，第 367 页。
⑤ 费振刚、仇仲谦、刘南平校注：《全汉赋校注》，第 1177 页。

《七辩》"应门锵锵"语，认为"是鲁文'将将'作'锵锵'"。又《毛诗·周颂·执竞》："钟鼓喤喤，磬筦将将。"《集疏》谓："齐'将'作'锵'。"崔琰习《韩诗》，故韩与鲁、齐文异，与毛同，《集疏》未录，可补。

## 第四节 与《毛诗》异，或为三家义者辑补疏释

就汉赋用《诗》而言，很多赋家不能确定所习何家《诗》，因此他们的赋作用《诗》情况大多湮没不闻，如傅毅《洛都赋》"镇以嵩高乔岳，峻极于天"，文与《毛诗·大雅·崧高》"崧高维岳，骏极于天"异，盖属三家，《集疏》未录入。祢衡《鹦鹉赋》云"载罹寒暑"（《文选》），文与《毛诗·小雅·小明》"载离寒暑"异，盖属三家，《集疏》亦未录入。这些赋作与《毛诗》不同，但又不知是三家诗中的哪一家，且《集疏》等三家诗辑佚著作未著录者，这里加以辑补，略作疏释如下。

枚乘《七发》："诚奋厥武，如振如怒。"

《毛诗·大雅·常武》："王奋厥武，如震如怒。"思豪按，今本《毛传》无解，《郑笺》云："王奋扬其威武，而震雷其声，而勃怒其色。"而《文选》李善注："《毛诗》曰：'王奋厥武，如震如怒。'毛苌曰：'震，犹威也。'"[①] 此毛苌说未知何出。臧琳《经义杂记》"而震而怒"条据《郑笺》曰："则经本作'而震而怒'，下'阚如虓虎'始作'如'字，《笺》甚分明。此作'如'者，盖因上文'如雷如霆'（《笺》云："如雷霆之恐怖人然。"）、下文'阚如虓虎'而误。《正义》云：'如天之震雷其声，如人之勃怒其色。'是孔本亦同陆氏作'如'矣。"[②] 又臧庸《拜经日记》云："当作'而'。观《笺》

① 萧统编，李善注：《文选》，第483页。

② 臧琳：《经义杂记》，《皇清经解》本。

可见。《正义》及石经皆误作‘如’，盖惑于王肃所改。”[①] 然枚乘《七发》写作“如振如怒”，盖汉初即有作“如”字者，未必是王肃操作，此不可轻易加以涂改。《文选》李善注引《诗》作“如”字，可作一佐证。

枚乘《七发》：“久执不废，大命乃倾，太子岂有是乎？”

《毛诗·大雅·荡》：“曾是莫听，大命以倾。”思豪按：《新序·善谋》《说苑·臣术》《列女传·楚武邓曼》均引《诗》作“曾是莫听，大命以倾”，明鲁、毛文同。又如《汉书·外戚传》成帝报许后引《诗》云：“虽无老成人，尚有典刑，曾是莫听，大命以倾。”王先谦《集疏》谓：“成帝从伏理受《齐诗》，明齐、毛文同。”[②] 枚乘赋用《诗》，不明何家。

邹阳《几赋》：“君王凭之，圣德日跻。”

《毛诗·商颂·长发》：“汤降不迟，圣敬日跻。”《毛传》：“不迟，言疾也。跻，升也。”《郑笺》：“降，下。……汤之下士尊贤甚疾，其圣敬之德日进。”思豪按：《郑笺》将“敬”释为“圣敬之德”，与邹阳义同。有学者认为邹阳于此有阿谀梁孝王之意，恐非，邹阳的目的是要劝谏梁孝王学习前圣尊贤下士之美德。

羊胜《屏风赋》：“画以古列，颙颙昂昂。”

《毛诗·大雅·卷阿》：“颙颙卬卬，如圭如璋。”《毛传》：“颙颙，温貌。卬卬，盛貌。”思豪按，《荀子·正名篇》引《诗》云：“颙颙卬卬，如珪如璋。”[③] 蔡邕《上始加元服与群臣上寿表》用《诗》作：“颙颙昂昂，如珪如璋。”[④] 羊胜用《诗》与毛异，而和三家同。

---

① 臧庸：《拜经日记》，《皇清经解》本。

② 王先谦撰，吴格点校：《诗三家义集疏》，第927页。

③ 王先谦撰，沈啸寰、王星贤点校：《荀子集解》，第424页。

④ 蔡邕著，邓安生编：《蔡邕集编年校注》，河北教育出版社2002年版，第139页。

杜笃《众瑞赋》："千里遥思，展转反侧。"

《毛诗·周南·关雎》："求之不得，寤寐思服。悠哉悠哉，辗转反侧。"思豪按：此句录自《文选》谢惠连《雪赋》李善注。赋用《诗》中成语，文与毛异，不明何家。

傅毅《洛都赋》："镇以嵩高乔岳，峻极于天。"

《毛诗·大雅·崧高》："崧高维岳，骏极于天。"《毛传》："崧，高貌。山大而高曰崧。岳，四岳也，东岳岱，南岳衡，西岳华，北岳恒。……骏，大；极，至也。"思豪按，《礼记·孔子闲居》："其在《诗》曰：'嵩高惟岳，峻极于天……'郑注：峻，高大也。……"[①] 何休《公羊·庄四年解诂》引《诗》："嵩高维岳，峻极于天。"[②]《易林·大庄之兑》："嵩高岱宗，峻直且神。"[③] 王先谦《集疏》认为这"是齐'崧'作'嵩'，'骏'作'峻'"的依据。扬雄《河东赋》："瞰帝唐之嵩高兮。"应劭《风俗通义·山泽》："中央曰嵩高。嵩者，高也，《诗》云：'嵩高惟岳，峻极于天。'"[④] 王先谦认为这些"是《鲁》'崧'作'嵩'，'骏'作'峻'"[⑤] 的依据。针对《风俗通义》之言，俞樾《茶香室丛钞》卷一"嵩高维岳"条曰："《毛传》：'嵩，高貌。岳，四岳也。'不专言中岳。应氏之说，或本三家欤？"[⑥] 王应麟《诗考》据《韩诗外传》引《诗》"嵩高惟岳，峻极于天"，说明《韩诗》"崧"亦作"嵩"，"骏"亦作"峻"。[⑦] 因此三家诗"崧"均作"嵩"，"骏"均作"峻"，傅毅赋中语亦属三家。王先谦《集疏》未录入，可补。傅毅改"惟"

① 郑玄注，孔颖达正义：《礼记正义》，阮元校刻：《十三经注疏》，中华书局 1980 年版，第 1617 页。

② 何休解诂，徐彦疏：《春秋公羊传注疏》，阮元校刻：《十三经注疏》，中华书局 1980 年版，第 2227 页。

③ 焦延寿著，尚秉和注：《焦氏易林注》，第 281 页。

④ 应劭撰，王利器校注：《风俗通义校注》，中华书局 1981 年版，第 448 页。

⑤ 王先谦撰，吴格点校：《诗三家义集疏》，第 960 页。

⑥ 俞樾：《茶香室丛钞》卷一"嵩高维岳"条。

⑦ 王应麟：《诗考》，文渊阁《四库全书》，第 75 册，第 609 页。

为“乔”，盖因前加“镇以”，由《诗》之四言变为赋之“六言”之故。

崔骃《大将军临洛观赋》：“桃枝夭夭，杨柳猗猗。”

《毛诗·周南·桃夭》：“桃之夭夭，灼灼其华。”《毛诗·小雅·采薇》：“昔我往矣，杨柳依依。”思豪按：崔骃此赋《太平御览》卷二十题作《临洛观春赋》，“枝”作“之”，“杨”作“扬”，“猗猗”作“依依”。[①]《桃夭》中语，《毛传》解释为：“兴也。桃，有华之盛者。夭夭，其少壮也。灼灼，华之盛也。”《郑笺》：“兴者，喻时妇人皆得以年盛时行也。”崔骃赋合用《桃夭》与《采薇》中语而全无毛、郑兴义，写的只是桃花繁茂，杨柳随风摆动的春末夏初的美丽景象，纯粹是文学化的化用《诗》辞。

祢衡《鹦鹉赋》：“逾岷越障，载罹寒暑。……心怀归而弗果，徒怨毒于一隅。”

《毛诗·小雅·小明》：“二月初吉，载离寒暑。心之忧矣，其毒大苦。念彼共人，涕零如雨。岂不怀归？畏此罪罟！”《郑笺》：“乃以二月朔日始行，至今则更夏暑东寒矣，尚未得归。……忧之甚，心中如有药毒也。……怀，思也。我诚思归，畏此刑罪罗网我，故不敢归尔。”思豪按：“载罹寒暑”，“罹”，《毛诗》作“离”，不明何家诗说。赋化用《诗》辞，借鹦鹉言自己跋涉千山万水，历尽酷寒炎暑，羁旅他乡，终无所遇，渴望回归家乡又难遂愿，只得蜷缩一隅独自悲痛，抒发的是一种凄苦而又无可奈何的心情。

陈琳《神女赋》：“汉三七之建安，荆野蠢而作仇。”

《毛诗·小雅·采芑》：“蠢尔蛮荆，大邦为雠。”《毛传》：“蠢，动也。蛮荆，荆州之蛮也。”《郑笺》：“大邦，列国之大也。”具体分析详见阮瑀《纪征赋》“惟蛮荆之作雠，将治兵而济河”条。这里“雠”作“仇”，与

① 李昉等撰：《太平御览》，中华书局1960年版，第97页。

《毛诗》异，《集疏》未收录，不明何家。

陈琳《神女赋》：“感仲春之和节，叹鸣雁之噰噰。申握椒以贻予，请同宴乎奥房。”

《毛诗·邶风·匏有苦叶》：“雝雝鸣雁，旭日始旦。”《毛传》：“雝雝，雁声和也。纳采用雁。旭日始出，谓大昕之时。”《郑笺》：“雁者随阳而处，似妇人从夫，故昏礼用焉。自纳采至请期用昕，亲迎用昏。”王先谦谓：“鲁‘雝雝’作‘噰噰’，齐作‘雍雍鸣鳱’。”[①]据此，则陈琳赋用《诗》与《鲁诗》同，《集疏》未录，可补。赋用《诗》辞，化四言为六言，感叹嫁娶之期的美好而不可得。

《毛诗·陈风·东门之枌》：“视尔如荍，贻我握椒。”《毛传》：“荍，芘芣也。椒，芬香也。”《郑笺》：“男女交会而相说，曰我视女之颜色美如芘芣之华然。女乃遗我一握之椒，交情好也。此本淫乱之所由。”赋用《诗》辞，化四言为六言，表达渴望与神女交好之意，与《毛诗》异，《集疏》未录，不明何家。

陈琳《止欲赋》：“叹《北风》之好我，美携手之同归。……道攸长而路阻，河广瀁而无梁，虽企予而欲往，非一苇之可航。”

《毛诗·邶风·北风》三章，章六句。《毛诗序》：“《北风》，刺虐也。卫国并为威虐，百姓不亲，莫不相携持而去焉。”“惠而好我，携手同行。”《毛传》：“惠，爱；行，道也。”《郑笺》：“性仁爱而又好我者，与我相携持同道而去，疾时政也。”“携手同归”，《毛传》：“归有德也。”赋化用《诗》辞，由四言而六言，一“叹”一“美”，感叹时局险恶，乐于有德逸女相携而隐去。

《毛诗·秦风·蒹葭》：“道阻且长。”赋用《诗》句，化四言为六言，形容归途上充满险阻，且远且长。又《毛诗·卫风·河广》：“谁谓河广？一

① 王先谦撰，吴格点校：《诗三家义集疏》，第165页。

苇杭之。谁谓宋远？跂予望之。”《毛传》：“杭，渡也。”《郑笺》：“谁谓河水广与？一苇加之，则可以渡之，喻狭也。今我之不渡，直自不往耳，非为其广。予，我也。谁谓宋国远与？我跂足则可以望见之，亦喻近也。今我之不往，直以义不往耳，非为其远。”思豪按：赋中用字“跂”作“企”，“杭”作“航”。王先谦《集疏》谓鲁“杭”作“斻”，证据是王逸《楚辞·九章章句》：“斻，渡也。《诗》曰：‘一苇斻之。’”[①] 王习《鲁诗》，知《鲁》作“斻”。陈琳赋作“航”盖亦三家诗说。又《集疏》谓：“鲁、齐‘跂’作‘企’。”证据是王逸《楚辞·九叹章句》“企，立貌”，并引《诗》曰“企予望之”[②]，知鲁作“企”。《易林·观之明夷》“企立望宋”[③]，知齐亦作“企”。据此，陈琳赋或用鲁、齐诗。《集疏》未录此条，可补。赋化用《诗》辞，且反用其义，言河水广大而无桥梁，即使心向往之却只能站立眺望，没有一只可供渡河的小船，形容与逸女一起隐去而道不得通的无奈之情。

丁仪《厉志赋》：“瞻亢龙而惧进，退广志于《伐檀》。”

《毛诗·魏风·伐檀》三章，章九句。《毛诗序》：“《伐檀》，刺贪也。在位贪鄙，无功而受禄，君子不得进仕尔。”王先谦谓：“诸说（鲁、齐、韩）皆刺在位尸禄，贤不进用，与毛不异。”[④] 赋用《诗》义，言贤者厌弃官场，鄙视在位的小人，故隐退伐木。

丁仪《厉志赋》：“疾《青蝇》之染白，悲《小弁》之靡托。恶晨妇之蒙厚，痛三代之见薄。”

《毛诗·小雅·青蝇》三章，章四句。具体分析见刘向《九思》“若《青蝇》之伪质兮，晋骊姬之反情”条，王先谦谓：“《齐诗》为幽王信褒姒

---

① 洪兴祖撰，白化文等点校：《楚辞补注》，第124页。

② 洪兴祖撰，白化文等点校：《楚辞补注》，第299页。

③ 焦延寿著，尚秉和注：《焦氏易林注》，第162页。

④ 王先谦撰，吴格点校：《诗三家义集疏》，第408页。

之谗而害忠贤也。”又谓：“鲁、韩未闻。”[①]《论衡·累害》：“清受尘，白取垢。青蝇所污，常在练素。”[②]又《商虫》：“《诗》云：‘营营青蝇，止于藩。恺悌君子，无信谗言。’谗言伤善，青蝇污白，同一祸败，诗以为兴。”[③]由《齐诗》可知《青蝇》诗有“患生妇人”“恶妇破家”之义，鲁、毛义此旨不明，丁仪赋盖与《齐诗》义同。

《小弁》，《诗·小雅》篇名，《毛诗序》：“《小弁》，刺幽王也。太子之傅作焉。”马国翰曰：“《汉书·杜钦传》：‘《小卞》之作可为寒心。’师古曰：‘卞音盘。’案：杜钦引《关雎》，臣瓒曰：‘此《鲁诗》也。’知引《小卞》亦用《鲁诗》。此又文字之殊矣。”[④]观《毛诗》义，不言“恶妇”语，丁仪赋用《诗》盖非鲁、毛义。

丁廙《蔡伯喈女赋》：“惭《柏舟》于千祀，负冤魂于黄泉。……叹殊类之非匹，伤我躬之无悦。”

思豪按：《诗经》中《柏舟》篇名者有二，一在《邶风》，一在《鄘风》。此当用《鄘风·柏舟》，《毛诗序》：“《柏舟》，共姜自誓也。卫世子共伯蚤死，其妻守义，父母欲夺而嫁之，誓而弗许，故作是诗以绝之。”又《毛诗·邶风·谷风》：“我躬不阅，遑恤我后。”《毛传》：“阅，容也。”《郑笺》：“躬，身。”陈倬《敤经笔记》“阅”条曰：“《诗·谷风》篇：‘我躬不阅。’《毛传》：‘阅，容也。’《左·襄二十年传》引《诗》作‘说’，杜注言‘我不能自容说’。《蜉蝣》篇：‘蜉蝣掘阅。’《毛传》：‘掘阅，容阅也。’毛训‘阅’为‘容’，复兼言容阅。杜元凯本之。‘说’正字，‘阅’假借字也。又作容悦，见《孟子·尽心》篇[⑤]。丁廙《蔡伯喈女赋》云：‘叹殊类之

① 王先谦撰，吴格点校：《诗三家义集疏》，第781页。
② 黄晖撰：《论衡校释》，第720页。
③ 黄晖撰：《论衡校释》，第12页。
④ 马国翰：《目耕帖》卷十七，《玉函山房辑佚书》，《续修四库全书》，第1205册，第312页。
⑤ 按，《孟子·尽心》：“事是君则为容悦者也。”

非匹，伤我躬之无悦。’用《谷风》诗义，悦、说通，盖三家本。”[①]

汉人习《诗》极重师法、家法，“师之所传，弟之所受，一字毋敢出入”[②]，但也有一定的弹性。汉代诗经学存在兼采众家者、溢于四家之外者，以及不明何家诗说者。总之，汉赋用《诗》材料既可总归三家诗恉，又可裨益文心之用，既寓有“依经立义”之目的，又包含“以文传经”的传统，应该得到学术界的重视，下文将就汉赋用《诗》文献资料进行系统疏理考释，以资考鉴。

① 陈倬：《敤经笔记》，《槐庐丛书》第三集，光绪十二年吴县朱氏重校刊本。

② 皮锡瑞著，周予同注释：《经学历史》，第 77 页。

# 第五章

# 西汉赋用《诗》考释

## 凡 例

其一，汉赋作品原文以费振刚、仇仲谦、刘南平《全汉赋校注》为准，参校以《史记》《汉书》《后汉书》《文选》《楚辞补注》《艺文类聚》《初学记》《太平御览》《古文苑》《汉魏六朝百三家集》《全上古三代秦汉三国六朝文》等，异文随文辨析。

其二，《诗经》及《毛传》《郑笺》《毛诗序》等经典原文，未注明出处者，皆引自阮元校刻《十三经注疏》，中华书局1980年版。

其三，考释分上、下二章：上章为西汉部分；下章为东汉部分。

其四，考释采取“资料排比法”：以作家所处时代为序，先逐条分列汉赋用《诗》条目；其下列出《毛诗》原文，并参以《毛序》《毛传》《郑笺》；然后辅以诸多清儒的辑佚成果，于其下依次胪列鲁、齐、韩众家学说；如有新的出土文献资料，再附于后；最后整体爬梳，前后披寻，逐条辨识赋家用《诗》家数的蛛丝马迹，以备浏览。

其五，三家《诗》之辑佚，自宋人王应麟《诗考》肇其端，清儒如余萧客、范家相、宋绵初、阮元、冯登府、徐璈、二陈父子（陈寿祺、陈乔枞）、魏源等均有辑录考辨，迨至王先谦《诗三家义集疏》而集其成。今观汉赋用《诗》，其于鲁、齐、韩三家遗义，仍有前贤辑录未备而值得济补之处。今依照陈寿祺、陈乔枞父子及王先谦所确定的三家《诗》学源流，补缀数十则，详见《〈诗〉三家义辑补疏释》一章，此从略。

其六，陈寿祺、陈乔枞父子及王先谦诸人考镜源流，认为贾谊、司马迁、刘向、刘歆、扬雄、王逸、张衡、蔡邕、张超、王充、徐幹、赵岐等赋家用《诗》材料属《鲁诗》；习《齐诗》的赋家有董仲舒、班倢伃、班彪、班固、班昭等；《韩诗》学者作赋者，则有冯衍、张纮、崔琰。又，笔者以为近年出土的《神乌傅（赋）》用《诗》材料也可以判定属《齐诗》。

其七，汉赋用《诗》多是间接引述，直接引《诗》仅四次，前用“★”标明。

其八，汉赋亦有用《诗》序、传者，见《论汉赋与〈诗〉经、传的共生与兼容》一章，此从略。

其九，汉赋亦有引述《诗》乐者，见《文学化的无“音”之乐——汉赋用〈诗〉乐考论》一章，此从略。

其十，汉赋用《关雎》诗者，见《以赋传经·汉赋词章与〈关雎〉经解的互动》一章，此从略。

严忌《哀时命》：“夜炯炯而不寐兮，怀隐忧而历兹。”

《毛诗·邶风·柏舟》：“耿耿不寐，如有隐忧。”《毛传》：“耿耿，犹儆儆也。隐，痛也。”《郑笺》：“仁人既不遇，忧在见侵害。”思豪按，王先谦谓：“鲁‘耿’作‘炯’，‘隐’亦作‘殷’，齐、韩作‘殷’。鲁说曰：隐，幽也。齐说曰：殷，大也。韩说曰：殷，深也。”[①]《文选》陆机《叹逝赋》注、阮籍《咏怀诗》注、谢瞻《答灵运诗》注、刘琨《劝进表》注、嵇康《养生论》注，引《韩诗》并作“如有殷忧”，《韩诗》“隐”作“殷”。

① 王先谦撰，吴格点校：《诗三家义集疏》，第128页。

《楚辞·哀时命》王逸《章句》曰："言己中心愁怛，目为炯炯而不能眠，如遭大忧，常怀戚戚，经历年岁，以至于此也。"[①]以意推之，严忌盖用《鲁诗》义。

公孙诡《文鹿赋》："食我槐叶，怀我德声。"

《毛诗·鲁颂·泮水》："食我桑黮，怀我好音。"《毛传》："黮，桑实也。"《郑笺》："怀，归也。言鸮恒恶鸣，今来止于泮水之木上，食其桑黮，为此之故，故改其鸣，归就我以善音，喻人感于恩则化也。"思豪按：《郑笺》谓桑葚美味，鸮食之而变其声音，即由恶声变为好音，比况恩义能让小人去非行善。马国翰曰："《楚辞·九章·惜颂》王逸《章句》引《诗》：'诒我德音。'案，即《毛诗》之'怀我好音'也。"[②]公孙诡"怀我德声"亦即《毛诗》"怀我好音"，"声"与上文"庭"协韵。赋化用《诗》句，借此表达对梁孝王知遇之恩的感激之情。

公孙诡《文鹿赋》："呦呦相召，《小雅》之诗。"

《毛诗·小雅·鹿鸣》："呦呦鹿鸣，食野之苹。我有嘉宾，鼓瑟吹笙。吹笙鼓簧，承筐是将。人之好我，示我周行。"思豪按，王先谦注引鲁说曰："仁义陵迟，《鹿鸣》刺焉。"[③]鲁说以为刺诗。《毛诗序》："《鹿鸣》，燕群臣嘉宾也。既饮食之，又实辟帛筐篚，以将其厚意，然后忠臣嘉宾得尽其心矣。"《郑笺》："饮之而有币，酬币也。食之而有币，侑币也。"又《毛传》："兴也。苹，萍也。鹿得萍，呦呦然鸣而相呼，恳诚发乎中，以兴嘉乐宾客，当有恳诚相招呼，以成礼也。"《毛诗》以为君臣宴乐之诗。《仪礼·乡饮酒》注云："《鹿鸣》，君与臣下及四方之宾燕，讲道修政之乐歌

---

① 洪兴祖撰，白化文等点校：《楚辞补注》，第259页。

② 马国翰：《目耕帖》卷二十一，《玉函山房辑佚书》，《续修四库全书》，第1205册，第425页。

③ 王先谦撰，吴格点校：《诗三家义集疏》，第551页。

也。”王先谦认为：“郑注《礼》时用《齐诗》，与毛义同。”[①] 但魏源《诗古微》认为郑玄主《毛诗》之前所习为《韩诗》，究此条而言，《韩》《齐》诗义相通。《后汉书·明帝纪》永平十年：“召校官弟子作雅乐，奏《鹿鸣》，帝自御埙篪和之，以娱嘉宾。”陈思王曹植《求通亲亲表》曰：“远慕《鹿鸣》君臣之宴。”王先谦云：“明帝、陈思皆习《韩诗》，知韩与齐、毛义合。”[②] 公孙诡借《鹿鸣》诗比喻梁王宴饮诸文士时的欢快情景，与韩、齐、毛义合。

刘安《屏风赋》：“思在蓬蒿，林有朴樕。”

《毛诗·召南·野有死麕》：“林有朴樕，野有死鹿。”《毛传》：“朴樕，小木也。野有死鹿，广物也。”《郑笺》：“朴樕之中及野有死鹿，皆可以白茅包裹束以为礼。”思豪按，孔颖达疏曰：“林有朴樕，谓林中有朴樕之木也。故《笺》云：‘朴樕之中及野有死鹿。’不言林者，则林与朴樕为一也。”俞樾《群经平议》“林有朴樕”条曰：“‘林有朴樕，野有死鹿’，两文相对。如《郑笺》之意，则‘林有朴樕’为一处，‘野’为一处，‘有死鹿’三字总承上两处而言。不辞甚矣！古人无此文法。”[③] 俞氏所言或有不妥，刘安此赋即将“蓬蒿”与“林有朴樕”对举，各为一处，皆指山野间。

刘安《屏风赋》：“维兹屏风，出自幽谷。根深枝茂，号为乔木。”

《毛诗·小雅·伐木》：“伐木丁丁，鸟鸣嘤嘤。出自幽谷，迁于乔木。嘤其鸣矣，求其友声。”思豪按：此句与王粲《鹦鹉赋》“声嘤嘤以高厉，又憀憀而不休。听乔木之悲风，羡鸣友之相求”句合而论之。此两句用《诗》之辞可有贡献于诗经学史上之“莺出谷迁乔”问题的探讨。王楙《野客丛书》“黄鸟嘤嘤”条曰：“《东皋杂录》曰：‘《诗》伐木丁丁，鸟鸣

---

① 王先谦撰，吴格点校：《诗三家义集疏》，第551页。
② 王先谦撰，吴格点校：《诗三家义集疏》，第551页。
③ 俞樾：《群经平议》卷八，《皇清经解续编》本。

嘤嘤。出自幽谷，迁于乔木。《郑笺》云：嘤嘤，鸟声。正文与注，皆未尝及黄鸟。自乐天作《六帖》，始类莺门中，又作诗每用之，其后多祖述之也[①]。洪驹父谓《禽经》称莺鸣嘤嘤，要是后人附合。’仆观张平子《东京赋》：‘雎鸠丽黄，关关嘤嘤。’然则以嘤嘤为黄丽用，自汉已然，不可谓自乐天始也。”[②]又张衡《归田赋》云：“王雎关关，仓庚哀鸣。交颈颉颃，关关嘤嘤。”仓庚、丽黄皆所谓莺，是张衡以嘤嘤为莺。从《毛传》《郑笺》看《伐木》并无莺出谷迁乔意，然张衡盖习三家《诗》义。无名氏《韩诗》曰：“平子，两汉词宗，京都之赋，五经鼓吹，岂妄以‘嘤嘤’属之丽黄，与雎鸠关关之经语作对，且一再用之，贻误后人乎？愚谓两汉之时，《毛诗》未出，三家盛行。孔仲达云：‘《韩诗》与《毛诗》，异字动以百数。’平子未见《毛诗》，赋中所用之语为《三家诗》无疑。……惟是出谷迁乔，终无了义。”[③]俞樾《茶香室丛钞》“出自幽谷”条曰：“明郑仲夔《耳新》云：‘李子田太史，曾于秋冬之交，见黄莺就水次，以泥自裹，旋蛰水底。明年春，又自浮出，剖泥飞去。始解出自幽谷之义。’按，此亦可备解经之一说，然《诗经》本文，初不言莺也。”[④]从刘安赋可知屏风也可谓出谷迁乔，而王粲赋鹦鹉也可嘤嘤迁乔，何独黄莺哉？或认为在汉代“出谷迁乔”可泛指众物而言，并非局限于莺也。又张衡《应间》有言“鸣于乔木，乃金声而玉振之”，亦可作一佐证。

孔臧《杨柳赋》：“夭绕连枝，猗那其旁。”

《毛诗·桧风·隰有苌楚》：“隰有苌楚，猗傩其枝，夭之沃沃，乐子之

---

① 白居易自作诗有《和郑方及第后秋归洛下闲居》云：“山静豹难隐，谷幽莺暂还。”《与诸同年贺座主侍郎新拜太常，同宴萧尚书亭子》：“不失迁莺侣，因成贺燕群。”《东都冬日，会诸声年，宴郑家林亭》：“桂折应同树，莺迁各异年。”《春池闲泛》：“树集莺朋友，云行雁弟兄。”其后祖述者有李昉“忆昔词场共着鞭，当时莺谷喜同迁”，黄庭坚“千林风雨莺求友，万里云山雁断行”，等等。

② 王楙：《野客丛书》，上海古籍出版社 1991 年版，第 231 页。

③ 无名氏：《韩诗》“迁莺出谷”条，鹤寿堂丛书本。

④ 俞樾：《茶香室丛钞》卷一，《笔记小说大观》，江苏广陵古籍刻印社 1983 年版。

无知。”《毛传》：“猗傩，柔顺也。”《郑笺》：“铫弋之性，始生正直，及其长大，则其枝猗傩而柔顺，不妄寻蔓草木。”思豪按：《传》《笺》皆释“猗傩”为“柔顺”，王引之《经义述闻》“猗傩其枝”条谓：“但下文又云‘猗傩其华’‘猗傩其实’，华与实不得言柔顺，而亦云‘猗傩’，则猗傩乃美盛之貌也。”[①] 俞樾《茶香室经说》“猗傩”条曰：“以柔顺为训，则此章‘猗傩其枝’，次章‘猗傩其华’义固可通，卒章‘猗傩其实’，不可通矣，其实不当以柔顺言之也。窃谓‘猗傩’言其多也。……《商颂·那》篇‘猗与那与’，《传》曰：‘猗，叹词。那，多也。’愚谓‘猗那’乃叠韵字，不当分为二义。‘猗那’即‘猗傩’，并言其多也。”[②] 俞说是也，《毛传》曰：“夭，少也。”孔臧赋前曰“夭绕连枝”，“夭绕”为叠韵字，且与“猗那”对举，一言少，一言多，文意恰然。

司马相如《上林赋》：“射《狸首》，兼《驺虞》，弋玄鹤，舞干戚，载云罕，揜群雅，悲《伐檀》，乐乐胥。”

思豪按：《狸首》，古逸诗篇名，或即《鹊巢》篇名。古代诸侯行射礼时，奏《狸首》乐章为发矢的节度。《驺虞》，《召南》之篇名，《毛传》：“《驺虞》，《鹊巢》之应也。《鹊巢》之化行，人伦既正，朝廷既治，天下纯被文王之化，则庶类蕃殖，搜田以时，仁如驺虞，则王道成也。”《郑笺》：“应者，应德，自远而至。”驺虞，三家《诗》与《毛传》理解不同。《毛传》：“驺虞，义兽也，白虎黑文，不食生物，有至信之德则应之。”许慎《说文》于麟曰“仁兽”，从《公羊传》“麟，仁兽也”之说；于驺虞亦曰“仁兽”。是许氏亦以驺虞为义兽，说与毛同。驺虞之不食生物，与麟之不履生虫，不折生草，其性皆与仁近。又许慎《五经异义》曰：“今《诗》韩、鲁说：驺虞，天子掌鸟兽官。”[③]《齐诗》说不明，《易林·坤之小畜》：

① 王引之：《经义述闻》卷五，江苏古籍出版社1985年版，第139页。
② 俞樾：《茶香室经说》卷二，《续修四库全书》，第177册，第436页。
③ 陈寿祺撰，王丰先整理：《五经异义疏证》，中华书局2014年版，第253页。

“五轭四轨，优得饶有。陈力就列，驺虞悦喜。”[①]王先谦解释为“谓驺囿之虞官得其人，可悦喜也”[②]，可知《齐诗》也认为驺虞是天子掌鸟兽官。又张衡《东京赋》曰：“囿林氏之驺虞，扰泽马与腾黄。”《山海经·海内北经》曰：“林氏国有珍兽，大若虎，五彩毕具，尾长于身，其名驺吾，乘之日行千里。”[③]张衡赋将“驺虞”与“腾黄”并列，均是指兽名。《文选》李善注引《瑞应图》曰：“腾黄，神马，一名吉光。”[④]前揭许慎指出《鲁诗》认为驺虞是天子掌鸟兽官，而张衡《东京赋》此处“驺虞”又是指“义兽名”，一般以为张衡习《鲁诗》，此处不知何故，存疑。司马相如赋“兼《驺虞》”，指天子举行射祭之时，奏《驺虞》乐章以为节度，明天子有仁义之德也。

“群雅”当指治《诗经》中的大、小《雅》之人，二《雅》共有百余篇，故曰群雅。《文选》李善注引张揖语曰：“《诗·小雅》之材七十四人，《大雅》之材三十一人，故曰群雅也。”又李善曰：“先用云罕以猎兽，今载之于车，而捕群雅之士也。”[⑤]“载云罕，揜群雅”，比喻天子广罗天下文雅贤俊人士。对于张揖的注，王应麟《困学纪闻》谓：“张揖言二雅之材，未知所出。”[⑥]阎若璩笺曰：“《小雅》除笙诗，自《鹿鸣》至《何草不黄》凡七十四篇，《大雅》自《文王》至《召旻》凡三十一篇，故曰《小雅》之材七十四人，《大雅》之材三十一人，以篇数言也。”[⑦]戴震《董愚亭诗序》谓：“揖据二雅篇数之存者，而篇谓之人，岂非以诵其诗篇可想见其为人欤？”[⑧]朱彝尊《经义考》谓：“揖之言以一篇为一人。”[⑨]马国翰曰：“汉立《诗》家

① 焦延寿著，尚秉和注：《焦氏易林注》，第11页。
② 王先谦撰，吴格点校：《诗三家义集疏》，第119页。
③ 郝懿行撰，栾保群点校：《山海经笺疏》，中华书局2019年版，第298页。
④ 萧统编，李善注：《文选》，第64页。
⑤ 萧统编，李善注：《文选》，第129页。
⑥ 王应麟：《困学纪闻》卷三，《四部丛刊三编》景元本。
⑦ 翁方纲：《经义考补正》卷四，商务印书馆1937年版，第43页。
⑧ 戴震：《戴震集》，上海古籍出版社1980年版，第211页。
⑨ 朱彝尊：《经义考》卷九十八，文渊阁《四库全书》，第678册，第294页。

博士，盖以《诗》雅篇数为人数，因以名之也。”[①] 魏源《诗古微》以为张揖习《齐诗》，又班固《西都赋》：“又有承明金马，著作之庭，大雅宏达，于兹为群，元元本本，殚见洽闻，启发篇章，校理秘文。”《文选》李善注曰：“大雅，谓有大雅之才者。诗有《大雅》，故以立称焉。”[②] 盖相如赋义与《齐诗》合。

《伐檀》，《魏风》之篇名，《毛传》：“《伐檀》，刺贪也。在位贪鄙，无功而受禄，君子不得进仕尔。”《文选》李善注引张揖曰：“其诗刺贤者不遇明王也。”魏源《诗古微》谓：“张揖，魏人，习《齐诗》，其《上林赋》注……其为《齐诗》之序明矣。”[③]《汉书·司马相如传》颜师古注曰：“《伐檀》，魏国之诗，刺在位贪鄙也。”[④] 又《王吉传》载吉云：“舜、汤不用三公九卿之世而举皋陶、伊尹，不仁者远。今使俗吏得任子弟，率多骄骜，不通古今，至于积功治人，亡益于民，此《伐檀》所为作也。”师古注曰：“《伐檀》诗篇名，刺不用贤也，在魏国风也。”[⑤] 这里悲悯《伐檀》者的怀才不遇，显示汉帝网罗群雅的开明之举。“乐胥”，《文选》李善注引《毛诗》曰：“君子乐胥，受天之祜。”诗句出自《小雅·桑扈》，《郑笺》云：“胥，有才智之名也。祜，福也。王者乐臣下有才知文章，则贤人在位，庶官不旷，政和而民安，天予之以福禄。”这里既是言汉帝得到贤才的欣喜，也是为“乐胥”者的逢时而遇感到由衷高兴。

司马相如《美人赋》：“途出郑卫，道由桑中，朝发溱洧，暮宿上宫。上宫闲馆，寂寥云虚。”

思豪按：郑、卫，既指郑卫之地，又可解为《诗经》之《郑风》《卫

① 马国翰：《目耕帖》卷十九，《玉函山房辑佚书》，《续修四库全书》，第 1205 册，第 345 页。
② 萧统编，李善注：《文选》，第 26 页。
③ 魏源：《诗古微·齐鲁韩毛异同论上》，《续修四库全书》，第 77 册，第 16 页。
④ 班固：《汉书》，第 2574 页。
⑤ 班固：《汉书》，第 3065 页。

风》。郑卫之地多有美女，民风淫乱。《郑风》《卫风》中也多描写美女，诗风淫放。“桑中”，既指桑林之中，又可指《诗经·鄘风》之《桑中》，《毛传》曰：“《桑中》，刺奔也。卫之公室淫乱，男女相奔，至于世族在位相窃妻妾，期于幽远，政散民流而不可止。”《郑笺》：“卫之公室淫乱，谓宣、惠之世。男女相奔，不待媒氏以礼会之也。世族在位，取姜氏、弋氏、庸氏者也。窃，盗也。幽远，谓桑中之野。”诗又云：“期我乎桑中，要我乎上宫，送我乎淇之上矣。”《毛传》：“桑中、上宫，所期之地。”桑林、上宫均是指男女幽会之所。又，关于“桑间”是否就是“桑中”的争论。朱熹《诗集传》之《桑中》注云：“《乐记》曰：‘郑、卫之音，乱世之音也，比于慢矣；桑间、濮上之音，亡国之音也。’……按：‘桑间’即此篇，故小序亦用《乐记》之语。”[①] 钱澄之《田间诗学》云：“按《史记》：‘纣使师延作新声，武王伐纣，师延抱乐器投濮水死。后师涓从卫灵公过濮上，夜闻水中乐音，因写之，为晋平公奏焉。师旷抚之曰：“此亡国之音，得此必于桑间濮上乎！”然则桑间乃纣乐，非《桑中》诗也。’”[②] 朱熹认为《桑中》诗即是《桑间》，钱澄之以为非，考司马相如此处引说，郑卫之音是亡国之音，郑卫与桑中对称并举，盖《桑中》亦是亡国之音的代表，在司马相如看来，《桑中》或即是《桑间》。溱洧，既指溱水、洧水名，又可指《诗经·郑风》中的《溱洧》诗。《毛传》云：“《溱洧》，刺乱也。兵革不息，男女相弃，淫风大行，莫之能救也。”《郑笺》：“救，犹止也。乱者，士与女会合溱洧之上。”溱洧岸边是“士与女”选择情侣，互赠香草的聚会之处。《美人赋》中的此段文字“郑卫”“桑中”“溱洧”“上宫”均使用了双关的修辞手法，既指臣从长安赴梁国所经历的地方，又暗示自己道合孔圣，有儒家高义，不为美色所动。

---

① 朱熹集注：《诗集传》，中华书局1958年版，第30页。
② 钱澄之：《田间诗学》卷二，黄山书社2005年版，第120页。

司马相如《长门赋》：“雷殷殷而响起兮，声象君之车音。”

《毛诗·召南·殷其雷》：“殷其雷，在南山之阳。……振振君子，归哉归哉。”《毛传》：“殷，雷声也。山南曰阳。雷出地奋，震惊百里。山出云雨，以润天下。”《郑笺》：“雷以喻号令。于南山之阳，又喻其在外也。召南大夫以王命施号令于四方，犹雷殷殷然发声于山之阳。”《毛诗序》：“《殷其雷》，劝以义也。召南之大夫远行从政，不遑宁处，其室家能闵其勤劳，劝以义也。”《长门赋》以雷声喻车声，亦是劝君王以仁义也。

司马相如《长门赋》：“众鸡鸣而愁予兮，起视月之精光。”

《毛诗·齐风·鸡鸣》：“鸡既鸣矣，朝既盈矣。……东方明矣，朝既昌矣。匪东方则明，月出之光。”《毛传》：“鸡鸣而夫人作，朝盈而君作。……见月出之光，以为东方明。”《郑笺》：“鸡鸣朝盈，夫人也、君也可以起之常礼。……东方明则朝，敬也。”《毛诗序》：“《鸡鸣》，思贤妃也。哀公淫荒怠慢，故陈贤妃贞女，夙夜警戒，相成之道焉。”思豪按：被幽于长门宫的陈皇后恍恍惚惚地进入梦乡，梦见君王来到自己的身旁，梦想自己也能像贤妃一样，在黎明前喊君王早朝，重演《诗经》中“鸡鸣”的一幕，可醒来一切都成空，只能暗自忧伤。又《楚辞·湘夫人》有“目眇眇兮愁予”句，可见《长门赋》有融合《诗经》《楚辞》的倾向。

★司马相如《难蜀父老》：“故驰骛乎兼容并包，而勤思乎参天贰地。且《诗》不云乎？‘普天之下，莫非王土；率土之滨，莫非王臣。’是以六合之内，八方之外，浸淫衍溢，怀生之物有不浸润于泽者，贤君耻之。”

《毛诗·小雅·北山》：“溥天之下，莫非王土。率土之滨，莫非王臣。”《毛传》：“溥，大。率，循。滨，涯也。”《郑笺》：“此言王之土地广矣，王之臣又众矣，何求而不得，何使而不行。”《毛诗》作“溥”，三家作“普”，王先谦《集疏》认为司马相如学《鲁诗》，此用鲁诗义。[1]

① 王先谦撰，吴格点校：《诗三家义集疏》，第739页。

★东方朔《答客难》："虽然，安可以不务修身乎哉！《诗》云：'鼓钟于宫，声闻于外。''鹤鸣于九皋，声闻于天。'苟能修身，何患不荣！"

《毛诗·小雅·白华》："鼓钟于宫，声闻于外。"《毛传》："有诸宫中，必形见于外。"《郑笺》："王失礼于内，而下国闻知而化之，王弗能治，如鸣鼓钟于宫中，而欲外人不闻，亦不可止。"《毛诗·小雅·鹤鸣》："鹤鸣于九皋，声闻于野。"《毛传》："兴也。皋，泽也。言身隐而名著也。"《郑笺》："皋，泽中水溢出所为坎。自外数至九，喻深远也。鹤在中鸣焉，而野闻其鸣声。兴者，喻贤者虽隐居，人咸知之。"又"鹤鸣于九皋，声闻于天"，《郑笺》："天，高远也。"思豪按，朱睦㮮《五经稽疑》"鹤鸣"条曰："《鹤鸣》，毛云诲宣王也，《集传》以为'不可知其由，然必陈善纳诲之辞'。考之诸家，所说以为求贤人之未仕者。《诗》曰：'鹤鸣九皋，声闻于野。'言身虽隐而名则著也。此篇自秦汉以来，说者多异，毛、郑在众说之先，皆谓兴求贤，必有师承，当从之。"[①]又东方朔《答客难》引《诗》，《汉书·东方朔传》作"鹤鸣于九皋"，与今本《毛诗》同。而《史记·滑稽列传》《论衡·艺增篇》《风俗通·声音》、《文选》东方朔《答客难》、《后汉书》注五十九等，皆引《诗》作"鹤鸣九皋"，无"于"字。徐鼒《读书杂释》卷第四"鹤鸣于九皋"条曰："《诗》'鹤鸣于九皋'。段玉裁《毛诗传》定本作'鹤鸣九皋'云：'古书引皆无"于"字，凡十四见。唐《石经》"于九皋"，误。'段氏言必有据，然近得宋板王逸《楚辞注》本，其《离骚经》'步余马于兰皋兮'注云：'步，徐行也。泽曲曰皋。《诗》曰："鹤鸣于九皋。"'则所引未尝无'于'字也。"[②]据《郑笺》说，则《白华》诗句言宫中失礼之事不可禁于外，《鹤鸣》诗句言贤者虽隐居而声名在外，一扬一抑。东方朔引《诗》，将二诗句意思等同，断章取义，称自己虽然得不到重用，但仍然致力于提高自身的修养，获得荣耀、显达的那一天终会来到。

---

① 朱睦㮮：《五经稽疑》，文渊阁《四库全书》，第184册，第718页。

② 徐鼒撰，阎振益、钟夏点校：《读书杂释》，中华书局1997年版，第48页。

这里连引《诗》句，有句式对仗方面的考虑。

★东方朔《非有先生论》：“《诗》不云乎？‘谗人罔极，交乱四国’，此之谓也。”

《毛诗·小雅·青蝇》曰：“谗人罔极，交乱四国。”《毛传》：“兴也。营营，往来貌。”《郑笺》：“兴者，蝇之为虫，污白使黑，污黑使白，喻佞人变乱善恶也。言止于藩，欲外之令远物也。”“极，犹已也。”思豪按，王先谦谓：“鲁‘人’作‘言’。”又曰“‘鲁人作言’者，《新语·辅政篇》《史记·滑稽传》《论衡·言毒篇》引，‘谗人’并作‘谗言’，明鲁作‘谗言罔极’。《汉书·叙传》‘充躬罔极，交乱宏大’，用齐经文。”[①]东方朔引《诗》与毛文同。前有文曰：“是以辅弼之臣瓦解，而邪谄之人并进，遂及蜚廉、恶来革等。二人皆诈伪，巧言利口以进其身，阴奉琱瑑刻镂之好以纳其心。务快耳目之欲，以苟容为度。遂往不戒，身没被戮，宗庙崩阤，国家为虚，放戮圣贤，亲近谗夫。”[②]盖引此诗，乃就贤臣隐退而邪谄小人当道的社会现实表达自己的悲愤与不满。

★东方朔《非有先生论》：“故治乱之道，存亡之端，若此易见，而君人者莫肯为也，臣愚窃以为过。故《诗》曰：‘王国克生，惟周之桢，济济多士，文王以宁。’此之谓也。”

《毛诗·大雅·文王》：“世之不显，厥犹翼翼。思皇多士，生此王国。王国克生，维周之桢；济济多士，文王以宁。”《毛传》：“翼翼，恭敬。思，辞也。皇，天；桢，干也。济济，多威仪也。”《郑笺》：“犹，谋；思，愿也。周之臣既得世世光明，其为君之谋事忠敬翼翼然，又愿天多生贤人于此邦，此邦能生之，则是我周家干事之臣。”思豪按：“惟周之桢”句，《汉

① 王先谦撰，吴格点校：《诗三家义集疏》，第782页。

② 费振刚、仇仲谦、刘南平校注：《全汉赋校注》，第173页。

书·东方朔传》作此，“惟”，《毛诗》作“维”；“桢”，《毛诗》作“桢”，《汉书·东方朔传》亦作“桢”。《文选》李善本、六臣本作“贞”，胡克家考异云：“何校：‘贞’改‘桢’。袁本云：善作‘贞’。茶陵本云：五臣作‘桢’。”[①]“济济多士，文王以宁”句，汉人引用者甚多，如《新序·杂事一》：“秦欲伐楚，使使者往观楚之宝器。……秦使者反，言于秦君曰：‘楚多贤臣，未可谋也。’遂不伐楚。《诗》云：‘济济多士，文王以宁。’斯之谓也。”[②]王先谦据东方朔引诗云：“明鲁、毛文同。”[③]当是。

东方朔《七谏》：“飞鸟号其群兮，鹿鸣求其友。”

《毛诗·小雅·鹿鸣》：“呦呦鹿鸣，食野之蘋。”又《小雅·伐木》：“嘤其鸣矣，求其友声。”王逸《楚辞章句》：“鹿得美草，口甘其味，则求其友而号其侣也。以言在位之臣不思贤念旧，曾不若鸟兽也。”又陆贾《新语·道基》云：“鹿鸣以仁求其群。”《淮南子·泰族训》云：“鹿鸣兴于兽，而君子大之，取其见食而相呼也。”王先谦认为“以上鲁说”。

扬雄《逐贫赋》：“邻垣乞儿，终贫且窭。”

《毛诗·邶风·北门》：“终窭且贫，莫知我艰。”《毛传》：“窭者，无礼也。贫者，困于财。”《郑笺》：“艰，难也。君于己禄薄，终不足以为礼，又近困于财，无知己以此为难者。言君既然矣，诸臣亦如之。”《毛诗序》：“《北门》，刺仕不得志也。言卫之忠臣不得其志尔。”《郑笺》：“不得其志者，君不知己志尔遇困苦。”思豪按：扬雄这里将《诗》中“窭”与“贫”字倒置，盖有所考虑。《仓颉篇》云：“无财曰贫，无财备礼曰窭。”王符《潜夫论·赞学》云：“君子忧道不忧贫，箕子陈六极，《国风》歌《北门》，

---

① 萧统编，李善注：《文选》，第967页。

② 刘向编著，石光瑛校释：《新序校释》，中华书局2001年版，第93—110页。

③ 王先谦撰，吴格点校：《诗三家义集疏》，第825页。

故所谓不忧贫也。”[①] 王先谦认为王充用《鲁诗》说，且曰：“‘终窭且贫’者，禄不足以代耕，而非以贫为病也。王事敦迫，国事加遗，任劳而不辞，阨穷而不怨，可谓君子矣。”[②] 扬雄倒置二字，有忧贫忧道、以贫为病之意。

扬雄《逐贫赋》：“或耘或耔，沾体露肌。”

《毛诗·小雅·甫田》：“今适南亩，或耘或耔，黍稷薿薿。”《毛传》：“耘，除草也。耔，雝本也。”《毛诗序》：“《甫田》，刺幽王也。君子伤今而思古焉。”《郑笺》：“刺者，刺其仓廪空虚，政烦赋重，农人失职。”思豪按：王先谦认为扬雄习《鲁诗》，故这里是《鲁诗》文，且与《毛诗》同。又谓为《齐诗》“耘”作“芸”，“耔”作“芓”[③]，原因《汉书·食货志》载：“后稷始甽田……故其诗曰：‘或耔或芓，黍稷儗儗。’……”且《甸师》郑注“耨，芸芓也”，即用《齐诗》说。

扬雄《逐贫赋》：“尔复我随，翰飞戾天。”

《毛诗·小雅·小宛》：“宛彼鸣鸠，翰飞戾天。”又《毛诗·小雅·四月》：“匪鹑匪鸢，翰飞戾天。匪鳣匪鲔，潜逃于渊。”王先谦认为扬雄用《鲁诗》经文。《文选·西都赋》李善注引《韩诗》曰：“翰飞厉天。”

扬雄《逐贫赋》：“舍尔入海，泛彼柏舟。尔复我随，载沉载浮。”

《毛诗·邶风·柏舟》：“泛彼柏舟，亦泛其流。”《毛诗·鄘风·柏舟》：“泛彼柏舟，在彼中河。”又《毛诗·小雅·菁菁者莪》：“泛泛杨舟，载沉载浮。”“泛彼柏舟”，《毛传》：“兴也。泛泛，流貌。柏，木所以宜为舟也。亦泛泛其流，不以济度也。”这里以阳刚至坚之柏木为舟，喻扬雄舍贫心意决绝。“载沉载浮”，《毛传》：“杨木为舟，载沉亦浮（按：今浮误沉，此从

① 王符著，汪继培笺，彭铎校正：《潜夫论笺校正》，第 6 页。

② 王先谦撰，吴格点校：《诗三家义集疏》，第 198 页。

③ 王先谦撰，吴格点校：《诗三家义集疏》，第 761 页。

《孔疏》义改），载浮亦浮。”表明贫跟随扬雄沉沉浮浮，意甚决然。

扬雄《逐贫赋》：“处君之家，福禄如山。忘我大德，思我小怨。”

《毛诗·小雅·瞻彼洛矣》：“君子至止，福禄如茨。”又《毛诗·小雅·谷风》：“忘我大德，思我小怨。”《毛诗序》：“《瞻彼洛矣》，刺幽王也。思古明王能爵命诸侯，赏善罚恶焉。”“《谷风》，刺幽王也。天下俗薄，朋友道绝焉。”又《潜夫论·交际》：“夫处卑下之位，怀《北门》之殷忧，内见谪于妻子……此《谷风》所为内摧伤也。”[①] 王先谦据此“推知《鲁诗·谷风》篇说”，又引此赋“忘我大德，思我小怨”句，亦可明“鲁、毛文同”。[②] 这里是说扬雄对待贫的态度有失公允。

扬雄《逐贫赋》：“誓将去汝，适彼首阳。”

《毛诗·魏风·硕鼠》：“逝将去女，适彼乐土。”《郑笺》：“逝，往也。往矣，将去女，与之诀别之辞。乐土，有德之国。”是句《古文苑》（《四部丛刊》韩元吉本）卷四作“汝”，《太平御览》卷四百八十五作“女”。这里是贫决意离开扬子而与伯夷、叔齐二子隐居之词。

扬雄《甘泉赋》：“袭琁室与倾宫兮，若登高眇远，亡国肃乎临渊。”

《毛诗·小雅·小旻》：“战战兢兢，如临深渊，如履薄冰。”思豪按：赋文录自《文选》李善注本，《汉书·扬雄传》作“袭琁室与倾宫兮，若登高妙远，肃乎临渊”[③]。《文选》李善注引服虔曰：“袭，继也。桀作琁室，纣作倾宫，以此微谏也。”引应劭曰：“登高远望，当以亡国为戒，若临深渊也。”[④]《晏子春秋》载晏子劝谏景公曰：“古者之为宫室也，足以便生，不以

---

① 王符著，汪继培笺，彭铎校正：《潜夫论笺校正》，第 336 页。

② 王先谦撰，吴格点校：《诗三家义集疏》，第 721、723 页。

③ 班固：《汉书》，第 3528 页。

④ 萧统编，李善注：《文选》，第 113 页。

为奢侈也。故节于身，谓于民。及夏之衰也，其王桀背弃德行，为璇室玉门；殷之衰也，其王纣作为倾宫灵台。”[①]朱熹《诗集传》：“丧国亡家之祸，隐于无形，则不知以为忧也。故曰：‘战战兢兢，如临深渊，如履薄冰。’惧及其祸之词也。”[②]朱熹解《诗》之词盖源于此。“战战兢兢，如临深渊，如履薄冰”，语出《小雅·小旻》，《毛诗序》：“《小旻》，大夫刺幽王也。”《郑笺》：“所刺列于《十月之交》《雨无正》为小，故曰《小旻》，亦当为刺厉王。”扬雄赋在此段中极力铺陈甘泉宫宫室台观之宏伟巍峨，终之以此语作结：夏桀曾起璇室，殷纣也造倾宫，如果登高远望，亡国的严峻形势使人如履薄冰。扬雄以甘泉宫继承璇室、倾宫，讽谏之义显然。

扬雄《甘泉赋》：“乃搜逑索耦，皋、伊之徒，冠伦魁能，函《甘棠》之惠，挟东征之意，相与齐虖阳灵之宫。”

思豪按，“函《甘棠》之惠”，“惠”，胡克家《考异》曰：“袁本、茶陵本云：‘惠’，善作‘恩’，盖所见不同也。《汉书》作‘惠’。”[③]“恩”“惠”意同，即恩惠。《甘棠》，《诗·召南》的篇名。《毛诗序》：“《甘棠》，美召伯也。召伯之教，明于南国。”《郑笺》：“召伯，姬姓，名奭，食采于召，作上公，为二伯，后封于燕。此美其为伯之功，故言伯云。”参前文李尤《东观赋》“历东厓之敞座”条之分析，可知扬雄认为《甘棠》诗言召公述职事。又刘向《说苑·贵德》：“《诗》曰：‘蔽芾甘棠，勿翦勿伐！召伯所茇。’《传》曰：‘自陕以东者，周公主之，自陕以西者，召公主之。’召公述职，当桑蚕之时，不欲变民事，故不入邑中，舍于甘棠之下，而听断焉。陕间之人，皆得其所。是故后世思而歌咏之。……百姓叹其美而致其敬，甘棠之不伐也，政教恶乎不行？孔子曰：‘吾于《甘棠》，见宗庙之敬

① 陈涛译注：《晏子春秋译注》，天津古籍出版社 1996 年版，第 90 页。
② 朱熹集注：《诗集传》，第 138 页。
③ 萧统编，李善注：《文选》，第 866 页。

也甚。尊其人必敬其位，顺安万物，古圣之道几哉！’”[①]王先谦认为刘向从《鲁诗》说，所称的“传”也就是《鲁诗传》。又王充《论衡·须颂》云：“宣王惠周，《诗》颂其行；召公述职，周歌棠树。”[②]王先谦亦认为是《鲁诗说》，他们都以为《甘棠》为召公述职事，与扬雄意同。

思豪按：“挟东征之意”，《文选》李善注引《毛诗序》云：“《东山》，周公东征也。”《东山》是《诗·豳风》篇名。《毛诗序》：“《东山》，周公东征也。周公东征，三年而归，劳归士。大夫美之，故作是诗也。一章言其完也，二章言其思也，三章言其室家之望女也，四章乐男女之得及时也。君子之于人，序其情而闵其劳，所以说也。说以使民，民忘其死，其唯《东山》乎？”《郑笺》：“成王既得金縢之书，亲迎周公。周公归，摄政。三监及淮夷叛，周公乃东伐之，三年而后归耳。分别章意者，周公于是志伸，美而详之。”又《易林·屯之升》：“东山拯乱，处妇思夫。劳我君子，役使休已。”《家人之颐》：“东山辞家，处妇思夫。伊威盈室，长股羸户。叹我君子，役日未已。”[③]王先谦认为“皆齐说”[④]。又《豳风·破斧》：“周公东征，四国是皇。”《毛传》：“四国，管、蔡、商、奄也。皇，匡也。”《郑笺》：“周公既反，摄政，东伐此四国，诛其君，罪正其民人而已。”汪荣宝《法言义疏》云：“子云说《诗》，皆用《鲁》义。此以周公东征与召伯述职并举，是亦以《破斧》为黜陟时之作，其以此为思义之证，即用东征西怨、南征北怨之说。”[⑤]周公摄政，一年救乱挥师东征事，《史记·鲁周公世家》载：“管、蔡、武庚等果率淮夷而反。周公乃奉成王命，兴师东伐，作《大诰》。遂诛管叔，杀武庚，放蔡叔，收殷余民，以封康叔于卫，封微子于宋，以奉殷祀。宁淮夷东土，二年而毕定。”[⑥]《尚书·大诰》有“肆朕诞以

---

① 刘向撰，向宗鲁校证：《说苑校证》，第 95 页。

② 黄晖撰：《论衡校释》，第 848 页。

③ 焦延寿著，尚秉和注：《焦氏易林注》，第 25、302 页。

④ 王先谦撰，吴格点校：《诗三家义集疏》，第 531 页。

⑤ 汪荣宝撰，陈仲夫点校：《法言义疏》，第 287 页。

⑥ 司马迁：《史记》，第 1518 页。

尔东征”之语，即是此意。

扬雄《甘泉赋》：“乱曰：……上天之縡，杳旭卉兮；圣皇穆穆，信厥对兮；来祇郊禋，神所依兮；徘徊招摇，灵迟迡兮；光辉眩燿，降厥福兮；子子孙孙，长无极兮。”

思豪按，《文选》李善注曰：“縡，事也。杳，深远也。旭卉，幽昧之貌。《毛诗》曰：‘上天之载，无声无臭。’縡与载同。”[①]《汉书》颜师古注：“‘縡’读与‘载’同。”[②]《毛诗·大雅·文王》：“上天之载，无声无臭。仪刑文王，万邦作孚。”《毛传》：“载，事；刑，法；孚，信也。”《郑笺》：“天之道难知也，耳不闻声音，鼻不闻香臭。仪法文王之事，则天下咸信而顺之。”据此，王先谦认为鲁诗“载”作“縡”，恐有不确，王先谦认为王符也是鲁诗派，可是《潜夫论·德化》云：“‘上天之载，无声无臭，仪形文王，万邦作孚。’此姬氏所以崇美于前，而致刑措于后也。”[③]除“刑”作“形”外，与《毛诗》皆同。又《韩诗外传》卷五引《诗》：“上天之载，无声无臭。”[④]与《毛诗》亦同。黄震《黄氏日钞》卷四“上天之载”条曰：“新定邵氏《礼记解》曰：‘载字，训诂不同。说《诗》者曰：载，事也。释《中庸》者，音栽，谓天之造生万物也。俱所未安。载犹地载神气之载，言上天所载之道无声无臭也。’”[⑤]扬雄赋盖从《诗》意。

“圣皇穆穆”，《毛诗·大雅·文王》：“穆穆文王，于缉熙敬止。”《毛传》：“穆穆，美也。”《毛诗·大雅·假乐》：“干禄百福，子孙千亿。穆穆皇皇，宜君宜王。”《毛诗序》：“《假乐》，嘉成王也。”“信厥对兮”，《文选》李善注引李奇曰：“对，配也，能与天相对配也。”[⑥]《毛诗·大雅·皇

① 萧统编，李善注：《文选》，第115页。
② 班固：《汉书》，第3534页。
③ 王符著，汪继培笺，彭铎校正：《潜夫论笺校证》，第375页。
④ 韩婴撰，许维遹校释：《韩诗外传集释》，第175页。
⑤ 黄震：《黄氏日钞》卷四，文渊阁《四库全书》，第707册，第56页。
⑥ 萧统编，李善注：《文选》，第115页。

矣》："帝作邦作对，自大伯王季。"《毛传》："对，配也。从大伯之见王季也。""神所依兮""降厥福兮"，《毛诗·大雅·旱麓》："岂弟君子，福禄攸降。""岂弟君子，神所劳矣。"《毛诗序》："《旱麓》，受祖也。周之先祖世修后稷、公刘之业，大王、王季申以百福干禄焉。""子子孙孙，长无极兮"，《毛诗·小雅·楚茨》："子子孙孙，勿替引之。"《毛传》："替，废；引，长也。"《郑笺》："愿子孙勿废而长行之。"扬雄这段话的意思是：上天之事，幽昧深远，难以知晓（按：此与《郑笺》意相类，寓示成帝要仪法文王，则万民臣服），美好圣明的成帝，能与天相匹配（按：寓示成帝要仿效文王、成王，做个圣明君王），来此虔诚祭祀，众神助阵栖息，光辉照耀天地，降福成帝，子子孙孙，长嗣不断（按：与《郑笺》意同）。可以看出，这段"乱语"全用《诗》大、小《雅》中意，以周代圣君劝谏成帝之行，有讽意反说的意味。

班倢伃《自悼赋》："《绿衣》兮《白华》，自古兮有之。"

《绿衣》，《诗·邶风》的篇名。《毛诗序》："《绿衣》，卫庄姜伤己也。妾上僭，夫人失位，而作是诗也。"《郑笺》："绿当为褖，故作褖，转作绿，字之误也。庄姜，庄公夫人，齐女，姓姜氏。妾上僭者，谓公子州吁之母，母嬖而州吁骄。"思豪按：郑玄改《毛诗》篇中字，认为"绿"当为"褖"，后人对此观点不一。《孔疏》同意郑玄的观点，云："郑知'绿'误而'褖'是者，诗宜因其所有之服而言，不宜举实无之绿衣以为喻，故知当作褖。"陈乔枞则有不同的意见，云："《法言·吾子篇》：'绿衣三百，色如之何矣。纻絮三千，寒如之何矣。'《淮南·精神训》高诱注：'逯，读《诗·绿衣》之绿。'杨、高皆用《鲁诗》，于此篇并作'绿衣'，是鲁与毛同。又《列女传》班倢伃赋：'绿衣兮白华，自古兮有之。'亦作'绿'。《郑笺》定'绿'为'褖'，误，其义独异，疑本之《齐诗》，据《礼》家师说为解。"[①] 陈乔枞

① 详见王先谦撰，吴格点校：《诗三家义集疏》，第135页。

认为班倢伃《自悼赋》用的是《鲁诗》说。王先谦一方面认为《孔疏》“绿衣实无”说不确，云：“诗喻毁常，则绿衣未为害义，四章以絺綌当凄风，亦贵者实无之事也。皮锡瑞云：‘考之于古，妇人服绿，亦有明征。《夏小正》“八月玄校”，《传》曰：“玄也者，黑也。校也者，若绿色然，妇人未嫁者衣之。”……或与夏时之制同服绿，亦未可知。此诗言妾上僭，妾非未嫁，得与未嫁同服绿者，古夫人自称曰小童，盖不敢居尊，而自谦为妾。’”另一方面也认为“郑氏改毛，间下己意，不尽本三家义”。在王先谦看来，《易林》用《齐诗》，班氏家族世习《齐诗》，而《易林·观之革》云：“黄里绿衣，君服不宜。淫湎毁常，失其宠光。”[①] 班倢伃《自悼赋》也作“绿衣”，所以“陈谓齐作‘禒’，非也”。[②]“绿衣”一词在汉代运用甚广，如扬雄《反离骚》云：“衿芰茄之绿衣兮，被夫容之朱裳。”祢衡《鹦鹉赋》云：“绀趾丹觜，绿衣翠衿。”据此可知，“绿衣”之“绿”与“白”“朱”“翠”相对举而用，且扬雄、祢衡皆非《齐诗》学者，所以“绿衣”一词，自古就有，也不是分别诗的家法、师说的根据。

《白华》，《诗·小雅》的篇名，但《小雅》中以《白华》作篇名者有二：一是作为一首笙诗，《毛诗》列入《小雅》中，《毛诗序》：“《白华》，孝子之洁白也。……有其义而无其辞。”《郑笺》：“此三篇者（按：指《南陔》《白华》《华黍》），《乡饮酒》《燕礼》用焉，曰‘笙入，立于县中，奏《南陔》《白华》《华黍》’是也。孔子论《诗》‘《雅》《颂》各得其所’时俱在耳，篇第当在于此。遭战国及秦之世而亡之，其义则与众篇之义合编，故存。至毛公为《诂训传》，乃分众篇之义，各置于其篇端云。又阙其亡者，以见在为数，故推改什首，遂通耳，而下非孔子之旧。”二是首句是“白华菅兮，白茅束兮”的《白华》诗，《毛诗序》：“《白华》，周人刺幽后也。幽王取申女以为后，又得褒姒而黜申后，故下国化之，以妾为妻，

① 焦延寿著，尚秉和注：《焦氏易林注》，第164页。

② 王先谦撰，吴格点校：《诗三家义集疏》，第134—136页。

以孽代宗，而王弗能治，周人为之作是诗也。”《郑笺》："申，姜姓之国也。褒姒，褒人所入之女。姒，其字也。是谓幽后。孽，支庶也。宗，适子也。王不能治，己不正故也。”班婕伃赋用的是第二首《白华》诗。《汉书·外戚传》载班婕伃少有才学，成帝时选入后宫，遵礼循法，立为婕伃，甚得宠幸，“其后赵飞燕姊弟亦从自微贱兴，踰越礼制，寖盛于前。……鸿嘉三年，赵飞燕谮告许皇后、班婕伃挟媚道，祝诅后宫，詈及主上。许皇后坐废。考问班婕伃……赵氏姊弟骄妒，婕伃恐久见危，求共养太后长信宫，上许焉。婕伃退处东宫，作赋自伤悼”[①]。班婕伃借《绿衣》《白华》诗刺卫庄公之妾上僭，夫人失位和刺周幽王之妃子褒姒黜申后的主旨，援古讽今，斥赵飞燕姊弟的丑恶行径。朱熹认为班婕伃“作赋以自悼，归来子以为其词甚古，而浸寻于楚人，非特妇人女子之能言者，是固然矣。至于情虽出于幽怨，而能引分以自安，援古以自慰，和平中正，终不过于惨伤。又其德性之美，学问之力，有过人者，则论者有不及也。呜呼，贤哉！《柏舟》《绿衣》，见录于经，其词义之美，殆不过此”[②]。王士禄《宫闺氏籍艺文考略》引《神释堂脞语》：“班姬二赋，《自悼》则《小雅》之苗裔。”[③]这是《自悼赋》的末句，合乎《诗经》“怨而不怒”“和平中正”之旨。

① 班固：《汉书》，第3984—3985页。

② 陈仁子编：《文选补遗》卷三十一，上海古籍出版社1993年版。

③ 陕西省地方志编纂委员会编：《陕西省志·著述志》，三秦出版社2000年版，第106页。

# 第六章

# 东汉赋用《诗》考释*

崔篆《慰志赋》："岂无熊僚之微介兮，悼我生之歼夷。庶明哲之末风兮，惧《大雅》之所讥。"

《毛诗·大雅·烝民》共八章，第四章云："肃肃王命，仲山甫将之。邦国若否，仲山甫明之。既明且哲，以保其身。夙夜匪解，以事一人。"《毛诗序》："《烝民》，尹吉甫美宣王也。任贤使能，周室中兴焉。"思豪按，王先谦《集疏》云："三家无异义。"朱熹《诗集传》："宣王命樊侯仲山甫筑城于齐，而尹吉甫作诗以送之。"[①]汉、宋诸儒皆认为此诗是尹吉甫所作，是尹吉甫在赞扬仲山甫辅佐周宣王的忠贞与明哲。《列女传·曹僖氏妻传》引诗："既明且哲，以保其身。"《淮南子·主术训》高诱注："诗云：'仲山甫既明且哲，以保其身。'"《吕氏春秋·知化》引诗同，皆鲁诗。《中庸》："《诗》曰：'既明且哲，以保其身。'郑注：'保，安也。'"《汉书·司马迁传赞》："夫惟《大雅》'既明且哲，以保其身'，难以哉！"皆齐诗。[②]《韩诗外传》引《诗》曰："既明且哲，以保其身。"[③]此韩诗义。崔篆才、德双

---

* 按：本章凡例同上一章。

① 朱熹集注：《诗集传》，第 214 页。

② 以上皆见于王先谦撰，吴格点校：《诗三家义集疏》，第 969 页。

③ 韩婴撰，许维遹校释：《韩诗外传集释》，第 272 页。

全，惜生在汉末乱世，才不得显，德无以洁。崔篆不慕官场利禄，多次征召不就。后因母亲师氏及兄长发均得到王莽宠幸，恐自己的行为会牵连到母亲和兄弟，无奈就任建新大尹，但多"称病不视事"。王莽乱后，《后汉书》载："建武初，朝廷多荐言之者，幽州刺史又举篆贤良。篆自以宗门受莽伪宠，惭愧汉朝，遂辞归不仕。……临终作赋以自悼，名曰《慰志》。"[①]《慰志赋》是崔篆明己心志之作，"悼我生之歼夷"即是说自己的母亲已老，恐受到牵连的意思。这里崔篆用《烝民》诗义，反省自己没有洞明事理，委身出来侍奉新莽，恐怕会被仲山甫之类有高洁节操的明哲所讥笑。王先谦《集疏》无此条，可补录。

崔篆《慰志赋》："扬蛾眉于复关兮，犯孔戒之冶容。懿《氓》蚩之悟悔兮，慕《白驹》之所从。"

思豪按：《氓》是《诗·卫风》的篇名。《毛诗序》："《氓》，刺时也。宣公之时，礼义消亡，淫风大行，男女无别，遂相奔诱，华落色衰，复相弃背，或乃困而自悔，丧其妃耦，故序其事以风焉。美反正，刺淫泆也。"这是《毛诗》说。《易林·梦之困》："氓伯以婚，抱布自媒。弃礼急情，卒罹悔忧。"王先谦认为这是《齐诗》说。[②]毛、齐说均认为是弃妇悔恨自伤之词，崔篆"懿《氓》蚩之悟悔兮"也是与此说相符。又《氓》："乘彼垝垣，以望复关。不见复关，泣涕涟涟。既见复关，载笑载言。"王先谦说这是"妇人所期之男子，居在复关，故望之。崔篆赋所谓'扬蛾眉于复关'也"。[③]"犯孔戒之冶容"，即有违孔门冶容淫乱的训诫。《易传·系辞》："冶容诲淫。"郑玄注："谓饰其容而见于外曰冶。"[④]冶容即是艳丽的容貌的意思。《系辞》，汉儒多以为是孔子所作。崔篆在这里将自己侍奉新莽的行为

① 范晔：《后汉书》，第1705页。

② 王先谦撰，吴格点校：《诗三家义集疏》，第290页。

③ 王先谦撰，吴格点校：《诗三家义集疏》，第294页。

④ 王弼、韩康伯注，孔颖达正义：《周易正义》，阮元校刻：《十三经注疏》，中华书局1980年版，第80页。

比喻成《诗经》中美女扬蛾眉以望复关，都有违孔门训诫，从而借赞赏此女的自我悔过，并与男子决绝的行为来表达自我反省之意。

《白驹》，《诗·小雅》篇名，《毛传》："宣王之末，不能用贤，贤者有乘白驹而去者。"《郑笺》："愿此去者乘其白驹而来，使食我场中之苗，我则绊之系之以永今朝。爱之，欲留之。"思豪按，蔡邕《琴操》："《白驹操》者，失朋友之所作也。其友贤，居任，当衰乱之世，君无道，不可匡辅，依违成风，谏不见受。国士咏而思之，援琴而长歌。"[①] 陈乔枞、冯登府、阮元、王先谦认为这是"鲁诗说"。《艺文类聚》二十一引曹植《释思赋》云："彼朋友之离别，犹求思乎《白驹》。"王先谦认为这是《韩诗》说，而"齐说未闻"。[②] 崔篆在赋中表达的是对后面有白驹跟随的贤者的羡慕之情。

崔篆《慰志赋》："叹暮春之成服兮，阖衡门以扫轨。聊优游以永日兮，守性命以尽齿。"

思豪按，《毛诗·陈风·衡门》，《毛诗序》："《衡门》，诱僖公也。愿而无立志，故作是诗以诱掖其君也。"蔡邕《述行赋》"甘衡门以宁神兮，咏都人以思归"，王先谦《集疏》认为"此鲁说"。[③] 又《汉书·韦玄成传》："宜优养玄成，勿枉其志，使得自安衡门之下。"[④]《汉处士严发残碑》："君有曾闵之行，西迟衡门。"《山阳太守祝睦后碑》："色斯举矣，殁身衡门。"《武梁碑》："安衡门之陋，乐朝闻之义。"王先谦谓以上"皆言贤者乐道忘饥，无诱进人君之意"。[⑤] 崔篆此处亦是用此意，《集疏》未录，可补。《毛诗·唐风·山有枢》："且以喜乐，且以永日。"《毛传》："永，引也。"崔篆赋用其辞。

---

① 吉联抗辑：《琴操（两种）》，第3页。

② 王先谦撰，吴格点校：《诗三家义集疏》，第643页。

③ 王先谦撰，吴格点校：《诗三家义集疏》，第466页。

④ 班固：《汉书》，第3109页。

⑤ 王先谦撰，吴格点校：《诗三家义集疏》，第467页。

班彪《冀州赋》："瞻淇澳之园林，善绿竹之猗猗。"

《毛诗·卫风·淇奥》："瞻彼淇奥，绿竹猗猗。"思豪按，《毛传》："兴也。奥，隈也。绿，王刍也。竹，篇竹也（《四部备要》本"篇"作"萹"）。猗猗，美盛貌。武公质美德盛，有康叔之余烈。"是毛以"绿""竹"为二物。王先谦谓："齐'奥'亦作'澳'，又作'隩'。鲁作'隩'。"又"鲁'绿'作'菉'。韩'竹'作'薄'"。[①] 吴曾《能改斋漫录》卷四"淇竹"条引黄朝英《缃素杂记》云："李济翁尝论《诗·淇澳》云：'菉竹猗猗。'案陆玑《草木疏》称《尔雅》云：'菉，王刍。'郭璞注云：'菉，蓐草也，今呼为鸱白脚草。'或云，即鹿蓐草也。又《尔雅》云：'竹，萹蓄。'注云：'似小梨，赤茎节，好生道旁，可食。'亦作筑，音竹。《韩诗》作'薄'，音笃，亦云：'薄，萹竹。'则明知非笋竹矣。今为辞赋，皆引猗猗入竹事，大误也。"[②] 陈乔枞《齐诗遗说考》卷一云："班固《竹扇赋》'青青之竹形兆直'，亦即用《诗》'绿竹青青'语，班氏治《齐诗》者也。"[③] 班彪赋云"绿竹"，王先谦认为"是以《诗》'绿竹'为竹，汉世已有此说"[④]。又《文选·魏都赋》载"南瞻淇澳，则绿竹纯茂"，"绿竹"抑或即指"竹竿"之竹。

班彪《北征赋》："乘陵岗以登降，息郇邠之邑乡。慕公刘之遗德，及《行苇》之不伤。彼何生之优渥，我独罹此百殃？故时会之变化兮，非天命之靡常。"

思豪按，《文选》李善注曰："《汉书》右扶风栒县，有豳乡。《诗》豳国，公刘所治邑也。栒与郇同。豳与邠同。"《行苇》，《诗·大雅》篇名，《毛诗序》："《行苇》，忠厚也。周家忠厚，仁及草木，故能内睦九族，外尊事黄耇，养老乞言，以成其福禄焉。""仁及草木"是就诗的第一章前四

① 王先谦撰，吴格点校：《诗三家义集疏》，第265页。

② 吴曾：《能改斋漫录》，《丛书集成初编》，中华书局1985年版，第67—68页。

③ 陈寿祺撰，陈乔枞述：《三家诗遗说考》，《续修四库全书》，第76册，第362页。

④ 王先谦撰，吴格点校：《诗三家义集疏》，第266页。

句来说的，即“敦彼行苇，牛羊勿践履。方苞方体，维叶泥泥。”《毛传》：“敦，聚貌。行，道也。叶初生泥泥。”《郑笺》：“苞，茂也。体，成形也。敦敦然道旁之苇，牧牛羊者毋使蹦履折伤之，草物方茂盛，以其终将为人用，故周之先王为此爱之，况于人乎？”这句在诗中是起兴，《毛诗序》坐实理解。《列女传・晋弓工妻传》：“弓工妻谒于平公曰：‘君闻昔者公刘之行，羊牛践葭苇，恻然为民痛之，恩及草木，仁著于天下。’”《潜夫论・德化》：“《诗》云：‘敦彼行苇，牛羊勿践履。方苞方体，惟叶柅柅。’公刘厚德，恩及草木，牛羊六畜。仁不忍践履生草，则又况于民萌而有不化者乎？”又《边议》：“公刘仁德，广被行苇，况含血之人，已同类乎？”王先谦认为“以上鲁说”。《吴越春秋》：“公刘慈仁，行不履生草，运车以避葭苇。”王先谦认为“此韩说”。班彪赋中此句，王先谦认为是齐说。[①]齐、鲁、韩三家诗不仅也坐实理解兴句，而且均认为此诗写公刘的忠厚大德。清赵翼《陔余丛考》“汉儒说诗”条曰：“《行苇》，班叔皮《北征赋》曰：‘慕公刘之遗德，及《行苇》之不伤。’王符曰：‘行苇勿践，公刘恩及草木，牛羊六畜且犹感德。’是汉儒皆以为公刘之诗。”[②]姚鼐《惜抱轩笔记》“行苇”条曰：“寇荣上书云：‘公刘敦行苇，世称其仁。’（按：见《后汉书・寇荣传》）班彪《北征赋》：‘慕公刘之遗德，及《行苇》之不伤。’此不知为齐、鲁、韩三家中谁氏之说，然观《毛诗序》：‘周家世积忠厚，仁及草木。’虽未指明公刘，而义亦近之，皆以不伤行苇为实事。”[③]是鲁、齐、韩、毛，乃至大多汉儒皆坐实兴句，诗旨意在表彰公刘厚德。

“彼何生之优渥，我独罹此百殃？”《毛诗・小雅・信南山》：“益之以霡霂，既优既渥。”《毛诗序》：“《信南山》，刺幽王也。不能修成王之业，疆理天下，以奉禹功，故君子思古焉。”《文选》李善注引《毛诗》曰：“我生之后，逢此百殃。”[④]未知出自哪一首诗。而《王风・兔爰》有曰：“我生

---

① 以上几处参见王先谦撰，吴格点校：《诗三家义集疏》，第 884 页。
② 赵翼：《陔余丛考》，中华书局 1963 年版，第 30 页。
③ 姚鼐：《惜抱轩笔记》卷二，清同治五年省心阁刻《惜抱轩全集》本。
④ 萧统编，李善注：《文选》，第 143 页。

之初，尚无为。我生之后，逢此百罹，尚寐无吪！”“我生之初，尚无造。我生之后，逢此百忧，尚寐无觉！”“我生之初，尚无庸。我生之后，逢此百凶，尚寐无聪！”盖出于此。《毛诗序》：“《兔爰》，闵周也。桓王失信，诸侯背叛，构怨连祸，王师伤败，君子不乐其生焉。”彼，指公刘时人。班彪赋中此语，《六臣注文选》吕向曰：“优，乐。渥，厚也。言公刘之时，草木不伤，人乐何厚，我今日何故独罹此祸乱也。”[①]

“故时会之变化兮，非天命之靡常。”《毛诗·大雅·文王》：“侯服于周，天命靡常。”《毛传》：“则见天命之无常也。”《郑笺》：“无常者，善则就之，恶则去之。”《毛诗序》：“《文王》，文王受命作周也。”《文选》李善注：“故时会者，言此乃时君不能修德致之，故使倾覆，非天命无常也。时，亦世也。言人吉凶乃时会之变化，岂天之命无常乎？”班彪赋于此反用诗意，讽刺当世。

班彪《北征赋》：“日晻晻其将暮兮，睹牛羊之下来。寤怨旷之伤情兮，哀诗人之叹时。”

《毛诗·王风·君子于役》：“君子于役，不知其期。曷至哉？鸡栖于埘，日之夕矣，羊牛下来。君子于役，如之何勿思。”思豪按，王先谦谓：“班氏世习《齐诗》，赋云：‘怨旷伤情’，知齐义以此诗‘君子’为室家之词。郭引《诗泛历书》云：‘牛羊来暮’，亦用齐文，是齐作‘牛羊’也。”[②]王氏认为“怨旷伤情”乃《齐诗·君子于役》诗义，其说盖源于宋王质《诗总闻》卷四之引证，胡承珙认为“怨旷伤情”之说实指《雄雉》诗，其《毛诗后笺》卷六云：“不知李善注《文选》于上二句引此诗（按：指《君子于役》诗），于下二句引《雄雉序》曰：‘大夫久役，男女怨旷。’是则‘怨旷’者，并不指此诗，不得援以为证。”[③]《毛诗序》：“《雄雉》，刺卫宣

① 刘跃进著，徐华校：《文选旧注辑存》，第2006页。

② 王先谦撰，吴格点校：《诗三家义集疏》，第318页。

③ 胡承珙撰，郭全芝校点：《毛诗后笺》，黄山书社1999年版，第336页。

公也。淫乱不恤国事，军旅数起，大夫久役，男女怨旷，国人怨之，而作是诗。”胡承珙推重《毛诗》，故引李善注引《毛诗序》语来笺诗，殊不知李善已不见《齐诗》诗说，班彪所引为《齐诗》序语也未可知。

杜笃《众瑞赋》：“夫千金之裘，非一狐之白；《雅》《颂》之声，非一家之作也。”

思豪按：此句录自《北堂书钞》卷一百二十九。“夫千金之裘，非一狐之白”，典出自《史记·孟尝君列传》：“此时孟尝君有一狐白裘，直千金，天下无双。”[①] 纵千金贵重的裘衣，不是一只狐狸的狐白所能制成的。“《雅》《颂》之声，非一家之作也”，雅、颂是《诗经》的组成部分，所作时间和作者都不一样，不可能是一个人所写成的。这是一种诗论观点。

傅毅《舞赋》：“嘉《关雎》之不淫兮，哀《蟋蟀》之局促。”

《蟋蟀》，《诗·唐风》篇名。《毛诗序》：“《蟋蟀》，刺晋僖公也。俭不中礼，故作是诗以闵之，欲其及时以礼自虞乐也。”思豪按，《盐铁论·通有》：“君子节奢刺俭，俭则固。……孔子曰：‘不可，大俭极下。’此《蟋蟀》所为作也。”[②] 王先谦认为是《齐诗》说。张衡《西京赋》：“独俭啬以龌龊，忘《蟋蟀》之谓何？”王先谦认为是《鲁诗》说。[③]《文选》吕延济注曰：“《蟋蟀》，《诗》篇名，刺俭不中礼，故哀其局促，局促，小貌。”[④] 傅毅《舞赋》中此句盖用《毛诗》说，哀叹《蟋蟀》的俭而无当，以致局促。《蟋蟀》首章云：“蟋蟀在堂，岁聿其暮，今我不乐，日月其除。无已大康，职思其居。”是时农业耕作已经结束，君可以自乐，而今却不乐，是用礼为节，俭不中礼也。《古诗十九首·东城高且长》云“晨风怀苦心，蟋蟀伤局

① 司马迁：《史记》，第2354页。

② 王利器校注：《盐铁论校注》，中华书局1992年版，第43页。

③ 王先谦撰，吴格点校：《诗三家义集疏》，第414页。

④ 刘跃进著，徐华校：《文选旧注辑存》，第3356页。

促”，即与此同。

崔骃《七依》：“夏屋蘧蘧。”

《文选》王延寿《鲁灵光殿赋》“揭蘧蘧而腾凑”句下李善注曰：“崔骃《七依》曰：‘夏屋蘧蘧。’高也，音渠。”是句亦录于此。《毛诗·秦风·权舆》“于我乎夏屋渠渠”，《毛传》：“屋，具也。渠渠，犹勤勤也。言君始于我厚，设礼食大具以食我，其意勤勤然。”据《毛传》，夏屋初不指屋宇，史绳祖《学斋占毕》卷一曰：“经言夏屋，惟此而已。至扬子云《法言》乃云：‘震风凌雨，然后知夏屋之帡幪也。’则误以为屋宇矣，盖由汉人，言广夏、大夏，已差忒矣。”[①] 史氏之说盖有二误：一是云经言夏屋，只有《诗经》此处，然《礼记·檀弓上》有云：“见若覆夏屋者矣。”郑注云：“夏屋，今之门庑也，其形旁广而卑。”[②] 二是言夏屋为屋宇，非自扬雄始，《楚辞·大招》有云：“夏屋广大，水棠秀只。”则宋玉即有以“夏屋”为屋宇之说。“渠”与“蘧”字通用，《春秋·定公十五年》有曰：“齐侯、卫侯次于渠蒢。”《左传》写作“齐侯、卫侯次于蘧挐”，《公羊传》亦写作“蘧”。王先谦《集疏》曰：“延寿，逸子，当习《鲁诗》，盖《鲁诗》有异文，亦作‘蘧蘧’。”[③] 王逸《楚辞章句》曰：“夏，大屋也。《诗》云：‘于我乎夏屋渠渠。’”李尤《七款》：“夏屋渠渠，嵯峨合连。”也是如此。

班固《两都赋序》：“或曰：‘赋者，古诗之流也。’昔成、康没而颂声寝，王泽竭而诗不作。……故皋陶歌虞，奚斯颂鲁，同见采于孔氏，列于《诗》《书》，其义一也。”

“或曰”即有人说，表明这段话不是班固首次提出。荀卿《佹诗》名即有此意。李曰刚《辞赋流变史》说佹诗“以四字居大多数，与《诗经》同，

① 史绳祖：《学斋占毕》卷一，《丛书集成初编》，中华书局1985年版，第18页。
② 郑玄注，孔颖达正义：《礼记正义》，阮元校刻：《十三经注疏》，第1292页。
③ 王先谦撰，吴格点校：《诗三家义集疏》，第460页。

所以称诗者，其为此欤？‘佹’字，杨倞以‘佹异激切’释之，今人杨树达则谓：‘佹，假为恑。《说文》：恑，变也。’则佹诗者，佹异激切之诗，亦犹三百篇变风变雅之作也”[①]。《毛诗序》：“《诗》有六义焉：一曰风，二曰赋，三曰比，四曰兴，五曰雅，六曰颂。”《文选》李善注曰：“《毛诗序》曰：《诗》有六义焉，二曰赋。故赋为古诗之流也。”赋源于《诗经》有多重理解：一是认为源于《诗经》六义之一的“赋”；二是认为源于《诗经》中赋、比、兴三种表现手法之一的“赋”，即“敷布直陈”的意思；三是指《诗经》中的赋体诗，这又与先秦典籍，尤其是《左传》中的赋诗断章之“赋”结合起来；四是认为源于《诗经》的讽谏与美刺功能。综上诸说，不出赋体与赋用二端。

《文选》李善注曰：“言周道既微，雅颂并废也。……《毛诗序》曰：‘颂者，以其成功，告于神明者也。’《乐稽耀嘉》曰：‘仁义所生为王。’《毛诗序》曰：‘止乎礼义，先王之泽也。然则作诗禀乎先王之泽，故王泽竭而诗不作。’作，兴也。《孟子》曰：‘王者之迹熄而诗亡。’”[②]班固也认为成康之世《颂》诗寝灭，张文伯《九经疑难》“康王之诗无颂”条曰：“康王无《颂》者，不过述成王之功、守成王之法而已，不足录也。”[③]

《文选》李善注曰：“《尚书》：‘皋陶歌曰：“元首明哉，股肱良哉，庶事康哉。”’《诗・鲁颂》曰：‘新庙奕奕，奚斯所作。’薛君曰：‘奚斯，鲁公子也。言其新庙奕奕然盛，是诗，公子奚斯所作也。’”又《后汉书・曹褒传》：“褒省诏，乃叹息谓诸生曰：‘昔奚斯颂鲁，考甫咏殷。夫人臣依义显君，竭忠彰主，行之美也。当仁不让，吾何辞哉！’”李贤注：“《韩诗》曰：‘新庙奕奕，奚斯所作。’薛君《传》云：‘是诗公子奚斯所作也。’”[④]与《文选》李善注引同。《文选五臣注》李周翰曰：“皋陶，舜臣也。奚斯，

---

① 李曰刚：《辞赋流变史》，台湾文津出版社 1987 年版，第 71 页。

② 萧统编，李善注：《文选》，第 21 页。

③ 张文伯：《九经疑难》卷四，清宛委别藏本。

④ 范晔：《后汉书》，第 1203—1204 页。

鲁公子。咸作歌颂，以美国风。及孔子修《诗》《书》，并采而列之。”[①] 皋陶，传说为舜之臣，掌管刑狱之事，作皋陶歌颂美虞舜。奚斯，春秋时鲁国公子，曾奉鲁僖公之命重修姜嫄之庙，新庙成，作《閟宫》之诗以颂僖公功德。《毛诗序》：“《閟宫》，颂僖公能复周公之宇也。”《閟宫》末章有云：“松桷有舄，路寝孔硕。新庙奕奕，奚斯所作。”《毛传》：“新庙，闵公庙也。有大夫公子奚斯者作是庙也。”《郑笺》：“修旧曰新。新者，姜嫄庙也。僖公承衰乱之政，修周公伯禽之教，故治正寝，上新姜嫄之庙。姜嫄之庙，庙之先也。奚斯作者，教护属功课章程也。至文王之时，大室屋坏。”奚斯究竟是作诗还是作庙，历来争论颇多。主张作诗颂鲁者，除《文选》李善注和《后汉书》李贤注引薛君《韩诗章句》外，还有扬雄《法言·学行》曰：“正考甫尝睎尹吉甫矣，公子奚斯尝睎正考甫矣。”[②] 班固《两都赋序》曰：“皋陶歌虞，奚斯颂鲁，同见采于孔氏，列于《诗》《书》。”王延寿《鲁灵光殿赋序》：“诗人之兴，感物而作。故奚斯颂僖，歌其路寝。而功绩存乎辞，德音昭乎声。”[③]《文度尚碑》：“故吏感清庙之颂，叹斯父之诗。”（按：斯父即奚斯）《太尉刘宽碑》：“感殷鲁述德之颂。”（按：殷即正考甫，鲁即奚斯）《太尉杨震碑》云：“敢慕奚斯之追述，树碑石于坟道。”《张迁表》：“奚斯赞鲁，考父颂殷。”曹植《承露盘铭序》亦云：“奚斯颂鲁。”鲍照《河清颂》曰：“藻被歌颂，则奚斯之徒。”颜真卿《天下放生池碑铭》云：“谨缘皋陶奚斯歌虞颂鲁之义，述天下放生池碑铭一章。”[④] 赞同作庙者，除《毛传》《郑笺》者，还有颜师古《匡谬正俗》卷七“奚斯”条曰：“《诗·鲁颂》云：‘新庙奕奕，奚斯所作。’盖言奚斯置造此庙。”[⑤] 孔颖

① 刘跃进著，徐华校：《文选旧注辑存》，第 25 页。

② 汪荣宝撰，陈仲夫点校：《法言义疏》，第 28 页。

③ 费振刚、仇仲谦、刘南平校注：《全汉赋校注》，第 850 页。

④ 周绍良主编：《全唐文新编》，吉林文史出版社 2000 年版，第 3892 页。

⑤ 颜师古：《匡谬正俗》卷七，《万有文库》本，商务印书馆 1937 年版。

达《毛诗正义》延续《传》《笺》之说。宋人朱熹、袁文[①]、王观国[②]、洪迈[③]，直至清人赵翼[④]、杭世骏[⑤]等皆主张作庙说。作庙与作诗，聚讼纷纭，然总而观之，汉人多主张作诗说，《韩诗》尤主张之，齐、鲁诗说盖亦是。至《毛诗》行而三家衰微，作庙说于是兴起，多为汉以后人遵从。又汉以后人遵作诗说，如曹植、颜真卿，多在文学作品中体现。

班固《东都赋》："发蘋藻以潜鱼，丰圃草以毓兽。制同乎梁驺，义合乎灵囿。"

思豪按：此句录自《后汉书·班固传》，《文选》作"制同乎梁邹，谊合乎灵囿"。《毛诗·小雅·鱼藻》："鱼在在藻。"《毛诗·周颂·潜》："潜有多鱼。"李善注："《韩诗》曰：'东有圃草。'薛君曰：'圃，博也。有博大茂草也。'"李贤《后汉书》注引同。《文选》李善注："《毛诗传》曰：'古有梁邹。梁邹者，天子之田也。'"[⑥]查今存《毛诗正义》，没有《毛诗传》此语，盖为《鲁诗传》语。李贤注引即作《鲁诗》，"邹"作"驺"。《毛诗·大雅·灵台》："王在灵囿，麀鹿攸伏。"这里写洛邑的规制林苑像古代

① 袁文《瓮牖闲评》卷一："奚斯未尝作颂也，《诗》所谓奚斯所作者，盖庙尔。"上海古籍出版社1985年版，第3—4页。

② 王观国《学林》"奚斯"条："《闷宫》之诗曰：'松桷有舄，路寝孔硕。新庙奕奕，奚斯所作。孔曼且硕，万民是若。'《毛氏传》曰：'大夫公子奚斯者作是庙也。'《郑氏笺》曰：'奚斯作者，教护属功课章程也。'盖鲁人新姜嫄之庙，而公子奚斯董其事耳。所谓作者，作庙也，非作颂也。《闷宫》之颂，非奚斯之作也。"中华书局1988年版，第6—7页。

③ 洪迈《容斋续笔》卷一"公子奚斯"条曰："《闷宫》诗曰：'新庙奕奕，奚斯所作。'其辞则谓奚斯作庙，义理甚明。郑氏之说，亦云作姜嫄庙也。"《容斋随笔》，中华书局2005年版，第226页。

④ 赵翼《陔余丛考》"奚斯所作"条曰："《鲁颂》'新庙奕奕，奚斯所作。'言奚斯造此庙也。"《陔余丛考》，第33页。

⑤ 杭世骏《订讹类编》："《鲁颂》子夏序曰：僖公能遵伯禽只法，季孙行父请命于周，而史克作颂《闷宫》，卒章曰：新庙奕奕，奚斯所作。毛苌注云：大夫公子奚斯者，作是庙也。郑笺曰：奚斯者，教护属功课章程也，知史克作颂，奚斯作庙矣。班固岂非误耶？"上海书店1986年版，第115页。

⑥ 萧统编，李善注：《文选》，第32页。

圣皇狩猎的场所梁邹，而它内部的法式与周文王的灵囿一样。

班固《东都赋》："若乃顺时节而蒐狩，简车徒以讲武，则必临之以《王制》，考之以《风》《雅》。历《驺虞》，览《四驖》，嘉《车攻》，采《吉日》。礼官整仪，乘舆乃出。"

思豪按，《左传》隐公五年："臧僖伯谏曰：……故春蒐夏苗，秋狝冬狩，皆于农隙以讲事也。"[①]狩猎应顺应时令，《礼记·王制》："天子诸侯无事，则岁三田。……无事而不田，曰不敬，田不以礼，曰暴天物。"[②]《风》，《国风》，《驺虞》《驷驖》是也。《雅》，《小雅》，《车攻》《吉日》是也。《驺虞》，《诗·召南》篇名，具体分析详见司马相如《上林赋》"兼《驺虞》"条。班赋"历《驺虞》"即观《驺虞》诗，学习司兽官的仁德，在田猎时不滥杀生物，要有选择的猎取。"四驖"一词，录自《后汉书·班固传》，《文选》李善本作"驷驖"，胡克家《考异》曰："袁本'驷驖'作'四驖'，茶陵本作'驷驖'。今案：袁、茶陵二本所载五臣铣注作'四驖'其善注中作'驷驖'，必善'驷驖'，五臣'四驖'，失著校语也，茶陵及此'驷'字未相乱。"[③]据此，王先谦认为"班固《东都赋》'览驷驖'，班用《齐诗》，当作'四戴'，此'驷驖'者，后人顺毛改之也"[④]，此说盖不确。《驷驖》，《诗·秦风》篇名，《毛诗序》："《驷驖》，美襄公也。始命有田狩之事、园囿之乐焉。"王先谦谓："三家无异义。""览《驷驖》"即阅《驷驖》诗，学习秦襄公重视田猎，最先将田猎列为国家的一项重要政事。又《毛诗序》："《车攻》，宣王复古也。宣王能内修政事，外攘夷狄，服文武之竟土，修车马，备器械，复会诸侯于东都，因田猎而选车徒焉。"又曰："《吉日》，美宣王田也。能慎微接下，无不自尽以奉其上焉。"《易林·履之夬》："《吉

① 杜预：《春秋左传集解》，上海人民出版社1977年版，第30页。
② 郑玄注，孔颖达正义：《礼记正义》卷十二，阮元校刻：《十三经注疏》，第1333页。
③ 萧统编，李善注：《文选》，第843页。
④ 王先谦撰，吴格点校：《诗三家义集疏》，第438页。

日》《车攻》，田弋获禽。宣王饮酒，以告嘉功。”王先谦认为“班固《东都赋》‘嘉《车攻》’，用此经文，皆《齐诗》说”；“班固《东都赋》‘采《吉日》’，用齐经文”。[①]《朱子语类》卷八十一“车攻”条曰：“时举说《车攻》《吉日》二诗。先生曰：‘好田猎之事，古人亦多刺之。然宣王之田，乃是因此见得其车马之盛，纪律之严，所以为中兴之势者在此。’”[②]“嘉《车攻》，采《吉日》”并言要学习和赞美周宣王按照古代礼法从事田猎，一在东都，一在西周。蒋悌生《五经蠡测》“车攻”条曰：“《车攻》《吉日》，虽皆言田猎之诗，《车攻》会诸侯于东都，其礼大，《吉日》专田猎，不出西都畿内，其事视《车攻》差小，故二诗之辞，其气象大小详略，亦自不同。”[③]《左传》昭公三年：“郑伯如楚，子产相。楚子享之，赋《吉日》。既享，子产乃具田备，王以田江南之梦。”[④]班固赋比《左传》用《诗》义更灵活。

班固《东都赋》：“献酬交错，俎豆莘莘。”

《毛诗·小雅·楚茨》曰：“献酬交错”，王先谦《集疏》认为班固习《齐诗》，所以“明齐、毛文同”，又“张衡《南都赋》‘献酬既交’，用鲁经文”。[⑤]

班固《东都赋》明堂诗：“圣皇宗祀，穆穆煌煌。上帝宴飨，五位时序。谁其配之？世祖、光武。普天率士，各以其职。”

《毛诗·大雅·假乐》：“穆穆皇皇，宜君宜王。”思豪按，马国翰曰：“班固《明堂诗》‘穆穆煌煌’，用《诗》语‘皇皇’作‘煌煌’。……用三家经字。”[⑥]王先谦《集疏》认为班固习《齐诗》，故《齐诗》作“煌煌”，与

---

① 王先谦撰，吴格点校：《诗三家义集疏》，第622、627页。

② 黎靖德编，王星贤点校：《朱子语类》，第1905页。

③ 蒋悌生：《五经蠡测》卷三“车攻”条，文渊阁《四库全书》，第184册，第492页。

④ 杜预：《春秋左传集解》，第1230页。

⑤ 王先谦撰，吴格点校：《诗三家义集疏》，第752页。

⑥ 马国翰：《目耕帖》卷十九，《玉函山房辑佚书》，《续修四库全书》，第1205册，第371页。

《毛诗》异。

《毛诗·小雅·北山》："溥天之下，莫非王土。率土之滨，莫非王臣。"《毛传》："溥，大；率，循；滨，涯也。"《郑笺》："此言王之土地广矣，王之臣又众矣，何求而不得，何使而不行。"思豪按：《毛诗》作"溥"。《韩诗外传》引《诗》："溥天之下，莫非王土。"[①]《韩诗》作"溥"。《荀子·君子篇》《新书·匈奴》、《史记》司马相如《难蜀父老》、《白虎通·封公侯》皆引《诗》："普天之下，莫非王土。率土之滨，莫非王臣。"王先谦《集疏》认为《鲁诗》作"普"[②]；又认为班固习《齐诗》，故《齐诗》亦作"普"。

班固《东都赋》灵台诗："乃经灵台，灵台既崇。习习祥风，祁祁甘雨。屡惟丰年，于皇乐胥。"

《毛诗·大雅·灵台》："经始灵台，经之营之。"《毛传》："神之精明者称灵，四方而高曰台。经，度之也。"《郑笺》："文王应天命，度始灵台之基趾，营表其位，众民则筑作，不舍期日而成之。言说文王之德，劝其事忘己劳也。观台而曰灵者，文王化行，似神之精明，故以名焉。"思豪按，《白虎通·灵台》："天子所以有灵台者何？所以考天人之心，察阴阳之会，揆星辰之证验，为万物获福无方之元。《诗》云：'经始灵台。'"[③]同为用《灵台》诗，方式不同，赋用《诗》更为灵活。

《毛诗·邶风·谷风》："习习谷风，以阴以雨。"《毛传》："兴也。习习，和舒貌。东风谓之谷风。阴阳和而谷风至，夫妇和则室家成，室家成则继嗣生。"《毛诗·小雅·谷风》："习习谷风，维风及雨。"《毛传》："兴也。风雨相感，朋友相须。"《郑笺》："习习，和调之貌。东风谓之谷风。兴者，风而有雨则润泽行，喻朋友同志则恩爱成。"《毛诗·小雅·甫

① 韩婴撰，许维遹校释：《韩诗外传集释》，第29页。

② 王先谦撰，吴格点校：《诗三家义集疏》，第739页。

③ 陈立撰，吴则虞点校：《白虎通疏证》，中华书局1994年版，第263页。

田》“以祈甘雨”，祈祷甘雨降临。《毛诗·小雅·大田》：“有渰萋萋，兴雨祈祈。”《毛传》：“渰，云兴貌。萋萋，云行貌。祈祈，徐也。”《郑笺》：“古者阴阳和，风雨时，其来祈祈然而不暴疾。”思豪按，颜之推《颜氏家训·书证》曰：“《诗》云：‘有渰萋萋，兴云祁祁。’《毛传》云：‘渰，阴云貌。萋萋，云行貌。祁祁，徐貌也。’《笺》云：‘古者，阴阳和，风雨时，其来祁祁然，不暴疾也。’案：渰已是阴云，何劳复云‘兴云祁祁’耶？‘云’当为‘雨’，俗写误耳。班固《灵台》诗云：‘三光宣精，五行布序。习习祥风，祁祁甘雨。’此其证也。”[①]桐城姚范赞同此说，其《援鹑堂笔记》谓：“‘有渰萋萋，兴云祈祈。’《疏》：‘经兴雨或作兴云，误也。定本作兴雨。’余按：‘兴云’之误，《颜氏家训·书证》篇及之。”[②]卢文弨不赞同颜说，其《钟山札记》卷三“兴雨祈祈”条云：“诸书皆言兴云、作云，断无言兴雨者。《韩诗外传八》《吕氏春秋·务本》篇、《汉书·食货志上》《隶释·无极山碑》皆作‘兴云’，更不比单文孤证矣。……近嘉定钱宫詹晓征《汉书考异》据《韩奕》诗‘祁祁如云’，谓经师传授之异，非转写有讹。”[③]此说当是。

《文选》李善注：“《毛诗》曰：‘绥万国，屡丰年。’又曰：‘于皇时周。’又曰：‘君子乐胥。’”[④]《毛诗·周颂·桓》：“绥万邦，娄丰年。”《郑笺》：“绥，安也。娄，亟也。诛无道，安天下，则亟有丰熟之年，阴阳和也。”“屡”“娄”，今传《毛诗》与李善注引《诗》用字不同。王先谦《集疏》认为班固这里用《齐诗》义，亦作“屡”，俗字。[⑤]《毛诗·周颂·般》：“于皇时周。”《毛诗·小雅·桑扈》：“君子乐胥，受天之祜。”《毛传》：“胥，皆也”。《郑笺》：“胥，有才知之名也。”

① 颜之推撰，王利器集解：《颜氏家训集解》，上海古籍出版社1980年版，第385—386页。
② 姚范：《援鹑堂笔记》，道光十五年刻本。
③ 卢文弨：《钟山札记》，《续修四库全书》，第1149册，第662页。
④ 萧统编，李善注：《文选》，第36页。
⑤ 王先谦撰，吴格点校：《诗三家义集疏》，第1057页。

班固《幽通赋》："葛绵绵于樛木兮，咏南风以为绥。盖惴惴之临深兮，乃二《雅》之所祗。"

思豪按，《文选》李善注："曹大家曰：'《诗·周南·国风》曰："南有樛木，葛藟累之。乐只君子，福履绥之。"此是安乐之象也。'"[①]《六臣注文选》张铣曰："樛木，高木也。绵绵，葛缘木之貌。《南风》，国风之诗。绥，安也。言咏此所以安于下也。"[②]《毛诗·周南·樛木》："南有樛木，葛藟累之。乐只君子，福履绥之。"诗句与曹大家所引同，只是曹大家有"诗周南国风"之称，未知何故。《毛诗序》："《樛木》，后妃逮下也。言能逮下而无嫉妒之心焉。"《郑笺》："后妃能和谐众妾，不嫉妒其容貌，恒以善言逮下而安之。"《毛诗》解释似不符合班赋意旨，曹大家用齐义说诗解赋，李善谓班赋用《诗》是安乐之象：葛藤茂盛缠绕着弯曲的树木，咏叹《樛木》之诗以获得安乐。

思豪按，《文选》李善注："曹大家曰：'祗，敬也。《大雅》曰："人亦有言，进退惟谷。"《小雅》曰："惴惴小心，如临于谷。"此皆敬慎之戒也。'"[③]《六臣注文选》李周翰曰："惴惴，小心貌。临深，喻戒惧也。二《雅》，《大雅》《小雅》，皆诗篇名。所以美敬慎也。"[④]《毛诗·大雅·桑柔》："人亦有言，进退维谷。"《毛传》："谷，穷也。"《郑笺》："前无明君，却迫罪役，故穷也。"《毛诗·小雅·小宛》："惴惴小心，如临于谷。战战兢兢，如履薄冰。"《毛传》："恐陨也。"《郑笺》："衰乱之世，贤人君子虽无罪，有恐惧。"班赋用二《雅》是指：大概梦中面临深渊的恐怖情景，就是《大雅》《小雅》所赞美的敬慎警戒之词。此意与《毛诗》稍异，盖是《齐诗》义。

---

① 萧统编，李善注：《文选》，第209页。
② 刘跃进著，徐华校：《文选旧注辑存》，第2770页。
③ 萧统编，李善注：《文选》，第209页。
④ 刘跃进著，徐华校：《文选旧注辑存》，第2771页。

班固《幽通赋》："承灵训其虚徐兮，伫盘桓而且俟。"

思豪按，曹大家注："《诗》曰：'其虚其徐。'"《毛诗·邶风·北风》："其虚其邪？既亟只且！"《毛传》："虚，虚也。"《郑笺》："邪读如徐，言今在位之人，其故威仪虚徐宽仁者，今皆以为急刻之行矣，所以当去以此也。"惠栋《毛诗古义》曰："《北风》云：'其虚其邪？'《笺》云：'邪读如徐。'曹大家注《幽通赋》引作'徐'，盖三家之说也。《弟子职》云：'志无虚邪。'亦读如徐。虚徐，狐疑也。"[①] 当是。

班固《幽通赋》："宣、曹兴败于下梦兮，鲁、卫名谥于铭谣。"

思豪按，《文选》李善注："曹大家曰：'宣，周宣王也。'《毛诗》曰：'牧人乃梦，众维鱼矣。大人占之，众维鱼矣，实维丰年。'宣王竟中兴。"[②]《毛诗·小雅·无羊》："牧人乃梦：众维鱼矣，旐维旟矣。大人占之：众维鱼矣，实维丰年。"《毛诗序》："《无羊》，宣王考牧也。"《郑笺》："厉王之时，牧人之职废，宣王始兴而复之，至此而成，谓复先王牛羊之数。"曹，即指曹伯阳，春秋曹君，《左传》哀公七年、八年载宋景公灭曹而杀曹伯阳事。《汉书·叙传》颜师古注引应劭语曰："周宣王牧人梦众鱼与旐旟之祥，而中兴。曹伯阳国人梦众君子立于社宫，谋亡曹，而曹亡也。"[③] 班固赋合用《诗》《左传》本事而构思成句，其对诗意的理解可作一说。

班固《幽通赋》："要没世而不朽兮，乃先民之所程。观天网之纮覆兮，实棐谌而相顺。谟先圣之大繇兮，亦邻德而助信。"

《毛诗·小雅·小旻》："哀哉为犹，匪先民是程，匪大犹是经。"《毛传》："古曰在昔，昔曰先民。程，法；经，常；犹，道。"《郑笺》："哀哉今之君臣谋事，不用古人之法，不循大道之常。"思豪按：赋中此句录自

---

① 惠栋：《九经古义》卷五，《皇清经解》本。
② 萧统编，李善注：《文选》，第 211 页。
③ 班固：《汉书》，第 4221 页。

《汉书·叙传》第七十上。“谟先圣之大繇兮”中的“繇”，《文选》《艺文类聚》作“猷”字。《盐铁论·复古》：“《诗》云：‘哀哉为犹，匪先民是程，匪大犹是经，维迩言是听。’此诗人刺不通于王道，而善为权利者。”[①]王先谦谓：“桓用《齐诗》，引《诗》四句，明齐、毛文同。”又谓：“班固《幽通赋》‘乃先民之所程’，用齐经文”[②]，王氏认为班固世习《齐诗》，则“猷（犹）”当是，“繇”为误字，李善注即曰：“或作‘繇’字，误也。”班固此赋中句是反用《小旻》中诗句义，指出人死后当永垂不朽，这是先圣做出的楷模。人常当谋求先圣人的济世之道，也当为邻人所助。

班昭《东征赋》：“好正直而不回兮，精诚通于明神。”

《毛诗·小雅·小明》：“靖共尔位，好是正直。神之听之，介尔景福。”《毛传》：“靖，谋也。正直为正，能正人之曲曰直。介、景，皆大也。”《郑笺》：“共，具。好，犹与也。介，助也。神明听之，则将助女以大福。谓遭是明君，道施行也。”《毛诗·大雅·旱麓》：“岂弟君子，求福不回。”《郑笺》：“不回者，不违先祖之道。”思豪按，《礼记·表记》：“子曰：‘中心安仁者，天下一人而已矣。《大雅》曰：“德輶如毛，民鲜克举之。我仪图之，惟仲山甫举之，爱莫助之。”《小雅》曰：“高山仰止，景行行止。”’”又“子曰：‘有国者章好章恶，以示民厚，则民情不贰。《诗》云：“靖共尔位，好是正直。”’”[③]曹大家勉励其子要一心爱好正直而不乖违。

班昭《针缕赋》：“退逶迤以补过，似素丝之《羔羊》。”

《毛诗·召南·羔羊》：“羔羊之皮，素丝五紽。退食自公，委蛇委蛇。羔羊之革，素丝五緎。委蛇委蛇，自公退食。”《毛诗序》：“《羔羊》，《鹊巢》之功致也。召南之国，化文王之政，在位皆节俭正直，德如羔羊也。”

---

① 王利器校注：《盐铁论校注》，第79页。

② 王先谦撰，吴格点校：《诗三家义集疏》，第689、690页。

③ 郑玄注，孔颖达正义：《礼记正义》，阮元校刻：《十三经注疏》，第1640页。

《郑笺》："《鹊巢》之君积行累功，以致此《羔羊》之化。在位卿大夫竞相切化，皆如此羔羊之人。"思豪按：王先谦认为"（曹）大家学《齐诗》"[①]，赋中用《齐诗》义。《汉书·儒林传》谷永疏曰："王法纳乎圣听，出则参冢宰之重职，功列施乎政事，退食自公，私门不开，散赐九族，田亩不益。德配周召，忠合《羔羊》。"[②]王先谦认为谷永学《鲁诗》[③]，班赋"退""补过"盖与"私门不开""忠合羔羊"之义相似，齐、鲁义或同。魏源《诗序集义》："'退逶迤以补过，足抑苟进之风，私门不开，则贤可知矣。'注云：'曹大家赋、《后汉书·杨秉传》《儒林传》合成此谊，与《郑笺》减退膳食，率从公道异谊。'"[④]

**李尤《辟雍赋》："流水汤汤，造舟为梁。"**

《毛诗·卫风·氓》："淇水汤汤，渐车帷裳。"《毛诗·大雅·大明》："造舟为梁，不显其光。"赋用《诗》辞，具体分析见班固《东都赋》辟雍诗。

**李尤《东观赋》："臣虽顽卤，慕《小雅·斯干》叹咏之美。"**

《斯干》，《诗·小雅》篇名。《毛诗序》："《斯干》，宣王考室也。"《郑笺》："考，成也。德行国富，人民殷众而皆佼好，骨肉和亲，宣王于是筑宫庙，群寝既成而衅之，歌《斯干》之诗以落之，此之谓成室。宗庙成，则又祭祀先祖。"思豪按：《毛诗》未言其美。《汉书·刘向传》向疏曰："周德既衰而奢侈，宣王贤而中兴，更为俭宫室，小寝庙。诗人美之，《斯干》之诗是也，上章道宫室之如制，下章言子孙之众多也。"又扬雄《将作大匠箴》："《诗》咏宣王，由俭改奢。"张衡《东京赋》："改奢即俭，则合美乎《斯干》。"王先谦《集疏》认为刘、扬、张三人皆习《鲁诗》[⑤]，《鲁诗》

---

① 王先谦撰，吴格点校：《诗三家义集疏》，第 94 页。
② 班固：《汉书》，第 3605 页。
③ 王先谦撰，吴格点校：《诗三家义集疏》，第 94 页。
④ 魏源：《诗古微》，《续修四库全书》，第 77 册，第 314 页。
⑤ 详见王先谦撰，吴格点校：《诗三家义集疏》，第 648 页。

认为《斯干》是美宣王之作，李尤赋用《齐诗》义，盖齐、鲁诗义同。

张衡《思玄赋》："志团团以应悬兮，诚心固其如结。"

《毛诗·桧风·素冠》："劳心慱慱兮。"《毛传》："慱慱，忧劳也。"《郑笺》："劳心者，忧不得见。"思豪按：赋文录自《后汉书·张衡传》。"团团"，《文选》作"抟抟"，李善注引《毛诗》曰："劳心抟抟，忧劳也。"《说文解字》无"慱"字，今传《毛诗》盖误。钟麐《易书诗礼四经正字考》曰："'抟'即'劳心慱慱兮'之'慱'。'劳心慱慱兮'，《桧风·素冠》文。《说文》无'慱'字。《文选·思玄赋》：'志抟抟以应悬兮。'旧注：'抟抟，垂貌。'善曰：'《毛诗》劳心抟抟，忧劳也。'则'抟'即'慱'字。"[①] 又李善注引《毛诗·小雅·正月》"心之忧矣，如或结之"句解释"诚心固其如结"[②]，其实不当，《郑笺》曰："心忧如有结之者，忧今此之君臣，何一然为恶如是。"很明显，不能突出心诚如结之意。张衡赋句出自《诗·曹风·鸤鸠》："其仪一兮，心如结兮。"《毛传》："言执义一则用心固。"张衡赋化用《诗经》语句，借以诗中情感表达自己思慕古圣贤人，即使不得相见，仍然诚心如结，固不可解。

张衡《思玄赋》："何孤行之茕茕兮，孑不群而介立？感鸾鹥之特栖兮，悲淑人之稀合。"

思豪按，（张衡赋）旧注曰："茕茕，独也。介，特也。"李善注引《毛诗》曰："独行茕茕。"查今传《毛诗》无此句，只有《唐风·杕杜》有"独行踽踽""独行睘睘"语，未知何故。李善注引《毛诗·曹风·鸤鸠》"淑人君子，其仪不忒"句解释"悲淑人之稀合"[③]，不甚恰当。张衡赋当是用《诗·小雅·鼓钟》"忧心且悲，淑人君子，其德不回"诗句意。赋化用

① 钟麐：《易书诗礼四经正字考》卷三，刘氏嘉业堂刊本。
② 萧统编，李善注：《文选》，第 213 页。
③ 萧统编，李善注：《文选》，第 214 页。

《诗》句表达自己孤独无依，特立而不合群，忧伤君子善人有仁德而不遇合。

张衡《思玄赋》："览蒸民之多僻兮，畏立辟以危身。"

《毛诗·大雅·板》："民之多辟，无自立辟。"《毛传》："辟，法也。"《郑笺》："民之行多为邪僻者，乃女君臣之过，无自谓所建为法也。"思豪按，（张衡赋）旧注曰："览，观也。僻，邪也。《毛诗》曰：'民之多僻，无自立辟。'"今本《毛诗》两个"辟"字一样，旧本前一个作"僻"。又张衡《东京赋》"姬周之末，政由多僻"，亦作"僻"，《鲁诗》当如此。段玉裁《诗经小学》："按《传》：'辟，法也。'……盖汉时上作'僻'、下作'辟'，……自唐石经二字皆作'辟'，而朱子并下字释为邪矣。"[①]或是。《左传》宣公九年孔子引《诗》："民之多辟，无自立辟。"《左传》昭公二十八年晋叔游引《诗》："民之多辟，无自立辟。"或都为后人据唐石经本误改。《六臣注文选》吕延济注曰："览众人多行邪僻，若独立则被滥法以危其身。"[②]看到民众的行为多不符合道德准则，在这样的浊世中独循礼法就会危及到自身，张衡赋化用《诗》句，表达自己想不愿和光同尘，保持特立节操而不能的悲叹。

张衡《思玄赋》："袭温恭之黻衣兮，被礼义之绣裳。"

《毛诗·秦风·终南》："君子至止，黻衣绣裳。"《毛传》："黑与青谓之黻，五色谓之绣。"思豪按，《中论·爵禄第十》引《诗》云："君子至止，黻衣绣裳……"并解释说："黻衣绣裳，君子之所服也。爱其德，故美其服也。暴乱之君子，非无此服也，而民弗美也。"[③]王先谦认为徐幹习《鲁诗》，此《鲁诗》说，张衡盖亦用《鲁诗》义。鲁、毛文同。（张衡赋）旧注曰："袭，衣也。黻，黼也。五色备曰绣。"于鬯《香草校书》卷十三

① 段玉裁：《诗经小学》"民之多僻，无自立辟"条，《皇清经解》本，第183页。

② 刘跃进著，徐华校：《文选旧注辑存》，第2846页。

③ 徐幹撰，孙启治解诂：《中论解诂》，中华书局2014年版，第171—172页。

“黻衣绣裳”条曰：“抑黼黻二字对文则异，散文可通。故《文选》张衡《思玄赋》云：‘袭温恭之黻衣兮，被礼义之绣裳。’旧注云：‘黻，黼也。’以黼训黻，则并黻衣即黼衣、黻裘即黼裘矣。《记》云：‘唯君有黼裘以誓省，大裘非古也。’郑注云：‘僭天子也，天子祭上帝则大裘而冕。’然则黻裘正诸侯之服，张赋即本诗语。知李善所载旧注以黼训黻者，当本于诗旧说，殆三家义也。（陈乔枞据张衡《东京赋》说《斯干》与刘向合，定衡习《鲁诗》，而所辑《鲁诗遗说》不及此赋，则疏也。）”[①] 赋化用《诗》句，表达自己不同流合污，愿更好地加强自身的道德修养，保持温和恭敬和礼仪仁让的高尚质量。

张衡《思玄赋》：“遇九皋之介鸟兮，怨素意之不逞。”

《毛诗·小雅·鹤鸣》：“鹤鸣于九皋，声闻于野。”《毛传》：“兴也。皋，泽也。言身隐而名著也。”《郑笺》：“皋，泽中水溢出所为坎。自外数至九，喻深远也。鹤在中鸣焉，而野闻其鸣声。兴者，喻贤者虽隐居，人咸知之。”思豪按，《六臣注文选》吕延济注曰：“介，大也。言卜兆遇九皋。大鸟谓鹤也。亦怨其意不得申呈。”[②] 张衡赋化用《诗》意而反用之，借以表达自己原来的理想不得实现的忧怨之情。

张衡《思玄赋》：“处子怀春，精魂回移。如何淑明，忘我实多。”

《毛诗·召南·野有死麕》：“有女怀春，吉士诱之。”《毛传》：“怀，思也。春，不暇待秋也。诱，道也。”《郑笺》：“有贞女思仲春以礼与男会，吉士使媒人道成之。疾时无礼而言然。”思豪按，《淮南子·缪称训》：“春女思，秋士悲，而知物化矣。”高诱注曰：“春女感阳则思，秋士见阴而悲。”[③]

---

① 于鬯：《香草校书》，中华书局 1984 年版，第 258 页。

② 刘跃进著，徐华校：《文选旧注辑存》，第 2870 页。

③ 刘文典撰，冯逸、乔华点校：《淮南鸿烈集解》，第 330 页。

王先谦认为：“‘感阳则思’与‘怀春’义合，高用此诗鲁训。”[①] 张衡习《鲁诗》，盖也用此意。

《毛诗·秦风·晨风》：“如何如何，忘我实多！”《毛传》：“今则忘之矣。”《郑笺》：“此以穆公之意责康公，如何如何乎，女忘我之事实多。”思豪按：王先谦《集疏》谓张衡习《鲁诗》，则“忘我实多”，鲁、毛文同。张衡赋用此句，借玉女、宓妃之口，表达君对臣的忘弃和遗恨。

张衡《思玄赋》：“有无言而不雠兮，又何往而不复？”

《毛诗·大雅·抑》：“无言不雠，无德不报。”《毛传》：“雠，用也。”《郑笺》：“教令之出如卖物，物善则其售贾贵，物恶则其售贾贱。”思豪按，《毛诗正义》曰：“《笺》以用非雠之正训，且与报德连文，故以为雠报物价。”[②]《传》《笺》不同，孰为是？张衡《思玄赋》此句，《后汉书·张衡传》作“雠”，《文选》李善本作“酬”，盖《鲁诗》“雠”亦作“酬”，“酬”与“报”“复”义同。《礼记·表记》：“以德报德，则民有所劝，以怨报怨，则民有所惩。《诗》曰：‘无言不雠，无德不报。’”[③]“雠”与“报”同义。《文选》李善注曰：“迈德行仁，必贻后庆，如有言必酬，有往必复也。”《六臣注文选》吕向曰：“无言不酬，何往不复，此所以答咎繇之德也。”[④] 所解当是，朱熹《诗集传》释“雠”为“答”，盖由此出。

张衡《思玄赋》：“悲离居之劳心兮，情悁悁而思归。魂眷眷而屡顾兮，马倚辀而徘徊。”

思豪按，《文选》李善注引《毛诗》曰：“劳心悁悁。”然查今本《毛诗》，并无此句，仅有《陈风·泽陂》：“寤寐无为，中心悁悁。”《毛传》：

① 王先谦撰，吴格点校：《诗三家义集疏》，第 112 页。

② 毛亨传，郑玄笺，孔颖达疏：《毛诗正义》，阮元校刻：《十三经注疏》，第 555 页。

③ 郑玄注，孔颖达正义：《礼记正义》，阮元校刻：《十三经注疏》，第 1639 页。

④ 刘跃进著，徐华校：《文选旧注辑存》，第 2923 页。

"悁悁，犹悒悒也。"《毛诗·小雅·小明》："念彼共人，睠睠怀顾！岂不怀归？畏此谴怒。"《郑笺》："睠睠，有往仕之志也。"又《文选》李善注曰："《韩诗》曰：'眷眷怀顾。'《毛诗》曰：'屡顾尔仆。'"[①]故鲁、韩文同。"屡顾尔仆"出自《小雅·正月》，《郑笺》："屡，数也。……顾，犹视也，念也。"赋化用《诗》辞表达离别故居，心中忧伤的思乡之情。

张衡《思玄赋》："天不可阶仙夫希，《柏舟》悄悄吝不飞。"

《柏舟》，《诗经·邶风》和《鄘风》均有此篇名。此应当是指《邶风·柏舟》，其云："忧心悄悄，愠于群小。觏闵既多，受侮不少。静言思之，寤辟有摽。日居月诸，胡迭而微？心之忧矣，如匪浣衣。静言思之，不能奋飞。"《毛传》："愠，怒也。悄悄，忧貌。不能如鸟奋翼而飞去。"《郑笺》："群小，众小人在君侧者。臣不遇于君，犹不忍去，厚之至也。"《毛诗序》："《柏舟》，言仁而不遇也。卫顷公之时，仁人不遇，小人在侧。"《郑笺》："不遇者，君不受己之志也。君近小人，则贤者见侵害。"思豪按：张衡赋盖用《鲁诗》义。《文选》注："愠，怨也。悄悄，忧貌。群小，众小人在君侧也。吝，恨也。……不如鸟奋翼而飞去。臣不遇于君，犹不忍去，厚之至也。"[②]这句话出现在赋的末尾"系曰"中，《后汉书·思玄赋》李贤注曰："衡亦不遇其时，而为宦者所馋，故引以自谕也。"[③]张衡性格正直不阿，但他所处的是东汉和、安、顺三朝，政治昏暗，宦官专权，张衡即饱受宦官的嫉恨，《后汉书·张衡传》曰："（衡）后迁侍中，（顺）帝引在帷幄，讽议左右。尝问衡天下所疾恶者。宦官惧其毁已，皆共目之，衡乃诡对而出。阉竖恐终为其患，遂共馋之。衡常思图身之事，以为吉凶倚伏，幽微难明，乃作《思玄赋》，以宣寄情志。"[④]赋用《柏舟》诗义当

① 萧统编，李善注：《文选》，第 222 页。

② 萧统编，李善注：《文选》，第 222 页。

③ 范晔：《后汉书》，第 1939 页。

④ 范晔：《后汉书》，第 1914 页。

如是。

张衡《西京赋》："汉氏初都，在渭之涘。"

《毛诗·大雅·大明》："在洽之阳，在渭之涘。"《毛传》："洽，水也。渭，水也。涘，厓也。"思豪按：赋用《大明》中成句，明鲁、毛文同。汉代在涉及东、西京之争时，描写西京多用《诗经》中词句、义理。

张衡《二京赋》用《小雅·斯干》诗有三处：《西京赋》："狭百堵之侧陋，增九筵之迫胁。"《东京赋》："西南其户，匪雕匪刻。"《东京赋》："改奢即俭，则合美乎《斯干》。"

思豪按，《文选·西京赋》旧注引《诗》曰："筑室百堵，今以为陋。"未知出自何诗。《毛诗·小雅·斯干》："筑室百堵，西南其户。"《郑笺》："此筑室者，谓筑燕寝也。百堵，百堵一时起也。"赋化用《诗》辞。又"西南其户"，《毛传》："西乡户、南乡户也。"《文选》薛综注曰："不雕不刻，尚质也。言殿舍之多，其户或西或南也。"[①] 张衡赋用《斯干》诗成句，一方面突出大殿内的门户众多；另一方面也赞扬汉光武帝崇尚节俭，安居于此，正是古朴礼制的体现，即如下文所言"奢未及侈，俭而不陋言"，皆合于礼。王先谦认为刘、扬、张三人皆习《鲁诗》（具体分析见本章李尤《东观赋》"臣虽顽卤，慕《小雅·斯干》叹咏之美"条疏解），《鲁诗》认为《斯干》是美宣王之作，张赋此处则是借《诗》"美宣王"之义赞美光武帝。又《文选·东京赋》李善注："《韩诗》曰：'宋襄公去奢即俭'。"《汉书·翼奉传》载翼奉针对"宫室苑囿，奢泰难供，以故民困国虚，亡累年之畜"，乃上疏曰："必有五年之余蓄，然后大行考室之礼。"颜师古注："《诗·小雅·斯干》之诗序曰：'《斯干》，宣王考室也。'故奉引之。"[②] 翼

---

① 萧统编，李善注：《文选》，第55页。

② 班固：《汉书》，第3175—3178页。

奉习《齐诗》，亦为俭宫室之意。因此王先谦认为翼奉“与刘、扬、张、蔡说合，然则此诗鲁、齐同义矣。韩说当同”[①]。盖是。

张衡《西京赋》：“嘉木树庭，芳草如积。高门有闶，列坐金狄。”

思豪按，《文选》李善注曰：“《韩诗》曰：‘绿蓄如簀。’簀。积也。薛君曰：‘簀，绿蓄盛如积也，蓄，音竹。’”[②]《毛诗·卫风·淇奥》：“瞻彼淇奥，绿竹如箦。”《毛传》：“箦，积也。”陈乔枞曰：“案：毛、韩并训‘箦’为‘积’，是以‘箦’为‘积’之假借。”[③]《西京赋》“芳草如积”，即用《诗经》语，衡习《鲁诗》，或鲁即作“菉竹如积”。《六臣注文选》李周翰曰：“言嘉木芳草积之于庭。如积，言多也。”[④]

《毛诗·大雅·绵》：“迺立皋门，皋门有伉。”《毛传》：“王之郭门曰皋门。伉，高貌。”思豪按，《玉篇·门部》引《诗》云：“高门有闶”，王先谦认为“此《韩诗》也”，故鲁、韩文同。钱人龙《读毛诗日记》曰：“‘皋门有伉。’《传》：‘伉，高貌。’案：《说文·人部》：‘伉，人名。’不训高。《部首》：‘亢，人颈也，从大省。’高、大一义，则‘亢’有‘高’义可知。……‘伉’从‘亢’声，作‘亢’但取其声。……《文选·西京赋》《魏都赋》两言‘高门有闶’（高、皋声假），《释文》云：‘伉，《韩诗》作闶。’知张衡、左思所据为《韩诗》矣。（《吴都赋》引‘高闱有闶’，《太平御览》一百八十二引‘东门有闶’，疑‘闱’与‘东’即‘门’‘皋’两字之误）《说文》无‘闶’，为‘亢’之俗。”[⑤]马国翰曰：“《文选》张平子《西京赋》、左太冲《魏都赋》并有‘高门有闶’语，李善注一云：‘《毛诗》曰：高门有伉，与闶同。’一云：‘毛治美古公亶父曰：高门有闶。’‘毛

① 王先谦撰，吴格点校：《诗三家义集疏》，第649—650页。

② 萧统编，李善注：《文选》，第39页。

③ 陈乔枞：《诗经四家异文考》，《续修四库全书》，第75册，第496页。

④ 刘跃进著，徐华校：《文选旧注辑存》，第250页。

⑤ 钱人龙：《读毛诗日记》“皋门有伉”条，见雷浚、汪之昌编：《学古堂日记》，光绪二十年续刊本。

治’二字当有讹误。《玉篇·门部》引《诗》亦作‘阅’，据《韩诗》也。《周礼·天官·阍人》疏引《诗》作‘亢’，则唐时《毛诗》本或作‘亢’也。”[①] 张衡赋用《诗》成句。

张衡《西京赋》：“寔蕃有徒，其从如云。”

《毛诗·齐风·敝笱》：“齐子归止，其从如云。”《毛传》：“如云，言盛也。”《郑笺》：“其从，侄娣之属。言文姜初嫁于鲁桓之时，其从者之心意如云然，云之行顺风耳。后知鲁桓微弱，文姜遂淫恣，从者亦随之为恶。”思豪按：赋用《诗经》成句，描写西京游侠刺客附从如密集的层云。王先谦谓：“张衡《西京赋》‘其从如云’，知鲁、毛文同。”[②]“寔蕃有徒”句，出自《尚书·仲虺之诰》，汉赋引经典，《诗》《书》连用的现象比较多。

张衡《西京赋》：“封畿千里，统以京尹。”

思豪按，《文选》李善注引《毛诗》曰：“邦畿千里，惟民所止。”但《六臣注文选》中李善注引《毛诗》曰：“封畿千里，惟民所止。”[③] 今传《毛诗·商颂·玄鸟》作：“邦畿千里，维民所止。”《毛传》：“畿，疆也。”又班固《西都赋》云：“封畿之内，厥土千里。”盖是汉人避高祖刘邦讳，故改“封”。“邦”“封”字通。张衡赋用《诗经》成句来形容西京都城所辖范围的广袤。

张衡《西京赋》：“麀鹿麌麌，骈田偪仄。”

《毛诗·小雅·吉日》：“兽之所同，麀鹿麌麌。”《毛传》：“鹿牝曰麀。麌麌，众多也。”《郑笺》：“同，犹聚也。麕牡曰麌。麌复麌，言多也。”思豪按：《文选》李善注引《毛诗》“麀鹿攸伏”释义，恐未尽善也。张衡赋

---

① 马国翰：《目耕帖》卷十九，《玉函山房辑佚书》，《续修四库全书》，第1205册，第353页。

② 王先谦撰，吴格点校：《诗三家义集疏》，第390页。

③ 刘跃进著，徐华校：《文选旧注辑存》，第330页。

用《鲁诗》，明鲁、毛文同。徐鼒《读书杂释》“麀鹿麌麌”条曰：“《说文·口部》：‘噳，麋鹿群口相聚貌。从口，虞声。《诗》曰：“麀鹿噳噳。”’今作‘麌麌’。按毛传曰：‘麌麌，众多也。’郑笺曰：‘麕牡曰麌麌。复麌，言多也。’《小尔雅·广训》云：‘语其众也。’张衡《西京赋》、郭璞《尔雅》注均引作‘麀鹿麌麌’，与许氏异，则《说文》所引，或亦出于三家。”[①]赋用《诗经》成句，形容上林苑中群鹿密密麻麻，会聚密集，以示物产丰饶。

张衡《西京赋》：“戴翠帽，倚金较。”

《毛诗·卫风·淇奥》：“宽兮绰兮，猗重较兮。”《毛传》：“重较，卿士之车。”思豪按：王先谦《集疏》认为“猗”三家诗作“倚”[②]，张衡赋用《鲁诗》，描写用翠羽作为车盖，用黄金来装饰重较，形容车架华丽至极。

张衡《西京赋》：“属车之簉，载猃獥獢。”

思豪按：赋文录自《文选》李善本，“獥”六臣本《文选》作“猲”，胡克家《考异》谓应作“猲”[③]，当是。《毛诗·秦风·驷驖》：“輶车鸾镳，载猃歇獢。”《毛传》：“猃、歇獢，皆田犬也。长喙曰猃，短喙曰歇獢。”《郑笺》：“载，始也。始田犬者，谓达其搏噬，始成之也。此皆游于北园时所为也。”《西京赋》郭注曰：“张赋所据《鲁诗》之文。”盖《鲁诗》作“猲獢”，鲁、毛文不同。惠栋《毛诗古义》曰：“朱子谓以车载犬，休其无太，恐非重人贱畜之义。张衡《西京赋》云‘属车之簉，载猃猲獢’，宁得谓以副车载犬邪？盖文似相连，而意不属耳。”[④]张赋用《诗经》成句，形容天子车架之盛。

① 徐鼒撰，阎振益、钟夏点校：《读书杂释》，第235页。
② 王先谦撰，吴格点校：《诗三家义集疏》，第272页。
③ 萧统编，李善注：《文选》，第845页。
④ 惠栋：《九经古义》卷五。

张衡《西京赋》：“慕贾氏之如皋，乐《北风》之同车。盘于游畋，其乐只且。”

《毛诗·邶风·北风》：“北风其凉，雨雪其雱。惠而好我，携手同行。”“北风其凉，雨雪其雱。”《毛传》：“兴也。北风，寒凉之风。雱，盛貌。”《郑笺》：“寒凉之风，病害万物。兴者，喻君政教酷暴，使民散乱。”“惠而好我，携手同行。”《毛传》：“惠，爱；行，道也。”《郑笺》：“性仁爱而又好我者，与我相携持同道而去，疾时政也。”《毛诗序》：“《北风》，刺虐也。卫国并为威虐，百姓不亲，莫不相携持而去焉。”思豪按：《毛诗》主刺，张衡赋用《诗》似无此意。《易林·噬嗑之乾》：“北风相牵，提笑语言。伯歌叔舞，燕乐以喜。”又《否之损》云：“秋风牵手，相提笑语。伯歌季舞，燕乐以喜。”[①] 盖是卫地贤者相约隐逸之词，是为《齐诗》说。从语义角度来看，张衡赋似乎与《齐诗》说相近，表明宫女乐与君子同游，但这也是一种反讽。《毛诗·王风·君子阳阳》：“君子阳阳，左执簧，右招我由房，其乐只且！”《郑笺》：“君子遭乱，道不行，其自乐此而已。”鲁、毛文同。又“慕贾氏之如皋”，出自《左传》昭公二十八年，其载：“昔贾大夫恶，取妻而美，三年不言不笑，御以如皋，射雉，获之。其妻始笑而言。”[②] 后宫昭仪、嬖人“盘于游畋”，出自《尚书·无逸》：“文王不敢盘于游田。”[③] 张衡赋反用《尚书》义。张衡赋中此段话均是反用经典的含义来讽刺君上，表面上是天子与后宫祝妾都陶醉在游猎欢歌之中，快乐无比，其实接下来就转向“于是鸟兽殚，目观穷”，鸟兽差不多都打光了，田猎的景象也观赏够了，讽意毕现。

张衡《西京赋》：“尔乃逞志究欲，穷身极娱。鉴戒唐诗，他人是媮。”

《毛诗·唐风·山有枢》：“子有衣裳，弗曳弗娄。子有车马，弗驰弗

① 焦延寿著，尚秉和注：《焦氏易林注》，第 167、98 页。

② 杜预：《春秋左传集解》，第 1567 页。

③ 李民、王健撰：《尚书译注》，上海古籍出版社 2004 年版，第 315 页。

驱。宛其死矣，他人是愉。”《毛传》：“宛，死貌。愉，乐也。”《郑笺》：“愉，读曰偷。偷，取也。”《毛诗序》：“《山有枢》，刺晋昭公也。不能修道以正其国，有财不能用，有钟鼓不能以自乐，有朝廷不能洒扫，政荒民散，将以危亡，四邻谋取其国家而不知，国人作诗以刺之也。”思豪按：《毛诗》以为《山有枢》刺晋昭公。《汉书・地理志》：“《山枢》之篇曰：‘宛其死矣，它人是媮。’”[①]《齐诗》写作“媮”，与《毛诗》不同。张衡赋亦作“媮”，明鲁、齐文同，薛综注曰：“《唐诗》，刺晋僖公不能及时以自娱乐，曰：‘子有衣裳，弗曳弗娄。宛其死矣，他人是媮。’言今日之不极意恣娇，亦如此也。”[②]可知《鲁诗》谓《山有枢》是刺晋僖公之作，与《毛诗》异义。张衡赋化用《诗》句，以描写当时京都贵族及时享乐的风气，为《东京赋》的讽刺做好铺垫。

张衡《西京赋》：“独俭啬以龌龊，忘《蟋蟀》之谓何？”

思豪按：《蟋蟀》诗分析，参见傅毅《舞赋》“哀《蟋蟀》之局促”条。张衡赋盖用《鲁诗》说。薛综注曰：“俭啬，节爱也。《蟋蟀》，《唐诗》，刺俭也。言独为节爱，不念《唐诗》所刺邪？”[③]《西京赋》中的及时享乐、恣娇戏娱之词，皆出自凭虚公子之口，都是虚的，是《东京赋》中安处先生所要否定的对象。

张衡《东京赋》：“周姬之末，不能厥政，政用多僻。”

思豪按，《毛诗・大雅・板》：“民之多辟，无自立辟。”《毛传》：“辟，法也。”《郑笺》：“民之行多为邪僻者，乃女君臣之过，无自谓所建为法也。”《毛诗序》：“《板》，凡伯刺厉王也。”《文选》李善注引《毛诗》曰“民之多僻”，与今传《毛诗》文有异，详参张衡《思玄赋》“览蒸民之多

---

① 班固：《汉书》，第 1648 页。

② 萧统编，李善注：《文选》，第 50 页。

③ 萧统编，李善注：《文选》，第 50 页。

僻兮，畏立辟以危身”条分析。薛综注曰：“姬，周姓也。末，谓幽、厉二主。周末世之王，多邪僻之政也。”[①]

张衡《东京赋》：“惵惵黔首，岂徒跼高天，蹐厚地而已哉？乃救死于其颈！”

《毛诗·小雅·正月》：“谓天盖高，不敢不局。谓地盖厚，不敢不蹐。”《毛传》：“局，曲也。蹐，累足也。”《郑笺》：“局蹐者，天高而有雷霆，地厚而有陷沦也。此民疾苦王政，上下皆可畏怖之言也。”思豪按：王先谦认为张衡习《鲁诗》，《鲁诗》作“跼”，而《毛诗》作“局”，鲁、毛文不同。[②]此说可商榷。《文选》李善注引《毛诗》即作“谓天盖高，不敢不跼”，与《鲁诗》文同。《说苑·敬慎》：“孔子论《诗》，至于《正月》之六章，戄然曰：‘不逢时之君子，岂不殆哉！从上依世则废道；违上离俗则危身；世不与善，已独由之，则曰非妖则孽也。是以桀杀关龙逢，纣杀王子比干。故贤者不遇时，常恐不终焉。《诗》曰：“谓天盖高，不敢不跼；谓地盖厚，不敢不蹐。”此之谓也。’”[③]刘向习《鲁诗》，张衡赋化用此意而作为比照的对象，形容秦时之民，比跼高天、蹐厚地的境遇更恐怖，昼夜都畏惧有杀头之祸。

张衡《东京赋》：“召伯相宅，卜惟洛食。周公初基，其绳则直。”

《毛诗·大雅·崧高》：“王命召伯，定申伯之宅。登是南邦，世执其功。”《毛传》：“召伯，召公也。登，成也。功，事也。”《郑笺》：“之，往也。申伯忠臣，不欲离王室，故王使召公定其宅，令往居谢，成法度于南邦，世世持其政事，传子孙也。”思豪按：谢，周之南国。赋中此句是说召公占卜相宅洛邑事，薛综注曰：“相，视也。宅，居也。惟，有也。食，谓

---

① 萧统编，李善注：《文选》，第 51 页。

② 详见王先谦撰，吴格点校：《诗三家义集疏》，第 668 页。

③ 刘向撰，向宗鲁校证：《说苑校证》，第 261 页。

吉兆。谓初造洛邑，召公先相宅，卜之吉，周公绳度之，合于制度。”[①]《毛诗·大雅·绵》：“其绳则直，缩版以载，作庙翼翼。”《文选》李善注引毛苌曰：“言不失绳直之宜也。”[②]今传《毛传》曰：“言不失绳直也。”略有不同。《郑笺》：“绳者，营其广轮方制之正也。”张衡赋用《鲁诗》，明鲁、毛文同。

张衡《东京赋》：“京邑翼翼，四方所视。”

《毛诗·商颂·殷武》：“商邑翼翼，四方之极。”《毛传》：“商邑，京师也。”《郑笺》：“极，中也。商邑之礼俗翼翼然可则效，乃四方之中正也。”思豪按，王先谦谓：“三家作‘京邑翼翼，四方是则。”[③]《后汉书·樊准传》载准上《论灾异疏》曰：“夫建化致理，由近及远，故《诗》曰：‘京师翼翼，四方是则。’”李贤注曰：“《韩诗》之文也，翼翼然，盛也。”[④]《白虎通·京师》：“京师者，何谓也？千里之邑号也。京，大也。师，众也。……《春秋传》曰：‘京师，天子之居也。’《王制》曰：‘天子之田方千里。’或曰：‘夏曰夏邑，殷曰商邑，周曰京师。’”[⑤]据此，皮锡瑞认为：“是周以前天子所居无‘京师’之称。三家以此为周人作，故据周人所称曰‘京师’‘京邑’。毛以为商人作，故据商人所称曰‘商邑’也。”[⑥]当是。王念孙认为《郑笺》释意兼用《韩诗》义，王引之《经义述闻》“商邑翼翼，四方之极”条列《郑笺》后云：“家大人曰：此兼用《韩诗》说也。……是《韩诗》‘之极’作‘是则’，正取‘则效’之义。郑君先治《韩诗》，故本之以作此《笺》也。”又曰：“《齐诗》亦作‘是则’，匡衡，传《齐诗》者（见《汉书·儒林传》），《汉纪·元帝纪》载衡疏曰：‘《诗》云：“京邑翼

① 萧统编，李善注：《文选》，第54页。
② 萧统编，李善注：《文选》，第54页。
③ 王先谦撰，吴格点校：《诗三家义集疏》，第1119页。
④ 范晔：《后汉书》，第1127—1128页。
⑤ 陈立撰，吴则虞点校：《白虎通疏证》，第160—161页。
⑥ 王先谦撰，吴格点校：《诗三家义集疏》，第1120页。

翼，四方是则。”今长安，天子之都也，亲承圣化，其习俗无以异于远方，郡国来者无所法则，或见侈靡而仿效之。’[①]曰法则、曰仿效，即承‘四方是则’而言之也。”[②]据此知齐、韩《诗》作“四方是则”，有仿效、法则之意。王先谦《集疏》：“张赋作‘所视’者，改文以合韵也。”[③]高步瀛《文选李注义疏》云：“胡绍煐曰：……此赋作‘京邑翼翼，四方所视’，则非齐，非韩，非毛。盖平子约举《诗》辞以凑韵耳。案：胡氏说是，然平子固治《鲁诗》者也。”[④]

张衡《东京赋》：“曰止曰时，昭明有融。”

《毛诗·大雅·绵》：“曰止曰时，筑室于兹。”《郑笺》：“时，是；兹，此也。卜从则曰可止居于是，可作室家于此。定民心也。”《毛诗·大雅·既醉》：“昭明有融，高朗令终。”《毛传》：“融，长；朗，明也。始于飨燕，终于享祀。”《郑笺》：“有，又；令，善也。天既与女以光明之道，又使之长有光明之誉，而以善命终，是其长也。”明鲁、毛文同。薛综注曰：“曰，辞也。时，是也。融，长也。言当止居是洛邑，必有昭明之德，长久之道也。”[⑤]张衡赋合用《诗》辞，且与赋中整段合韵。

张衡《东京赋》：“启南端之特闱，立应门之将将。”

《毛诗·大雅·绵》：“迺立应门，应门将将。”《毛传》：“王之正门曰应门。将将，严正也。美大王……作正门以致应门焉。”张衡赋化用《诗》辞，由四言变为六言，描写汉明帝翻新南宫崇德殿，开辟南宫的正大门，

---

① 按：《汉纪》之文本于《汉书·匡衡传》，而《传》载匡衡疏作“商邑翼翼，四方之极”，与《汉纪》不同，王引之以为今之《汉书》所见是“后人以《毛诗》改之也”。详见王引之：《经义述闻》卷七，第176—177页。

② 王引之：《经义述闻》卷七，第176—177页。

③ 王先谦撰，吴格点校：《诗三家义集疏》，第1119页。

④ 高步瀛著，曹道衡、沈玉成点校：《文选李注义疏》，中华书局1985年版，第544页。

⑤ 萧统编，李善注：《文选》，第54页。

庄严威武，从而显示出天子仁惠的美德。

张衡《东京赋》："经始勿亟，成之不日。"

《灵台》诗分析见班固《东都赋》"乃经灵台"条。思豪按，赵岐《孟子章句》一："《诗》云：'经始灵台，经之营之。庶民攻之，不日成之。经始勿亟，庶民子来。'《诗·大雅·灵台》之篇，言文王始初经营规度此台，众民并来。始作之而不与之相期日限，自来成之，文王不督促使之亟疾。众民自来赴，若子来为父使之也。"王先谦认为这是《鲁诗》说。[①]《东京赋》薛综注曰："成之不日，言不用一日即成。"[②]薛注盖有误，非不用一日就成，这里不是说建成速度之快，而是说不限制建成的日期，让经营的人不慌不忙，避免让他们过度劳苦。杨慎《升庵经说》"不日成之"条曰："古注：'不设期日也。'今注：'不终日也。'愚按：不设期日，既见文之仁，亦于事理为协。若曰不终日，岂有一日可成一台者？此古注所以不可轻易也。"[③]杨修《许昌宫赋》"黎民子来，不督自成"，陈琳《客难》"西伯营台，功不浃日"，亦是此意。张衡赋化用《诗》辞、借用《诗》义来赞美明帝的美德。

张衡《东京赋》："夏正三朝，庭燎皙皙。"

《毛诗·小雅·庭燎》："夜如何其？夜未艾，庭燎晰晰。"《毛传》："艾，久也。晰晰，明也。"思豪按：张衡习《鲁诗》，鲁、毛文有异。钟麐《易书诗礼四经正字考》"皙即庭燎晰晰之晰"条曰："'庭燎晰晰'，《小雅·庭燎》文。《说文·日部》：'晢，昭晢，明也。从日，折声。《礼》曰：晢明行事。'《释文》：'晰，本又作晢。'"[④]张衡赋用《诗》成句，描写颁布

---

① 王先谦撰，吴格点校：《诗三家义集疏》，第863页。

② 萧统编，李善注：《文选》，第56页。

③ 杨慎：《升庵经说》卷五，《丛书集成初编》，商务印书馆1936年版，第90页。

④ 钟麐：《易书诗礼四经正字考》卷三。

典礼，施行教化的场所：夏历正月初一那天，宫廷大殿上灯火通明，光耀夺目，形容场面的隆重而庄严。

张衡《东京赋》："上下通情，式宴且盘。"

《毛诗·小雅·南有嘉鱼》："君子有酒，嘉宾式燕以乐。"《郑笺》："君子，斥时在位者也。式，用也。用酒与贤者燕饮而乐也。"思豪按：盘，乐也。张衡习《鲁诗》，"燕"，鲁作"宴"。刘向《列女传·鲁季敬姜传》："《诗》曰：'我有旨酒，嘉宾式讌以乐。'言尊贤也。"据此，王先谦《集疏》认为《鲁诗》"燕"作"讌"[①]，而未录此条，张衡习《鲁诗》，"燕"，鲁亦作"宴"，可补入。张衡赋化用《诗》辞，描写汉代君臣欢乐和悦的宴饮场面。

张衡《东京赋》："銮声哕哕，和铃鉠鉠。"

《毛诗·鲁颂·泮水》："其旂茷茷，鸾声哕哕。"《毛传》："哕哕，言其声也。"思豪按：张衡习《鲁诗》，知鲁"鸾"作"銮"。《毛诗·周颂·载见》："龙旂阳阳，和铃央央。"《毛传》："龙旂阳阳，言有文章也。和在轼前，铃在旂上。"王先谦谓："衡习《鲁诗》，是鲁作'鉠鉠'也。"[②]张衡赋用《诗》成句，描写车架的车衡、车轼上铃铛叮当和鸣的情景。

张衡《东京赋》："盛夏后之致美，爰敬恭于明神。"

《毛诗·大雅·云汉》："敬恭明神，宜无悔怒。"思豪按，马国翰曰："'敬恭明神'，《释文》出'明祀'云：'本或作明神。'今注疏本作'明神'，载《释文》：'本或作明祀。'两文互倒。案：《文选》陆士衡《答张士然》诗注引《毛诗》曰：'敬恭明祀。'又见洪适《隶释二·西岳华山亭

---

① 王先谦撰，吴格点校：《诗三家义集疏》，第593—594页。

② 王先谦撰，吴格点校：《诗三家义集疏》，第1032页。

碑》。”[①]《郑笺》：“肃事明神如是，明神宜不恨怒于我，我何由常遭此旱也。”据此知“宜无悔怒”必是从“明神”出，“明祀”怎能恨怒？今存《郑笺》及《孔疏》本皆作“明神”。《文选》陆士衡诗注引《毛诗》作“敬恭明祀”，然张衡此赋李善注引《毛诗》又作“敬恭明神”，本身即有矛盾。盖汉人之说不可轻疑，不可妄为改易！张衡赋化用《诗》辞四言为六言。

张衡《东京赋》：“躬追养于庙祧，奉蒸尝与禴祠。……毛炰豚胉，亦有和羹。”

《毛诗·小雅·天保》：“禴祠烝尝，于公先王。”《毛传》：“春曰祠，下曰禴，秋曰尝，冬曰烝。公，事也。”思豪按，王先谦谓：“‘蒸’正字，‘烝’借字。《五经文字·艸部》云：‘蒸，《尔雅》以为祭名，其经典祭、烝多去艸部，以此为薪、蒸。’今观汉人引《诗》多作‘蒸’，则去‘艸’非也。”[②]又邵宝《〈小雅·天保〉“禴祠烝尝”之简》曰：“‘祠禴尝烝’，时祭之序也。禴上于祠，以谐声故，尝下于烝，以协韵故。”[③]张衡赋中将蒸尝置于禴祠前，以与“代”“思”协韵故也。赋化用《诗》句四言为六言，谓四季不废祭礼。

《毛诗·商颂·烈祖》：“亦有和羹，既戒既平。”《郑笺》：“和羹者，五味调，腥熟得节，食之，于人性安和，喻诸侯有和顺之德也。”郑玄以“和羹”有比兴义。思豪按，周象明《事物考辨》“和羹”条曰：“《同异录》：《烈祖》之篇曰：‘亦有和羹，既戒既平。’据此诗上文，不过直陈祭祀时酒与羹耳。初不及诸侯也，康成以和羹喻诸侯有和顺之德，失其旨矣。总之，《诗》有赋体，而郑以为兴者，往往失之，不独此诗为然也。”[④]周象明不赞同郑意，认为“亦有和羹”只是铺陈酒、羹佳肴罢了，观张衡赋将

① 马国翰：《目耕帖》卷二十，《玉函山房辑佚书》，《续修四库全书》，第1205册，第389页。

② 王先谦撰，吴格点校：《诗三家义集疏》，第578页。

③ 邵宝：《〈小雅·天保〉“禴祠烝尝”之简》，《简端录》，文渊阁《四库全书》，第184册，第605—606页。

④ 周象明：《事物考辨》卷五，《四库全书存目丛书》，齐鲁书社1997年版。

“和羹”与“毛炰”“豚胉”并列，盖是赋耳。

张衡《东京赋》：“春日载阳，合射辟雍。设业设虡，宫悬金镛。鼖鼓路鼗，树羽幢幢。……《王夏》阕，《驺虞》奏。决拾既次，彫弓斯彀。”

思豪按，《毛诗·豳风·七月》：“春日载阳，有鸣仓庚。”鲁、毛文同。《毛诗·周颂·有瞽》：“设业设虡，崇牙树羽。”鲁、毛文同。《毛诗·小雅·车攻》：“决拾既佽，弓矢既调。”《毛传》：“决，钩弦也。拾，遂也。佽，利也。”《郑笺》：“佽，谓手指相次比也。”曾钊《诗毛郑异同辨》曰：“《毛传》之例，前后义同者不复出。《唐风》：‘胡不佽焉？’《传》：‘佽，助也。’此《传》云：‘佽，利也。’则二义不同可知矣。”[①] 张衡习《鲁诗》，盖《鲁诗》“佽”作“次”。赋云“决拾既次，彫弓斯彀”，次与彀并举，彀者，圆、满也。于省吾据《东京赋》所引，指出“次”读为“齐”，以为此犹言“决拾既具，决拾既备”。[②] 盖是。薛综注曰：“《王夏》，乐名也。天子初出奏也。阕，终也。”[③]《周礼·春官·大司乐》曰：“大射，王出入，令奏《王夏》。及射，令奏《驺虞》。”[④] 赋中此段写阳春三月，天子和诸侯臣子在辟雍宫举行大射之礼，装饰精美的钟鼓和其他礼仪物品都已放置齐备，且都符合一定的仪容和法度，等待天子的降临。天子来临，乐队奏完《王夏》乐章，接下来又奏《驺虞》之乐。天子戴上扳指，用以钩弦，张满弓弩准备射箭。

张衡《东京赋》：“敬慎威仪，示民不偷。我有嘉宾，其乐愉愉。”

《毛诗·大雅·抑》：“敬慎威仪，维民之则。”《郑笺》：“则，法也。”《毛诗·小雅·鹿鸣》：“我有嘉宾，德音孔昭。视民不恌，君子是则是效。”

① 曾钊：《诗毛郑异同辨》卷一，清道光间南海曾氏面城楼刻本。

② 于省吾：《泽螺居诗经新证》，中华书局 1982 年版，第 22 页。

③ 萧统编，李善注：《文选》，第 61 页。

④ 郑玄注，贾公彦疏：《周礼注疏》，阮元校刻：《十三经注疏》，第 791 页。

《毛传》："恌，愉也。是则是效，言可法效也。"《郑笺》："德音，先王道德之教也。孔，甚；昭，明也。视，古示字也。饮酒之礼，于旅也语。嘉宾之语先王德教甚明，可以示天下之民，使之不愉于礼义，是乃君子所法效，言其贤也。"思豪按，《文选》李善注："《毛诗》曰：'敬慎威仪。''视民不佻。'毛苌曰：'佻，偷也。'"[1]李善注引《毛诗》及毛苌注与今存《毛诗》文有异。张衡赋"示"作"视"，《鲁诗》文如此。张衡赋合取《诗》辞，写汉朝天子恭敬谨慎，在典礼中时刻注意自己的动作仪态和待人接物的礼节，以自己庄重威严的形象来告诫自己的臣民们也要淳朴厚道，只有这样，我的贵客们在一起才其乐也融融。"偷""愉"合韵，也是一种文学化的创作。

张衡《东京赋》："悉率百禽，鸠诸灵囿。兽之所同，是谓告备。乃御小戎，抚轻轩，中畋四牡，既佶且闲。……陈师鞠旅，教达禁成。火列具举，武士星敷。"

《毛诗·小雅·吉日》："悉率左右，以燕天子。"《毛传》："驱禽之左右，以安待天子。"《郑笺》："率，循也。悉驱禽顺其左右之宜，以安待王之射也。"《毛诗·大雅·灵台》："王在灵囿。"《毛传》："囿，所以养禽兽也，天子百里，诸侯四十里。灵囿，言灵道行于囿也。"王先谦认为张衡用鲁经文[2]。薛综注曰："悉，尽也。率，敛也。鸠，聚也。囿，苑也。谓集禽兽于灵囿之中。"[3]赋取《诗》辞，将鸟兽驱赶到一起，汇聚到皇家的灵苑里。

《毛诗·小雅·吉日》："兽之所同，麀鹿麌麌。"《郑笺》："同，犹聚也。"王先谦《集疏》谓张衡用鲁经文，明鲁、毛文同。薛综注曰："同，亦聚也。禽兽皆已合聚。"[4]赋用《诗》成句。

---

① 萧统编，李善注：《文选》，第 62 页。
② 王先谦撰，吴格点校：《诗三家义集疏》，第 629 页。
③ 萧统编，李善注：《文选》，第 62 页。
④ 王先谦撰，吴格点校：《诗三家义集疏》，第 628—629 页。

《毛诗·秦风·小戎》："小戎俴收。"《毛传》："小戎，兵车也。"《毛诗·小雅·六月》："戎车既安，如轾如轩。四牡既佶，既佶且闲。"《毛传》："佶，正也。"《郑笺》："戎车之安，从后视之如挚，从前视之如轩，然后适调也。佶，壮健之貌。"王先谦谓："张衡《东京赋》'既佶且闲'，明鲁、毛文同。"[①] 赋取《诗》辞，用《诗》成句，描写田猎车驾之轻捷、驾车之熟练。

《毛诗·小雅·采芑》："钲人伐鼓，陈师鞠旅。"《毛传》："鞠，告也。"《郑笺》："二千五百人为师，五百人为旅。此言将战之日，陈列其师旅，誓告之也。陈师告旅，亦互言之。"《东京赋》"陈师鞠旅"，是鲁、毛文同；又陈乔枞《鲁诗遗说考》卷三曰："《御览》三百三十八引《诗》'陈师鞫旅'，字作'鞫'，与鲁、毛不同，疑齐、韩之异字。"[②] 赋用《诗》成句，写列好阵容誓师狩猎状。

《毛诗·郑风·大叔于田》："叔在薮，火烈具举。"《毛传》："烈，列；具，俱也。"《郑笺》："列人持火俱举，言众同心。"思豪按，王先谦谓："张衡《东京赋》引《诗》作'列'，衡述《鲁诗》也。"[③] 又《文选》李善注曰："《毛诗》曰：'火列具举'，毛苌曰：'列人持火也。'"[④] 盖李氏之注误鲁入毛，误《笺》为《传》欤？或当时所据乃有误本哉？赋用《诗》成句。

张衡《东京赋》："卜征考祥，终然允淑。"

《毛诗·鄘风·定之方中》："卜云其吉，终焉允臧。"《毛传》："龟曰卜。允，信；臧，善也。"思豪按，《东京赋》薛综注曰："征，巡行也。考，问也。祥，吉也。允，信也。淑，善也。"[⑤] 张衡习《鲁诗》，明《鲁诗》

① 王先谦撰，吴格点校：《诗三家义集疏》，第612页。
② 陈寿祺撰，陈乔枞述：《三家诗遗说考》，《续修四库全书》，第76册，第183页。
③ 王先谦撰，吴格点校：《诗三家义集疏》，第340页。
④ 萧统编，李善注：《文选》，第62页。
⑤ 萧统编，李善注：《文选》，第64页。

“焉”作“然”，蔡邕《济北相崔君夫人诔》即引《诗》作“终然允臧”，亦可佐证。梁章钜曰：“今本《毛诗》‘然’皆作‘焉’，惟《唐石经》作‘然’。”[①] 赋中改“臧”为“淑”，是为行文中押韵的需要，此段文字中的韵字是：育、淑、陆、燠、复、古、祖、户。何焯谓：“平子工在换字。”[②] 此即是也。

张衡《东京赋》：“囿林氏之驺虞，扰泽马与腾黄。”

“驺虞”说，详见司马相如《上林赋》“兼《驺虞》”条分析。

张衡《南都赋》：“近则考侯思故，匪居匪宁。”

《毛诗·大雅·公刘》：“笃公刘，匪居匪康。”《郑笺》：“厚乎公刘之为君也，不以所居为居，不以所安为安。”思豪按，曾钊《诗毛郑异同辨》曰：“公刘为夏人迫逐，则所居非所安可知。窃谓‘匪居匪康’当读为‘彼居匪康’。”[③] 于鬯《香草校书》亦云：“上‘匪’字当训‘彼’，《广雅·释言》云：‘匪，彼也。’‘彼居匪康’，谓公刘所居有邰不能安康也，即《毛传》所谓‘公刘居于邰，而遭夏人乱，迫逐公刘’是也。玩《传》文似亦不如《郑笺》所云‘不以所居为居’之意。”[④] 曾、于所言当是。张衡《南都赋》云：“夫南阳者，真所谓汉之旧都者也。远世则……”叙西汉时期南都情况，后转入东汉“近则考侯思故，匪居匪宁”，考侯，即光武帝之祖春陵考侯刘仁。《文选》李善注曰：“《东观汉记》曰：‘春陵节侯，长沙定王中子买。节侯生戴侯，戴侯生考侯。考侯仁以春陵地势下湿，难以久处，上书愿徙南阳，守坟墓，元帝许之，于是北徙。’”[⑤]《六臣注文选》吕延

① 梁章钜撰，穆克宏点校：《文选旁证》，福建人民出版社2000年版，第108页。
② 何焯著，崔高维点校：《义门读书记》，第860页。
③ 曾钊：《诗毛郑异同辨》卷二。
④ 于鬯：《香草校书》，第344页。
⑤ 萧统编，李善注：《文选》，第72—73页。

济注曰："春陵孝侯，长沙定王曾孙。以春陵下湿难处，上书愿徙南阳守坟墓，元帝许之，于是北徙，故云思故也。不安居于长沙西秽之路，自湘江北行。"[①]据此，张衡赋中第一个"匪"字亦当训为"彼"字，与《郑笺》义不同。张衡赋用《鲁诗》文，王先谦《集疏》未录入，可补。赋化用经典中语句，又巧于换字以押韵，此句变"康"为"宁"，亦如是。这段话押韵字：宁、征、荣、灵。

张衡《南都赋》："清庙肃以微微。"

思豪按，《文选》李善注曰："微微，幽静貌。"[②]陈倬《敤经笔记》"实实枚枚"条曰："《诗·閟宫》篇曰：'实实枚枚。'《毛传》：'枚枚，砻密也。'《释文》引《韩诗》'枚枚，闲暇无人之貌'。《东山》篇《毛传》：'枚，微也。'古'枚''微'同声，张衡用'微微'，当本《鲁颂》，盖《三家诗》有作'实实微微'者，与毛异（善云"幽静"，与"闲暇无人"合，或本于《韩诗》）"。[③]

张衡《归田赋》："于焉逍遥，聊以娱情。"

《毛诗·小雅·白驹》："所谓伊人，于焉逍遥。"思豪按，王先谦云："蔡邕《汝南周巨胜碑》：'于以逍遥。'或《鲁诗》有作'以'之本。"[④]张衡亦习《鲁诗》，此处所引与《毛诗》同。赋取《诗》辞化为赋境，描绘出一幅淡雅的田园图，表达了归田后闲雅自适，皈依自然的心境。

张衡《冢赋》："降此平土，陟彼景山。"

《毛诗·商颂·殷武》："陟彼景山，松柏丸丸。"鲁、毛文同。赋用

① 刘跃进著，徐华校：《文选旧注辑存》，第820页。
② 萧统编，李善注：《文选》，第73页。
③ 陈倬：《敤经笔记》，《槐庐丛书》第三集。
④ 王先谦撰，吴格点校：《诗三家义集疏》，第643页。

《诗》成句，写选冢勘察风水的过程。

张衡《冢赋》：“直之以绳，正之以日。有觉其材，以构玄室。”

《毛诗·鄘风·定之方中》：“揆之以日，作于楚室。”王先谦谓：“张衡《冢赋》‘正之以日’，衡用《鲁诗》，疑《鲁诗》‘揆’或作‘正’。”[①]《毛诗·小雅·斯干》：“殖殖其庭，有觉其楹。”《毛传》：“殖殖，言平正也。有觉，言高大也。”《郑笺》：“觉，直也。”赋化用《诗》辞。

张衡《冢赋》：“如春之卉，如日之升。”

《毛诗·小雅·天保》：“如月之恒，如日之升。”《毛传》：“恒，弦；升，出也。言俱进也。”《郑笺》：“月上弦而就盈，日始出而就明。”据此，王先谦《集疏》认为鲁、毛文同。

张衡《应间》：“申伯、樊仲，实干周邦，服衮而朝，介圭作瑞。”

《毛诗·大雅·崧高》：“维申及甫，维周之翰。”《毛传》：“翰，干也。”《郑笺》：“申，申伯也。甫，甫侯也。皆以贤知，入为周之桢干之臣。”《崧高》：“锡尔介圭，以作尔宝。”《毛传》：“宝，瑞也。”《郑笺》：“圭长尺二寸谓之介，非诸侯之圭，故以为宝。诸侯之瑞圭，自九寸而下。”思豪按，《后汉书·张衡传》李贤注曰：“申伯，申国之伯也；樊仲，仲山甫也，为樊侯：并周宣王之卿士。”[②]张衡赋以“甫”为仲山甫，当为《鲁诗》说。《郑笺》以“甫”为甫侯。《孔疏》谓《笺》以甫为甫侯，而《孔子闲居》引此诗，注以甫为仲山甫，《外传》称樊仲山甫，则是樊国之君，必不得与申伯同为岳神所生。注《礼》之时，未详《诗》意故耳。盖《疏》说非也。蔡邕《荐董卓表》云：“是故申伯、山甫，列于《大雅》。”蔡邕亦习《鲁

① 王先谦撰，吴格点校：《诗三家义集疏》，第238页。

② 范晔：《后汉书》，第1900页。

诗》，也认为申、甫指的是申伯和仲山甫，可做一佐证。[①] 又陈乔枞《鲁诗遗说考》卷五："张衡云：'实干周邦'，疑鲁诗'翰'字作'干（幹）'。"[②]

张衡《应间》："必也学非所用，术有所仰，故临川将济，而舟楫不存焉。徒经思天衢，内昭独智，固合理民之式也？故尝见谤于鄙儒。深厉浅揭，随时为义，可贪于支离，而习其孤技邪？"

《毛诗·邶风·匏有苦叶》："匏有苦叶，济有深涉。深则厉，浅则揭。"《毛传》："以衣涉水为厉，谓由带以上也。揭，褰衣也。遭时制宜，如遇水深则厉，浅则揭矣。男女之际，安可以无礼义，将无以自济也。"《郑笺》："既以深浅记时，因以水深浅喻男女之才性贤与不肖及长幼也。各顺其人之宜，为之求妃偶。"思豪按：《毛诗》以为此诗有"刺淫"之义，张衡赋中无此意，衡习《鲁诗》，鲁义当如此。《论语·宪问》篇："子击磬于卫，有荷蒉而过孔氏之门者，曰：'有心哉，击磬乎！'既而曰：'鄙哉！硁硁乎！莫己知也，斯己而已矣。深则厉，浅则揭。'"王先谦谓："此卫人引《卫诗》以朋党随时仕己之义，乃《诗》说之最古者。"[③]《鲁诗》当最为近古诗之意。又扬雄《剧秦美新》文云："侯卫厉揭，要荒濯沐。"《文选》李善注云："厉，深沾也。揭，浅沾也。"[④] 徐鼒《读书杂释》卷三谓："详此文上下文义，皆远近沾濡沐浴王化之义，是义展转相生之明证也。又厉为'履石渡水'，自《说文》外，汉儒别无此解，亦与毛、韩两《诗》不合，其或本之齐、鲁二家《诗》，未可知也。"[⑤]

张衡《应间》："虽有犀舟劲檝，犹人涉卬否，有须者也。"

《毛诗·邶风·匏有苦叶》："招招舟子，人涉卬否。不涉卬否，卬须我

① 详参王先谦撰，吴格点校：《诗三家义集疏》，第 961 页。
② 陈寿祺撰，陈乔枞述：《三家诗遗说考》，《续修四库全书》，第 76 册，第 282 页。
③ 王先谦撰，吴格点校：《诗三家义集疏》，第 161 页。
④ 萧统编，李善注：《文选》，第 681 页。
⑤ 徐鼒撰，阎振益、钟夏点校：《读书杂释》，第 593 页。

友。”《毛传》：“招招，号召之貌。舟子，舟人，主济渡者。卬，我也。人皆涉，我友未至，我独待之而不涉，以言室家之道，非得所适，贞女不行；非得礼义，昏姻不成。”《郑笺》：“舟人之子号召当渡者，犹媒人之会男女无夫家者，使之为妃匹，人皆从之而渡，我独否。”思豪按，《匏有苦叶》，吕祖谦《吕氏家塾读诗记》卷四云：“此诗刺宣公之淫乱，然一章二章四章皆以物为比，而不正言其事。三章虽言昏礼，特举士之归妻，盖不欲斥言之，而以小喻大也。所谓主文而谲谏也。”[①] 徐璈《诗经广诂》云：“按：张氏之解未悉本于何家，于《论语》荷蒉述诗之意极为契合，盖此诗是士之审于出处，而讽进不以道者。济涉济盈，即大《易》涉川之象；求牡归妻，即《孟子》有家之喻。通篇反覆以二者托喻。”[②] 张衡《应间》多用《匏有苦叶》诗辞，亦是比兴多。东汉后期赋重比兴。

张衡《七辩》：“乐国之都，设为闲馆。……重屋百屋，连阁周漫。应门锵锵，华阙双建。”

《毛诗·魏风·硕鼠》：“适彼乐国”。《毛诗·大雅·绵》：“迺立皋门，皋门有伉。迺立应门，应门将将。”思豪按：王先谦据张衡《七辩》“应门锵锵”语，认为“是鲁文‘将将’作‘锵锵’”。[③] 有待商榷。张衡《东京赋》“立应门之将将”，《文选》李善本、五臣本、六臣本，《艺文类聚》卷六十一，《玉海》《天中记》《汉魏六朝百三家集》均写作“将将”，王先谦《集疏》引文改为“锵锵”，未知何据。

张衡《七辩》：“在我圣皇，躬劳至思。参天两地，匪怠厥词。率由旧章，遵彼前谋，正邪理谬，靡有所疑。”

《毛诗·大雅·假乐》：“穆穆皇皇，宜君宜王。不愆不忘，率由旧章。”

---

① 吕祖谦：《吕氏家塾读诗记》卷四，《四部丛刊续编》景宋本。

② 徐璈：《诗经广诂》卷三，《续修四库全书》，第69册，第402页。

③ 王先谦撰，吴格点校：《诗三家义集疏》，第840页。

《郑笺》："愆，过；率，循也。成王之令德不过误，不遗失，循用旧典之文章，谓周公之礼法。"思豪按，《春秋繁露・郊语》："《诗》云：'不骞不忘，率由旧章。''旧章'者，先圣人之故文章也。'率由'各，有修从之也。"[①]马国翰曰："……《汉书・五行志》'帅由旧章'，'率'作'帅'，皆用三家经字。"[②]王先谦认为《春秋繁露》用《齐诗》义，未列出《鲁诗》义[③]。张衡赋此句即是《鲁诗》义：遵循先王的典章制度，依从前贤的计策，纠正邪曲，清理谬误。

张衡《七辩》："汉虽旧邦，其政惟新。"

《毛诗・大雅・文王》："周虽旧邦，其命维新。"《毛传》："乃新在文王也。"《郑笺》："大王聿来胥宇而国于周，王迹起矣，而未有天命，至文王而受命。言新者，美之也。"思豪按，《淮南子・缪称训》："故《诗》曰：周虽旧邦，其命维新。"王先谦《集疏》据此称鲁、毛文同。[④]张衡习《鲁诗》，此处"维"作"惟"，盖是。衡赋巧于换字，以"汉"代"周"，有鲜明的大汉继周意识。

马融《长笛赋》："山鸡晨群，埜雉晁雊。求偶鸣子，悲号长啸。"

《毛诗・小雅・小弁》曰："雉之朝雊，尚求其雌。"《郑笺》："雊，雉鸣也。尚，犹也。……雉之鸣，犹知求其雌。今太子之放弃，其妃匹不得与之去，又鸟兽之不如。"思豪按，赋文录自《文选》李善注本。《说文》曰："雄鸡之鸣为雊。埜，古野字。晁，古朝字。"[⑤]《文选》五臣本、六臣本即写作"野""朝"。马融习《毛诗》，曾作《毛诗注》，郑玄是其学生，故

---

① 赖炎元：《春秋繁露今注今译》，台湾商务印书馆1984年版，第367页。

② 马国翰：《目耕帖》卷十九，《玉函山房辑佚书》，《续修四库全书》，第1205册，第371页。

③ 王先谦撰，吴格点校：《诗三家义集疏》，第896页。

④ 王先谦撰，吴格点校：《诗三家义集疏》，第824页。

⑤ 许慎撰，段玉裁注：《说文解字注》，第142页。

《郑笺》所出或与马融有关，以此来解马融赋句，当可行。

马融《长笛赋》："箫管备举，金石并隆。"

《毛诗·周颂·有瞽》："既备乃奏，箫管备举。"《郑笺》："既备者，悬也、轃也皆毕已也。乃奏，谓乐作也。箫，编小竹管，如今卖饧者所吹也。管如篴，并而吹之。"《毛诗序》："《有瞽》，始作乐而合乎祖也。"《郑笺》："王者治定制礼，功成制乐。合者，大合诸乐而奏之。"马融赋用《诗》成句，从《毛诗》义制礼作乐。

王逸《机妇赋》："帝轩龙跃，庶业是昌。俯系圣恩，仰揽三光。悟彼织女，终日七襄。爰制布帛，始垂衣裳。"

《毛诗·小雅·大东》："维天有汉，监亦有光。跂彼织女，终日七襄。"《毛传》："汉，天河也。有光而无所明。跂，隅貌。襄，反也。"《郑笺》："监，视也。喻王阊置官司，而无督察之实。襄，驾也。驾，谓更其肆也。从旦暮七辰一移，因谓之七襄。"思豪按：赋文录自《太平御览》卷八百二十五。《文选》颜延年《夏夜呈从兄散骑车长沙》诗注引《韩诗》曰："'跂彼织女，终日七襄。虽则七襄，不成报章。'薛君曰：'襄，反也。'"[①]《韩诗》与毛同。《郑笺》改《毛传》释"襄"为"驾"。王逸习《鲁诗》，"跂"作"悟"。赋化用《诗》句，赞美黄帝广施圣恩，光耀日月星辰，又有感于织女星七个时辰移动七次的事，于是发明了织布、缝衣。

王逸《九思·逢尤》："望旧邦兮路逶随，忧心悄兮志勤劬。"

《毛诗·邶风·柏舟》："忧心悄悄，愠于群小。"《毛传》："愠，怒也。悄悄，忧貌。"《郑笺》："群小，众小人在君侧者。"思豪按，《九思章句》曰："悄，犹惨也。"（注解或为逸子延寿作）王逸用《鲁诗》文，王先谦

① 萧统编，李善注：《文选》，第367页。

《集疏》未录，可补入。《九思》用《诗》句，并将其骚化。

王逸《九思·遭厄》："士莫志兮《羔裘》，竞佞谀兮谗阋。"

思豪按，王先谦《集疏》在注疏《召南·羔羊》的《鲁诗》义时曰："《楚辞·九思》：'士莫志兮《羔羊》。'王注：'言士贪鄙，无有素丝之志，皎洁之行也。'"[①] 这值得商榷。首先，今传《楚辞章句》此句写作"羔裘"，而不是王先谦所引的"羔羊"；其次，今传《九思章句》曰："言政秽则士贪鄙，无有素丝之志，皎洁之行也。"[②]《九思章句》中有"政秽"一语，王先谦在引用时遗漏，《羔羊》诗并没有政教荒秽的描述。《羔裘》诗名，《诗经》中有三篇，分别在《郑风》《唐风》和《桧风》中。推《诗》义，当是《桧风·羔裘》，《毛诗序》："《羔裘》，大夫以道去其君也。国小而迫，君不用道，好洁其衣服，逍遥游燕，而不能自强于政治，故作是诗也。"《郑笺》："以道去其君者，三谏不从，待放于郊，得玦乃去。"王符《潜夫论·志氏姓》："会在河、伊之间，其君骄贪啬俭，减爵损禄，群臣卑让，上下不临。诗人忧之，故作《羔裘》，闵其痛悼也。"[③] 王符用《鲁诗》义。王逸《九思》盖也用此意。

崔寔《答讥》："爱饵衔钩，悔在鸾刀。披文食豢，乃启其毛。"

《毛诗·小雅·信南山》："执其鸾刀，以启其毛，取其血膋。"《毛传》："鸾刀，刀有鸾者。言割中节也。"《郑笺》："毛以告纯也。"思豪按：赋文录自《艺文类聚》卷二十五。赋化用《诗》辞，言鱼儿贪饵吞钩，终被用来祭祀，猪儿披上文绣，终被宰掉奉上祭桌，借诗来揭示现实社会的险恶，不明何家诗义。

---

① 王先谦撰，吴格点校：《诗三家义集疏》，第 94 页。

② 洪兴祖撰，白化文等点校：《楚辞补注》，第 321 页。

③ 王符著，汪继培笺，彭铎校正：《潜夫论笺校正》，第 414 页。

王延寿《鲁灵光殿赋序》曰："故奚斯颂僖，歌其路寝，而功绩存乎辞，德音昭乎声。"

详见班固《两都赋》"奚斯颂鲁"条分析。

廉品《大傩赋》："于吉日之上戊，将大蜡于腊烝。"

《毛诗·小雅·吉日》："吉日维戊，既伯既祷。"《毛传》："维戊，顺类乘牡也。伯，马祖也。重物慎微，将用马力，必先为之祷其祖。祷，祷获也。"《郑笺》："戊，刚日也，故乘牡为顺类也。"思豪按，惠栋《毛诗古义》曰："'吉日庚午。'翼奉曰：'南方恶行廉贞，寅午主之。西方喜行宽大，巳酉主之。二阳并行，是以王者吉午酉也。《诗》曰：吉日庚午。'栋案：《穆天子传》云：'天子命吉日戊午。'又云：'吉日辛酉，天子升于昆仑之邱。'此王者吉午酉之证也。穆天子书，出于晋代，而奉说与之合，当亦传之先达者。"① 赋用《诗》辞，变四言为六言，写举行大傩仪式的时间选择。又赋文后有"兹日之酉""天子坐华殿"语，明在廉品时，亦有王者吉日戊午说。

廉品《大傩赋》："弦桃刺棘，弓矢斯张。"

《毛诗·小雅·宾之初筵》："大侯既抗，弓矢斯张。"思豪按：燕射之礼，将祭而射，弓箭一起张开。赋用《诗》成句。王先谦《集疏》未录此条，不明何家。《左传》昭公四年："桃弧、棘矢，以除其灾。"杜预注："桃弓、棘箭，所以禳除凶邪。"② 赋合用《诗》《左传》中语。《说苑·修文》："射者必心平体正，持弓矢，审固，然后射者，能以中。《诗》云：'大侯既抗，弓矢斯张。射夫既同，献尔发功。'"③ 赋亦是也。

---

① 惠栋：《九经古义》卷五。

② 杜预：《春秋左传集解》，第1239—1240页。

③ 刘向撰，向宗鲁校证：《说苑校证》，第491页。

赵壹《刺世嫉邪赋》："原斯瘼之攸兴，实执政之匪贤。"

《毛诗·小雅·四月》："乱离瘼矣，爰其适归。"《毛传》："离，忧；瘼，病；适，之也。"《郑笺》："爰，曰也。今政乱，国将有忧病者矣，曰此祸其所之归乎？言忧病之祸，必自之归为乱。"思豪按，潘安仁《关中诗》李善注引《韩诗》曰："乱离斯莫，爰其适归。"薛君曰："莫，散也。"[①] 明《韩诗》作"乱离斯莫"。刘向《说苑·政理》："《诗》不云乎？'乱离斯瘼，爰其适归。'此伤离散以为乱者也。"[②] 明《鲁诗》作"斯瘼"，王先谦认为赵壹赋此处亦《鲁诗》[③]，当是。

赵壹《穷鸟赋》："且公且侯，子子孙孙。"

《毛诗·大雅·假乐》："干禄百福，子孙千亿。穆穆皇皇，宜君宜王。"《毛传》："宜君王天下也。"《郑笺》："其子孙亦勤行而求之，得禄千亿，故或为诸侯，或为天子，言皆相勗以道。"思豪按："宜君宜王"，《释文》作"且君且王"，又云："一本且并作宜字。"[④] 今注疏本作"宜君宜王"，段玉裁《诗经小学》"且君且王"条曰："赵壹《穷鸟赋》：'且公且侯，子子孙孙。'正用《假乐》诗意。"[⑤] 马国翰曰："《笺》云：'或为诸侯，或为天子。'两'或'字正二'且'字之训。《传》云：'宜君王天下也。'此总释四句大义，俗人以为专释末句，遂误改'且'字为'宜'。"[⑥] 段氏认为赵壹赋句出自诗意，马国翰又据赋文厘正今本《诗经》之误，当是。

蔡邕《述行赋》："仆夫疲而劬瘁兮，我马虺颓以玄黄。"

《毛诗·小雅·出车》："忧心悄悄，仆夫况瘁。"《郑笺》："将率既受

---

① 萧统编，李善注：《文选》，第 281 页。
② 刘向撰，向宗鲁校证：《说苑校证》，第 155 页。
③ 王先谦撰，吴格点校：《诗三家义集疏》，第 736 页。
④ 吴树声著，张华文点校：《诗小学》，云南人民出版社 2018 年版，第 525 页。
⑤ 段玉裁：《诗经小学》卷三，《皇清经解》本。
⑥ 马国翰：《目耕帖》卷十九，《玉函山房辑佚书》，《续修四库全书》，第 1205 册，第 371 页。

命行而忧，临事而惧也。御夫则兹益憔悴，忧其马之不正。”思豪按：蔡邕习《鲁诗》，鲁、毛文同，均作“瘁”，《郑笺》改“悴”。王先谦谓：“《易林·大过之损》云：‘过时历月，役夫憔悴。’盖齐作‘悴’，与《笺》合。”[①]

《毛诗·周南·卷耳》“我马虺隤”，“我马玄黄”，“我马瘏矣，我仆痡矣，云何吁矣”。《毛传》：“虺隤，病也。玄马病则黄。”《郑笺》：“此章言君臣既勤劳于外，仆、马皆病，而今云何吁，其亦忧矣，深悯之辞。”思豪按：《毛诗》“虺隤”，《鲁诗》作“虺颓”，王逸《楚辞·九思·逢尤》“车轨折兮马虺颓”，王逸也习《鲁诗》，是一佐证。[②]

蔡邕《述行赋》：“伫淹留以候霁兮，感忧心之殷殷。”

《毛诗·小雅·正月》：“念我独兮，忧心慇慇。”《毛传》：“慇慇然痛也。”《郑笺》：“此贤者孤特自伤也。”《毛诗》“慇慇”，《鲁诗》作“殷殷”。蔡邕赋化《诗经》四言为六言，抒发自己长久伫立，等待雨过天晴却不得的忧伤而无奈的心情。

蔡邕《述行赋》：“周道鞠为茂草兮，哀正路之日涩。……甘衡门以宁神兮，咏都人而思归。爰结纵而回轨兮，复邦族以自绥。……言旋言复，我心胥兮。”

《毛诗·小雅·小弁》：“踧踧周道，鞫为茂草。”《毛传》：“踧踧，平易也。周道，周室之通道。鞫，穷也。”《郑笺》：“此喻幽王信褒姒之谗，乱其德政，使不通于四方。”思豪按：蔡邕赋中的“周”接上文的“唐虞”，言周代社会政令昌明，平易安定，可如今途穷而不得通畅，被茂草所遮蔽阻塞，悲叹人间正道的扭曲变形。蔡邕用《鲁诗》义，化用《诗》辞。马国翰曰：“‘鞫为茂草’，唐石经、注疏本、宋板皆作‘鞫’，然蔡邕《述行

---

① 王先谦撰，吴格点校：《诗三家义集疏》，第586页。

② 详见王先谦撰，吴格点校：《诗三家义集疏》，第26页。

赋》‘周道鞠为茂草’，约用诗文正作‘鞠’，盖古字通用也。”[①]

《毛诗·陈风·衡门》：“衡门之下，可以栖迟。”《毛传》：“衡门，横木为门，言浅陋也。栖迟，游息也。”《郑笺》：“贤者不以衡门之浅陋，则不游息于其下，以喻人君不可以国小，则不兴治致政化。”蔡邕赋用《衡门》诗表达愿栖迟衡门以求心神的安宁，为《鲁诗》义。

《都人士》，《诗经·小雅》的篇名。今传《毛诗》，《都人士》五章，章六句。其首章云：“彼都人士，狐裘黄黄。其容不改，出言有章。行归于周，万民所望。”《毛传》：“彼，彼明王也。周，忠信也。”《郑笺》：“城郭之域曰都。古明王时，都人之有士行者，冬则衣狐裘黄黄然，取温裕而已，其动作容貌既有常，吐口言语又有法度文章。疾今奢淫，不自责以过差。于，于也。都人之士所行，要归于忠信，其余万民寡识者，咸瞻望而法效之。又疾今不然。”思豪按：这一章有“思归”之义，其他章无此义，蔡邕赋当用此章义。然这首诗《毛诗》存五章，三家诗皆只有四章。《礼记·缁衣》：“诗云：‘彼都人士，狐裘黄黄。其容不改，出言有章。行归于周，万民所望。’”郑玄注曰：“黄衣则狐裘，大蜡之服也。诗人见而说焉。章，文章也。忠信为周。此诗毛氏有之，三家则亡。”[②]《礼记注疏考证》：“作三家则亡，谓齐鲁韩三家诗并无此首章也。故襄十四年《左传》引‘行归于周’二句，服虔以为逸诗。”[③]王先谦谓：“细味全诗，二、三、四、五章‘士’‘女’对文，此章单言‘士’，并不及‘女’，其词不类。且首章言‘出言有章’，言‘行归于周，万民所望’，后四章无一语照应，其义亦不类。是明明逸诗孤章，毛以首二句相类，强装篇首。”据此，王先谦指出：“蔡邕《述行赋》‘咏都人以思归’，是以为思归彼都之诗，不解‘周’为‘忠信’，则亦非用《毛诗》也。”[④]蔡邕所咏“都人”盖为逸诗，贾谊《新

---

① 马国翰：《目耕帖》卷十七，《玉函山房辑佚书》，《续修四库全书》，第1205册，第313页。

② 郑玄注，孔颖达正义：《礼记正义》，阮元校刻：《十三经注疏》，第1649页。

③ 齐召南：《礼记注疏考证》卷一，《皇清经解》本。

④ 王先谦撰，吴格点校：《诗三家义集疏》，第801、802页。

书·等齐》："孔子曰：'长民者，衣服不二，从容有常，以齐其民，则民德一。'《诗》云：'彼都人士，狐裘黄裳，''行归于周，万民之望。'"[①]汉初《毛诗》未行，贾谊引逸诗即是一佐证。蔡邕咏"都人"，与上句甘《衡门》相对应，言伤今不复见古人，有思归彼都，伤今怀古之义。

《毛诗·小雅·黄鸟》："言旋言归，复我邦族。"《毛传》："宣王之末，天下室家离散，妃匹相去有不以礼者。"《郑笺》："言，我；复，反也。"蔡邕赋："爰结纵而回轨兮，复邦族以自绥。……言旋言复，我心胥兮。"赋用《鲁诗》文，取《诗》辞，渴望结束自己的游踪，返回自己的家乡安居，只有回家，我才会快乐啊！

蔡邕《弹琴赋》："观彼椅桐，层山之陂。……考之诗人，琴瑟是宜。"

《毛诗·鄘风·定之方中》："椅桐梓漆，爰伐琴瑟。"《毛传》："椅，梓属。"《郑笺》："爰，曰也。树此六木于宫者，曰其长大可伐以为琴瑟，言豫备也。"王先谦《集疏》认为这里"用鲁经文"[②]。

蔡邕《弹棋赋》："荣华灼烁，萼不韡韡。"

《毛诗·小雅·常棣》："常棣之华，鄂不韡韡。"《毛传》："兴也。常棣，棣也。鄂，犹鄂鄂然，言外发也。韡韡，光明也。"《郑笺》："承华者曰鄂。不，当作拊。拊，鄂足也。鄂足得华之光明，则韡韡然盛。兴者，喻弟以敬事兄，兄以荣覆弟，恩义之显，亦韡韡然。古声不、拊同。"思豪按：赋文录自《艺文类聚》卷七十四。蔡邕赋用《鲁诗》，鲁"鄂"作"萼"，蔡邕《彭城姜伯淮碑》："友于兄弟，有常棣之华，蕚韡之度。"是一佐证，同用《鲁诗》义。[③]

---

① 贾谊撰，阎振益、钟夏校注：《新书校注》，中华书局 2000 年版，第 47 页。
② 王先谦撰，吴格点校：《诗三家义集疏》，第 239 页。
③ 详见王先谦撰，吴格点校：《诗三家义集疏》，第 563 页。

蔡邕《协和婚赋》："惟情性之至好，欢莫备乎夫妇。……《葛覃》恐其失时，《摽梅》求其庶士。惟休和之盛代，男女得乎年齿。婚姻协而莫违，播欣欣之繁祉。良辰既至，婚礼以举。"

《毛诗·周南·葛覃》三章，章六句。《毛诗序》："《葛覃》，后妃之本也。后妃在父母家，则志在女功之事，躬俭节用，服浣濯之衣，尊敬师傅，则可以归安父母，化天下以妇道也。"《郑笺》："躬俭节用，由于师傅之教，而后言师傅者，欲见其性亦自然。可以归安父母，言嫁而得意，犹不忘孝。"思豪按：蔡邕习《鲁诗》，"恐其失时"盖为鲁义，与《毛诗》义不同。徐璈谓："赋意盖以葛之长大而可为絺綌，如女之及时而当归于夫家。刈濩污浣，且以见妇功之教成也，故与《摽梅》并称。是亦士大夫婚姻之诗，与何氏（按：指何休）谓'归宁非诸侯夫人之礼'者义同，其鲁家之训欤？"[①] 王先谦谓："徐说是也。蔡赋'恐失时'，用首章诗意。次章已嫁，三章归宁，正美其不失时。玩赋末四句（按：指"惟休和之盛代，男女得乎年齿。婚姻协而莫违，播欣欣之繁祉"四句），归美意可见。文王化行国中，婚不违期，非独士大夫为然，此就本诗说之。"[②] 王先谦所说甚是。《葛覃》第一章写葛覃延长至谷中，郁郁葱葱；黄莺飞翔止于丛木，鸣声和和，正是阳春好时令，太姒也正处在容貌盛美之时，感时兴物，莫失良辰。

《毛诗·召南·摽有梅》三章，章四句。《毛诗序》："《摽有梅》，男女及时也。召南之国被文王之化，男女得以及时也。"思豪按：王先谦谓蔡赋用《鲁诗》义，"与《毛序》'召南之国被文王之化，男女得以及时'恉合"[③]。《周礼》媒氏疏引张融云："《摽有梅》之时，殷纣暴乱，嫁取失其盛时之年，习乱思治，故戒文王能使男女得及其时。"魏源云："盖《韩诗》谊也。"[④] 不仅鲁、毛义同，《韩诗》义盖也与鲁、毛同。《齐诗》义不可考。

---

① 徐璈：《诗经广诂》卷一，《续修四库全书》，第 69 册，第 377 页。

② 王先谦撰，吴格点校：《诗三家义集疏》，第 17 页。

③ 王先谦撰，吴格点校：《诗三家义集疏》，第 101 页。

④ 魏源：《诗古微·召南答问》，《续修四库全书》，第 77 册，第 151 页。

蔡邕《释诲》："速速方毂，夭夭是加；欲丰其屋，乃蔀其家。"

《毛诗·小雅·正月》："佌佌彼有屋，蔌蔌方有谷。民今之无禄，天夭是椓。"《毛传》："佌佌，小也。蔌蔌，陋也。君夭之，在位椓之。"《郑笺》："谷，禄也。此言小人富，而窭陋将贵也。民于今而无禄者，天以荐瘥夭杀之，是王者之政又复椓破之。言遇害甚也。"思豪按，《后汉书·蔡邕传》李贤注曰："《诗·小雅》曰：'速速方谷，夭夭是椓'，毛苌注云：速速，陋也。郑玄注云：谷，禄也。言鄙陋小人，将贵而得禄也。夭，杀也。椓，破之也。《韩诗》亦同。此作'毂'者，盖谓小人乘宠，方毂而行。方犹并也。"[①] 蔡邕习《鲁诗》，据此知鲁、毛文异。李贤所引《诗》也与今传《诗经》不同。王应麟《诗考》："《邕传》注载《韩诗》，作'速速方毂'，谓小人乘宠，方毂而行。"[②] 王应麟引文有误，李贤是说《韩诗》与自己引《诗》句同写作"速速方谷"，不是"毂"，后面的释义是就蔡赋而言的。卢文弨云："章怀先引《毛诗》'速速方谷'，及《传》《笺》云云，然后云《韩诗》亦同，谓与毛、郑之说同作'谷'也。下云：'此作"毂"者，盖谓小人乘宠方毂而行。'乃章怀释邕之文，故用'此'字、'盖'字。王氏乃以为《韩诗》之说，误矣。"[③] 卢文弨谓李贤所引为《毛诗》，则今传《毛诗》文系后人所改欤？"夭夭是加"，今传《毛诗》作"天夭是椓"，《后汉书》刘攽《刊误》曰："正文'夭夭是加'，案：上'夭'当作'天'，据今《诗》文正然。"[④] 杨慎《升庵经说》"民今之无禄天夭是椓"条曰："张衡《应［间］》云：'利端始萌，害渐亦牙。速速方谷，夭夭亦加。欲丰其屋，乃蔀其家。'据此，则以'天夭'为'夭夭'也。衡去古未远，疑得其真。且'佌佌''速速''夭夭'连文为是，不应'速速'下又特出'天夭'

① 范晔：《后汉书》，第 1983 页。
② 王应麟：《诗考》，文渊阁《四库全书》，第 75 册，第 606 页。
③ 卢文弨：《钟山札记》，《续修四库全书》，第 1149 册，第 655 页。
④ 王先谦：《后汉书集解》，《续修四库全书》，第 273 册，第 106 页。

也。‘夭夭’之义自然，‘天天’之说强勉。”[①]杨慎虽以蔡邕《释诲》之语误以为张衡《应间》，然其说或进之。阮元谓蔡邕赋：“以‘加’易‘椓’者，用‘加’以韵枯、辜、邪、牙等字，非‘椓’或作‘加’也。”[②]确是。马国翰曰：“蔡邕书石经用《鲁诗》，此作‘方穀’及‘夭夭’重文者，皆本《鲁诗》。《释文》出‘方穀’，云‘本或作方有穀，非也。’案：《后汉书》引《诗》同，则‘有’字为后人所加。”[③]《尚书》云“既富方穀”，又“佌佌彼有屋”与“民今之无禄”相谐，“蔌蔌方谷”与“夭夭是椓”相谐，当无“有”字。

蔡邕《释诲》：“蕤宾统则微阴萌，蒹葭苍而白露凝。”

具体分析详见张衡《思玄赋》“冀一年之三秀兮，遒白露之为霜”条。

蔡邕《释诲》：“君臣穆穆，守之以平。济济多士，端委缙綖。”

《毛诗·大雅·文王》：“济济多士，文王以宁。”又曰：“穆穆文王，于缉熙敬止。”《毛传》：“济济，多威仪也。穆穆，美也。”思豪按：蔡邕习《鲁诗》，盖鲁、毛文同，东方朔《非有先生论》引《诗》：“……济济多士，文王以宁。”[④]亦是一佐证。

蔡邕《释诲》：“天高地厚，跼而蹐之。怨岂在明，患生不思。战战兢兢，必慎厥尤。”

《毛诗·小雅·正月》：“谓天盖高，不敢不局。谓地盖厚，不敢不蹐。”蔡邕赋亦用《鲁诗》文，详见张衡《东京赋》“岂徒跼高天，蹐厚地而已哉？”条分析。赋化用《诗》辞，写自己处在乱世之中，境遇窘迫不堪貌。

---

① 杨慎：《升庵经说》卷五，《丛书集成初编》，第84页。

② 阮元撰，邓经元点校：《揅经室集》，中华书局1993年版，第90页。

③ 马国翰：《目耕帖》卷十七，《玉函山房辑佚书》，《续修四库全书》，第1205册，第308页。

④ 详见王先谦撰，吴格点校：《诗三家义集疏》，第825页。

又《毛诗·小雅·小旻》："战战兢兢，如临深渊，如履薄冰。"赋用《诗》成句，描写自己小心谨慎地活在乱世之中。

蔡邕《释诲》："静以俟命，不斁不渝。百岁之后，归乎其居。"

《毛诗·唐风·葛生》："百岁之后，归于其居。"《郑笺》："居，坟墓也。言此者，夫人专一，义之至，情之尽。"思豪按，《汉书·地理志》："《葛生》之篇曰：'百岁之后，归于其居。'"班固习《齐诗》，故齐、毛文同。王先谦谓："《后汉·蔡邕传》：'邕作《释诲》云："百岁之久，归于其居。"'邕用《鲁诗》，'后''久'音近，疑鲁异文。"[①] 查《后汉书》蔡邕《释诲》文作"百岁之后，归乎其居"。未知王先谦所据为何本。"乎""于"同。赋盖用《鲁诗》义，直引《诗》辞，表达自己准备听从天命的安排，顺应自然，别无所求，只愿百年之后扪心无愧，死后有个葬身的所在。且"居"与文中"愚""迂""如""渝"等字押韵。

蔡邕《释诲》："玁狁攘而吉甫宴，城濮捷而晋凯入。"

《毛诗·小雅·六月》："薄伐玁狁，至于大原。文武吉甫，万邦为宪。"周悦让《倦游庵椠记·经隐·毛诗》："《六月》之吉甫，即《出车》之南仲：皆曰玁狁，一也。六月政黍稷华时，二也。历秋冬而暨采蘩，可云永久，三也。并曰王、曰天子，四也。曰及方、曰于方，五也。南仲其字也，吉甫其名也，南其氏也，尹其食采之国也。南仲宣王时人，其孙即皇父也，故曰尹氏大师，曰皇父卿士，曰王命卿士，南仲大祖，大师皇父，曰王谓尹氏。尹其国氏也，皇父其字也，卿士其官也，大师其兼官也，王命卿士命皇父也，王谓尹氏命程伯休父，使皇父传命也。……《汉尹宙碑》：'武襄玁狁。'夫玁狁于襄，南仲事也，而碑属之吉甫，则仲甫为一人，宜亦古说也。《后汉书·蔡邕传》：'周宣王命南仲吉甫攘玁狁，威蛮荆。'以南仲

① 王先谦撰，吴格点校：《诗三家义集疏》，第432页。

为宣王时人，盖《鲁诗》说也。”[①] 赋中亦云“玁狁攘而吉甫宴”，可为周说翼一佐证。

张超《诮青衣赋》：“高冈可华，何必棘茨。”

《毛诗·周南·卷耳》：“陟彼高冈”。《毛诗·鄘风·墙有茨》：“墙有茨，不可扫也。”《毛传》：“兴也。墙，所以防非常。茨，蒺藜也。欲扫去之，反伤墙也。”《郑笺》：“国君以礼防制一国，今其宫内有淫昏之行者，犹墙之生蒺藜。”思豪按：王先谦谓“齐、韩‘茨’作‘荠’”，而“《鲁诗》文，与毛同”。[②] 张赋盖用《诗》的比兴义，以“茨”讥讽青衣女的卑下。

张纮《瓌材枕赋》：“形妍体法，既丽且闲。”

《毛诗·小雅·六月》：“四牡既佶，既佶且闲。”赋用《诗》辞，详参张衡《东京赋》“中畋四牡，既佶且闲”条分析。

祢衡《鹦鹉赋》：“采采丽容，咬咬好音。”

思豪按，《文选》李善注：“《韩诗》曰：‘采采衣服。’薛君曰：‘采采，盛貌也。’《韵略》曰：‘咬咬，鸟鸣也，音交。’《毛诗》曰：‘睍睆黄鸟，载好其音。’”[③] “采采衣服”语出自《毛诗·曹风·蜉蝣》，《毛传》：“采采，众多也。”明韩、毛文同而意微异。孔颖达《正义》曰：“以《卷耳》《芣苢》言，采采者，众多非一之辞。知此，采采亦为众多。楚楚在衣裳之下，是为衣裳之貌。今采采在衣服之上，故知言多有衣服，非衣裳之貌也。”[④] 郑鼎元《读毛诗日记》“采采衣服”条曰：“上章‘楚楚’言鲜明貌，下章‘如雪’言鲜洁，俱以貌言。三章当为一例，不应此章独言多有衣服。……

① 周悦让：《倦游庵椠记》，齐鲁书社 1996 年版，第 132 页。
② 王先谦撰，吴格点校：《诗三家义集疏》，第 220 页。
③ 萧统编，李善注：《文选》，第 200 页。
④ 毛亨传，郑玄笺，孔颖达疏：《毛诗正义》，阮元校刻：《十三经注疏》，第 384 页。

采采者，盛服之貌也。”[①] 祢衡赋前言“丽容”，后言“好音”，乃就音容之貌言，盖与《韩诗》意合。“睍睆黄鸟，载好其音”，语出《毛诗·邶风·凯风》，《毛传》：“睍睆，好貌。”《郑笺》：“睍睆，以兴颜色说也。好其音者，兴其辞令顺也。”赋化用《诗》辞，言鹦鹉的色容悦目和音声悦耳，都很好。

繁钦《暑赋》：“暑景方徂，时惟六月。”

《毛诗·小雅·四月》：“四月维夏，六月徂暑。”《毛传》：“徂，往也。六月火星中，暑盛而往矣。”《郑笺》：“徂，犹始也。四月立夏矣，到六月乃始盛暑。兴人为恶亦有渐，非一朝一夕。”赋化用《诗》辞写六月盛夏到来的情景。

繁钦《愁思赋》：“零雨蒙其迅集，潢潦汩以横流。听峻阶之回霤，心沉切以增忧。嗟王事之靡盬，士感时而情悲。愿出身以徇役，式简书以忘归。时《陟岵》以旋顾，涕渐缨而鲜晞。”

《毛诗·豳风·东山》：“我来自东，零雨其蒙。我东曰归，我心西悲。”《毛传》：“蒙，雨貌。”《郑笺》：“归又道遇雨蒙蒙然，是尤苦也。”赋前四句化用《诗》辞，借用《诗》情，表达忧愁苦闷之情。

《毛诗·小雅·四牡》：“四牡騑騑，周道倭迟。岂不怀归？王事靡盬，我心伤悲。”《毛传》：“盬，不坚固也。思归者，私恩也。靡盬者，公义也。伤悲者，情思也。”《郑笺》：“无私恩，非孝子也。无公义，非忠臣也。君子不以私害公，不以家事辞王事。”《毛诗·小雅·出车》：“王事多难，不遑启居。岂不怀归？畏此简书。”《毛传》：“简书，戒命也。邻国有急，以简书相告，则奔命救之。”思豪按，“简书”有二说：一即上述《毛传》所言；二是指策命临遣之词。《朱子语类》“出车”条曰：“后说为长，当以后

① 郑鼎元：《读毛诗日记》，见雷浚、汪之昌编：《学古堂日记》。

说载前。前说只据《左氏》‘简书，同恶相恤之谓’。然此是天子戒命，不得谓之邻国也。”（铢）[①] 以简书为邻国戒命，出自《左传》。《左传》闵公元年管仲曰：“《诗》云：‘岂不怀归，畏此简书。’简书，同恶相恤之谓也。请救邢以从简书。齐人救邢。”[②] 简，策也，载天子策命之辞，繁赋此处即是策命之意，策命与戒命或无二致。赋化用《诗》辞，言国家多难，动乱不安，感慨时事维艰，内心忧愁悲伤，但仍然选择委身侍奉朝廷，效力于国政而有家不能归，时刻准备为国事而献身，大义凛然。

《毛诗·魏风·陟岵》三章，章六句。《毛诗序》：“《陟岵》，孝子行役，思念父母也。国迫而数侵削，役乎大国，父母兄弟离散，而作是诗也。”赋化用《诗》义，言士卒出征在外，登高望远，表达的是对家中父母兄弟的无比思念之情。

杨修《节游赋》：“谷风习以顺时，桡百物而有成。”

《毛诗·邶风·谷风》：“习习谷风，以阴以雨。”《毛传》：“兴也。习习，和舒貌。东风谓之谷风。阴阳和而谷风至，夫妇和则室家成，室家成则继嗣生。”又《毛诗·小雅·谷风》：“习习谷风，维风及雨。”《郑笺》：“习习，和调之貌。东风谓之谷风。”思豪按：是《毛传》《郑笺》皆以“习习”为和意。严粲《诗缉》谓：“谷风，来自大谷之风，大风也，盛怒之风也。又习习然连续不断，所谓终风也。又阴又雨，无清明开霁之意，所谓曀曀其阴也。皆喻其夫之暴怒无休息也。”又云：“旧说谷风为生长之风，……又以习习为和调……《小雅·谷风》二章言：‘维风及颓’，颓，暴风也，非和调也。三章言‘草木萎死’，非生长也。”[③] 严粲不赞同《毛传》《郑笺》说。黄震《黄氏日钞》“习习谷风，以阴以雨”条曰：“今严氏以‘谷’字寻意，又以《小雅》之《谷风》为证，似觉明白，故录之以俟

① 黎靖德编，王星贤点校：《朱子语类》，第 2120 页。
② 杜预：《春秋左传集解》，第 214 页。
③ 严粲：《诗缉》卷四，文渊阁《四库全书》，第 75 册，第 56 页。

知者。然习习终是和意，恐不过感兴，未必以风之暴比夫之怒也。”[①]观杨修赋意，谷风亦当指和舒之风。又王逸《九思》“风习习兮和暖，百草萌兮华荣”，盖与杨赋同义。赋用《诗》义与鲁、毛同。

杨修《出征赋》：“企观爱之偏处兮，独搔首于城隅。”

《毛诗·邶风·静女》：“静女其姝，俟我于城隅。爱而不见，搔首踟蹰。”《毛传》：“俟，待也。城隅，以言高而不可逾。”《郑笺》：“女德贞静，然后可畜；美色，然后可安。又能服从，待礼而动，自防如城隅，故可爱也。”思豪按，城隅，《考工记·匠人》：“王宫门阿之制五雉，宫隅之制七雉，城隅之制九雉。”[②]三者之中，城隅为最高。朱熹《诗集传》曰：“城隅，幽僻之处。”[③]朱氏之意似从杨修赋出。建安九年，曹操攻克袁绍大本营邺城，置邺都。十九年，曹操东征孙权，让曹植留守邺城，未带其出征，曹操对曹植已日渐疏远。杨修赋即化用《诗》辞，言曹植逐渐被朝廷疏远，置身偏僻之地，内心孤独而苦闷，但仍然盼望着能得到曹操的宠爱。

杨修《许昌宫赋》：“黎民子来，不督自成。”

《毛诗·大雅·灵台》：“经始勿亟，庶民子来。”《郑笺》：“亟，急也。度始灵台之基趾，非有急成之意，众民各以子成父事而来攻之。”杨修赋“庶”作“黎”，“不督自成”见仁者之心，具体分析详见张衡《东京赋》“经始勿亟，成之不日”条。

王粲《登楼赋》：“情眷眷而怀归兮，孰忧思之可任？”

思豪按，《文选》李善注：“《韩诗》曰：‘眷眷怀顾。’《毛诗》曰：‘岂

① 黄震：《黄氏日钞》卷四，文渊阁《四库全书》，第707册，第31—32页。
② 李光坡：《周礼述注》，商务印书馆2019年版，第466页。
③ 朱熹集注：《诗集传》，第26页。

不怀归。’毛苌曰：‘怀，思也。’”[①]《毛诗·小雅·小明》：“念彼共人，睠睠怀顾。岂不怀归？畏此谴怒。”《郑笺》：“睠睠，有往仕之志也。”王逸《楚辞·九叹章句》：“眷眷，顾貌。《诗》曰：‘眷眷怀顾。’”王先谦《集疏》据此认为《鲁诗》作“眷眷怀顾”，《韩诗》文与鲁同。[②]《毛诗序》：“《小明》，大夫悔仕于乱世也。”王先谦《集疏》谓：“三家无异义。”[③]赋化用《诗》辞，兼取《诗》义，抒发自己在动荡不安的时局之下，身处荆州，远离家乡，依附刘表而又不得重用，深切地思念故乡的心情。

王粲《登楼赋》：“原野阒其无人兮，征夫行而未息。心凄怆以感发兮，意忉怛而憯恻。”

《毛诗·小雅·皇皇者华》：“皇皇者华，于彼原隰。駪駪征夫，每怀靡及。”思豪按：赋取《诗》意境，描写的是广阔的原野上只有赶路的旅人奔走不停的情景。《毛诗·小雅·甫田》：“无思远人，劳心忉忉。……无思远人，劳心怛怛。”《毛传》：“忉忉，忧劳也。言无德而求诸侯，徒劳其心忉忉耳。怛怛，犹忉忉也。”颜师古《匡谬正俗》“忉”字条曰：“《甫田》篇云：‘劳心忉忉。’《尔雅》云：‘切切，忧也。’后之赋者叙忧惨之情，多为‘忉怛’。借王仲宣《登楼赋》云：‘心凄怆以感发兮，意忉怛而憯恻。’诸如此类，皆当音‘切’，字与‘忉’字相类。‘切’字从刀，七声，传写误乱，或变为‘忉’。今之学者讽诵辞赋，皆为‘忉怛’，不复言‘切’，失之远矣。”[④]颜师古所言盖是。《陈风·防有鹊巢》“心焉惕惕”，《毛传》云：“惕惕，犹忉忉也。”《一切经音义》卷十二引《诗》云：“‘心焉惕惕。’《传》曰：‘惕惕，犹切切也。’”[⑤]是“忉”作“切”也。赋借《诗》辞来抒

① 萧统编，李善注：《文选》，第162页。
② 详见王先谦撰，吴格点校：《诗三家义集疏》，第744页。
③ 王先谦撰，吴格点校：《诗三家义集疏》，第744页。
④ 颜师古：《匡谬正俗》卷一，《万有文库》本，第6页。
⑤ 王先谦撰，吴格点校：《诗三家义集疏》，第475页。

情，抒发内心苦闷凄怆而忧愁悲伤之情。

王粲《初征赋》："赖皇华之茂功，清四海之疆宇。"

思豪按：皇华，《诗经·小雅》中《皇皇者华》篇名之省，借以指忠信之臣。《毛诗序》："《皇皇者华》，君遣使臣也。送之于礼乐，言远而有光华也。"《郑笺》："言臣出使，能扬君之美，延其誉于四方，则为不辱命矣。"蔡卞《毛诗名物解》谓："《皇华》之忠信臣道也。"[①] 赋中借《诗》辞赞颂曹操是汉献帝的忠信之臣，能代皇帝出使四方，征伐不臣之国。

王粲《柳赋》："嘉甘棠之不伐，畏敢累于此树。"

《毛诗·召南·甘棠》："蔽芾甘棠，勿剪勿伐，召伯所茇。"具体分析详见扬雄《甘泉赋》"函《甘棠》之惠"条。曹丕《柳赋》有云："在余年之二七，植斯柳乎中庭。"曹丕栽植柳树，王粲此篇为酬和之作，借赞颂召伯来颂美曹丕。

王粲《鹦鹉赋》："声嘤嘤以高厉，又憀憀而不休。听乔木之悲风，羡鸣友之相求。"

《毛诗·小雅·伐木》："伐木丁丁，鸟鸣嘤嘤。出自幽谷，迁于乔木。嘤其鸣矣，求其友声。"具体分析见刘安《屏风赋》"维兹屏风，出自幽谷。根深枝茂，号为乔木"条。赋用《诗》辞，表达的是对一种良好和睦的君臣关系的向往和渴求。

王粲《七释》："登儁乂于垄亩，举贤才于仄微，寘彼周行，列于邦畿。"

《毛诗·周南·卷耳》："嗟我怀人，寘彼周行。"具体分析详见班固《东都赋》"示我周行"条，班固有释"周"为商周之"周"意，王粲此处

---

① 蔡卞：《毛诗名物解》卷十五，文渊阁《四库全书》，第70册，第590页。

“周行”当指周遍列位之意，可为马瑞辰说作一佐证。赋用《诗》辞，言贤能有才德的人能得到朝廷的重用。

王粲《七释》：“普天率土，比屋可封。”

《毛诗·小雅·北山》曰：“溥天之下，莫非王土。率土之滨，莫非王臣。”具体分析详见班固《东都赋》“普天率土”条。赋化用《诗》辞，言天下所有的人都讲道德，守礼仪。

陈琳《武军赋》：“于是武臣赫然，飚炎天之隆怒。……火烈具举，鼓角并震。……南辕反斾，爰整其旅。”

《毛诗·郑风·大叔于田》：“叔在薮，火烈具举。”《毛传》：“薮泽，禽之府也。烈，列；具，俱也。”《郑笺》：“列人持火俱举，言众同心。”赋用《诗》成句，文与《毛诗》同，写军营气势威武雄壮。

《毛诗·大雅·皇矣》：“王赫斯怒，爰整其旅。”《毛传》：“旅，师。”《郑笺》：“赫，怒意。斯，尽也。五百人为旅。文王赫然与其群臣尽怒，曰整其军旅而出。”赋化用《诗》辞，文亦与《毛诗》同，极写武军声势壮大。

陈琳《止欲赋》：“惟今夕之何夕兮，我独无此良媒。云汉倬以昭回兮，天水混而光流。”

《毛诗·卫风·氓》：“匪我愆期，子无良媒。”《毛传》：“愆，过也。”《郑笺》：“良，善也。非我以欲过子之期，子无善媒来告期时。”赋文录自《韵补》卷二“媒”字注。赋用《诗》辞。

《毛诗·大雅·云汉》：“倬彼云汉，昭回于天。”《毛传》：“回，转也。”《郑笺》：“云汉，谓天河也。昭，光也。倬然天河水气也，精光转运于天。时旱渴雨，故宣王夜仰视天河，望其候焉。”王先谦谓：“《韩诗》作‘对彼云汉’……是毛‘倬’字，《韩诗》皆作‘菿’，则‘对’为‘菿’之讹无疑。”[1] 故陈琳赋非《韩诗》说。赋化用《诗》辞，言仰望天河，银河星光流动，期待良媒的到来。

陈琳《柳赋》：“宜肃嘉树，配甘棠兮。”

《甘棠》，《诗经·召南》篇名。具体分析详见扬雄《甘泉赋》“函《甘棠》之惠”条。

陈琳《客难》：“大王筑室，百堵俱作。西伯营台，功不浃日。”

《毛诗·大雅·绵》：“曰止曰时，筑室于兹。……百堵皆兴，鼛鼓弗胜。”《毛传》：“皆，俱也。”《郑笺》：“时，是；兹，此也。卜从则曰可止居于是，可作室家于此。定民心也。五版为堵。兴，起也。百堵同时起，鼛鼓不能止之使休息也。”《毛诗序》：“《绵》，文王之兴，本由大王也。”大王，即指古公亶父，迁于岐山之南，在周原筑室。

《毛诗·大雅·灵台》：“经始灵台，经之营之。庶民攻之，不日成之。”《毛传》：“神之精明者称灵，四方而高曰台。经，度之也。攻，作也。不日有成也。”《郑笺》：“文王应天命，度始灵台之基趾，营表其位，众民则筑作，不舍期日而成之。言说文王之德，劝其事忘己劳也。观台而曰灵者，文王化行，似神之精明，故以名焉。”“功不浃日”，即功劳在于不设定日期，具体分析见张衡《东京赋》“经始勿亟，成之不日”条。陈琳赋意与《毛诗》合，前言古公亶父之功劳，此写周文王之美德，均化用《诗》辞、袭取《诗》义。

应玚《驰射赋》：“延宾鞠旅，星言夙驾。”

《毛诗·鄘风·定之方中》：“星言夙驾，说于桑田。”《郑笺》：“星，雨止星见。夙，早也。”思豪按：赋用《诗》成句。《礼记·曾子问》曰：

---

① 王先谦撰，吴格点校：《诗三家义集疏》，第952页。

“见星而行者，唯罪人与奔父母之丧者乎？”[①]此恐非诗意，姚鼐《惜抱轩笔记》“星言夙驾”条曰：“古晴字本作甠，甠亦可作星，若星辰字自作曐。《诗》：‘星言夙驾。’《释文》引《韩诗》曰：‘星，精也。’精，明晴之谓也。世久以‘星’字当‘曐’，此《诗》偶存古字耳。其‘星言’即‘晴’字，甫晴，即驾足以为勤矣。若见星而行，乃罪人与奔丧者之事，卫文固不得为也。又《尔雅》：‘四时和为通正。’《论衡》作‘四气和为景星’，‘星’字亦今‘晴’字，故为四时气和之名也。”[②]惜抱先生考证精到，但也苦于无直接证据。考察应玚《驰射赋》此句之前有云：“于是阳春嘉日，讲肆余暇，将逍遥于郊野，聊娱游于骋射。”故“星言”必为晴日意也，可为姚氏说增一有力佐证。

应玚《驰射赋》：“弈弈骍牡，既佶且闲。”

《毛诗·小雅·六月》：“四牡既佶，既佶且闲。”赋用《诗》辞，详参张衡《东京赋》“中畋四牡，既佶且闲”条分析。

应玚《撰征赋》：“烈烈征师，寻遐庭兮。悠悠万里，临长城兮。”

《毛诗·小雅·黍苗》：“悠悠南行，召伯劳之。……烈烈征师，召伯成之。”赋用《诗》辞，文与毛同。

---

① 郑玄注，孔颖达正义：《礼记正义》，阮元校刻：《十三经注疏》，第1400页。

② 姚鼐：《惜抱轩笔记》卷二，《惜抱轩全集》本。

# 丙　编

## 汉赋用《诗》的经义内涵

# 第七章

# 论汉赋文本中的“大汉继周”意识书写

——以汉赋用《诗》为中心考察

## 引言　继周者谁?

《论语·为政》有云:“子张问:‘十世可知也?’子曰:‘殷因于夏礼,所损益可知也;周因于殷礼,所损益可知也;其或继周者,虽百世可知也。’”夫子不仅顺知既往,而且还强烈诉求预知未来,只是当时周朝尚存,仅按“或”字以设言。继周者谁?秦命太速,代而不继,而两汉王气隆盛,天命继周。汉人也常以此自我体认,班固《汉书·律历志》云:“汉高祖皇帝,著《纪》,伐秦继周。木生火,故为火德。天下号曰‘汉’。”[①]谶纬著作《春秋演孔图》曰:“卯金刀,名为刘,赤帝后,次代周。”[②]周、汉均是以征伐立国,基于相同的经历,汉人创立“三统说”,确认大汉承赤统以继周。

① 班固:《汉书》,第1023页。

② 见《后汉书·光武帝纪》“谶记曰:‘刘秀发兵捕不道,卯金修德为天子’”句李贤注。中华书局1965年版,第22页。

“大汉继周”[①]与“汉承尧运”“汉家尧后”均是五行相生学说运转下的产物[②]，然就礼乐制度层面而言，汉人的“大汉继周”意识尤为强烈，《汉书·礼乐志》载：“今大汉继周，久旷大仪，未有立礼成乐，此贾谊、仲舒、王吉、刘向之徒所为发愤而增叹也。”[③]汉赋文本多依据经典，尤其是在对周人诗作《诗经》的引用过程中，体现出鲜明的“大汉继周”意识。笔者不揣浅陋，试对其书写形态略作譾论。

## 第一节 由“周”到“汉”的文本拟效

汉人的“大汉继周”意识表现最为明显的就是文本的拟效。首先，汉赋对《诗经》文本的直接替代尤为显著，如枚乘《七发》“诚奋厥武，如振如怒”，文本替换自《毛诗·大雅·常武》“王奋厥武，如震如怒”。《毛诗序》云：“《常武》，召穆公美宣王也。”又《郑笺》云：“王奋扬其威武，而震雷其声，而勃怒其色。”[④]班固《东都赋》“于赫太上，示我汉行”，文本替换自《毛诗·小雅·鹿鸣》“人之好我，示我周行”。“太上”，即指天。《文选五臣注》李周翰注曰：“太上，天也。言天示我汉家所行之事。”[⑤]王

---

① “大汉继周”说可以成立，清人李光地《榕村语录》卷二十一“大体已无可议，……竟当准王莽例”条曰：“黜之班孟坚所云余分闰位也，其年数既不多于莽，而莽罪在汉一代，秦恶流毒万世，复浮于莽，若以秦时无他姓为主，莽时亦无他姓为主也。不过以莽后仍为汉，秦后不为周耳，实即以汉继周，有何不可？”（文渊阁《四库全书》，第725册，第331页）

② 《汉书·眭两夏侯京翼李传》载汉昭帝时眭弘称：“先师董仲舒有言，虽有继体守文之君，不害圣人之受命。汉家尧后，有传国之运。汉帝宜谁差天下，求索贤人，禅以帝位，而退自封百里，如殷、周二王后，以承顺天命。”有关“汉家尧后”之说讨论颇多，如顾颉刚：《五德终始说下的政治与历史》，《顾颉刚古史论文集》，中华书局1996年版；苏诚鉴：《“汉家尧后，有传国之运”——西汉亡于儒生论》，《安徽师大学报》（哲学社会科学版），1988年第4期；杨权：《“汉家尧后”说考论》，《史学月刊》2006年第6期等。

③ 班固：《汉书》，第1075页。

④ 本章《毛诗》《毛诗序》《毛传》《郑笺》皆依据《毛诗正义》，阮元校刻：《十三经注疏》。

⑤ 刘跃进著，徐华校：《文选旧注辑存》，第189页。

先谦《后汉书集解》谓：“示我汉行，谓示我汉家应行之正道也。”[①]二人通解。班固以“汉”替换“周”字，拟之曰“汉行”，则《鹿鸣》中“周”当为商周之“周”意。[②]李光地《榕村语录》曰：“今看《鹿鸣》，直似文王自作之诗，‘人之好我，示我周行’，‘视民不恌，君子是则是效’，非文王不能为此语。”[③]从文意来看，班固将周文王替换为今之汉家天子。又张衡《七辩》“汉虽旧邦，其政惟新”，语出《毛诗·大雅·文王》“周虽旧邦，其命维新”，《毛传》云：“乃新在文王也。”《郑笺》云：“大王聿来胥宇而国于周，王迹起矣，而未有天命，至文王而受命。言新者，美之也。”张衡巧于换字，以“汉”代“周”，有鲜明的大汉继周意识。这种“周”“汉”替换直至建安时期，仍有出现，如陈琳《神女赋》“汉三七之建安，荆野蠢而作仇”，语出《毛诗·小雅·采芑》“蠢尔蛮荆，大邦为雠”，《毛诗序》云：“《采芑》，宣王南征也。”赋替换《诗》辞，有为建安年间曹操率军征伐荆州刘表一事寻求正义依据之目的。

其次是赋家拟效《诗经》文本创写赋作，崇尚周朝圣主高风，推荐当朝君主仿行。扬雄《甘泉赋》：“乃搜逑索耦，皋、伊之徒，冠伦魁能，函《甘棠》之惠，挟东征之意，相与齐虖阳灵之宫。”《甘棠》，《诗·召南》篇名。《毛诗序》云：“《甘棠》，美召伯也。召伯之教，明于南国。”《郑笺》云：“召伯，姬姓，名奭，食采于召，作上公，为二伯，后封于燕。此美其为伯之功，故言伯云。”《法言·先知》曰：“或问‘思斁’。曰：‘昔在周公，征于东方，四国是王；召伯述职，蔽芾甘棠，其思矣夫！’”扬雄认为《甘棠》诗言召公述职事。“挟东征之意”，《文选》李善注引《毛诗序》云：“《东山》，周公东征也。”《东山》是《诗·豳风》篇名。《毛诗序》曰：“《东山》，周公东征也。周公东征，三年而归，劳归士。大夫美之，故作是诗也。一章言其完也，二章言其思也，三章言其室家之望女也，四章乐男

① 王先谦：《后汉书集解》，《续修四库全书》，第273册，第208页。

② 具体分析详见《东汉赋用〈诗〉考释》章相关辨析。

③ 李光地：《榕村语录》卷十三，文渊阁《四库全书》，第725册，第200页。

女之得及时也。君子之于人，序其情而闵其劳，所以说也。说以使民，民忘其死，其唯《东山》乎？”《郑笺》：“成王既得金縢之书，亲迎周公。周公归，摄政。三监及淮夷叛，周公乃东伐之，三年而后归耳。分别章意者，周公于是志伸，美而详之。”又《豳风·破斧》云：“周公东征，四国是皇。”《毛传》：“四国，管、蔡、商、奄也。皇，匡也。”《郑笺》：“周公既反，摄政，东伐此四国，诛其君罪，正其民人而已。”汪荣宝《法言义疏》云：“子云说《诗》，皆用《鲁》义。此以周公东征与召伯述职并举，是亦以《破斧》为黜陟时之作，其以此为思义之证，即用东征西怨、南征北怨之说。”周公摄政，一年救乱挥师东征事，《史记·鲁周公世家》载：“管、蔡、武庚等果率淮夷而反。周公乃奉成王命，兴师东伐，作《大诰》。遂诛管叔，杀武庚，放蔡叔。收殷余民，以封康叔于卫，封微子于宋，以奉殷祀。宁淮夷东土，二年而毕定。”扬雄在这里希望以召公的仁德、周公的义行来感化天子，净化心智，垂恩天下，最后君臣洁心斋戒，齐集于阳灵宫中，有大汉继周的意识。

又《长杨赋》云：

其后熏鬻作虐，东夷横畔。羌戎睚眦，闽越相乱。遐萌为之不安，中国蒙被其难。于是圣武勃怒，爰整其旅……是以遐方疏俗殊邻绝党之域，自上仁所不化，茂德所不绥，莫不跷足抗手，请献厥珍。使海内澹然，永亡边城之灾，金革之患。①

《毛诗·大雅·皇矣》云：

帝谓文王，无然畔援，无然歆羡，诞先登于岸。密人不恭，敢距大邦，侵阮徂共。王赫斯怒，爰整其旅，以按徂旅。以笃于周祜，以

① 费振刚、仇仲谦、刘南平校注：《全汉赋校注》，第274页。

对于天下。

《长杨赋》写法与诗句相类。诗句叙述的是文王伐崇伐密的事迹：先写文王登基，阮、徂、共三国犯周，密须之人不恭敬，敢抗拒其义兵，违正道。后写文王赫然与其群臣尽怒，整其军旅而出，以却止徂国之兵众，以厚周当王之福，以答天下向周之望。赋文描写的是汉武帝安定边疆的事迹：先写匈奴肆虐，东夷背叛，羌戎扰边，闽越骚乱，边民不安，中原也遭受灾难。武帝盛怒，整顿部队，率领大军远征，最后海内太平安静，仁德遍于天下。诗、赋的写法、命意殊无二致，“圣武勃怒，爰整其旅”句对“王赫斯怒，爰整其旅”句的文本替换，让“大汉继周”的意识彰显无遗。同样命意的还有如班固《东都赋》云：“故下民号而上愬，上帝怀而降鉴，致命于圣皇。”[①] 拟效《大雅·皇矣》“皇矣上帝，临下有赫。监观四方，求民之莫”句。蔡邕《释诲》云：“君臣穆穆，守之以平。济济多士，端委缙綎。”拟效《大雅·文王》“济济多士，文王以宁”和“穆穆文王，于缉熙敬止”句。又如张衡《七辩》云：

> 在我圣皇，躬劳至思。参天两地，匪怠厥司。率由旧章，遵彼前谋，正邪理谬，靡有所疑。[②]

《毛诗·大雅·假乐》：“穆穆皇皇，宜君宜王。不愆不忘，率由旧章。”《郑笺》：“愆，过；率，循也。成王之令德不过误，不遗失，循用旧典之文章，谓周公之礼法。”赋用《诗》义，谓遵循先王的典章制度，依从前贤的计策，纠正邪曲，清理谬误。

---

① 此句录自《后汉书·班固传》，《文选》作：“故下人号而上诉，上帝怀而降监，乃致命乎圣皇。”

② 费振刚、仇仲谦、刘南平校注：《全汉赋校注》，第788页。

## 第二节　由受命作周到受命立汉的天命书写

殷人称神与自己的始祖为“帝”，是“祖帝一元神”思维[①]，周人则以“天”为至高神，并以之比配自己的祖先，是“二元神”的宗教思想。缘此，“天命”与“受天命”之说在周朝兴起，以“文王受命”之说最为典型[②]，在周人的典籍文献中屡屡出现，如：

《尚书》:《大诰》曰“予惟小子，不敢替上帝命。天休于宁（文）王，兴我小邦周，宁（文）王惟卜用，克绥受兹命”;《康诰》曰“天乃大命文王殪戎殷，诞受厥命越厥邦厥民”;《酒诰》曰“王若曰……乃穆考文王，肇国在西土。厥诰毖庶邦庶士越少正、御事朝夕曰：祀兹酒。惟天降命，肇我民，惟元祀”;《君奭》周公曰“我道惟宁（文）王德延，天不庸释于文王受命”;《文侯之命》曰“惟时上帝，集厥命于文王”。[③]

《诗经》:《大雅·文王》曰“文王在上，于昭于天。周虽旧邦，其

① 详见王国维《殷卜辞中所见先公先王考》:“《祭法》‘殷人禘喾’……喾为契父，为商人所自出之帝，故商人禘之。卜辞称‘高祖夒’。”(《观堂集林》卷九，中华书局1959年版，第413页)郭沫若《中国古代社会研究》也有类似阐述，指出:“殷末的王多冠有帝号，如帝乙、帝辛。卜辞称文丁为‘文武帝’。”(刘梦溪主编:《中国现代学术经典·郭沫若卷》，河北教育出版社1996年版，第17页)侯外庐等《中国思想通史》:“按殷人的宗教是祖帝一元神，与周人对先祖与上帝（天）的分立而又配合，是不同的。因此，上帝与天命的思想是周人的建国思想。”(人民出版社1957年版，第76页)

② 亦有言文、武二王合受天命者，如《芈伯簋铭》:“王若曰：芈白（伯），朕不（丕）显且（祖）文武雁（膺）受大命。”《询簋铭》:“王若曰：询，不（丕）显文武受令（命），则乃且（祖）奠周邦。”《师簋铭》:“不（丕）显文武，爰受天令（命）。”《毛公鼎铭》:“不（显）文武，皇天引毛公鼎铭厌厥德，配我有周，雁（膺）受大命。”《诗·大雅·江汉》:“文武受命，召公维翰。”《郑笺》:“昔文王、武王受命，召康公为之桢干之臣，以正天下。”《召旻》:“昔先王受命，有如召公，日辟国百里。”《郑笺》:“先王受命，谓文王、武王时也。”《诗·鲁颂·閟宫》:“至于文武，缵大王之绪。致天之届，于牧之野。”

③ 李民、王健撰:《尚书译注》，第246、257、270、321、412页。

命维新。有周不显，帝命不时。文王陟降，在帝左右”；“穆穆文王，于缉熙敬止。假哉天命，有商孙子。商之孙子，其丽不亿。上帝既命，侯于周服”；《大雅·大明》曰“维此文王，小心翼翼，昭事上帝，聿怀多福…有命自天，命此文王”；《大雅·皇矣》曰“天立厥配，受命既固”；《大雅·文王有声》曰“文王受命，有此武功。既伐于崇，作邑于丰”；《周颂·维天之命》曰“维天之命，于穆不已。于乎不显，文王之德之纯”。

金石铭文：《何尊铭》曰“肆文王受兹大令（命）”[①]；《大盂鼎铭》曰“不（丕）显文王受天有大命”[②]。

汉人亦言“文王受命”，如伏生《尚书大传》谓：“文王受命，一年断虞、芮之质，二年伐于……”[③]《毛诗序》云：“《文王》，文王受命作周也。”《郑笺》：“受命，受天命而王天下，制立周邦。”又《诗·大雅·绵》云：“虞芮质厥成，文王蹶厥生。”《毛传》：“虞、芮之君相与争田，久而不平，乃相谓曰：‘西伯仁人也，盍往质焉？’乃相与朝周。入其竟，则耕者让畔，行者让路。入其邑，男女异路，班白不提挈。入其朝，士让为大夫，大夫让为卿。二国之君感而相谓曰：‘我等小人，不可以履君子之庭。’乃相让，以其所争田为间田而退。天下闻之而归者四十余国。”《史记·周本纪》：“西伯阴行善，诸侯皆来决平。于是虞、芮之人有狱不能决，乃如周。入界，耕者皆让畔，民俗皆让长。虞、芮之人未见西伯，皆惭，相谓曰：‘吾所争，周人所耻，何往为，祇取辱耳。’遂还，俱让而去。诸侯闻之，曰：‘西伯盖受命之君。’”[④]诗人道西伯，盖受命之年称王而断虞、芮之

① 李学勤：《何尊新释》，《中原文物》1981年第1期。
② 李润乾：《杨家村五大考古发现考释》，陕西人民出版社2006年版，第76页。
③ 陈梦家：《尚书通论》，商务印书馆1957年版，第58页。
④ 司马迁：《史记》，第117页。

讼。何谓“天命”“受命”？王国维解释为“天降命于君，谓付以天下”①。

赋家承文王受命作周之说，在赋作中书写高祖受命立汉意识，扬雄《长杨赋》：“于是上帝眷顾高祖，高祖奉命，顺斗极，运天关……”《毛诗·大雅·皇矣》：“上帝耆之，憎其式廓。乃眷西顾，此维与宅。”《长杨赋》写法拟效诗句而来。此诗句前言及殷纣、崇侯之暴乱不得人心，而且密、阮、徂、共四国又助之谋的情况。《长杨赋》此句前叙及强秦横暴地伤害人民，六国统治者也争前恐后地残害百姓，广大百姓不得安宁。《毛诗序》：“《皇矣》，美周也。天监代殷莫若周，周世世修德莫若文王。”《郑笺》：“监，视也。天视四方，可以代殷王天下者，维有周尔；世世修行道德，维有文王盛尔。”扬雄在这里也是美大汉，认为高祖皇帝是奉天成命建立大汉王朝，代秦者必大汉，汉人多将西汉受命比作西周受命，于此可见一斑。班固《西都赋》西都宾曰：“及至大汉受命而都之也……天人合应，以发皇明，乃眷西顾，寔惟作京。”语亦出《大雅·皇矣》，有大汉继周意识。同样在京都赋中，“受命”思想广泛存在，如傅毅《洛都赋》：“惟汉元之运会，世祖受命而弭乱。……受皇号于高邑，修兹都之城馆。”张衡《西京赋》“汉氏初都，在渭之涘”，语出《毛诗·大雅·大明》“天监在下，有命既集。文王初载，天作之合。在洽之阳，在渭之涘”。张衡《东京赋》：“且高既受命建家，造我区夏矣。”汉人不仅有高祖“受命说”，光武帝建立东汉也同样受命，崔骃《反都赋》云：“汉历中绝，京师为墟。光武受命，始迁洛都。”

赋家还以“受命”思想来劝谏汉帝，张衡《南都赋》：“本枝百世，位天子焉。永世克孝，怀桑梓焉。”拟效《毛诗·大雅·文王》“文王孙子，本支百世”和《毛诗·周颂·闵予小子》“於乎皇考，永世克孝”诗句。前者言周文王事，《毛传》：“本，本宗也。支，支子也。”《郑笺》：“其子孙适为天子，庶为诸侯，皆百世。”文王受命作周而王天下，汉高祖也是受命立汉，

① 王国维：《观堂集林》卷二《与友人论〈诗〉〈书〉中成语书（二）》，第79页。

可惜高祖所创立的帝业，至王莽时出现了中断，到大汉光武又出现了中兴，子孙百代又可以继为天子。后者言周武王事，《郑笺》：“於乎我君考武王，长世能孝，谓能以孝行为子孙法度，使长见行也。”借周武王劝汉皇。

与受命之说相应，赋家在赋作中推尊文王礼物，遵从周人礼制。以“灵台”为例，《诗·大雅》有《灵台》篇，《毛诗序》曰：“《灵台》，民始附也。文王受命，而民乐其有灵德以及鸟兽昆虫焉。”《郑笺》：“文王受命而作邑于丰，立灵台。”汉赋也作“灵台”书写，扬雄《羽猎赋》云：“非章华，是灵台。”《文选》李善注曰：“言以楚章华为非，而以周之灵台为是。”[①]《左传》昭公七年：“楚子成章华之台。”[②]第六章班固《东都赋》灵台诗条之详细分析，亦是明证。上一章班固《东都赋》“发蘋藻以潜鱼”条，之分析，亦可见大汉继周意识的体现。

## 第三节　由西、东周到西、东京之争

王国维《殷周制度论》谓：“都邑者，政治与文化之标征也。”[③]中国上古都城的变迁，深深地影响政治理念的建立和文化载体的书写。殷商时代都城变迁纷繁复杂，且不去论说，就周王朝而言，自周始祖后稷居邰，公刘迁于豳，大王居岐，周文王迁丰，武王又迁镐京。周武王灭商后，为巩固对东方的统治，有在伊、洛二水建设新的都邑的设想，但未及实现即病逝。成王继位后，又将武王的计划付诸实施，派召公卜宅，周公营建，建成洛邑为东都，即为成周。西周覆亡，周平王东迁，定都成周，遂称王城。

---

① 萧统编，李善注：《文选》，第 134 页。

② 杜预：《春秋左传集解》，第 1289 页。

③ 王国维《殷周制度论》又谓：“自五帝以来，政治文物所自出之都邑，皆在东方。惟周独崛起西土。……自五帝以来，都邑之自东方而移于西方，盖自周始。”故汉赋凡书写西京是多铺叙周室史事。详见《观堂集林》卷十，第 451—452 页。

这段都城变迁史在《诗经》的大、小《雅》及《颂》和《尚书·周书》等文献中得到较好地保存。

两汉王朝的都城之争，贯穿在汉人生活的始终。汉初即有高祖刘邦都洛阳还是迁都长安的困惑，班固《西都赋》西都宾曰：“盖闻皇汉之初经营也，尝有意乎都河洛矣。”与此相应的是，《史记·刘敬叔孙通列传》载：“（汉高祖）问娄敬，娄敬说曰：‘陛下都洛阳，岂欲与周室比隆哉？’上曰：‘然。’”[①]至汉元帝时翼奉也有迁都之议：“天道有常，王道亡常，亡常者所以应有常也。必有非常之主，然后能立非常之功。臣愿陛下徙都于成周。”[②]成周，即东周时期的王都洛邑，《汉书·王莽传》载始建国四年下书曰：“昔周二后受命，故有东都、西都之居。予之受命，盖亦如之。其以洛阳为新室东都，常安为新室西都。”[③]王莽“受命”代汉，仿成周制度，营造洛阳，并将其与长安（常安）一起作为都城。综观上述史料，汉人在都洛还是西迁的争论中，从一开始即都有一个共同的意愿——“继周”。到光武帝建立东汉王朝，定都洛阳，迁都之争尤为激烈，而这些史料都很好地保存在以京都为题材的赋作中。

在迁都之争中，杜笃的《论都赋》主张西迁，而傅毅的《反都赋》《洛都赋》、崔骃的《反都赋》、班固的《两都赋》主张都洛，至张衡《二京赋》而予以总结。《后汉书·杜笃传》载：“笃以关中表里山河，先帝旧京，不宜改营洛邑，乃上奏《论都赋》。”[④]杜笃写作此赋是劝光武帝迁都长安，故其赋中言周公营洛及东周事甚少，仅序“成周之隆，乃即中洛”一句，一笔带过，而描写定都长安的王朝胜迹言辞颇多，自西周、秦至大汉开基暨西汉各朝君主的武功霸业均展开详尽地铺叙，其云：

① 司马迁：《史记》，第1517页。
② 班固：《汉书》，第3176页。
③ 班固：《汉书》，第4128页。
④ 范晔：《后汉书》，第2395页。

故创业于高祖，嗣传于孝惠，德隆于太宗，财衍于孝景，威盛于圣武，政行于宣、元，侈极于成、哀，祚缺于孝平。传世十一，历载三百，德衰而复盈，道微而复章，皆莫能迁于雍州，而背于咸阳。

雍州，古九州之一，即今陕西、甘肃之地。雍州乃汉代帝王耕稼百谷，创立基业的所在。其后又云：

《禹贡》所载，厥田惟上，沃野千里，原隰弥望。保殖五谷，桑麻条畅。滨据南山，带以泾、渭，号曰陆海，蠢生万类。楩枏檀柘，蔬果成实。畎渎润淤，水泉灌溉，渐泽成川，粳稻陶遂。厥土之膏，亩价一金。田田相如，镨镢株林。火耕流种，功浅得深。[①]

东汉文士凡是写到西都之盛时，多会与《诗经》中的关中描写联系起来。杜笃此赋中所写耕稼语句即与《小雅·信南山》大意互文：同写大禹治理南山之功，赋云“《禹贡》所载，厥田惟上”“滨据南山”，《诗》云“信彼南山，维禹甸之”；同写原隰广袤，治作良田，赋云“沃野千里，原隰弥望”，《诗》云“畇畇原隰，曾孙田之”；同写水利灌溉，赋云“滨据南山，带以泾、渭，号曰陆海……畎渎润淤，水泉灌溉，渐泽成川”，《诗》云“益之以霡霂，既优既渥，既霑既足，生我百谷”；同写农作物种类繁多、喜获丰收的场面，赋云“保殖五谷，桑麻条畅……蠢生万类。楩枏檀柘，蔬果成实……粳稻陶遂”，《诗》云“黍稷彧彧。曾孙之穑，以为酒食。……中田有庐，疆场有瓜”；同写治田耕作的方法及良田广阔的场景，赋云“厥土之膏，亩价一金。田田相如，镨镢株林。火耕流种，功浅得深”，《诗》云“我疆我理，南东其亩……疆场翼翼”。《毛诗序》云：“《信南山》，刺幽王也。不能修成王之业，疆理天下，以奉禹功，故君子思古

① 费振刚、仇仲谦、刘南平：《全汉赋校注》，第387页。

焉。”《信南山》写周成王奉禹之功，疆理天下，种植百谷，喜获丰收，最后烝祭先祖以获万福的过程。赋与《诗》均是以四言完成了对关中农业耕作的描绘，异曲同工。

与此相应的是，都洛派赋家在描写西都时也都强调西周时的长安，如班固《西都赋》载西都宾曰：“汉之西都，在于雍州，寔曰长安……三成帝畿，周以龙兴，秦以虎视，及至大汉受命而都之也。”雍州之地，是西周兴起、秦国霸业以及西汉隆盛的基础，是东汉理想的建都之地。又描写西都富裕盛况云：“于是既庶且富，娱乐无疆。都人士女，殊异乎五方。游士拟于公侯，列肆侈于姬姜。”《文选》李善注曰：“《论语》曰：‘子适卫，冉有仆。子曰：庶矣哉！冉有曰：既庶矣，又何加焉？曰：富之。’《毛诗》曰：‘惠我无疆。’又曰：‘彼都人士。’又曰：‘彼君子女。’……《左氏传》：‘君子曰：《诗》云：虽有姬姜，无弃憔悴也。’”[①] 李善注中《论语》文出自《子路》篇，《毛诗》文，前一个出自《周颂·烈文》，后两者均出自《小雅·都人士》，《左传》文出自成公九年，所引《诗》为逸诗。孔广森《经学卮言》曰：“‘彼都人士，狐裘黄黄。其容不改，出言有章。行归于周，万民所望。’此篇似东迁以后之诗，‘行归于周’与‘谁将西归？怀之好音’同义。‘彼都人士’者，据东都而斥西都也。周之初东，自必有以攘犬戎、复旧京望于平王者，是诗即杜笃《论都》之意，犹西周遗贤所作，故得附诸变雅。”[②] 此为深论，不仅杜笃如此，班固《西都赋》中的西都宾亦如是。

都洛派认为重法度，推崇儒家礼乐观念，儒家经典所载周公营洛及东周都洛之事自然成为他们迁都之争中的一条有力武器。班固《东都赋》云：“迁都改邑，有殷宗中兴之则焉；即土之中，有周成隆平之制焉。”“土中”思想来自《尚书·召诰》“王来绍上帝，自服于土中”[③]，言周公营造洛阳事，

① 萧统编，李善注：《文选》，第 23 页。

② 孔广森：《经学卮言》卷三，清嘉庆刻顨轩孔氏所著书本。皮锡瑞《经学通论》亦认为：“《彼都人士》《王风》皆作于东迁后、春秋前。”中华书局 1954 年版，第 38 页。

③ 李民、王健撰：《尚书译注》，第 289 页。

《论衡·难岁》对此有解释：“儒者论天下九州，以为东西南北，尽地广长，九州之内五千里，竟三河土中，周公卜宅，《经》曰：‘王来绍上帝，自服于土中。’雒则土之中也。”[①]“土中”，国中之地，即指河洛之地。然周朝自平王东迁后开始衰落，张衡《西京赋》凭虚公子即谓：“秦据雍而彊，周即豫而弱，高祖都西而泰。”这是事实，面对指责，张衡借《东京赋》安处先生之口予以解释：“周姬之末，不能厥政，政用多僻，始于宫邻，卒于金虎。”周朝衰落的原因并不在于都洛，而是周幽、厉二主近于宫室，亲近小人，导致祸败。又叙说成王、召公、周公营建洛邑的过程：

> 昔先王之经邑也，掩观九隩，靡地不营。土圭测景，不缩不盈。总风雨之所交，然后以建王城。审曲面势：泝洛背河，左伊右瀍。西阻九阿，东门于旋。盟津达其后，太谷通其前。回行道乎伊阙，邪径捷乎轘辕。……召伯相宅，卜惟洛食。周公初基，其绳则直。……经途九轨，城隅九雉。度堂以筵，度室以几。京邑翼翼，四方所视。汉初弗之宅，故宗绪中圮。[②]

这段话有详实地经典依据，如“土圭测景，不缩不盈。总风雨之所交，然后以建王城”，语出《周礼·地官·大司徒》，曰：“以土圭之法测土深，正日景以求地中。”又曰：“日至之景，尺有五寸，谓之地中。天地之所合也，四时之所交也，风雨之所会也，阴阳之所和也，然则百物阜安，乃建王国焉。”[③]“审曲面势”，语出《周礼·冬官序》，曰：“或审曲面势，以饬五材，以辨民器，谓之百工。”[④]“经途九轨，城隅九雉。度堂以筵，度室以几”，语出《周礼·冬官·匠人》，曰：“匠人营国，方九里，旁三门。国

---

① 黄晖撰：《论衡校释》，第 1019—1020 页。

② 费振刚、仇仲谦、刘南平校注：《全汉赋校注》，第 678 页。

③ 郑玄注，贾公彦疏：《周礼注疏》，阮元校刻：《十三经注疏》，第 704 页。

④ 郑司农曰：“察五材曲直方面形势之宜也。”

中九经九纬，经涂九轨。”[①] 又曰：“王宫门阿之制五雉，宫隅之制七雉，城隅之制九雉。”[②] 又曰：“室中度以几，堂上度以筵。”以上依据《周礼》材料。又有用《尚书》《诗经》语，如“召伯相宅，卜惟洛食”，语出《尚书·召诰》“成王在丰，欲宅洛邑，使召公先相宅”，又《洛诰》“乃卜涧水东，瀍水西，惟洛食”。[③]“周公初基，其绳则直”，语出《尚书·康诰》“周公初基作新大邑于东国洛”[④] 和《毛诗·大雅·绵》“其绳则直”。“京邑翼翼，四方所视”，语出《毛诗·商颂·殷武》“商邑翼翼，四方之极”（具体分析参见上一章张衡《东京赋》“京邑翼翼，四方所视”条疏解）。薛综注曰：“京，大也。大邑，谓洛阳也。翼翼，礼仪盛貌。言常为四方观，翼翼然也。”[⑤] 张衡赋化用经典含义，说庄严雄伟的洛阳大邑，最合礼制，令四面八方的人都感到称意。最后，张衡总结西汉灭亡的原因为“汉初弗之宅”，即不都洛阳。

我们将这些赋作中的西、东周描述与西京、东京书写相对照，凡是描写西京者，必言长安为“先帝旧京”，东周都洛即衰弱，着重于都长安的王朝历史铺叙；而铺陈东京者，必言周成王、召公、周公营洛事，认为西汉宗绪中圮的原因即是不都洛阳，重援引经典以为都洛寻求符合礼制的依据。

汉赋中的“大汉继周”意识书写形态多重，以上三端仅概而述之。就文本特征而言，一是周代所存文献远较夏、商为多，而且存有文学性很强的《诗经》；二是赋作为文学化的文本，本身即存在着大量引论《诗》《书》等经典的现象。就经义阐释而言，周代文献多被汉人立为经典，推衍政教，而赋作又依经立义，援以为据。缘于此，汉赋文本中的“大汉继周”意识书写就有了子、史著作所表现不明朗的特点：其一，通过比对文本发现汉

① 郑玄注：“营，谓丈尺其大小。天子十二门，通十二子。国中，城内也。经纬，谓涂也。经纬之涂，皆容方九轨。”

② 郑玄注：“阿，栋也。宫隅、城隅，谓角浮思也。雉，长三丈，高一丈。”

③ 李民、王健撰：《尚书译注》，第285、294页。

④ 李民、王健撰：《尚书译注》，第257页。

⑤ 萧统编，李善注：《文选》，第54页。

代赋家对《诗》《书》经典文本存在拟效行为，广采其中成句。其二，在拟效与运用成句的过程中，往往将自己的当代意识寓含其中，有着强烈的功用意图。其三，基于赋家创作的不同意图，赋作在书写汉继周统意识时的着眼点也不同，或直接作文本替换，并彰周朝圣主以供当代君王仿行；或从受命立国的高度构建王朝德政，表达讽劝之意；或以政治与文化生活中的重要表征为书写对象，并借为自己立论之依据。

# 第八章

# 论汉赋与《诗》经、传的共生与兼容

## 引言　用赋“升堂入室”的假设

扬雄在《法言·吾子》中有个有趣的假设：“如孔氏之门用赋也，则贾谊升堂，相如入室矣，如其不用何？”[①]“升堂入室”，典出《论语·先进》：“子曰：‘由也，升堂矣，未入于室也。’”“升堂”即窥得夫子学说的门径，“入室”即得到夫子学说的真义。扬雄这个假设的前提是：如果孔子的学问用赋来表达，即赋作为宣扬孔子学说的载体，那么作为汉赋高手的贾谊、司马相如，肯定是孔门的杰出弟子。可惜的是，孔门并未用赋，但赋真的是如扬雄所说的“雕虫小技”，与经术无关，于大道无补吗？清人阮元《四六丛话序》云：“洎乎贾生、枚叔，并辔汉初；相如、子云，联镳西蜀。中兴以后，文雅尤多，孟坚、季长之伦，平子、敬通之辈。综两京文赋之家，莫不洞穴经史，钻研六书。”[②]故赋虽是“雕虫绣帨”，亦是与经术同途。魏源《定盦文录叙》即说：“荀况氏、扬雄氏，亦皆从词赋入经术，因文见

① 汪荣宝撰，陈仲夫点校：《法言义疏》，第50页。

② 阮元：《四六丛话序》，《揅经室集》，第738页。

道，或毗于阳，则驳于质，或毗于阴，则愦于事，徒以去圣未远，为圣舌人，故至今其言犹立。”[1] 经术与辞赋皆归源于言，赋家从辞赋入经术，亦是在化经术入辞赋，以求有补于大道。陈棨仁在《冠悔堂赋钞叙》中盛赞汉赋，谓“孔门用赋，定在升堂入室之班”[2]，有纠扬雄之偏意。

两汉之世，所撰文字，必缘经术，孔门师徒虽不用赋，但赋中却广泛含有孔门及其弟子所宣传的经义。《诗经》与汉赋，前者是一代经学的典型，后者是一代文学的代表，缘于《诗经》的文学元素，汉赋与《诗》的经、传传统的共生与兼容状态，尤为值得学界关注。

## 第一节　传与赋

“传”者，相对于“经”而言。“经”的初文是“巠”，本义是指布帛的纵线，《说文·糸部》云：“经，织，从丝也。”[3] 后引申为书籍、典籍，章太炎指出：“今人书册用纸，贯之以线。古代无纸，以青丝绳贯竹简为之。用绳贯穿，故谓之‘经’。经者，今所谓线装书矣。”[4] 先秦诸子著作，皆可称“经”，至两汉儒家独尊之后，“经”由多元化形态转为特指儒家经典，有了“六经”“五经”“七经”“九经”之名。“传”是解“经”之作，王充《论衡·书解》云：“圣人作其经，贤者造其传，述作者之意，采圣人之志，故经须传也。”[5]“传”与训解词语的训诂、章句、笺注又有所不同，主要用于阐释、发挥经义，马瑞辰谓：“盖诂训第就经文所言者而诠释之，传则并经

① 龚自珍著，王佩诤校：《龚自珍全集·附录》，中华书局 1959 年版，第 632 页。

② 杨浚：《冠悔堂赋钞》，光绪间侯官晋江杨氏刻本。又据台湾学者简宗梧的考论，汉代赋家凡有“子书”传世者，基本皆为“儒家”（详见简宗梧：《汉赋源流与价值之商榷》第三篇《汉代赋家与儒家之渊源》，台湾文史哲出版社 1980 年版，第 101—134 页），这亦可印证两汉赋家创作辞赋与儒学传统的关联。

③ 许慎撰，段玉裁注：《说文解字注》，第 644 页。

④ 章太炎著，吴永坤讲评：《国学讲演录》，凤凰出版社 2008 年版，第 44 页。

⑤ 黄晖撰：《论衡校释》，第 1158 页。

文所未言者而引申之，此诂训与传之别也。”① 此种区别在东汉以前尤为明显，刘知幾《史通·补注》云：“降及中古，始名传曰注。”②“传”之初义之一为“言”，有描述、表达之意，《孙子·计篇》云：“攻其无备，出其不意。此兵家之胜，不可先传也。”杜牧注：“传，言也。此言上之所陈，悉用兵取胜之策，固非一定之制；见敌之形，始可施为，不可先事而言也。”③两汉传离经而好发挥，具有丰富经典内容，趋向史实叙述与文学描写的特征，章炳麟《国故论衡·明解故上》：“古之为传异于章句，章句不离经而空发，传则有异。《左氏》事多离经，《公羊》《穀梁》二传亦空记孔子生。”④ 确是。如《左传》即“以历史之事实解释《春秋》”，是“以史传经”⑤的典范。《文心雕龙·史传》：“然睿旨存亡幽隐，经文婉约，丘明同时，实得微言，乃原始要终，创为传体。传者，转也；转受经旨，以授于后，实圣文之羽翮，记籍之冠冕也。”⑥《左传》以史实叙述传经。汉儒视《离骚》为经，据《楚辞补注》目录知《九歌》至《九思》题下本皆有“传”字，故《九歌》等是屈原自撰之传；《九怀》以降诸篇乃后人赓续之传。⑦《九歌》《九怀》诸篇以文学描写传经，刘向编《楚辞》皆视其为传，明王世贞《楚辞序》即谓：“（刘向）尊屈原《离骚》为经，而以原别撰《九歌》等章，及宋玉、景差、贾谊、淮南、东方、严忌、王褒诸子，凡有推佐原意而循其调者为传。”⑧ 传者言也，赋亦言而结文，皆为文学之一体。

“传”与“赋”的结缘，又源于“赋”与“傅”字，古字相通，而

① 马瑞辰撰，陈金生点校：《毛诗传笺通释》，中华书局 1989 年版，第 4—5 页。

② 刘知幾撰，浦起龙释：《史通通释》，上海古籍出版社 1978 年版，第 122 页。

③ 吉天保辑：《十一家注孙子》卷上，宋刻本。

④ 章太炎撰，陈平原导读：《国故论衡》，第 70 页。

⑤ 徐复观认为解释《春秋》的“三传”，《公羊》《穀梁》是“以义传经”，《左传》除此之外，更重要的是“以史传经”。详见《两汉思想史》第三卷，华东师范大学出版社 2001 年版，第 164—167 页。

⑥ 刘勰著，范文澜注：《文心雕龙注》，第 284 页。

⑦ 参见洪兴祖《楚辞补注》之“目录”。按：朱熹《楚辞集注》及《后语》，亦传承其法而形成以经传为中心的标目体系。

⑧ 刘向编集，王逸章句：《楚辞》（一），《丛书集成初编》，中华书局 1985 年版，第 1 页。

“传”（傳）与“傅”形近而转[①]。这里关系到西汉时期的三篇作品：刘安《离骚传》、王褒《四子讲德论》和无名氏《神乌傅（赋）》。首先是刘安《离骚传》，有如下几则材料值得关注：

《汉书·淮南王安传》云：“安入朝……（武帝）使为《离骚传》，旦受诏，日食时上。又献《颂德》及《长安都国颂》。”颜师古注曰：“传谓解读之，若《毛诗传》。”[②]

荀悦《汉纪·孝武皇帝纪》：“上（武帝）使安作《离骚赋》，旦受诏，食时毕。”[③]

高诱《淮南子·叙目》：“初，安为辩达，善属文。……孝文皇帝甚重之，诏使为《离骚赋》，自旦受诏，日早食已。”[④]

《太平御览·皇亲部一六·诸王上》：“初，安入朝，……（武帝）使为《离骚赋》，旦受诏，食时上。”[⑤]

以上记载有两点大不同，一是《汉书》《汉纪》《御览》载刘安作《离骚传（赋）》是武帝时，而高诱却记在文帝朝；二是《汉纪》《御览》和高诱均说刘安作《离骚赋》，而《汉书》称作《离骚传》。第一点有待求证。第二点，王念孙有详细辨析，其《读书杂志·〈汉书〉第九》曰：“传当为傅，傅与赋古字通。（注曰：《皋陶谟》“敷纳以言”；《文纪》“敷”作“傅”，僖二十七年《左传》作“赋”。《论语·公冶长》“可使治其赋也”，《释文》“赋，梁武云《鲁论》作傅”）‘使为《离骚傅》’者，使约其大旨而

---

① 《广雅·释言》：“傅，敷也。”清朱骏声《说文通训定声·豫部》：“傅，假借为敷。”“尃”与“专（叀）”在甲骨文、金文中字形非常相似，详见高明：《古文字类编》，中华书局1980年版；徐中舒：《汉语古文字字形表》，四川人民出版社1981年版。

② 班固：《汉书》，第2145—2146页。

③ 荀悦：《汉纪》，中华书局2002年版，第205页。

④ 严可均辑：《全上古三代秦汉三国六朝文》之《全后汉文》卷八十七，第945页。

⑤ 李昉等撰：《太平御览》，第732页。

为之赋也。安辩博善为文辞，故使作《离骚赋》，下文云‘安又献《颂德》及《长安都国颂》’。《艺文志》有‘《淮南王赋》八十二篇’，事与此并相类也。若谓使解释《离骚》，若《毛诗传》，则安才虽敏，岂能旦受诏而食时成书乎？《汉纪·孝武纪》云：‘上使安作《离骚赋》，旦受诏，食时毕。’高诱《淮南鸿烈解叙》云：‘诏使为《离骚赋》，自旦受诏，日早食已。’此皆本于《汉书》。《太平御览·皇亲部十六》引此作‘《离骚赋》’，是所见本与师古不同。”[①] 王念孙主张刘安所作是约《离骚》大旨而作的《离骚赋》。刘勰《文心雕龙·神思》云“淮南崇朝而赋骚”，似乎也认为刘安所作是赋，但《辨骚》又曰：“昔汉武爱骚而淮南作传。”此种现象，范文澜解释云：“彦和不应先后矛盾。疑淮南实为《离骚》作传，略举其训诂，而《国风》好色而不淫云云，是安所作传之叙文。班固谓淮南王安叙《离骚传》，是其证。东京以来，《汉书》传本有作传者，有作傅者，彦和两采而用之耳。”[②] 刘安究竟作“传”还是作“赋”，聚讼纷纭，无有定论。

其次是王褒《四子讲德论》。《汉书·王褒传》云：“褒既为刺史作颂，又作其传。”“传”，颜师古注曰：“解释颂歌之义及作者之意。”[③] 又《文选》载有王褒《四子讲德论》，其序云：“褒既为益州刺史王襄作《中和》《乐职》《宣布》之诗，又作传，曰《四子讲德》。”[④] 王褒究竟作的是《四子讲德论》还是《四子讲德传》？民国学者啸咸《读汉赋》辨析道：“《王褒传》云：‘褒即为刺史作颂，又作其传。’（颜师古曰：解释颂歌之义及作者之意。）案王褒所作之传，即《文选》所载之《四子讲德论》；据《序》云：‘作传，名曰《四子讲德》’，则原题当为《四子讲德传》，犹淮南之《离骚传》也。淮南之《离骚传》，荀悦《汉纪·孝武纪》、高诱《淮南鸿烈解序》皆称为《离骚赋》，亦必据《汉志》言之（使称《四子讲德传》，亦必

---

① 王念孙：《读书杂志》，江苏古籍出版社 1985 年版，第 296 页。王先谦亦赞同此说，详见《汉书补注》，中华书局 1983 年版，第 1025 页。

② 刘勰著，范文澜注：《文心雕龙注》，第 50 页。

③ 班固：《汉书》，第 2822 页。

④ 萧统编，李善注：《文选》，第 711 页。

据《汉志》称为《四子讲德赋》，从可知矣），是传亦谓之赋也。（《四子讲德传》，《文选》改题《四子讲德论》，收入论类，与赋别。案班固《离骚序》称淮南王安叙《离骚》者，据原题言之也。《文心·辨骚》称孝武爱骚而淮南作传，《神思》称淮南崇朝而赋骚，传赋二字错用者，一据原题，一据《汉志》故也。范君仲澐《文心雕龙注》谓淮南所作，实是《离骚赋》；又引杨君遇夫《读汉书札记》谓《离骚传》与《四子讲德论》文体略同，并非赋体，荀、高改传为傅云云，要皆不合。）二子所作，既同称为'传'，则此体之文，在当日必尚有之；惜汉赋多不传，而传者又往往为后人所改（如昭明改《四子讲德传》为《四子讲德论》，改《洞箫颂》为《洞箫赋》，改《吊屈原赋》为《吊屈原文》，即其例），致今日除《离骚》《讲德》之外，号称为'传'者不可复见，亦憾事也。"[①]啸咸认为王褒《四子讲德论》即《四子讲德传》，亦是赋体。

再来看《神乌傅（赋）》。前引王念孙曰"传当为傅，傅与赋古字通"，《汉书·淮南王传》中的"离骚传"当为"离骚傅"，即"离骚赋"。扬之水《〈神乌赋〉谫论》一文认为："今以《神乌赋》书作《神乌傅》之例论之，传、赋的公案大概可以得出正解——当推王念孙氏为卓见也。《神乌赋》以草书书简，虽其中有少量的字用了俗字，但多数通假字与今传世汉代诗赋中所用大致相同，傅、赋，也应在此例。"接着又从汉代由于辞赋的发展，文、学两分的角度指出：淮南王安所作当为《离骚赋》，其"入朝面君，衔题作赋，自在情理之中，似无饾饤章句，为'传'、为'论'之理"。[②]裘锡圭《〈神乌傅（赋）〉初探》一文也指出："我们认为由于《神乌傅（赋）》的出土，可以肯定王念孙的意见是正确的，《汉书》原文应作'傅'。"[③]

我们觉得上述传、论、赋互混现象，并不是单纯地由形、音相近而形成的文字舛误或相通问题所致，而是在汉代，文体本身就处于一种混沌的

① 啸咸：《读汉赋》，《学艺》第十五卷第二号，1936年3月，第130—131页。

② 扬之水：《〈神乌赋〉谫论》，《中国文化》1996年第2期。

③ 裘锡圭《〈神乌傅（赋）〉初探》，《文物》1997年第1期。

状态。汉代除以“赋”名篇的赋作外，还广泛存在以论、解、传等形式的类赋之文（或名赋体文），如司马相如《难蜀父老》、东方朔《答客难》《非有先生论》、扬雄《解嘲》《解难》之属。尤其是东方朔《非有先生论》，《汉书》本传、《文选》皆题作《非有先生论》，而任昉《文章缘起》“传”体下注曰“汉东方朔作《非有先生传》”[①]，或另有所本。又刘向《列女传》，《尹湾汉墓简牍》之《君兄缯方缇中物疏》载：“《列女傅》一卷。”[②]杜笃《论都赋》兼有赋与论的特征，后世的《纪征赋》《序征赋》《述征赋》《述初赋》《述行赋》等则又兼有赋与纪、序、述体的特征。《离骚传》《四子讲德论》《神乌傅（赋）》等篇，我们没有必要考证出它们究竟是赋体，还是传或论体，而视它们为具有“传”或“论”性质的类赋之文，也未为不可。我们在这里要强调的是赋也具有传体的性质，汉赋具有“依经立义”“以赋传经”的特征。

## 第二节　汉赋用《诗》序、传语考释

汉代赋作与《诗》序、传文字的重复互见，是汉代以赋传经的一大征象。清儒辑录汉世文章用《诗》序、传语甚多[③]，笔者在梳理汉赋用《诗》

---

① 穆克宏主编：《魏晋南北朝文论全编》，上海远东出版社 2012 年版，第 199 页。又章如思《群书考索》卷二十一《文章门》之《文章缘起类》为东方朔《非有先生传》一篇单列“传”类。洪迈《容斋三笔》卷八“吾家四六”条亦题作“东方朔《非有先生传》”，《容斋随笔》，第 524 页。

② 《尹湾汉墓简牍》，中华书局 1997 年版，第 24、133 页。

③ 惠栋《九经古义》卷七谓：“蔡邕《独断》载：‘《周颂》三十一章，尽录诗序。自《清庙》至《般》诗一字不异，何得云至黄初时始行于世耶？”钱大昕《十驾斋养新录附余录》卷二《诗序》赞同惠栋之说，并谓：“宋儒以《诗序》为卫宏作，故叶石林有是言。然司马相如、班固皆在宏之前，则序不出于宏已无疑义。”《文选》载王褒《四子讲德论》：“周公咏文王之德而作《清庙》，建为《颂》首。”蔡邕《独断》曰：“《清庙》，一章八句，洛邑既成，诸侯朝见，宗祀文王之所歌也。”说明《清庙》是祭祀文王之诗，陈乔枞称二人所引即“《鲁诗·周颂》之序也”。近人徐澄宇《诗经学纂要》：“两汉名儒多引《诗序》。司马相如云：‘事未有不始于忧勤，而终于逸乐。’与《鱼丽序》合。桓宽云：‘莫非王事，我独贤劳，刺不均也。’与《北山序》合。班固《东京赋》德广所及，与《汉广序》合，诸人并在卫宏之前，此序出于卫宏以前之明证也。”

材料的过程中亦有所得，略作疏释如下：

扬雄《甘泉赋》："乃搜逑索耦，皋、伊之徒，冠伦魁能，函《甘棠》之惠，挟东征之意，相与齐虖阳灵之宫。"①

思豪按：此用《鲁诗传》例。扬雄在赋中希望以召公的仁德、周公的义行来感化天子，净化心智，垂恩天下，"函""挟"既有尊召公、周公而歌颂之之情，又有顺应万物之理，以古圣之道劝谏汉成帝之意。刘向《说苑·贵德》："《诗》曰：'蔽芾甘棠，勿翦勿伐！召伯所茇。'《传》曰：'自陕以东者，周公主之；自陕以西者，召公主之。召公述职，当桑蚕之时，不欲变民事，故不入邑中，舍于甘棠之下而听断焉。陕间之人皆得其所，是故后世思而歌咏之。……百姓叹其美而致其敬，甘棠之不伐也，政教恶乎不行。孔子曰：吾于《甘棠》见宗庙之敬也。甚尊其人，必敬其位，顺安万物，古圣之道几哉？'"王先谦《集疏》认为刘向从《鲁诗》说，所称的"传"即是《鲁诗传》。又《法言·先知》曰："或问'思斁'。曰：'昔在周公，征于东方，四国是王；召伯述职，蔽芾甘棠，其思矣夫！'"可为佐证。

冯衍《显志赋》："夫伐冰之家，不利鸡豚之息；委积之臣，不操市井之利。"②

思豪按：此用《韩诗外传》例。参见第四章"冯衍《显志赋》"条疏解。

马融《长笛赋》："澹台载尸归，皋鱼节其哭。……鲟鱼喁于水裔，仰驷马而舞玄鹤。于时也，绵驹吞声，伯牙毁弦。瓠巴聑柱，磬

① 费振刚、仇仲谦、刘南平校注：《全汉赋校注》，第232页。
② 费振刚、仇仲谦、刘南平校注：《全汉赋校注》，第367页。

襄弛悬。”[①]

思豪按：用《韩诗外传》典事，描写笛声充满义理，妙不可言。《韩诗外传》卷九第三章：“孔子行，闻哭声甚悲。孔子曰：‘驱之驱之，前有贤者。’至则皋鱼也，被褐拥镰，哭于道旁。孔子辟车与之言，曰：‘子非有丧，何哭之悲也？’皋鱼曰：‘吾失之三矣……’”[②]赋反用《传》意，写皋鱼闻笛声后会改变心情，节制哀哭，说明笛声饱含义理，使人得以适意。《韩诗外传》卷六第十四章：“昔者瓠巴鼓琴而潜鱼出听，伯牙鼓琴而六马仰秣。鱼马犹知善之为善，而况君人者也？”[③]笛声会引得鱼喁水面，驷马仰首倾听，而伯牙则毁掉古琴，瓠巴松开弦柱，他们都被美妙的笛声所吸引。

张衡《南都赋》：“游女弄珠与汉皋之曲。”[④]

思豪按，《文选》李善注引《韩诗外传》曰：“郑交甫将南适楚，遵波汉皋台下，乃遇二女，佩两珠，大如荆鸡之卵。”[⑤]这里借以写南都宝产众多，珍藏丰富。

傅毅《舞赋》序：“臣闻歌以咏言，舞以尽意，是以论其诗不如听其声，听其声不如察其形。”

张衡《舞赋》：“歌以咏志，舞以旌心。”[⑥]

思豪按：此二例用《毛诗序》。《毛诗序》：“《诗》者，志之所之也。

---

① 费振刚、仇仲谦、刘南平校注：《全汉赋校注》，第800—801页。

② 韩婴撰，许维遹校释：《韩诗外传集释》，第307—308页。

③ 韩婴撰，许维遹校释：《韩诗外传集释》，第217页。

④ 费振刚、仇仲谦、刘南平校注：《全汉赋校注》，第726页。

⑤ 萧统编，李善注：《文选》，第69页。

⑥ 费振刚、仇仲谦、刘南平校注：《全汉赋校注》，第413、761页。

在心为志，发言为诗，情动于中而形于言，言之不足，故嗟叹之，嗟叹之不足，故咏歌之，咏歌之不足，不知手之舞之足之蹈之也。”又《尚书·尧典》：“诗言志，歌永言。”均可知诗、乐、舞同是一源。傅毅发明《毛诗序》义，指出就情志而言，诗不如声（歌），声（歌）不如形（舞），舞蹈是最容易表达情意的艺术形式。

张衡《东京赋》：“取之以道，用之以时。山无槎枿，畋不麑胎。草木蕃庑，鸟兽阜滋。”①

思豪按：此用《毛诗传》例。《文选》李善注：“毛苌《诗传》曰：‘太平而微物众多，取之有时，用之有道。’”②是句出自《小雅·鱼丽》篇的《毛传》，今本作“太平而后微物众多，取之有时，用之有道”。

以上数例引自《韩诗外传》以及《毛诗》《鲁诗》序、传，而《齐》诗序、传以及《韩诗内传》因所知文献有限，其引用情况不得而知。如班倢伃《自悼赋》“《绿衣》兮《白华》，自古兮有之”；崔篆《慰志赋》“扬蛾眉于复关兮，犯孔戒之冶容。懿《氓》蚩之悟悔兮，慕《白驹》之所从”；班彪《北征赋》“乘陵岗以登降，息郇邠之邑乡。慕《公刘》之遗德，及《行苇》之不伤”，“日晻晻其将暮兮，睹牛羊之下来。寤怨旷之伤情兮，哀诗人之叹时”；傅毅《舞赋》“嘉《关雎》之不淫兮，哀《蟋蟀》之局促”；张衡《思玄赋》“咽河林之蓁蓁兮，伟《关雎》之戒女”；张衡《东京赋》“改奢即俭，则合美乎《斯干》”③；蔡邕《青衣赋》“《关雎》之洁，不蹈邪非”；等等，皆有可能与各自所习的《诗》序、传有相承互见的地方，惜文

① 费振刚、仇仲谦、刘南平校注：《全汉赋校注》，第683页。

② 萧统编，李善注：《文选》，第66页。

③ 魏源：《诗古微·诗序集义》谓：“（《斯干》）周德既衰而奢侈，宣王中兴，更为俭宫室，小寝庙，诗人美之。注云：‘刘向《昌陵疏》。又张衡赋、扬雄箴并同。’”（《续修四库全书》，第77册，第329页）

献不足征，故不可考。

## 第三节　经、传思路与汉赋造作

张衡《南都赋》有云：“经论典训，赋纳以言。”汉赋创作不仅直接引用《诗经》的序、传，而且经学的经、传思路也直接影响汉赋的创作。赋家们把作赋看作为经籍作序、传。《世说新语·文学》载晋孙绰语云：“《三都》《二京》，五经鼓吹。”[①]究其意，清人朱凤墀《五经鼓吹赋》解释道：“京二册而都三篇，于五经之余得五。则且仿《易》之鸣豫以为则，奉《书》之依永以为型，采颂声于《诗》什，考乐记于《礼》经……盖其词尽切今，论皆稽古，经以开赋之原，赋亦为经之辅。”[②]经为赋之原典，赋可与辅助解经的序、传等而观之。康绍镛《七十家赋钞序》：“盖赋者，《诗》之讽谏，《书》之反覆，《礼》之博奥，约而精之。”[③]孙氏、朱氏、康氏之论是就五经总体而言，五经之中，《诗》与汉赋之间的关系最为紧密，清人潘世恩《瀛奎玉律赋钞序》云：“诗为赋之统宗，赋为诗之辅佐。”[④]汉赋的创作与《诗》的经、传思路最可作为典型来加以探讨。[⑤]

《汉书·艺文志》载：“汉兴，鲁申公为《诗》训诂，而齐辕固、燕韩生皆为之传。或取《春秋》，采杂说，咸非其本义。”[⑥]“传”有四种思路：

---

① 余嘉锡：《世说新语笺疏》，中华书局1983年版，第260页。

② 朱凤墀：《五经鼓吹赋》（以三都两京五经鼓吹为韵），见鸿宝斋主人编：《赋海大观》，第4册，第243页。

③ 张惠言辑：《七十家赋钞》卷首，道光元年（1821）合何康氏家塾刻本。

④ 高敏编：《瀛奎玉律赋钞》卷首，道光十年刻本。

⑤ 关于汉赋创作中的繁词缛藻以及模拟等现象与经、传思路的关系，前贤多有论述，如周勋初《王充与两汉文风》一文认为汉赋的模拟之风“形成的原因很多，而受经学上墨守家法的风气的影响至为深巨”（《文史探微》，上海古籍出版社1987年版，第5页）。本文不拟从此角度赘述，而是将汉赋文本与《诗经》序、传的文本相比照，期以觅得二者在思路上的相通之处。

⑥ 班固：《汉书》，第1708页。

本经（《诗经》）、取史（春秋史事）、采子（杂说）、主文（发扬经义）。这与笺注、训诂本经义而说解不同，《四库全书总目》云："其书（《韩诗外传》）杂引古事古语，证以诗词，与经义不相比附，故曰'外传'。……班固论三家之诗，称其'或取春秋，采杂说，咸非其本义'，殆即指此类欤？"[①]缘于此，汉代赋家衍绎《诗》传的思路，创作的辞赋具有经史结合、"以意逆志"的思路，比事属辞的风格以及主文谲谏的特征，以张超《诮青衣赋》为例，赋云：

> 历观今古，祸福之阶，多犹孽妾淫妻。《书》戒牝鸡，《诗》载哲妇，三代之季，皆由斯起。晋获骊戎，毙坏恭子；有夏取仍，覆宗绝祀；叔肸纳申，听声狼似；穆子私庚，竖牛馁己；黄歇之败，从李园始；鲁受齐乐，仲尼逝矣；文公怀安，姜诮其鄙。[②]

《诮青衣赋》针对蔡邕《青衣赋》而作，引经据典，历数古今祸国乱家之女子。《尚书·牧誓》："牝鸡无晨，牝鸡之晨，惟家之索。"牝鸡，母鸡，即指家里的女性，她们掌权则于家不利。《大雅·瞻卬》："哲夫成城，哲妇倾城。懿厥哲妇，为枭为鸱。妇有长舌，维厉之阶。乱匪降自天，生自妇人。匪教匪诲，时维妇寺。"《毛传》："哲，知也。"《郑笺》："哲，谓多谋虑也。城，犹国也。丈夫阳也，阳动故多谋虑则成国。妇人阴也，阴静故多谋虑则乱国。"《毛诗序》谓："《瞻卬》，凡伯刺幽王大坏也。"张超赋合用《书》《诗》义说有智谋而掌权的女人就像打鸣的母鸡、不祥的猫头鹰一样，是祸水之源，会颠覆国家，夏、商、周三代最后的灭亡都是由女人造成的。接着又举《左传》《国语》《史记》中所载骊姬乱晋事、仲康之子帝相事、叔向纳申事、叔孙穆子被其子竖牛饿死事、李园杀春申君事、孔子

① 永瑢等：《四库全书总目》，中华书局1965年版，第136页。
② 费振刚、仇仲谦、刘南平校注：《全汉赋校注》，第959页。

以大司寇行摄相事、晋文公重耳奔齐事来说明女子祸水论，说教意味浓厚，但经史结合的传统在赋中表现得极为鲜明。又云：

> 周渐将衰，康王晏起，毕公喟然，深思古道，感彼《关雎》，德不双侣。但愿周公，好以窈窕，防微消渐，讽谕君父，孔氏大之，列冠篇首。[①]

《毛诗序》："《关雎》，后妃之德也。……是以《关雎》乐得淑女以配君子，忧在进贤，不淫其色，哀窈窕，思贤才，而无伤善之心焉。是《关雎》之义也。"《后汉书·明帝纪》李贤注引薛君《韩诗章句》曰："诗人言雎鸠贞絜慎匹，以声相求，隐蔽于无人之处。故人君退朝，入于私宫，后妃御见有度，应门击柝，鼓人上堂，退反宴处，体安志明。今时大人内倾于色，贤人见其萌，故咏《关雎》，说淑女，正容仪，以刺时。"[②]张超赋中此段有关《关雎》之义的论述，王先谦认为是《鲁诗》说，即具有"以《诗》明事"（《毛传》）、"以《诗》证事"（《韩诗外传》）、诗史结合的经传传统。

又班彪《北征赋》云："日晻晻其将暮兮，睹牛羊之下来。寤旷怨之伤情兮，哀诗人之叹时。"写作素材源自《王风·君子于役》："君子于役，不知其期。曷至哉？鸡栖于埘，日之夕矣，羊牛下来。君子于役，如之何勿思。"刘向《九叹·远逝》："日晻晻下而颓。"赋将《楚辞》语句与诗体语句结合起来，用其辞，化其境，表达行役之苦，以刺时事。时运不济，事难逢时，《六臣注文选》张铣曰"言思君子为怨旷，嗟行役为叹时，皆诗人之情"，[③]借《诗经》中诗人的情感来哀叹自己的伤情，达到诗性的共鸣，同时又在"以意逆志"，对诗意有所阐发，孙执升评此赋云："登山眺野，触

① 费振刚、仇仲谦、刘南平校注：《全汉赋校注》，第959页。
② 范晔：《后汉书》，第112页。
③ 刘跃进著，徐华校：《文选旧注辑存》，第2010页。

目兴怀，虽铺叙寥寥，而哀音历落，具见《黍离》之感。”[①]张纮《瓌材枕赋》：“昔诗人称角枕之粲，季世加以锦绣之饰。”用《唐风·葛生》“角枕粲兮，锦衾烂兮”句。赋中的诗人即指《葛生》诗的作者，他称赞用牛角装饰的枕头很灿烂，而末世又加以精致华美的丝绣来修饰。很明显赋中将《葛生》作为颂美诗看待，具有“以意逆志”的解诗特征。

汉赋中更是有全篇与诗旨相合者，如班倢伃《自悼赋》，宋人朱熹即认为：“作赋以自悼，归来子以为其词甚古，而浸寻于楚人，非特妇人女子之能言者，是固然矣。至于情虽出于幽怨，而能引分以自安，援古以自慰，和平中正，终不过于惨伤。又其德性之美，学问之力，有过人者，则论者有不及也。呜呼，贤哉！《柏舟》《绿衣》，见录于经，其词义之美，殆不过此。”王士禄《宫闺氏籍艺文考略》引《神释堂脞语》曰：“班姬二赋，《自悼》则《小雅》之苗裔。”又傅毅《舞赋》，张惠言评曰：“序既分别雅郑，赋复先拟醉状，明此为淫乐，所以示戒，诗人‘宾筵’之意也。”[②]即谓如《舞赋》与《宾之初筵》为刺时而作，异曲同工。这些赋全篇都在铺衍诗旨，故宋人龚鼎臣谓：“赋亦文章，虽号巧丽，苟适其理，则与传注何异？”[③]

汉赋综采经史，参会诗旨，其目的在于劝谏，扬雄《河东赋》铺陈汉成帝祭祀后土之盛况后，末云：

> 建乾坤之贞兆兮，将悉总之以群龙。丽钩芒与骖蓐收兮，服玄冥及祝融。敦众神使式道兮，奋六经以摅颂。逾于穆之缉熙兮，过《清庙》之雝雝，轶五帝之遐迹兮，蹑三皇之高踪。[④]

这段话全用《周颂》中的言辞与义理，表面上是颂扬汉成帝的功德，

---

① 赵俊玲编著：《文选汇评》，凤凰出版社2017年版，第230页。

② 吴孟复、蒋立甫主编：《古文辞类纂评注》，安徽教育出版社2004年版，第2223页。

③ 龚鼎臣、王得臣：《东原录井麈史》，上海书店1990年版，第10页。

④ 费振刚、仇仲谦、刘南平校注：《全汉赋校注》，第248页。

其实是借宗周来寓讽谏之意。我们应注意每句话前的动词："敦（督促，劝勉）""奋（发扬）""喻（超越）""过（超过）""轶（超越）""蹑（追踪）"。扬雄认为汉朝的宗庙祭祀，宫殿建设比之周朝已经过犹不及，颂中实讽，且与赋序相呼应："其三月，将祭后土，上乃帅群臣横大河，凑汾阴。既祭，行游介山，回安邑，顾龙门，览盐池，登历观，陟西岳以望八荒，迹殷周之虚，眇然以思唐虞之风。雄以为临川羡鱼，不如归而结罔，还，上《河东赋》以劝。"徒有祭祀的排场和仪式还不够，要有实干。凌稚隆评曰："雄意临川羡鱼，不如归而结网，盖望帝之自兴至治，以臻帝皇也。'轶五帝''蹑三皇'四句，正以此意讽帝云。"[①] 以经词经语铺展成文，借此以谲谏成帝，鼓励其效法前代圣贤，这种写法在司马相如《上林赋》中已有体现，其云：

> 于是历吉日以斋戒，袭朝服，乘法驾，建华旗，鸣玉鸾，游于六艺之囿，驰骛乎仁义之涂。览观《春秋》之林，射《狸首》，兼《驺虞》，弋玄鹤，舞干戚。戴云罕，揜群雅。悲《伐檀》，乐乐胥。修容乎《礼》园，翱翔乎《书》圃。述《易》道，放怪兽；登明堂，坐清庙。……德隆于三皇，而功羡于五帝。[②]

姚鼐于扬雄《河东赋》后评价《上林赋》中的这段话云："《上林》之末有'游乎六艺之囿'及'翱翔《书》圃'之语，此文法之借行游为喻，言以天道为车马，以六经为容，行乎帝王之途，何必巡历山川以为观乎？"[③]《上林》《河东》二赋谲谏之途径皆是借助于经文经语的展开，其目的与手段和《毛传》《郑笺》无异，清人黄廷枚《同工异曲赋》云："卿云

① 凌稚隆辑：《汉书评林》，明万历十一年刻本。
② 费振刚、仇仲谦、刘南平校注：《全汉赋校注》，第 91 页。
③ 吴孟复、蒋立甫主编：《古文辞类纂评注》，第 2151 页。

兼丽，既互播声……几等孔郑之笺注，又似马班之作史。”[①] 确为深论。正因如此，刘勰《文心雕龙·事类》指出崔骃、班固、张衡、蔡邕赋均有“捃摭经史，华实布濩，因书立功”[②] 的特点，枚乘即导其源，《七发》云：“于是使博辩之士，原本山川，极命草木，比物属事，离辞连类，浮游览观。”其目的与意图与《诗》的传、序旨意如出一辙。李慎檄《吴正仪事类赋赋》云：“属辞比事，研都炼京……刻画乎鸟兽虫鱼，参郑氏笺诗之例。”[③] 汉赋比事属辞与《诗经》主题多有互文，详见第十四章《中国早期文学文本的对话问题》相关论述。

---

① 黄廷枚：《同工异曲赋》（以相如子云同工异曲为韵），见鸿宝斋主人编：《赋海大观》，第 4 册，第 164 页。

② 刘勰著，范文澜注：《文心雕龙注》，第 615 页。

③ 李慎檄：《吴正仪事类赋赋》（以成赋百篇辞约事备为韵），见鸿宝斋主人编：《赋海大观》，第 4 册，第 235 页。

# 第九章

# 以赋传经：汉赋辞章与《关雎》经解的互动

在汉代，五经之中，《诗经》与汉赋之间的关系最为紧密，前者是一代经学的典型，后者是一代文学的代表，汉人通经致用，无人不以经学为尚，故两汉文章辞赋均本之五经，皆可作经说读。清人宋绵初《韩诗内传征》自序云："承学之士抑又忽诸两汉文章、六朝词赋艺林诵习中间引用事典，每与今训枨触，不考《韩诗》，则古书之义多不可得而通也。"[①] 阅读汉魏文章辞赋，必须借助《韩诗》等古代典籍以求得畅达，相反，考据经文释意，两汉辞赋文本亦多可参照。《关雎》乃《诗经》之始，以此作为个案略作申发，资以考鉴典范意义。

## 第一节　汉赋用《关雎》诗疏释

汉赋用《关雎》达11例，有"取义"与"取辞"两端，其中8例取义，

① 宋绵初：《韩诗内传征》，《续修四库全书》，第75册，第81页。

3 例取辞。采取“资料排比法”，以作家所处时代为序，先逐整体爬梳，前后披寻，逐条辨识赋家用《关雎》取义 8 例的家数之迹。

第一，《毛诗·周南·关雎》：“关关雎鸠，在河之洲，窈窕淑女，君子好逑。”“窈窕姝妙之年，幽闲贞专之性”，“贞”，《古文苑》（《四部丛刊》韩元吉本）注：“一作‘静’。”班倢伃《捣素赋》云“若乃窈窕姝妙之年，幽闲贞专之性”，其与《周南·关雎》的主旨有关。参见第四章班倢伃《捣素赋》“若乃窈窕姝妙之年”条疏释。

第二，《毛诗序》：“《关雎》，后妃之德也。……是以《关雎》乐得淑女以配君子，忧在进贤，不淫其色，哀窈窕，思贤才，而无伤善之心焉。是《关雎》之义也。”思豪按，司马迁《史记·十二诸侯年表》：“周道缺，诗人本之衽席，《关雎》作。”[①]《儒林传序》“周室衰而《关雎》作”，意同，王先谦认为是《鲁诗》说。[②]袁宏《后汉纪·灵帝纪》载杨赐上书云：“昔周康王承文王之盛，一朝晏起，夫人不鸣璜，宫门不击柝，《关雎》之人，见几而作。”[③]杨赐与蔡邕曾同定《鲁诗》石经，盖为《鲁诗》说。张超《诮青衣赋》云：“周渐将衰，康王晏起，毕公喟然，深思古道，感彼《关雎》，性不双侣，愿得周公，好以窈窕，防微消渐，讽谕君父。”王先谦亦认为是《鲁诗》说。[④]《汉书·匡衡传》载匡衡引其师后苍语曰：“孔子论《诗》以《关雎》为始。言太上者民之父母，后夫人之行不侔乎天地，则无以奉神灵之统而理万物之宜。故《诗》曰：‘窈窕淑女，君子好仇。’言能致其贞淑，不贰其操，情欲之感无介乎容仪，宴私之意不形乎动静，夫然后可以配至尊而为宗庙主。此纲纪之首，王教之端也。”[⑤]此《齐诗》说。《后汉书·明帝纪》李贤注引薛君《韩诗章句》曰：“诗人言雎鸠贞絜慎匹，以声相求，隐

① 司马迁：《史记》，第 509 页。
② 王先谦撰，吴格点校：《诗三家义集疏》，第 5 页。
③ 王先谦：《汉书补注》，第 4279 页。
④ 王先谦撰，吴格点校：《诗三家义集疏》，第 6 页。
⑤ 班固：《汉书》，第 3342 页。

蔽于无人之处。故人君退朝，入于私宫，后妃御见有度，应门击柝，鼓人上堂，退反宴处，体安志明。今时大人内倾于色，贤人见其萌，故咏《关雎》，说淑女，正容仪，以刺时。”①此为《韩诗》说。以上，《毛诗》主颂，而三家主刺。《后汉书·冯衍传》录有冯衍《显志赋》，有云：“美《关雎》之识微兮，愍王道之将崩；拔周唐之盛德兮，捃桓文之谲功。”此句下有李贤注引薛夫子《韩诗章句》，与《明帝纪》同。因此，后人多以为冯衍在这里从《韩诗》说，龚克昌等《全汉赋评注》此句下即引《韩诗章句》语云：“冯衍袭而从之。”②然从义理与用词的对照上来看，冯衍更多的还是偏向用《鲁诗》义。又据《鲁诗》说可知，此诗是刺周康王之作，所以这一句中的“周唐”盖为“周康”之误，王先谦《后汉书集解》引何焯之说，即疑是“周康”之讹。

第三，《毛诗·周南·关雎》：“求之不得，寤寐思服。悠哉悠哉，辗转反侧。”杜笃《众瑞赋》云“千里遥思，展转反侧”，此句录自《文选》谢惠连《雪赋》李善注。赋用《诗》中成语，文与毛异，不明何家。

第四，《关雎》四家诗说，详参冯衍《显志赋》“美《关雎》之识微兮”条分析。《关雎》诗义，《毛诗》主颂，而三家主刺。傅毅《舞赋》云“嘉《关雎》之不淫兮，哀《蟋蟀》之局促”，《文选》吕延济注曰：“《关雎》之乐后妃之德，乐而不淫也，故嘉之。”③赋中是赞美《关雎》诗的“乐而不淫”，从《毛诗》义。

第五，《后汉书·张衡传》载《思玄赋》云：“咽河林之蓁蓁兮，伟《关雎》之戒女”，《文选》“咽”作“恫”。（张衡）旧注曰：“恫，息也。伟，异也。《诗》曰：关关雎鸠，在河之洲。窈窕淑女，君子好逑。”④王念孙《读书杂志》之《思玄赋》“伟关雎之戒女”条云：“‘恫河林之蓁蓁兮，

① 范晔：《后汉书》，第112页。

② 龚克昌等评注：《全汉赋评注》，花山文艺出版社2003年版，第65页。

③ 刘跃进著，徐华校：《文选旧注辑存》，第3355页。

④ 萧统编，李善注：《文选》，第217页。

伟《关雎》之戒女。’旧注引《关雎》首章四句，又曰：‘伟，异也。’《张衡传》注曰：‘伟，美也。’念孙案：李贤训伟为美，是也。戒女二字，诸家说之未明，今案：《汉书·杜周传》杜钦说大将军凤曰：‘佩玉晏鸣，《关雎》叹之，知好色之伐性短年，离制度之生无厌，天下将蒙化，陵夷而成俗也。故咏淑女，几以配上，忠孝之笃，仁厚之作也。’李奇曰：‘后夫人鸡鸣佩玉，去君所，周康王后不然，故诗人叹而伤之。’薛瓒曰：‘此鲁诗也。’《后汉书·明帝纪》注引薛君《韩诗章句》曰：‘人君退朝，入于私宫，后妃御见，去留有度，应门击柝，鼓人上堂，退反晏处，体安志明，今时大人内倾于色，贤人见其萌，故咏《关雎》，说淑女，正容仪以刺时。’如鲁、韩诗说，则《关雎》所以申女戒，故曰伟《关雎》之戒女，《杜周传赞》云：‘钦以建始之初，深陈女戒，庶几乎《关雎》之见微，义与此同也。’”[①]《六臣注文选》吕向注曰：“愐，息也。蓁蓁，茂盛貌。伟，美也。……黄帝之神既未至，乃息于河林之中，美《关雎》之诗以戒女也。”[②]王先谦谓：“以为衡睹河洲而思之也。《薛君章句》：‘言雎鸠以声相求，必于河洲隐蔽无人之处。’衡见河洲林木茂密，雎鸠和鸣，思诗人讽戒之情而伟之，与‘河洲隐蔽’之说相成。衡学《鲁诗》，据此知鲁、韩义同。”[③]

第六，《毛诗·邶风·静女》：“静女其姝，俟我于城隅。”王逸《机妇赋》云：“纤纤静女，经之络之。尔乃窈窕淑媛，美色贞怡。解鸣佩，释罗衣。”赋化用《诗》辞形容织妇的闲雅美好。《毛诗·周南·关雎》：“关关雎鸠，在河之洲，窈窕淑女，君子好逑。”《汉书·杜钦传》：“是以佩玉晏鸣，《关雎》叹之。”李奇注曰：“后夫人鸡鸣佩玉去君所，周康王后不然，故诗人叹而伤之。”薛瓒曰：“此《鲁诗》也。”[④]赋中“解佩”义，盖从《鲁诗》。王先谦《集疏》未录此条，可补入。

---

① 王念孙：《读书杂志》，第 1053 页。

② 刘跃进著，徐华校：《文选旧注辑存》，第 2899 页。

③ 王先谦撰，吴格点校：《诗三家义集疏》，第 9 页。

④ 班固：《汉书》，第 2669—2670 页。

第七，蔡邕《蔡中郎集》载《青衣赋》云："《关雎》之洁，不蹈邪非。……兼裳累镇，展转倒颓。"参见第四章蔡邕《青衣赋》"《关雎》之洁"条。《毛诗·周南·关雎》"辗转反侧"，王先谦谓："三家'辗'作'展'。鲁说曰：展转，不寐貌。"[①] 蔡邕赋"展转倒颓"即是《鲁诗》说。

第八，《毛诗序》："《关雎》，后妃之德也。……是以《关雎》乐得淑女以配君子，忧在进贤，不淫其色，哀窈窕，思贤才，而无伤善之心焉。是《关雎》之义也。"张超《诮青衣赋》云："周渐将衰，康王晏起，毕公喟然，深思古道，感彼《关雎》，德不双侣。但愿周公，配以窈窕，防微消渐，讽谕君父，孔氏大之，列冠篇首。"张超赋中此段有关《关雎》之义的论述，把雎鸠人格化，视为贞鸟，以比后妃之德，并借以讽刺周康王不理朝政。王先谦认为是《鲁诗》说，即具有"以《诗》明事"（《毛传》）、"以《诗》证事"（《韩诗外传》）、诗史结合的经传传统。

## 第二节　事典与《关雎》之篇名旨意

根据上文的疏解，我们可以看出汉赋化用《诗经》具有以传解经的特征，而与此相对应的是，后世解经著作亦广泛采纳汉赋词句，来诠释经典。就《关雎》诗的经解而言，在汉赋文本的事典中直接引用其篇名，这关乎《关雎》诗的篇名篇意解释。

这又有一个有趣的现象，即蔡邕与张超关于"青衣"女之争，皆以《关雎》诗为道德准则展开。蔡邕《青衣赋》云："叹兹窈窕，产于卑微。盼倩淑丽，皓齿蛾眉。玄发光润，领如蝤蛴。修长冉冉，顾人其颈。……《关雎》之洁，不蹈邪非。"言青衣女不仅容貌美，而且德行美，乃"宜作夫人，为众女师"，与孔子"思无邪"之旨相对应。前揭张超《诮青衣

---

① 王先谦撰，吴格点校：《诗三家义集疏》，第13页。

赋》“周渐将衰……列冠篇首”一段，王应麟《困学纪闻》卷三曰：“近世说诗者，以《关雎》为毕公作。谓得之张超，或谓得之蔡邕，未详所出。”[①]“《关雎》为毕公作”说，或即本于此。惠栋《毛诗古义》以为是，且考之曰：“其文云‘康王晏起’，与《鲁诗》同。‘深思古道’，又同《韩诗》。超，汉末人，范书有传。《古文苑》云：‘蔡伯喈作《青衣赋》，志荡词淫，故张子并作此以规之。’邕赋亦载集中，无毕公作《关雎》语。”[②]又诗以“关雎”为名，是随意撮取首句二字为题，还是以“关雎”为鸟名而名篇呢？若以《诗经》命名常例，此诗当命名为“雎鸠”，如“采采卷耳”“呦呦鹿鸣”取篇名为“卷耳”“鹿鸣”等。考张超赋意，此处“关雎”已作为鸟名运用而成为诗之篇名。东汉彭城相缪宇墓前室西横额刻有鸟鱼图，题曰“关雎求鱼”，即是一佐证。

王念孙在探究《关雎》诗旨时，也对汉赋文本引用事典的旨意颇为关注，如在讨论《汉书·杜周传》之“《关雎》之见微”条曰：

> 钦以建始之初，深陈女戒终如其言，庶几乎？《关雎》之见微。师古曰：“《关雎》，《国风》之始。言夫妇之际，政化所由。故云‘见微’，微，谓微妙也。”念孙案：师古说见微之义未确。上文钦说大将军凤曰：“佩玉晏鸣，关雎叹之，知好色之伐性短年，离制度之生无厌，天下将蒙化，陵夷而成俗也。(《史记·十二诸侯年表》曰：“周道缺，诗人本之衽席，《关雎》作。”)”李奇曰：“后夫人鸡鸣佩玉，去君所，周康王后不然，故诗人叹而伤之。”薛瓒曰：“此《鲁诗》也。”此云《关雎》见微，即指上文言之，用《鲁诗》说也。睹佩玉晏鸣，而知治化之将衰，故曰见微。冯衍《显志赋》亦云：“美《关雎》之识微兮，愍王道之将崩。”[③]

① 王应麟：《困学纪闻》卷三，《四部丛刊三编》景元本。
② 惠栋：《九经古义》卷五。
③ 王念孙：《读书杂志》，第327页。

其引用冯衍《显志赋》中对《关雎》诗旨的理解，对《鲁诗》“见微”说加以佐证。

## 第三节　辞章与《关雎》之诗性解释

《关雎》旨意，《毛诗序》曰：“《关雎》，后妃之德也。”《郑笺》曰：“是以《关雎》乐得淑女以配君子，忧在进贤，不淫其色，哀窈窕，思贤才，而无伤善之心焉。是《关雎》之义也。”皆是从经义角度论说诗旨，上文所引冯衍《显志赋》、张衡《思玄赋》亦然。值得注意的是，汉赋文本中还饱含着对《诗经》作为文学作品的诗性理解，明人陈耀文对此有论述，其《经典稽疑》卷下“关关”条曰：“……扬雄《羽猎赋》：‘王雎关关，鸿雁嘤嘤，群娭乎其中。’师古曰：‘娭，戏也。’《选》作‘娱’，五臣作‘嬉，乐也’。张衡《思玄赋》：‘鸣鹤交颈，雎鸠相和。处子怀春，精魂回移。’《归田赋》：‘王雎鼓翼，仓庚哀鸣，交颈颉颃，关关嘤嘤。’《郑笺》：‘挚之言至也，谓王雎雌雄情意至然而有别。’《尔雅翼》云：‘夫曰相和，曰交颈，盖尝乘居而匹游矣，乌在论其有别耶？则古之说诗者，与此异矣。’且后妃之意，方将乐得淑女与其君子相与，如雎鸠之相顾，岂暇言其别？且云‘群娭’似亦并游而相狎矣，安知其性然耶？”[①] 以扬雄、张衡赋化用《诗经》语句来质疑《毛序》《郑笺》之说，重新发掘《关雎》的诗性价值。

正因为赋家对以传解经的发挥，丰富了《诗》义的表现情趣，也增添了文学创造的形象性，以致后世经学家论《诗》，反过来引述汉赋以推阐《诗》义。如胡承珙《毛诗后笺》论述《关雎》诗云：

---

① 陈耀文：《经典稽疑》卷下“关关”条，文渊阁《四库全书》，第 184 册，第 838 页。

> 扬雄《羽猎赋》云："王雎关关，鸿雁嘤嘤。群娭乎其中，噍噍昆鸣。"张衡《思玄赋》云："鸣鹤交颈，雎鸠相和。"又《归田赋》云："王雎鼓翼，仓庚哀鸣。交颈颉颃，关关嘤嘤。"此所谓雌雄情意至者也。……张超《诮青衣赋》云："感彼《关雎》，德不双侣。"此即所谓有别者也。[①]

引述扬雄、张衡、张超赋语以解《诗》义，其本身就具有以作为文学文本的汉赋引述与传播《诗》义来论证《诗经》的经义与诗性之关联价值。

其次是对"窈窕""好逑"等词语的解释。《关雎》："关关雎鸠，在河之洲，窈窕淑女，君子好逑。"《毛传》云："窈窕，幽闲也。淑，善；逑，匹也。言后妃有关雎之德，是幽闲贞专之善女，宜为君子之好匹。"《郑笺》："怨耦曰仇。言后妃之德和谐，则幽闲处深宫贞专之善女，能为君子和好众妾之怨者。言皆化后妃之德，不嫉妒，谓三夫人以下。"

《毛传》以"幽闲"释"窈窕"，其下又以"贞专"足成其义，这是《毛诗》义。《郑笺》始增入"深宫"字，以"窈窕"为"居处"。[②]汉赋中"窈窕"一词多次出现，如班固《西都赋》"窈窕繁华，更盛迭贵"，边让《章华台赋》"尔乃携窈窕，从好仇"，张超《诮青衣赋》"但愿周公，配以窈窕"等，胡承珙认为"凡此皆不以'窈窕'为'居处'"，故"《郑笺》始增入'深宫'字，以'窈窕'为'居处'。而《正义》遂以深宫之义被之《毛传》，非也"。[③]又班倢伃《捣素赋》云："若乃窈窕姝妙之年，幽闲贞专之性。""窈窕"即"幽闲""贞专"，不见"深宫""居处"之意。张衡《七辩》："西施之徒，姿容修嫮。……淑性窈窕，秀色美艳。"王逸《机妇赋》："尔乃窈窕淑媛，美色贞怡。""窈窕"与"淑"同义，好也。

又《关雎》："君子好逑。"《毛传》："逑，匹也。"《郑笺》："怨耦曰

① 胡承珙撰，郭全芝校点：《毛诗后笺》，第 11 页。

② 相关疏解参见第四章班倢伃《捣素赋》"若乃窈窕姝妙之年"条。

③ 胡承珙撰，郭全芝校点：《毛诗后笺》，第 12 页。

仇。”《毛诗》作“逑”，《郑笺》作“仇”，《毛传》《郑笺》不同。边让《章华台赋》云：“尔乃携窈窕，从好仇。”王棻《君子好逑解》曰：“考《后汉书·边让传》‘携窈窕，从好仇’，嵇康《琴赋》‘要列子兮为好仇’，又《赠秀才入军诗》‘携我好仇’，历观汉魏诗文其用‘好仇’二字，皆从毛义，无用郑义者，则《笺》说之非可见。”[①] 笔者按，遍考《毛诗》，《兔罝》“赳赳武夫，公侯好仇”，《郑笺》“怨耦曰仇”，《无衣》“修我戈矛，与子同仇”，《宾之初筵》“宾载手仇，室人入又”，《皇矣》“帝谓文王，询尔仇方”，等等，均可证逑匹之“逑”，《毛诗》皆作“仇”，今作“逑”，盖为后人私改。王先谦《集疏》谓：“鲁、齐‘逑’作‘仇’。”[②] 边让盖用鲁或齐文。

## 小结 “以赋传经”论

在这里所要强调的是赋也具有传体的性质，汉赋具有“依经立义”“以赋传经”的特征。[③] 清儒魏源《诗古微》有云：“夫诗有作诗者之心，而又有采诗、编诗者之心焉；有说诗者之义，而又有赋诗、引诗者之义焉。……序诗者与作诗之意，绝不相蒙，作诗者意尽于篇中，序诗者事征于篇外。”[④] 汉代赋家以赋传经，比拟于《诗》之“作诗之意”与“序诗之意”，即赋家既有作赋主文之心，又有以赋传经之意，不同的是《诗经》的“作诗者”与“序诗者”角色分开，由两种人分担，而汉赋作家将二者的矛盾融汇至一身。作赋主文，比事属辞，注重赋作为描写层面的诗性因素，或描绘恢弘世界的盛事，或书写自己的一己之情，这是承续于《诗》而赋

① 王棻：《柔桥文钞》卷三《君子好逑解》，上海国光书局 1914 年铅印本。

② 王先谦撰，吴格点校：《诗三家义集疏》，第 9 页。

③ 以汉赋与《诗经》为例，汉赋传《诗经》的一大征象是赋作与《诗》序、传的文字重复互见，且经学的经、传思路也直接影响汉赋的造作。与此相应，后代学者考鉴经、传释意，对汉赋文本亦有颇多引证。详见王思豪：《汉赋与〈诗〉之经、传关系刍议》，《中国韵文学刊》2013 年第 1 期。

④ 魏源：《诗古微·齐鲁韩毛异同论中》，《续修四库全书》，第 77 册，第 19 页。

予赋家的天性，是为才识；以赋序经，或讽谏，或颂扬，成为“雅颂之亚也”，这与汉代《诗》序、传旨意同归，是特定的社会政治学术环境给予赋家的天职，是为学识。二者在矛盾中又相互交融汇合，赋家化用、摘引经史之文，除“宗经述圣”、阐扬经义外，还以此襄助自己作品的文采以成句集篇，《文心雕龙·才略》云：“自卿（司马相如）渊（王褒）已前，多俊才而不课学；（扬）雄（刘）向以后，颇引书以助文：此取与之大际，其分不可乱者也。”[①] 刘勰独具慧眼，洞识其中奥妙。可以说，汉代赋家最大的贡献就是“融经铸史”，以卑下的“倡优”身份描摹现世社会的礼典风俗，对经典进行文学化的改写，建构起以赋传经、以经尊赋的传统。刘熙载《赋概》云“或谓楚赋自铸伟辞，其取镕经义，疑不及汉。余谓楚取于经深微周浃，无迹可寻，实乃较汉尤高”[②]，此就创作而论，自无疑义，然其透露的“取镕经义，疑不及汉”的信息，却不能轻忽。后世文人复古归附秦汉，看重的也即秦汉文章“融经铸史”——文学化的处理经典的能耐。

① 刘勰著，范文澜注：《文心雕龙注》，第 699—700 页。

② 刘熙载：《艺概》，第 93 页。

# 第十章
# 义理考据辞章:《诗经》经解用汉赋章句考论

## 引言　问题的提出

中国文学之“用”的传统很重要，堪称中国文学的主流，但因理论批评的阙乏而一直未有较为深入的讨论。从战国“赋诗”功用观念承续而来的、“宗经”“征圣”的主旨表达诉求，需要文学走向“依经立义”，这在中国早期的文学发展中表现得尤为明显，有关赋体源流纷争及其讽谏“一”“百”争论，即是此问题的一个突出征象。在汉代，五经之中，《诗经》与汉赋之间的关系最为紧密，前者是一代经学的典型，后者是一代文学的代表；汉人通经致用，故两汉文章辞赋均本之五经，“用经”成为汉赋创作的一个普遍现象[①]。但还有一个值得注意的现象，即经解撰述对汉赋章句的“反用”问题，经术与辞赋皆归源于“言”，汉赋家“其言犹立”的原因是“去圣未远”而成为“圣舌人”，辞赋家所“言”能裨益于后世经解的阐释。由“赋用《诗》”到“《诗经》用赋”，考据经文释意，两汉辞赋文本

① 关于汉赋“用经”的问题，笔者与许结师合撰的《汉赋用经考》（《文史》2011 年第 2 辑）、《汉赋用〈诗〉的文学传统》（《中国社会科学》2011 年第 4 期）二文，有较为详细的论述，可参考。

是经学“稽古”必要的文献来源。

在经解中如何“反用”汉赋章句？这又涉及中国传统学术中的“学问之途”问题。西汉时期，经今古文学或盛行于官方，或隐行于学界，章句、义理与训诂之学的雏形待彰。至北宋，出现了文章之学、训诂之学与儒者之学的分野，宋儒程颐谓：“古之学者一，今之学者三，异端不与焉。一曰文章之学，二曰训诂之学，三曰儒者之学。欲趋道，舍儒者之学不可。”此独尊儒者之学，即偏重义理之学。到清儒戴震，其谓“古今学问之途，其大致有三：或事于理义，或事于制数，或事于文章。事于文章者，等而末者也”；又说“有义理之学，有文章之学，有考核之学。义理者，文章、考核之源也。熟乎义理，而后能考核，能文章”。[①] 此视文章之学为末途。桐城派集大成者姚鼐在《述庵文钞序》中指出：“鼐尝论学问之事，有三端焉：曰义理也，考证也，文章也。是三者苟善用之，则皆足以相济；苟不善用之，则或至于相害。”既然学问之途有此“三端”，那么经解“反用”汉赋章句也可循此“三途”来探求。本文即从义理、考据、辞章三者“相济为用”的学问之途来探讨《诗经》经解对汉赋章句的“反用”问题，以及在经典互证中表现出的“赋用”（汉赋用《诗》）与“用赋”（《诗经》经解用汉赋）的诠释体系问题。

## 第一节　考据：征实之学

《毛传》《郑笺》中没有引用汉赋文献的记载，就目前存世文献来看，最早引汉赋考据《诗经》的撰述是三国吴人陆玑的《毛诗草木鸟兽虫鱼

① 戴震弟子段玉裁序《戴东原集》云：“称先生者，皆谓考核超于前古。始，玉裁闻先生之绪论矣，其言曰：‘有义理之学，有文章之学，有考核之学。义理者，文章、考核之源也，熟乎义理，而后能考核，能文章。’玉裁窃以谓义理、文章、未有不由考核而得者……由考核通乎性与天道，既通乎性与天道矣，而考核益精，文章益盛。”《戴震集》，第451—452页。

疏》，引用汉赋文献四处，皆为名物考据。如卷上“赠之以芍药”条谓：“芍药，今药草。芍药，无香气，非是也。未审今何草？司马相如赋云‘芍药之和’，扬雄赋曰‘甘甜之和，芍药之美，七十食也’。”这里引用司马相如《子虚赋》与扬雄《蜀都赋》章句。又如卷下“翩彼飞鸮”条谓：“鸮，大如斑鸠，绿色，恶声之鸟也，入人家凶，贾谊所赋鹏鸟是也。其肉甚美，可为羹臛，又可为炙。汉供御物，各随其时，唯鸮冬夏常施之，以其美故也。”以贾谊《鹏鸟赋》疏释“鸮”名。卷下“麟之趾”条谓：“麟，麕身，牛尾，马足，黄色圆蹄，一角角端有肉，音中钟吕，行中规矩，游必择地，详而后处，不履生虫，不践生草，不群居，不侣行，不入陷阱，不罹罗网，王者至仁则出。今并州界有麟，大小如鹿，非瑞麟也。故司马相如赋曰‘射麋脚麟’，谓此麟也。”引司马相如《子虚赋》章句印证《诗经》中名物。又卷下“有鳣有鲔”条谓：“……鲔鱼，形似鳣而色青，黑头，小而尖，似铁兜鍪，口在颔下，其甲可以磨姜，大者不过七八尺。益州人谓之鳣鲔，大者为王鲔，小者为叔鲔，一名鮥。……又河南巩县东北崖上山腹有穴，旧说此穴与江湖通，鲔从此穴而来，北入河西、上龙门入漆沮。故张衡赋云‘王鲔岫居’，山穴为岫，谓此穴也。”[①] 以张衡《东京赋》文献考据名物。

至唐孔颖达疏、陆德明音释的《毛诗正义》，引汉赋考据《诗经》七例，除三例名物考据外，有二例释词，如解释《有女同车》“彼美孟姜，洵美且都”句，《正义》曰：“都者，美好闲习之言，故为闲也。司马相如《上林赋》云：‘妖冶闲都’，亦以都为闲也。”[②] 考辨文字一例，《荡》“内奰于中国”条，《正义》曰：“《西京赋》云：‘巨灵奰屃，以流河曲。’则奰者，怒而自作气之貌，故为怒也。怒不由醉，而云‘不醉而怒’者，以其承上醉事，嫌是醉时之怒，故辨之焉。此虽怒时不醉，乃是醉醒而怒，亦

① 陆玑撰：《毛诗草木鸟兽虫鱼疏》，文渊阁《四库全书》，第70册，第5、15、16页。

② 毛亨传，郑玄笺，孔颖达疏：《毛诗正义》，阮元校刻：《十三经注疏》，第412—413页。

由酒醉所致。故既言饮酒无节，即又责其畟怒也。”考音义者一例，《行苇》“敦弓既句”条，《正义》曰：“皆《冬官弓人》文也。又云：‘往体寡，来体多，谓之王弧。’注云：‘王弓合九而成规，弧弓亦然。’则此敦弓，即彼王弧也。《传》言此者，明‘既句’是引满之时也。以合九成规，此弓体直。今言‘既句’，明是挽之。《说文》云：‘彀，张弓也。’《二京赋》曰：‘雕弓斯彀。’彀与句，字虽异，音义同。”宋儒杨简考《诗经》音韵，甚至连举赋句，如“王在灵囿，麀鹿攸伏”条，谓：“囿音又，麀音幽，补音伏。……贾谊《鹏赋》‘伏与域叶’，东方朔《七谏》‘伏与息叶’，扬雄《长杨赋》‘伏与息叶’，班固《幽通赋》‘伏与逼叶’。”[①] 至明人陈第《毛诗古音考》以汉赋佐证《诗经》古音的例子非常多，其《自序》即谓：“又《左》《国》《易》《象》《楚辞》、秦碑、汉赋，以至上古歌谣、箴、铭、颂、赞，往往韵与《诗》和，寔古音之证也。”[②] 后来顾炎武《诗本音》、江永《古韵标准》等，皆引汉赋章句考据《诗经》音义。又有引汉赋考《诗经》地理者，如宋王应麟《诗地理考》卷一《汉广》“江汉之域”条谓：“张衡《南都赋》：‘游女弄珠于汉皋之曲。’汉皋即方山之异名，在襄阳县。”卷一《驺虞》谓：“贾谊《新书》：‘驺者，天子之囿也。虞者，囿之司兽者也。’《鲁诗传》曰：‘古有梁驺者，天子之田也。’班固《东都赋》：‘制同乎梁邹。’欧阳氏曰：‘贾谊以驺者文王之囿名，国君顺时畋于驺囿之中。’”卷二《终南》谓：“《郡县志》：‘终南山在京兆府万年县南五十里。一名太一，亦名终南。’张衡《西京赋》：‘终南太一，隆崛崔崒。’潘岳《西征赋》云：‘九嵕巀嶭，太一巃嵸。’面终南而背云阳，跨平原而连嶓冢。然则终南太一非一山也。”[③] 又有引赋考证《诗经》天文者，如清洪亮吉《毛诗天文考》“秦谱”谓：“《堪舆经》：‘鹑首，秦也。’张衡《西京赋》曰：‘昔者，

① 杨简：《慈湖诗传》卷十六，文渊阁《四库全书》，第 70 册，第 262 页。

② 陈第：《毛诗古音考》，中华书局 2008 年版，第 10 页。

③ 王应麟：《诗地理考》，文渊阁《四库全书》，第 75 册，第 639、642、663 页。

天帝悦秦穆公而觐之，乃为金策锡用此土而翦诸鹑首。’”[①]

最早以汉赋考据《诗经》名物的是芍药，见前引陆玑的《毛诗草木鸟兽虫鱼疏》，《毛传》以芍药为草名，但陆玑不知是何草。马瑞辰《毛诗传笺通释》在“赠之以勺药”条谓：“《传》：‘勺药，香草。’《笺》：‘其别则送女以勺药，结恩情也。’……勺药又为调和之名。《子虚赋》‘勺药之和’，杨雄《蜀都赋》‘勺药之羹’，《七发》‘勺药之酱’，《七命》‘和兼勺药’……张衡《南都赋》云‘归雁鸣鷃，香稻鲜鱼，以为勺药’，皆以勺药为调和名，不以为草。”枚乘、扬雄、张衡等人的赋作均以勺药为“调和之名”，马瑞辰于此只好推测说：“窃疑《齐》《鲁诗》有以勺药为调和者，故高诱本之。”[②]陈乔枞更是将汉赋中语直接补入《鲁诗遗说考》中：“司马相如《子虚赋》：‘勺药之和具，而后御之。’伏俨曰：‘勺药，以兰桂调食也。’文颖曰：‘勺药，五味之和也。’扬雄《蜀都赋》：‘甘甜之和，勺药之美。’张衡《南都赋》：‘归雁鸣鷃，黄稻鲜鱼，以为勺药。’”陈乔枞按：“王充、张衡、高诱诸人并用《鲁诗》，皆以勺药为‘调和’之名，是《鲁诗》不以勺药为草名也。又枚乘《七发》云‘勺药之酱’，张载《七命》云‘和兼勺药’，韦昭云‘勺药和齐酸醎美味也’，亦皆本《鲁诗》以勺药为调和名。盖鲁说以‘赠之以勺药’，即承上文‘秉兰’而言，谓兰为调和之用，义取于和也。”[③]后王先谦《诗三家义集疏》也遵从此说。[④]

其次，考据“驺虞”是兽名还是天子掌鸟兽官名之争。《毛诗》认为驺虞是义兽之名，但齐、鲁、韩《诗》皆认为驺虞是天子掌鸟兽官。相关疏解参见第五章司马相如《上林赋》“兼驺虞”条。张衡《东京赋》曰：“圉林氏之驺虞，扰泽马与腾黄。”张衡赋将“驺虞”与“腾黄”并列，均是指兽名。一般以为张衡习《鲁诗》，此处不知何故，存疑。班固《东都赋》

① 洪亮吉：《毛诗天文考》，清道光三十年张氏崇素堂刻本。

② 马瑞辰撰，陈金生点校：《毛诗传笺通释》，第290—291页。

③ 陈寿祺撰，陈乔枞述：《三家诗遗说考》，《续修四库全书》，第76册，第124页。

④ 王先谦：《诗三家义集疏》，第373页。

“制同乎梁驺”“历《驺虞》”，陈寿祺亦是作为《齐诗》说辑录[①]。

再次，“歇骄”是犬名还是非犬名问题。《毛诗·秦风·驷驖》：“輶车鸾镳，载猃歇骄。”《毛传》：“猃、歇獢，皆田犬也。长喙曰猃，短喙曰歇獢。”《毛诗稽古编》曰：“后儒谓以輶车载犬，其说始于《文选》张铣注。五臣多谬误，不足信也。……《集传》又用韩愈《画记》为据。后世事恐难以证古。严氏《诗缉》引《补传》语谓‘歇骄’非犬名，以车载犬所以歇其骄逸；《尔雅》改‘歇骄’从犬，以合毛氏耳。此尤谬妄。”[②]严粲认为“歇骄”不是犬名，而是“歇其骄逸”之意。惠栋《毛诗古义》曰：“朱子谓以车载犬，休其足力，恐非重人贱畜之义。张衡《西京赋》云‘属车之箧，载猃猲獢’，宁得谓以副车载犬邪？盖文似相连，而意不属耳。”胡承珙谓：“《西京赋》‘载猃猲獢’语，本在将猎之前，正与《诗笺》谓北园调习说合。后儒谓田事已毕，游于北园，以车载犬，休其足力。夫田毕而游，事所恒有，但不必更载田犬以从耳。或疑先言田猎，后言调习，文义不顺。李氏《集解》曰此‘如《定之方中》，上章既言建国之事，下章乃言相土地之初’也。”[③]胡承珙从诗与《西京赋》的描写结构上来考证“猲獢”为犬名。

汉赋创作具有历史化倾向[④]，因此，汉赋辞章也被运用到诗经学的历史事件考据中。如褒姒、阎妻是一人还是二人的问题。今本《毛诗·小雅·十月之交》云“艳妻煽方处”，宋儒段昌武《毛诗集解》谓：“毛曰：‘艳妻褒姒，美色曰艳。’《前汉·谷永》云：‘昔褒姒用国，宗周以丧，艳妻骄扇，日以不臧。’注，《鲁诗·小雅·十月之交》篇曰：‘此日而食，于何不臧。’又曰：‘艳妻扇方处，言幽王无道，内宠炽盛。’班倢伃赋云：

① 陈寿祺撰，陈乔枞述：《三家诗遗说考》，《续修四库全书》，第76册，第334页。

② 陈启源：《毛诗稽古编》，文渊阁《四库全书》，第85册，第428—429页。

③ 胡承珙撰，郭全芝校点：《毛诗后笺》，第561页。

④ 详见许结：《论东汉赋的历史化倾向》，《文史哲》2016年第3期。

‘悲晨妇之作戒兮，哀褒阎之为邮。’”[①] 段昌武以班倢伃《自悼赋》中的“褒阎”来解释《诗经》“艷妻”说，以“艷妻”与“褒姒”为一人。问题是班倢伃赋作“褒阎”，而非“褒艷”。所以孔广森有不同意见，指出：“班倢伃赋云‘悲晨妇之作戒，哀褒阎之为邮’，并以褒姒、艳妻对文，一为幽王妃，一为厉王妃。”[②] 他认为“褒阎”是褒姒、艳妻二人的合称。魏源又不赞成孔广森的看法，指出：“班婕妤《长门赋》曰：‘悲晨妇之作戒兮，哀褒阎之为邮。’谓其褒、阎对言耳，不知阎、剡，皆艳之假借，正犹褒妾、褒嬖之云。申伯为宣之元舅，可证厉后姜姓之女，且阎果厉后，则循序当曰阎褒，何故咸称褒阎乎？”[③] 魏源还是认同段昌武之说，认为“艷妻”与“褒姒”为一人。到底是一人还是二人，争论不休，陈乔枞的说法比较圆通，他在《鲁诗遗说考》中先辑佚出《鲁诗》：“班倢伃赋：‘哀褒阎之为邮。’师古曰：‘诗曰：阎妻煽方处。’”又作按语：“此与谷永同以‘豔’为‘阎’，皆用《鲁诗》之文。今本《列女传》班倢伃篇，述此赋乃作‘豔’字，此后人转写以毛诗妄改之耳。”[④] 认为“一人”说是《毛诗》说，“二人”说是《鲁诗》说。

最后，是奚斯作颂还是奚斯作庙问题。《诗·鲁颂·閟宫》末章有云：“松桷有舄，路寝孔硕。新庙奕奕，奚斯所作。”《毛传》认为奚斯作庙，《郑笺》认为“奚斯作者，教护、属功、课章程”。奚斯究竟是作诗还是作庙？班固《两都赋序》曰：“皋陶歌虞，奚斯颂鲁，同见采于孔氏，列于《诗》《书》。”王延寿《鲁灵光殿赋序》：“诗人之兴，感物而作，故奚斯颂僖，歌其路寝，而功绩存乎辞，德音昭乎声。”与《毛传》不同，二赋均主张奚斯作诗颂鲁。宋儒范处义不同意班、王之说，认为：“《閟宫》明言‘新庙奕奕，奚斯所作’，而《韩氏章句》乃曰‘奚斯作鲁颂’，以诗之

---

① 段昌武：《毛诗集解》卷十九，文渊阁《四库全书》，第 74 册，第 706 页。

② 孔广森：《经学卮言》卷三，清嘉庆刻顨轩孔氏所著书本。

③ 魏源：《诗古微·变小雅幽王诗发微上》，《续修四库全书》，第 77 册，第 107 页。

④ 陈寿祺撰，陈乔枞述：《三家诗遗说考》，《续修四库全书》，第 76 册，第 204 页。

本文为据，则毛氏为正，韩氏为妄，断可识矣。而班固《西都赋序》、王延寿《鲁灵光赋序》皆云‘奚斯颂鲁’，扬雄《法言》亦曰‘公子奚斯常晞正考甫’。盖三子皆不见毛氏诗故也。”[①] 王质也认同毛诗之说：“此庙，即閟宫也。近于正寝，故知閟宫者，私祭之公所也。毛氏‘新庙，闵公庙也’，闵公无功德，又兄弟自无由别立庙。郑氏‘新庙，姜嫄庙也’，姜嫄虽有功德，然外姓亦无由作始庙，盖后稷以下，普庙也。姜嫄为首者，记后稷所由生也。奚斯，督工庀事之官。郑氏‘教护、属功、课章程’是也。班氏《两都赋》‘奚斯颂鲁’，王延寿《灵光殿赋》‘奚斯颂僖’，非也。”[②] 宋人郑樵亦谓：“鲁颂，是僖公已殁之后，序中明言季孙行父请命于周，而史克作是颂。颂有四篇，皆史克作明矣。《閟宫》曰：‘新庙奕奕，奚斯所作。’盖奚斯作新庙耳，非作颂也。而汉班固（《西都赋序》，其误自孟坚始）、王延寿（《灵光殿赋》云“奚斯颂僖，歌其路寝”）等，反谓鲁颂是奚斯所作。”[③] 这里，三位宋儒皆遵从《毛序》之说，认为奚斯作庙。至清儒，他们从三家诗辑佚的角度来平议此一争论，马瑞辰谓：“班固《两都赋序》：‘奚斯颂鲁。’李善注引薛君《章句》曰：‘是诗公子奚斯所作也。’扬子《法言》：‘正考甫常晞尹吉甫矣，公子奚斯常晞正考甫矣。’王延寿《灵光殿赋》：‘奚斯颂僖。’……其说均本《韩诗》，以‘奚斯所作’为作颂，与《节南山》‘家父作诵’，《巷伯》‘寺人孟子，作为此诗’，《崧高》《烝民》并言‘吉甫作诵’，皆于篇终见意，文法相类。此诗不言‘作颂’者，以言‘作颂’则于韵不相协也。”[④] 王先谦《诗三家义集疏》：“‘奚斯所作’者，言‘作诗’，非言‘作庙’。王延寿《鲁灵光殿赋》云：‘奚斯颂僖，歌其露寝。’文选《两都赋序》李注引《韩诗鲁颂》曰：‘新庙奕奕，奚斯所作。’薛君

---

① 范处义：《诗补传》卷二十七，文渊阁《四库全书》，第72册，第401页。

② 王质：《诗总闻》卷二十，文渊阁《四库全书》，第72册，第738页。

③ （旧题）郑樵：《六经奥论》卷三《诗经·商鲁颂辨》，文渊阁《四库全书》，第184册，第64页。

④ 马瑞辰撰，陈金生点校：《毛诗传笺通释》，第1155—1156页。

曰：‘奚斯，鲁公子也。言其新庙奕奕然盛，是诗公子奚斯所作也。’王赋注引同。……愚案：薛于此特明诗为奚斯作者，虑后人溷‘作诗’于‘作庙’也。”[①] 奚斯作诗还是作庙，在于汉代四家诗义理解的不同，由历史事件的考据转向义理的寻求一途。

## 第二节　义理：引赋以证诗义

在西方学术方法还未进入中国以前，中国近两千年的学术史呈现的是经今古文学之争、汉宋学之争的分野，其主要还是义理与考据之论争，实质上是不同时期的儒学流派在研究、解释儒家经典时的两种不同方式之争。考据之学，不管是对文字、史料进行音韵、训诂、校勘和考证，还是对历史制度、事件、历史人物等进行具体地描述和评判，其最终目的在于考见义理。就诗经学而言，汉宋学之争主要纠结于尊序与废序的问题，经今古文学之争存有推重《毛诗》中心与以三家诗辑佚为中心等问题，但相互达成默契的是，论争者皆在复古主义的思潮中“引赋以证诗义”。

《诗经·曹风》有《候人》诗，《毛诗序》云：“《候人》，刺近小人也。共公远君子，而好近小人焉。”宋儒李樗、黄櫄引贾谊《吊屈原赋》章句来证君子、小人之义，李樗遵从苏辙《诗集传》之说，以为《序》为毛公所作，故引曰：“惟苏氏谓：‘荟蔚，云兴貌。小人朋党相援，并进于朝，如南山之升云，荟蔚而升，莫之能止。君子守道，困穷于下，如幼弱之女，虽有饥寒之患，而婉娈自保，不妄从人。季女者无求于人，而人之所当求也。’此说是也。盖云之荟蔚，所以喻小人之服赤芾而为卿大夫也。季女之饥，所以喻君子之为候人以供其贱役也。……贾谊为赋以吊屈原曰：‘鸾凤伏窜兮，鸱鸮翱翔’，‘谓随夷溷兮，谓跖蹻廉。莫耶为钝兮，鈆刀为铦’。

① 王先谦撰，吴格点校：《诗三家义集疏》，第 1088 页。

其取喻皆言君子宜在高位，而乃困穷不通；小人宜远斥草野，而乃断然得志也。”黄櫄进一步解释道：“贾谊既已谪去，意不自得，及渡湘水，为赋以吊屈原，因以自喻，其辞曰：‘鸾凤伏窜兮，鸱鸮翱翔。阘茸尊显兮，谗谀得志。’皆言君子小人倒置，无辨至于如此。卫之贤者，以仕伶官，曹之君子，以为候人。候人者，候官之属，道路送迎宾客者也。君子困于贱职，而小人尊显于朝廷之上至于三百赤芾，以见小人盈朝而服大夫之服也。如汉之时，小人滥受官爵，貂蝉盈坐，郎官填阶，都骑塞市，拾遗补阙，车载斗量，是亦三百赤芾之意。夫君子小人，若冰炭然，其势不能两立，小人盛则君子不得志也必矣。”[①] 贾谊赋所描写的是一个是非混淆、方正倒悬的世界，李樗、黄櫄皆以赋中之意来阐释《诗序》中的义理。

李樗、黄櫄皆以《毛诗序》为是，而以卫宏序为非，这里涉及诗经学的一段公案。宋人叶梦得《经籍论》有云：“汉世文章未有引《诗序》者。魏黄初四年诏云：《曹诗》刺远君子，近小人。盖《诗序》至此始行。”[②] 考《三国志》卷二《魏书》曰：“四年……夏五月，有鹈鹕鸟集灵芝池，诏曰：‘此诗人所谓污泽也。《曹诗》刺恭公远君子而近小人。’”[③] 叶氏此论吐露的学术讯息有二：一是《诗序》至魏才通行，故为卫宏所作的可能性极大，此承郑樵疑《序》之风而起；二是认定汉世文章没有引用《诗序》的情况。

汉代到底有没有《诗序》？清人陈启源以“稽古”为号召，在其《毛诗稽古编》中着力补辑汉代《诗序》之意，汉赋章句是其一个主要的文献来源。如其在卷九《鱼丽》篇中即反驳叶梦得之说，谓：“叶语非是。司马相如《难蜀父老》云：‘王者（一作事）未有不始于忧勤，而终于逸乐。’此《鱼丽》序也。班固《东京赋》云：‘德广所被。’此《汉广》序及《鼓

---

① 李樗、黄櫄：《毛诗集解》卷十六，文渊阁《四库全书》，第 71 册，第 329—330 页。

② 此段论述见王应麟：《困学纪闻》卷三；又明人董斯章辑：《吴兴艺文补》（明崇祯六年刻本）卷十六录叶梦得《经籍论》十二则，此其一。

③ 陈寿：《三国志》，第 82—83 页。

钟》毛传也。一当武帝时，一当明帝时，皆用序语，可谓非汉世邪？”[①]陈氏列举出司马相如、班固赋用《诗序》例，司马相如《难蜀父老》载使者谓耆老大夫缙绅先生之徒云：“且夫王者固未有不始于忧勤，而终于佚乐者也。然则受命之符合在于此。方将增太山之封，加梁父之事，鸣和鸾，扬乐颂，上咸五，下登三。”《毛诗·小雅·鱼丽》序云：“美万物盛多能备礼也。文武以《天保》以上治内，《采薇》以下治外，始于忧勤，终于逸乐，故美万物盛多，可以告于神明矣。”司马相如未知习何家《诗》说，但赋中之意与《鱼丽》序相契合则毫无疑问。班固《东都赋》云：“四夷间奏，德广所及。僸佅兜离，罔不具集。”《毛诗·周南·汉广》序云：“《汉广》，德广所及也。文王之道被于南国，美化行乎江汉之域，无思犯礼，求而不可得也。”又《小雅·鼓钟》：“以雅以南，以籥不僭。”《毛传》云：“为雅为南也。舞四夷之乐，大德广所及也。东夷之乐曰昧，南夷之乐曰南，西夷之乐曰朱离，北夷之乐曰禁。以为籥舞，若是为和而不僭矣。”需要补充的是，《文选》李善注：“《韩诗内传》曰：王者舞六代之乐，舞四夷之乐，大德广之所及。”[②]如班固习《齐诗》，则《齐诗》传、序中亦有此义。又陈启源在《蟋蟀》诗序“稽古”中云：

> 汉傅毅《舞赋》云：“哀蟋蟀之局促。”古诗云：“蟋蟀伤局促。”“局促”之义，正与序“俭不中礼”同。哀之伤之，即序所谓“闵之”也。傅毅，明帝时人，古诗亦名杂诗，《玉台新咏》以为枚乘作，乘，景帝时人。《文选》十九首，昭明列于苏、李前，则亦以为西京人作也。此诗[时]毛学未行而诗说已如此，序义有本矣。朱《传》以为民俗勤俭，夫勤俭，美德也，何可云局促哉？

---

① 陈启源：《毛诗稽古编》，文渊阁《四库全书》，第85册，第466页。陈启源从王应麟，《困学纪闻》引叶氏语谓：“汉世文章无引《诗序》者。魏黄初四年铭云：《曹风》刺远君子近小人。盖《毛诗序》至此始行。”“诏”疑误为“铭”字。

② 萧统编，李善注：《文选》，第33页。

《蟋蟀》，《诗·唐风》篇名。《毛诗序》："《蟋蟀》，刺晋僖公也。俭不中礼，故作是诗以闵之，欲其及时以礼自虞乐也。此晋也，而谓之唐，本其风俗，忧深思远，俭而用礼，乃有尧之遗风焉。"汉景帝、明帝之时，《毛诗序》还没有出现，但序意即已经存在，故《毛诗序》有所本。清儒姜炳璋《诗序补义》释《候人》诗云："《候人》四章，章四句。叶氏谓：汉世文章未有引《诗序》，惟黄初四年，有共公远君子近小人之说，盖卫宏《诗序》至魏始行。此说本之郑氏樵，然亦非是。按，张衡《西京赋》云：'独俭啬以龌龊，忘《蟋蟀》之谓何。'盖用《蟋蟀》序意也。"① 俭啬，节爱也。言独为节爱，正与《毛诗序》意同，但清儒多以为张衡习《鲁诗》，故认为这是与《鲁诗序》意。

面对以郑樵、朱熹、王柏、叶梦得等宋儒为代表的疑序、废序之思潮，清儒以"稽古"尊序相驳斥，而稽古主张的主要依据即来自于汉赋辞章，这是"引赋以证诗义"的一个特出贡献。陈启源认为："(《白华》诗）叙以此诗为周人作，正如《小弁》诗是大子傅作耳。朱《传》指为申后自作，不知何据？后世《长门赋》《明君词》，皆出文人手，何尝自作乎？"② 以司马相如作《长门赋》写陈皇后之遭际，来反驳朱熹关于申后自作《白华》诗之说。又《东门之池》诗，《毛诗序》曰："东门之池，刺时也，思得贤女以配君子也。"朱熹《诗集传》废《诗序》之说，认为此诗为"男女聚会之词"，清儒黄中松《诗疑辨证》加以反驳，谓："朱子以诗中不见可刺之故，改为男女聚会之词，而以淫诗例之，玩经'彼美淑姬'句，乃男悦女之词，淫放之人自以为美，自以为淑，正如后世词赋家敷华扬藻，艳羡夸美之语，非真有贤淑之德也。"③ 反驳的理据都是源自辞赋创作的思路及其辞章夸丽的特色。

但是，当汉赋辞章中所表现出来的《诗》义与《毛序》不同时，清儒

---

① 姜炳璋：《诗序补义》卷十二，文渊阁《四库全书》，第 89 册，第 162 页。
② 陈启源：《毛诗稽古编》，文渊阁《四库全书》，第 85 册，第 564 页。
③ 黄中松：《诗疑辨证》卷三，文渊阁《四库全书》，第 88 册，第 321 页。

即转向搜求三家诗义的辑佚一途。蔡邕《协和婚赋》有云：“惟情性之至好，欢莫备乎夫妇。……《葛覃》恐其失时，《摽梅》求其庶士。惟休和之盛代，男女得乎年齿。婚姻协而莫违，播欣欣之繁祉。良辰既至，婚礼以举。”这里有论《诗·周南·葛覃》与《召南·摽有梅》诗义。蔡邕赋中指出《摽有梅》诗义是“求其庶士”，《毛诗序》：“《摽有梅》，男女及时也。召南之国被文王之化，男女得以及时也。”王先谦谓蔡赋用《鲁诗》义，“与《毛序》‘召南之国被文王之化，男女得以及时’恉合”。但蔡邕认为《葛覃》诗义为“恐其失时”，这与《毛诗》义不同。《毛诗序》云：“《葛覃》，后妃之本也。后妃在父母家，则志在女功之事，躬俭节用，服浣濯之衣，尊敬师傅，则可以归安父母，化天下以妇道也。”《郑笺》：“躬俭节用，由于师傅之教，而后言师傅者，欲见其性亦自然。可以归安父母，言嫁而得意，犹不忘孝。”清代经学家徐璈、王先谦对此均有辨析，二人都将“恐失其时”的诗义归为《鲁诗》说，具体可参见第六章蔡邕《协和婚赋》条的疏解。

又蔡邕《述行赋》有云：“咏都人以思归。”《小雅·都人士》谓：“彼都人士，狐裘黄黄。其容不改，出言有章。行归于周，万民所望。”《毛传》：“彼，彼明王也。周，忠信也。”王先谦谓蔡邕赋“以为思归彼都之诗，不解‘周’为‘忠信’，则亦非用《毛诗》也”。更有意思的是，这首诗《毛诗》存五章，三家皆止四章。“《孔疏》云：‘《左·襄十四年传》引此诗“行归于周，万民所望”二句，服虔曰：“逸诗也。《都人士》首章有之。”《礼·缁衣》郑注云：“《毛诗》有之，三家则亡。”今《韩诗》实无此首章。’细味全诗，二、三、四、五章‘士’‘女’对文，此章单言‘士’，并不及‘女’，其词不类。”[①] 贾谊《新书·等齐》篇引诗云：“彼都人士，狐裘黄黄。行归于周，万民之望。”贾时《毛诗》未行，所引字句亦小异，是汉初即传此诗。据此赋可以考证出古逸诗遗义。同样，张衡《应间》云：

---

① 王先谦撰，吴格点校：《诗三家义集疏》，第 801—802 页。

“深厉浅揭，随时为义。”又云：“捷径邪至，我不忍以揭步。干进苟容，我不忍以歙肩。虽有犀舟劲楫，犹人涉卬否，有须者也。”《诗·邶风·匏有苦叶》：“招招舟子，人涉卬否。人涉卬否，卬须我友。”《毛诗序》谓此诗：“刺卫宣公也。公与夫人并为淫乱。”《笺》：“夫人，谓夷姜。”《论语·宪问》载子击磬于卫，荷蒉讽之曰：“莫己知也，斯己而已矣。深则厉，浅则揭。”此卫人引《卫诗》，以明当随时仕己之义，乃《诗》说之最古者。徐璈《诗经广诂》云：“按：张氏之解未悉本于何家，于《论语》荷蒉述诗之意极为契合，盖此诗是士之审于出处，而讽进不以道者。济涉济盈，即大《易》涉川之象；求牡归妻，即《孟子》有家之喻。通篇反覆以二者托喻。”王先谦也认为：“《后汉·张衡传·应间》，衡习《鲁诗》，此本鲁义，与荷蒉引《诗》意合，知古说无刺淫义也。”[①] 从汉赋中能够辑佚出古逸诗遗义，这又是“引赋以证诗义”的一大贡献。

此外，汉赋章句中的义理有与《毛诗序》中同，但与《郑笺》不一致者。如班昭《针缕赋》云：“退逶迤以补过，似素丝之《羔羊》。”具体分析参见本书第六章中班昭《针缕赋》此句的疏解。

## 第三节　辞章：以文学解《诗》

在《诗经》经解中援用汉赋辞章，这种以文学的辞章解读《诗经》的阐释方式，本身即具有“文章”的属性。明人毛晋《毛诗草木鸟兽虫鱼疏广要》在陆玑引用汉赋章句考释名物后，皆有进一步阐释，如前引“赠之以芍药”条，毛晋补充曰：“古有芍药之酱，合兰桂五味以助诸食，因呼五味之和为芍药。《七发》曰：‘芍药之酱。’《子虚赋》曰：‘芍药之和具而后御之。’”在陆玑引司马相如《子虚赋》、扬雄《蜀都赋》章句之后，又引

① 王先谦撰、吴格点校：《诗三家义集疏》，第 161 页。

出《七发》和《子虚赋》中章句，形成赋语连举之文势，增加文学性。又如在前引"翩彼飞鸮"条后毛晋补充道："日暝而夜作，贾谊所赋鹏鸟是也。……贾谊之迁长沙，尝集其舍，自以寿不长，作赋自广，然终以不免。"在名物考证之后增加贾谊作赋之缘由的探讨，直似一篇赋序。且又增加了两则以汉赋章句考释名物的例子，卷下之上"肃肃鸨羽"条，毛晋曰："鸨亦水鸟，似雁而无后指。《上林赋》曰'鸿鹔鹄鸨，駕鵞属玉，交精旋目，烦鹜庸渠，箴疵鵁卢，群浮乎其上'，是也。"卷下之下"如蜩如螗"条，毛晋云："按《尔雅》所谓：蜩，即吴俗所谓蝉，其总名也。《诗》所载凡四：……如《小弁》篇：'鸣蜩嘒嘒，览物起兴。'犹邹阳《柳赋》云'蜩螗厉响'也。"[①] 毛晋是在有意识地将名物考据的内容，通过以赋语比类的方式增强文势而文学化，这与明代以文学说《诗》的风尚一致。

其次是辨字考据的文学化。段玉裁《诗经小学》在辨析"螓首蛾眉"之"蛾"时谓："宋玉赋'眉联娟以蛾扬'，扬雄赋'何必飏纍之蛾眉''虙妃曾不得施其蛾眉'，皆娥之假借字。娥者，美好轻扬之意。《方言》：'娥，好也。'秦晋之闲，好而轻者谓之娥。《大招》'娥眉曼只'，枚乘《七发》'皓齿娥眉'，张衡《思元赋》'嫮眼娥眉'。"连举五篇赋作中章句，考辨的文势强劲。又在辨析"风雨潇潇"之"潇"时谓："《羽猎赋》'风廉云师，吸嚊潇率'，《西京赋》'飞罕潇箾，流镝擂摞'，皆形容欻忽之貌，与《毛传》'潇潇，暴疾也'意正合。《思元赋》'迅猋潇其媵我'，旧注：'潇，疾貌。'李善引《字林》：'潇。深清也。'……《诗》'风雨潇潇'，是凄清之意。"[②] 引用汉赋辞章来辨析《诗经》中的文字，既可以解释文字之内涵，又将《诗》中的语意通过赋句的铺陈描写展现出来。胡承珙觉得段玉裁对"蛾"的解释时引用赋句的铺排还不过瘾，在整段引述段氏之说后，又补充引"《汉书·外戚传》武帝《悼李夫人赋》云：'连流视而娥扬。'师古曰

① 陆玑撰，毛晋补：《毛诗草木鸟兽虫鱼疏广要》，明崇祯年间虞山毛氏汲古阁刊《津逮秘书》本。

② 段玉裁：《诗经小学》卷一，清嘉庆二年（1797）武进臧氏拜经堂刻本。

‘娥扬，扬其娥眉’”[1]，将这种文学化的辨字考据发挥得淋漓尽致。

胡承珙不仅在辨字考据时引述汉赋章句，在释词时也好用此法。如在解释“窈纠”一词时谓：“‘舒窈纠兮’，《传》：‘舒，迟也。窈纠，舒之姿也。’案：此诗每章第三句皆有‘舒’字，又皆以叠韵字形容‘舒’之状貌。《史记·司马相如传》‘青虬蚴蟉于东箱’，《正义》云：‘蚴蟉，行动之貌也。’又‘骖赤螭青虬之蛐蟉蜿蜒’，蚴蟉、蛐蟉，皆与‘窈纠’同，即《洛神赋》所谓‘矫若游龙’者也。末章‘舒夭绍兮’，《文选·西京赋》‘要绍修态，丽服飏菁’，注：‘要绍，谓婵娟作姿容也。’又《南都赋》：‘致饰程蛊，要绍便娟。’又《灵光殿赋》‘曲枅要绍而环句’，注云：‘要绍，曲貌。’此诸言‘要绍’者，皆与‘夭绍’同。”[2]这段考证连引六篇赋作来解释一个词，除了增加论据的条数外，连举赋语辞章来增加文势也是一种考量，因为这在胡氏的经解中，相当普遍，又如在解释“猗傩”一词时，说：“‘猗傩其枝’，《传》：‘猗傩，柔顺也。’”然后引述《经义述闻》的观点：“苌楚之枝柔弱蔓生，故《传》《笺》并以‘猗傩’为‘柔顺’。但华与实不得言‘柔顺’，而亦云‘猗傩’，则‘猗傩’乃美盛之貌矣。《小雅》‘隰桑有阿，其叶有难’，《传》曰：‘阿然，美貌。难然，盛貌。’‘阿难’与‘猗傩’同，字又作‘旖旎’。《楚辞·九辨》曰：‘窃悲夫蕙华之曾敷兮，纷旖旎乎都房。’王逸注曰：‘旖旎，盛貌。《诗》云：“旖旎其华。”’王引诗作‘旖旎’而训为‘盛貌’，与毛《传》异义，盖本于三家《诗》也。”胡承珙不同意高邮王氏的观点，认为：“‘猗傩’固可以‘美盛’言，而亦未尝无‘柔顺’之义。《高唐赋》‘东西施翼，猗狔丰沛’，此固近于‘美盛’。若《上林赋》之‘纷溶箾蔘，猗狔从风’，《南都赋》‘阿那蓊茸，风靡云披’，汉人辞赋多本《诗》《骚》，此皆状草木之柔靡，则不得以‘猗傩’为专指‘美盛’。又司马相如《大人赋》‘又徛俇以招摇’，杨雄《甘泉

① 胡承珙撰，郭全芝校点：《毛诗后笺》，第291页。

② 胡承珙撰，郭全芝校点：《毛诗后笺》，第627页。

赋》‘夫何旟旐郅偈之旖旎也’，王褒《洞箫赋》‘形旖旎以顺吹兮’，又云‘其奏欢娱，则莫不惮漫衍凯，阿那腲腇者已’，此则并非草木，更不得泥于‘美盛’之训。盖《隰桑》之‘阿难’为美盛，《苌楚》之‘猗傩’为柔顺，言各有当，《传》义不可易也。至华实皆附于枝，枝既柔顺，则华与实亦必从风而靡，虽概称猗傩，不妨。”[①]胡氏推重《毛诗》，反驳王氏父子之说，理据即取资汉赋章句，论争不仅有据，还有情境有文势。胡氏将以文学考据《诗》之法运用到极致。

再次是考据音韵而文学化者，顾炎武在考证《诗经》中“风，方戎切”时谓：“司马相如《上林赋》‘纷溶箾蔘，猗狔从风’，《长门赋》‘廓独潜而专精兮，天飘飘而疾风。登兰台而遥望兮，神怳怳而外淫’。枚乘《七发》‘梧桐并闾，极望成林，众芳芬郁，乱于五风。从容猗靡，消息阳阴。列坐纵酒，荡乐娱心。景春佐酒，杜连理音。游涉乎云林，周驰乎兰泽。弭节乎江浔，掩青蘋，游清风，陶阳气，荡春心，逐狡兽，集轻禽’。东方朔《七谏》‘便娟之修竹兮，寄生乎江潭，上葳蕤而防露兮，下泠泠而来风。孰知其不合兮，若竹柏之异心’。……扬雄《蜀都赋》‘其布则细都弱折，绵茧成袿，阿丽纤靡，避晏与阴。蜘蛛作丝，不可见风。筩中黄润，一端数金’。冯衍《显志赋》‘沮先圣之成论兮，邈名贤之高风。忽道德之珍丽兮，务富贵之乐耽’。张衡《思玄赋》‘收畴昔之逸豫兮，卷淫放之遐心。修初服之娑娑兮，长余佩之参参。文章奂以灿烂兮，美纷纭以从风。御六艺之珍驾兮，游道德之平林’，《七辩》‘美哉吾子之诲，穆如清风，启乃嘉猷，寔慰我心’。……按：风字，自汉王褒《洞箫赋》‘吟气遗响，联绵漂撇，生微风兮，连延骆驿，变无穷兮’，班固《东都赋》‘觐明堂，临辟雍，扬缉熙，宣皇风’，马融《长笛赋》‘箫管备举，金石并隆，无相夺伦，以宣八风’，始变古音，以后边让《章华台赋》……无不读为‘方戎反’矣。”[②]

---

① 胡承珙撰，郭全芝校点：《毛诗后笺》，第645—646页。

② 顾炎武：《唐韵正》卷一，文渊阁《四库全书》，第241册，第171页。

解释一个“风”的读音，引用了十二篇赋作中章句，且引述的是长段铺排，没有省字，这种考据本身即具有很强的文学性。

姚鼐在《与陈硕士书》中谓：“以考证助文章之境，正在佳处。”[①]反之，以文章辅助考据，也正是经解著作的佳处，以上在名物、辨字、释词、音韵等考据方面，连举赋句加强文势，具有强烈的文学化倾向。而在阐释《诗》的义理时，援引汉赋创作缘由及赋文章句，同样是以文学解《诗》。宋儒李樗、黄櫄在解读《邶风·谷风》“不念昔者，伊余来塈”句时，谓：“塈，息也，言君子忘旧，不念往昔年，我始来之时，安息我也，欲其不忘旧也。夫妻者，齐也，一与之齐，则终身不改，岂有淫其新昏者，一为好色所移，则弃旧而图新哉？”这是以《序》说《诗》，典型地经学解《诗》法。不过随后的一段解释：“司马相如为陈皇后尝作《长门赋》，哀陈皇后之见弃，及其惑于嬖妾，而文君又有《白头吟》之叹，躬自蹈之，好色之事，其惑于人者如此。”[②]将赋家作赋之心态与实际行动相比拟，以便读者更容易理解《诗》义。宋儒范处义在论述“正小雅”的含义时，引用司马迁的话“《大雅》，言王公大人，德逮黎庶。《小雅》，讥小己之得失，其流及上”，考证“迁之言为司马相如而发，论《大雅》固已近之，论《小雅》独取讽刺，与相如词赋相似者：如《宾之初筵》言天下之淫佚以讽幽王之荒废。《白华》言下国之用孽妾，以讽幽王之黜后，所谓讥小己之得失，其流及上者如此，然特变雅之事耳，概而言之，亦非通论也”。[③]司马相如辞赋创作的思路与《诗经》之旨一脉相承，是以“赋家之心”度“诗人之心”。

同以“稽古”号召的魏源，在揭发三家诗“微言大义”时，亦比拟于汉赋辞章，如在论《王风·大车》谓：“《传》《笺》以‘岂不尔思’，为陈古之词，以‘谓予不信’，别属诗人，‘有如皎日’，昭其诗教甚难，实非无一可道。班婕妤赋曰：‘窕窈姝妙之年，幽闲贞专之性，符皎日之心，甘首

① 姚鼐：《与陈硕士书》，见《姚惜抱先生尺牍》卷六，清宣统元年小万柳堂刊本。
② 李樗、黄櫄：《毛诗集解》卷五，文渊阁《四库全书》，第71册，第120页。
③ 范处义：《诗补传》卷十六，文渊阁《四库全书》，第71册，第177页。

疾之病。’其为夫人词明矣。”以班倢伃的赋作章句推测《诗》的作者问题。又论《邶风·终风》，谓：“‘愿言则嚏’，《笺》曰：‘今俗人嚏，云人道我。’盖用韩义以易毛训。此又夫妇之情而非母子，证二也。‘愿言则怀’，《笺》云：‘怀，安也，女思我心，如是我则安也。’又以韩义易毛训。此思庄公之词，不可施于州吁，证三也。苟非《韩诗》以为夫妇之词，《笺》曷为易《毛传》‘嚏、跲’‘怀、伤’之训，而同长门相思之赋乎？”随后便引《长门赋》云：“廓独潜而专精兮，天飘飘而疾风。浮云郁而四塞兮，天窈窈而昼阴。雷隐隐而响起兮，声象君之车音。言我朝往而莫来兮，饮食乐而移人。修薄具而自设兮，君曾不肯乎幸临。心凭噫而不舒兮，邪气壮而攻中。惕寐觉而无见兮，魂廷廷若有亡。”后谓：“皆近此诗之旨。”[①]这是典型的以赋解《诗》，以赋的境界来体悟诗的意境，以涵泳赋句来推求《诗》作旨意。

赋为《诗》之六义之一，或曰“赋者，古诗之流也”，那么在《诗经》经解中自然少不了关于“赋”义的论述，这些都有补于赋体的文学批评。除此之外，还应值得注意的是，在《诗经》经解中出现了大量“体近赋话”的论赋文字，有重要的文学批评意义。如关于《诗》为“赋祖”的论述：

宋儒严粲《诗缉》：“《小雅·斯干》‘秩秩斯干，幽幽南山’，《西京赋》言长安‘于前则终南、太一’，犹此诗言‘幽幽南山’；‘于后则据渭、踞泾’，犹此诗言‘秩秩斯干’，《西京赋》祖述《斯干》也。”[②]

明儒顾梦麟《诗经说约》论述《閟宫》谓：“且历观两汉以来词赋表笺，其言宗庙之祭从无道及车旂仪卫之盛者，每至郊祀则纚才不休，详其文体亦本诸此诗耳。”[③]

清儒姚际恒《诗经通论》论《桃之夭夭》谓：“桃花色最艳，故以

① 魏源：《诗古微·邶鄘卫答问》，《续修四库全书》，第77册，第162页。

② 严粲：《诗缉》卷十九，文渊阁《四库全书》，第75册，第254页。

③ 顾梦麟：《诗经说约》卷二十七，明崇祯织帘居刻本。

取喻女子；开千古词赋咏美人之祖。”[①]

方玉润《诗经原始》谓：“《閟宫》不唯似大雅，且开汉赋褒扬先声。”“《閟宫》不惟体类大雅，且开汉赋之先，是《诗》变为《骚》，《骚》变而赋之渐也。”[②]

吴闿生《诗义会通》评《斯干》：“如跂四句，古丽生动，孟坚《两都》所祖。”[③]

将以上赋论与清人程廷祚《骚赋论上》所谓“若夫体事与物，风之《驷驖》，雅之《车攻》《吉日》，畋猎之祖也；《斯干》《灵台》，宫殿苑囿之始也；《公刘》之‘豳居允荒’，《绵》之‘至于岐下’，京都之所由来也”[④]对比，《诗经》经解中所言论赋之辞直似程廷祚的赋话。

《诗经》经解中对赋学批评领域的一些热点问题也多有关注，如扬雄“诗人之赋”与“词人之赋”之别的问题，李樗、黄櫄《毛诗集解》论述《车攻》诗谓：“《车攻》之诗八章，其形容宣王之美，可谓备矣。既见其车马之修，又见其器械之备，与夫诸侯之服射御之良，此诗人之善形容也。如司马相如上林之赋，盖仿此诗而作，然其言倍于《车攻》之诗，其长数十倍。其所述人君之德比《车攻》为何如哉？子云曰：‘诗人之赋丽以则，辞人之赋丽以淫。’以《车攻》诗与《上林赋》观之，则诗人、辞人之别焕然矣。”[⑤]赋学批评界解释“诗人之赋”与“词人之赋”者纷纭，莫衷一是，此将《车攻》诗与司马相如《上林赋》相比以明诗人、词人之别，也是一种独到之论。又如关于赋的“美刺”问题的论述，《诗·大雅·常武》有言：“王犹允塞，徐方既来。徐方既同，天子之功。四方既平，徐方来庭，

① 姚际恒撰，顾颉刚标点：《诗经通论》卷一，中华书局1985年版，第25页。
② 方玉润著，李先耕点校：《诗经原始》，中华书局1986年版，第61、642页。
③ 吴闿生：《诗义会通》，中华书局1959年版，第152页。
④ 程廷祚：《青溪集》卷三《骚赋论上》，民国间上元蒋氏慎修书屋排印金陵丛书（乙集）本。
⑤ 李樗、黄櫄：《毛诗集解》卷二十一，文渊阁《四库全书》，第71册，第422页。

徐方不回，王曰还归。”宋人范处义在《诗补传》中谓：“前数章所称宣王之用兵，盛矣美矣！而非常武之所尚也。召穆公之意谓德为可常，武不可黩，故先极言其盛美，以满宣王之欲，卒章乃陈警戒之言，故其言易入也。后之为辞赋者，或窃取其义，而学者以曲终奏雅，劝百讽一讥之，是不知其得古诗人之遗意也。”[①]从具体篇章的分析角度，指出汉赋“劝百讽一”之义源自《诗经》，是得《诗经》遗意。陈启源论述《凯风》云：“诗人美刺，多代为其人之言，故有似刺而实美，似美而实刺者，不独三百篇也，后世骚赋及乐府犹然。”指出辞赋“美而实刺”的特征渊源有自。又论《楚茨》云：“《楚茨》以下十篇，朱子《辩说》谓其和平详雅，无风刺之意，如出一手，当是正雅错脱在此。序以为伤今思古，不应十篇相属，无一语见衰世之意，似矣，然诗人寓意深远，固有不可泥其词者。《采薇》《出车》《杕杜》多嗟怨之词，《行露》《摽梅》《野有死麕》少和平之语，列于正风正雅，可谓刺诗乎？安在《楚茨》十篇不可为刺也，又人当衰乱之时，道太平之乐，必言之娓娓不休。班、张之赋，喜述西京之盛时，元、白之诗，多咏开元之胜事，皆此意也。”[②]黄中松论述此诗时，也谓：“夫班张之赋，喜述西京之盛仪，元白之诗，多咏开元之胜事，古人身居衰季，而遐想郅隆，恨不生于时，而反覆咏歌，固无聊寄托之词也，然追慕之下，必多感慨，词气之间，时露悲伤，而十诗典洽和畅，毫无怼怨之情，何必变欣慰为愤懑，易颂美为刺讥乎，故就诗论诗，朱传得之者盖十八九矣。”[③]汉赋“曲终奏雅”“劝百讽一”的结构特征与主旨意趣，渊源于《诗》。

更为细致的文学解《诗》之法，是依文诠释、寻味词气之间的相通之处。元人刘玉汝《诗缵绪》就《召南·何彼襛矣》中“何彼襛矣，唐棣之华……其钓维何……”句赏析时谓：“何，问辞，应在下句首。以‘何’起辞，宋玉《九辨》、相如《长门赋》皆用之。末章倒用‘何’字，变文之法

① 范处义：《诗补传》卷二十五，文渊阁《四库全书》，第72册，第372页。
② 陈启源：《毛诗稽古编》，文渊阁《四库全书》，第85册，第366、538页。
③ 黄中松：《诗疑辨证》卷四，文渊阁《四库全书》，第88册，第406页。

也。”从句法角度以赋解《诗》。又在卷七论《月出》谓：“东莱谓此诗用字聱牙，意者其方言欤？愚谓安知非作者喜为是聱牙语欤？司马、扬雄赋中连绵，亦多聱牙字。”[①]《月出》与辞赋在用“聱牙字”方面有共通之处。顾炎武在辨析《定之方中》诗“卜云其吉，终然允臧”句时，即指出：“张衡《东京赋》‘卜征考祥，终然允淑’，用此文法。”[②]张衡用《诗》善于改《诗》文字，顾氏在此即点出这种文法的变迁。明人万时华是一位以诗论《诗》的诗人，他在《诗经偶笺》中论述《偕老》诗云：“胡然而天，全是诧异声吻，如云恍惚天仙帝女，下临人世，不知何处得来。《子虚赋》：‘眇眇忽忽，若神仙之方髣。’正此意，然为蚊为螭为云为雨之状，笔端自写出。”[③]借着对文句的体会涵泳去理解《诗经》、汉赋在选词、遣调、造语、炼字、写景诸法的共通之旨趣。

《诗经》经解援引汉赋辞章来文学化的解释《诗经》，属于诗经学的文学阐释。《诗经》经解在连用赋文学文本之“文学辞章”时，考据文字不仅从所引用的赋文学语言中获得一种“文学性”，而且解释《诗》意具有“文学化”特征：一是援引汉赋辞章，将赋家作赋之心态与《诗》的创作相比拟，以便读者更容易理解《诗》义，以“赋家之心”度“诗人之心”；二是有意通过连用赋句的铺陈描写将《诗》中的语意展现出来；三是以赋句的境界来体悟诗的意境，以涵泳赋句来推求《诗》作旨意。诸如此类，多途径、多层面文学化地解释《诗经》。《诗经》欣赏派诸家在诗经学经解中大量引用汉赋辞章来阐释义理、考据训诂，并借以涵泳《诗经》旨意，从而产生新的辞章，在经典互证中形成一种独特的文学解《诗》之法，这也是中国文学中一种非常别致的文学批评方式。

---

① 刘玉汝：《诗缵绪》，文渊阁《四库全书》，第 77 册，第 591、648 页。

② 顾炎武：《诗本音》卷二，文渊阁《四库全书》，第 241 册，第 48 页。

③ 万时华：《诗经偶笺》卷二，明崇祯六年李泰刻本。

# 小结 “相济为用”的诠释体系

在五经之中，汉赋用经最多的是《诗经》，而从以上引述可以看出，在中国众多文学体式中，恐怕没有哪一种文体能像汉赋一样，被大量地运用到诗经学的经解中。赋者，乃“古诗之流”“雅颂之亚”“六义附庸，蔚成大国”，是一种与《诗经》具有独特亲缘关系的文学体式，也天然具有“融经铸史”之能力（且将这种能力发挥至卓越于众文体）。汉赋具有“知识书”和“宣上德、抒下情”之特征与功用，其创作的时代根基深扎在汉代诗经学的传统之中，赋家一方面“以《诗》丰赋”，从《诗》到赋创作的“文学自觉意识”逐步强化；另一方面“以赋传《诗》”，《诗经》义理通过汉赋的创作与传播，其经典意义得到进一步的阐释与巩固。汉赋由“雕虫篆刻，壮夫不为”到“体国经野，义尚光大”的文体推尊过程，实为“以经尊赋”，是文学史上“取镕经义”与“自铸伟辞”的典范。

中国的经学研究整体上崇尚复古，历代经学家都借“稽古”“古微”以阐明经义，而作为“去圣未远”的汉代赋家，因为作为“圣舌人”而依经义立言，所创作出来的辞赋，自然成为经学家取资的对象，这与汉代赋家创作辞赋从五经中取材一致。后世经解学家以赋解《诗》正是对汉赋家创作辞赋从《诗经》中取资素材的一种“学术反哺”，这是文学与经学历史语境相契合的结果，至此形成了“以经尊赋”“以经丰赋”至“以赋传经”[①]，再至“以赋解经”的学理路径回环，在经学史与文学史上具有范式意义。

汉赋“用”《诗》无非“取辞”与“取义”二途，而《诗经》经解在经学的阐释体系中“反用”汉赋，又形成了义理、考据、辞章三途。《诗》有“六义”：风、赋、比、兴、雅、颂。在孔颖达看来，“赋、比、兴是诗之所

① 徐复观认为《左传》“以历史之事实解释《春秋》”，“以史传经”，详见《两汉思想史》第三卷，第164—167页。汉赋用经，是以集部文献传经，可谓“以赋传经”，详见笔者与许结师合撰《汉赋用经考》一文相关论述。

用，风、雅、颂是诗之成形。用彼三事，成此三事，是故同称为义”[①]，风、雅、颂是“三体”，赋、比、兴是“三用”；在这三用中间，比、兴没有独立，赋却独立成一种文体，正因为如此，才赋予其依经立义的本质需求。赋之依《诗》立义的功能与战国赋《诗》的《诗》教传统紧密相关，作为“后世之文”的汉赋，“其体皆备于战国”，而“其源多出于《诗》教”。[②]至汉代，赋家继承古代行人“赋诗言志”的传统，文饰其义理，期于为世所用，这是《诗》教的延续。汉赋“古诗之流也”，某种程度上即是《诗》教之流，是由断章取义的赋《诗》向依经立义的用《诗》转变。汉赋文本造作依然如太史公所说：“虽多虚辞滥说，然其要归引之节俭，此与《诗》之风谏何异？”[③]或是班固所谓：“或以抒下情而通讽喻，或以宣上德而尽忠孝……抑以雅颂之亚也。”汉赋用《诗》取义，多取《诗经》讽谏或雅颂之义，而这其中所蕴含的义理，又被后世经学家在阐释经籍时取资“反用”，促成新的“义理”。

汉赋“铺采摛文”，虽从《诗》中取辞，但有过之而无不及，晋人葛洪即指出：“《毛诗》者，华彩之辞也，然不及《上林》《羽猎》《二京》《三都》之汪濊博富也。……若夫俱论宫室，而《奚斯》《路寝》之颂，何如王生之赋《灵光》乎？同说游猎，而《叔畋》《卢铃》之诗，何如相如之言《上林》乎？”但这也从反面说明汉赋的主旨、题材、情感表达及语言风格多是取资于《诗经》。因此，后世经学家反过来也从汉赋中“取辞”，从而促成新的“辞章”。“赋兼才学”，它的一个基本功用是“体物”，如“物以赋显”（王延寿《鲁灵光殿赋》）、“感物造端，材智深美”（班固《汉书·艺文志·诗赋略》）、“赋体物而浏亮”（陆机《文赋》）、“铺采摛文，体物写志”（刘勰《文心雕龙·诠赋》）、“赋取穷物之变”（刘熙载《艺概·赋概》），都突出一“物”字，这种“名物”意识，与经学家的“多识草木

---

① 毛亨传，郑玄笺，孔颖达疏：《毛诗正义》，阮元校刻：《十三经注疏》，第 271 页。

② 章学诚：《诗教上》，章学诚著，叶瑛校注：《文史通义校注》，第 60 页。

③ 司马迁：《史记》，第 3073 页。

鸟兽虫鱼”意图一致，被后世有此的经学家广泛采资，而赋的“有韵之文”“字林”“类书”“志乘”[①]之称，也促成经学家在求实的历史考据中，从汉赋中取资才学。

章学诚谓：“义理存乎识，辞章存乎才，征实存乎学。”[②]中国的经学文本（《诗经》）与早期的文学文本（《诗》、汉赋）的对话，是在“用”与“反用”的过程中展开，形成义理、考据、辞章“相济为用”，在学问之途中构成理学维度、历史维度和文学维度的交叉互渗，建构起一套中国古代学术的诠释体系，且因《诗经》与汉赋本身所具有的“前导”属性，故在学理层面上也被赋予了典范意义。

---

① 陆次云《与友论赋书》：“汉当秦火之余，典故残缺，故博雅之属，辑其山川名物，著而为赋，以代志乘。”（《北墅绪言》卷四）袁枚《历代赋话序》：“古无志书，又无类书，是以《三都》《两京》，欲叙风土物产之美，山则某某，水则某某，必加穷搜博采，精心致思之功。……盖不徒震其才藻之华，而藏之巾笥，作志书、类书读故也。”（浦铣：《历代赋话》卷首，清乾隆五十三年复小斋刻本）

② 章学诚：《说林》，章学诚著，叶瑛校注：《文史通义校注》，第351页。

# 丁　编

## 汉赋用《诗》的诗性品格

# 第十一章

# 一个被遮蔽的语体结构选择现象

## ——论汉赋用《诗》“《诗》曰”的隐去

## 引言　问题的提出

文学是语言的艺术，每一种文体都会选择自己特定的语言手段，从而呈现出独立的文本形态，且在一段较长的时期内保持着自己固定的话语体式和句子结构。英国文艺理论家柯勒律治曾说过：“文体只能是清晰而确切地传达意蕴的艺术，不问这个意蕴是什么，作为文体的一个标准就是它不能在不伤害意蕴的情况下用另外的语言去加以复述。”[①] 每一种文体的确立都是对某种语言形式与意义的选择，同时，各种文体间的语言形态又有相互交叉的因缘。这种因缘在特定的话语系统及一定的话语态势转变的过程中，会带来某种语言创造活动的变化。

语言创造活动的变化是文体兴起和发展的重要因素，在中国文学的初起阶段，这种变化的过程却极为漫长且隐而难明。本章试图揭示一个被长

① 〔英〕柯勒律治：《关于文体》，见〔德〕歌德等著，王元化译：《文学风格论》，上海译文出版社 1982 年版，第 37 页。

期遮蔽的、在先秦两汉时期却显著存在的语体选择现象，即汉赋引《诗》与先秦典籍及两汉史传、奏议、子书等引《诗》的一个明显不同：凡是以“赋”名篇的赋作，用《诗》均将“《诗》曰”类标志隐去，将诗体语言融入赋体之中。赋家们选择这种语言结构，而不选择传统的语言结构，其彰显的是“言语”的淡褪和“文章”的兴盛。康有为通观古今文学演变后云“古者惟重言语，其言语皆有定体，有定名”，而“自秦汉后，言语废而文章盛，体制纷纭，字句钩棘”。[①] 作为言语“定名”标志的“《诗》曰”何时兴起，其存在的形态和承载的功用是什么？汉赋用《诗》为什么要将“《诗》曰”隐去？这样做有什么内在意蕴，又具有怎样的文学史意义呢？

## 第一节 “《诗》曰”的使命：由正音到正义

先秦典籍用《诗》，经历了由音乐之《诗》到文本之《诗》的转变。周代诗、乐、礼合为一体，《论语·泰伯》曰：“兴于《诗》，立于礼，成于乐。”《礼记·仲尼燕居》：“不能《诗》，于礼缪；不能乐，于礼素。”[②] 周人典礼用《诗》皆需合乐，因此如《周礼》《仪礼》等典籍用《诗》方式多是赋《诗》、歌《诗》、奏《诗》、管《诗》，很少引《诗》，至《左传》《国语》及儒墨诸子私家著述则多是引《诗》、赋《诗》，尤其是引《诗》的次数显著增多。春秋时期，“礼崩乐坏”，诗与礼、乐分离，诗的乐章义逐渐淡褪，但并未消失，而是转移到对《诗》文本义的阐释与说明上来。言语引《诗》，即在这个时期出现，《左传》记载尤多。[③]《左传》引《诗》之

---

① 康有为：《教学通义·言语》，刘梦溪主编：《中国现代学术经典·康有为卷》，河北教育出版社 1996 年版，第 97—98 页。

② 郑玄注，孔颖达正义：《礼记正义》，阮元校刻：《十三经注疏》，第 1614 页。

③ 据夏承焘《采诗与赋诗》（《中华文史论丛》1962 年第 1 辑）统计《左传》引《诗》134 处，是以有如“《诗》曰”和“某诗某章”等为标志，标准严格，这里从之。又，《左传》是较早记载引《诗》的文献，但引《诗》活动可能早已存在。

始，见于隐公元年，“《诗》曰：‘孝子不匮，永赐尔类。’其是之谓乎”[①]，出自《大雅·既醉》。《国语》引《诗》之始在《周语》祭公谏穆王征犬戎时谓：“是故周文公之《颂》曰：‘载戢干戈，载櫜弓矢。我求兹德，肆于时夏，允王保之。’”[②]出自《周颂·时迈》。私家著述引《诗》自《论语》始，及《墨子》《孟子》《荀子》以下多引《诗》。尤其是《荀子》引《诗》最多，每于一段议论后，即引《诗》以为议论，或为评论，引《诗》句式定型化为“《诗》曰（云）：……此之谓也”。陈乔枞《韩诗遗说考序》：“或引《诗》以证事，或引事以明《诗》，使为法者彰显，为戒者著明，虽非专于解记之作，要皆触类引申，断章取义，皆有合于圣门商、赐言《诗》之志也。”[③]引《诗》的目的与方法由此而明。

“《诗》曰”的出现是礼、乐教化功能相离的结果，引《诗》、赋《诗》的目的已不全在音乐，而重在所引、所赋《诗》的内容，重在《诗》意的说明与论证上。《左传》僖公二十七年曰：“《诗》《书》，义之府也。”在这种话语权威传统的孕育下，“事无细微，皆引《诗》以证其得失”[④]，催生出“以《诗》明事”与“以《诗》证事”的思维方式，从而衍生出广泛存在于中国典籍中的“《诗》曰”的引《诗》传统。先秦典籍引《诗》的句式结构多种多样，尤以《左传》形态最丰，有《诗》曰、《诗》云、《诗》之谓也、《诗》所谓、周诗曰、卫诗曰、《周颂》曰、《鲁颂》曰、《商颂》有之曰、《汋》曰、《武》曰等。

“不学诗，无以言”，聘问燕飨，交接邻国以及阐释德教均需引《诗》言志，杨向时指出：“《春秋左氏传》所载列国君臣之言，觐聘享燕之际，辄引《诗》与赋《诗》，以证其论，以通其意，《诗》之用洵为大矣。孔子所谓‘不学诗，无以言’者，殆谓引《诗》欤！言而能引《诗》，则言之有

① 杜预：《春秋左传经解》，第 7 页。

② 上海师范大学古籍整理组校点：《国语》，上海古籍出版社 1978 年版，第 1 页。

③ 陈寿祺撰，陈乔枞述：《三家诗遗说考》，《续修四库全书》，第 76 册，第 495 页。

④ 劳孝舆：《春秋诗话》卷三，道光二十五年南海伍氏粤雅堂刻岭南遗书本。

物，持之有故，可谓善于言者矣。”[①]因此，以《左传》为代表的先秦文学带有鲜明的“言语”特性。何谓“言语”？《诗·大雅·公刘》云：“京师之野，于时处处，于时卢旅，于时言言，于时语语。”《毛传》：“直言曰言，论难曰语。”言语交际，若要服人，必要称引《诗》《书》。《韩非子·难言》：“臣非非难言也，所以难言者：言顺比滑泽，洋洋洒洒然，则见以为华而不实……殊释文学，以质信言，则见以为鄙。时称《诗》《书》，道法往古，则见以为诵。此臣非之所以难言而重患也。”[②]《诗》为雅言，故见以为诵。《论语·述而》：“子所雅言，《诗》《书》。执礼，皆雅言也。”何谓“雅言”？《论语精义》引范祖禹语曰：“雅，正也。惟正可以为常，故雅亦常也。子所雅言者，常言也。每言，必以《诗》《书》明之，不然，则执以礼，其所常言不出乎此，故曰皆雅言也。”雅言，即正言，与俚语方言相对，其功能是“天子所以齐正万方，使归于一也”[③]，有正音训，明义理之用。惠士奇《礼说》解释道：“雅也，正也，训也，训其文，正其名，以合于雅，乃得其叙，事得其叙之谓训，而大行人谕书名、听声音则属瞽史；谕言语、协辞命则属象胥。吾儒诂训之学，皆从此出焉……及周之衰，淫文破典，则有孔子雅言以正之，其道得以复明。”[④]雅言有正音与正义双重功用。

但随着交流的扩展，音训的加强，引《诗》的正音功能逐渐消弱，正义功能逐渐加强。阮元《诗书古训序》：“《诗》三百篇，《尚书》数篇，孔孟以此为学，以此为教，故一言一行深奉不疑，即如孔子作《孝经》、子思作《中庸》、孟子作七篇，多引《诗》《书》以为证据，若曰世人亦知此事之义乎？《诗》曰某某即如此，否则恐自说有偏弊，不足以有训于人。”[⑤]

---

① 杨向时：《左传赋诗引诗考·弁言》，台湾中华丛书编审委员会印行 1972 年版。
② 韩非著，陈奇猷校注：《韩非子新校注》，上海古籍出版社 2000 年版，第 48 页。
③ 朱熹：《论语精义》卷四上，文渊阁《四库全书》，第 198 册，第 169 页。
④ 惠士奇：《礼说》卷一，文渊阁《四库全书》，第 101 册，第 400 页。
⑤ 阮元：《诗书古训序》，《丛书集成初编》，中华书局 1985 年版，第 1 页。

由此，“《诗》曰”的使命逐渐由正音向正义转变，至战国、秦汉典籍引《诗》，“《诗》曰”二字代表的是假言以自重，其内容是高度理性化的公共标准，是理想意志的体现，是对社会政治、道德观念的表达。

学《诗》以言，是传统的“言语”教育方式。赋《诗》、引《诗》是春秋战国时期外交揖让的一项重要内容，在口语交际的实践中就表现为“《诗》以代言”。张须《论诗教》：“昔也《诗》为贵族子弟所共习，朝聘宴享，《诗》以代言；今也布衣可取卿相，储能之事，但在揣摩形势而已。况乎骚、赋代兴，四言诗直无创作之事，夫唯不诵，是以不习为。其间纵有谲谏，亦以隐语或辞赋代之。”[①] 至楚汉骚、赋兴起[②]，“言语”逐渐淡褪。

## 第二节　“《诗》曰”的隐去：由重义到事形

朱自清《诗言志辨》谓：“春秋以后，要数汉代能够尽《诗》之用。春秋用《诗》，还只限于典礼、讽谏、赋《诗》、言语；汉代典礼别制乐歌，赋《诗》也早已不行，可是著述用《诗》，范围之广，却超过春秋时。”[③]“《诗》曰”的传统延续到汉代，汉人不仅在《诗传》《诗序》中广泛使用，而且在史传、奏议、子书中也随处可见。但有一类文体却甚为特殊，那就是汉赋。据统计，汉赋提及六经名 13 次，提及《诗》名 10 次，用《国风》188 次，用《雅》192 次，用《颂》37 次，总共用诗 440 次；用《诗》方式：论诗 37 次，取义 85 次，取辞 260 次，乐歌 29 次，直引 6 次。直引有“《诗》曰”类标志，且都出现在西汉议论性质的赋体文中，如司马相如《难蜀父老》：“且《诗》不云乎？‘普天之下，莫非王土；率土之滨，莫非

---

① 张须：《论诗教》，《国文月刊》1948 年 7 月第 69 期。

② 罗根泽《中国文学批评史》：“屈原是爱好文学的，他的《离骚》和《天问》，征引了很多的古代神话故事，但见不到《诗经》的踪迹。”上海书店出版社 2003 年版，第 89 页。

③ 朱自清：《朱自清说诗》，上海古籍出版社 1998 年版，第 117 页。

王臣。'"东方朔《答客难》："《诗》云：'鼓钟于宫，声闻于外。''鹤鸣于九皋，声闻于天。'"《非有先生论》："《诗》不云乎？'谗人罔极，交乱四国'，此之谓也。"又"故《诗》曰：'土国克生，惟周之桢，济济多士，文王以宁。'此之谓也"。《神乌傅（赋）》："诗［云］：'云＝（云云）青绳（蝇），止于杆。几自（？）君子，毋信儳（谗）言。'"而其他以"赋"名篇的赋作，均未有"《诗》曰"类词语出现。

汉赋用《诗》隐去"《诗》曰"的原因何在？

首先，调声制韵的诵"赋"之风促使"《诗》曰"的隐去。何为"赋"？《汉书·艺文志》曰："不歌而诵谓之赋。"何为"诵"？《周礼》郑玄注："以声节之曰诵。"贾公彦疏："以声节之曰诵者，此亦皆倍文，但讽是直言之无吟咏，诵则非直背文，又为吟咏，以声节之为异。"① 诗有音律可节，故可诵，诵赋也应有音律可节，虽不合乐，但必须有节奏地朗诵，以达到娱人耳目之功用。《国语·周语上》引召公语："故天子听政，使公卿至于列士献诗，瞽献曲，史献书，师箴、瞍赋、蒙诵，百工谏……而后王斟酌焉。"② 诵赋之风是对瞽蒙献诗、诵诗传统的继承与发展。范文澜《文心雕龙·诠赋》注云："荀、屈所创之赋，系取瞍赋之声调而作。"③ 楚汉宫廷，"听赋娱乐"之风盛行，宋玉创作《高唐》《神女》赋以娱乐顷襄王，枚乘诵读《七发》给楚元王太子听以致太子霍然病愈。《汉书·王褒传》记载汉宣帝"征能为《楚辞》九江被公，召见诵读"，又记载后宫贵人左右皆诵王褒《洞箫赋》《甘泉赋》以娱侍太子事。《汉书·元后传》也载成帝召见刘歆"诵读诗赋，甚说之，欲以为中常侍"事。④"诵"的表达方式注重音色、音调、语气、节奏，因此需要适合自己的语言结构。枚乘《七发》云"诚奋厥武，如振如怒"，语出《大雅·常武》："王奋厥武，如震如怒。"如果

① 郑玄注，贾公彦疏：《周礼注疏》，阮元校刻：《十三经注疏》，第 787 页。
② 上海师范大学古籍整理组校点：《国语》，第 9—10 页。
③ 刘勰著，范文澜注：《文心雕龙注》，第 137 页。
④ 详见班固：《汉书》，第 2821—2829、4018 页。

仍像《左传》一样以“《诗》曰”的引《诗》方式出现在赋中，会使语言拘束，可能就不便于以声节韵。另外，将“《诗》曰”隐去后，可以对《诗》句进行些巧妙的修改，以便于诵读。张衡《东京赋》云“卜征考祥，终然允淑”，语出《鄘风·定之方中》：“卜云其吉，终焉允臧。”赋中改“臧”为“淑”，是为行文中押韵的需要，赋中的韵字是：育、淑、陆、燠、复、古、祖、户。何焯评曰：“平子工在换字。”此即是也。又，班彪《北征赋》“日晻晻其将暮兮，睹牛羊之下来”，出自《王风·君子于役》：“日之夕矣，羊牛下来。”《诗经》四言虽质朴、简洁、明快，但句中缺乏节奏变化，不利于诵读，必须要对《诗经》原句加以修改，于是在句首加上重音节的动词，在句中加入轻音节的形容词和虚词，从而使句子加长，音节扩大，读来更有节奏感，达到“入耳之娱”（《文选序》）的效果。汉赋引《诗》隐去“《诗》曰”是为了调声制韵，以达到追求语言节奏美之目的，诵赋其实就是在诵大规模的“描写诗”，这种“诵”的语言结构方式成为汉赋的文体特征之一。

其次，“《诗》曰”的出现与隐去，贯穿于其中的是“王道之迹”的汩没与兴盛。先秦“王道”思想寄于二端：一曰载言，一曰载事。《诗》《书》为雅言之所，《春秋》为记事之本，两相比较，言比事更为重要。《孟子》曰：“王者之迹熄而《诗》亡，《诗》亡然后《春秋》作。”[①]《诗》载“王言”，是“王道”的载体，《诗》亡则寄寓于《春秋》，《日知录》卷十三“周末风俗条”：“春秋时，犹尊礼重信，而七国则绝不言礼与信矣。春秋时犹宗周王，而七国则绝不言王矣。……春秋时犹宴会赋诗，而七国则不闻矣。……此皆变于一百三十三年之间，史之阙文，而后人可以意推者也。不待始皇之并天下，而文武之道尽矣。”[②]“王言”的承载体由作诗、献诗转向了以“《诗》曰”为标志的赋《诗》、引《诗》。《左传》一方面“以历史

① 朱熹：《四书章句集注》，中华书局1983年版，第295页。

② 顾炎武著，黄汝成集释：《日知录集释》，第749页。

之事实解释《春秋》"，"以史传经"；另一方面又赋《诗》、引《诗》，以"《诗》曰"的形式论证《春秋》、丰富《春秋》，以期事与言的统一，诚如刘知幾《史通·载言》所说："逮左氏为书，不遵古法，言之与事，同在传中。然而言事相兼，烦省合理，故使读者寻绎不倦，览讽忘疲。"[①] 言语合事，且由言事并重趋向重文辞而事的因素衰微，"言语"的传统开始兴盛。《汉书·艺文志》云："春秋之后周道寖坏，聘问歌咏不行于列国，学《诗》之士逸在布衣，而贤人失志之赋作矣。"迨至赋体兴起，学《诗》之人的"言语"传统消退，转而作贤人失志赋，皆有"恻隐古诗之义"。赋是对《诗》的时代制作礼乐制度的承接，也是对《诗》的政治功能的承接。赋本身也是一种对"王言"的归复，是以文辞描绘化用《诗经》，此之谓"以文传经"。

与此相应的是，"《诗》曰"的隐去与赋家主体精神的回归密切相关。王充《论衡·书解》将儒者分为"世儒"和"文儒"两种。世儒"说圣人之经，解贤者之传"，如《诗》家鲁申公，《书》家千乘欧阳、公孙之流；文儒"卓绝不循"，"书文奇伟"，如陆贾、司马迁、司马相如、刘向、扬雄等文章之徒。[②] 先秦诗作，作者不名，劳孝舆《春秋诗话》云："风诗之变，多春秋间人所作。……然作者不名，述者不作，何欤？盖当时只有诗，无诗人，古人所作，今人可援为己诗；彼人之诗，此人可更为自作，期于'言志'而止。人无定诗，诗无定指，以故可名不名，不作而作也。"[③] 因此称引者也都述而不作，转而通过借赋《诗》、引《诗》来获得普遍的社会认同，以至于自己的个性被遗忘和消解。至汉赋创作，赋家主体精神渐趋回归，他们不再满足于《诗经》"雅言"，皇甫谧《三都赋序》云："逮汉贾谊，颇节之以礼。自时厥后，缀文之士，不率典言，并务恢张，其文博诞空类。"汉赋作家不再囿于经典之言，正如刘勰所说："虽取镕经义，亦

① 刘知幾撰，浦起龙释：《史通通释》，第 34 页。

② 黄晖撰：《论衡校释》，第 1151 页。

③ 劳孝舆：《春秋诗话》卷一。

自铸伟词。”黄侃《文心雕龙札记》解释道：“二语最谛。异于经典者，固由自铸其词；同于《风》《雅》者，亦再经镕湅，非徒貌取而已。”[①]汉赋作家用《诗》，已不再过多地注重《诗》义的援引，更加关注的是怎样熔铸《诗》辞，为己所用。挚虞《文章流别论》云：“古诗之赋，以情义为主，以事类为佐；今之赋，以事形为本，以义正为助。情义为主，则言省而文有例矣；事形为本，则言当而辞无常矣。”汉赋作家的创作倾向由“重义”向“事形”转变，注重的是如何去敷陈体物，故“文无例”“辞无常”，“《诗》曰”引《诗》的格局必然会被打破。

## 第三节　自铸伟辞，创变新体

汉赋作家用《诗》，选择将“《诗》曰”隐去，这种语言形式与意义的选择，究竟会给汉赋文体的形成与发展带来哪些创变？这些创变在文学史上又具有怎样的意义？

首先，汉赋用《诗》隐去“《诗》曰”，在语用功能上表现为由“断章取义”到“取辞见义”。汉赋用《诗》与《左传》引《诗》在语用学上存在差异，《左传》引《诗》是“赋诗断章，余取所求焉”[②]，而汉赋用《诗》隐去“《诗》曰”，一方面是隐去了宣传的标语，削弱甚至是打破了“《诗》曰”的符号性，让讽谏更加“隐蔽”化，从而导致原始《诗》“义”在一定程度上的丢失。如边让《章华台赋》“尔乃窈窕，从好仇，径肉林，登糟丘”，用《周南·关雎》“窈窕淑女，君子好逑”句，而讽谏的含义隐而不彰。扬雄《逐贫赋》“忘我大德，思我小怨”，用《小雅·谷风》“忘我大德，思我小怨”句。《谷风》为“刺幽王”之作，扬雄在这里只是取《诗》

① 黄侃著，黄延祖重辑：《文心雕龙札记》，中华书局 2006 年版，第 29 页。
② 杜预：《春秋左传集解》，第 1099 页。

辞以表明自己对待贫的态度有失公允。王逸《机妇赋》“悟彼织女，终日七襄，爰制布帛，始垂衣裳”，用《小雅·大东》“跂彼织女，终日七襄”句，赞美黄帝广施圣恩，光耀日月星辰，又有感于织女星七个时辰移动七次的事，于是发明了织布、缝衣。蔡邕《释诲》“静以俟命，不斁不渝。百岁之后，归乎其居”，用《唐风·葛生》“百岁之后，归于其居”句，直引《诗》辞，表达自己准备听从天命的安排，顺应自然，别无所求，只愿百年之后扪心无愧，死后有个葬身的所在。另一方面是将“正言”自然化，引向“绮靡”的“缘情”一路，是一种个性自觉的彰显，是真正的“诗化”。“缘情”方式有二，一是在《诗》篇名前加上情感动词，如崔篆《慰志赋》：“懿《氓》蚩之悟悔兮，慕《白驹》之所从。”冯衍《显志赋》：“美《关雎》之识微兮，愍王道之将崩。”傅毅《舞赋》：“嘉《关雎》之不淫兮，哀《蟋蟀》之局促。”张衡《西京赋》：“慕贾氏之如皋，乐《北风》之同车。”蔡邕《述行赋》：“甘《衡门》以宁神兮，咏《都人》而思归。”张超《诮青衣赋》：“毕公喟然，深思古道，感彼《关雎》，德不双侣。”阮瑀《止欲赋》：“思《桃夭》之所宜，愿《无衣》之同裳。”陈琳《止欲赋》：“叹《北风》之好我，美携手之同归。”丁廙《蔡伯喈女赋》：“惭《柏舟》于千祀，负冤魂于黄泉。”丁仪《厉志赋》：“疾《青蝇》之染白，悲《小弁》之靡托。”二是在化用原有《诗》句时，也在前面加上情感动词。张衡《思玄赋》“览蒸民之多僻兮，畏立辟以危身”，化用《大雅·板》“民之多辟，无自立辟”句。看到民众的行为多不符合道德准则，在这样的浊世中独循礼法就会危及到自身，张衡赋化用《诗》句，表达自己不愿和光同尘，保持特立节操而不能的悲叹。蔡邕《述行赋》“周道鞠为茂草兮，哀正路之日涩”，化用《小雅·小弁》“踧踧周道，鞫为茂草”句，言周代社会政令昌明，平易安定，可如今途穷而不得通畅，被茂草所遮蔽阻塞，悲叹人间正道的扭曲变形。繁钦《愁思赋》“嗟王事之靡盬，士感时而情悲”，化用《小雅·四牡》“岂不怀归？王事靡盬，我心伤悲”句。赋取《诗》辞，言国家多难，动乱不安，感慨时事维艰，内心忧愁悲伤，但仍然选择委身侍奉朝廷，效力于国政而有家不能归，时刻准备为国事而献身，大义凛然。

由“《诗》以代言”到“化《诗》为辞”，汉赋引《诗》与先秦的聘盟成会用《诗》不同，《诗》由“外交语言手册”转而成为“文学创作的语辞库”。赋引《诗》语与汉代奏议之文不同，《诗》已融入赋体创作，失去了作为理想意志的明确针对性。文学是隐蕴的艺术，讲究含蓄婉陈之美，即“婉而成章”。赋取《诗》辞，重在体物、抒情二端。

其次，汉赋用《诗》隐去“《诗》曰”，在语境上表现为意境空间的重新构建。语境不同，对语言形式的选择也会不同；相反，语言形式的不同，也影响到语境的生成。汉赋用《诗》义，一方面是用《诗》的字面意义，即字面取义，如班彪《冀州赋》“瞻淇澳之园林，善绿竹之猗猗”，用《卫风·淇奥》“瞻彼淇奥，绿竹猗猗”句。另一方面是对《诗》句重新改写，赋予其新义。汉赋用《诗》，不同于“《诗》曰”的断章取义，而是利用诗性语言的特点，进行有效地改写，扩展诗句的意义空间。如刘向《说苑·贵德》云：“圣人之于天下百姓也，其犹赤子乎！饥者则食之，寒者则求之，将之养之，育之长之，唯恐其不至于大也。《诗》曰：‘蔽芾甘棠，勿翦勿伐，召伯所茇。’”[①]《白虎通·封公侯》云：“州伯者，何谓也？伯，长也。选择贤良，使长一州，故谓之伯也。……王者所以有二伯者，分职而授政，欲其亟成也。……《诗》云：‘蔽芾甘棠，勿翦勿伐，邵伯所茇。’”[②]“蔽芾甘棠，勿翦勿伐，邵伯所茇”，乃《召南·甘棠》中诗句，《说苑》与《白虎通》引之，一言圣人大德，一言州伯之职，皆不出诗之本义。李尤《东观赋》云：“步西蕃以徙倚，好绿树之成行。历东厓之敞座，庇蔽茅之甘棠。”王粲《柳赋》云：“嘉甘棠之不伐，畏敢累于此树。苟远迹而退之，岂驾迟而不屡。”李、王二赋，不仅化用《诗》句四言为六言，且不再偏重于义理的说教，而更多的是一种写景抒情。

---

① 刘向撰，向宗鲁校证：《说苑校证》，第 94 页。

② 陈立撰，吴则虞点校：《白虎通疏证》，第 133—137 页。

“《诗》曰”引《诗》注重的是《诗》的实用观念，而汉赋用《诗》则较多地蕴含着审美的批评。汉赋用《诗》从言语出发，利用历史文本《诗经》中的传统语言资源，筛选词汇，使原《诗》句从本来的语境中游离出来，熔铸到自己所需要的语境中，从而生成了一种全新意义的文本。

最后，汉赋用《诗》隐去“《诗》曰”，在句式上，是对传统的《诗经》语言形式进行的挑战、革新，从而创造出新的文学形式。朱光潜《诗论》云：“诗和散文的骈俪化都起源于赋，要懂得中国散文的变迁趋势，赋也是不可忽略的。”[①]《诗经》本多四言，“雅音之韵，四言为正”[②]。汉赋也有直用四言的，如扬雄《逐贫赋》皆四言，几乎全篇用《诗》。值得注意的是，赋家在用《诗》的过程中，不自觉的将《诗》的四言转化为五言、七言、六言（骈俪化）、骚体化。五言化如班倢伃《捣素赋》“符皎日之心，甘首疾之病”，化用《王风·大车》“谓予不信，有如皎日”、《卫风·伯兮》“愿言思伯，甘心首疾”；张衡《南都赋》“客赋醉言归，主称露未晞”，化用《小雅·湛露》“湛湛露斯，匪阳不晞。厌厌夜饮，不醉无归”、《鲁颂·有駜》：“鼓咽咽，醉言归”。七言化如董仲舒《士不遇赋》“虽日三省于吾身兮，繇怀进退之惟谷”，化用《大雅·桑柔》“人亦有言，进退维谷”；张衡《思玄赋》“天不可阶仙夫希，柏舟悄悄吝不飞”，化用《邶风·柏舟》“泛彼柏舟，亦泛其流。……忧心悄悄，愠于群小。……静言思之，不能奋飞”[③]。骚体化如班固《幽通赋》“葛绵绵于樛木兮，咏南风以为绥”，化用《周南·樛木》“南有樛木，葛藟累之。乐只君子，福履绥之”；张衡《思玄赋》“有无言而不雠兮，又何往而不复”，化用《大雅·抑》“无言不雠，无德不报”。骈化如班昭《针缕赋》“退逶迤以补过，似素丝之羔

① 朱光潜：《诗论》，上海古籍出版社2005年版，第158页。

② 挚虞：《文章流别论》，见严可均辑：《全上古三代秦汉三国六朝文》之《全晋文》卷七十七，第1905页。

③ 施润章《蠖斋诗话》：“七言古诗转韵，汉张平子《思元赋》系词，其肇端矣。”七言古诗的转韵由《思玄赋》用《诗》将四言化为七言来首开其端，这必须在省略“《诗》曰”的前提下才能实现。张赋系词的韵脚是：忧、区、欲、飞、携、思。此处转韵即由用《诗》句完成。

羊”，化用《召南·羔羊》“羔羊之皮，素丝五紽。退食自公，委蛇委蛇”；傅毅《洛都赋》“镇以嵩高乔岳，峻极于天”，化用《大雅·崧高》“崧高维岳，骏极于天”。

新的文体的建立，伴随着的是对固定模式的革新，甚至是离毁。汉赋用《诗》隐去“《诗》曰”，使《诗经》的四言句式发生改变，从而出现五言、七言、六言和骚化的情况，这是在审美意义上对标准言语进行有创造性的开拓，为文学语言的发展带来了新的表达方式。这种语体结构的选择，在某种程度上对中国文学史上的五七言诗体、骈体文以及骚体文的兴起和发展有着交互影响。

“《诗》曰”的引《诗》方式，呈现于文本中的是“言语”的文学，在先秦文学史上可视为“诗言志”传统的一个标志性符号。至魏晋，“诗缘情而绮靡”，文学史上形成了“诗缘情”的传统。在这二者之间如何实现过渡，一直以来，鲜有人提及。赋是韵文，本身具有《诗》的言志特征，即“铺采摛文，体物写志”，“假象尽辞，敷陈其志”。同时，《诗经》中的词句和物象又成为汉赋作家情感的催生剂和承载体，即赋作家利用《诗经》文本所提供的意象原型，渗入自己的主观情感，使赋文具有“绮靡”的“缘情”特征。汉赋用《诗》隐去“《诗》曰”标志所释放出的语言结构创造活力，加速了五七言诗体、骈体文以及骚体文创作的生成与兴盛，可视为文学由“言语”走向“文章”的“桥”。赋广取《诗》辞，重在“体物”，且隐蕴《诗》义，婉陈其情，从而完成了“言志”到“缘情”的更替。更替阶段的特征就是“义”的弱化、“志”的隐藏以及“辞”的彰显和“情”的蕴藉化，这是汉代经学之外的《诗》学关键，应该得到学术界的重视。

# 第十二章

# “言”的文学：汉赋用《诗》“四言”之拟效与改造

桐城方苞谓“自周以前，学者未尝以文为事，而文极盛；自汉以后，学者以文为事，而文益衰”，究其原因是“古之圣贤，德修于身，功被于万物；故史臣记其事，学者传其言，而奉以为经，与天地同流”[①]；后来，康有为通观古今文学演变后也说“古者惟重言语，其言语皆有定体，有定名”，而“自秦汉后，言语废而文章盛，体制纷纭，字句钩棘”。二人所说均揭示出在先秦两汉间潜藏着一个从“言”到“文”的传统。至汉代，诗经学为一代之学术，汉赋为一代之文学。章学诚谓“三代以后，六艺惟《诗》教为至广也”，三代以后，文章之用，莫盛于《诗》。六经之中，唯独《诗经》属于后世所谓纯文学的范畴，汉赋作家浸润《诗经》既久，必潜移而默化之。朱光潜在《中国诗何以走上“律”的路》一文中指出：“中国诗走上‘律’的路，最大的影响是‘赋’。……它本出于诗，它的影响却同时流灌到诗和散文两方面。诗与散文的骈俪化都起源于赋，要懂得中国散文的变

① 方苞：《杨千木文稿序》，《方苞集》，上海古籍出版社 1983 年版，第 608 页。

迁趋势，赋也是不可忽略的。”[①] 汉赋在从《诗》之“雅言”到五、七言诗以及六言骈文的转型中，起到一个重要的媒介作用，而从汉赋用《诗》的角度加以探索，“言”的形态转换当更为显明[②]。

## 第一节　雅言：从“四言诗”到“四言赋”

“言”的文学形态首先呈现于文本的当以“雅言”传统最为显见。《论语·述而》云：“子所雅言诗书执礼皆雅言也。”这是目前所知“雅言”一词的最早出处。对这一句话的理解，争论颇多，要有三端。一是汉孔安国云：“雅言，正言也。”郑玄曰：“读先王典法，必正言其音，然后义全，故不可有所讳也。礼不诵，故言执也。”南北朝皇侃云：“‘子所雅言’者，子，孔子也；雅，正也。谓孔子平生读书，皆正言之，不为私所避讳也。云：‘《诗》《书》、执《礼》，皆雅言也’者，此是所不讳之书也，《诗》及《书》《礼》，皆正言之也。”[③] 此皆释“雅言”为“正言”。综上诸家所论，可将这句话标点为：“子所雅言，《诗》《书》、执《礼》，皆雅言也。”二是宋程颢认为：“雅，雅素之雅。礼，当时所执行，而非书也。《诗》《书》、执礼，皆孔子素所常言也。”[④] 故可标点为：“子所雅言，《诗》《书》、执礼，皆雅言也。”三是方以智认为：“执礼，乃蓺礼也。……古称六经，亦谓之六艺，此之雅言，或是《诗》《书》《礼》《乐》耳。”[⑤] 故可标点为：“子所雅言，《诗》《书》《执》《礼》，皆雅言也。”

以上三种争论，主要在“雅言”与“执礼”二词的理解上有所不同。

---

① 朱光潜：《诗论》，上海古籍出版社 2005 年版，第 155—58 页。

② 按：“言”的形态转换，《楚辞》在其中当然也起到了一定的作用，但从用《诗》的角度来看，《离骚》《天问》等作品用《诗》踪迹鲜见。

③ 皇侃：《论语义疏》卷四，清《知不足斋丛书》本。

④ 李敖主编：《二程集》，天津古籍出版社 2016 年版，第 236 页。

⑤ 方以智：《通雅》卷三《释诂》，文渊阁《四库全书》，第 857 册，第 112 页。

首先，“雅”字，当作“正”解，不应作“素、常”解。将“雅”训为“素”者，《史记》“今吕氏雅故本推毂高帝就天下”句，最早是唐司马贞《索隐》：“雅，训素也。”[①]而训“雅”为“正”者，古已有之，如小“雅”、大“雅”、尔“雅”，都训为“正”。刘熙《释名》谓：“尔雅，尔昵也。昵，近也。雅，义也。义，正也。五方之言不同，皆以近正为主也。《论语》纪孔子与诸弟子所语之言也。”[②]《诗经》中的“大雅”“小雅”也是如此，刘台拱即谓：“王都之音最正，故以雅名。”[③]刘宝楠《论语正义》说：“周室西都，当以西都音为正。平王东迁……而西都之雅音，固未尽废也。夫子凡读《易》及《诗》《书》、执礼，皆用雅言，然后辞义明达，故郑以为义全也。后世人作诗用官韵，又居官临民，必说官话，即雅言矣。”[④]“雅言”意在“正音”，从而“正义”。其次，这里的“礼”，既指《礼》书，也指礼事，关键在于其所言的“文”。清戴望《戴氏注论语》云：“执礼，谓持《礼》书诏相，礼事也。《周官·大史·大祭祀》，戒宿之日，读《礼》书，祭之日，执书以次位常，大会同朝觐，以书协礼事，将币之日，执书以诏王，于此不正其言，恐事亦失正，故必皆雅言也。《诗》《书》或诵读，或教授弟子，礼则执文行事而已，故别言之。”[⑤]所以，这句话我倾向于标点为：“子所雅言《诗》《书》；执礼，皆雅言也。”

为何孔子说“雅言”仅提到《诗》《书》和礼，而不言及其他三经呢？宋人陈祥道解释说：“不言《诗》《书》，则无以教人，不言礼，则无以明分。故子所雅言者，《诗》《书》也。执而不敢议者，礼也。言《诗》《书》而不及《乐》与《春秋》《易》者，盖德不全者，不可道之以《乐》；志不定者，不可发之以《春秋》；不知命者，不可申之以《易》也。子罕言利与

---

① 司马迁：《史记》，第 1996 页。

② 刘熙：《释名》卷六《释典艺》，《四部丛刊》景明翻宋书棚本。

③ 刘台拱：《论语骈枝》卷一，清《刘端临先生遗书》本。

④ 刘宝楠：《论语正义》，中华书局 1990 年版，第 270 页。

⑤ 戴望：《戴氏注论语·述而》，清同治刻本。

命与仁，亦犹是也。孔子之于言，有所雅言，有所不言，有所罕言，其趣虽不同，亦各适其理而已。”[①] 宋人从义理角度加以阐发，有一定的道理，但从适用性角度来说，还是因为“言”。《汉书·艺文志》载：“古之王者世有史官，君举必书，所以慎言行、昭法式也。左史记言，右史记事，事为《春秋》，言为《尚书》，帝王靡不同之。”[②]《尚书》的作用就在于立言而“号令于众”。孔子云：“不学《诗》，无以言。”其原因如钱大昕谓“惟《三百篇》之音为最善”[③]。就礼的执掌情况而言，也是如此，《周礼·秋官·大行人》云“七岁，属象胥，谕言语，协辞命；九岁，属瞽史，谕书名，听声音”，行人是周王朝掌管诸侯朝会和出使邦国传达王命的官员，他们的使命是上京师学习言语，到民间搜集方言、民歌，使之“雅正”，成为标准音、共同语。又《周礼·春官·大师》载其职掌：“教六诗，曰风，曰赋，曰比，曰兴，曰雅，曰颂。以六德为之本，以六律为之音。”郑玄注：“风，言贤圣治道之遗化也；赋之言铺，直铺陈今之政教善恶；比，见今之失，不敢斥言，取比类以言之；兴，见今之美，嫌于媚谀，取善事以喻劝之；雅，正也，言今之正者以为后世法；颂之言诵也，容也，诵今之德，广以美之。”[④]《诗》之“六义”，皆明其“言”的功用，而其执掌者，皆从事“雅言”教化。所以清人宋翔凤认为：“《诗》《书》为古人之言与事，固必以雅言。若礼，则行于当时，宜可通乎流俗者，而孔子皆以雅言陈之，故曰‘执礼，皆雅言也’。是三者，为夫子之文章，弟子所共闻，故必以雅言明

---

① 陈祥道：《论语全解》卷四，文渊阁《四库全书》，第196册，第119页。

② 班固：《汉书》，第1715页。唐人刘知幾云“盖《书》之所主，本于号令，所以宣王道之正义，发话言于臣下。故其所载，皆典、谟、训、诰、誓、命之文。”至于杂人言地理的《禹贡》、述灾祥的《洪范》以及记人事的《尧典》《舜典》，在刘氏看来，“兹亦为例不纯者也”。（详见刘知幾撰，浦起龙释：《史通通释》，第2—5页）当代学者陈平原先生也指出：“后世文章的多用雅言及书面语，正可从《尚书》的流传与接受窥见端倪。”（《从言辞到文章 从直书到叙事——秦汉散文论稿之一》，《文学遗产》1996年第4期）

③ 钱大昕：《诗经韵谱序》，《嘉定钱大昕全集》之《潜研堂文集》，江苏古籍出版社1997年版，第370页。

④ 郑玄注，贾公彦疏：《周礼注疏》，阮元校刻：《十三经注疏》，第796页。下文引《十三经》内容，如不特别注明，皆引自此本。

之。若《易》《春秋》，则性与天道不可得闻，故《尔雅》亦不释也。”[①]《诗》《书》和执礼，皆是以雅音辨言，从而正义。

在《诗经》《尚书》中，“四言”是上古“雅言”中普遍共享的一种句式[②]。挚虞《文章流别论》谓：“《书》云：‘诗言志，歌永言。’言其志，谓之诗。……古诗率以四言为体……雅音之韵，四言为正，其余虽备曲折之体，而非音之正也。”[③]《诗》之雅音，贵在四言，“四言正体，则雅润为本”[④]，这其中潜藏着一个从“音”由“言”而“体”的过程。“四言，虽古歌谣多有，要以仿《葩经》体者为正格”[⑤]，“然雅者之韵，以四言为古，其余古风、长短、歌行，虽备曲折之体，若谓之雅音正体，则未也”[⑥]。《诗经》中的“四言诗”是四言古诗的正体，成为后世四言诗之祖[⑦]。

汉代，四言诗也渐有创作，如韦孟《讽谏诗》，刘勰《文心雕龙·明诗》谓其尚可“继轨周人”[⑧]，但“其辞多诽怨而无优柔不迫之意”[⑨]，“不过步骤《河广》一章耳”。汉代毕竟是“诗思最消歇的一个时代”[⑩]，四言诗更少，据逯钦立编《先秦汉魏晋南北朝诗》之《汉诗》统计，文人四言诗西汉11首，东汉27首[⑪]。但“四言赋”的创作却似火如荼[⑫]，据费振刚等《全汉赋校

① 宋翔凤：《论语说义》卷四，《皇清经解续编》本。

② 汉赋用《尚书》取辞也多四言，可参见笔者与许结师合撰的《汉赋用经考》（《文史》2011年第2辑）一文。又，西周金文、石刻文献（如石鼓文、峄山刻石）中也多有运用“四言”者，如“王令成周”（成周铃，2.416）、“降旅多福”（虢叔旅钟，1.241）等，详见中国社会科学院考古研究所编：《殷周金文集成》，中华书局1984—1995年版。

③ 严可均辑：《全上古三代秦汉三国六朝文》之《全晋文》卷七十七，第1905页。

④ 刘勰著，范文澜注：《文心雕龙注》，第67页。

⑤ 李畯：《诗筏橐说》，清乾隆间醉古堂刻本。

⑥ 陈师：《禅寄笔谈》卷五，明万历二十一年自刻本。

⑦ 陆深《诗准序》谓：“夫诗以《三百篇》为经，《三百篇》，四言诗之祖也。”见《俨山集》卷三九，文渊阁《四库全书》，第1268册，第244页。

⑧ 刘勰著，范文澜注：《文心雕龙注》，第66页。

⑨ 郎瑛：《七修类稿》卷二九，上海书店出版社2001年版，第309页。

⑩ 郑振铎：《中国俗文学史》，作家出版社1954年版，第46页。

⑪ 许结师《西汉韦氏家学诗义考》（《文学遗产》2014年第4期）一文有统计，并对西汉韦氏四言诗创作有详论，可参考。

⑫ 自荀子《赋篇》始，即多四言，如开篇云：“爰有大物，非丝非帛，文理成章；非日非月，

注》统计，汉代几乎全是四言的赋作有79篇[①]，西汉如枚乘《梁王菟园赋》《柳赋》、邹阳《酒赋》《几赋》、公孙乘《月赋》、公孙诡《文鹿赋》、孔臧《杨柳赋》《鸮赋》《蓼虫赋》、刘胜《文木赋》、司马相如《美人赋》、扬雄《逐贫赋》《酒赋》、刘歆《灯赋》、班倢伃《捣素赋》等；东汉如傅毅《舞赋》、李尤《平乐观赋》、张衡《冢赋》《舞赋》、马融《长笛赋》《围棋赋》、王逸《机妇赋》、张奂《芙蓉赋》、赵壹《穷鸟赋》、蔡邕《青衣赋》《短人赋》《团扇赋》、张超《诮青衣赋》等。有些骚体赋除去“兮”字，也是四言赋，如贾谊《吊屈原赋》《鹏鸟赋》等，宋人晁补之即认为：“昔贾谊《鹏赋》句，皆如诗四言，而但中加兮字属之，至《谊传》乃皆去兮字，则与诗箴何异？”[②]还有一些散体赋，其中也有大量四言句，如枚乘《七发》写美食、车驾、音乐、波涛，司马相如《子虚赋》写云梦情状、楚王田猎、美女歌舞，班固《两都赋》写宫室、娱游，张衡《两京赋》写田猎、美女、娱乐、百戏表演等。

综上，从赋篇名即可看出四言赋多是怡情（或咏物）小赋，或是用于散体赋中描写宴饮、歌舞、娱乐、游戏等享乐的场景，即“西京角觚、东京大傩，无关巨典”[③]。四言在赋中扮演的是“游戏之言”的角色。相反，散体大赋中写典章制度、帝王功业、祭祀典礼等“雅正”主题的内容，多以散言出之。这与汉代四言诗不脱《诗经》藩篱的情况不同，四言赋承担起去除《诗》“四言”的雅正传统的责任。明杨慎在《四言诗》一文中说：

---

（接上页）为天下明。生者以寿，死者以葬。城郭以固，三军以强。”王先谦撰，沈啸寰、王星贤点校：《荀子集解》，第472页。又，汉代颂、赞、碑、铭、箴等文体也采用四言句式，但汉赋用《诗》隐去“诗曰”类符号，具有改造《诗》“四言”的卓越能力及独特性。吴贤哲先生《〈诗经〉四言体诗歌创作在汉代的赓续和转化》（《西南民族大学学报》2004年第12期）一文，对汉代颂、赞、碑、铭、箴等文体中的四言句式有论述，可参见。

① 费振刚、仇仲谦、刘南平：《全汉赋校注》，第138页。本章所引汉赋文字，如未特别标明，皆引自此本。

② 晁补之：《跋第五永箴》，《鸡肋集》卷三三，《四部丛刊》景明本。

③ 于光华编，何焯评点：《重订昭明文选集评》卷一（《东京赋》末孙执升评语），清同治十一年刻本。

> 刘彦和云："四言正体，雅润为本。五言流调，清丽居宗。"钟嵘云："四言文约义广，取效风雅，便可多得。每苦文繁而意少，故世罕习焉。"刘潜夫云："四言尤难，三百篇在前故也。"叶水心云："五言而上，世往往极其才之所至，而四言诗，虽文辞巨伯辄不能工。"合数公之说论之，所谓易者，易成也；所谓难者，难工也。方元善取韦孟《讽谏》云："'谁谓华高，企其齐而。谁谓德难，厉其庶而。'以为使经圣笔，亦不能删。"过矣，此不过步骤《河广》一章耳。予独爱公孙乘《月赋》："月出皎兮，君子之光。君有礼乐，我有衣裳。"张平子《西京赋》："岂伊不虔，思于天衢。岂伊不怀，归于枌榆。天命不慆，畴敢以渝。"……其句法意味，真可继《三百篇》矣。[①]

汉代，四言诗的创作"文繁而意少"，诗体短小局促；而四言赋的创作是异军突起，打破《诗经》雅言传统，整体成就诚如杨慎所言，超越了同时代的四言诗。

汉代纯四言赋创作最为突出且与《诗经》联系最紧密的，是扬雄《逐贫赋》、蔡邕《青衣赋》、张超《诮青衣赋》。清人浦铣即已指出这一特征，谓："赋四字为句，起于子云《逐贫》，次则中郎《青衣》……"[②]蔡邕《青衣赋》有云"《关雎》之洁，不蹈邪非……辗转倒颓"，用《周南·关雎》及其中"辗转反侧"句。"昒昕将曙，鸡鸣相催"，语出《郑风·女曰鸡鸣》："女曰鸡鸣，士曰昧旦。""河上逍摇，徙倚庭阶"，语出《郑风·清人》："二矛重乔，河上乎逍遥。""思尔念尔，惄焉且饥"，语出《周南·汝坟》："未见君子，惄如调饥。"张超《诮青衣赋》是针对蔡邕《青衣赋》而

---

① 杨慎：《升菴集》卷五八，文渊阁《四库全书》，第1270册，第541—542页。

② 浦铣著，何新文、路成文校证：《历代赋话校证》，第407页。徐公持先生也注意到蔡邕《青衣赋》中四言句式及用《诗》的现象，谓："此赋全篇由四言句构成，一韵到底，极似四言诗。……赋中又多用'诗三百'成句，'皓齿蛾眉''领如蝤蛴'等。"见氏著：《诗的赋化与赋的诗化》，《文学遗产》1992年第1期。

作。蔡赋描写的是妩媚动人、聪明伶俐而举止又合乎礼仪的青衣婢女形象，言辞中充满了对青衣女的歌颂与依恋。此赋一出，立刻遭到张超的强烈斥责，其作《诮青衣赋》讥刺蔡邕“志鄙意薄”，而斥责的手法居然也是仿照蔡邕，广引《诗》辞，从而“正义”。如赋云“彼何人斯，悦此艳资”，语出《小雅·巧言》：“彼何人斯，居河之麋。”《郑笺》：“何人者，斥谗人也。贱而恶之，故曰何人。”这里用《诗》辞，“彼”即是指蔡邕，有刺蔡邕谗人之意。又赋云“高冈可华，何必棘茨”，语出《周南·卷耳》“陟彼高冈”和《鄘风·墙有茨》“墙有茨，不可扫也”。《毛传》：“兴也。墙，所以防非常。茨，蒺藜也。欲扫去之，反伤墙也。”《郑笺》：“国君以礼防制一国，今其宫内有淫昏之行者，犹墙之生蒺藜。”张赋盖用《诗》的比兴义，以“茨”讥讽青衣女的卑下，从而否定蔡邕赋中的“青衣”女子形象。

扬雄《逐贫赋》对《诗经》的语言与风格的拟效尤为突出，赋云：

> 扬子遁世，离俗独处。左邻崇山，右接旷野。邻垣乞儿，终贫且窭。礼薄义弊，相与群聚。惆怅失志，呼贫与语：“……或耘或耔，沾体露肌。……舍汝远窜，昆仑之巅；尔复我随，翰飞戾天。舍尔登山，岩穴隐藏；尔复我随，陟彼高冈。舍尔入海，泛彼柏舟；尔复我随，载沉载浮。我行尔动，我静尔休。岂无他人，从我何求？今汝去矣，勿复久留。”贫曰：“……昔我乃祖，宗其明德。克佐帝尧，誓为典则。土阶茅茨，匪雕匪饰。……处君之家，福禄如山。忘我大德，思我小怨。……桀跖不顾，贪类不干。……誓将去汝，适彼首阳。”①

“终贫且窭”，语出《邶风·北门》“终窭且贫，莫知我艰”，扬雄拟效《诗经》语句，将“窭”与“贫”二字倒置，有忧贫忧道、以贫为病之意，正因为如此，才有下文的“呼贫与语”的逐贫之词。最终贫又说服了扬雄，

① 扬雄著，张震泽校注：《扬雄集校注》，中华书局 1993 年版，第 146—147 页。

与贫游息，不再怨贫。“或耘或耔”，语出《小雅·甫田》“今适南亩，或耘或耔，黍稷薿薿”，《毛诗序》曰：“《甫田》，刺幽王也。君子伤今而思古焉。”赋用此语，毫无刺意，仅指自己耕作艰辛。“翰飞戾大”，语出《小雅·小宛》“宛彼鸣鸠，翰飞戾天”；“陟彼高冈”，语出《周南·卷耳》“陟彼高冈，我马玄黄”，《小雅·车舝》“陟彼高冈，析其柞薪”；“舍尔入海，泛彼柏舟；尔复我随，载沉载浮”，语出《邶风·柏舟》“泛彼柏舟，亦泛其流”，《鄘风·柏舟》“泛彼柏舟，在彼中河”，以及《小雅·菁菁者莪》“泛泛杨舟，载沉载浮”。以上三处拟效《诗》辞均是表明贫不畏艰险，执意跟随扬雄沉沉浮浮，意甚决绝然。“岂无他人，从我何求？”语出《唐风·杕杜》“独行踽踽。岂无他人？不如我同父”，《唐风·羔裘》“岂无他人？维子之故”，以及《王风·黍离》：“不知我者，谓我何求。悠悠苍天，此何人哉？”赋中拟效《诗》句而成呵责之词：难道没有其他的人可以跟随，不知你跟我能获得什么？“处君之家，福禄如山。忘我大德，思我小怨”，语出《小雅·瞻彼洛矣》“君子至止，福禄如茨”，以及《小雅·谷风》“忘我大德，思我小怨”，赋借贫之口拟效《诗》辞而批评扬雄对待贫的态度有失公允。“贪类不干”，语出《大雅·桑柔》“大风有隧，贪人败类。听言则对，诵言如醉”，拟效《诗》辞说明贪婪不善之人是不会冒犯贫这样的人。“誓将去汝，适彼首阳”，语出《魏风·硕鼠》“逝将去女，适彼乐土”，言贫决意离开扬子而与伯夷、叔齐二子隐居。通观《逐贫赋》，全以四言构篇，共有八处拟效《诗》辞，涉及《甫田》等十四章，《逐贫赋》整个就是一篇“集《诗》句赋”。

## 第二节　直言：汉赋对《诗》之“四言”的改造

四言“雅言”，重在正音、正义，节奏舒缓。刘勰《文心雕龙·章句》云“四字密而不促”[①]，四言往往是二言加二言形成，其节奏为二二型、一二一型、一三型[②]。从乐理上讲，古诗歌四言，一般都是要协于音律，而古乐歌缺少“角”音，《徐司马銮议》谓：“四声为经，即一宫一徵，一商一羽，声止于四，故不及角也。……古诗歌多四言，疑无角声，以此盖四声之虚角，亦犹三乐之藏商也。以宫商角徵羽为次，宫可含商，以宫徵商羽角相生为次，则角声半清半浊，行乎其中，合之则无不备矣。”[③]“四言”作“四声”，音最缓，因为“诗以声为主，而声又倚于辞，辞简则音希，然太简则反促，辞舒则音缓，然太舒则又靡曼，风雅诸什，皆四言，声辞得中，不疾不徐，所以为雅”[④]。这一点，也得到了近代学者顾颉刚等的认同。[⑤]《文心雕龙·章句》又说“六字格而非缓”[⑥]，六言行文比较舒展，因其在第二个二言即收束，故不缓慢。明人陆时雍《古诗镜》也谓：“音节亦诗中一事，四言则致婉，五言则意直，七言则情畅。”[⑦]五、七言的音节也走向畅、直路向。以《诗经》“四言”为代表的“雅言”传统，因“文繁而意少，故世罕习焉”[⑧]，逐渐被以赋为代表的“直言”传统所取代。

赋家何以能承担起直言的文学传统？首先，赋的特质在于直言。《周礼·大师》郑玄注曰：“赋之言铺，直铺陈今之政教善恶。”朱熹也谓：“赋者，敷陈其事而直言之也。”什么是直言？王芑孙《读赋卮言》谓“赋

---

① 刘勰著，范文澜注：《文心雕龙注》，第571页。

② 葛晓音《四言体的产生及其对辞赋的影响》（《中国社会科学》2002年第6期）一文对此问题有详明论述，指出四言赋对《诗经》句型结构的改造最突出的有两点：一是不再使用两句一行的诗行建构方式，而是每句单行自成足句；二是使用大量双音节词汇，将《诗经》的二二型、一二一型、一三型顿逗，逐步改造为单一的二二型顿逗。笔者受其启发，主要考察四言赋对《诗经》语言风格与主旨内容的拟效与改造，探讨四言“雅言”地位在汉代的下降问题。

③ 张萱：《疑耀》卷四《周礼大司乐辩》附录，明万历三十六年刻本。

④ 陆世仪：《思辨录辑要》卷三五，文渊阁《四库全书》，第724册，第334页。

⑤ 顾颉刚《〈诗经〉的厄运与幸运》：“三百篇的乐谱如何，我们固是无从晓得，但只看句子的短，篇幅的少，可以猜想它的乐谱一定是极简单，极质直的，奏乐的时候一定是很迟缓的，大概是四拍，每一个字合一个音符。”《小说月报》第十四卷第五号，1923年。

⑥ 刘勰著，范文澜注：《文心雕龙注》，第571页。

⑦ 陆时雍：《古诗镜》卷一七，文渊阁《四库全书》，第1411册，第155页。

⑧ 钟嵘著，陈延杰注：《诗品注》，人民文学出版社1980年版，第2页。

者，敷陈其事而直言之。其旨不尚元微，其体匪宜空衍”[①]，直言的焦点在于“旨”直与“体”实二端。明兴献帝《阳春台赋》序云：“宋大儒朱晦菴先生疏《毛诗·葛覃》曰：‘赋者，敷陈其事而直言之也。’夫事寓乎情，情溢于言，事之直而情之婉，虽不求其赋之工而自工矣。”清人浦铣最爱明兴献帝这段话，认为：“此即卜子夏‘在心为志，发言为诗’之义也。赋者，古诗之流。古今论赋，未有及此者。旨哉言乎！旨哉言乎！”[②]赋是古诗之流，它的直言特质源自于《诗》。其次，赋家身份的变迁，从春秋行人之官的“赋”诗到汉代言语侍从献“赋”，与之相应的是赋从动词向名词的转变，且动词“赋”的内容即是《诗》之“雅言”，而名词“赋”指“敷陈其事”的“直言”。无论是“不歌而诵谓之赋”，还是“瞍赋蒙诵”，抑或是春秋行人之官的“赋诗言志”，赋都是作为动词，皆是“言”，“雅言”。近人章炳麟《国故论衡·辨诗》：“纵横者，赋之本。古者诵诗三百，足以专对，七国之际，行人胥附，折冲于尊俎间，其说恢张谲宇，抽绎无穷，解散赋体，易人心志。”[③]又刘师培谓：“诗赋之学，亦出行人之官。”[④]《汉书·艺文志》：“从横家者流，盖出于行人之官。孔子曰：‘诵诗三百，使于四方，不能专对，亦奚以为？’”这又将与“诗”并列的名词“赋”，与“行人之官”联系起来。至汉代，从事名词赋的创作者是“言语侍从之臣”，《两都赋序》谓：“故言语侍从之臣若司马相如、虞丘寿王、东方朔、枚皋、王褒、刘向之属，朝夕论思，日月献纳。”无论是春秋行人之官的赋，还是汉代言语侍从之臣的赋，都是“言”的文学传统的彰显，诚如刘熙载谓：

> 古人赋诗与后世作赋，事异而意同。意之所取，大抵有二：一以讽谏，《周语》“瞍赋蒙诵”是也；一以言志，《左传》赵孟曰“请皆赋

① 王芑孙：《读赋卮言·审体》，《国朝名人著述丛编》本。
② 浦铣著，何新文、路成文校证：《历代赋话校证》（附《复小斋赋话》卷上），第377页。
③ 章太炎撰，陈平原导读：《国故论衡》，第91页。
④ 刘师培：《论文杂记》，人民文学出版社1984年版，第126页。

以卒君贶，武亦以观七子之志”，韩宣子曰“二三子请皆赋，起亦以知郑志”是也。[①]

不管是“讽谏”，还是“言志”，皆重在“言”，然不同的是“言”的方式，以及由此带来了文本载体的句式变迁。与《诗》“歌”的合乐演奏的特征不同，赋是“诵”[②]，《周礼》郑玄注曰“以声节之曰诵”，因此也需要有适合自己体式的语言结构。这里有一个非常值得重视的现象是：先秦典籍及两汉史传、奏议、子书等引《诗》，经常使用“《诗》云”“《诗》之谓也”“《诗》所谓”“周诗曰”“卫诗曰”“周颂曰”“鲁颂曰”等“《诗》曰”类符号，假言以自重。而汉赋用《诗》440 例，凡是以“赋”名篇的赋作，用《诗》均将“《诗》曰”类标志隐去[③]。汉赋将“《诗》曰”隐去，就打破了《诗经》固有的“四言”传统，逐渐向“五言”“七言”和“六言”骈化发展。

汉赋用《诗》440 例，“四言”五言化的有 11 例，如司马相如《美人赋》“登垣而望臣，三年于兹矣”，化用《卫风·氓》“乘彼垝垣，以望复关”；班固《东都赋》“制同乎梁驺，谊合乎灵囿”，化用《召南·驺虞》和《大雅·灵台》“王在灵囿，麀鹿攸伏”句。“四言”七言化的有 6 例，如蔡邕《述行赋》“仆夫疲而劬瘁兮，我马虺颓以玄黄”，化用《周南·卷耳》“陟彼崔嵬，我马虺隤。……陟彼高冈，我马玄黄。……我仆痡矣，云何吁矣”。总体而言，将《诗经》“四言”五、七言化不是很普遍。

汉赋用《诗经》“四言”变为“六言”骈化率很高。在汉赋用《诗》440 条中，将四言转化为六言的，有 103 条，骈化率近乎四分之一，而汉赋

---

① 刘熙载：《艺概》，第 95 页。

② 《汉书·元后传》：“上召见（刘）歆，诵读诗赋，甚说之，欲以为中常侍，召取衣冠。”（第 4018—4019 页）《后汉书·班固传》：“（固）年九岁，能属文诵诗赋。”（第 1330 页）《汉书·王褒传》载王褒“宣帝时……征能为《楚辞》九江被公，召见诵读”；“诏使褒等皆之太子宫虞侍太子，朝夕诵读奇文及所自造作。……太子喜褒所为《甘泉》及《洞箫颂》，令后宫贵人左右皆诵读之”。（第 2822、2829 页）

③ 详见王思豪：《一个被遮蔽的语体结构选择现象——论汉赋用〈诗〉“〈诗〉曰”的隐去》的相关论述，《文学遗产》2013 年第 4 期。

用《诗》取辞共260条，这样，近一半的取辞都采用骈化的方式完成。其次，四言骈化的使用，西汉21条，东汉82条，东汉远高于西汉，《诗经》中的同一首诗，在西汉用诗篇名或四言，而在东汉却骈化成六言使用，如《召南·甘棠》，两汉赋共享此诗3次：西汉扬雄《甘泉赋》云“函《甘棠》之惠”；至东汉李尤《东观赋》“步西蕃以徙倚，好绿树之成行。历东厓之敞座，庇蔽茅（按：“茅”当作“芾”）之甘棠”，王粲《柳赋》“嘉甘棠之不伐，畏敢累于此树。苟远迹而退之，岂驾迟而不屡”，皆化用此诗中“蔽芾甘棠，勿翦勿伐，邵伯所茇”句四言为六言。又如《小雅·伐木》有云：“伐木丁丁，鸟鸣嘤嘤。出自幽谷，迁于乔木。嘤其鸣矣，求其友声。”这一诗句在两汉各有一次化用，西汉刘安《屏风赋》“维兹屏风，出自幽谷。根深枝茂，号为乔木”，仍是四言句式；东汉王粲《鹦鹉赋》“声嘤嘤以高厉，又憀憀而不休。听乔木之悲风，羡鸣友之相求”，全变成六言句式。而且至东汉，四言骈化更为工整，甚至出现完整的“六四”句式，如傅毅《洛都赋》“镇以嵩高乔岳，峻极于天”，直接在《大雅·崧高》“崧高维岳，骏极于天”的第一句四言前加上两字，骈化意识显而易见。

再次，以西汉用《诗》最多的扬雄赋和东汉用《诗》最多的张衡赋为例，做一比较。扬雄赋用《诗》共26例，其中取辞17例，多是用四言句式，仅有一例六言骈化：《长杨赋》“听庙中之雍雍，受神人之福祜”，化用《小雅·桑扈》“君子乐胥，受天之祜。……雍雍在宫，肃肃在庙”句式。张衡赋用《诗》共114例，其中取辞71例，将四言骈化为六言的有32例，骈化率近一半，远高于扬雄赋用《诗》的骈化率。

汉赋用《诗》的直言传统，除了将格缓的四言变为格快的六言外，还有意变换《诗》情的“婉约”为赋的“意直、情畅”，“直言无隐”[①]。“诗缘

① 这种转换的例子较多，如崔篆《慰志赋》“懿《氓》蚩之悟悔兮，慕《白驹》之所从”，冯衍《显志赋》“美《关雎》之识微兮，愍王道之将崩”，傅毅《舞赋》“嘉《关雎》之不淫兮，哀《蟋蟀》之局促”，张衡《西京赋》“慕贾氏之如皋，乐《北风》之同车”，张衡《东京赋》“改奢即俭，则合美乎《斯干》”，张衡《思玄赋》“咽河林之蓁蓁兮，伟《关雎》之戒女”，蔡邕《述行赋》“甘

情而绮靡"，赋由"体物"走向"缘情"一路，甚至走向"言志"之途，这与汉赋用《诗》的直言化改造密切相关。

总之，在由赋向骈文的过渡过程中，汉赋家将四言骈化为六言的创作实践，无疑为后代的骈文创作积累了丰富的创作经验和声韵规律。宋人胡寅《致堂读史管见》谓："声韵四六本于辞赋。"[①] 近人朱自清《经典常谈》也说："赋既有这样压倒性的势力，一切的文体，自然都受它的影响。……骈体出于辞赋。"[②] 从汉赋用《诗》四言到六言的骈化来看，这种文体转换的印迹尤为明显。

## 第三节 微言：依经立义的言语模式

汉赋用《诗》，将《诗》之四言"雅言"大规模改造成五言、七言和六言的"直言"，按理说，赋不应该陷入"劝百讽一"的矛盾境地。古人也就有这样的疑惑，如清初吴肃公《梅元直字说》云：

> 梅生名赋，而人皆字呼之曰"汾若"，予问其何义，则旧故名仪也，因请予更其字。予字之曰"元直"，而告之曰："赋之为艺，始于汉相如《上林》《子虚》，无当于学问，且讽一而劝百，吾无取焉。

(接上页)《衡门》以宁神兮，咏《都人》而思归"，阮瑀《止欲赋》"思《桃夭》之所宜，愿《无衣》之同裳"，陈琳《止欲赋》"叹《北风》之好我，美携手之同归"，丁廙《蔡伯喈女赋》"惭《柏舟》于千祀，负冤魂于黄泉""恐《终风》之我萃"，丁仪《厉志赋》"疾《青蝇》之染白，悲《小弁》之靡托""瞻亢龙而惧进，退广志于《伐檀》"等，均在《诗》篇名前直接加上情感动词，表明态度。又如张衡《思玄赋》"览蒸民之多僻兮，畏立辟以危身"，化用《大雅·板》"民之多辟，无自立辟"句；蔡邕《述行赋》"周道鞠为茂草兮，哀正路之日涩"，化用《小雅·小弁》"踧踧周道，鞠为茂草"句；繁钦《愁思赋》"嗟王事之靡盬，士感时而情悲"，化用《小雅·四牡》"岂不怀归？王事靡盬，我心伤悲"句，皆是赋辞化用原有《诗》句，但在原句前面加以情感动词，直接表明己意。

① 胡寅：《致堂读史管见》卷一五，宋嘉定十一年刻本。

② 朱自清：《经典常谈》，上海古籍出版社 1999 年版，第 101 页。

《诗》备六义，赋居一焉，则赋之名，盖原乎《诗》。解《诗》者曰：‘赋者，敷陈其事而直言之也。’然则直者，固赋之本义欤？”[①]

吴肃公提出一个疑问：直言是赋的本义吗？如果就赋的讽谏功能而言，似乎并不完全是直言，“风有风刺不直言之意。”[②]但如果就赋的修辞而言，直言又主要指向“敷陈其事”一端，明人章潢总结道：“赋之义云何？郑氏《周礼》注曰：‘赋之言铺，直铺陈善恶。’程子曰：赋者，敷陈其事……又曰：赋者，咏述其事……吕东莱曰：‘赋叙事之由，以尽其情状。’朱子曰：‘赋者，敷陈其事而直言之者也。’皆是也。”[③]在辞赋创作的实践中，赋家们也多谈到“直言”的体会，明人董越在创作《朝鲜赋》时，序云：“赋者，敷陈其事而直言之也。予使朝鲜，经行其地者，浃月有奇……意盖主于直言敷事，诚不自觉其辞之繁且兼也。”[④]清人裘曰修在创作《圣武远扬平定回部西陲永靖大功告成恭赋》时，也指出：“然敬举耳目所睹记者而直言之，亦庶几乎赋者敷陈之义。”[⑤]赋直言的是情事，要“叙事之由，以尽其情状”，说出全部，而“大义”则恻隐于“微言”之中。

在西方话语中，很早也就有“直言”一词，福柯称之为“parrhēsia”，最早出现于欧里庇得斯的文学作品中，从公元前5世纪的古希腊文学作品一直到公元4世纪末5世纪初的教父文本中都可以发现这一词语。从语源学上来说，“parrhēsia”由“pan”（全部）和“rēma”（说出的话）两部分构成，即“说出全部”。[⑥]这也就意味着要“不惜一切代价地去言说”“真理”，甚至有时候是冒着失去生命的代价去言说，因此，言说者与聆听者之间往往会形成一种距离、一种契约，其目的是为了减少风险，福柯称之为“直

① 吴肃公：《街南续集》卷四，清康熙程士琦等刻本。

② 段昌武：《毛诗集解》卷一，文渊阁《四库全书》，第68册，第445页。

③ 章潢：《图书编》卷一一，文渊阁《四库全书》，第968册，第410页。

④ 董越：《朝鲜赋》，民国《豫章丛书》本。

⑤ 裘曰修：《裘文达公文集》卷一，清嘉庆刻本。

⑥ Michel Foucault, *Fearless Speech*, New York: Semiotext（e），2001，p. 11-12.

言游戏”或“直言条约”（parrhēsia pact）[①]。无论是西方社会，还是中国古代，“经”都有崇高的地位，是一种大家共同遵守的“条约”。汉代“罢黜百家，独尊儒术”，儒家经典自然成为赋家们的“直言条约”，赋家建立起依经立义的“微言”话语模式。赋的微言传统，渊源有自，《汉书·艺文志》曰：

> 传曰：“不歌而诵谓之赋。”登高能赋，可以为大夫，言感物造端，材知深美，可与图事，故可以为列大夫也。古者诸侯卿大夫交接邻国，以微言相感，当揖让之时，必称诗以论其志。盖以别贤不肖而观盛衰焉。故孔子曰：不学《诗》，无以言也。春秋之后，周道浸坏，聘问歌咏不行于列国，学诗之士逸在布衣，而贤人失志之赋作矣。大儒孙卿及楚臣屈原离逸忧国，皆作赋以风，咸有恻隐古诗之义。其后宋玉、唐勒；汉兴，枚乘、司马相如，下及杨子悔之，曰：“诗人之赋丽以则，辞人之赋丽以淫。”如孔氏之门人用赋也，则贾谊登堂，相如入室矣，如其不用何。

赋由“诵”出，意在“言感物造端”，春秋行人之官用《诗》在于“微言相感”，也是以《诗》为“言”；礼崩乐坏后，失志贤人的赋作仍在“恻隐古诗之义”，这种“言”的传统与用《诗》的传统，一直在赓续前行。汉人称“赋者，古诗之流”，汉代赋家，无论作“诗人之赋”还是“辞赋之赋”，都在继承这两重传统，合而论之，即彰显于他们赋篇用《诗》之依经立义的具体“微言”当中。

扬雄主张作“诗人之赋”，他的赋中常寓有《诗》中“微言”，前揭《逐贫赋》即是一篇“集《诗》句”赋，多是以国风诗寄寓已意。又《甘

① Michel Foucault, *The Courage of Truth: The Government of Self and Others II: Lectures at Collège de France 1983-1984*, p.12.

泉赋》谓：“袭琁室与倾宫兮，若登高眇远，亡国肃乎临渊。”语出《小雅·小旻》：“战战兢兢，如临深渊，如履薄冰。”《文选》李善注引服虔曰：“袭，继也。桀作琁室，纣作倾宫，以此微谏也。”引应劭曰：“登高远望，当以亡国为戒，若临深渊也。”这里使用了“微谏”一词，此是汉赋用《诗》的一个鲜明特色。扬雄赋在此段中极力铺陈甘泉宫宫室台观之宏伟巍峨，终之以此语作结：夏桀曾起璇室，殷纣也造倾宫，如果登高远望，亡国的严峻形势使人如履薄冰。扬雄以甘泉宫继承璇室、倾宫，讽谏之义存乎其中。《甘泉赋》又谓：“上天之縡，杳旭卉兮；圣皇穆穆，信厥对兮；来祇郊禋，神所依兮；徘徊招摇，灵迟迡兮；光辉眩燿，降厥福兮；子子孙孙，长无极兮。”语分别出自《大雅·文王》：“上天之载，无声无臭。仪刑文王，万邦作孚。”《大雅·文王》：“穆穆文王，于缉熙敬止。”《大雅·假乐》：“干禄百福，子孙千亿。穆穆皇皇，宜君宜王。”《大雅·皇矣》：“帝作邦作对，自大伯王季。”《大雅·旱麓》：“岂弟君子，福禄攸降”“岂弟君子，神所劳矣。”《小雅·楚茨》：“子子孙孙，勿替引之。”上天之事，幽昧深远，难以知晓（按：此与《郑笺》意相类，寓示成帝要仪法文王，则万民臣服），美好圣明的成帝，能与天相匹配（按：寓示成帝要仿效文王、成王，做个圣明君王），来此虔诚祭祀，众神助阵栖息，光辉照耀天地，降福成帝，子子孙孙，长嗣不断。扬雄这段话全用《诗》大、小雅中的微“言”大义，以周代圣君劝谏成帝之行，有讽意反说的意味。

又《河东赋》有云：“敦众神使式道兮，奋六经以摅颂。隃于穆之缉熙兮，过《清庙》之雝雝，轶五帝之遐迹兮，蹑三皇之高踪。”“颂”，指六经之一的《诗》之《颂》诗。《论衡·须颂》：“凡《颂》四十篇，诗人所以嘉上也。”《颂》多是弘扬帝王功业之辞。“隃于穆之缉熙兮，过《清庙》之雝雝”，语出《周颂·维天之命》：“维天之命，于穆不已。”《周颂·维清》：“维清缉熙，文王之典。”《周颂·清庙》：“于穆清庙，肃雝显相。”蔡邕《独断》曰：“《清庙》，一章八句，洛邑既成，诸侯朝见，宗祀文王之所歌也。"说明《清庙》是祭祀文王之诗。[①]扬雄赋中的这段话在《河东赋》的结尾，有"一言以蔽之"之意。这段话全用《周颂》中的言辞与义理，表面上是颂扬汉成帝的功德，其实是借宗周来寓讽谏之意。

西汉扬雄赋无论用"风"，还是"雅""颂"，皆借助《诗》言"大义"寄寓"微谏"之意。而同一篇赋中用同一首《诗》，其中的"微言"也值得细细玩味，如东汉张衡《二京赋》用《小雅·斯干》诗有三处：《西京赋》："狭百堵之侧陋，增九筵之迫胁。"《东京赋》："西南其户，匪雕匪刻。"《东京赋》："改奢即俭，则合美乎《斯干》。"《小雅·斯干》曰："筑室百堵，西南其户。"《郑笺》："此筑室者，谓筑燕寝也。百堵，百堵一时起也。"筑室百堵，今以为陋，赋化用《诗》辞，讽刺西京的豪奢之风，为《东京赋》的颂美张本。王先谦认为刘、扬、张三人皆习《鲁诗》，具体分析参见本书第六章李尤《东观赋》"臣虽顽卤"条之疏解。《鲁诗》认为《斯干》是美宣王之作。张赋此处表面是借《诗》"美宣王"之义赞美光武帝俭宫室之意，实则借《诗》"言"来寄寓"讽谏"之意，似美而实讽，何焯谓《二京赋》"讽刺即在颂扬之内，一篇归宿在此"[②]，大意亦从此可见。

## 小结 由"言"而"文"的传统

赋，一方面是直言情事，这是赋铺陈的一面，"尽其情状"，说出全

---

① 明人季本《诗说解颐》注《周颂·清庙》诗云："自此至《维清》似宜合为一篇。"（文渊阁《四库全书》，第73册，第343页）何楷认同此说，在《诗经世本古义》中云："夫《维清》之诗序所谓：奏《象》舞也。凡礼之言歌《清庙》者，未尝与管《象》相离，斯其证也。然而章分为三者，以登降时所奏各有节序，亦如古乐府一篇之中分为数解耳。而后人不察，乃真谓各自为一篇者，误矣。试观首章言'于穆'，而次章亦言'于穆'；首章言'不显'，而次章亦言'不显'；首章言'秉文之德，对越在天'，而次章即以'维天之命'与'文王之德'并言；又首章言'清庙'，而三章亦曰'维清'，其前后呼应，井然可数，此非同为一篇而何？"（文渊阁《四库全书》，第75册，第361页）何楷认为《清庙》《维天之命》《维清》当为一篇，如乐府诗之一篇分为数解。观扬雄赋合用《清庙》《维天之命》《维清》三诗词语、诗意，或有合为一篇而解之。

② 赵俊玲编著：《文选汇评》，第61页。

部；一方面是微言大义，这又是赋敛藏的一面。扬雄《方言》谓："赋，臧也。"[①]"臧"即"藏"。又许慎《说文·贝部》谓："赋，敛也。"[②]赋从字源上也具有敛藏之义。作赋之"言"既要"铺"又要"敛"，这实质上是赋作尚辞风貌的崇文传统与作赋献纳需要内涵经义思想之间的冲突。值得注意的是，汉代赋家作为直接署名的第一代文人，其创作的突出征象是将"言"的单语述意转变成偶辞排文，即实现了由"言"而"文"的转换。清人阮元在《文言说》中推究孔子作《文言》之意谓："孔子于乾坤之言，自名曰文，此千古文章之祖也。为文章者，不务协音以成韵，修词以达远，使人易诵易记。而惟以单行之语，纵横恣肆，动辄千言万字，不知此乃古人所谓直言之言，论难之语，非言之有文者也。"修辞立其诚，"言"因为有了修饰才转化为"文"，解决问题的途径是在经义之上附着以"色"，即如阮元所谓"于物两色相偶而交错之，乃得名曰文"[③]，赋家在创作过程中铺排事物色相，往往也要依存经义，"理贵侧附"。这样，"汉赋之法，以事物为实，以理辅之"[④]，从而"寄哀怨之深心，托规讽之微旨"[⑤]，诚如刘熙载所说"以色相寄精神，以铺排藏议论"[⑥]。赋作既有"直言"，又有"微言"，既要铺排出"色相"，又要敛藏好"精神"，这种内在的矛盾诉求考验的正是赋家的文字能力。

"文字能力就意味着'文学'"[⑦]，文学是"言"的文字化，是"文言"的艺术，与其直接相关的是文字的数量及其组合方式，由《诗》而汉赋的"言"的拟效与改造，正是这种文字能力的展现。"雅言"四言，是正言，

① 周祖谟校笺：《方言校笺》，中华书局2004年版，第85页。

② 许慎撰，段玉裁注：《说文解字注》，第282页。

③ 阮元撰，邓经元点校：《揅经室集》第605—606页。

④ 陈绎曾：《文筌》，清李士棻家钞本。

⑤ 施补华：《拟白香山赋赋》（以童子雕虫篆刻为韵），见鸿宝斋主人编：《赋海大观》，第4册，第226页。

⑥ 刘熙载：《艺概》，第103页。

⑦ 〔加拿大〕布莱恩·斯托克：《历史的世界，文学的历史》，见〔美〕拉尔夫科恩主编，程锡麟等译：《文学理论的未来》，中国社会科学出版社1993年版，第84页。

究“执礼”层面来说，实现由“言”的语音化到“义”的礼制化；“直言”是言的语序化，尝试多种层面的排列组合来改造“雅言”语序，即刘熙载所说的“赋起于情事杂沓，诗不能驭，故为赋以铺陈之。斯于千态万状，层见迭出者，吐无不畅，畅无或竭”，文学内涵逐渐丰富。但在语序化的过程中，“义”的礼制化面貌逐渐被遮蔽，于是依经立义，以微言出大义，也就是刘熙载所说的“以言内之实事，写言外之重旨”[①]。赋体文学具有上述禀赋，一方面拟效《诗》辞，去除四言的雅正风格，附以“游戏之言”；另一方面铺排情事，敛藏义理，赋应该是当时最具有改造《诗》四言能力的文体，但也正是因为这种能力的卓越发挥，“直言”的语序化与“雅言”的礼制化矛盾难以融合到“微言”话语模式中，导致自身形成矛盾而走向没落。这种没落导致汉赋的礼制化色彩逐步减弱，而其本身的文学意蕴却得以加强[②]，并促进新文体的形成，诚如朱自清《经典常谈》有谓“那时期（按：东汉）一般诗文都趋向排偶化，赋先是领着走，后来是跟着走”[③]，五言、七言及四六言骈化“最坏”赋体之说由是兴起[④]。

① 刘熙载：《艺概》，第 97 页。

② 关于这一点，孙少华《汉赋礼仪功能的式微与文学意蕴的形成》（《中南民族大学学报》2012 年第 1 期）一文中有详明论述，可参考。

③ 朱自清：《经典常谈》，第 82 页。

④ 如王芑孙《读赋卮言·审体》有谓“七言五言最坏赋体”，“汉魏风规，一坏于五七言之诗句，再坏于四六格之文辞”。

# 第十三章

# 文学化的无“音”之乐

## ——汉赋用《诗》乐考论

郑樵《正声序论》谓：“汉儒不识风、雅、颂之声，而以义论诗也。”[①]孔子定《诗》三百五篇，皆弦歌之，且求合于《韶》《武》《雅》《颂》之音。《墨子·公孟》载：“诵《诗》三百，弦《诗》三百，歌《诗》三百，舞《诗》三百。”[②]其时《诗》多可以歌。然自西汉以来，言《诗》者详文义而略音节，汉末雅乐郎杜夔犹传《鹿鸣》《驺虞》《文王》《伐檀》四篇，至左延年仅得《鹿鸣》一篇。台湾学者朱孟庭即指出：“至汉以后，既立官学以义理相授，齐、鲁、韩、毛又以义理相高，《诗》之乐则近于淹没无闻，而最古老、优美的‘音乐文学’也埋没殆尽。”[③]《诗》之声歌渐次湮没，然在汉赋文本中引述、讨论《诗》之乐歌者亦屡有出现，如雅、颂、郑、卫、南风、豳风及《驺虞》《鹿鸣》《雍》《荡》《湛露》《采绿》《东山》等，其潜在的文字义理与乐章含义仍可开掘。且在汉赋文本中，这些《诗》乐常与五帝三王之“圣乐”以及典礼雅乐和楚乐新声相关联而综合呈现，

① 郑樵：《通志》卷四十九《乐略》，中华书局1987年版，第626页。

② 毕沅校注，吴旭民标点：《墨子》，上海古籍出版社1999年版，第188页。

③ 朱孟庭：《〈诗经〉与音乐》自序，台湾文津出版社2005年版，第4页。

对这些乐歌进行一番考察、梳理，或可就汉代《诗》的“音乐之美”窥得一二。

## 第一节　五帝三王之“圣乐”与《诗》乐

《周礼·大司乐》载：“以乐舞教国子舞《云门》《大卷》《大咸》《大磬》《大夏》《大濩》《大武》。”郑玄注云：

> 此周所存六代之乐。黄帝曰《云门》《大卷》，黄帝能成名，万物以明，民共财，言其德如云之所出，民得以有族类。《大咸》，《咸池》，尧乐也。尧能殚均刑法以仪民，言其德无所不施。《大磬》，舜乐也。言其德能绍尧之道也。《大夏》，禹乐也，禹治水傅土，言其德能大中国也。《大濩》，汤乐也。汤以宽治民，而除其邪，言其德能使天下得其所也。《大武》，武王乐也。武王伐纣以除其害，言其德能成武功。[①]

其所构成的“圣乐”系统是：黄帝（《云门》《大卷》）→尧（《大咸》）→舜（《大磬》）→禹（《大夏》）、汤（《大濩》）、周武（《大武》）。《汉书·礼乐志》载：“黄帝作《咸池》，颛顼作《六茎》，帝喾作《五英》，尧作《大章》，舜作《招》，禹作《夏》，汤作《濩》，武王作《武》，周公作《勺》。”[②]这一古乐系统与《周礼》相比：一是增加了颛顼《六茎》、帝喾《五英》和周公《勺》；二是出现黄帝乐与尧乐相混的问题，《汉书》言“黄

---

① 郑玄注，贾公彦疏：《周礼注疏》，阮元校刻：《十三经注疏》，第787页。本章引《诗经》《尚书》《礼记》《周礼》《仪礼》《左传》等经传文字，均据此本，不再出注。

② 班固：《汉书》，第1038页。

帝作《咸池》”“尧作《大章》”，而《周礼》郑玄注作“《咸池》，尧乐也”[①]。

这种“圣乐”相混现象，在班固和郑玄之前的司马相如和扬雄的赋中，即已存在。司马相如《上林赋》写狩猎后的燕礼奏乐云：

> 奏陶唐氏之舞，听葛天氏之歌[②]。……荆吴郑卫之声，《韶》《濩》《武》《象》之乐，阴淫案衍之音。[③]

陶唐，尧有天下之号也。《文选》李善注引如淳注曰：“舞《咸池》也。”“奏陶唐氏之舞”，即奏尧《咸池》乐舞，接下来的“圣乐”是《韶》（舜）→《濩》（汤）→《武》（周武王）→《象》（周公），这一古乐系统顺序与《周礼》及郑玄注大体一致。又扬雄《解难》云：

> 《典》《谟》之篇，《雅》《颂》之声，不温纯深润，则不足以扬鸿烈而章缉熙。……试为之施《咸池》，揄《六茎》，发《箫韶》，咏九成，则莫有和也。[④]

《六茎》是颛顼之乐，在此之前的《咸池》当是黄帝之乐，故扬雄赋中的古乐系统是：《咸池》（黄帝）→《六茎》（颛顼）→《箫韶》（舜），与《汉书·礼乐志》所记大体一致。

---

① 《礼记·乐记》云：“《大章》，章之也。《咸池》，备矣。《韶》，继也。《夏》，大也。殷周之乐尽矣。”郑玄注《大章》曰：“尧乐名也，言尧德章明也。《周礼》阙之，或作《大卷》。”注《咸池》曰：“黄帝所作乐名也，尧增修而用之。咸，皆也。池之言施也，言德之无不施也。《周礼》曰《大咸》。”

② 葛天氏之歌，《周礼》《礼记》中不见载。《文选》李善注：“张揖曰：葛天氏，三皇时君号也。其乐，三人持牛尾，投足以歌八曲：一曰载民，二曰玄鸟，三曰育草木，四曰奋五谷，五曰敬天常，六曰彻帝功，七曰依地德，八曰总禽兽之极。韦昭曰：葛天氏，古之王者，其事见《吕氏春秋》。善曰：《吕氏春秋》云：葛天氏之乐，以歌八阕：一曰载民，三曰遂草木，六曰建帝功。今注以阕为曲，以民为氏，以遂为育，以建为彻，皆误。”

③ 费振刚、仇仲谦、刘南平校注：《全汉赋校注》，第 90 页。

④ 费振刚、仇仲谦、刘南平校注：《全汉赋校注》，第 313 页。

对比司马相如《上林赋》和扬雄《解难》中的这两则材料，有一个共同点值得关注，即都将《诗》乐与“圣乐”结合起来讨论，不同的是前者《诗》乐用郑卫之声，后者用雅颂之声。为什么如此？我们先来梳理一下这些“圣乐”的内涵：《咸池》《韶》《濩》《武》，前引《周礼》郑玄注已有解释，皆是着力于“德”的施展与表彰。《六茎》，《白虎通・礼乐》载“颛顼曰《六茎》者，言和律吕以调阴阳，茎者著万物也”[①]，亦意在施“德”。《象》，《墨子・三辩》：“武王胜殷杀纣，环天下自立以为王。事成功立，无大后患，因先王之乐，又自作乐，命曰《象》。”[②]又《毛诗序》云：“《维清》，奏《象》舞也。”《孔疏》云：“《维清》诗者，奏《象》舞之歌乐也。谓文王时有击刺之法，武王作乐，象而为舞，号其乐曰《象》舞。至周公成王之时，用而奏之于庙。诗人以今太平由彼五伐，睹其奏而思其本，故述之而为此歌焉。”王国维认同此说，谓：“《毛诗・周颂序》：《维清》，奏《象》舞也。下管《象》，当谓管《维清》之诗。升歌《清庙》，下管《维清》，皆颂也。”[③]又《礼记・乐记》：“夫《武》，始而北出，再成而灭商，三成而南，四成而南国是疆，五成而分，周公左，召公右，六成复缀，以崇。”王国维认为“是《武》之舞凡六成，其《诗》当有六篇也”，分别是《昊天有成命》《武》《酌》《桓》《赉》《般》，皆出自《周颂》。[④]《象》，周之小舞，郑玄注《礼记・明堂位》“下管《象》”谓“《象》，谓《周颂・武》也”，《毛诗序》云“《武》，奏《大武》也”，是汉人以为《象》为《大武》之一成。《礼记・文王世子》：“天子视学……登歌《清庙》，既歌而语，以成之也。言父子、君臣、长幼之道，合德音之致，礼之大者也。下

---

① 陈立撰，吴则虞点校：《白虎通疏证》，第 101 页。

② 毕沅校注吴旭民标点：《墨子》，第 22 页。

③ 王国维：《观堂集林》卷二《释乐次》，中华书局 1959 年版，第 99—100 页。孙希旦有不同意见，其《礼记集解》云：“《象》，《诗・[周]颂・维清》之篇也。《诗序》云：‘《维清》，奏《象》舞也。’《象箾》，文王之舞，歌《维清》之诗以奏之，因谓《维清》之诗为《象》，亦犹《桓》《赉》诸诗，以奏《大武》而《左传》即谓之《武》也。”商务印书馆 1934 年版，第 26 页。

④ 详见王国维：《观堂集林》卷二《周〈大武〉乐章考》，第 104—106 页。

管《象》，舞《大武》，大合众以事，达有神，兴有德也。正君臣之位，贵贱之等焉，而上下之义行矣。"《象》《武》皆堂下之乐舞，用管演奏，其乐章义是指通过乐舞来传达神明旨意，使有德的人兴盛，使君臣关系得到端正，使贵贱不同的人明确各自的等级。

"圣乐"以象德表功为主，多是《颂》诗一类。《礼记》"《武》壮，而不可乐也"，不可乐的圣乐在《上林赋》中缘何与"娱耳目、乐心意"的郑卫之声同列，且还与"《巴渝》宋蔡，淮南《干遮》，文成颠歌""《激楚》《结风》"等漂疾俗乐相协呢？《汉书·礼乐志》载："至武帝定郊祀之礼……乃立乐府，采诗夜诵，有赵、代、秦、楚之讴。以李延年为协律都尉，多举司马相如等数十人造为诗赋，略论律吕，以合八音之调，作十九章之歌。"[①] 此时，俗乐充斥宫廷，虽有河间献王献雅乐之举，但被"天子下大乐官，常存肄之，岁时以备数，然不常御，常御及郊庙皆非雅声"，与此相反，"今汉郊庙诗歌，未有祖宗之事，八音调均，又不协于钟律，而内有掖庭材人，外有上林乐府，皆以郑声施于朝廷"，武帝甚至用郑声俗乐为郊祀之礼配乐。从武帝到昭帝、宣帝、元帝，直至成帝末年，"是时，郑声尤甚。黄门名倡丙强、景武之属富显于世，贵戚五侯定陵、富平外戚之家淫侈过度，至与人主争女乐"[②]。由此看来，司马相如将"久远难分明"的圣乐充斥在俗乐中，象征意义要远大于实际意义。枚乘《七发》"于是乃发《激楚》之结风，扬郑卫之皓乐"，司马相如《美人赋》"途出郑卫，道由桑中，朝发溱洧，暮宿上宫"，也是郑卫之声盛行的反映。而傅毅《舞赋》："夫《咸池》《六英》，所以陈清庙、协神人也。郑、卫之乐，所以娱密坐、接欢欣也。余日怡荡，非以风民也，其何害哉？"在描述形式上与《上林赋》

① 班固：《汉书》，第 1045 页。按：赋的兴起与乐府之扩立大致同时，而在汉初乐府系统中雅乐与俗乐并非如我们想象的那样水火不容。《汉书·礼乐志》载："高祖乐楚声，故《房中乐》楚声也。孝惠二年，使乐府令夏侯宽备其箫管，更名曰《安世乐》。"（第 1043 页）由楚声变为雅乐，同样高祖"大风诗"，"至孝惠时，以沛宫为原庙，皆令歌儿习吹以相和……文景之间，礼官肄业而已"（第 1045 页），也发展成雅乐。

② 班固：《汉书》，第 1070、1071、1072 页。

类似，但在用乐功能方面，圣乐与郑卫之乐已出现明显分野。

至绥和二年（公元前7年）哀帝即位，面对郑声盛行的局面，即位后两个月即下诏罢乐府，放郑声，诏云：

> 惟世俗奢泰文巧，而郑卫之声兴。夫奢泰则下不孙而国贫，文巧则趋末背本者众，郑卫之声兴则淫辟之化流，而欲黎庶敦朴家给，犹浊其源而求其清流，岂不难哉！孔子不云乎，“放郑声”，“郑声淫”。其罢乐府官，郊祭乐及古兵法武乐，在经非郑卫之乐者，条奏，别属他官。[①]

汉哀帝运用行政手段将郑声俗乐全部从朝廷的礼乐机构中罢废，这恐怕是扬雄在《解难》中去“郑声”，而将“圣乐”与“雅颂”之乐结合起来演奏的原因。《解难》作于建平三年（公元前4年），即在哀帝即位三年后所写，所以赋中批判郑声云：“今夫弦者，高张急徽，追趋逐耆，则坐者不期而附矣”，从而走向了试施圣乐的路向。杜笃《论都赋》“曼丽之容不悦于目，郑卫之声不过于耳”，贬斥郑声，亦与《上林赋》的观点针锋相对。班固《东都赋》：“尔乃食举《雍》彻，太师奏乐。陈金石，布丝竹，钟鼓铿锵，管纮晔煜。抗五声，极六律，歌九功，舞八佾，《韶》《武》备，太古毕。”《雍》，《诗·周颂》篇名，《毛传》云“《雍》，禘大祖也”，《郑笺》“禘，大祭也”，宗庙祭祀，歌《雍》以彻，即王享先祖，礼终歌《雍》诗，祭器从而彻之。这种将圣乐与雅颂之声结合的写法，也是沿袭扬雄《解难》，并指向了典礼雅乐一途。

① 班固：《汉书》，第1072—1073页。

## 第二节　典礼雅乐与《诗》乐

上引班固《东都赋》载典礼中奏雅乐、圣乐之后，接着又云："四夷间奏，德广所及，《伶》《佅》《兜离》，罔不具集。"[①]此句录自《后汉书·班固传》，《文选》写作："四夷间奏，德广所及，《僸》《佅》《兜离》，罔不具集。"[②]"伶"，又写作"僸"。我们将此段文字与《礼记·明堂位》相对照：

> 季夏六月，以禘礼祀周公于大庙。……升歌《清庙》，下管《象》，朱干玉戚，冕而舞《大武》。皮弁，素积，裼而舞《大夏》。《昧》，东夷之乐也。《任》，南蛮之乐也。纳夷蛮之乐于大庙，言广鲁于天下也。

《礼记》描述在太庙用禘祭礼祭祀周公的过程中，除乐舞圣乐外，还有雅乐《清庙》，另有《昧》《任》二乐。演奏形式是：堂上歌唱《清庙》，堂下用管乐吹奏《象》曲，跳《大武》《大夏》舞。《昧》是东夷音乐，《任》是南蛮音乐，将此二乐吸收到太庙中，意在说明鲁（周公）的功德广布天下。相对比，我们发现：一、《东都赋》此段之前有云"春王三朝，会同汉京"，即在春天诸侯朝见明帝，一齐会同洛阳。据《周礼·春官·大宗伯》载："春见曰朝，夏见曰宗，秋见曰觐，冬见曰遇。"诸侯朝见天子，季节不同，朝见之礼的名称不同。今传《仪礼》中仅见《觐礼》的记录，其他三礼皆不存，也不见奏乐情况。班固赋中此段论述可为汉代朝觐之礼提供参照。二、《东都赋》中有《伶》（与《僸》《禁》同）、《佅》（与《昧》同）、《兜离》（与《朱离》同）等乐。《诗·小雅·鼓钟》云："以雅以南，以籥不僭。"《毛传》："为雅为南也。舞四夷之乐，大德广所及也。东夷之

---

① 范晔：《后汉书》，第1364页。

② 萧统编，李善注：《文选》，第33页。

乐曰《昧》，南夷之乐曰《南》，西夷之乐曰《朱离》，北夷之乐曰《禁》。以为籥舞，若是为和而不僭矣。”赋中演奏四夷之乐，意在瞻耀圣容，广布仁德。三、汉代的朝觐之礼与《礼记》中的太庙大祭礼形式相类。

汉赋文本中的射礼描写也保存有《诗》乐演奏的文献资料，司马相如《上林赋》云：

> 于是历吉日以斋戒，袭朝服，乘法驾，建华旗，鸣玉鸾，游于六艺之囿，驰骛乎仁义之涂。览观《春秋》之林，射《狸首》，兼《驺虞》。

《周礼·乐师》：“凡射，王以《驺虞》为节，诸侯以《狸首》为节，大夫以《采蘋》为节，士以《采蘩》为节。”《周礼·钟师》：“凡射，王奏《驺虞》，诸侯奏《狸首》，卿大夫奏《采蘋》，士奏《采蘩》。”《礼记·射义》：“其节：天子以《驺虞》为节，诸侯以《狸首》为节，卿大夫以《采蘋》为节，士以《采蘩》为节。”按：从《周礼》与《礼记》来看，不同的身份等级在选择控制射节的乐曲时，均有严格的规定。《上林赋》写天子行射礼云“射《狸首》，兼《驺虞》”，是天子以《狸首》为节，且兼奏《驺虞》，这与《周礼》《礼记》记载的射礼用乐体制不符，而与《仪礼·乡射礼》“乐正东面命大师曰‘奏《驺虞》，间若一’”，“乃奏《驺虞》以射，三卒耦射”的记载类似。前者是在天子射礼中奏当属诸侯之乐的《狸首》而仅兼奏《驺虞》，后者在卿大夫主持的乡射礼中却演奏当属天子之乐的《驺虞》。关于《仪礼》中的错乱现象，郑玄注云：“《射义》曰：‘《驺虞》者，乐官备也。’其诗有‘一发五豝五豵，于嗟驺虞’之言，乐得贤者众多，叹思至仁之人，以充其官。此天子之射节也，而用之者，方有乐贤之志，取其宜也。其他宾客、乡大夫则歌《采蘋》。”[①] 此说单解释《仪礼》此处错乱

① 郑玄注，贾公彦疏：《仪礼注疏》，阮元校刻：《十三经注疏》，中华书局1980年版，第1005页。

现象尚可，但推及《上林赋》中天子射礼奏《狸首》似又不可通。清儒孙诒让即认为《驺虞》《狸首》均非天子与诸侯专用之乐，而是自天子及士皆可通用之乐：“《乡射礼》云：‘奏《驺虞》，间若一。’又《记》云：‘歌《驺虞》若《采蘋》，皆五终。’……若然，诸侯以下亦得奏《驺虞》，惟节数则少耳。又投壶亦奏《狸首》，疑卿大夫以下得通用之，不必诸侯也。”[①]此说较为圆通。《大戴礼记·投壶》：“凡《雅》二十六篇，其八篇可歌，歌《鹿鸣》《狸首》《鹊巢》《采蘩》《采蘋》《伐檀》《白驹》《驺虞》。”《鹊巢》《采蘩》《采蘋》《驺虞》属《召南》，《伐檀》属《魏风》，《鹿鸣》属《小雅》。《狸首》一诗[②]，郑玄《诗谱》将其置于《周南召南谱》中，是亦以《风》诗视之[③]。

张衡《东京赋》云：

> 春日载阳，合射辟雍。……摄提运衡，徐至于射宫。礼事展，乐物具，《王夏》阕，《驺虞》奏。[④]

《文选》李善注引《东观汉记》曰：“永平三年三月，上初临辟雍，行大射礼。”射宫，即辟雍宫。阳春三月，天子与诸侯合射于辟雍宫，行礼教。

---

① 孙诒让撰，王文锦、陈玉霞点校：《周礼正义·乐师》“王以《驺虞》为节”疏，中华书局1987年版，第1804—1805页。

② 《狸首》一诗，不见《诗经》中，郑玄《诗谱》谓：“今无《狸首》，周衰，诸侯并僭而去之，孔子录诗不得也。”又郑玄在《仪礼·大射》注中云《狸首》出于《礼记·射义》，但别名《曾孙》，诗云：“曾孙侯氏，四正具举。大夫君子，凡以庶士，小大莫处，御于君所。以燕以射，则燕则誉。”宋刘敞《七经小传》卷中云：“或曰：《狸首》，《鹊巢》也，篆文‘貍’似‘鹊’，‘首’似‘巢’，《鹊巢》之诗，‘御之’‘将之’‘成之’，此亦时会之道。”王应麟《困学纪闻》卷三引此说，并加以反驳，然刘说亦可备一家之言。魏源《诗古微·召南答问》不同意王应麟之说，认为“射义，天子以《驺虞》为节，乐官备也；诸侯以《狸首》为节，乐会时也……揆其篇次，‘狸首’自是‘鹊巢’之误。且以会和之得时喻会同之及时，正《鹊巢》之义于《狸首》，何与乎？”近人朱谦之《中国音乐文学史》第三章《论诗乐》认为：“《檀弓》云：‘貍首之邦兮，执女手之卷兮’，疑即《貍首》逸诗。”商务印书馆1935年版。

③ 详见冯浩菲：《郑氏诗谱订考》，第26页。

④ 费振刚、仇仲谦、刘南平校注：《全汉赋校注》，第681页。

《王夏》，乐名，九夏之一，《周礼·春官》载：“凡乐事，以钟鼓奏九夏：《王夏》《肆夏》《昭夏》《纳夏》《章夏》《齐夏》《族夏》《裓夏》《骜夏》。”又《周礼·大司乐》云：“大祭祀，王出入，则令奏《王夏》，尸出入，则令奏《肆夏》，牲出入，则令奏《昭夏》。……大射，王出入，令奏《王夏》，及射，令奏《驺虞》。”举行大射礼，王出入就令演奏《王夏》，到王射箭时，就令演奏《驺虞》。张衡赋中所展示的射礼过程符合《周礼》的记载。

同为“九夏”之一的还有《肆夏》，《周礼·大司乐》云“尸出入，则令奏《肆夏》”，贾公彦疏曰：“尸出入，谓尸初入庙门及祭祀讫出庙门，皆令奏《肆夏》。”即奏《肆夏》是为了规制尸出入的乐节。《肆夏》也出现在汉赋文本中，陈琳《大荒赋》云：

> 钟鼓协于《肆夏》兮，步骤应乎《采荠》。声啾鎗以儵忽兮，入南端之紫闱。[①]

《周礼·乐师》曰：“教乐仪：行以《肆夏》，趋以《采荠》，车亦如之。环拜以钟鼓为节。”郑玄注曰：“教乐仪，教王以乐出入于大寝、朝廷之仪。”[②]即王出入大寝、朝廷时演奏《肆夏》《采荠》。又《礼记·玉藻》曰：“古之君子必佩玉，右徵、角，左宫，羽，趋以《采齐》，行以《肆夏》。周还中规，折还中矩，进则揖之，退则扬之，然后玉锵鸣也。”[③]“齐”“荠”声近字通，《采齐》即《采荠》，与《肆夏》一起同为应门、登堂之乐节。《大戴礼记·保傅》云：“行以《采茨》，趋以《肆夏》”，“荠”与“茨”亦通。据孙诒让考证，《采荠》即《诗·小雅·楚茨》[④]，诗有云：“楚楚者茨，言抽

---

① 费振刚、仇仲谦、刘南平校注：《全汉赋校注》，第 1103 页。

② 郑玄注，贾公彦疏：《周礼注疏》，阮元校刻：《十三经注疏》，第 793 页。

③ 郑玄注，孔颖达正义：《礼记正义》，阮元校刻：《十三经注疏》，第 1482 页。

④ 日本学者本田成之引用此说“孙诒让考证说《采荠》就是《小雅》的《楚茨》”，见孙俍工译：《中国经学史》，上海书店出版社 2001 年版，第 41 页。魏源《诗古微·夫子正乐论下》有云：“《采齐》即《楚茨》。”

其棘，自昔何为？我蓺黍稷。……以为酒食，以享以祀，以妥以侑，以介景福。济济跄跄，絜尔牛羊，以往烝尝。或剥或亨，或肆或将。祝祭于祊，祀事孔明。先祖是皇，神保是飨。孝孙有庆，报以介福，万寿无疆。”可以看出这是一首描述国君祭祀先祖典礼的诗。赋中演奏《采荠》《肆夏》主要是为了控制行礼者得行步之节，兼有以乐养德之意。

《周礼·钟师》郑玄注引杜子春语曰：

> 吕叔玉云：“《肆夏》《繁遏》《渠》，皆《周颂》也。《肆夏》，《时迈》也。……肆，遂也。夏，大也。言遂于大位，谓王位也。故《时迈》曰：‘肆于时夏，允王保之。’”[①]

《时迈》，《诗·周颂》篇名，《毛诗序》云：“《时迈》，巡守告祭柴望也。”郑玄不赞成《肆夏》即《时迈》之说，但他不仅没有否认《肆夏》为《颂》一类诗，而且还认为“九夏”皆《颂》的族类，他说：

> 以《文王》《鹿鸣》言之，则九夏皆《诗》篇名，《颂》之族类也。此歌之大者，载在乐章，乐崩亦从而亡，是以《颂》不能具。[②]

《肆夏》，为金奏之诗，其声调如何？扬雄《蜀都赋》云：

> 厥女作歌，是以其声呼吟靖领，激呦喝啾，《户》音六成，行《夏》低徊，胥徒入冥。[③]

《户》，即《濩》，汤之乐。行《夏》，《古文苑》注曰：“《行夏》，亦

---

① 郑玄注，贾公彦疏：《周礼注疏》，阮元校刻：《十三经注疏》，第 800 页。

② 郑玄注，贾公彦疏：《周礼注疏》，阮元校刻：《十三经注疏》，第 800 页。

③ 费振刚、仇仲谦、刘南平校注：《全汉赋校注》，第 214 页。

乐章名。”此恐不确，当是《周礼》“行以《肆夏》”句之省语。低徊，舒徐也。据此可知《肆夏》声调应该比较缓慢从容。王国维考证出“《肆夏》一诗，不过八句，而自始奏以至乐阙，所容礼文之繁如此，则声缓可知”[①]，然未提及扬雄《蜀都赋》中的这段记载，此可为王说作一力证。

据上所述，赋中典礼用《诗》乐，多是取《诗》乐之节奏韵律，旨在体现等级伦理的音乐内涵，是“礼”化了的《诗》乐，《诗》的文本内容相对也就显得并不那么重要。另外，赋家在泛述典礼形态时，亦有用《诗》乐情况的描写，如扬雄《长杨赋》云：“然后陈钟鼓之乐，鸣鼗磬之和，建碣磍之虡，拮隔鸣球，掉八列之舞。酌允铄，肴乐胥，听庙中之雍雍，受神人之福祜。歌投《颂》，吹合《雅》。其勤若此，故真神之所劳也。”[②]班昭《大雀赋》：“下协而相亲，听《雅》《颂》之雍雍。”皆不明是何种典礼，也不云演奏《诗》中的什么篇章？《礼记·乐记》云：“先王耻其乱，故制《雅》《颂》之声以道之，使其声足乐而不流，使其文足论而不息，使其曲直、繁瘠廉肉、节奏，足以感动人之善心而已矣，不使放心邪气得接焉。”又曰：“故听其《雅》《颂》之声，志意得广焉。”据此知《雅》《颂》之乐的乐章义是感发人的善心，让人的心境更加宽广。

## 第三节　楚乐新声与《诗》乐

《艺文类聚》卷四十四载东汉侯瑾《筝赋》有云：

若乃察其风采，练其声音，美《武》《荡》乎，乐而不淫。虽怀

---

① 王国维：《观堂集林》卷二《说〈周颂〉》，第 113 页。

② 《文选》李善注：“孟康曰：碣磍之虡，刻猛兽为之，故其形碣磍而盛怒也。……善曰：《毛诗》曰：允矣君子，展也大成。又曰：于铄王师。又曰：君子乐胥。善曰：《毛诗》曰：雍雍在宫，肃肃在庙。又曰：受天之祜。……张揖曰：《诗》云：恺悌君子，神所劳矣。”

思而不怨，似《豳风》之遗音。于是《雅》曲既阕，《郑》《卫》仍修。新声顺变，妙弄优游。微风漂裔，冷气轻浮。感悲音而增叹，怆嚬悴而怀愁。若乃上感天地，下动鬼神，享祀祖宗，酬酢嘉宾，移风易俗，混同人伦，莫有尚于筝者矣。[①]

这段亦是笼统地描述祭祀或宴饮典礼中的用乐情况，其值得注意者有三：一是《武》《荡》分别是《诗经》中《周颂》和《大雅》的篇名，然“武”字，《初学记》卷十六作“哉”，究竟是“武”还是“哉”？《左传》襄公二十九年载季札往鲁国观周乐，“为之歌《豳》。曰：美哉！荡乎！乐而不淫，其周公之东乎？”杜预注：“荡乎，荡然也。乐而不淫，言有节。周公遭管蔡之变，东征三年，为成王陈后稷先公不敢荒淫以成王业，故言其周公之东乎也。”[②] 据此，我们认为《初学记》所载当比较准确。二是赋与《左传》中文字大抵相同，只是《左传》中的歌“《豳》”，赋中作“《豳风》”。据此知《左传》中“《豳》”，东汉人即已认为是《诗》之《豳风》。又《周礼·春官·籥章》云：“籥章掌土鼓、豳籥。中春，昼击土鼓，龡豳诗，以逆暑。中秋，夜迎寒，亦如之。凡国祈年于田祖，龡豳雅，击土鼓，以乐田畯。国祭蜡，则龡豳颂，击土鼓，以息老物。”郑玄注曰：“豳诗，《豳风·七月》也。豳雅，亦《七月》也。豳颂，亦《七月》也。”[③]《周礼》有“豳诗”“豳雅”“豳颂”之称，而不言“豳风”。侯瑾赋中即将《左传》中“豳”理解为“《豳风》”，且明示乐章义为“怀思而不怨”。三是在汉代的典礼用乐中，除能够演奏“雅颂”之乐外，还出现了演奏郑卫新声的现象。

一般认为凡是在音乐形式和思想内容上不符合雅乐规范的皆可称之为“新声”，与雅乐的典雅庄重相比，新声更注重其观赏和娱乐的功能。雅乐

① 欧阳询撰，汪绍楹校：《艺文类聚》卷四四，上海古籍出版社1982年版，第785页。
② 杜预：《春秋左传集解》，第1121—1125页。
③ 郑玄注，贾公彦疏：《周礼注疏》，阮元校刻：《十三经注疏》，第801—802页。

与新声的分野在傅毅《舞赋序》中表述的尤为明确，云：

> 玉曰：“臣闻歌以咏言，舞以尽意，是以论其诗不如听其声，听其声不如察其形。《激楚》《结风》《阳阿》之舞，材人之穷观，天下之至妙。噫，可以进乎？”王曰：“如其《郑》何？”玉曰：“小大殊用，《郑》《雅》异宜[①]。弛张之度，圣哲所施。是以《乐》记干戚之容，《雅》美蹲蹲之舞，《礼》设三爵之制，《颂》有醉归之歌。”[②]

傅毅假托“宋玉”为“楚襄王”在云梦泽赋《高唐》之后，置酒宴饮，“襄王”问“宋玉”何以助兴娱宾，“宋玉”答之以观舞。“臣闻歌以咏言，舞以尽意，是以论其诗不如听其声，听其声不如察其形。”傅毅发明《毛诗序》“在心为志，发言为诗，情动于中而形于言，言之不足，故嗟叹之……不知手之舞之足之蹈之”之义，指出就情志而言，诗不如声（歌），声（歌）不如形（舞），乐舞是最容易表达情意的艺术形式。“宋玉”推荐

① 据此段论述，可知傅毅认为大、小雅的区别是音乐的用途和使用场合的不同。朱熹《朱子语类》卷八十一“二雅”条曰：“《小雅》恐是燕礼用之，《大雅》须飨礼方用。《小雅》施之君臣之间，《大雅》则止人君可歌。”（必大）意与傅毅赋盖相类。大、小雅的区分有体与用之别，以政用别大、小者，《毛诗大序》曰：“政有大小，故有《小雅》焉，有《大雅》焉。”傅毅、朱熹从之。以体别大、小雅者，严粲《诗缉》卷一：“窃谓雅之小大特以其体之不同耳。盖优柔委曲，意在言外，风之体也。明白正大，直言其事，雅之体也。纯乎雅之体者，为雅之大；杂乎风之体者，为雅之小。今考《小雅》正经存者十六篇，大抵寂寥短简，其首篇多寄兴之辞，次章以下则申复咏之，以寓不尽之意，盖兼有风之体；《大雅》正经十八篇，皆春容大篇，其辞旨正大，气象开阔，不唯与《国风》敻然不同，而比之《小雅》亦自不侔矣。”李光地《榕村语录》卷十三反对严粲观点，云：“大、小雅若说是以体制分别，看来殊不能分。如《桑柔》《召旻》，若入小雅，恐亦无别。”徐文靖《管城硕记》卷七反对《毛诗序》观点，引莆田郑氏曰：“如此，不知《常武》之征伐，何以大于《六月》？《卷阿》之求贤，何以大于《鹿鸣》乎？盖《小雅》《大雅》者，随其音而写之律耳。律有小吕、大吕，则歌《小雅》《大雅》，宜其有别也。”又引《乐记》云：“师乙曰：广大而静，疏达而信者，宜歌《大雅》。恭俭而好礼者，宜歌《小雅》。”据此谓：“则是人之歌雅大小必问所宜也。……则用乐以尊卑为差等，而《小雅》《大雅》亦自有差等之不同也。其别之为大小者，或亦如诗之长歌短歌，词之中调长调，后世失其传而不知耳。”《经义丛钞》录梁国珍《诗之雅解》谓：“雅之有小大也，以音别之也。此犹律之大吕、小吕，各有其谱焉。作诗者随其事之大小，按谱而为之，编诗者即随其音之大小，按谱而别之。”

② 费振刚、仇仲谦、刘南平校注：《全汉赋校注》，第413页。

以《激楚》《结风》《阳阿》之类乐舞，“襄王”又问：将其与《郑》乐舞相比，怎样？接下来“宋玉”的回答即指明分野：以上所说的《激楚》《结风》《阳阿》与《郑》是楚乐新声；以下所说的《雅》《颂》即属典礼雅乐。“《雅》美蹲蹲之舞”，《小雅·伐木》曰：“坎坎鼓我，蹲蹲舞我。”《后汉书·礼仪志》注引蔡邕《礼乐志》云：“汉乐四品……三曰黄门鼓吹，天子所以宴乐群臣，《诗》所谓‘坎坎鼓我，蹲蹲舞我’者也。”[①]这里的“黄门鼓吹”属于雅乐范畴，主要用于天子宴乐群臣、增强君臣关系的音乐。“《颂》有醉归之歌”，《鲁颂·有駜》曰：“……振振鹭，鹭于下。鼓咽咽，醉言舞，于胥乐兮。……振振鹭，鹭于飞，鼓咽咽，醉言归，于胥乐兮。”《郑笺》：“僖公之时，君臣无事，则相与明义明德而已。絜白之士群集于朝，君以礼乐与之饮酒，以鼓节之咽咽然，至于无算爵，则舞燕乐以尽其欢，君臣于是则皆喜乐也。”雅颂之乐，雅正端庄；楚乐新声，热烈奔放；二者虽各有分野，但傅毅在此赋中评价音乐的标准是“非以风民”，不是用来教育人民，而只是在余暇之时，用什么样的音乐更能愉悦宾朋。在这个层次上，“宋玉”与“楚襄王”决定观看乐舞，而将雅颂端庄之乐置之一旁，原因在于傅毅已经认识到《诗经》乐章的政治功用和艺术审美功能是有所不同的。

汉武帝立乐府，广用“新声变曲”，以致“郑声尤甚”，至哀帝时不得不罢乐府，这虽对楚乐新声的发展有所遏制，但其兴盛的趋势并没有改变，《汉书·礼乐志》载：“然百姓渐渍日久，又不制雅乐有以相变，豪富吏民湛沔自若，陵夷坏于王莽。”[②]但在罢乐府之前和之后有所不同的是：之前多将郑卫之声与楚乐结合在一起描写，如前揭枚乘《七发》“于是乃发《激楚》之《结风》，扬郑卫之皓乐”，司马相如《上林赋》“荆吴郑卫之声……鄢郢缤纷，《激楚》《结风》”，《美人赋》“窃慕大王之高义，命驾东来。途

---

① 范晔：《后汉书》，第3131—3132页。

② 班固：《汉书》，第1074页。

出郑卫，道由桑中。……遂设旨酒，进鸣琴。臣遂抚弦，为《幽兰》《白雪》之曲”[①]。之后多将雅颂之音与楚乐新声结合起来描写，如张衡《思玄赋》“玩阴阳之变化兮，咏《雅》《颂》之徽音。嘉曾氏之《归耕》兮，慕历陵之嵚崟”[②]。《南都赋》“弹琴擫籥，流风徘徊。清角发征，听者增哀。客赋醉言归，主称露未晞。接欢宴于日夜，终恺乐之令仪。……于是齐僮唱兮列赵女，坐南歌兮起郑舞，白鹤飞兮茧曳绪”，“客赋醉言归，主称露未晞”，分别是指《诗·鲁颂·有駜》和《小雅·湛露》，《有駜》云：“鼓咽咽，醉言归。”《湛露》云：“湛湛露斯，匪阳不晞。厌厌夜饮，不醉无归。”二者皆属于雅乐系统，而后又说“南歌”“郑舞”，属于楚乐新声。这种前后用乐的区别和圣乐与《诗》乐的结合在形式上又相一致。

《南都赋》又云：“帝王臧其擅美，咏南音以顾怀。”典出《左传》成公九年“楚钟仪为晋囚，晋侯使与之琴。操南音”[③]，此处的“南音”与上文“南歌”皆为楚乐系统。冯衍《显志赋》云：“颂成康之载德兮，咏南风之歌。”此处“南风之歌”当指《周南》《召南》，《后汉书》李贤注：“《史记》曰：成康之际，天下安宁，刑错三十余年而不用。《周南》《召南》，谓国风之首篇，歌文王之德，故咏之也，非舜南风之歌。”确是。[④]同样需要考辨的是《鹿鸣》乐歌，蔡邕《弹琴赋》云：

> 尔乃清声发兮五音举，韵宫商兮动征羽，曲引兴兮繁丝抚。然后哀声既发，秘弄乃开。左手抑扬，右手徘徊，指掌反覆，抑案藏摧。于是繁弦既抑，雅韵乃扬。仲尼思归，《鹿鸣》三章。《梁甫》悲吟，

---

① 《幽兰》《白雪》皆属于南音楚声系统。《乐府诗集》琴曲歌辞中收录有《白雪歌》《白雪曲》，均为周房中曲，属于楚乐。骆宾王《同辛簿简仰酬思玄上人林泉》云：“芳杜《湘君》曲，《幽兰》楚客词。”《全唐诗》第七十八卷，中华书局1960年版，第842页。

② 《文选》李善注引《琴操》曰：“《归耕》者，曾子之所作也。曾子事孔子十有余年，晨觉，眷然念二亲年衰，养之不备，于是授琴鼓之曰：歔欷归耕来兮，安所耕历山盘兮。”

③ 杜预：《春秋左传集解》，第702页。

④ 按：成王、康王仁德天下，民富国宁，汉人多喜以成、康言文、景。《汉书·景帝纪赞》：“周云成康，汉言文景，美矣。”

周公《越裳》。《青雀》西飞，《别鹤》东翔。《饮马长城》，楚曲《明光》。楚姬遗叹，鸡鸣高桑。走兽率舞，飞鸟下翔。感激兹歌，一低一昂。①

《鹿鸣》，《诗·小雅》的首篇，分三章，言奏乐、饮酒以乐嘉宾之意，《毛诗序》云："《鹿鸣》，燕群臣嘉宾也。"《礼记·燕礼》载："工歌《鹿鸣》《四牡》《皇皇者华》。"《鹿鸣》首先是作为典礼雅乐出现，并一直在汉代的宫廷中得以演奏、保存，前引《大戴礼记·投壶》中即有记载，《后汉书·明帝纪》载明帝幸辟雍，行养老礼云："升歌《鹿鸣》，下管《新宫》，八佾具修，万舞于庭"，直至汉末雅乐郎杜夔犹能奏《鹿鸣》。又蔡邕《琴操·序首》云："古琴曲有歌诗五首，一曰《鹿鸣》，二曰《伐檀》，三曰《驺虞》，四曰《鹊巢》，五曰《白驹》"，解释《鹿鸣》谓：

《鹿鸣》者，周人臣之所作也。王道衰，君志倾，留心声色，内顾妃后，设酒食佳肴，不能厚养贤者，尽礼极欢，形见于色。人臣昭然独见，必知贤士幽隐，小人在位，周道凌迟，自以是始。故弹琴以风谏，歌以感之，庶几可复。歌曰："呦呦鹿鸣，食野之苹。我有嘉宾，鼓瑟吹笙。吹笙鼓簧，承筐是将。人之好我，不我周行。"此言禽兽得美甘之食，尚知相呼，伤时在位之人不能，乃援琴而刺之，故曰《鹿鸣》也。

王先谦《诗三家义集疏》认为蔡邕习《鲁诗》，因此琴曲《鹿鸣》的文字义取自《鲁诗》说，意在于"刺"，曲调应该是悲哀凄隐的；而属于雅乐系统的《鹿鸣》，多在典礼中演奏，意在赞美，曲调应该是欢快祥和的，文字义盖与《毛诗》相类。蔡邕《弹琴赋》中《鹿鸣》盖与《梁甫》《越裳》

① 费振刚、仇仲谦、刘南平校注：《全汉赋校注》，第930页。

等一样，皆为琴乐。

《鹿鸣》琴乐的特点是“因诗成调”，《茅亭客话》引晚唐黄延矩语曰：“琴则有操、引、曲、调及弄，弦则有歌诗五曲：一曰《伐檀》，二曰《鹿鸣》，三曰《驺虞》，四曰《鹊巢》，五曰《白驹》，盖取诸国风、雅、颂之诗，声其章句，以‘律和之’之谓也。非歌诗之言，则无以成其调也。本诗之言而成调，非因调以成言也。诸诗皆可歌也。”[①] 汉赋文本中除描写丝弦管奏《诗》乐外，还有对人声歌诗的引述，如班倢伃《捣素赋》云：“歌《采绿》之章，发《东山》之咏。”《采绿》，《小雅》篇名，《毛诗序》：“《采绿》，刺怨旷也。”赋中歌此诗，表达的是旷女的怨思之情。《东山》，《豳风》篇名，《毛诗序》曰：“《东山》，周公东征也。周公东征，三年而归，劳归士。大夫美之，故作是诗也。一章言其完也，二章言其思也，三章言其室家之望女也，四章乐男女之得及时也。君子之于人，序其情而闵其劳，所以说也。说以使民，民忘其死，其唯《东山》乎？”赋中歌咏此诗，表达的是征夫思妇之间的相思之情。这种歌诗、赋诗，亦皆是“因诗成调”，汉人对《诗》乐的改造多是“本诗言”而“成调”，因此其乐章义受到《诗》本身的文字义影响就会更大。

## 小结　乐章义与文字义的结合

《诗经》的本初状态是与礼结合在一起，乐章义大于文字义，郑樵《乐府总序》曰：“礼非乐不行，乐非礼不举。自后夔以来，乐以诗为本，诗以声为用，八音六律为之羽翼耳。仲尼编《诗》为燕享祀之时用以歌，而非用以说义也。”[②] 汉儒解《诗》则逆向而为，首重义理。在这个转捩中，汉

① 黄休复：《茅亭客话》卷十“黄处士”条，清光绪琳琅秘室丛书本。
② 郑樵：《通志》卷四十九，第625页。

赋创作用《诗》乐，一方面充分运用当时仅存的几首《诗》乐，表彰其在典礼中所赋予的乐章义；另一方面因《诗》乐失传，仅运用一种感发想象的“礼”的音乐概念，即从前人的用乐形式和文字义理中去回味残存的乐章义。如刘桢《鲁都赋》：“赋《湛露》以留客，召丽妙之新倡。”《湛露》，《诗·小雅》篇名，《毛诗序》云：“《湛露》，天子燕诸侯也。”《左传》文公四年载：“昔诸侯朝正于王，王宴乐之，于是乎赋《湛露》。”[①]《鲁都赋》仅存残片，上下文语境不明，或是在写天子宴诸侯之事。《湛露》之乐，至汉即已不传，这里仅是对《左传》中《诗》乐章义的一种留恋。汉代是一个“声失而义起”的时代，与训诂章句之学相伴随而发生的是《诗》的音乐艺术向语言艺术的转变，反映在文体流变中即是由皆可歌的《诗》向“不歌而诵”的赋的转化。赋中用《诗》乐，不仅因为描写过程的需要，而且兼用《诗》乐的文字义与乐章义，让赋的语言表达内涵得以扩充，呈现出多层次的美感。

---

① 按：文公四年，“卫宁武子来聘，公与之宴，为赋《湛露》及《彤弓》。不辞，又不答赋。使行人私焉。对曰：‘臣以为肄业及之也。’”（杜预：《春秋左传集解》，第438页）宁武子错把鲁文公有意为他赋的诗当成乐工在练习奏乐，可见“为赋《湛露》及《彤弓》”乃是乐工歌奏《诗》乐。

# 第十四章

# 中国早期文学文本的对话问题

## ——从中西文论契合之视角诠解《诗》赋互文关系

## 引言 互文视角的契合问题

作为中国早期文学文本的代表，周《诗》、《楚辞》与汉赋似乎有着一场“三角恋”的关系，但以《离骚》《天问》为代表的《楚辞》与周《诗》之间并没有明显而直接的对话[①]。与此对比鲜明的是，汉赋与《诗》文本之间关系紧密，二者形成的对话态势对中国早期文学批评的形成，具有典范意义。无论是“赋者，古诗之流”的“赋源说”，还是“赋居《诗》之六义之一”的“体用论”，均存有“以《诗》尊赋”与“以赋传《诗》”之意图。明人吴宗达为施重光《赋珍》作叙云：

> 原夫《诗》兼六义，赋其一也。后之称赋者，率本于《诗》，则非全经不举焉。《三百篇》郊于歌，庙于诵，途巷于讴呻，本忠孝之极

① 《楚辞》也是中国早期文学的代表，但《诗经》与《楚辞》似乎没有直接的对话，据罗根泽先生考察：“屈原是爱好文学的，他的《离骚》和《天问》，征引了很多的古代神话故事，但见不到《诗经》的踪迹。”《中国文学批评史》，上海书店出版社 2003 年版，第 89 页。

思，发幽贞之至性。山川舆服，卉木虫鱼，绘写自然，忧愉殊致，《三都》《两京》，实苞孕之。[①]

西方互文理论的先行者艾略特（T. S. Eliot）也说：

我们称赞一个诗人的时候，我们的称赞往往专注于他在作品中和别人最不相同的地方，我们自以为在他的作品中的这些或那些部分看出了什么是他个人的，什么是他的特质。我们很满意诗人和他前辈的异点，我们竭力想挑出可以独立的地方来欣赏。实际呢，假如我们研究一个诗人，撇开了他的偏见，我们却常常会看到：不仅最好的部分，就是最个人的部分也是他前辈诗人最有力地表明他们不朽的地方。[②]

吴宗达认为赋体文本与《诗经》文本有“苞孕”关系；艾略特认为一个诗人与前辈诗人的作品存在“指涉”关系，二者强调的都是此文本与前文本间的“互文性”问题[③]，即任何一个文本总是体现出与前文本的互文书写。中西文论的这种契合启示我们：在考察中国文学发展史的过程中，不仅应关注政治、经济、意识形态、文化心理等因素对文学的产生与发展的影响，还应注意到作品与作品间相关性存在的意义。就目前汉赋研究的现状来看，多局限于靠史料及作家生平资料的发掘对文本作“特异”的分析，而在对汉代

---

① 施重光辑：《赋珍》卷首，明刻本。

② 王恩衷编译：《艾略特诗学文集》，国际文化出版公司 1989 年版，第 2 页。

③ “互文性”一词最早是由法国后结构主义理论家朱丽亚·克利斯蒂娃（Julia Kristeva）于 1966 年提出：“每一个词语（或文本）都是众多词语（或文本）的交汇，人们至少可以从中读出另一个词语（或文本）来……任何文本都是引语的镶嵌品构成的；任何文本都是对另一个的吸收和改 编。”（见 Julia Kristeva，*The Kristeva Reader.* Ed. Toril Moi. New York：Columbia University Press 1986[1966]，p.37.）后来，“互文性”出现众多别称，如“符号间性”（intersemiotieity）、“话语间性”（interdiscursivity）、“超文字性”（transtextuality）、“语境间性”（intercontextuality）等，术语泛滥。为了避免出现歧义，本文仅以“互文性”一词指代文本间的相互关系，主要侧重于文学文本（《诗经》与汉赋）间的相互关系。

语境下形成的此文本与前文本的相关性及相互依赖性未给予足够关注。

有一个历史语境，值得注意：在汉代，《诗经》是一代显学，汉赋乃“一代之文学”，但因历经频仍的战乱，文籍大都殃灭不闻，汉代赋家可资借鉴的思想文化资源、文学创作源泉及经验，相当匮乏。章学诚谓“三代以后，六艺惟《诗》教为至广也”，三代以后，文章之用，莫盛于《诗》。六经之中，唯独《诗经》属于后世所谓纯文学的范畴。因此，《诗经》的经典意义对汉赋创作的影响与润泽，汉赋的创作对《诗经》经典意义的阐释与传播，其深远、其广大，非常值得我们去分析与探讨。《诗经》是“中国第一部诗歌总集”，汉赋被视为“文学自觉时代的起点”[①]，她们是中国早期文学的模板。更值得关注的是，汉代赋家浸润于《诗经》，不仅赋纳《诗》言，在汉赋文本中大量征引《诗经》文辞，而且祖述《诗经》的主题思想与结构特征，对《诗经》文本加以仿作和戏拟，建立起自己的话语权威。因此，以互文性理论来探讨汉赋与《诗经》文本间的关系，通过比照、分析文本，既可以为文本的阐释提供支援，又可丰富文本间的意义，更可以看出中国文学文本早期对话的形态、内涵及其文学史意义。

## 第一节　赋纳《诗》言：引用与暗示

在西方文献与中国典籍中，引用现象自古有之。安东尼·孔帕尼翁将“引用”定义为“一段话语在另一段话语中的重复”，“被重复的和重复着

① 张少康先生认为：“文学的独立和自觉是从战国后期《楚辞》的创作初露端倪，经过了一个较长的逐步发展过程，到西汉中期就已经很明确了，这个过程的完成，我以为可以刘向校书而在《别录》中将诗赋专列一类作为标志。”（《论文学的独立和自觉非自魏晋始》，《北京大学学报》1996年第2期）龚克昌先生明确指出汉赋是“文学自觉的起点”（《汉赋——文学自觉时代的起点》，《文史哲》1988年第5期）。赵敏俐亦撰文支持“汉代文学自觉说”（《“魏晋文学自觉说”反思》，《中国社会科学》2005年第2期）。日本汉学家吉川幸次郎认为：“如果说以美的快感为目的的语言就是文学的话，就必须认为中国文学史的正式开幕是在司马相如时代。”（〔日〕吉川幸次郎著，章培恒等译：《中国诗史》，复旦大学出版社2012年第2版，第77页）

的表述”。[①] 在西方，由于有特殊的排版标志，如引号、斜体字或是另列的文字，引用可以被立即识别，而在中国典籍中，没有此类标志，于是在引文前冠以“某人曰”“某作品曰”就非常必要，如引《诗经》即有“《诗》曰”“《诗》云”之类字样。在先秦两汉典籍中，引《诗》现象非常普遍，但与《左传》《国语》《战国策》《论语》《孟子》《荀子》以及两汉政论、诸子之文引《诗》大相径庭的是，以“赋”名篇的汉赋作品引《诗》均将“《诗》曰”隐去，从而更加难以辨别与体认[②]。

张衡《思玄赋》有曰：“览蒸民之多僻兮，畏立辟以危身”，语出《诗·大雅·板》：“民之多辟，无自立辟。”意思是：看到民众的行为多不符合道德准则，在这样的浊世中独循礼法就会危及到自身。《六臣注文选》吕延济注曰：“览众人多行邪僻，若独立则被滥法以危其身。”张衡赋化用《诗》句，抒发自己不愿和光同尘，力求保持特立节操而不能的悲叹。这一诗句也两次被引用到《左传》中，其一，《宣公九年》载：

> 陈灵公与孔宁、仪行父通于夏姬，皆衷其衵服以戏于朝。泄冶谏曰：“公卿宣淫，民无效焉，且闻不令，君其纳之。”公曰：“吾能改矣。”公告二子，二子请杀之，公弗禁，遂杀泄冶。孔子曰：“《诗》云：‘民之多辟，无自立辟。’其泄冶之谓乎。”[③]

泄冶向陈灵公进谏而被杀，孔子引《诗》一方面是对陈灵公的讽刺，另一方面是对泄冶悲惨遭遇的同情。其二，《昭公二十八年》载：

> 晋祁胜与邬臧通室。祁盈将执之，访于司马叔游。叔游曰：“《郑

---

① Antoine Compagnon，*La Seconde Main, Ou Le Travail De La Citation*，Paris：Seuil，1979，p. 56.

② 相关论述参见王思豪《一个被遮蔽的语体结构选择现象——论汉赋用〈诗〉“诗曰”的隐去》（《文学遗产》2013 年第 4 期）一文。

③ 杜预：《春秋左传集解》，第 568—569 页。

书》有之：‘恶直丑正，实蕃有徒。’无道立矣，子惧不免。《诗》曰：‘民之多辟，无自立辟。’姑已，若何？”[①]

晋国祁胜与邬臧交换妻子，祁盈准备逮捕他们，司马叔游引《诗》对此加以劝谏、阻止，当然，后来祁盈并没有听信谏言而导致最终被杀，同有悲情色彩。这三处同用一首诗句，其目的均是希望保持节操而不陷入邪恶境地，然就引用的方式而言，《左传》引《诗》有“《诗》云”“《诗》曰”标志，而汉赋文本没有；就针对的对象而言，《左传》二则都是“指他”，意在劝谏，《思玄赋》是“为己”，意在自省，从而加入了“畏”这一情感动词。

两汉政论、子书中的合引《诗》现象很多[②]，如《说苑》卷六《复恩》载：

故曰德无细，怨无小。岂可无树德而除怨，务利于人哉？利施者福报，怨往者祸来，形于内者应于外，不可不慎也，此《书》之所谓“德无小”者也。《诗》云：“赳赳武夫，公侯干城。”“济济多士，文王以宁。”人君胡可不务爱士乎！[③]

这里引用《诗》两句，前者出自《周南·兔罝》，后者出自《大雅·文王》，意思均指向国君应该施恩于君子，爱护人才，此类合引重在贯其意。比较而言，汉赋用《诗》也有合引现象，且不仅贯其意，还合其辞，如崔骃《大将军临洛观赋》云“桃枝夭夭，杨柳猗猗”，语自《周南·桃夭》“桃之夭夭，灼灼其华”，《小雅·采薇》“昔我往矣，杨柳依依”。崔赋合用

① 杜预：《春秋左传集解》，第1561页。

② 先秦典籍中的合引现象即已经常出现，如《左传》文公十年载，子舟曰：“当官而行，何强之有？《诗》曰：‘刚亦不吐，柔亦不茹’，‘毋纵诡随，以谨罔极’，是亦非辟强也，敢爱死以乱官乎！”引用《诗》两句，前者出自《大雅·烝民》，后者出自《大雅·民劳》，意思是指要谨慎对待办事过程中的准则，软硬不吃，不畏强暴，公平处事，重在贯其意。

③ 刘向撰，向宗鲁校证：《说苑校证》，第128页。

《桃夭》与《采薇》中语，写的是桃花繁茂，杨柳随风摆动的春末夏初的美丽景象。李尤《辟雍赋》“流水汤汤，造舟为梁”，语出《卫风·氓》“淇水汤汤，渐车帷裳”，《大雅·大明》“造舟为梁，不显其光”，也是合引《诗》辞。又张衡《东京赋》“曰止曰时，昭明有融”，语出《大雅·绵》“曰止曰时，筑室于兹”，《大雅·既醉》“昭明有融，高朗令终”，张衡赋合用《诗》辞，且与赋中整段合韵，修辞意味浓厚，可以称得上是对经典的“复写”。“复写”是引用方式中的一个典型手法，安东尼·孔帕尼翁在讨论引用现象时指出：“只要写作是将分离和间断的要素转化为连续一致的整体，写作就是复写。复写，也就是从初始材料到完成一篇文本，就是将材料整理和组织起来，连接和过渡现有的要素。所有的写作都是拼贴加注解，引用加议论。”[①] 清末江宁文士程先甲即指出赋的特征是“奋藻以散怀，期无盭于古诗之旨”[②]，这又将汉赋与《诗经》的互文性指向了另一种表现手法“暗示”。

蒂费纳·萨莫瓦约在《互文性研究》一书中指出：“暗示（l’allusion），是指文本中一些模糊的迹象表明互文性存在，但同时互文又和简单参考混在一起。”[③] 阅读一开始是感受不到互文的存在，它需要读者有足够的知识和由此及彼的想象力。就汉赋文本与《诗经》文本的互文关系而言，读者需与赋作家达成一种默契，方可看出“暗示”所在。如扬雄《甘泉赋》：“袭琁室与倾宫兮，若登高眇远，亡国肃乎临渊。”扬雄在此段中极力铺陈甘泉宫宫室台观之宏伟巍峨，终之以此语作结。此句何意，不免让人心生疑惑。考“临渊”一词来历，《小雅·小旻》云：“战战兢兢，如临深渊，如履薄冰。”《毛诗序》：“《小旻》，大夫刺幽王也。”《郑笺》：“所刺列于《十月之交》《雨无正》为小，故曰《小旻》，亦当为刺厉王。”不管诗作讽谏何王，扬雄在此以甘泉宫承继璇室、倾宫而建，示意有亡国之危，讽谏之义跃然纸上。

---

① Antoine Compagnon，*La Seconde Main, Ou Le Travail De La Citation*，Paris：Seuil，1979，p.32.

② 程先甲：《金陵赋》序，清光绪丁酉傅春官刊本。

③ 〔法〕蒂费纳·萨莫瓦约著，邵炜译：《互文性研究》，天津人民出版社2003年版，第50页。

汉赋与《诗经》文本互文的“暗示”手法还表现为《诗经》各篇名以及以《诗经》为代表的“六经”名称在汉赋文本中的大量出现。汉赋中出现《诗经》篇名的非常多，有称一级篇名的，如扬雄《覈灵赋》“自今推古，至于元气始化，古不览今，名号迭毁，请以《诗》《春秋》言之”；有称二级篇名的，如侯瑾《筝赋》“虽怀思而不怨，似《豳风》之遗音”、崔篆《慰志赋》“庶明哲之末风兮，惧《大雅》之所讥”；而称引三级篇名的尤多，如班倢伃《自悼赋》“《绿衣》兮《白华》，自古兮有之”、丁仪《厉志赋》“疾《青蝇》之染白，悲《小弁》之靡托”等等。这些诗篇名的称引，只有深谙其中义理，方可理解赋文本的含义[①]。汉代赋家称“六经”者，如扬雄《河东赋》“敦众神使式道兮，奋六经以摅颂”，或亦称“六艺”“六籍”“六典”，如司马相如《上林赋》“游于六艺之囿，驰骛乎仁义之涂”[②]、班固《东都赋》“盖六籍所不能谈，前圣靡得言焉”、应玚《赞德赋》“抗六典之崇奥，辨九籍之至言”等。汉立五经博士，“乐经”佚失，故赋家征引经义，实限于“五经”，后汉增列经目，赋家称引也由“五经”增以《论语》《孝经》而谓“七经”，如刘桢《鲁都赋》云：“崇七经之旨义，删百氏之乖违。”“六经”义用，《春秋繁露·玉杯》云：“《诗》《书》序其志，《礼》《乐》纯其美，《易》《春秋》明其知。”[③]《史记·滑稽列传》引孔子曰：“六艺于治一也。《礼》以节人，《乐》以发和，《书》以道事，《诗》以达意，《易》以神化，《春秋》以义。”[④]汉人在赋中奏以“六经”，大有宣示重建王道，绍休圣统，归复王言之意味。

---

① 具体含义详见笔者与许结师合撰的《汉赋用〈诗〉的文学传统》（《中国社会科学》2011 年第 4 期）一文的相关分析。

② 《文选》李善注引郭璞曰：“六艺：礼、乐、射、御、书、数也。”李善曰：“艺，六经也。”以“六艺”指“六经”者，如张衡《思玄赋》“御六艺之珍驾，游道德之平林”亦是。

③ 赖炎元：《春秋繁露今注今译》，第 25 页。

④ 司马迁：《史记》，第 3197 页。

## 第二节　祖述《诗》思：仿作与戏拟

晋人葛洪《抱朴子》言：

> 《毛诗》者，华彩之辞也，然不及《上林》《羽猎》《二京》《三都》之汪濊博富也。……若夫俱论宫室，而《奚斯》《路寝》之颂，何如王生之赋《灵光》乎？同说游猎，而《叔畋》《卢铃》之诗，何如相如之言《上林》乎？

又清人程廷祚《骚赋论上》谓：

> 若夫体事与物，风之《驷驖》，雅之《车攻》《吉日》，畋猎之祖也；《斯干》《灵台》，宫殿苑囿之始也；《公刘》之"豳居允荒"，《绵》之"至于岐下"，京都之所由来也。

二人皆由主题的比较以喻示《诗》的原创与赋家的拟仿，落实于具体篇章，如论宫室，则有王延寿《鲁灵光殿赋》与《小雅·斯干》《大雅·灵台》《鲁颂·閟宫》之互文；写都邑，则有班固《两都赋》、张衡《二京赋》与《大雅》之《绵》《公刘》《商颂·殷武》的互文；述游猎，则有司马相如《上林赋》、扬雄《长杨赋》《羽猎赋》与《郑风·叔于畋》《齐风·卢令》《秦风·驷驖》《小雅·车攻》《吉日》《大雅·皇矣》的互文。除此之外，主题方面的仿作还有如行役主题：班彪《北征赋》与《王风·君子于役》[①]；农事主题：杜笃《论都赋》与《小雅·信南山》，张衡《东京赋》与

① 《文选》将班彪《北征赋》列为"纪行"类第一篇，清人陈元龙编撰《历代赋汇》也将它列为"行旅"类第一篇，可以说《北征赋》是第一篇真正意义上的行旅赋，它与《诗经》中的行旅赋在主题、用词以及情感上有互文关系。

《周颂·丰年》[①]；祭祀祈福主题：班固《答宾戏》与《小雅·小明》[②]，班固《竹扇赋》与《商颂·殷武》[③]；宴饮主题：孔臧《杨柳赋》与《小雅·宾之初筵》；张衡《东京赋》与《大雅·凫鹥》《小雅·南有嘉鱼》；美女主题：枚乘《七发》、司马相如《美人赋》、张衡《七辩》、蔡邕《青衣赋》、陈琳《止欲赋》与《卫风·硕人》；等等。

面对相同主题的书写，汉代赋家为何不直接引述《诗经》文本，而是选择重写呢？与其并行的话语和意义又会发生哪些变化？萨莫瓦约指出："主题之鉴，在主题和语言之间不甚配合的情况下，重写可以反照出表述及其内容（主题的规划或意义的差别使得作者在选择话语时受到困扰，为着明确自我，他不得不不断地重述话语）；这种自鉴—互文性使得语言形式的主题永远是它自己本身。"[④] 我们来看两组文本对照，第一组是宴饮主题：

> 于是朋友同好，几筵列行，论道饮燕，流川浮觞。殽核纷杂，赋诗断章。合陈厥志，考以先王。赏恭罚慢，事有纪纲。洗觯酌樽，兕觥并扬。饮不至醉，乐不及荒。威仪抑抑，动合典章。退坐分别，其乐难忘。（孔臧《杨柳赋》）[⑤]
>
> 宾之初筵，左右秩秩。笾豆有楚，殽核维旅。……宾之初筵，温温其恭。其未醉止，威仪反反。曰既醉止，威仪幡幡。舍其坐迁，屡舞仙仙。其未醉止，威仪抑抑。曰既醉止，威仪怭怭。是曰既醉，不知其秩。宾既醉止，载号载呶。乱我笾豆，屡舞僛僛。……（《小

---

① 《周颂·丰年》："丰年多黍多稌，亦有高廪，万亿及秭。"张衡《东京赋》："观丰年之多稌，嘉田畯之匪懈。"写观看稻谷丰收的景象，嘉奖田官管理农事的勤劳不懈。

② 《小雅·小明》："靖共尔位，好是正直。神之听之，介尔景福。"班固《答宾戏》："慎修所志，守尔天符，委命供己，味道之腴，神之听之，名其舍诸！"赋用《诗》意，说只要慎重地修养志向，严守符命，遵循命运，则神明听之，佑以福禄，名永不废。

③ 《商颂·殷武》："寿考且宁，以保我后生。"班固《竹扇赋》："安体定神达消息，百王传之赖功力，寿考康宁累万亿。"

④ 〔法〕蒂费纳·萨莫瓦约著，邵炜译：《互文性研究》，第89页。

⑤ 费振刚、仇仲谦、刘南平校注：《全汉赋校注》，第155页。

雅·宾之初筵》)

诗与赋同写宴饮过程，包括几筵陈列、殽核布置以及未醉时的状态，所不同的是《宾之初筵》着意于讽，《杨柳赋》侧重于颂。《毛诗序》云：“《宾之初筵》，卫武公刺时也。幽王荒废，媟近小人，饮酒无度，天下化之，君臣上下沉湎淫液。武公既入，而作是诗也。”赋用意与《毛诗序》相反，故需仿作而重写。第二组是燕飨祭祀主题：

> 于是春秋改节，四时迭代。蒸蒸之心，感物曾思。躬追养于庙祧，奉蒸尝与禴祠。物牲辩省，设其楅衡。毛炰豚胉，亦有和羹。涤濯静嘉，礼仪孔明。万舞奕奕，钟鼓喤喤。灵祖皇考，来顾来飨。神具醉止，降福穰穰。(张衡《东京赋》)[①]
>
> 春秋匪解，享祀不忒。皇皇后帝，皇祖后稷，享以骍牺，是飨是宜。降福既多，周公皇祖，亦其福女。秋而载尝，夏而楅衡。白牡骍刚，牺尊将将。毛炰胾羹，笾豆大房。万舞洋洋，孝孙有庆。(《鲁颂·閟宫》)

赋写天子亲临明堂祭祀先帝，首先是考察祭祀用的牲畜物品；再将祭祀器皿洗得干干净净，盛上祭品；然后是祭祀礼仪，万舞盛大而庄重，钟鼓铿锵而和美；最后是先帝与众神都来享用子孙们的祭品，而且皆沉醉满意，从而为人间子孙降下许多福禄。其描写语言、过程与《閟宫》极为相似，所不同的是祭祀的物件。《毛诗序》曰：“《閟宫》，颂僖公能复周公之宇也。”祭祀的是周朝君臣，而赋祭祀的是汉家先帝，大有归复周道之意。就语言体物之精细而言，赋文也与诗相当，方伯海评张衡赋此段即云：“惨淡经营处，全在郊祀天地一段。予每读《诗·小戎》数章，未尝不叹其写物之工妙；作

① 费振刚、仇仲谦、刘南平校注：《全汉赋校注》，第681页。

者各截形容，心思魄力，几欲与之相埒。”[①]

因不同的用意以及描写物件的差异，赋家除选择对《诗经》主题进行仿作外，还可以选择对诗篇的风格和语言进行戏拟。戏拟主要就是指作者吸收、模仿、借用前文本的语言或艺术风格以期达到讽刺或其它特定的效果，甚至“从某种程度上说，哪怕是原封不动地引文也已经是戏拟，只要把将某段文字单独提取出来，便已经改变了它的意义”[②]。扬雄《逐贫赋》、蔡邕《青衣赋》、张超《诮青衣赋》对《诗经》的语言与风格的戏拟尤为突出，以《逐贫赋》为例，赋有谓“终贫且窭”，语出《邶风·北门》“终窭且贫，莫知我艰”，扬雄戏拟《诗经》语句，将“窭”与“贫”二字倒置，有忧贫忧道、以贫为病之意，正因为如此，才有下文的“呼贫与语”的逐贫之词。最终贫又说服了扬雄，与贫游息，不再怨贫。“或耘或耔”，语出《小雅·甫田》“今适南亩，或耘或耔，黍稷薿薿”，《毛诗序》曰：“《甫田》，刺幽王也。君子伤今而思古焉。”赋用此语，毫无刺意，仅指自己耕作艰辛。“翰飞戾天”，语出《小雅·小宛》“宛彼鸣鸠，翰飞戾天”；“陟彼高冈”，语出《周南·卷耳》“陟彼高冈，我马玄黄”，《小雅·车舝》“陟彼高冈，析其柞薪”；“舍尔入海，泛彼柏舟。尔复我随，载沉载浮”，语出《邶风·柏舟》“泛彼柏舟，亦泛其流”，《鄘风·柏舟》“泛彼柏舟，在彼中河”，以及《小雅·菁菁者莪》“泛泛杨舟，载沉载浮”。以上三处拟效《诗》辞均是表明贫不畏艰险，执意跟随扬雄沉沉浮浮，意甚决绝然。“岂无他人，从我何求？”语出《唐风·杕杜》“独行踽踽。岂无他人？不如我同父”，《唐风·羔裘》“岂无他人？维子之故”，以及《王风·黍离》“不知我者，谓我何求。悠悠苍天，此何人哉？”赋中拟效《诗》句而成呵责之词：难道没有其它的人可以跟随，不知你跟我能获得什么？“处君之家，福禄如山。忘我大德，思我小怨”，语出《毛诗·小雅·瞻彼洛矣》“君子

① 吴孟复、蒋立甫主编：《古文辞类纂评注》，第2262页。

② 〔法〕米歇尔·布托：《文论集》第三卷（Répertoires III），Minuit出版社1968年版，第18页。

至止，福禄如茨”，以及《毛诗·小雅·谷风》“忘我大德，思我小怨”，赋借贫之口拟效《诗》辞而批评扬雄对待贫的态度有失公允。“贪类不干”，语出《大雅·桑柔》“大风有隧，贪人败类。听言则对，诵言如醉”，拟效《诗》辞说明贪婪不善之人是不会冒犯贫这样的人的。“誓将去汝，适彼首阳”，语出《魏风·硕鼠》“逝将去女，适彼乐土”，言贫决意离开扬子而与伯夷、叔齐二子隐居之词。通观《逐贫赋》，均是以四言成篇，且共有八处拟效《诗》辞，涉及《甫田》等十四章，将贫跟随扬雄的执着情态和誓言离开扬雄的决绝之意刻画得淋漓尽致。

在玩味《逐贫赋》戏拟的效果之余，我们也注意到赋文本采取了扬子与贫对话的结构来构筑成篇。正是由于对话的结构才将形形色色的文本和语言联系起来，在赋文本中出现交织的话语，形成两种声音。巴赫金指出：“单一的声音，什么也结束不了，什么也解决不了。两个声音才是生命的最低条件，生存的最低条件。”[①] 主客问答是汉赋构篇的基本结构，如枚乘《七发》中楚太子与吴客的对话；司马相如《子虚赋》《上林赋》中子虚、乌有先生、亡是公的对话；班固《两都赋》中西都宾与东都主人的对话；张衡《二京赋》中凭虚公子与安处先生的对话。《诗经》中也潜在着多种声音的对话，如《郑风·女曰鸡鸣》“女曰：‘鸡鸣。’士曰：‘昧旦。’‘子兴视夜，明星有烂。’‘将翱将翔，弋凫与雁。’”《郑风·溱洧》“女曰：‘观乎？’士曰：‘既且。’‘且往观乎！’”以及《周南·卷耳》中思妇与征夫的隐性对白等，这种对话结构虽没有汉赋中那样灵活多变，但源头上的互文关系却客观存在。同样，汉赋造作与《诗经》解读也存在文本结构上的互文，即赋家“劝百讽一”与《诗》学“一言蔽之”理合意通。清人钱寀《拟白居易赋赋》云“敷陈其事，可以一言蔽之”[②]，此句可破解赋家用《诗》在结构

① 〔苏〕巴赫金著，白春仁、顾亚玲译：《陀思妥耶夫斯基诗学问题》，生活·读书·新知三联书店 1988 年版，第 344 页。

② 钱寀：《拟白居易赋赋》（以赋者古诗之流也为韵），见鸿宝斋主人编：《赋海大观》，第 4 册，第 226 页。

互文方面的“一”与“多”的关系。对此，王芑孙《读赋卮言·立意》有段精警论述：“赋有经纬万端之用，实此单微一线之为，以其一线者，周乎万端，深其爪，出其目，作其鳞之而，则拨尔而怒，而于任重宜，且其斐色必似鸣矣。爪不深，目不出，鳞之而不作，则颓尔如委，而不于任重宜，且其斐色必似不鸣矣。寻其脉络，须兼叙事之长，极尔精详，更有补题之解，功以琢磨而致，思必再四而周。”而刘熙载《赋概》则落实于具体引《诗》之法谓“《周南·卷耳》四章，只‘嗟我怀人’一句是点明主意，余者无非做足此句。赋之体约用博，自是开之”，并引谭友夏论诗“一句之灵，能回一篇之朴”说，认为“赋家用此法尤多，至灵能起朴，更可隅反”。[①] 正因为赋家用《诗》有着“举一例百，合百为一”的结构性特征，所以其引《诗》也不仅是由春秋行人赋《诗》时实用的“外交手册”转变为罗列诸书、徒工獭祭的“文学词语”，而是起着以“一句之灵”回“一篇之朴”的讽喻功能。

## 第三节　心摹前构：经赋互文形成的原因

汉赋与《诗经》文本在言语、修辞、主题、结构等层面存在互文关系，考察互文形成的原因，首先当是源于一种文学记忆。萨莫瓦约指出：“文学的写就伴随着对它自己现今和以往的回忆。它摸索并表达这些记忆，通过一系列的复述、追忆和重写将它们记载在文本中，这种工作造就了互文。”[②] 互文性作为记忆文学作品的结果，其形成过程是长期、微妙、有时又是偶然的。而《诗经》作为“五经”之一，在汉代享有卓越而又施教普遍的地位，在汉赋作家心中形成记忆则又是必然的。柯马丁在《作为记忆的诗：

① 刘熙载：《艺概》，第99—100页。
② 〔法〕蒂费纳·萨莫瓦约著，邵炜译：《互文性研究》，第35页。

〈诗〉及其早期诠释》一文中指出：“诗是展现中国文化记忆和文化认同的最佳文本。”[①]在汉赋作品中，人们展示的对《诗经》的记忆尤为突出，钱锺书称这种现象为“心摹前构”，他举例指出：

《游猎赋》：“双鸧下”。按《文选》李善注：“‘下’，落也”。班固《两都赋》：“矢不单发，中必迭双”；傅毅《洛都赋》：“连轩翥之双鹤”（《文选》陆机《齐讴行》注引）；张衡《南都赋》：“仰落双鸧”，又《西京赋》“磻不特絓，往必加双”；……比美效颦，侈夸成习，略似《召南·驺虞》之“一发五豝”。……诗人写景赋物，虽每如钟嵘《诗品》所谓本诸“即目”，然复往往踵文而非践实，阳若目击今事而阴乃心摹前构。[②]

“即目”者多是“心摹前构”之事，汉赋文本中充满了《诗经》文本的遗迹和记忆，但并非是对《诗经》文本粗糙地摘抄、复制，而是一种创造性的接受，从而得出一个新文本。以《诗经》与汉赋文本中的“比类”书写为例：如《鄘风·定之方中》云“树之榛栗，椅桐梓漆”，桓麟《七说》“椅梧与梓，生乎曾崖”、蔡邕《弹琴赋》“观彼椅桐，层山之陂”，二赋文本由《诗》摹出；《大雅·韩奕》云“王锡韩侯，淑旂绥章，簟茀错衡，玄衮赤舄，钩膺镂锡，鞹鞃浅幭，鞗革金厄”，张衡《东京赋》“龙辀华轙，金鋄镂钖。方釳左纛，钩膺玉瓖。銮声哕哕，和铃鉠鉠”，摹用《诗》辞来描写天子郊祀车架的华丽庄严。更为明显的是《周颂·潜》曰：“猗与漆沮，潜有多鱼。有鳣有鲔，鲦鲿鰋鲤。以享以祀，以介景福”，张衡《南都赋》摹写曰：

① 〔美〕柯马丁：《作为记忆的诗：〈诗〉及其早期诠释》，袁行霈主编：《国学研究》第十六卷，北京大学出版社2005年版，第330页。

② 钱锺书：《管锥编》，中华书局1986年版，第363—364页。

> 尔其川渎，则滍澧藻灆，发源岩穴。潜廅洞出，没滑瀎潏，布濩漫汗，漭沆洋溢。揔括趋欱，箭驰风疾。流湍投濈，砏汃輣轧。长输远逝，漻泪淢汩。其水虫则有蠳龟鸣蛇，潜龙伏螭；鲟鳣鰅鳙，鼋鼍鲛鱱……及其纠宗绥族，禴祠蒸尝。[①]

赋与《诗》均是先写水，再写鱼，比物属类，最后祈福，过程不变而语序重新分配，言辞更加复杂，这种摹写手法在《上林赋》《东都赋》，以至后来左思的《三都赋》中都有不同程度的展现。可以说互文手法不仅“告诉我们一个时代、一群人、一个作者如何记取在他们之前产生或与他们同时存在的作品”[②]，也使《诗经》文本产生新的内容，从而让文学成为一种集体记忆的延续。

其次，《诗经》与《尚书》一起被称为“义之府也”，是王道之迹的象征，汉赋与《诗经》文本形成互文，是一种对话语权威的归属。孙梅《四六丛话》称《幽通》《思玄》等赋“宗经述圣”，正是此意。但同时主体为了取得自己的发言权而创作新文本，也常有否定前文本语义的倾向，即汉赋作家在创作过程中，经常反用《诗经》文本的意义，从而附加上新的意义，这更值得注意。如班固《幽通赋》“匪党人之敢拾兮，庶斯言之不玷”，语出《大雅·抑》“白圭之玷，尚可磨也。斯言之玷，不可为也”。《文选》李善注：“应劭曰：‘拾，更也。自谦不敢与乡人更进也。’曹大家曰：‘庶此异行不玷先人之道也。’”赋即反用诗义，不敢与同乡之人更进，希望自己能恪守言行，不做有损祖先仁德。《幽通赋》“要没世而不朽兮，乃先民之所程。观天网之纮覆兮，实棐谌而相顺。谟先圣之大繇兮，亦邻德而助信”，语出《小雅·小旻》“哀哉为犹，匪先民是程，匪大犹是经”，赋反用诗义，指出人死后当永垂不朽，这是先圣做出的楷模；人当谋求先

① 费振刚、仇仲谦、刘南平校注：《全汉赋校注》，第726页。

② 〔法〕蒂费纳·萨莫瓦约著，邵炜译：《互文性研究》，第58页。

圣人的济世之道，也当为邻人所助。又张衡《思玄赋》“遇九皋之介鸟兮，怨素意之不逞”，语出《小雅·鹤鸣》“鹤鸣于九皋，声闻于野”，《六臣注文选》吕延济曰：“介，大也，言卜兆遇九皋大鸟，谓鹤也。亦怨其意不得申呈。”赋化诗义而反用之，借以表达自己原来的理想不得实现的忧怨之情。汉代赋家为了获得话语权便有意识地引述和重复《诗经》的言辞、结构和语义，但并非是一味地继承，常常也会反用《诗》义，从而建立属于自己的话语权威。

除了对经典的记忆和话语权威的归属，汉赋与《诗经》文本形成互文也恰是文学技法的根本所在。汉赋用《诗》已经在悄悄地、不自觉地构建起一种探求作者诗心的诗学阐释体系，在对人物情感、历史事件等仿写的过程中，寻找一种诗性的共鸣。以汉赋与《诗经》文本中感情基调互文为例，张衡《定情赋》“大火流兮草虫鸣，繁霜降兮草木零。秋为期兮时已征，思美人兮愁屏营”，《豳风·七月》“七月流火，九月授衣”，《离骚》“惟草木之零落兮，恐美人之迟暮”，《卫风·氓》“将子无怒，秋以为期”，《九章·思美人》“思美人兮，擥涕而竚眙”，赋化用《诗》《骚》词语，以构成凄凉哀婉的意境。繁钦《愁思赋》“零雨蒙其迅集，潢淹汩以横流。听峻阶之回溜，心沉切以增忧”，《豳风·东山》“我来自东，零雨其蒙。我东曰归，我心西悲”，赋化用《诗》辞，借用《诗》情，表达忧愁苦闷之情。王粲《登楼赋》“夜参半而不寐兮，怅盘桓以反侧”，《邶风·柏舟》“耿耿不寐，如有隐忧”，《周南·关雎》“悠哉悠哉，辗转反侧”，赋取《诗》辞，抒发忧心时局，渴望建功立业而又报国无门，怀才不遇的愤懑之情。就历史事件而言，邓耽《郊祀赋》：“玉璧既卒，于斯万年。穆穆皇王，克明厥德。应符蹈运，旋章厥福。昭假烈祖，以孝以仁。自天降康，保定我民。”《大雅·云汉》：“圭璧既卒，宁莫我听？”《郑笺》：“莫，无也。言王为旱之故求于群神，无不祭也，无所爱于三牲，礼神之圭璧又已尽矣，曾无听聆我之精神而兴云雨。”《鲁颂·泮水》：“穆穆鲁侯，敬明其德。敬慎威仪，维民之则。允文允武，昭假烈祖。靡有不孝，自求伊祜。”赋用《诗》辞，描写郊祀时献璧之礼结束，人们高呼万岁并加以祈福的情景，赋文完全是《诗经》所写事件的重现。汉赋与《诗经》文本的互文正是文学与历史语境相契合的结果，尤其是受到了经学历史语境的熏染。汉代是经学隆盛的时代，不论是三家诗还是毛诗，汉赋作家对此都非常熟悉，汉赋创作征引《诗》义、化用《诗》辞，都是在此一历史语境中进行文学创作的必然选择。

## 小结　经赋文本对话的文学史意义

作者在阅读前文本的过程中形成记忆，并在特定的文学、历史语境中创作了此文本，读者通过阅读此文本而发现了前文本的存在，这种阅读效果即构成了文本间的对话。如此一来，我们通过汉赋与《诗经》文本的比照、分析，认为两文本间存在着“以《诗》丰赋”和“以赋传《诗》”的双重效果。

汉代赋家引述《诗》句，化用《诗》辞以及对主题和结构的仿作与戏拟，均是为了创作此文本的需要，因此汉赋文本作为一个虚构的世界，同时即具备了诸多丰富但不易察觉的含义，借助于互文标志，我们可以将其扩展，进而能加以准确的解读。但是由于“《诗》曰”标志的隐去，汉赋与《诗经》的互文表现比先秦两汉的其它典籍更为隐蔽，在这种情况下，明确各种互文标志及其组合形式显得尤为必要。通过对互文本出现情况的分析，不仅看出汉赋在《诗经》中取辞、借义，强化了自己的话语权，同时也有助于识别汉赋文本的主题、结构之渊源及发展，从而让汉赋与《诗经》文本在创作批评层面上呈现出文辞学与文体学的互文特征。

“与创作类型的批评相结合，互文性还可以提供一些有益的分析线索，它专注的是文本渐次吸收外部材料的过程。”[①] 我们对《诗经》与汉赋互文性

① 〔法〕蒂费纳·萨莫瓦约著，邵炜译：《互文性研究》，第135页。

的关注，不仅为汉赋文本的解读提供了一个新颖的视角，而且也是为了发掘文本意义的历史演变过程。以汉赋对《诗经·邶风·北风》文本的吸收线索为例，诗有言："北风其喈，雨雪其霏。惠而好我，携手同归"，汉赋对此诗句加以仿写[①]，张衡《西京赋》云："是时，后宫嬖人、昭仪之伦，常亚于乘舆。慕贾氏之如皋，乐《北风》之同车。盘于游畋，其乐只且。"从语义角度来看，张衡赋用诗义，表明宫女乐与君子同游，天子与后宫诸妾都陶醉在游猎欢歌之中，快乐无比。陈琳《止欲赋》云："伊余情之是悦，志荒溢而倾移。宵炯炯以不寐，昼舍食而忘饥。叹《北风》之好我，美携手之同归。"赋化用《诗》辞，由四言而六言，一"叹"一"美"，感叹时局险恶，乐于有德逸女相携而隐去。又杨修《节游赋》云："尔乃息偃暇豫，携手同征，游乎北园，以娱以逞。"杨赋不同于前二赋用《诗》，已经将《北风》诗句完全从本来的语境中游离出来，熔铸到自己所需要的语境中，从而生成了一种全新意义的文本，更加增添了文学化的意味。

汉代赋家一方面"以《诗》丰赋"，比照二文本间的互文关系，可以看出从《诗》到赋创作的"文学自觉意识"逐步强化的痕迹；另一方面"以赋传《诗》"，《诗经》义理通过汉赋的创作与传播，其经典意义得到进一步的阐释与巩固[②]。与西方批评话语的"引用""暗示""仿作""戏拟"等相较而言，《诗经》与汉赋文本在辞章与义理层面所形成的对话是"赋纳《诗》言""祖述《诗》思"与"心摹前构"，这具有鲜明的中国文学批评话语体系特色。《诗》与汉赋是中国最早的两种文学文本的对话，因此也成为文学史上"自铸伟辞"与"取镕经义"的典范，此后刘勰"征圣""宗经"之说在文学文本层面得以成立。

① 刘向《列女传》卷六《辩通传·楚处庄侄》的引述是描写其事，末尾征以"《诗》云：'北风其喈，雨雪霏霏。惠而好我，携手同归。'此之谓也"（张敬注译：《列女传今注今译》，第253页），基本用《诗》之本义，与赋用《诗》不同。

② 笔者与许结师合撰的《汉赋用经考》（《文史》2011年第2辑）一文中有相关论述，可参考。

# 结语

# 《诗》赋互证的经学意义与文学传统

汉赋与经学的关系不等同于汉赋与儒学的关系，探讨汉赋与经学的关系，要在以“用”为着力点，搜集汉赋具体用经的条目，加以统计、疏解，方可深刻揭示其中内涵。《汉赋与〈诗经〉学互证研究》，这是一个很朴素的题目，即是一个以“用”《诗》为基础的互证研究，主要目的就是通过汉赋与《诗经》文本的互证比析，探讨赋作中的《诗》学辞章与诗经学义理，在赋学批评与诗经学视域下，揭示《诗》、赋互证内涵。汉赋是汉一代之重要文学，诗经学是汉一代之典型学术。二者必然有着千丝万缕的联系。如何去考察、梳理并揭示他们之间的联系呢？

## 一、以经尊赋

赋体谓“古诗之流”，由宗经而尊体，“以经尊赋”。汉赋与诗经学的关系，要从源流上说起。赋的源头说很多，历代讨论者也很多。本文不想过多地介入赋体源流之争，而是抓住其中的一条主线“赋之诗源说”，把这一学说放到赋学史和诗经学史上做一个宏观的考察。“赋者，古诗之流也”，这一学说在后代不断地被赋论家们重述，而赋体作为较早出现地文体，在从《诗》学到诗经学，从文艺的“六诗”到经学的“六义”的过渡中形成、发展起来。在这个过程中，我们发现了一些有趣的现象：一是在西汉，赋论、赋作都是特别强调赋的讽谏意识，赋作用《诗》条数最多的也是《风》诗，但结果却是“劝百讽一”“欲讽反劝”的尴尬境地。到了班固、张衡等人赋作，又表现出明显的“雅颂”意识，说赋是“雅颂之亚”也，且赋作用《雅》《颂》诗的条数显著增多，出现了“雅颂一体”的现象。到东汉中叶以后，赋又转向抒情化、诗化，比兴意识浓厚。这一个现象揭示了赋体经历了一个由立体、辨体到破体从而尊体的回环过程，为后世文体树立了尊体范式。第二个有趣的现象是：赋学史上的一个重要的批评术语“赋心”“赋迹”说，周勋初先生就认为它们本意只是一种文学审美批评，不关理义。我也赞同周先生的观点，可到后来，这两个术语却与《诗经》结缘，其途径是逐渐将“一经一纬”与诗经学的“三经三纬”说相比附，将“一宫一商”与《风》《雅》遗音相对接，从而以“诗迹”量“赋迹”，如纳兰性德就说“赋心”即“经术之心”、《诗三百》为经术之本，刘熙载也说“诗为赋心”。赋一以风雅为宗，据此引入诗教观点来审视赋体发展，将诗经学的“正变”学说置于赋体衍变程序中，赋体、赋风也有了“正、变”之区分。这个现象反映出了中国文学批评与创作过程中的经术化倾向。中国文学素来有以宗经而尊体的传统，但凡一种文体萌生及其从民间走向正统，或是在创作过程中的几番兴衰跌宕，由宗经以尊体的呼声总是不绝于耳，于是有了“六经皆文”说，又有了“以文为经”论。“文能宗经，体有六义”，赋以《诗》的六义之一而单行，成为较早出现的文学体式，它的推尊脉络是依附于风、雅颂、比兴，在体与用中纠葛、消长，出现矛盾与尴尬，但赋体在创作与批评过程中的尊体方法和革新态势，无疑在文学领域具有鲜明的前导性，在中国文学批评史上具有典范意义。

## 二、以赋传经

汉赋用《诗》具有辑补、丰富经义之用，“以赋传经”。综观古代诗经学的研究，学界一般仅依据相关经本的训释疏解诸撰述，以明四家诗的文本义理，而对于汉代创造之文本——汉赋用《诗》文献缺少梳理与探究。据我们的不完全统计，在今存汉赋作品中，明确用《诗》有440余条，对这些用《诗》条目进行细致地考释，不仅有助于经、赋关系的理解，也可以补益经学论著之遗阙，尤其是辑补清儒三家诗辑佚的成果，为经学史研究提供更广泛的文本视域，彰显汉赋的依经立义对《诗经》的经学阐释与文学阐释的贡献。《诗经》主要是周人的文本，汉赋是汉人的文本，汉赋用《诗》，赋文本中体现出鲜明的“大汉继周”意识，而这恰恰又与汉人的五行相生说相对应①。这种现象最有趣的就是文本的直接替代，如《诗经》中说“示我周行”，赋中说“示我汉行”；《诗经》中说“周虽旧邦，其命维新”，赋中说“汉虽旧邦，其政惟新”，等等。汉赋不仅用《诗》中的文字，还用《诗》序、传中的文字，这些前人亦有所辑录，本文在第八章也辑录有数则，可补前人之阙。清人说“诗为赋之统宗，赋为诗之辅佐”，汉赋的创作思路与经、传的阐释思路存有相通性。赋家用《诗》贯穿于其间的是一种讽喻法则：一是因学统与学理的差异，赋家用《诗》或偏于一家，或兼综诸说，但并不影响赋家融《诗》义于创作的讽喻主旨；二是汉赋引述前朝“乐章”，不出“雅乐”与“新声”两端，实亦取《诗》教之“美”“刺”功用。正因为如此，所以后世经学家们在阐释《诗经》时，也广泛地利用汉赋文本，作为自己解经的依据。徐复观先生曾指出：《公羊传》《穀梁传》是“以义传经”，《左传》亦兼有之，但更重要的是“以史传经”，又简宗梧先生据参照《汉志》考述赋家思想的“诸子”属性，赋家“几乎全是儒家”②，因此我们认为汉赋是“以文传经”，更明确的说是“以赋传经”。

---

① 战国至汉武帝初年，“五行相胜”说盛行，其谱系为：“黄帝（土德）←夏（木德）←商（金德）←周（火德）←秦（水德）←汉（土德）”。汉武帝之后，“五行相生”说逐渐取代“五行相胜”说，其谱系为：“太昊（木德）→炎帝（火德）→黄帝（土德）→少昊（金德）→颛顼（水德）→帝喾（木德）→唐尧（火德）→虞舜（土德）→夏禹（金德）→商汤（水德）→周武王（木德）→汉高祖（火德）”，“大汉继周”即是汉火德继周木德而来。

② 简宗梧：《汉赋源流与价值之商榷》，台湾文史哲出版社1980年版，第119页。

### 三、以赋解经

学者治《诗经》资鉴赋文，以证经义，“以赋解经”。两汉之世，所撰文字，必缘经术。经术与辞赋皆归源于“言”，汉赋家“其言犹立”的原因是“去圣未远”而成为“圣舌人”，故赋家之“言”能裨益于后世经解的阐释。汉赋“用”《诗》是一个普遍现象，由“汉赋用《诗》”到“《诗经》用赋”，两汉辞赋文本是经学“稽古”的必要文献。汉赋“用”《诗》有“取辞”与“取义”二途，而《诗经》经解在经学的阐释体系中“反用”汉赋，又形成义理、考据、辞章三途。汉赋用《诗》“取义”，取《诗经》讽谏、雅颂之义，这其中所蕴含的义理，被后世经学家们在阐释经籍时取资“反用”，促成新的“义理”。汉赋之主旨、题材、情感表达及语言风格取资《诗经》，后世经学家反过来又从汉赋中“取辞”，促成新的“辞章”。汉赋的“名物”意识，与经学家的“多识草木鸟兽虫鱼”意图一致，而赋的“有韵之文”“字林”“类书”“志乘”之特征，促成经学家从中求实“考据”。中国的经学文本（《诗经》）与早期的文学文本（《诗》、汉赋）的对话，即是在“用”与“反用”的过程中展开，形成义理、考据、辞章的“相济为用”，在学问之途中构成理学维度、历史维度和文学维度的交叉互渗，建构起一套中国古代学术的诠释体系。

### 四、以经丰赋

汉赋文本取《诗》辞、用《诗》义，并借为立论之依据，“以经丰赋”。汉赋用《诗》葆有承载经义的特殊形态，隐蕴着经学与赋学的双重意义。赋家在引述经文与辨析经义时，通常都会作一种辞章学表现和文学化处理。汉赋引述《诗经》之文，主要有“取辞”与“取义”二途：取辞使赋文本有经典化的指向；取义既能发掘经义内涵与历史意义，又能融织赋家自己的现实情感。汉赋用经的方法较为灵活，不仅一篇赋中兼融诸经，甚至一句之内并取两经之辞与义；且出于创作需要，赋家引述经义及取辞之法呈现多元化特征。程千帆先生曾说过，古代文学研究不仅要关注“古代的文学理论”，还要重视“古代文学的理论”[①]。汉赋用《诗》呈现出显著的诗学批评。汉赋用《诗》的一个显著现象是：在先秦典籍以及汉代子、史著作和奏疏、政论文中引《诗》多会用“诗曰”“诗云”“诗之谓也”等标志性的符号，而汉赋用《诗》，凡是以赋名篇的赋作，在用《诗》时，均将“诗曰”类符号隐去。这种语体结构的选择现象：一方面是“言语”的淡褪，“文章”的兴起，赋家们将《诗经》传统的四言句式改造为五言、六言、七言和骚体化，在某种程度上对中国文学史上的五七言诗体、骈体文以及骚体文的兴盛和发展也有着交互的影响；另一方面，赋家隐去“诗曰”，也意味着赋家主体精神的回归和汉代“王言”传统的重新树立。同时，值得关注的是，中国早期文学潜藏着一个从“言”到“文”的传统。“四言”是上古“雅言”中普遍共享的一种句式，而其文学形态则主要呈现于《诗经》之中。汉代四言赋拟效《诗》“四言”，但与同时代的四言诗不脱《诗经》藩篱的情况迥然有别，四言赋去除《诗》四言的“雅正”风格，而出之以“游戏之言”。四言的“雅言”传统，被以赋为代表的“直言”传统赓续，由此带来了文本载体句式的变迁，突出征象是汉赋用《诗》将“四言”改造为“五言”“七言”和“六言”骈化。赋“直言”情事，在“诵”的音节与“事”的敷陈上具有改造《诗》“言”的卓越能力，同时又必须遵从儒家经典的“直言条约”，将“大义”敛藏于“微言”之中。“直言”的语序化与“雅言”的礼制化矛盾难以融合到“微言”的话语模式中，五言、六言、七言在逐渐“排偶化”的过程中便会“最坏赋体”。

当然，汉赋用《诗》将“诗曰”符号隐去以及由“言”而“文”的潜在转变，这使得我们对汉赋的辞章和义理的解读形成障碍。在这种情况下，我们需要回归历史语境作“同情之理解”，发掘在汉代语境下形成的汉赋文本与《诗经》文本及其阐释体系间形成的“苞孕”关系。两文本在言语、

---

① 程千帆：《古典诗歌描写与结构中的一与多》，《古代文学理论研究丛刊》第6辑，上海古籍出版社1982年版，第19页。

修辞、主题、结构等层面呈示出引用、暗示、仿作、戏拟等征象，这是文学与历史语境相契合的结果。从中西文论契合之视角诠解汉赋与《诗经》文本间的关系，通过分析、比照，可以看出汉赋于《诗经》中取辞、借义，以此来强化自己的话语权；又有资于辨识汉赋文本的主题、结构之渊源及其发展流衍，裨益于发掘《诗经》与汉赋文本在辞章与义理层面的意蕴，从而让汉赋与《诗经》文本在创作批评层面上呈现出辞章学与文体学的互文特征。与西方批评话语的“引用”“暗示”“仿作”等相较而言，《诗经》与汉赋文本所形成的对话是“赋纳《诗》言”“祖述《诗》思”与“心摹前构”，这具有鲜明的中国文学批评话语特色。《诗》与汉赋是中国早期的两种文学文本的对话，既“以经丰赋”又“以赋传经”，成为文学史上“自铸伟辞”与“取镕经义”的典范，此后刘勰“宗经”“征圣”之说在文学文本层面得以成立。

汉代赋家广泛采用《诗经》辞义，作为特殊之经义载体而具有相互补证之功用。汉赋用《诗》本身已不自觉地构建起探索经义的经学阐释体系，在对人物、画面、动作、仪式之重写过程中，《诗经》成为赋家们的最佳文本记忆，多层面、多元化地呈现在汉赋文本中。通过对诗（《诗》《诗经》）、赋之“诗源说”谱系以及汉赋用《诗》相关文献的梳理，反思中国古代早期文学文本的对话关系，从修辞、讽喻、引述、经传的多元层面，通过考察用《诗》之法观觇赋作主题及经世致用思想，彰显汉赋与诗经学在“渊源互证”“经义互证”与“诗性互证”中呈现出的经学意义和文学传统。

**由文、史互证到经、集互证**

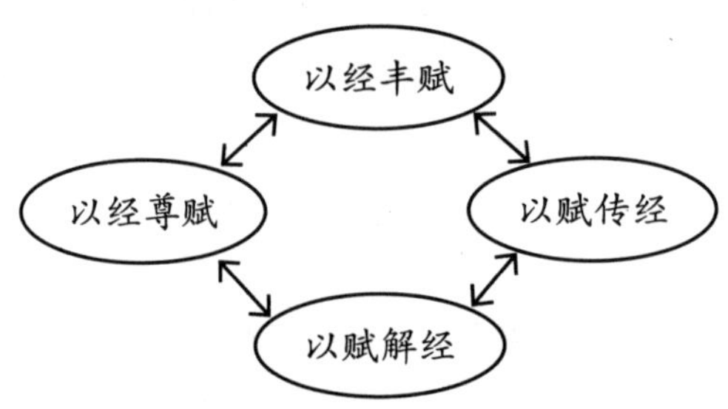

据此，我们认为汉代赋家用《诗》，一方面是“以经丰赋”，一方面也是在“以赋传经”；而赋论家又在“以经尊赋”，经学家在“以赋解经”，汉赋与诗经学呈现出一个立体的、多层次的互渗图景。由此也启示我们，古代文学的研究在文、史互证之外，还存在经、集互证一途。

# 附录

# 汉赋用《诗》列表

## 一、汉赋用《国风》列表

<table>
<tr><th>作者</th><th>赋篇</th><th>用诗方式</th><th>赋文</th><th>《毛诗正义》文</th><th>诗篇名</th></tr>
<tr><td>冯衍</td><td>《显志赋》</td><td>论诗</td><td>美《关雎》之识微兮，愍王道之将崩。</td><td rowspan="5">《关雎》后妃之德也。……是以《关雎》乐得淑女以配君子，忧在进贤，不淫其色。哀窈窕，思贤才，而无伤善之心焉，是关雎之义也。</td><td rowspan="11">《周南·关雎》</td></tr>
<tr><td>傅毅</td><td>《舞赋》</td><td>论诗</td><td>嘉《关雎》之不淫兮，哀《蟋蟀》之局促。</td></tr>
<tr><td>张衡</td><td>《思玄赋》</td><td>论诗</td><td>咽河林之蓁蓁兮，伟《关雎》之戒女。</td></tr>
<tr><td>蔡邕</td><td>《青衣赋》</td><td>论诗</td><td>《关雎》之洁，不蹈邪非。</td></tr>
<tr><td>张超</td><td>《诮青衣赋》</td><td>论诗</td><td>毕公喟然，深思古道，感彼《关雎》，德不双侣。但愿周公，好以窈窕，防微消渐，讽谕君父，孔氏大之，列冠篇首。</td></tr>
<tr><td>张衡</td><td>《思玄赋》</td><td>取辞</td><td>鸣鹤交颈，雎鸠相和。</td><td rowspan="4">关关雎鸠，在河之洲，窈窕淑女，君子好逑。</td></tr>
<tr><td>班倢伃</td><td>《捣素赋》</td><td>取义</td><td>若乃窈窕姝妙之年，幽闲贞专之性。</td></tr>
<tr><td>王逸</td><td>《机妇赋》</td><td>取义</td><td>尔乃窈窕淑媛，美色贞怡。</td></tr>
<tr><td>边让</td><td>《章华台赋》</td><td>取辞</td><td>尔乃携窈窕，从好仇，径肉林，登糟丘，兰肴山竦，椒酒渊流。</td></tr>
<tr><td>王粲</td><td>《登楼赋》</td><td>取辞</td><td>夜参半而不寐兮，怅盘桓以反侧。</td><td rowspan="2">求之不得，寤寐思服；悠哉悠哉，辗转反侧。</td></tr>
<tr><td>杜笃</td><td>《众瑞赋》</td><td>取辞</td><td>千里遥思，展转反侧。</td></tr>
</table>

续表

| 作者 | 赋篇 | 用诗方式 | 赋文 | 《毛诗正义》文 | 诗篇名 |
|---|---|---|---|---|---|
| 蔡邕 | 《协和婚赋》 | 论诗 | 《葛覃》恐其失时。 | 《葛覃》 | 《周南·葛覃》 |
| 枚乘 | 《柳赋》 | 取辞 | 枝逶迟而含紫，叶萋萋而吐绿。 | 维叶萋萋。 | |
| 张衡 | 《南都赋》 | 取辞 | 布绿叶之萋萋，敷华蕊之蓑蓑。 | | |
| 王粲 | 《迷迭赋》 | 取辞 | 布萋萋之茂叶兮，挺苒苒之柔茎。 | | |
| 张衡 | 《思玄赋》 | 取义 | 惟般逸之无斁兮，惧乐往而哀来。 | 服之无斁。 | |
| 王粲 | 《七释》 | 取辞 | 置彼周行，列于邦畿。 | 嗟我怀人，置彼周行。 | 《周南·卷耳》 |
| 刘向 | 《九叹》 | 取义 | 征夫劳于周行兮，处妇愤而长望。 | | |
| 扬雄 | 《逐贫赋》 | 取辞 | 舍尔登山，岩穴隐藏。尔复我随，陟彼高冈。 | 陟彼崔嵬，我马虺隤。我姑酌彼金罍，维以不永怀。 | |
| 蔡邕 | 《述行赋》 | 取辞 | 仆夫疲而劬瘁兮，我马虺隤以玄黄。 | 陟彼高冈，我马玄黄。我姑酌彼兕觥，维以不永伤。 | |
| 王褒 | 《九怀》 | 取辞 | 怫郁兮莫陈，永怀兮内伤。 | 陟彼砠矣，我马瘏矣，我仆痡矣，云何吁矣。 | |
| 班固 | 《幽通赋》 | 取辞 | 葛绵绵于樛木兮，咏南风以为绥。 | 南有樛木，葛藟累之。乐只君子，福履绥之。 | 《周南·樛木》 |
| 刘胜 | 《文木赋》 | 取辞 | 猗欤君子，其乐只且。 | | |
| 邹阳 | 《酒赋》 | 取辞 | 乐只之深，不吴不狂。 | | |
| 王延寿 | 《鲁灵光殿赋》 | 取辞 | 实至尊之所御，保延寿而宜子孙。 | 宜尔子孙振振兮。 | 《周南·螽斯》 |
| 阮瑀 | 《止欲赋》 | 论诗 | 思《桃夭》之所宜。 | 《桃夭》 | 《周南·桃夭》 |
| 崔骃 | 《大将军临洛观赋》 | 取辞 | 于是迎夏之首，末春之垂。桃枝夭夭，杨柳猗猗。 | 桃之夭夭，其叶蓁蓁。 | |
| 王逸 | 《荔支赋》 | 取辞 | 修干纷错，绿叶臻臻（《文选·蜀都赋》注作“蓁蓁”）。 | | |
| 张衡 | 《冢赋》 | 取辞 | 降此平土，陟彼景山。 | 陟彼南山。 | 《召南·草虫》 |
| 张衡 | 《思玄赋》 | 取辞 | 共夙昔而不贰兮，固终始之所服也。 | 被之僮僮，夙夜在公。 | 《召南·采蘩》；又《召南·小星》曰：肃肃宵征，夙夜在公。……抱衾与裯。 |

续表

| 作者 | 赋篇 | 用诗方式 | 赋文 | 《毛诗正义》文 | 诗篇名 |
|---|---|---|---|---|---|
| 扬雄 | 《甘泉赋》 | 论诗 | 函甘棠之惠。 | 《毛诗序》曰：《甘棠》，美召伯也。 | 《召南·甘棠》 |
| 李尤 | 《东观赋》 | 取义 | 历东厓之敞座，庇蔽芾之甘棠。 | 蔽芾甘棠，勿剪勿伐，召伯所茇。 | |
| 王粲 | 《柳赋》 | 取义 | 嘉甘棠之不伐，畏敢累于此树。 | | |
| 班昭 | 《针缕赋》 | 取义 | 退逶迤以补过，似素丝之《羔羊》。 | 羔羊之皮，素丝五紽。退食自公，委蛇委蛇。 | 《召南·羔羊》 |
| 司马相如 | 《长门赋》 | 取辞 | 雷殷殷而响起兮，声象君之车音。 | 殷其雷……振振君子，归哉归哉！ | 《召南·殷其雷》 |
| 蔡邕 | 《协和婚赋》 | 论诗 | 《摽梅》求其庶士。 | 摽有梅，其实七兮。求我庶士，迨其吉兮。 | 《召南·摽有梅》 |
| 刘安 | 《屏风赋》 | 取辞 | 思在蓬蒿，林有朴樕。 | 林有朴樕，野有死鹿。 | 《召南·野有死麕》 |
| 王粲 | 《闲邪赋》 | 取义 | 发唐棣之春华，当盛年而处室。 | 何彼襛矣，唐棣之华？ | 《召南·何彼襛矣》 |
| 司马相如 | 《上林赋》 | 乐歌 | 射《狸首》，兼《驺虞》。 | 《驺虞》，《召南》之卒章，天子以为射节也。 | 《召南·驺虞》 |
| 班固 | 《东都赋》 | 乐歌 | 历《驺虞》。 | 《毛诗序》曰：驺虞，搜田以时，仁如驺虞也。 | |
| 张衡 | 《东京赋》 | 乐歌 | 《王夏》阕，《驺虞》奏。 | 《王夏》，乐名也，天子初出奏也。凡射，王奏《驺虞》之乐。 | |
| 张衡 | 《东京赋》 | 取义 | 囿林氏之驺虞，扰泽马与腾黄。 | 驺虞，义兽也。 | |
| 扬雄 | 《逐贫赋》 | 取辞 | 舍尔入海，泛彼柏舟。 | 泛彼柏舟，亦泛其流。耿耿不寐，如有隐忧。 | 《邶风·柏舟》 |
| 严忌 | 《哀时命》 | 取辞 | 夜炯炯而不寐兮，怀隐忧而历兹。 | | |
| 张衡 | 《思玄赋》 | 取义 | 天不可阶仙夫希，《柏舟》悄悄吝不飞。 | 忧心悄悄，愠于群小。……静言思之，不能奋飞。 | |
| 王逸 | 《九思》 | 取辞 | 望旧邦兮路逶随，忧心悄兮志勤劬。 | | |
| 班倢伃 | 《自悼赋》 | 论诗 | 《绿衣》兮《白华》，自古兮有之。 | 《绿衣》 | 《邶风·绿衣》 |
| 董仲舒 | 《士不遇赋》 | 取辞 | 心之忧欤，不期禄矣。 | 心之忧矣。 | |
| 张衡 | 《思玄赋》 | 取辞 | 寒风凄而永至兮，拂穹岫之骚骚。 | 絺兮绤兮，凄其以风。 | |
| 蔡邕 | 《蝉赋》 | 取辞 | 白露凄其夜降，秋风肃以晨兴。 | | |
| 张衡 | 《七辩》 | 取辞 | 吾子之诲，穆如清风。启乃嘉猷，实慰我心。 | 我思古人，实获我心。 | |

续表

| 作者 | 赋篇 | 用诗方式 | 赋文 | 《毛诗正义》文 | 诗篇名 |
|---|---|---|---|---|---|
| 扬雄 | 《甘泉赋》 | 取辞 | 骈罗列布，鳞以杂沓兮，柴虒参差，鱼颉而鸟昕。 | 燕燕于飞，差池其羽。……燕燕于飞，颉之颃之。 | 《邶风·燕燕》 |
| 傅毅 | 《舞赋》 | 取辞 | 渊塞沈荡，改恒常兮。 | 仲氏任只，其心塞渊。 | |
| 应玚 | 《正情赋》 | 取义 | 夫何媛女之殊丽兮，姿温惠而明哲。 | 终温且惠，淑慎其身。 | |
| 丁廙 | 《蔡伯喈女赋》 | 取义 | 恐《终风》之我萃。 | 《终风》 | 《邶风·终风》 |
| 贾谊 | 《旱云赋》 | 取辞 | 终风解而霰散兮，陵迟而堵溃，或深潜而闭藏兮，争离而并逝。 | 终风且霾，惠然肯来。 | |
| 刘祯 | 《遂志赋》 | 取辞 | 怆恨恻切，我独西行。 | 土国城漕，我独南行。 | 《邶风·击鼓》 |
| 司马迁 | 《悲士不遇赋》 | 取辞 | 吁嗟阔兮，人理显然，相倾夺兮。 | 于嗟阔兮，不我活兮。 | |
| 张衡 | 《应间》 | 取义 | 必也学非所用，术有所仰，故临川将济，而舟楫不存焉。徒经思天衢，内昭独智，固合理民之式也？故尝见谤于鄙儒。深厉浅揭，随时为义，曾何贪于支离，而习其孤技邪？ | 济有深涉。深则厉，浅则揭。 | 《邶风·匏有苦叶》 |
| 班彪 | 《北征赋》 | 取辞 | 雁邕邕以群翔兮，鹍鸡鸣以哜哜。 | 雍雍鸣雁。 | |
| 陈琳 | 《神女赋》 | 取辞 | 感仲春之和节，叹鸣雁之噰噰。 | | |
| 张衡 | 《应间》 | 取义 | 虽有犀舟劲楫，犹人涉卬否，有须者也。 | 招招舟子，人涉卬否。不涉卬否，卬须我友。 | |
| 杨修 | 《节游赋》 | 取辞 | 谷风习以顺时，桡百物而有成。 | 习习谷风。 | 《邶风·谷风》 |
| 王逸 | 《九思》 | 取辞 | 风习习兮和暖，百草萌兮华荣。 | | |
| 班昭 | 《东征赋》 | 取辞 | 明发曙而不寐兮，心迟迟而有违。 | 行道迟迟，中心有违。 | |
| 张衡 | 《西京赋》 | 取辞 | 取乐今日，遑恤我后。 | 我躬不阅，遑恤我后。 | |
| 丁廙 | 《蔡伯喈女赋》 | 取辞 | 叹殊类之非匹，伤我躬之无悦。 | | |
| 丁廙妻 | 《寡妇赋》 | 取义 | 惟女子之有行，固历代之彝伦。 | 女子有行，远父母兄弟，问我诸姑，遂及伯姊。 | 《邶风·泉水》 |
| 刘向 | 《九叹》 | 取辞 | 盖见兹以永叹兮，欲登阶而狐疑。 | 我思肥泉，兹之永叹。 | |

续表

| 作者 | 赋篇 | 用诗方式 | 赋文 | 《毛诗正义》文 | 诗篇名 |
|---|---|---|---|---|---|
| 蔡邕 | 《述行赋》 | 取辞 | 伫淹留以候霁兮，感忧心之殷殷。 | 出自北门，忧心殷殷。 | 《邶风·北门》 |
| 扬雄 | 《逐贫赋》 | 取辞 | 邻垣乞儿，终贫且窭。 | 终窭且贫，莫知我艰。 | |
| 张衡 | 《西京赋》 | 取义 | 慕贾氏之如皋，乐《北风》之同车。 | 惠而好我，携手同车。 | 《邶风·北风》 |
| 王粲 | 《七释》 | 取辞 | 承闲嬿御，携手同戴。 | | |
| 陈琳 | 《止欲赋》 | 取义 | 叹《北风》之好我，美携手之同归。 | 惠而好我，携手同归。 | |
| 杨修 | 《节游赋》 | 取辞 | 尔乃息偃暇豫，携手同征，游乎北园，以娱以逞。 | 惠而好我，携手同行。 | |
| 班固 | 《幽通赋》 | 取辞 | 承灵训其虚徐兮，伫盘桓而且俟。 | 其虚其邪？曹大家曰：《诗》曰，其虚其徐。 | |
| 杨修 | 《出征赋》 | 取辞 | 企观爱之偏处兮，独搔首于城隅。 | 静女其姝，俟我于城隅。爱而不见，搔首踟蹰。 | 《邶风·静女》 |
| 丁廙 | 《蔡伯喈女赋》 | 论诗 | 惭《柏舟》于千祀，负冤魂于黄泉。 | 《柏舟》 | 《鄘风·柏舟》 |
| 蔡邕 | 《弹琴赋》 | 取辞 | 观彼椅桐，层山之陂……考之诗人，琴瑟是宜。 | 椅桐梓漆，爰伐琴瑟。 | 《鄘风·定之方中》 |
| 丁廙 | 《蔡伯喈女赋》 | 取义 | 忍胡颜之重耻。 | 人而无礼！胡不遄死？ | 《鄘风·相鼠》 |
| 司马相如 | 《美人赋》 | 取辞 | 途出郑卫，道由桑中，朝发溱洧，暮宿上宫。上宫闲馆，寂寥云虚。 | 期我乎桑中，要我乎上宫，送我乎淇之上矣。 | 《鄘风·桑中》 |
| 张衡 | 《东京赋》 | 取辞 | 卜征考祥，终然允淑。 | 降观于桑，卜云其吉，终然允臧。 | 《鄘风·定之方中》 |
| 刘祯 | 《瓜赋》 | 取辞 | 厥初作苦，终然允甘。 | | |
| 应玚 | 《驰射赋》 | 取辞 | 延宾鞠旅，星言夙驾。 | 星言夙驾，说于桑田。 | |
| 王逸 | 《九思》 | 取辞 | 閴睄窕兮靡睹，纷载驱兮高驰。 | 载驰载驱，归唁卫侯。 | 《鄘风·载驰》 |
| 冯衍 | 《显志赋》 | 取辞 | 嗟我思之不远兮，岂败事之可悔？ | 视尔不臧，我思不远。 | |
| 蔡邕 | 《青衣赋》 | 取辞 | 我思远逝，尔思来追。 | | |
| 班彪 | 《冀州赋》 | 取辞 | 瞻淇澳之园林，善绿竹之猗猗。 | 瞻彼淇奥，绿竹猗猗。 | 《卫风·淇奥》 |
| 张衡 | 《西京赋》 | 取辞 | 戴翠帽，倚金较。 | 宽兮绰兮，猗重较兮。 | |

续表

| 作者 | 赋篇 | 用诗方式 | 赋文 | 《毛诗正义》文 | 诗篇名 |
|---|---|---|---|---|---|
| 陈琳 | 《止欲赋》 | 取义 | 色曜春华，艳过硕人。 |  | 《卫风·硕人》 |
| 张衡 | 《七辩》 | 取辞 | 西施之徒，姿容修嫮，弱颜回植，妍夸闲暇。形似削成，腰如束素。蝤蛴之领，阿那宜顾。淑性窈窕，秀色美艳。鬒发玄髻，光可以鉴。靥辅巧笑，清眸流眄。皓齿朱唇，的皪粲练。 | 手如柔荑，肤如凝脂，领如蝤蛴，齿如瓠犀，螓首蛾眉，巧笑倩兮，美目盼兮。 |  |
| 枚乘 | 《七发》 | 取义 | 皓齿娥眉，命曰伐性之斧。 |  |  |
| 崔琦 | 《七蠲》 | 取辞 | 从容微眄，流曜吐芳。巧笑在侧，顾盼倾城。 |  |  |
| 崔篆 | 《慰志赋》 | 论诗 | 懿《氓》蚩之悟悔兮，慕白驹之所从。 | 氓之蚩蚩。 | 《卫风·氓》 |
| 张衡 | 《定情赋》 | 取辞 | 秋为期兮时已征，思美人兮愁屏营。 | 将子无怒，秋以为期。 |  |
| 司马相如 | 《美人赋》 | 取辞 | 登垣而望臣，三年于兹矣。 | 乘彼垝垣，以望复关。不见复关，泣涕涟涟。既见复关，载笑载言。 |  |
| 崔篆 | 《慰志赋》 | 取义 | 扬蛾眉于复关兮，犯孔戒之冶容。 |  |  |
| 刘向 | 《九叹》 | 取辞 | 涕流交集兮，泣下涟涟。 |  |  |
| 杨修 | 《节游赋》 | 取辞 | 御于方舟，载笑载言。 |  |  |
| 东方朔 | 《非有先生论》 | 取辞 | 寡人获先人之功，寄于众贤之上，夙兴夜寐，未尝敢怠也。 | 夙兴夜寐，靡有朝矣。 |  |
| 司马相如 | 《美人赋》 | 取辞 | 臣乃气服于内，心正于怀，信誓旦旦，秉志不回。 | 总角之宴，言笑晏晏，信誓旦旦，不思其反。 |  |
| 蔡邕 | 《青衣赋》 | 取辞 | 我思远逝，尔思来追。 | 岂不尔思？远莫致之。 | 《卫风·竹竿》 |
| 繁钦 | 《弭愁赋》 | 取义 | 纫晼兰于缨佩，动晻暖以遗芳。既容冶而多好，且妍惠之纤微。顾见予之独立，知我情之思归。 | 芄兰之支，童子佩觿。虽则佩觿，能不我知。容兮遂兮，垂带悸兮。 | 《卫风·芄兰》 |
| 严忌 | 《哀时命》 | 取义 | 道壅塞而不通兮，江河广而无梁。 | 谁谓河广？一苇杭之。谁谓宋远？跂予望之。 | 《卫风·河广》 |
| 陈琳 | 《止欲赋》 | 取义 | 道攸长而路阻，河广瀁而无梁。虽企予而欲往，非一苇之可航。 |  |  |
| 班婕妤 | 《捣素赋》 | 取义 | 符皎日之心，甘首疾之病。 | 其雨其雨，杲杲出日。愿言思伯，甘心首疾。 | 《卫风·伯兮》 |

续表

| 作者 | 赋篇 | 用诗方式 | 赋文 | 《毛诗正义》文 | 诗篇名 |
|---|---|---|---|---|---|
| 扬雄 | 《逐贫赋》 | 取辞 | 岂无他人，从我何求。 | 不知我者，谓我何求。悠悠苍天，此何人哉? | 《王风·黍离》 |
| 东方朔 | 《七谏》 | 取辞 | 往者不可及兮，来者不可待。悠悠苍天兮，莫我振理。 | | |
| 班彪 | 《北征赋》 | 论诗 | 日晻晻其将暮兮，睹牛羊之下来。寤旷怨之伤情兮，哀诗人之叹时。 | 日之夕矣，牛羊下来。君子行役，如之何勿思。《毛诗序》曰：大天久役，男女怨旷。 | 《王风·君子于役》 |
| 刘胜 | 《文木赋》 | 取辞 | 猗欤君子，其乐只且。 | 君子阳阳，左执簧，右招我由房，其乐只且! | 《王风·君子阳阳》 |
| 张衡 | 《西京赋》 | 取辞 | 盘于游畋，其乐只且。 | | |
| 班彪 | 《北征赋》 | 取辞 | 彼何生之优渥，我独罹此百殃。 | 既优既渥。又曰：我生之后，逢此百殃。 | 《王风·兔爰》 |
| 班倢伃 | 《捣素赋》 | 取义 | 符皎日之心，甘首疾之病。 | 谷则异室，死则同穴。谓予不信，有如皎日。 | 《王风·大车》 |
| 赵岐 | 《蓝赋》 | 取辞 | 同丘中之有麻，似麦秀之油油。 | 丘中有麻。 | 《王风·丘中有麻》 |
| 枚乘 | 《七发》 | 乐歌 | 于是乃发《激楚》之《结风》，扬郑卫之皓乐。 | | 《郑风》《卫风》《礼记》曰：郑卫之音，乱世之音也。 |
| 司马相如 | 《上林赋》 | 乐歌 | 荆吴郑卫之声，《韶》《濩》《武》《象》之乐。 | | |
| 司马相如 | 《美人赋》 | 乐歌 | 途出郑卫，道由桑中。 | | |
| 东方朔 | 《非有先生论》 | 乐歌 | 放郑声，远佞人，省庖厨，去侈靡。 | | |
| 扬雄 | 《长杨赋》 | 乐歌 | 抑止丝竹晏衍之乐，憎闻郑卫幼眇之声。 | | |
| 杜笃 | 《论都赋》 | 乐歌 | 曼丽之容，不悦于目，郑卫之声，不过于耳。 | | |
| 傅毅 | 《舞赋》 | 乐歌 | 王曰："如其郑何？"玉曰："小大殊用，《郑》《雅》异宜，弛张之度，圣哲所施。……郑卫之乐，所以娱密坐，接欢欣也。余日怡荡，非以风民也，其何害哉! | | |
| 张衡 | 《七辩》 | 乐歌 | 结郑、卫之遗风，扬《流哇》而脉激。 | | |
| 侯瑾 | 《筝赋》 | 乐歌 | 虽怀思而不怨，似《豳风》之遗音。于是《雅》曲既阕，《郑》《卫》仍修。新声顺变，妙弄优游。 | | |

续表

| 作者 | 赋篇 | 用诗方式 | 赋文 | 《毛诗正义》文 | 诗篇名 |
|---|---|---|---|---|---|
| 陈琳 | 《武军赋》 | 取辞 | 火烈具举，鼓角并震。 | 叔在薮，火烈具举。 | 《郑风·大叔于田》 |
| 蔡邕 | 《青衣赋》 | 取辞 | 《河上》逍摇，徙倚庭阶。 | 二矛重乔，河上乎逍遥。 | 《郑风·清人》 |
| 冯衍 | 《显志赋》 | 取义 | 遵大路而裴回兮，履孔德之窈冥。 | 遵大路兮，掺执子之袪。 | 《郑风·遵大路》 |
| 蔡邕 | 《青衣赋》 | 取义 | 昒听将曙，鸡鸣相催。 | 女曰鸡鸣，士曰昧旦。 | 《郑风·女曰鸡鸣》 |
| 张衡 | 《东京赋》 | 取义 | 昧旦丕显，后世犹怠。 | | |
| 张衡 | 《思玄赋》 | 取辞 | 既防溢而静志兮，迨我暇以翱翔。 | 将翱将翔，弋凫与雁。 | |
| 崔骃 | 《达旨》 | 取义 | 与其有事，则褰裳濡足，冠挂不顾。 | 子惠思我，褰裳涉溱。 | 《郑风·褰裳》 |
| 丁廙妻 | 《寡妇赋》 | 取义 | 风萧萧而增劲，寒凛凛而弥切。霜凄凄而夜降，水溓溓而晨结。 | 风雨凄凄，……既见君子。云胡不夷？……风雨潇潇…… | 《郑风·风雨》 |
| 司马相如 | 《美人赋》 | 取义 | 途出郑卫，道由桑中，朝发溱洧，暮宿上宫。 | 溱与洧。 | 《郑风·溱洧》 |
| 司马相如 | 《长门赋》 | 取义 | 众鸡鸣而愁予兮，起视月之精光。 | 鸡既鸣矣，朝既盈矣。……东方明矣，朝既昌矣。匪东方则明，月出之光。 | 《齐风·鸡鸣》 |
| 应玚 | 《正情赋》 | 取辞 | 魂翩翩而夕游，甘同梦而交神。 | 虫飞薨薨，甘与子同梦。 | |
| 刘向 | 《九叹》 | 取义 | 今反表以为裹兮，颠裳以为衣。 | 东方未明，颠倒衣裳。颠之倒之，自公召之。 | 《齐风·东方未明》 |
| 王粲 | 《登楼赋》 | 取辞 | 心凄怆以感发兮，意忉怛而憯恻。 | 劳心忉忉。又曰：劳心怛怛。 | 《齐风·甫田》 |
| 张衡 | 《西京赋》 | 取辞 | 轻死重气，结党连群。寔蕃有徒，其从如云。 | 齐子归止，其从如云。 | 《齐风·敝笱》 |
| 刘向 | 《九叹》 | 取辞 | 征夫罔极，谁可语兮。 | 不知我者，谓我士也罔极。……心之忧矣，其谁知之？ | 《魏风·园有桃》 |
| 司马相如 | 《上林赋》 | 取义 | 悲《伐檀》，乐《乐胥》。 | 坎坎伐檀兮。 | 《魏风·伐檀》（张揖曰：其诗刺贤者不遇明王也） |
| 丁仪 | 《厉志赋》 | 取义 | 瞻亢龙而惧进，退广志于《伐檀》。 | | |

续表

| 作者 | 赋篇 | 用诗方式 | 赋文 | 《毛诗正义》文 | 诗篇名 |
| --- | --- | --- | --- | --- | --- |
| 扬雄 | 《逐贫赋》 | 取辞 | 誓将去汝，适彼首阳。 | 逝将去女，适彼乐土。……逝将去女，适彼乐国。 | 《魏风·硕鼠》 |
| 马融 | 《长笛赋》 | 取辞 | 屈平适乐国，介推还受禄。 | | |
| 张衡 | 《南都赋》 | 取辞 | 于显乐都，既丽且康！ | | |
| 张衡 | 《七辩》 | 取辞 | 乐国之都，设为闲馆。 | | |
| 张衡 | 《西京赋》 | 论诗 | 独俭啬以龌龊，忘《蟋蟀》之谓何？ | 《蟋蟀》 | 《唐风·蟋蟀》 |
| 东方朔 | 《七谏》 | 取辞 | 居不乐以时思兮，食草木之秋实。 | 今我不乐，日月其除。无已大康，职思其居。 | |
| 张衡 | 《东京赋》 | 取辞 | 好乐无荒，允文允武。 | 好乐无荒。 | |
| 张衡 | 《南都赋》 | 取辞 | 于是日将逮昏，乐者未荒。 | | |
| 公孙乘 | 《月赋》 | 取辞 | 君有礼乐，我有衣裳。 | 子有衣裳，弗曳弗娄。……宛其死矣，他人是愉。 | 《唐风·山有枢》 |
| 张衡 | 《西京赋》 | 论诗 | 尔乃逞志究欲，穷身极娱。鉴戒《唐诗》，他人是媮。 | | |
| 崔篆 | 《慰志赋》 | 取辞 | 聊优游以永日兮，守性命以尽齿。 | 且以喜乐，且以永日。 | |
| 傅毅 | 《舞赋》 | 取辞 | 娱神遗老，永年之术。优哉游哉，聊以永日。 | | |
| 刘祯 | 《瓜赋》 | 取辞 | 三星在隅，温风节暮。 | 绸缪束刍，三星在隅。 | 《唐风·绸缪》 |
| 司马相如 | 《喻巴蜀檄》 | 取义 | 然此非独行者之罪也，父兄之教不先，子弟之率不谨，寡廉鲜耻，而俗不长厚也。 | 独行踽踽。岂无他人？不如我同父。 | 《唐风·杕杜》 |
| 扬雄 | 《逐贫赋》 | 取辞 | 岂无他人，从我何求。 | | |
| 张纮 | 《瓌材枕赋》 | 取义 | 昔诗人称角枕之粲，季世加以锦绣之饰。 | 角枕粲兮，锦衾烂兮。 | 《唐风·葛生》 |
| 蔡邕 | 《释诲》 | 取辞 | 静以俟命，不斁不渝。百岁之后，归乎其居。 | 百岁之后，归于其居。 | |
| 傅毅 | 《七激》 | 取义 | 陟景山兮采芳苓，哀不惨伤，乐不流声。 | 采苓采苓，首阳之巅。 | 《唐风·采苓》 |
| 班固 | 《东都赋》 | 乐歌 | 览《四驖》。 | | 《秦风·驷驖》 |
| 杨修 | 《节游赋》 | 取辞 | 尔乃息偃暇豫，携手同征，游乎北园，以娱以逞。 | 游于北园，四马既闲。輶车鸾镳，载猃歇骄。 | |
| 张衡 | 《西京赋》 | 取辞 | 属车之簉，载猃獥獢。 | | |

续表

| 作者 | 赋篇 | 用诗方式 | 赋文 | 《毛诗正义》文 | 诗篇名 |
| --- | --- | --- | --- | --- | --- |
| 张衡 | 《思玄赋》 | 取辞 | 冀一年之三秀兮，遒白露之为霜。 | 蒹葭苍苍，白露为霜。 | 《秦风·蒹葭》 |
| 蔡邕 | 《释诲》 | 取辞 | 蕤宾统则微阴萌，蒹葭苍而白露凝。寒暑相推，阴阳代兴，运极则化，理乱相承。 | | |
| 徐干 | 《齐都赋》 | 取辞 | 南望无垠，北顾无鄂。蒹葭苍苍，莞菰沃若。 | | |
| 张衡 | 《思玄赋》 | 取义 | 袭温恭之黻衣兮，被礼义之绣裳。 | 君子至止，黻衣绣裳。 | 《秦风·终南》 |
| 张衡 | 《思玄赋》 | 取辞 | 如何淑明，忘我实多。 | 如何如何，忘我实多！ | 《秦风·晨风》 |
| 阮瑀 | 《止欲赋》 | 论诗 | 思《桃夭》之所宜，愿《无衣》之同裳。 | 岂曰无衣？与子同裳。 | 《秦风·无衣》 |
| 崔骃 | 《七依》 | 取辞 | 夏屋蘧蘧。 | 于我乎，夏屋渠渠。 | 《秦风·权舆》 |
| 李尤 | 《七款》 | 取辞 | 夏屋渠渠，嵯峨合连。 | | |
| 陈琳 | 《神女赋》 | 取辞 | 申握椒以贻予，请同宴乎奥房。 | 视尔如荍，贻我握椒。 | 《陈风·东门之枌》 |
| 蔡邕 | 《述行赋》 | 取义 | 甘《衡门》以宁神兮，咏《都人》而思归。 | 衡门之下，可以栖迟。 | 《陈风·衡门》 |
| 崔琰 | 《述初赋》 | 取义 | 有郑氏之高训，吾将往乎发朦。洒余髮于兰池，振余珮于清风。望高密以函征，戾衡门而造止。 | | |
| 公孙乘 | 《月赋》 | 取义 | 月出皎兮，君子之光。 | 月出皎兮。佼人僚兮。 | 《陈风·月出》 |
| 王粲 | 《寡妇赋》 | 取义 | 坐幽室兮无为，登空床兮下帏。涕流连兮交颈，心憯结兮增悲。 | 寤寐无为，涕泗滂沱。……寤寐无为，中心悁悁。 | 《陈风·泽陂》 |
| 王逸 | 《九思》 | 论诗 | 士莫志兮《羔裘》，竞佞谀兮谗阋。 | 羔裘逍遥，狐裘以朝。岂不尔思？劳心忉忉。 | 《桧风·羔裘》 |
| 张衡 | 《思玄赋》 | 取辞 | 志团团以应悬兮，诚心固其如结。 | 劳心慱慱兮。……我心蕴结兮。又曰：心之忧矣，如或结之。 | 《桧风·素冠》 |
| 孔臧 | 《杨柳赋》 | 取辞 | 夭绕连枝，猗那其旁。 | 隰有苌楚，猗傩其枝，夭之沃沃，乐子之无知。 | 《桧风·隰有苌楚》 |
| 祢衡 | 《鹦鹉赋》 | 取辞 | 采采丽容，咬咬好音。 | 蜉蝣之翼，采采衣服。又曰：载好其音。 | 《曹风·蜉蝣》 |
| 张衡 | 《思玄赋》 | 取义 | 感鸾鷖之特栖兮，悲淑人之稀合。 | 淑人君子，其仪一兮。其仪一兮，心如结兮。 | 《曹风·鸤鸠》 |

续表

| 作者 | 赋篇 | 用诗方式 | 赋文 | 《毛诗正义》文 | 诗篇名 |
|---|---|---|---|---|---|
| 张衡 | 《东京赋》 | 取辞 | 阴池幽流，玄泉洌清。 | 洌彼下泉。 | 《曹风·下泉》 |
| 侯瑾 | 《筝赋》 | 论诗 | 虽怀思而不怨，似《豳风》之遗音。 | 《豳风》 | 《豳风》 |
| 张衡 | 《东京赋》 | 取辞 | 嘉田畯之匪懈，行致赉于九扈。 | 田畯至喜。又曰：夙夜匪懈。 | 《豳风·七月》 |
| 张衡 | 《东京赋》 | 取辞 | 春日载阳，合射辟雍。 | 春日载阳，有鸣仓庚。 | |
| 枚乘 | 《柳赋》 | 取辞 | 阶草漠漠，白日迟迟。 | 春日迟迟，采蘩祁祁。 | |
| 孔臧 | 《杨柳赋》 | 取辞 | 巨本洪枝，条修远扬。 | 以伐远扬，猗彼女桑。 | |
| 羊胜 | 《屏风赋》 | 取辞 | 藩后宜之，寿考无疆。 | 称彼兕觥：万寿无疆！ | |
| 班婕伃 | 《捣素赋》 | 乐歌 | 歌《采绿》之章，发《东山》之咏。 | 《东山》 | 《豳风·东山》（周公东征也） |
| 扬雄 | 《甘泉赋》 | 取义 | 函《甘棠》之惠，挟东征之意。 | 我徂东山，慆慆不归。……蜎蜎者蠋，烝在桑野。敦彼独宿，亦在车下。 | |
| 严忌 | 《哀时命》 | 取义 | 魂眐眐以寄独兮，汩徂往而不归。 | | |

二、汉赋用《雅》列表

| 作者 | 赋篇 | 用诗方式 | 赋文 | 《毛诗正义》文 | 诗篇名 |
|---|---|---|---|---|---|
| 扬雄 | 《羽猎赋》 | 论诗 | 修唐典，匡《雅》《颂》，揖让于前。 | 雅 | 雅 |
| 扬雄 | 《长杨赋》 | 乐歌 | 歌投《颂》，吹合《雅》。 | 雅 | 雅 |
| 扬雄 | 《解难》 | 乐歌 | 然后发天地之臧，定万物之基。《典》《谟》之篇，《雅》《颂》之声，不温纯深润，则不足以扬鸿烈而章缉熙。 | 雅 | 雅 |
| 崔篆 | 《慰志赋》 | 论诗 | 庶明哲之末风兮，惧《大雅》之所讥。 | 大雅 | 大雅 |
| 班固 | 《两都赋序》 | 论诗 | 雍容揄扬，著于后嗣，抑亦《雅》《颂》之亚也。 | 雅 | 雅 |
| 班固 | 《西都赋》 | 取义 | 大雅宏达，于兹为群。 | 大雅 | 大雅（谓有大雅之才者。诗有大雅，故以立称焉） |
| 班固 | 《东都赋》 | 论诗 | 若乃顺时节而蒐狩，简车徒以讲武，则必临之以《王制》，考之以《风》《雅》。 | 雅 | 雅 |

续表

<table>
<tr><th>作者</th><th>赋篇</th><th>用诗方式</th><th>赋文</th><th>《毛诗正义》文</th><th>诗篇名</th></tr>
<tr><td>班固</td><td>《幽通赋》</td><td>取义</td><td>盖惴惴之临深兮，乃二《雅》之所祇。</td><td>大雅曰：人亦有言，进退维谷。小雅曰：惴惴小心，如临于谷。</td><td>雅</td></tr>
<tr><td>杜笃</td><td>《众瑞赋》</td><td>乐歌</td><td>夫千金之裘，非一狐之白；《雅》《颂》之声，非一家之作也。</td><td>雅</td><td>大雅</td></tr>
<tr><td>傅毅</td><td>《舞赋》</td><td>乐歌</td><td>玉曰：“小大殊用，《郑》《雅》异宜。弛张之度，圣哲所施。”</td><td>雅</td><td>雅</td></tr>
<tr><td>张衡</td><td>《思玄赋》</td><td>乐歌</td><td>玩阴阳之变化兮，咏《雅》《颂》之徽音。</td><td>雅</td><td>雅</td></tr>
<tr><td>侯瑾</td><td>《筝赋》</td><td>乐歌</td><td>于是《雅》曲既阕，《郑》《卫》仍修。</td><td>雅</td><td>雅</td></tr>
<tr><td>丁仪</td><td>《厉志赋》</td><td>取义</td><td>援大雅以为戒，眺龚胜而自叹。</td><td>大雅</td><td>大雅</td></tr>
<tr><td>班昭</td><td>《大雀赋》</td><td>乐歌</td><td>上下协而相亲，听《雅》《颂》之雍雍。</td><td>雅</td><td>雅</td></tr>
<tr><td>公孙诡</td><td>《文鹿赋》</td><td>取义</td><td>呦呦相召，《小雅》之诗。</td><td rowspan="6">呦呦鹿鸣，食野之苹。我有嘉宾，鼓瑟吹笙。吹笙鼓簧，承筐是将。人之好我，示我周行。</td><td rowspan="7">《小雅·鹿鸣》</td></tr>
<tr><td>东方朔</td><td>《七谏》</td><td>取义</td><td>飞鸟号其群兮，鹿鸣求其友。</td></tr>
<tr><td>蔡邕</td><td>《弹琴赋》</td><td>乐歌</td><td>仲尼思归，《鹿鸣》三章。《梁甫》悲吟，周公《越裳》。</td></tr>
<tr><td>张衡</td><td>《东京赋》</td><td>取辞</td><td>我有嘉宾，其乐愉愉。</td></tr>
<tr><td>张衡</td><td>《南都赋》</td><td>取辞</td><td>以速远朋，嘉宾是将。揖让而升，宴于兰堂。</td></tr>
<tr><td>班固</td><td>《东都赋》</td><td>取辞</td><td>于赫太上，示我汉行。</td></tr>
<tr><td>张衡</td><td>《应间》</td><td>取辞</td><td>立功立事，式昭德音。</td><td>我有嘉宾，德音孔昭。</td></tr>
<tr><td>繁钦</td><td>《愁思赋》</td><td>取辞</td><td>嗟王事之靡盬，士感时而情悲。</td><td>岂不怀归？王事靡盬，我心伤悲。</td><td>《小雅·四牡》</td></tr>
<tr><td>王逸</td><td>《九思》</td><td>取辞</td><td>闐睄窕兮靡睹，纷载驱兮高驰。将咨询兮皇羲，遵河皋兮周流。</td><td>我马维骃，六辔既均。载驰载驱，周爰咨询。</td><td>《小雅·皇皇者华》</td></tr>
<tr><td>蔡邕</td><td>《弹棋赋》</td><td>取辞</td><td>荣华灼烁，萼不韡韡。</td><td>常棣之华，鄂不韡韡。</td><td>《小雅·常棣》</td></tr>
</table>

续表

| 作者 | 赋篇 | 用诗方式 | 赋文 | 《毛诗正义》文 | 诗篇名 |
|---|---|---|---|---|---|
| 刘安 | 《屏风赋》 | 取辞 | 维兹屏风，出自幽谷。根深枝茂，号为乔木。 | 伐木丁丁，鸟鸣嘤嘤。出自幽谷，迁于乔木。嘤其鸣矣，求其友声。 | 《小雅·伐木》 |
| 王粲 | 《鹦鹉赋》 | 取辞 | 声嘤嘤以高厉，又憀憀而不休。听乔木之悲风，羡鸣友之相求。 | | |
| 傅毅 | 《舞赋》 | 取辞 | 是以《乐》记干戚之容，《雅》美蹲蹲之舞。 | 坎坎鼓我，蹲蹲舞我。迨我暇矣，饮此湑矣。 | |
| 张衡 | 《思玄赋》 | 取辞 | 既防溢而静志兮，迨我暇以翱翔。 | 迨我暇矣。又曰：将翱将翔。 | |
| 张衡 | 《东京赋》 | 取辞 | 躬追养于庙祧，奉蒸尝与禴祠。 | 吉蠲为饎，是用孝享。禴祠烝尝，于公先王。 | 《小雅·天保》 |
| 张衡 | 《南都赋》 | 取辞 | 及其纠宗绥族，禴祠蒸尝。 | | |
| 张衡 | 《冢赋》 | 取辞 | 如春之卉，如日之升。 | 如月之恒，如日之升。 | |
| 崔骃 | 《大将军临洛观赋》 | 取辞 | 桃枝夭夭，杨柳猗猗。 | 昔我往矣，杨柳依依。今我来思，雨雪霏霏。 | 《小雅·采薇》 |
| 杨修 | 《节游赋》 | 取辞 | 杨柳依依，钟龙蔚青。 | | |
| 张衡 | 《西京赋》 | 取辞 | 度曲未终，云起雪飞。初若飘飘，后遂霏霏。 | | |
| 繁钦 | 《愁思赋》 | 取辞 | 嗟王事之靡盬，士感时而情悲。愿出身以徇役，式简书以忘归。 | 王事多难，不遑启居。岂不怀归？畏此简书。 | 《小雅·出车》 |
| 枚乘 | 《柳赋》 | 取辞 | 阶草漠漠，白日迟迟。 | 春日迟迟，卉木萋萋。仓庚喈喈，采蘩祁祁。 | |
| 王逸 | 《九思》 | 取辞 | 曾逝兮青冥，鸧鹒兮喈喈。 | | |
| 张衡 | 《东京赋》 | 取辞 | 上下通情，式宴且盘。 | 君子有酒，嘉宾式燕以乐。 | 《小雅·南有嘉鱼》 |
| 张衡 | 《南都赋》 | 取义 | 客赋醉言归，主称露未晞。接欢宴于日夜，终恺乐之令仪。 | 湛湛露斯，匪阳不晞。厌厌夜饮，不醉无归。……岂弟君子，莫不令仪。 | 《小雅·湛露》 |
| 刘祯 | 《鲁都赋》 | 取义 | 赋《湛露》以留客，召丽妙之新倡。 | 《湛露》 | |
| 张衡 | 《西京赋》 | 取辞 | 神木灵草，朱实离离。 | 其桐其椅，其实离离。 | |
| 扬雄 | 《逐贫赋》 | 取辞 | 舍尔入海，泛彼柏舟。尔复我随，载沉载浮。 | 泛泛杨舟，载沉载浮。 | 《小雅·菁菁者莪》 |

续表

| 作者 | 赋篇 | 用诗方式 | 赋文 | 《毛诗正义》文 | 诗篇名 |
|---|---|---|---|---|---|
| 张衡 | 《东京赋》 | 取辞 | 乃御小戎，抚轻轩。中畯四牡，既佶且闲。 | 戎车既安，如轾如轩。四牡既佶，既佶且闲。 | 《小雅·六月》 |
| 应玚 | 《驰射赋》 | 取辞 | 弈弈骍牡，既佶且闲。 | | |
| 张纮 | 《瓌材枕赋》 | 取辞 | 形妍体法，既丽且闲，高卑得适，辟坚每安。 | | |
| 张衡 | 《南都赋》 | 取辞 | 驷飞龙兮骙骙，振和鸾兮京师。总万乘兮徘徊，按平路兮来归。 | 四牡騤騤……来归自镐，我行永久。 | |
| 蔡邕 | 《释诲》 | 取义 | 武功定而干戈戢，玁狁攘而吉甫宴，城濮捷而晋凯入。 | 薄伐玁狁，至于大原。文武吉甫，万邦为宪。 | |
| 班固 | 《东都赋》 | 取辞 | 圣皇莅止，造舟为梁。 | 方叔涖止，其车三千。又曰：造舟为梁。 | 《小雅·采芑》 |
| 张衡 | 《东京赋》 | 取辞 | 陈师鞠旅，教达禁成。 | 钲人伐鼓，陈师鞠旅。 | |
| 陈琳 | 《神女赋》 | 取辞 | 汉三七之建安，荆野蠢而作仇。 | 蠢尔蛮荆，大邦为雠。 | |
| 阮瑀 | 《纪征赋》 | 取辞 | 惟蛮荆之作雠，将治兵而济河。 | | |
| 班固 | 《东都赋》 | 乐歌 | 嘉《车攻》。 | 《车攻》 | 《小雅·车攻》 |
| 张衡 | 《东京赋》 | 取辞 | 薄狩于敖，既璅璅焉。 | 建旐设旄，搏兽于敖。 | |
| 张衡 | 《东京赋》 | 取辞 | 决拾既次，彫弓斯彀。 | 决拾既佽，弓矢既调。 | |
| 班固 | 《东都赋》 | 乐歌 | 采《吉日》。 | 《吉日》 | 《小雅·吉日》 |
| 廉品 | 《大傩赋》 | 取辞 | 于吉日之上戊，将大蜡于腊蒸。 | 吉日维戊，既伯既祷。 | |
| 张衡 | 《西京赋》 | 取辞 | 麀鹿麌麌，骈田偪仄。 | 兽之所同，麀鹿麌麌。……悉率左右，以燕天子。 | |
| 张衡 | 《东京赋》 | 取辞 | 悉率百禽，鸠诸灵囿。兽之所同，是谓告备。 | | |
| 枚乘 | 《七发》 | 取辞 | 旨酒嘉肴，羞炰脍炙，以御宾客。 | 以御宾客，且以酌醴。 | |
| 张衡 | 《东京赋》 | 取辞 | 夏正三朝，庭燎晢晢。 | 夜如何其？夜未艾，庭燎晣晣。 | 《小雅·庭燎》 |
| 张衡 | 《东京赋》 | 取辞 | 銮声哕哕，和铃鉠鉠。 | 君子至止，鸾声哕哕。 | |
| 东方朔 | 《七谏》 | 取辞 | 高山崔巍兮，水流汤汤。 | 沔彼流水，其流汤汤。 | 《小雅·沔水》 |
| 李尤 | 《辟雍赋》 | 取辞 | 流水汤汤，造舟为梁。 | | |

续表

| 作者 | 赋篇 | 用诗方式 | 赋文 | 《毛诗正义》文 | 诗篇名 |
|---|---|---|---|---|---|
| 东方朔 | 《答客难》 | 直引 | 虽然，安可以不务修身乎哉！《诗》云："……鹤鸣于九皋，声闻于天。" | 鹤鸣于九皋，声闻于天。 | 《小雅·鹤鸣》 |
| 张衡 | 《思玄赋》 | 取义 | 遇九皋之介鸟兮，怨素意之不逞。 | 鹤鸣于九皋。 | |
| 陈琳 | 《马脑勒赋》 | 取辞 | 尔乃他山为错，荆和为理，制为宝勒，以御君子。 | 他山之石，可以为错。 | |
| 崔篆 | 《慰志赋》 | 论诗 | 懿《氓》蚩之悟悔兮，慕《白驹》之所从。 | 《白驹》 | 《小雅·白驹》 |
| 张衡 | 《归田赋》 | 取辞 | 于焉逍遥，聊以娱情。 | 所谓伊人，于焉逍遥？ | |
| 张衡 | 《思玄赋》 | 取辞 | 收畴昔之逸豫兮，卷淫放之遐心。 | 尔公尔侯，逸豫无期？……毋金玉尔音，而有遐心。 | |
| 蔡邕 | 《述行赋》 | 取辞 | 爰结纵而轨兮，复邦族以自绥。……言旋言复，我心胥兮。 | 言旋言归，复我邦族。 | 《小雅·黄鸟》 |
| 王粲 | 《出妇赋》 | 取义 | 心摇荡兮变易，忘旧姻兮弃之。 | 不思旧姻，求尔新特。 | 《小雅·我行其野》 |
| 李尤 | 《东观赋》 | 论诗 | 臣虽顽卤，慕《小雅·斯干》叹咏之美。 | 《斯干》 | 《小雅·斯干》 |
| 张衡 | 《东京赋》 | 论诗 | 改奢即俭，则合美乎《斯干》。 | | |
| 张衡 | 《西京赋》 | 取义 | 狭百堵之侧陋，增九筵之迫胁。 | 似续妣祖，筑室百堵，西南其户。又曰：不雕不刻。 | |
| 张衡 | 《东京赋》 | 取辞 | 西南其户，匪雕匪刻。 | | |
| 张衡 | 《冢赋》 | 取辞 | 有觉其材，以构玄室。 | 殖殖其庭，有觉其楹。 | |
| 班固 | 《幽通赋》 | 取义 | 宣、曹兴败于下梦兮，鲁、卫名谥于铭谣。 | 牧人乃梦，众维鱼矣，旐维旟矣，大人占之；众维鱼矣，实维丰年。 | 《小雅·无羊》 |
| 张衡 | 《东京赋》 | 取辞 | 惵惵黔首，岂徒跼高天、蹐厚地而已哉！乃救死于其颈。 | 谓天盖高，不敢不局。谓地盖厚，不敢不蹐。 | 《小雅·正月》 |
| 蔡邕 | 《释诲》 | 取辞 | 天高地厚，跼而蹐之。 | | |
| 张衡 | 《思玄赋》 | 取辞 | 志团团以应悬兮，诚心固其如结。 | 心之忧矣，如或结之。又曰：劳心团团。 | |
| 蔡邕 | 《述行赋》 | 取辞 | 终其永怀，窘阴雨兮。 | 终其永怀，又窘阴雨。 | |
| 蔡邕 | 《述行赋》 | 取辞 | 伫淹留以候霁兮，感忧心之殷殷。 | 念我独兮，忧心殷殷。 | |
| 蔡邕 | 《释诲》 | 取辞 | 速速方毂，夭夭是加；欲丰其屋，乃蔀其家。 | 佌佌彼有屋，蔌蔌方有谷。民今之无禄，天夭是椓。哿矣富人，哀此惸独。 | |

续表

| 作者 | 赋篇 | 用诗方式 | 赋文 | 《毛诗正义》文 | 诗篇名 |
|---|---|---|---|---|---|
| 班固 | 《幽通赋》 | 取辞 | 要没世而不朽兮，乃先民之所程。观天网之纮覆兮，实棐谌而相顺。谟先圣之大繇兮，亦邻德而助信。 | 哀哉为犹，匪先民是程，匪大犹是经。 | 《小雅·小旻》 |
| 蔡邕 | 《释诲》 | 取辞 | 战战兢兢，必慎厥尤。……是以君子推微达著，寻端见绪，履霜知冰，践露知暑，时行则行，时止则止，消息盈冲，取诸天纪。 | 战战兢兢，如临深渊，如履薄冰。 | |
| 扬雄 | 《甘泉赋》 | 取义 | 袭琁室与倾宫兮，若登高眇远，亡国肃乎临渊。 | | |
| 丁廙妻 | 《寡妇赋》 | 取辞 | 恐施厚而德薄，若履冰而临渊。何性命之不造，遭世路之险迍。 | | |
| 扬雄 | 《逐贫赋》 | 取辞 | 尔复我随，翰飞戾天。 | 宛彼鸣鸠，翰飞戾天。 | 《小雅·小宛》 |
| 东方朔 | 《非有先生论》 | 取辞 | 寡人获先人之功，寄于众贤之上，夙兴夜寐，未尝敢怠也。 | 我心忧伤，念昔先人。明发不寐，有怀二人。……夙兴夜寐，毋忝尔所生。 | |
| 班固 | 《幽通赋》 | 取义 | 盖惴惴之临深兮，乃二《雅》之所祗。 | 惴惴小心，如临于谷。 | |
| 丁仪 | 《厉志赋》 | 论诗 | 疾《青蝇》之染白，悲《小弁》之靡托。 | 《小弁》 | 《小雅·小弁》 |
| 蔡邕 | 《述行赋》 | 取义 | 周道鞠为茂草兮，哀正路之日涩。 | 踧踧周道，鞫为茂草。 | |
| 张衡 | 《南都赋》 | 取义 | 永世克孝，怀桑梓焉。真人南巡，睹旧里焉。 | 永世克孝。又曰：维桑与梓，必恭敬止。 | |
| 刘祯 | 《黎阳山赋》 | 取义 | 延首南望，顾瞻旧乡。桑梓增敬，惨切怀伤。 | | |
| 马融 | 《长笛赋》 | 取辞 | 山鸡晨群，埜雉晁雊；求偶鸣子，悲号长啸。 | 雉之朝雊，尚求其雌。 | |
| 张衡 | 《西京赋》 | 取辞 | 取乐今日，遑恤我后。 | 无逝我梁，无发我笱。我躬不阅，遑恤我后。 | |
| 丁廙 | 《蔡伯喈女赋》 | 取辞 | 叹殊类之非匹，伤我躬之无悦。 | | |
| 司马迁 | 《悲士不遇赋》 | 取辞 | 我之心矣，哲已能忖。 | 他人有心，予忖度之。 | 《小雅·巧言》 |
| 祢衡 | 《鹦鹉赋》 | 取义 | 感平生之游处，若埙篪之相须。 | 伯氏吹埙，仲氏吹篪。 | 《小雅·何人斯》 |
| 扬雄 | 《逐贫赋》 | 取辞 | 忘我大德，思我小怨。 | 忘我大德，思我小怨。 | 《小雅·谷风》 |

续表

| 作者 | 赋篇 | 用诗方式 | 赋文 | 《毛诗正义》文 | 诗篇名 |
|---|---|---|---|---|---|
| 王逸 | 《机妇赋》 | 取辞 | 悟彼织女，终日七襄。爱制布帛，始垂衣裳。 | 跂彼织女，终日七襄。 | 《小雅・大东》 |
| 繁钦 | 《暑赋》 | 取辞 | 暑景方徂，时惟六月。 | 四月维夏，六月徂暑。 | 《小雅・四月》 |
| 张衡 | 《西京赋》 | 取辞 | 百卉具零，刚虫搏挚。 | 秋日凄凄，百卉具腓。 | |
| 司马相如 | 《难蜀父老》 | 直引 | 普天之下，莫非王土；率土之滨，莫非王臣。 | 溥天之下，莫非王土；率土之滨，莫非王臣。 | 《小雅・北山》 |
| 班固 | 《东都赋》 | 取义 | 普天率土，各以其职。 | | |
| 王粲 | 《七释》 | 取义 | 普天率土，比屋可封。 | | |
| 祢衡 | 《鹦鹉赋》 | 取辞 | 逾岷越障，载罹寒暑。 | 二月初吉，载离寒暑。 | 《小雅・小明》 |
| 祢衡 | 《鹦鹉赋》 | 取辞 | 心怀归而弗果，徒怨毒于一隅。 | 心之忧矣，其毒大苦。念彼共人，涕零如雨。岂不怀归？畏此罪罟！ | |
| 班昭 | 《东征赋》 | 取辞 | 好正直而不回兮，精诚通于明神。……靖恭委命，唯吉凶兮。 | 靖恭尔位，好是正直，神之听之，介尔景福。又曰：求福不回。 | |
| 张衡 | 《南都赋》 | 取辞 | 其原野则有桑漆麻苎，菽麦稷黍。百谷蕃庑，翼翼与与。 | 我蓺黍稷。我黍与与，我稷翼翼。 | 《小雅・楚茨》 |
| 崔寔 | 《答讥》 | 取辞 | 爱饵衔钩，悔在鸾刀；披文食豢，乃启其毛。 | 执其鸾刀，以启其毛，取其血膋。 | 《小雅・信南山》 |
| 扬雄 | 《逐贫赋》 | 取辞 | 或耘或耔，沾体露肌。 | 今适南亩，或耘或耔。 | 《小雅・甫田》 |
| 班固 | 《东都赋》 | 取辞 | 习习祥风，祁祁甘雨。百谷溱溱，庶卉蕃庑。 | 播厥百谷，既庭且硕……有渰萋萋，兴雨祁祁。 | 《小雅・大田》 |
| 张衡 | 《东京赋》 | 取辞 | 造舟清池，惟水泱泱。 | 瞻彼洛矣，维水泱泱。 | 《小雅・瞻彼洛矣》 |
| 扬雄 | 《逐贫赋》 | 取辞 | 处君之家，福禄如山。 | 君子至止，福禄如茨。 | |
| 司马相如 | 《上林赋》 | 取义 | 悲《伐檀》，乐乐胥。 | 君子乐胥，受天之祜。 | 《小雅・桑扈》 |
| 扬雄 | 《长杨赋》 | 取辞 | 酌允铄，肴乐胥，听庙中之雍雍，受神人之福祜。 | 君子乐胥，受天之祜。又曰：雍雍在宫，肃肃在庙。又曰：绥万国，屡丰年。 | |
| 班固 | 《东都赋》 | 取辞 | 屡惟丰年，于皇乐胥。 | | |
| 班昭 | 《东征赋》 | 取义 | 勉仰高而蹈景兮，尽忠恕而与人。 | 高山仰止，景行行止。 | 《小雅・车舝》 |

续表

| 作者 | 赋篇 | 用诗方式 | 赋文 | 《毛诗正义》文 | 诗篇名 |
|---|---|---|---|---|---|
| 刘向 | 《九叹》 | 论诗 | 若《青蝇》之伪质兮，晋骊姬之反情。 | 《青蝇》 | 《小雅·青蝇》 |
| 丁仪 | 《厉志赋》 | 论诗 | 疾《青蝇》之染白，悲《小弁》之靡托。 | 《青蝇》 | 《小雅·青蝇》 |
| 东方朔 | 《非有先生论》 | 直引 | 《诗》不云乎？“谗人罔极，交乱四国”，此之谓也。 | 谗人罔极，交乱四国。 | 《小雅·青蝇》 |
| 刘向 | 《九叹》 | 取辞 | 谗人浅浅，孰可诉兮。征夫罔极，谁可语兮。 | 谗人罔极，交乱四国。 | 《小雅·青蝇》 |
| 无名氏 | 《神乌傅（赋）》 | 直引 | 诗［云］：“云＝（云云）青绳（蝇），止于杅。几自（？）君子，毋信儳（谗）言。” | 营营青蝇，止于樊，岂弟君子，毋信谗言。 | 《小雅·青蝇》 |
| 刘祯 | 《鲁都赋》 | 取辞 | 水产众伙，各有彝伦；颁首华尾，丰颀重龂。 | 鱼在在藻，有颁其首。……鱼在在藻，有莘其尾。 | 《小雅·鱼藻》 |
| 班固 | 《西都赋》 | 取辞 | 于是既庶且富，娱乐无疆。都人士女，殊异乎五方。 | 彼都人士，狐裘黄黄。其容不改，出言有章。行归于周，万民所望。 | 《小雅·都人士》 |
| 蔡邕 | 《述行赋》 | 取义 | 甘衡门以宁神兮，咏都人而思归。 | 彼都人士，狐裘黄黄。其容不改，出言有章。行归于周，万民所望。 | 《小雅·都人士》 |
| 张衡 | 《南都赋》 | 取辞 | 且其君子，弘懿明叡，允恭温良。容止可则，出言有章。 | 彼都人士，狐裘黄黄。其容不改，出言有章。行归于周，万民所望。 | 《小雅·都人士》 |
| 班倢伃 | 《捣素赋》 | 乐歌 | 歌《采绿》之章，发《东山》之咏。 | 《采绿》 | 《小雅·采绿》 |
| 应玚 | 《撰征赋》 | 取义 | 烈烈征师，寻遐庭兮；悠悠万里，临长城兮。周览郡邑，思既盈兮；嘉想前哲，遗风声兮。 | 悠悠南行，召伯劳之。……烈烈征师，召伯成之。 | 《小雅·黍苗》 |
| 班倢伃 | 《自悼赋》 | 论诗 | 《绿衣》兮《白华》，自古兮有之。 | 《白华》（非笙诗） | 《小雅·白华》 |
| 张衡 | 《南都赋》 | 取辞 | 其水则开窦洒流，浸彼稻田。 | 滮池北流，浸彼稻田。 | 《小雅·白华》 |
| 东方朔 | 《答客难》 | 直引 | 虽然，安可以不务修身乎哉！《诗》云：“鼓钟于宫，声闻于外。” | 鼓钟于宫，声闻于外。 | 《小雅·白华》 |

续表

| 作者 | 赋篇 | 用诗方式 | 赋文 | 《毛诗正义》文 | 诗篇名 |
|---|---|---|---|---|---|
| 张衡 | 《七辩》 | 取辞 | 化明如日，下应如神，汉虽旧邦，其政惟新。 | 周虽旧邦，其命维新。 | 《大雅·文王》 |
| 张衡 | 《南都赋》 | 取辞 | 本枝百世，位天子焉。 | 文王孙子，本支百世。 | |
| 东方朔 | 《非有先生论》 | 直引 | 故《诗》曰："王国克生，惟周之桢，济济多士，文王以宁。" | 世之不显，厥犹翼翼。思皇多士，生此王国。王国克生，维周之桢；济济多士，文王以宁。 | |
| 蔡邕 | 《释诲》 | 取辞 | 君臣穆穆，守之以平。济济多士，端委缙綖。鸿渐盈阶，振鹭充庭。 | | |
| 班彪 | 《北征赋》 | 取辞 | 故时会之变化兮，非天命之靡常。 | 侯服于周，天命靡常。 | |
| 张衡 | 《应间》 | 取义 | 昔有文王，自求多福。 | 永言配命，自求多福。 | |
| 扬雄 | 《甘泉赋》 | 取辞 | 上天之縡，杳旭卉兮。 | 上天之载，无声无臭。 | |
| 班固 | 《东都赋》辟雍诗 | 取辞 | 圣皇莅止，造舟为梁。 | 造舟为梁，不显其光。 | 《大雅·大明》 |
| 李尤 | 《辟雍赋》 | 取辞 | 流水汤汤，造舟为梁。 | | |
| 张衡 | 《东京赋》 | 取义 | 周公初基，其绳则直。 | 其绳则直，缩版以载，作庙翼翼。 | 《大雅·绵》 |
| 张衡 | 《东京赋》 | 取辞 | 曰止曰时，昭明有融。 | 曰止曰时。 | |
| 陈琳 | 《答客难》 | 取义 | 大王筑室，百堵俱作。 | 筑之登登，削屡冯冯。百堵皆兴，鼛鼓弗胜。 | |
| 张衡 | 《西京赋》 | 取辞 | 高门有闶，列坐金狄。 | 迺立皋门，皋门有伉。……迺立应门，应门将将。 | |
| 张衡 | 《东京赋》 | 取辞 | 启南端之特闱，立应门之将将。 | | |
| 张衡 | 《七辩》 | 取辞 | 重屋百屋，连阁周漫。应门锵锵，华阙双建。 | | |
| 扬雄 | 《长杨赋》 | 取辞 | 其勤若此，故真神之所劳也。 | 岂弟君子，神所劳矣。 | 《大雅·旱麓》 |
| 班昭 | 《东征赋》 | 取辞 | 好正直而不回兮。 | 岂弟君子，求福不回。 | |
| 张衡 | 《思玄赋》 | 乐歌 | 玩阴阳之变化兮，咏《雅》《颂》之徽音。 | 大姒嗣徽音，则百斯男。 | 《大雅·思齐》 |
| 扬雄 | 《长杨赋》 | 取辞 | 听庙中之雍雍。 | 雝雝在宫，肃肃在庙。 | |
| 扬雄 | 《长杨赋》 | 取辞 | 其后熏鬻作虐，东夷横畔，羌戎睚眦，闽越相乱。遐萌为之不安，中国蒙被其难。于是圣武勃怒，爰整其旅。 | 密人不恭，敢距大邦，侵阮徂共。王赫斯怒，爰整其旅，以按徂旅。 | 《大雅·皇矣》 |
| 班彪 | 《北征赋》 | 取辞 | 嘉秦昭之讨贼，赫斯怒以北征。 | | |
| 陈琳 | 《武军赋》 | 取辞 | 南辕反旆，爰整其旅。 | | |

续表

| 作者 | 赋篇 | 用诗方式 | 赋文 | 《毛诗正义》文 | 诗篇名 |
|---|---|---|---|---|---|
| 班固 | 《东都赋》灵台诗 | 取辞 | 乃经灵台，灵台既崇。 | 经始灵台，经之营之。庶民攻之，不日成之。经始勿亟，庶民子来。 | 《大雅·灵台》 |
| 张衡 | 《东京赋》 | 取辞 | 经始勿亟，成之不日。 | | |
| 陈琳 | 《答客难》 | 取义 | 西伯营台，功不浃日。 | | |
| 傅毅 | 《七激》 | 取辞 | 王在灵囿，讲戎简旅。 | 王在灵囿，麀鹿攸伏。麀鹿濯濯，白鸟翯翯。 | |
| 公孙诡 | 《文鹿赋》 | 取辞 | 麀鹿濯濯，来我槐庭。 | | |
| 班彪 | 《北征赋》 | 论诗 | 慕公刘之遗德，及《行苇》之不伤。 | 敦彼行苇，牛羊勿践履。 | 《大雅·行苇》 |
| 张衡 | 《东京赋》 | 取辞 | 曰止曰时，昭明有融。 | 昭明有融。 | 《大雅·既醉》 |
| 张衡 | 《东京赋》 | 取辞 | 涤濯静嘉，礼仪孔明。 | 其告维何？笾豆静嘉。朋友攸摄，摄以威仪。 | |
| 张衡 | 《东京赋》 | 取辞 | 春醴惟醇，燔炙芬芬。君臣欢康，具醉熏熏。 | 凫鹥在亹，公尸来止熏熏。旨酒欣欣，燔炙芬芬。 | 《大雅·凫鹥》 |
| 班固 | 《东都赋》明堂诗 | 取辞 | 圣皇宗祀，穆穆煌煌。 | 穆穆皇皇，宜君宜王。不愆不忘，率由旧章。 | 《大雅·假乐》 |
| 张衡 | 《七辩》 | 取辞 | 在我圣皇，躬劳至思。参天两地，匪怠厥词。率由旧章，遵彼前谋。 | | |
| 班彪 | 《北征赋》 | 取义 | 乘陵岗以登降，息郇、邠之邑乡。慕公刘之遗德，及《行苇》之不伤。 | 笃公刘，匪居匪康。 | 《大雅·公刘》 |
| 张衡 | 《南都赋》 | 取辞 | 近则考侯思故，匪居匪宁。 | | |
| 羊胜 | 《屏风赋》 | 取辞 | 画以古列，颙颙昂昂。 | 颙颙卬卬，如圭如璋，令闻令望。 | 《大雅·卷阿》 |
| 张衡 | 《东京赋》 | 取辞 | 敬慎威仪，示民不偷。 | 敬慎威仪，以近有德。 | 《大雅·民劳》 |
| 张衡 | 《思玄赋》 | 取辞 | 览蒸民之多僻兮，畏立辟以危身。 | 民之多辟，无自立辟。 | 《大雅·板》 |
| 孔臧 | 《杨柳赋》 | 取辞 | 饮不至醉，乐不及荒。威仪抑抑，动合典章。退坐分别，其乐难忘。 | 抑抑威仪，维德之隅。 | 《大雅·抑》 |
| 班固 | 《东都赋》辟雍诗 | 取辞 | 抑抑威仪，孝友光明。 | | |
| 张衡 | 《西京赋》 | 取辞 | 植铩悬犬，用戒不虞。 | 质尔人民，谨尔侯度，用戒不虞。 | |
| 班固 | 《幽通赋》 | 取辞 | 匪党人之敢拾兮，庶斯言之不玷。 | 斯言之玷，不可为也！ | |
| 张衡 | 《思玄赋》 | 取辞 | 有无言而不雠兮，又何往而不复？ | 无言不雠，无德不报。 | |

续表

| 作者 | 赋篇 | 用诗方式 | 赋文 | 《毛诗正义》文 | 诗篇名 |
|---|---|---|---|---|---|
| 严忌 | 《哀时命》 | 取辞 | 身既不容于浊世兮，不知进退之宜当。 | 人亦有言：进退维谷。 | 《大雅·桑柔》 |
| 董仲舒 | 《士不遇赋》 | 取辞 | 虽日三省于吾身兮，繇怀进退之惟谷。 | | |
| 邓耽 | 《郊祀赋》 | 取辞 | 玉璧既卒，于斯万年。 | 圭璧既卒，宁莫我听？ | 《大雅·云汉》 |
| 刘祯 | 《大暑赋》 | 取辞 | 其为暑也，羲和总驾发扶木，太阳为舆达灾烛，灵威参垂步朱谷。赫赫炎炎，烈烈晖晖。若炽燎之附体，又温泉而沉肌。 | 旱既大甚，则不可沮。赫赫炎炎，云我无所。 | |
| 张衡 | 《东京赋》 | 取辞 | 盛夏后之致美，爰敬恭于明神。 | 敬恭明神，宜无悔怒。 | |
| 傅毅 | 《洛都赋》 | 取辞 | 镇以嵩高乔岳，峻极于天。 | 崧高维岳，骏极于天。 | 《大雅·崧高》 |
| 张衡 | 《东京赋》 | 取义 | 召伯相宅，卜惟洛食。 | 王命召伯，定申伯之宅。 | |
| 王延寿 | 《鲁灵光殿赋》 | 取辞 | 锡介珪以作瑞，宅附庸而开宇。 | 锡尔介圭，以作尔宝。 | |
| 崔篆 | 《慰志赋》 | 论诗 | 庶明哲之末风兮，惧《大雅》之所讥。 | 既明且哲，以保其身。 | 《大雅·烝民》 |
| 张衡 | 《七辩》 | 取辞 | 吾子之诲，穆如清风。启乃嘉猷，实慰我心。 | 吉甫作诵，穆如清风。仲山甫永怀，以慰其心。 | |
| 张衡 | 《东京赋》 | 取辞 | 龙辀华轙，金鍐镂钖。方釳左纛，钩膺玉瓖。 | 玄衮赤舄，钩膺镂锡。 | 《大雅·韩奕》 |
| 枚乘 | 《七发》 | 取辞 | 诚奋厥武，如振如怒。 | 王奋厥武，如震如怒。 | 《大雅·常武》 |
| 张超 | 《诮青衣赋》 | 论诗 | 历观今古，祸福之阶，多犹孽妾淫妻。《书》戒牝鸡，《诗》载哲妇，三代之季，皆由斯起。 | 哲夫成城，哲妇倾城。懿厥哲妇，为枭为鸱。妇有长舌，维厉之阶。乱匪降自天，生自妇人。匪教匪诲，时维妇寺。 | 《大雅·瞻卬》 |

三、汉赋用《颂》列表

| 作者 | 赋篇 | 用诗方式 | 赋文 | 《毛诗正义》文 | 诗篇名 |
|---|---|---|---|---|---|
| 扬雄 | 《羽猎赋》 | 论诗 | 修唐典，匡《雅》《颂》，揖让于前。 | 颂 | 颂 |
| 扬雄 | 《解难》 | 乐歌 | 《雅》《颂》之声，不温纯深润，则不足以扬鸿烈而章缉熙。 | 颂 | 颂 |

续表

<table>
<tr><th>作者</th><th>赋篇</th><th>用诗方式</th><th>赋文</th><th>《毛诗正义》文</th><th>诗篇名</th></tr>
<tr><td>班固</td><td>《两都赋序》</td><td>论诗</td><td>昔成、康没而颂声寝，王泽竭而诗不作。</td><td>颂</td><td>颂</td></tr>
<tr><td>杜笃</td><td>《众瑞赋》</td><td>乐歌</td><td>《雅》《颂》之声，非一家之作也。</td><td>颂</td><td>颂</td></tr>
<tr><td>张衡</td><td>《思玄赋》</td><td>论诗</td><td>玩阴阳之变化兮，咏《雅》《颂》之徽音。</td><td>颂</td><td>颂</td></tr>
<tr><td>班昭</td><td>《大雀赋》</td><td>乐歌</td><td>上下协而相亲，听《雅》《颂》之雍雍。</td><td>颂</td><td>颂</td></tr>
<tr><td>扬雄</td><td>《河东赋》</td><td>取义</td><td>敦众神使式道兮，奋六经以摅颂。逾于穆之缉熙兮，过《清庙》之雝雝。</td><td>于穆清庙，肃雝显相。</td><td>《周颂·清庙》</td></tr>
<tr><td>班固</td><td>《东都赋》明堂诗</td><td>取辞</td><td>猗与缉熙，允怀多福。</td><td>维清缉熙，文王之典。</td><td>《周颂·维清》</td></tr>
<tr><td>张衡</td><td>《东京赋》</td><td>取辞</td><td>万舞奕奕，钟鼓喤喤。</td><td rowspan="2">钟鼓喤喤，磬莞将将，降福穰穰。</td><td rowspan="2">《周颂·执竞》</td></tr>
<tr><td>张衡</td><td>《东京赋》</td><td>取辞</td><td>神具醉止，降福穰穰。</td></tr>
<tr><td>张衡</td><td>《东京赋》</td><td>取辞</td><td>度秋豫以收成，观丰年之多稌。</td><td>丰年多黍多稌。</td><td>《周颂·丰年》</td></tr>
<tr><td>张衡</td><td>《东京赋》</td><td>取辞</td><td>设业设虡，宫悬金镛。鼖鼓路鼗，树羽幢幢。</td><td rowspan="2">设业设虡，崇牙树羽。</td><td rowspan="4">《周颂·有瞽》</td></tr>
<tr><td>张衡</td><td>《东京赋》</td><td>取辞</td><td>崇牙张，镛鼓设。</td></tr>
<tr><td>马融</td><td>《长笛赋》</td><td>取辞</td><td>箫管备举，金石并隆。</td><td>既备乃奏，箫管备举。</td></tr>
<tr><td>班固</td><td>《东都赋》辟雍诗</td><td>取辞</td><td>鸿化惟神，永观厥成。</td><td>我客戾止，永观厥成。</td></tr>
<tr><td>张衡</td><td>《东京赋》</td><td>取辞</td><td>鍪声哕哕，和铃鉠鉠。</td><td>龙旂阳阳，和铃央央。</td><td>《周颂·载见》</td></tr>
<tr><td>丁廙妻</td><td>《寡妇赋》</td><td>取义</td><td>何性命之不造，遭世路之险迍。</td><td>闵予小子，遭家不造，嬛嬛在疚。</td><td rowspan="2">《周颂·闵予小子》</td></tr>
<tr><td>张衡</td><td>《南都赋》</td><td>取辞</td><td>永世克孝，怀桑梓焉。</td><td>於乎皇考，永世克孝。</td></tr>
<tr><td>邹阳</td><td>《酒赋》</td><td>取辞</td><td>乐只之深，不吴不狂。</td><td>不吴不敖，胡考之休。</td><td>《周颂·丝衣》</td></tr>
<tr><td>傅毅</td><td>《舞赋》</td><td>乐歌</td><td>《礼》设三爵之制，《颂》有醉归之歌。</td><td rowspan="2">振振鹭，鹭于飞，鼓咽咽，醉言归，于胥乐兮。</td><td rowspan="2">《鲁颂·有駜》</td></tr>
<tr><td>张衡</td><td>《南都赋》</td><td>取义</td><td>客赋醉言归，主称露未晞。</td></tr>
</table>

续表

| 作者 | 赋篇 | 用诗方式 | 赋文 | 《毛诗正义》文 | 诗篇名 |
| --- | --- | --- | --- | --- | --- |
| 张衡 | 《东京赋》 | 取辞 | 銮声哕哕，和铃鉠鉠。 | 其旂茷茷，鸾声哕哕。 | 《鲁颂·泮水》 |
| 张衡 | 《东京赋》 | 取辞 | 敬慎威仪，示民不偷。 | 穆穆鲁侯，敬明其德。敬慎威仪，维民之则。允文允武，昭假烈祖。靡有不孝，自求伊祜。 | |
| 张衡 | 《东京赋》 | 取辞 | 好乐无荒，允文允武。 | | |
| 邓耽 | 《郊祀赋》 | 取辞 | 穆穆皇王，克明厥德。应符蹈运，旋章厥福。昭假烈祖，以孝以仁。 | | |
| 公孙诡 | 《文鹿赋》 | 取辞 | 食我槐叶，怀我德声。 | 食我桑黮，怀我好音。 | |
| 李尤 | 《辟雍赋》 | 取辞 | 是以乾坤所周，八极所要。夷戎蛮羌，儋耳哀牢。重译响应，抱珍来朝。南金大路，玉象犀龟。 | 憬彼淮夷，来献其琛。元龟象齿，大赂南金。 | |
| 班固 | 《两都赋序》 | 论诗 | 故皋陶歌虞，奚斯颂鲁，同见采于孔氏，列于《诗》《书》，其义一也。 | 新庙奕奕，奚斯所作。孔曼且硕，万民是若。 | 《鲁颂·閟宫》 |
| 王延寿 | 《鲁灵光殿赋》 | 论诗 | 故奚斯颂僖，歌其路寝。而功绩存乎辞，德音昭乎声。 | | |
| 张衡 | 《东京赋》 | 取辞 | 毛炰豚胉，亦有和羹。 | 亦有和羹，既戒既平。 | 《商颂·烈祖》 |
| 邹阳 | 《几赋》 | 取辞 | 君王凭之，圣德日跻。 | 汤降不迟，圣敬日跻。 | 《商颂·长发》 |
| 司马相如 | 《喻巴蜀檄》 | 取义 | 陛下即位，存抚天下，集安中国，然后兴师出兵，北征匈奴，单于怖骇，交臂受事，屈膝请和。康居西域，重译纳贡，稽首来享。 | 昔有成汤，自彼氐羌，莫敢不来享，莫敢不来王。 | 《商颂·殷武》 |
| 张衡 | 《东京赋》 | 取义 | 重舌之人九译，佥稽首而来王。 | | |
| 张衡 | 《东京赋》 | 取义 | 且高既受命建家，造我区夏矣；文又躬自菲薄，治致升平之德。武有大启土宇，纪禅肃然之功。宣重威以抚和戎狄，呼韩来享。 | | |
| 班固 | 《东都赋》 | 取辞 | 故下人号而上诉，上帝怀而降鉴。 | 天命降监，下民有严。 | |
| 班固 | 《东都赋》 | 取辞 | 然后增周旧，修洛邑。翩翩巍巍，显显翼翼。光汉京于诸夏，总八方而为之极。 | 商邑翼翼，四方之极。 | |
| 张衡 | 《东京赋》 | 取辞 | 京邑翼翼，四方所视。 | | |

## 四、汉赋用六经名列表

| 作者 | 赋名 | 赋文 |
|---|---|---|
| 司马相如 | 《上林赋》 | 游于六艺之囿，驰骛乎仁义之涂。 |
| 班固 | 《西都赋》 | 讲论乎六蓺，稽合乎同异。（曹大家曰：至论，谓五经六艺） |
| 杜笃 | 《书攄赋》 | 抱六艺而卷舒，敷五经之典式。 |
| 扬雄 | 《河东赋》 | 敦众神使式道兮，奋六经以摅颂。 |
| 崔篆 | 《慰志赋》 | 竫潜思于至赜兮，骋六经之奥府。 |
| 班固 | 《东都赋》 | 盖六籍所不能谈，前圣靡得而言焉。 |
| 班固 | 《东都赋》 | 案六经而校德，眇古昔而论功。仁圣之事既该，帝王之道备矣。 |
| 傅毅 | 《七激》 | 挟六经之指，守偏塞之术，意亦有所蔽与？ |
| 崔骃 | 《达旨》 | 今子韫椟《六经》，服膺道术，历世而游，高谈有日，俯钩深于重渊，仰探远乎九乾，穷至赜于幽微，测潜隐之无源。 |
| 张衡 | 《思玄赋》 | 御六艺之珍驾兮，游道德之平林。 |
| 张衡 | 《思玄赋》 | 曰近信而远疑兮，六籍阙而不书。（六籍，六经） |
| 张衡 | 《应间》 | 仲尼不遇，故论六经，以俟来辟，耻一物之不知，有事之无范。 |
| 蔡邕 | 《笔赋》 | 传六经而缀百氏兮，建皇极而序彝伦。 |

## 五、汉赋用“诗”名列表

| 作者 | 赋名 | 赋文 |
|---|---|---|
| 班倢伃 | 《自悼赋》 | 陈女图以镜监兮，顾女史而问诗。 |
| 东方朔 | 《答客难》 | 今子大夫修先王之术，慕圣人之义，讽诵《诗》《书》百家之言，不可胜数。 |
| 刘向 | 《九叹》 | 舒情陈《诗》，冀以自免兮。 |
| 扬雄 | 《覈灵赋》 | 自今推古，至于元气始化，古不览今，名号迭毁，请以《诗》《春秋》言之。 |
| 扬雄 | 《解嘲》 | 徽以纠墨，制以质鈇，散以礼乐，风以《诗》《书》。 |
| 班固 | 《东都赋》 | 今论者但知诵虞、夏之《书》，咏殷、周之《诗》。讲羲、文之《易》，论孔氏之《春秋》。罕能精古今之清浊，究汉德之所由。 |
| 杜笃 | 《祓禊赋》 | 若乃隐逸未用，鸿生俊儒，冠高冕，曳长裾，坐沙渚，谈《诗》《书》，咏伊吕，歌唐虞。 |
| 傅毅 | 《舞赋》 | 明诗表指，喟息激昂。 |

续表

| 作者 | 赋名 | 赋文 |
| --- | --- | --- |
| 崔骃 | 《大将军西征赋》 | 愚闻昔在上世，义兵所克，工歌其诗，具陈其颂，书之庸器。列在明堂，所以显武功也。 |
| 王粲 | 《神女赋》 | 称诗表志，安气和声。探怀授心，发露幽情。 |

说明：

1. 本表所录汉赋原文以费振刚等《全汉赋校注》为准，参校以《史记》《汉书》《后汉书》《文选》《楚辞补注》《艺文类聚》《初学记》《太平御览》《古文苑》《汉魏六朝百三家集》《全上古三代秦汉三国六朝文》等。《诗经》原文，引自阮元校刻《十三经注疏》，中华书局1980年版。

2. 汉赋用《诗》涉及六个层面的文献：一是总括于“六经”“六艺”“六籍”之中；二是直接称《诗》《诗三百》等；三是称“风”“雅”“颂”，或并称如“风雅”“雅颂”；四是称具体“国风”名，或“大雅”“小雅”名，或“周颂”“鲁颂”“商颂”名；五是列出具体的篇名，如《鹿鸣》《公刘》等；六是直接征引《诗经》中的具体诗句或诗义。

3. 汉赋提及六经名13次，提及《诗》名10次，用《国风》188次，用《雅》192次，用《颂》37次，总共用诗440次，其中西汉用《诗》96次，东汉用《诗》344次。

4. 用《诗》方式：论诗37次；取义85次；取辞260次；乐歌29次；直引6次。直引者东方朔《答客难》2次、《非有先生论》2次；司马相如《难蜀父老》1次；《神乌傅（赋）》1次。

5. 主要作家用《诗》情况

（1）西汉：贾谊1次，枚乘7次，司马相如14次，东方朔11次，王褒1次，刘向7次，扬雄26次，班倢伃7次。其中司马相如用《国风》11次，用《雅》2次，用《颂》1次；扬雄用《国风》8次，用《雅》15次，用《颂》3次。

（2）东汉：班彪8次，杜笃5次，班固31次，张衡114次，马融3次，王延寿3次，蔡邕26次，王粲13次，陈琳11次。其中班固赋用《国风》5次，用《雅》20次，用《颂》6次；张衡用《国风》39次，用《雅》59次，用《颂》16次；马融用《国风》1次，《雅》1次，《颂》1次；蔡邕用《国风》14次，用《雅》12次，用《颂》0次；王粲用《国风》8次，用《雅》5次，用《颂》0次；陈琳用《国风》6次，用《雅》5次，用《颂》0次。

# 参考文献

## 古籍类

（一）经部

陈奂：《诗毛氏传疏》，《皇清经解续编》本。

陈启源：《毛诗稽古编》，文渊阁《四库全书》，第85册。

陈乔枞：《诗经四家异文考》，《续修四库全书》，第75册。

陈乔枞：《诗纬集证》，《续修四库全书》，第77册。

陈寿祺撰，陈乔枞述：《三家诗遗说考》，《续修四库全书》，第76册。

杜预注，孔颖达正义：《春秋左传正义》，阮元校刻：《十三经注疏》，中华书局1980年版。

段昌武：《毛诗集解》，文渊阁《四库全书》，第74册。

范家相：《三家诗拾遗》，文渊阁《四库全书》，第88册。

方玉润撰，李先耕点校：《诗经原始》，中华书局1986年版。

冯登府：《三家诗遗说》，《续修四库全书》，第76册。

冯应京：《六家诗名物疏》，文渊阁《四库全书》，第80册。

顾炎武：《音学五书》，中华书局1982年版。

桂馥：《说文解字义证》，清同治刻本。

韩婴撰，许维遹校释：《韩诗外传集释》，中华书局1980年版。

韩婴撰，薛汉章句：《韩婴诗内传》，《黄氏逸书考·汉学堂经解》本。
何休解诂，徐彦疏：《春秋公羊传注疏》，阮元校刻：《十三经注疏》，中华书局1980年版。
后苍：《齐诗传》，《玉函山房辑佚书》。
胡安国：《春秋传》，《四部丛刊续编》，商务印书馆1934年版。
胡承珙撰，郭全芝校点：《毛诗后笺》，黄山书社1999年版。
胡瑗：《周易口义》，文渊阁《四库全书》，台湾商务印书馆1986年版，第8册。
江翰：《诗经四家异文补考》，《丛书集成续编》，中华书局1989年版。
李樗、黄櫄：《毛诗集解》，文渊阁《四库全书》，第71册。
李光：《读易详说》，文渊阁《四库全书》，第10册。
林之奇：《尚书全解》，文渊阁《四库全书》，第55册。
陆玑撰：《毛诗草木鸟兽虫鱼疏》，文渊阁《四库全书》，第70册。
吕祖谦：《吕氏家塾读诗记》，《四部丛刊续编》本。
马融：《毛诗马氏注》，《玉函山房辑佚书》。
马瑞辰撰，陈金生点校：《毛诗传笺通释》，中华书局1989年版。
毛亨传，郑玄笺，孔颖达疏：《毛诗正义》，阮元校刻：《十三经注疏》，中华书局1980年版。
皮锡瑞：《经学通论》，中华书局1954年版。
皮锡瑞著，周予同注释：《经学历史》，中华书局1959年版。
钱绎撰集：《方言笺疏》，中华书局1991年版。
阮元：《三家诗补遗》，《续修四库全书》，第76册。
申培：《鲁诗故》，《玉函山房辑佚书》。
宋绵初：《韩诗内传征》，《续修四库全书》，第75册。
苏轼：《东坡易传》，明刻朱墨套印本。
王弼、韩康伯注，孔颖达正义：《周易正义》，阮元校刻：《十三经注疏》，中华书局1980年版。

王念孙：《广雅疏证》，中华书局 1983 年版。

王念孙：《说文谐声谱》，武林叶氏印本。

王肃伪孔安国传，孔颖达疏：《尚书正义》，阮元校刻：《十三经注疏》，中华书局 1980 年版。

王先谦撰，吴格点校：《诗三家义集疏》，中华书局 1987 年版。

王应麟：《诗考》，文渊阁《四库全书》，第 75 册。

王昭禹：《周礼详解》，文渊阁《四库全书》，第 91 册。

王志长：《周礼注疏删翼》，文渊阁《四库全书》，第 97 册。

魏源：《诗古微》，《续修四库全书》，第 77 册。

许慎撰，段玉裁注：《说文解字注》，上海古籍出版社 1988 年版。

姚际恒撰，顾颉刚校点：《诗经通论》，中华书局 1985 年版。

辕固：《辕固齐诗传》，民国二十三年（1934）江都朱长圻据甘泉黄氏原版补刊《黄氏逸书考 · 汉学堂经解》本。

臧庸：《韩诗遗说》，《丛书集成初编》，中华书局 1985 年版。

迮鹤寿：《齐诗翼氏学》，《续修四库全书》，上海古籍出版社 2002 年版，第 75 册。

郑玄注，贾公彦疏：《仪礼注疏》，阮元校刻：《十三经注疏》，中华书局 1980 年版。

郑玄注，贾公彦疏：《周礼注疏》，阮元校刻：《十三经注疏》，中华书局 1980 年版。

郑玄注，孔颖达正义：《礼记正义》，阮元校刻：《十三经注疏》，中华书局 1980 年版。

朱骏声：《说文通训定声》，清道光二十八年刻本。

朱熹集注：《诗集传》，中华书局 1958 年版。

（二）史部

班固：《汉书》，中华书局 1962 年版。

陈寿：《三国志》，中华书局1959年版。

范晔：《后汉书》，中华书局1965年版。

房玄龄等：《晋书》，中华书局1974年版。

嵇璜、曹仁虎等撰：《钦定续文献通考》，文渊阁《四库全书》，第626—631册。

梁玉绳：《史记志疑》，中华书局，1981年版。

刘向：《列女传》，文渊阁《四库全书》本。

刘向集录：《战国策》，上海古籍出版社1985年版。

刘昫等：《旧唐书》，中华书局1975年版。

刘珍等撰，吴树平校注：《东观汉记校注》，中华书局2008年版。

刘知幾撰，浦起龙释：《史通通释》，上海古籍出版社1978年版。

马端临：《文献通考》，中华书局1986年版。

欧阳修、宋祁：《新唐书》，中华书局1975年版。

上海师范大学古籍整理组校点：《国语》，上海古籍出版社1978年版。

司马迁：《史记》，中华书局1982年版。

唐晏著，吴东民点校：《两汉三国学案》，中华书局1986年版。

脱脱等：《金史》，中华书局1975年版。

脱脱等：《宋史》，北京：中华书局1985年版。

王先谦：《汉书补注》，中华书局1983年版。

魏徵等：《隋书》，中华书局1973年版。

无名氏：《庙学典礼》，文渊阁《四库全书》，第648册。

荀悦、袁宏著，张烈点校：《两汉纪》，中华书局2002年版。

永瑢等：《四库全书总目》，中华书局1965年版。

张敬注译：《列女传今注今译》，台湾商务印书馆1994年版。

张廷玉等：《明史》，中华书局1974年版。

章学诚著，叶瑛校注：《文史通义校注》，中华书局1985年版。

赵尔巽等：《清史稿》，中华书局1977年版。

郑樵撰，王树民点校：《通志二十略》，中华书局 1995 年版。
朱彝尊：《经义考》，文渊阁《四库全书》，第 671—680 册。

（三）子部

陈立撰，吴则虞点校：《白虎通疏证》，中华书局 1994 年版。
高诱注，毕沅校：《吕氏春秋》，上海古籍出版社 1996 年版。
何焯著，崔高维点校：《义门读书记》，中华书局 1987 年版。
桓谭撰，朱谦之辑校：《新辑本桓谭新论》，中华书局 2009 年版。
黄承吉：《梦陔堂文说》，《清代诗文集汇编》，上海古籍出版社 2010 年版。
贾谊撰，阎振益、钟夏校注：《新书校注》，中华书局 2000 年版。
刘文典撰，冯逸、乔华点校：《淮南鸿烈集解》，中华书局 1989 年版。
刘向编著，石光瑛校释：《新序校释》，中华书局 2001 年版。
刘向编著，向宗鲁校证：《说苑校证》，中华书局 1987 年版。
陆次云：《北墅绪言》，清康熙二十三年（1684）宛羽斋刻增修本。
陆贾著，王利器校注：《新语校注》，中华书局 1986 年版。
钱大昕：《十驾斋养新录》，上海书店 1983 年版。
阮福：《文笔考》，《丛书集成初编》，中华书局 1985 年版。
苏舆撰，钟哲点校：《春秋繁露义证》，中华书局 1992 年版。
汪荣宝撰，陈仲夫点校：《法言义疏》，中华书局 1987 年版。
王充撰，黄晖校释：《论衡校释》，中华书局 1985 年版。
王符著，汪继培笺，彭铎校正：《潜夫论笺校正》，中华书局 1985 年版。
王先谦撰，沈啸寰、王星贤点校：《荀子集解》，中华书局 1988 年版。
颜之推著，王利器集解：《颜氏家训集解》，上海古籍出版社 1980 年版。
赵翼：《陔余丛考》，中华书局 1963 年版。
《诸子集成》，上海书店 1986 年版。

（四）集部

戴纶喆编：《汉魏六朝赋摘艳谱说》，清光绪七年（1881）瀛山书院刻本。

郭正域批点：《选赋》，明凌氏凤笙阁刻朱墨套印本。

洪兴祖撰，白化文等点校：《楚辞补注》，中华书局 1983 年版。

贾谊著，王洲明、徐超校注：《贾谊集校注》，人民文学出版社 1996 年版。

刘熙载：《艺概》，上海古籍出版社 1978 年版。

刘勰著，范文澜注：《文心雕龙注》，人民文学出版社 1958 年版。

浦铣著，何新文、路成文校证：《历代赋话校证》（附《复小斋赋话》），上海古籍出版社 2007 年版。

司马相如著，金国永校注：《司马相如集校注》，上海古籍出版社 1993 年版。

宋玉著，金荣权笺评：《宋玉辞赋笺评》，中州古籍出版社 1991 年版。

王夫之：《楚辞通释》，中华书局 1975 年版。

吴讷著，于北山校点：《文章辨体序说》，人民文学出版社 1962 年版。

萧统编，李善等注：《六臣注文选》，中华书局 2012 年版。

萧统编，李善注：《文选》，中华书局 1977 年版。

徐师曾著，罗根泽校点：《文体明辨序说》，人民文学出版社 1962 年版。

严可均辑：《全上古三代秦汉三国六朝文》，中华书局 1987 年版。

扬雄著，张震泽校注：《扬雄集校注》，上海古籍出版社 1993 年版。

于光华编：《评注昭明文选》，扫叶山房 1919 年石印本。

张凤翼：《文选纂注》，明万历庚辰本。

张衡注，张震泽校注：《张衡诗文集校注》，上海古籍出版社 1986 年版。

张溥辑：《汉魏六朝百三家集》，文渊阁《四库全书》，第 1412—1416 册。

章樵注：《古文苑》，《丛书集成初编》，中华书局 1985 年版。

朱熹：《楚辞集注》，上海古籍出版社 1979 年版。

祝尧：《古赋辩体》，见王冠辑：《赋话广聚》，北京图书馆出版社 2006 年版，第 2 册。

# 今人编著类

曹虹：《中国辞赋源流综论》，中华书局 2005 年版。

曹明纲：《赋学概论》，上海古籍出版社 1998 年版。

曹胜高：《汉赋与汉代制度》，北京大学出版社 2006 年版。

曹淑娟：《汉赋之写物言志传统》，台湾文津出版社 1987 年版。

陈去病：《辞赋学纲要》，台湾文海出版有限公司 1971 年版。

陈子展：《诗经直解》，复旦大学出版社 1983 年版。

程俊英、蒋见元：《诗经注析》，中华书局 1991 年版。

程章灿：《赋学论丛》，中华书局 2005 年版。

程章灿：《魏晋南北朝赋史》，江苏古籍出版社 2001 年版。

费振刚、仇仲谦、刘南平校注：《全汉赋校注》，广东教育出版社 2005 年版。

费振刚、胡双宝、宗明华辑校：《全汉赋》，北京大学出版社 1993 年版。

冯良方：《汉赋与经学》，中国社会科学出版社 2004 年版。

高步瀛撰，曹道衡、沈玉成点校：《文选李注义疏》，中华书局 1985 年版。

龚克昌：《中国辞赋研究》，山东大学出版社 2003 年版。

龚克昌等评注：《全汉赋评注》，花山文艺出版社 2003 年版。

顾实：《汉书艺文志讲疏》，上海古籍出版社 1987 年版。

郭建勋：《辞赋文体研究》，中华书局 2007 年版。

郭建勋：《先唐辞赋研究》，人民出版社 2004 年版。

郭维森、许结：《中国辞赋发展史》，江苏教育出版社 1996 年版。

国家文物局古文献研究室编：《马王堆汉墓帛书（一）》，文物出版社 1980 年版。

何沛雄：《汉魏六朝赋论集》，台湾联经出版事业公司 1990 年版。

何沛雄编：《赋话六种》，三联书店香港分店 1982 年版。

何新文、苏瑞隆、彭安湘：《中国赋论史》，人民出版社 2012 年版。

何新文：《中国赋论史稿》，开明出版社 1993 年版。

洪湛侯：《诗经学史》，中华书局 2002 年版。
胡平生、韩自强：《阜阳汉简〈诗经〉研究》，上海古籍出版社 1988 年版。
胡朴安：《读汉文记》，安吴胡氏《朴学斋丛刊》1923 年石印本。
黄侃平点，黄焯编次：《文选平点》，上海古籍出版社 1985 年版。
简宗梧：《汉赋史论》，台湾东大图书股份有限公司 1993 年版。
简宗梧：《汉赋源流与价值之商榷》，台湾文史哲出版社 1980 年版。
姜书阁：《汉赋通义》，齐鲁书社 1989 年版。
金春峰：《汉代思想史》，中国社会科学出版社 1987 年版。
金秬香：《汉代词赋之发达》，商务印书馆 1934 年版。
荆门市博物馆编：《郭店楚墓竹简》，文物出版社 1998 年版。
冷卫国：《汉魏六朝赋学批评研究》，商务印书馆 2012 年版。
李曰刚：《辞赋流变史》，台湾文津出版社 1987 年版。
连云港市博物馆、中国文物研究所编：《尹湾汉墓简牍综论》，科学出版社 1999 年版。
林耀潾：《两汉三家诗学研究》，台湾文津出版社 1996 年版。
刘立志：《汉代诗经学史论》，中华书局 2007 年版。
刘咸炘撰，黄曙辉编校：《刘咸炘学术论文集》，广西师大出版社 2007 年版。
刘永济：《十四朝文学要略》，中华书局 2007 年版。
刘跃进著，徐华校：《文选旧注辑存》，凤凰出版社 2017 年版。
马承源主编：《上海博物馆藏战国楚竹书（一）》，上海古籍出版社 2001 年版。
马衡：《凡将斋金石丛稿》，中华书局 1977 年版。
马衡：《汉石经集存》，科学出版社 1957 年版。
马积高：《赋史》，上海古籍出版社 1987 年版。
马积高：《历代辞赋研究史料概述》，中华书局 2001 年版。
马积高主编：《历代辞赋总汇》，湖南文艺出版社 2014 年版。
莫砺锋：《朱熹文学研究》，南京大学出版社 2000 年版。
钱穆：《国史大纲》，商务印书馆 1996 年版。

钱穆：《秦汉史》，三联书店 2004 年版。

钱锺书：《管锥编》，中华书局 1979 年版。

饶宗颐：《选堂赋话》，香港万有图书公司 1975 年版。

上海大学古代文明研究中心、清华大学思想文化研究所编：《上博馆藏战国楚竹书研究》，上海书店出版社 2002 年版。

孙福轩、韩泉欣主编：《历代赋论汇编》，中华书局 2017 年版。

孙福轩：《中国古体赋学史论》，浙江大学出版社 2013 年版。

陶秋英：《汉赋之史的研究》，中华书局 1936 年版。

万光治：《汉赋通论》，巴蜀书社 1989 年版。

汪吟龙：《汉赋考》，河南大学讲义铅印本，1933 年版。

王冠辑：《赋话广聚》，北京图书馆出版社 2008 年版。

王国维：《观堂集林》，中华书局 1959 年版。

王力：《诗经韵读》，上海古籍出版社 1980 年版。

无名氏：《辞赋史》，北平辅仁大学排印本。

夏传才：《诗经研究史概要》，中州书画社 1982 年版。

向熹：《〈诗经〉语文论集》，四川民族出版社 2002 年版。

熊良智主编：《辞赋研究》，商务印书馆 2006 年版。

徐复观：《两汉思想史》，华东师范大学出版社 2001 年版。

徐复观：《徐复观论经学史二种》，上海书店出版社 2002 年版。

徐兴无：《谶纬文献与汉代文化构建》，中华书局 2003 年版。

许结：《赋体文学的文化阐释》，中华书局 2005 年版。

许结：《汉代文学思想史》，人民文学出版社 2010 年版。

许结：《体物浏亮——赋的形成拓展与研究》，辽海出版社 2001 年版。

许结：《中国辞赋理论通史》，凤凰出版社 2016 年版。

许结：《中国赋学历史与批评》，江苏教育出版社 2001 年版。

许结讲述，潘务正记录：《赋学讲演录》，北京大学出版社 2009 年版。

许结讲述，王思豪记录：《赋学讲演录》（二编），北京大学出版社 2018 年版。

于春海主编：《古代朝鲜辞赋解析》（一、二），商务印书馆 2013 年版。

于省吾：《泽螺居诗经新证》，中华书局 1982 年版。

张伯伟：《中国古代文学批评方法研究》，中华书局 2002 年版。

张清钟：《汉赋研究》，商务印书馆 1975 年版。

张西堂：《诗经六论》，商务印书馆 1957 年版。

张正体、张婷婷：《赋学》，学生书局 1982 年版。

章炳麟：《太炎文录初编》，《章氏丛书》，浙江图书馆 1919 年铅印。

章沧授：《汉赋美学》，安徽文艺出版社 1992 年版。

周勋初：《文史探微》，上海古籍出版社 1987 年版。

朱东润：《诗三百篇探故》，上海古籍出版社 1981 年版。

祝瑞开：《两汉思想史》，上海古籍出版社 1989 年版。

踪凡、郭英德主编：《历代赋学文献辑刊》，国家图书馆出版社 2017 年版。

踪凡：《赋学文献论稿》，商务印书馆 2017 年版。

〔日〕安居香山、中村璋八辑：《纬书集成》，河北教育出版社 1994 年版。

〔日〕冈村繁：《周汉文学史考》，《冈村繁全集》（第一卷），上海古籍出版社 2002 年版。

〔日〕铃木虎雄著，殷石臞译：《赋史大要》，正中书局 1942 年铅印本。

〔美〕康达维著，苏瑞隆译：《康达维自选集：汉代宫廷文学与文化之探微》，上海译文出版社 2013 年版。

David R. Knechtges. *Court Culture and Literature in Early China (Variorum Collected Studies Series)*, Aldershot, Hants, England: Ashgate, 2002.

David R. Knechtges. *The Han Rhapsody: A Study of the Fu of Yang Hsiung (53B.C. -A.D.18)*, Cambridge, London, New York, and Melbourne: Cambridge University Press, 1976.

# 论文类


曹道衡:《试论〈毛诗序〉》,《文学遗产》1994 年第 2 期。

曹虹:《从“古诗之流”说看两汉之际赋学的渐变及其文化意义》,《文学评论》1991 年第 4 期。

曹建国、张玖青:《赋心与〈诗〉心》,《文学评论》2008 年第 2 期。

曹聚仁:《赋到底是什么?是诗还是散文》,《文学百题》1925 年 7 月。

陈平原:《从言辞到文章 从直书到叙事 —— 秦汉散文论稿之一》,《文学遗产》1996 年第 4 期。

陈文波:《赋之源流及〈两都赋〉之研究法》,《清华周刊》1926 年 5 月第 25 卷 13 期。

陈志信:《从汉代的文学侍从论〈文选〉的赋分类》,《古典文献研究》2017 年第 1 期。

程会昌:《〈汉书艺文志诗赋略〉首三种分类遗意考》,《金大文学院季刊》1935 年第 2 卷 1 期。

邓骏捷:《“诸子出于王官”说与汉家学术话语》,《中国社会科学》2017 年第 9 期。

董治安:《以〈诗〉观赋与引〈诗〉入赋》,《河北师范大学学报》2002 年第 3 期。

段凌辰:《论赋之封略》,《中山大学语历所周刊》1929 年第 9 卷 106 期。

葛晓音:《四言体的产生及其对辞赋的影响》,《中国社会科学》2002 年第 6 期。

葛志毅:《两汉经学与今文章句》,《学习与探索》1993 年第 5 期。

胡平生、韩自强:《阜阳汉简〈诗经〉简论》,《文物》1984 年第 8 期。

胡云翼:《论赋:中国文学杂论之一》,《北新》1927 年第 38 期。

金前文:《汉赋与汉代诗经学》,华中师范大学 2006 年博士学位论文。

刘操南:《齐诗评议》,《华东师范大学学报》1993 年第 5 期。

刘培：《经学的演进与汉大赋的嬗变》，《南开学报》2001 年第 1 期。
刘泽华：《汉代〈五经〉崇拜与经学思维方式》，《社会科学战线》1993 年第 1 期。
鲁洪生：《汉赋源于〈周礼〉“六诗”之赋考》，《文学遗产》2009 年第 6 期。
陆侃如：《宋玉赋考》，《读书杂志》1922 年第 17 期。
罗福颐：《汉鲁诗铜镜考释》，《文物》1980 年第 6 期。
罗根泽：《两汉的辞赋论》，《经世》1940 年第 1 卷 2、3 期。
钱志熙：《诗歌史的早期建构及其学术史价值》，《北京大学学报》2019 年第 1 期。
石文英：《论汉儒美刺言诗》，《文学评论》1985 年第 4 期。
苏瑞隆：《论儒家思想与汉代辞赋》，《文史哲》2000 年第 5 期。
孙少华：《汉赋礼仪功能的式微与文学意蕴的形成》，《中南民族大学学报》2012 年第 1 期。
谭德兴：《〈左传〉〈国语〉与汉代四家诗》，《贵州文史丛刊》1998 年第 2 期。
唐兰：《扬雄奏四赋的年代》，《学原》1948 年第 1 卷 10 期。
万曼：《辞赋起源：从语言时代到文字时代的桥》，《国文月刊》1947 年第 59 期。
万曼：《司马相如赋论》，《国文月刊》1947 年第 55、56 期。
王闿运：《论文体》，《国粹学报》1908 年第 38 期。
王气中：《汉赋篇》，《学风》1935 年第 5 卷 8 期。
夏承焘：《采诗与赋诗》，《中华文史论丛》1962 年第 1 辑。
啸咸：《读汉赋》，《学艺》1936 年第 15 卷 2 期。
徐公持：《汉代文学的知识化特征——以汉赋“博物”取向为中心的考察》，《文学遗产》2014 年第 1 期。
徐宗文：《试论古诗之流——赋》，《安徽大学学报》1986 年第 2 期。
许结、王思豪：《汉赋用〈诗〉的文学传统》，《中国社会科学》2011 年第 4 期。

许结、王思豪：《汉赋用经考》，《文史》2011 年第 2 辑。
许结：《汉赋流变与儒道思想》，《江汉论坛》1988 年第 2 期。
许结：《汉赋造作与乐制关系考论》，《文史》2005 年第 4 辑。
许结：《论汉代以文为赋的美学价值》，《江淮论坛》1991 年第 6 期。
许结：《论扬雄与东汉文学思潮》，《中国社会科学》1988 年第 1 期。
许结：《西汉韦氏家学诗义考》，《文学遗产》2014 年第 4 期。
许世瑛：《读赋偶得》，《艺文杂志》1944 年第 2 卷第 12 期。
游国恩：《司马相如评传》，《觉悟》1923 年 11 月 15 日—12 月 26 日。
张启成：《论〈诗经〉三家诗的异同与流变》，《贵州文史丛刊》1998 年第 2 期。
张须：《论诗教》，《国文月刊》1948 年 7 月第 69 期。
章沧授：《论汉赋与诗经的渊源关系》，《安庆师范学院学报》1990 年第 2 期。
赵伯雄：《〈荀子〉引〈诗〉考论》，《南开学报》2000 年第 3 期。
周勋初：《司马相如赋论质疑》，《文史哲》1990 年第 5 期。
朱杰勤：《汉赋研究》，《国立中山大学文史学研究所月刊》1934 年 3 月第 1 期。

〔美〕康达维：《论赋体的源流》，《文史哲》1988 年第 1 期。
Mark Laurent Asselin. The Lu-School Reading of “Guanju” as Preserved in an Eastern Han fu, *Journal of the American Oriental Society*, Vol. 117, No. 3(Jul. -Sep., 1997), pp. 427- 443.

# 后记

## 一诗一赋一壶觞

### ——跟随许结老师读书的日子

前些天，我的老师许结先生给我们“辞赋艺术研究”群里发来一条短讯，说：“（《天中学刊》）二期辞赋栏目，又翻了一遍。希圣文，有‘学术孩’气，却颇用心裁；小兵文，草创之作，尚无人道，待具体研索，当有䌷绎。拙文，满纸荒唐，由‘即心是佛’变得‘非心非佛’，如此下去，只剩长叫一声：吃饭去。陋文将冠思豪宏文之前，王博士看后宜大喊一声：管他个‘非心非佛’，我只道‘即心是佛’。”我这本《义尚光大：汉赋与诗经学互证研究》即将由商务印书馆出版，约请许老师给写了一篇序，短讯中的“拙文”“陋文”当然是老师自谦之说。

治学犹如修行，一生只如守灯人，禅宗的《传灯录》里就记载着这样一个故事，有个僧人来问大梅和尚：“你见马祖得个甚么？”大梅和尚说：“马祖向我道‘即心是佛’。”过了几天，僧人来说：“马祖近日又道‘非心非佛’。”大梅和尚说：“任他非心非佛，我只管‘即心即佛’。”僧人回去告诉了马祖，马祖云：“大众！梅子熟也。”马祖称赞大梅的悟道和修持，已圆满成熟。老师的良苦用心，弟子感铭于心，可我的“梅子”还远未成熟。

其实，许老师的学问修行之路又何尝不是备尝艰辛。1957 年，刚出生没几个月，父亲就因划为“右派”被抓去劳教；1960年母亲去世，还好父亲回来了，可是却断了一条腿；1970年随父亲被遣送回安徽小城——桐城农村劳动，经历了人间炼狱般的八年；1978年，父亲被南京大学校长匡亚明礼聘到南大任教，许老师随父亲回到南京，先后做过木工、仓库保管员、教务员、教师的活儿，直到1984年被“不拘一格降人才”的南京大学敞开胸怀接纳。这些艰难困苦的岁月，仿佛是被诗、被赋、被一篇篇论文和一部部著作稀释了。三十余年来，许老师笔耕不息，撰写出二十多部著作、二百六十余篇高质量论文，学术成果享誉学界，被推为中国赋学会会长。许老师是天真的乐观派，他给自己取了个“懈翁”的名号。

2011年5月，我和同门黄卓颖提交了博士论文全稿，许老师很开心。我们便约了一个场地，邀请他来打羽毛球。兴致初起时，许老师来了一个漂亮的腾空绝杀，却不小心扭伤了脚。但他没有告诉我们，而默默地把拍子递给我们，让我们继续玩，自己到一边休息。直到我们兴尽而归时，许老师才告诉我们他的脚扭伤了，后来送到医院检查，骨折了。那一年，我们以全“A”的成绩通过答辩，并获得文学院的最高荣誉“程千帆奖学金”，只是在合影的照片上，许老师是拄着拐杖的。

2008年9月份，考入南京大学跟随许老师读书。第一次要去见老师，我很紧张。多年后，许老师还开玩笑地说：大热天的，衬衫最上面的一粒扣子都扣得严严实实的，真怕热坏了那个孩子。跟随老师治学的日子是快乐的，他有一种古圣贤的教学之风——“游学”。在读书的日子里，我们师徒数人在和县香泉湖上用石子打过水漂，在桐城龙眠山上劈荆斩棘找寻过戴名世等先贤的墓地，在江宁阳山碑材上感叹过历史的厚重与薄情……

许老师不怒而威，对我们读书与论文写作的指导严谨而近乎苛刻。我的毕业论文选题就是在“游学”路上的宽容与读书会时的严苛中诞生。汉赋与经学的关系，不等同于汉赋与儒学的关系，如何弄清楚汉赋与经学的关系问题，需要从文本着手，老师告诫我说：要做好这个题目，需要下一番笨功夫，将汉赋文本中的用经文献一条一条地辑录出来，进行梳理辨析，从中发现问题，写成文章，方能对前人的研究有所突破。学生资质愚钝，许老师就手把手地教我如何构思框架、分析材料、写作论文，相继撰写了《汉赋用〈诗〉的文学传统》和近六万字的长文《汉赋用经考》，分别发表在《中国社会科学》和《文史》上。这两篇文章直接启发了我博士毕业论文的写作，近十年来我都受益于由此奠定的学术格局。毕业论文的《后记》，我写的是一篇《毕业赋》（以“暨乎篇成，半折心始”为韵）：

毕集天下英贤，业习家国能事。苟文章之述终，料学问以肇始。三载光阴，协振鹭而群飞；廿二学涯，顾鹿鸣而俦匹。伊昔彦和，神思开运；方今愚子，性关赋心。幸蒙不弃，问学许尊。俾夜作昼，栖迟久亲于系图；星移月迁，沉潜方资乎贤诸。恢弘赋海，游鉴卓荦，岂有不乐也乎?

原夫赋者，溯流追乎诗篇。齐鲁韩毛，汉学中坚。扬马班张，赋畛日暄。《上林》《羽猎》，初变本乎《灵台》《斯干》；《二京》《三都》，增华富比《公刘》《南山》。于是乎子虚、乌有之徒，胡为比力?凭虚、安处之侪，何敢多暨?金声寰海玉振，纸价京师难济。尔乃酌遗六艺之文，择木求其友声；明乎百家之编，逆志合乎章成。依经立义，志藏挂角羊羚；融经铸史，誓开后世鸿蒙。此之谓周汉相继，天命攸承。

文成于思，夫子赐题而达心参半；学贵乎游，师徒相逐而山水惟恋。龙眠故地，影留桐城石卷；阳山碑下，端坐镖局台观。石头城下蓄锐气，香泉湖畔石漂慢。鼓枻玄武，放歌珍泉，何叹暮春成服，荡尽衡门歆羡!

厚学无涯，大爱贪得。悲夫！外王母仪容斯逝，天人永隔；西望孤冢，孙心寒溘。幸哉！同门知己，切劘和乐；兄妹相濡，悉心润泽。宜室小君，朝盈视月以相翩；堂上椿萱，雪发躬耕犹锄禾。天下人皆予我以盛恩，吾志之于心，铭之于骨，践行咏歌，报以寿折。

重读旧赋，往事历历在目。在我读博士一年级期间，许老师恰好去韩国外国语大学讲学，便将我推荐给曹虹老师托管，承蒙不弃，忝入曹老师门下读书会。读书会上，每每我们谈完感想后，曹老师能以数语引申发微，给人以豁然开朗之感。与许老师的教学方式一致的是，曹老师也采取“游学”之法，至今犹记那段与诸君同道在老山森林公园论道、珍珠泉放歌的岁月。读博期间还有幸聆听了莫砺锋老师、张伯伟老师、巩本栋老师、徐兴无老师等的课程，深深地被夫子们身上大气磅礴的宏通气象所感染、折服，声华烂然，荡尽衡门歆羡。

作为许老师的学生，都有一个小幸运，就是毕业时能得到一幅许老师亲笔书写的书卷赠诗一首。那一年，我得到的赠诗是：“赋笔诗心共一真，抒情颂德两通神。何来翰翮干云汉，跨越桐城入帝宸。”许老师与我都是桐城人，因“赋笔诗心”在南大结缘。许老师是极有才情之人，在我看来，他是学者，更是诗人，他的诗情来自于家学。许老师为其父亲撰写有一部传记《诗囚——父亲的诗与人生》，曾感赋诗云：“家世黄华翰墨乡，桐城学脉少陵行。”黄华许方氏是桐城极有名望的家族，许老师的曾祖父许商彝（希白公）就是“桐城派”名家，曾应吴汝纶之请任教莲池书院多年；父亲许永璋先生幼承希白公文教，又受业于无锡国专，研杜诗，摹杜诗，作诗万余首。“诗教”是黄华许方氏家族桐城诗脉传衍不息的秘诀。许老师给弟子赠诗，是在以“诗教”相承，将“诗教”潜移默化到当今的大学研究生培养体系中。许老师的弟子多受益于此，在许老师的身上，弟子们能真切地感受到“诗教”的力量。

博士毕业后，我有幸进入江苏省社会科学院工作，这个单位位于南京草场门，毗邻石头城公园，与许老师的家相距大约五百米，于是下班后和许老师在秦淮河边散步，成为我在南京最惬意的一段时光。攀爬在石头城古老的台阶上，我们会聊历史的沧桑巨变；穿梭于秦淮河畔的弱柳拂风中，我们会聊学界的人事纷纭；盘坐在石壁鬼脸倒影的镜子湖边，我们会聊个人家庭的悲喜纠结……沿着秦淮河，向南我们走到过中华门的瓮城，向北我们走到过三岔河尽头的江畔，多少的论文构想，多少的人生困惑，多少的家国忧思，在许老师睿智的哲思与豁达的心境中得以启迪、开脱与消解。那一段美好的记忆，我将终生难以忘怀。

因为个人与家庭的一些原因，我将不得不从江苏省社会科学院离职，前往濠江之畔的澳门大学任教。我感恩江苏省社会科学院，感恩文学所，她给予了她所能给我的一切荣光：工作三年内顺利晋升副高职称，任命我为当时最年轻的副处级干部，并推荐为省委组织部优秀后备干部人选……不舍社科院，不舍金陵的故友亲朋，更不舍下班后与许老师散步的惬意时光。离开金陵前，许老师给我饯行，并挥毫泼墨赠诗一首：

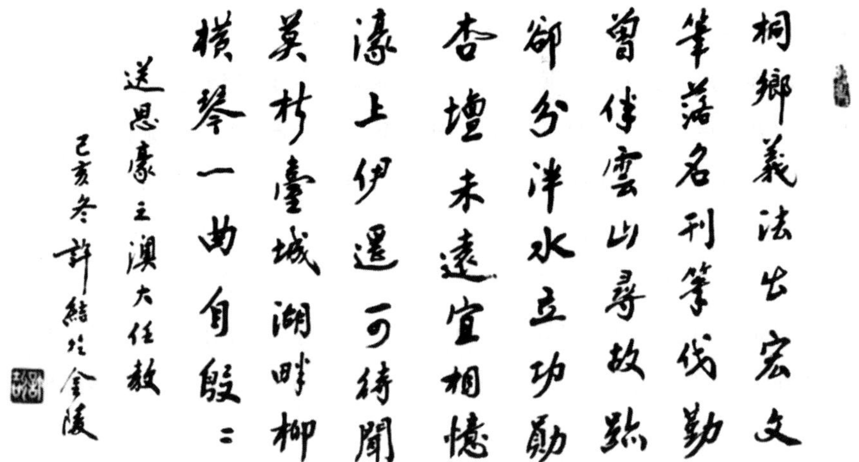


老师告诉我，他写这幅字时的心情是“半是欣喜半感伤”：“云山寻故迹”是喜，可那已是曾经；“泮水立功勋”是喜，可如今要“却分”；聊以宽慰的是“杏坛未远宜相忆，濠上伊遥可待闻”。愚钝惠子如我，始终纠结在“子之乐”与“鱼之乐”的世俗藩篱里，无法自解，而忘却了乐之根“本”。“既已知吾知之而问我，我知之濠上也”，庄子的“乐”在乎“濠上”也。于是我微信告诉老师，我给自己取了个号叫“濠上之乐”，把在濠江之畔的教师寓所命名为“濠上斋”，许老师在家随即给我题写了斋名：

本打算趁五一假期，大家约着回南京看望老师，领取斋名，老师也很开心，发来短信说有一坛好酒在等着我们。可惜因为疫情，至今未能归。

一诗一赋一壶觞，一斋一号一菩提，才过了十二年，弟子的这颗“梅子”还青着了，青梅还可煮酒，煮出好酒，待濠上归来且作一番豪饮，有诗为证：

十年身世不思量，扬子江头水若蓝。
曾伴诸君游赋域，犹陪夫子赏秋岚。
即从南雍移翰院，便下江南向岭南。
待到春归无觅处，石城散步好玄谈。

2020 年 5 月 20 日记于澳大濠上斋

**又　记：**

以上文字是应澳门南京大学校友会理事长朱寿桐先生之邀，为南大校庆 118 周年撰写，后承蒙《澳门焦点报》社长范益民先生垂青，刊载于此报 2020 年 5 月 29 日 A3 版，又承蒙澳大龚刚先生举荐，刊登于《澳大濠镜报》公众号上，衷心感谢三位先生的抬爱。忆起 2019 年 6 月来澳大面试宣讲，我即以“汉赋与诗经学”为题作报告，其间得到人文学院徐杰先生、朱寿桐先生、邓骏捷先生的指导与赐教，入职后，又获得澳大 SRG2020 项目资助，在此一并表示诚挚的谢意！

这本小书原是我 2011 年博士研究生毕业的论文，题为《汉赋用〈诗〉考论》，后在此系统梳理、辨析汉赋用《诗》文献资料的基础上，向前溯源，展开对“赋之诗源说”系谱的探讨，“渊源互证”，具体论述“以经尊赋”问题，拓展研究空间与视野，为研究提供一种通博意识；向后延展，探究《诗经》对汉赋的创作及其传播、接受，以及汉赋对《诗经》的阐发、批评的问题，力求全面发掘在后世经解著作中的汉赋材料利用及其学术价值，努力开掘汉赋用《诗》所形成的文学传统及其在文学史上的意义。2014 年以《汉赋与〈诗经〉学互证研究》为题，获得国家社科基金的立项资助，2018 年顺利结项。后承蒙王怀义先生推荐，拙稿入选江苏师范大学汉文化研究院朱存明院长主持的“汉学大系丛书”，在此谨致谢忱！

回忆在南京求学的日子，还有一位先生我要特别表示感谢，尽管他已经不能看到我的书稿出版，不能看到我写的这篇后记。他是徐宗文先生，是江苏教育出版社原副总编辑，又是中国赋学会的副会长，颇精深于中国赋学研究，出版《三余论草》《曲士道语》《辞赋大辞典》等学术论著，傅璇琮先生称其是“编辑学者化的新例”。徐先生是许结老师的老友，许老师的弟子论文答辩，多是邀请徐先生来主持。我毕业那一年也不例外，因此我便以“座师”之义尊称徐先生为“老师”，而徐老师也是唯一一位称呼我“豪子”的老师。后来，徐老师从出版社退休，被聘任为《江海诗词》的主编，而《江海诗词》的办公地点恰好与我原工作单位江苏省社会科学院在一个大院里。徐老师就邀请我担任《江海诗词》的编委，这样我们交往就愈发频繁起来。有一次，他和我，还有另外一位老师出去办事，他向别人介绍我说，豪子是一位重感情重情义的人。其实，徐老师自己又何尝不是呢！台湾政治大学举办赋学会，邀请徐老师参加，徐老师知道我没去过台湾，便想让我与他一起去参会，于是就一起合写了篇论文。后来这篇论文发表在《辽东学院学报》上，得到了一笔稿费，徐老师让我去取，我取回来交给他，他坚决不收，说我们年轻人在南京买房生活不容易。我便开玩笑说，那我有机会再请您喝茶掼蛋吧。在徐老师住院期间，我和许结老师数次去看望过他，他笑着说，等我好了，还要跟豪子喝茶掼蛋。怎知道，这么个小小愿望也已无法实现，2018 年的平安夜，徐老师永远地离开了我们。

还要特别感谢我的硕士生导师安徽大学章沧授先生，先生是改革开放后较早涉足赋学研究，并正面肯定赋的文学价值与历史地位的老一辈学者，20 世纪 80 年代便在《文学遗产》《文史哲》等重要刊物上发表赋学研究论文，出版有《汉赋美学》《中国历代山水赋鉴赏辞典》等著作。后来，我能从事赋学研究，离不开先生的悉心启蒙与引导。先生对我的谆谆教诲、细心关怀和坦荡人格，让我终生感怀。知遇之恩，弟子自当感铭于心！

一个人二十余年的求学之路，给家人所带来的压力和困窘是无法形容的。多年来，父母、内子及家人的无私奉献和倾力支持，让我面对他们时，竟然无法说出“感谢”二字！我曾问过父亲：“你们给我读书付出了这么多的，为什么从来没有怨言？”父亲给我的答案只是用满含期待的眼神看我一眼，憨憨一笑。

这部书稿的部分章节曾在《文学评论》《文学遗产》《文史哲》《江海学刊》《复旦学报》《南京大学学报》等刊物上揭载，其中有多篇被《新华文摘》《高等学校文科学术文摘》、中国人民大学报刊复印资料等转载。复旦大学“中国古代文学研究年度述评课题组”在《2013 年中国古代文学研究述评》（《中国文学研究》2014 年第 2 期）一文中指出“在汉赋与经学的关系方面，王思豪在汉赋引经方面的研究，可以说是一个特色”；台湾大学中文系陈志信教授撰文《从汉代的文学侍从论〈文选〉的赋分类》（《古典文献研究》2017 年第 1 期），曾引述本课题成果，指出“王思豪尝将诸汉大赋和《诗经》诸颂德诗歌（主要是《大雅》）相比对，他得出这样的看法：在汉人汉德继周的集体意识下，有汉赋家遂戮力拟效，甚至是直接置换《诗经》诸语句，积极打造出看来明显在仿效经典的赋篇；且其铺叙主要集中在关乎天命及建都一类根本课题。援王先生的论述，我们在讨论汉赋的形式和意义时，或许该把视野聚焦到它的拟经文法和政论主题上”，认为我的这个课题的研究对探讨汉赋的形式和意义有开拓视野的贡献。谢谢以上期刊和学界同仁对我研究的支持和勉励。商务印书馆的关志毅先生在疫情肆虐期间，细心认真地校对书稿，为小书的出版付出了辛勤的劳动，在此表示诚挚的谢意，并借此机会感谢所有在学业和学术之路上给我关心和帮助的人。“大爱无限，厚学无涯”，愿世间一切安康顺遂！

2020 年 6 月 18 日补记于澳大濠上斋